KB262455

범우비평판세계문학선 9-❶

더블린 사람들 · 비평문

제임스 조이스 지음
김종건 옮김

범우사

차 례

'조이스 문학 전집'을 내면서

1882년 아일랜드의 수도 더블린에서 태어난 제임스 조이스(James Joyce)는 금세기 최대의 작가 중의 한 사람이자 가장 난해한 작품을 쓰는 작가로 알려져 있다. 그는 금세기 초에 있어서 전(前)세기 낭만주의의 지나친 감정의 매끄러움을 지양하고, 문학의 지성적·합리적·이론적 면을 중시, 기교에 있어서 객관성 및 정확성을 그 특징으로 삼는 이른바 모더니즘(Modernism)의 기수로 평가되고 있다.

조이스가 그의 작품에서 보인 놀라운 독창력과 과격한 실험은, 애당초 그의 작품이 세상에 나타났을 때 그것이 일종의 혁명 문서이며 그를 새로운 형식 속의 새로운 작가, 또는 전통을 파괴하려는 문학적 볼셰비키(Bolsheviki)로 간주하게 만들었다. 그러나 오늘날 그의 작품에 대한 비평가들의 새로운 통찰력은 그의 온갖 문체와 기법, 상징의 개발에 의한 현대인의 내적 및 외적 실재(實在)의 원만한 묘사, 그리고 그가 제시한 수많은 새로운 문학의 가능성을 지적함으로써 그의 작품에 대한 초기의 카오스적 해석을 부정하고 있다. 이제 그의 작품은 현대 문학을 가늠하는 가이드 북이 되고 있는 것이다.

조이스의 작품들은 현대 문학에 많은 업적을 남겼으며, 흔히들 그의 작품들을 가리켜 '문학의 우산(literary umbrella)'이라 할 정도로 당대뿐만 아니라 오늘에 이르기까지 많은 작가들에게 영향을 끼치고 있다. 엘리어트(T. S. Eliot), 헤밍웨이(E. Hemingway), 포크너(W. Faulkner) 등 크고 작은 작가들이 의식적이든 무의식적이든 그의 문학의 그늘 아래에서 성장했고 그의 영향을 받았다. 이처럼 조이스 문학의 마그네티즘(magnetism)과 다이나미즘(dynamism)은 동서양을 막론하고 엄청난 것으로, 오늘의 많은 포스트 모더니즘(Post-modernism) 작가들도 조이스의 '지적 통조림(intellectual can)'을 벗어나지 못하고 있다. 엘리어트는 조이스의 《율리시즈(*Ulysses*)》를 가리켜 "우리 시대가 발견한 가장 중요한 표현이고 우리들 모두가 빚진 책이며 아무도 거기에서 도피할 수 없는 책"이라 말한 바 있다.

조이스의 초기 《더블린 사람들(*Dubliners*)》은 전통적 단편소설의 이야기 위주와는 달리, 이른바 '행동의 통일성(unity of action)'을 지향하고 내용과 형식을 조화시켜 '효과의 통일성(unity of effect)'을 누림으로써 금세기 단편소설의 신기원을 수립했다. 그의 《젊은 예술가의 초상(*A Portrait of the Artist as a Young Man*)》 또한 전통적 교양소설(Bildungsroman)의 포용성(包容性)을 포기하고 신화와 상징, 잘 조절된 아이러니를 동원함으로써 한 젊은이의 인생에 대한 도약과 신원을 탐색하게 함으로써 그 활력 면에서 다른 작품들을 능가한다.

이른바 빈식(Viennese) 테크닉과 프로이트적(Freudian) 주제, 신화적 배경, 장르의 혼잡 그리고 근 3만 자에 달하는 어휘의 동원으로 현대 인간 심리의 백과사전격이요, 문체의 박물관을 이룬 그의 《율리시즈》는 현대의 성전(聖典)으로 오늘날 젊은 영문학도들의 우상이 되고 있다. 또는 단테의 《신곡(*Divine Comedy*)》에 버금가는 작품으로 평가받고 있다. 이 현대의 '인간곡(Human Comedy)'은 읽고 또 읽어야 하는 '장수(長壽)의 책(book of happy returns)'으로 많은 지성인들에게 사랑받고 있다. 그리고 17년 간에 걸친 최후의 대작 《피네간의 경야(經夜)(Finnegans Wake)》는 인간의 밤의 무의식을 묘사한 작품으로 17개 국어의 혼용, 근 6만 4천 자의 어휘를 수용한 일종의 우주어(ultrasonic language) 사전격이며, 단어 하나하나마다 수많은 의미의 층을 동시에 포용한 응결시(凝結詩)로 평가받고 있다. 특히 이 작품에서 조이스가 구사한 언어의 천재성은 세계 문학사상 그 유례를 찾아볼 수 없을 정도이고, 그는 이제 셰익스피어 이래 언어의 왕이요 마술사로 불리고 있다.

조이스 문학, 특히 그의 《율리시즈》가 담고 있는 방대한 지식과 그의 마법서(magic book)라 할 《피네간의 경야》가 품은 언어의 요체를 파악하기 위해서는 몇 개의 인생을 요구해야 할 성싶다. 금세기 '현대 문학의 아버지'로, 세계 문학의 맥(脈)과 흐름을 바꾸어 놓았다는 조이스, 시공(時空)을 초월한 그의 문학의 진수와 그가 지닌 신비를 인류는 과연 언제 모두 규명할 것인가? 작가의 말대로 "과연 수세기 동안 대학 교수들은 바쁠" 것인가? 헤밍웨이가 선언한 "모든 소설을 종결시킬 소설(novel to end the novel)"《율리시즈》, 이제 그를 종결시킬 소설은 과연 나오지 않을 것인가? 그것이 오늘날 작가들의 딜레마인가? 그의 《피네간의 경야》는 오늘날 정복해야 할 알프스 산처럼 학자들의 도전을 기다리고 있으며 세계는 지금 그를 정복하기에 한창 바쁘다.

조이스의 작품 연보에 의하면 1922년 출판된 《율리시즈》를 비롯하여 서정 시집 《실내악(Chamber Music)》(1907)이 있고, 15개의 단편으로 구성된 단편소설집 《더블린 사람들》(1914), 자서전적 소설 《젊은 예술가의 초상》(1916), 유일한 희곡 《망명자들(Exiles)》(1918), 시집 《한푼짜리 시(Pomes Penyeach)》(1927), 그리고 그의 최후작인 《피네간의 경야》(1939)가 있다. 그리고 1944년 작가 사후에 출판된 장편소설 《스티븐 히어로(Stephen Hero)》가 있고, 엘만(R. Ellmann) 교수와 메이슨(E. Mason) 교수가 공동으로 편집·출간한 《제임스 조이스 비평문집(*The Critical Writings of James Joyce*)》(1959)을 비롯하여 역시 두 교수가 엮어서 출간한 《제임스 조이스 서간문집(*The Letters of James Joyce*)》Ⅰ·Ⅱ·Ⅲ(1957, 1960)이 있다. 그 밖에도 엘만 교수가 발굴하여 출간한 중편 산문시 《자코모 조이스(*Giacomo Joyce*)》(1968)가 있다.

역자는 이상의 조이스 작품들을 우리말로 번역함에 있어서 작가의 창작 순위와 그 번역의 과정이 다소 어긋나는 아이러니를 갖고 있다. 즉 1968년에 조이스의 네 번째 작품인 《율리시즈》(서울, 정음사刊)를 제일 먼저 번역·출간했다는 사실이다. 그의 두 번째 작품인 《더블린 사람들》(서울, 범우사刊)을 번역 출간한 것은 1985년이며, 《젊은 예술가의 초상》(서울, 학원사刊)은 1983년이다. 그리고 《한푼짜리 시》 및 단편시 〈성직〉〈분화구로부터의 가스〉〈보라, 저 아이를〉, 중편 산문시 〈자코모 조이스〉 등을 한 권으로 묶어 1981년에 번역·출간한 바 있다. 또한 1985년에 《피네간의 경야》의 일부인 〈아나 리비아 플루라벨〉(서울, 정음사刊)을 역시 번역·출간했다.

역자가 이 번역 전집을 출간하면서 조이스의 모든 작품들을 통틀어 번역·수용하지 못한 채 이에 '전집'이란 타이틀을 붙인 데는 얼마간의 꺼림직한 여운을 감출 수 없는 바, 그 구실을 들면 다음과 같다.

첫째로 17개 국어의 파괴적 언어로 씌어졌으며, 문학의 극한까지 추구한 마법서라 할 조이스의 《피네간의 경야》, 특히 이 작품이 품은 언어의 다의성·함축성·모호성·음률의 율동성 등을 다른 어떤 특정 언어로 번역한다는 것 자체가 모순이며 불가능하다. 그리고 조이스는 1904년 파리에 머물고 있을 당시 《스티븐 히어로》라는 유사 자서전적 소설의 초고를 쓴 바 있으나 완성을 보지 못했다. 이 미완성의 원고는 그에게 결코 만족을 주지 못했을 뿐만 아니라, 그가 말한 대로 일종의 '쓰레기 더미'(약 100페이지에 해당)로서, 난로 속에서 완전히 불타버리기 직전에 그의 여동생 아일린

(Eileen)이 그 일부를 구제한 것으로 전한다. 이는 《젊은 예술가의 초상》의 많은 부분을 이루고 있는데 역자가 이 전집에서 그를 제외한 것은 많은 부분이 《젊은 예술가의 초상》과 내용이 일치하고 있기 때문이요, 원고 탈장(脫杖)으로 하나의 연계성 있는 작품으로서의 번역의 의의가 희박했기 때문이다. 이 미완성 작품이 《젊은 예술가의 초상》과 구별되는 것은, 전자가 자연주의에 그 바탕을 두고 있는 반면 후자는 상징주의 기법에 크게 의존하고 있다는 점이다. 그러나 조이스 문학 연구가에게는 대단히 중요한 자료로서, 훗날 누군가에 의하여 그 번역이 이루어져야 할 당위적 가치를 충분히 내포하고 있다.

그 밖에도 조이스는 그의 대학 시절의 '문학과 역사학회(Literary and Historical Society)'에서 발표한 〈연극과 인생(Drama and Life)〉〈입센의 신극(Ibsen's New Drama)〉 등 대표적 논문들을 비롯하여 50여 편의 비평문들을 썼다. 또한 수천 통에 달하는 서간문들이 있으니, 이들은 그 분량면에서 엄청나거니와 문학적 가치도 널리 인정받고 있다. 그러나 이들 또한 몇 편의 대표적인 비평문을 제외하고는 역자의 전집에 모두 수용하지 못한 것은 첫째는 역자의 능력의 한계요, 둘째는 이들의 많은 내용이 조이스의 작품들의 소재나 주제로, 그의 심미론과 문학 이론의 근거로 기존 작품 속에 이미 동화되고 있기 때문이다. 역자는 이들을 모두 번역·수용치 못하는 아쉬움을 느낀다. 언젠가는 누군가에 의하여 이들의 번역이 모두 이루어지는 날에는 하나의 커다란 업적으로 평가받으리라.

*

역자가 조이스를 처음 공부하기 시작한 것은 1960년 봄학기에 서울대 대학원에서 레이너(George Rainer) 교수로부터 《율리시즈》를 처음 강의받았을 때부터이다. 그 당시만 해도 조이스 문학에 대한 연구는 우리 나라는 물론이고 세계적으로도 별반 활발치 못한 실정이었다. 조이스의 초기 작품들인 《더블린 사람들》과 《젊은 예술가의 초상》이 대학에서 얼마간 읽혀지긴 했어도, 그의 문학 전반에 대한 연구 또한 별반 신통한 것이 없었다. 특히 그의 문학의 정수라 할 《율리시즈》에 대한 우리 나라의 인식이나 연구는 거의 불모 상태였다 해도 과언이 아닐 것이다. 이 불모지에 씨를 뿌리고 가꾸어 주신 분이 레이너 교수이시다. 그 후 70년대 초반부터 세계적으로 조이스 붐이 일어나고, 지금은 이른바 '조이스 산업(Joyce Industry)'이라 할 정도로 그 연구와 비평 사태가 일어나고 있다. 그리하여 오늘날 미국에서는 《율리시즈》와 《피네간의 경야》는 '박사학위를 위한 행복의 사냥터(happy hunting ground for Ph.D.)'가 될 지경이고 머지않아 셰익스피어 연구에 버금가는 업적이 이루어지리라는 것이 학자들의 평이기도 하다. 오늘날 우리 나라에서도 조이스 문학은 일반의 관심과 함께 많이 소개되었고, 또한 대학에서도 많이 읽히고 있는 실정이다.

역자는 조이스 문학전집을 번역·출간하면서 그의 논지(論旨)의 대강을 정리하는 지금, 저간(這間)에 품은 회포가 없지 않다. 지난 1960년 조이스 공부를 시작하여, 1968년 《율리시즈》의 한국판 번역본을 최초로 출간한 이래 지금까지 조이스에 매달려 있으니 금년으로 만 28년의 세월이 흘렀다. 그리고 보면 역자는 자신의 외곬 인생의 거의 절반을, 아니 청년과 장년기를 그의 문학 연구에 몽땅 헌납한 셈이다. 그간 분투하고, 좌절하고, 의혹하고, 자신을 질타하면서 머쓱하지 않고 그의 문학의 최면술적 마력에 회유당하면서 해가 뜨고 달이 지고, 까맣던 머리칼에 흰눈이 내렸다. 생각하면 묘한 인연인 듯, 그러고도 그의 문학의 절반도 이해 못하는 심경이고 보면, 그의 진수(眞髓)를 알 듯 모를 듯 역자는 아직도 분명히 수렁에 빠져 있다. 1962년 조이스 작품을 연구하여 대학원에서 석사 논문을 쓰고 그뒤 미국으로 건너가 1973년에 그의 심미론으로 다시 석사, 그리고 1977년에 '《율리시즈》와 모더니즘'의 주제로 박사 학위를 차례로 취득하고도, 10여 년을 대학에서 그를 강의하고, 거의 모든 작품을 번역하고 그러고도 여전히 거머리처럼 매달려 있으니…… 천재는 과연 범인(凡人)을 조롱하나 보다.

그 동안 역자는 조이스 문학의 더욱 깊은 이해와 번역을 위해 꾸준히 준비하고 노력해 왔다. 유학을 통하여, 국제 회의를 통하여 그의 문학의 배경을 답사하고, 세계 굴지의 많은 작가들과 새로 나온 많은 비평서들과 타협하면서 더욱 정확한 정보를 구하려 쉬지 않고 일해 왔다. 때로는 이들 작가들의 응답의 모호성(마치 그것이 조이스 문학의 본질인 양)에 회의를 느끼며 그의 다의성(多義性), 상징성, 미해결의 구절 등 석연치 못함을 아쉬워하기도 했다. 그 중에서도 가장 많은 정성과 각고의 정열을 쏟은 것은 역시 《율리시즈》 개역 작업이었다. 이 작업 도중 엄청난 충격을 경험했으니, 그것은 1982년 가블러(Hans W. Gabler) 교수의 개정본 출현이었다. 원점에서 다시 작업이 시작되었다. 그리하여 모든 작업이 마무리되고 원고를 출판사에 넘긴 것은 1987년 8월 말이었다.

이제 조이스 문학 전집을 내는 일말의 바람과 번뇌와 고통은 끝난 셈이다. 그 동안 고려대 중앙도서관 4층에 위치한 연구실 계단을 내 성찰과 자기 모색으로 아침 저녁으로 오르내리며, 자칫 탐닉하기 쉬운 정신적 나태를 경계하면서 조이스 문학의 자구(字句) 하나하나에 범연(泛然)하지 않으려고 무던히 애써왔다. 그것이 학자의 당위적 사명이라 되뇌면서 작업해 왔다. 이제 한숨을 내쉬며 창밖을 내다보니 저 멀리 남쪽으로 하늘과 접한 남한산성의 아련한 등성, 북쪽으로 말없이 서 있는 고봉(高峯)의 늠름한 기상이 새롭다. 거듭 실토하거니와 뭔가 겸연쩍은 심경을 감추기 어렵고 독자들의 기대에 얼마나 부응할지 마음 한구석에 미흡한 기분이 그대로 도사리고 있다. 곧이곧대로 성실하게 작업한 끈기 이외에는 별반 뽐낼 것이 없으니 하찮은 문재(文才)를 탓할 뿐이다.

역자는 이번 번역집을 위하여 많은 분들로부터 도움을 받았다. 그간 고되고 오랜 유학 생활 속에, 제딴엔 조이스 문학을 펴보겠다고 통절한 원망(願望)으로 그의 불후의 작품들에 열락(悅樂)하면서, 자신에게 채찍을 가하며 독실(篤實)하는 동안 역자로 하여금 공부에 전념토록 해준 미국 스탤리(Thomas F. Staley) 박사를 평생 동안 잊을 길 없다. 삼가 이 전집을 그분께 바친다. 그리고 그간의 나의 무딘 정열을 갈 수 있도록 숫돌 구실을 해주신 많은 국내외 은사님들, 선배님들에게 지금까지 아껴둔 감사를 한꺼번에 드린다. 그 가운데서도 곁에서 계속 충고해주시고 이 작업의 결실을 위해 산 파역을 해주신 김병철 교수님, 그리고 자비로운 관심과 후의로써 계속 격려해주신 이근배 박사님과 은사이신 고려대 조성식 교수님, 그리고 정한숙 교수님께 심심한 사의를 표한다. 또한 아일랜드 인의 습속(習俗)과 문화 배경, 그리고 그들의 언어에 대한 짧은 지식에 새로운 통찰력을 준 아일랜드 출신 리처드 맥스위니 교수(서울 시립대)에게 감사한다. 또한 이 작업을 수행하는 동안 나의 괴로운 심정을 함께 해준 나의 가족·동료·제자들에게도 그간의 인색했던 고마운 마음을 한데 묶어 드린다. 이 전집 출간을 하나의 사명으로 여기시고 쾌히 출판에 응해주신 범우사 윤형두 사장님의 후의와 편집진, 특히 박은희 선생의 노고를 잊을 수가 없다. 모두 고마우신 분들이다.

1988년 3월
'블룸즈이어(Bloomsyear)' 84주년을 맞으며,
고려대 중앙도서관 425호 연구실에서

옮 긴 이

이 책을 읽는 분에게

이 전집은 원래 《율리시즈》의 《주석본》을 포함하여 6권으로 내놓은 것인데, 〈비평문〉 〈피네간의 경야〉 등을 추가하고 별책으로 된 주석을 각주로 풀어 개정판을 내면서 모두 7권이 된 것이다. 제1권에는 《더블린 사람들》과 그가 남긴 50여 편의 비평문 가운데 5편(〈연극과 인생〉 〈입센의 신극〉 〈제임스 클라런스 맹건 Ⅰ·Ⅱ〉 〈성인과 현인의 섬, 아일랜드〉)이 수록되어 있다. 《더블린 사람들》은 영어로 씌어진 단편작품들 중에서 가장 대표적인 것 중 하나로, 에즈라 파운드(Ezra Pound)는 이 작품이 영국 산문을 플로베르(Gustave Flaubert)의 수준까지 끌어올렸다고 말할 정도로 높이 평가했다. 19세기 단편소설이 기계적으로 길이와 범위를 한정하고 주인공의 행동과 대화를 통한 이야기의 줄거리를 중시하고 인물묘사에 치중한 데 반하여, 《더블린 사람들》은 반복되는 상징과 심상, 주제의 대응, 언어의 음악적 효과에 대한 배려, 세팅(setting)의 정교한 짜임, 시적 농축성 및 암시성 등 이른바 포우(Edgar Allan Poe)가 말하는 '효과의 통일성(unity of effect)'을 완벽하게 성취함으로써 금세기 단편소설의 신기원을 수립했다.

《더블린 사람들》은 조이스의 《율리시즈》를 비롯한 후기 작품들의 주요한 주제들과 등장인물들이 선을 보이고 있는 15편의 단편들로 구성되어 있지만 그 공동의 배경, 일관성 있는 구조, '마비'라는 동일한 주제 등으로 작품의 통일성을 기하고 있다.

이 단편들에서 일관성 있는 공동의 배경은 더블린이라는 도시이고, 모든 단편은 세기의 전환기에 처해 있는 더블린 생활의 여러 국면들을 동시에 묘사하고 있다. 조이스는 이 작품을 통해 아일랜드의 도덕사(moral history), 즉 그가 개탄해 마지않는 더블린 사람들의 도덕적·정신적·종교적 마비의 여러 양상을 서술함으로써, 《더블린 사람들》의 '잘 닦인 거울'을 통해 '그들의 모습을 잘 비춰 줄 것'이라고 밝혔다.

조이스는 마비의 중심으로서 더블린의 이미지를 제시하고 있는데, 당시 더블린은 오랜 기간 영국의 식민지로서 억압을 받아오는 등 정치적 부자유 속에 있었다. 그러나 부패한 카톨릭 성직자들이 온갖 비리를 자행하고, 친영적 교단이 애국지사를 궁지에 몰아 넣어 죽음에 이르게 함으로써 국민들 사이에서의 갈등과 내분을 조장하는 분위기 때문에 일반 아일랜드 국민들은 누구도 사태를 바로 보지 못하는 극심한 혼란상을 연출해내고 있었다. 그런데 이 단편들은 인물들이 처한 상황이 너무나 보편적이어서 그것이 세기말의 더블린 사람들뿐 아니라, 근원적으로 우리 인간 모두의 내부에 자리잡고 있는 마비 상태가 아닐까 하고 느끼게 된다. 이는 조이스의 자연주의적 문체 뒤에 숨어 있는 함축성에 힘입고 있기 때문이라 할 수 있다. 결국 《더블린 사람들》은 특정한 공간에 위치한 특정한 군상들을 묘사하고 있으나, 인간 공동의 정신적 마비 상태를 암시하고 있음을 실감케 한다.

역자는 이 번역에 있어서, 《더블린 사람들》을 사랑하는 많은 영문학도는 물론 이 작품에 매력을 느끼는 일반 독자들을 위해 번역의 정확성과 세련된 문학적 표현에 각별히 주의를 기울였다. 특히 조이스의 후기 작품들인 《율리시즈》와 《젊은 예술가의 초상》, 그리고 조이스의 시들을 번역하면서 경험했던 아일랜드 특유의 표현들을 이 작품에서도 살리려고 최대한 애를 썼고, 이미 나와 있는 몇 가지 번역서들에서 발견되는 잘못을 보완하거나 수정했다. 또한 대학에서 애독하고 있는 영문학도들을 위해 긴 비평문을 실었다.

지금까지 조이스의 소설들에 친숙하거나 그들의 해독을 위하여 많은 시간과 정열을 쏟아온 독자는 조이스가 또한 많은 비평문을 썼다는 데 놀라움을 금할 수 없을 것이다. 그는 다른 비평가들과는 달리 다른 작가들에 대하여 비평을 쓴 바는 별로 없다. 그러나 예술의 새로운 이론을 위시하여, 예술가적 성격의 문제, 당대 작가들에 대한 반론, 예술가의 영웅주의를 이룬 과거 또는 당대의 몇몇 대가들에 대한 비평 등은 상당히 많다. 그는 결코 비평을 과소평가하지 않았다. 특히 그는 자신의 작품에 비평을 추가함으로써 그의 문학세계의 폭과 깊이를 한층 더했다. 예를 들면, 《젊은 예술가의 초상》의 심미론, 《율리시즈》에서 셰익스피어의 생애와 작품들에 대한 해박한 지식 등은 그 자체가 탁월한 비평을 이룬다.

리처드 엘만은 이들 조이스의 비평들을 편집하여 《제임스 조이스의 비평 문집(*The Critical Writings of James Joyce*)》을 그의 유익한 해설과 함께 출판하고 있다. 이에 따르면 그 속에는 총 57편의 수필을 비롯, 연설문, 시평, 신문 기사, 편집자들에 대한 서간문이 포함되어 있다. 엘만은 이를 간략하게 평한다——"이들은 모두 평가적이라는 전반적 의미에서 비평적이다(They are critical in the general sense that they are evaluative)." 헨리 제임스, T. S. 엘리어트, 토마스 만과 같은 작가들의 비평은 다른 작가들에 관한 것들이기에 우리들의 관심을 끈다. 그러나 조이스의 비평은 자기 자신의 작품들에 관한 것이기에 중요하다.

이들 조이스의 비평들 가운데 여기 처음으로 번역·소개되는 〈연극과 인생(Drama and Life)〉은 가장 열성적인 것으로, 작가의 예술적 신조(artistic credo)를 담은 역연한 서술 가운데 하나다. 그는 여기서 현대극의 중요성을 강조하고 있는데, 그것이 인간 행동의 영원한 법칙에 한층 밀접하기 때문에 더 위대하다. 과거 그리스의 드라마는 '기진맥진했고', 셰익스피어의 연극들은 '운문의 대화'에 불과했다. 그러나 현대극은 시공간을 초월하는 것으로, 이러한 원리가 그의 《율리시즈》와 《피네간의 경야》에 작용하고 있다.

1997년 1월

옮 긴 이

더블린 사람들

Dubliners

자 매 들[1]

이번에는 그에게 희망이 없었다. 세 번째 졸도였기 때문이다. 밤마다 나는 그 집을 지나면서(마침 방학 때였다) 불이 켜진 네모난 창문을 살펴보았다. 그리고 매일 밤 나는 한결같이 불이 희미하고 차분하게 켜져 있는 것을 보았다. 만일 그분이 돌아가셨다면 캄캄한 커튼에 촛불이 반사되는 것을 볼 수 있으리라 생각했다. 왜냐하면 두 자루의 양초를 시체 머리맡에 세워두게 되어 있음을 나는 알고 있었기 때문이다. "나는 오래 살지 못할 거야"라고 그분은 내게 가끔 말했지만, 나는 그분의 말을 부질없는 것이라고 생각했었다. 이제야 나는 그 말이 참말임을 알았다. 매일 밤 그 창문을 자세히 쳐다볼 때 나는 마비(痲痺)라는 말을 혼자 조용히 중얼거렸다. 이 말은 유클리드 기하학(幾何學)에 나오는 노몬[2]이란 말이나 교리문답서(敎理問答書)의 성직매매(聖職賣買)란 말처럼 언제나 이상하게 들렸다. 그러나 지금 이 말은 어떤 해롭고 죄 많은 존재의 이름처럼 들렸다. 이 말은 공포로 휩싸이게 했다. 그러면서도 나는 그 죽음에 한층 가까이 다가가 그 치명적인 위력을

---

1) 간호원 또는 수녀들도 아일랜드에서는 이렇게 불림.
2) 평행사변형에서 한 각을 포함하는 그 닮은꼴을 떼어낸 나머지꼴.

들여다보고 싶었다.

내가 저녁식사를 하려고 아래층으로 내려갔을 때, 코터 영감은 담배를 피우며 난롯가에 앉아 있었다. 아주머니가 나에게 오트밀을 국자로 퍼주고 있는 동안, 그는 아까 하던 이야기로 되돌아가듯 이렇게 말했다.

"아니, 그가 꼭 그렇다는 것은 아니지만…… 좀 괴상한 데가 있었소…… 좀 수상한 데가 있었단 말입니다. 내 생각으로는……" 그는 틀림없이 마음속으로 자신의 생각을 가다듬고 있는 듯 파이프를 뻐끔뻐끔 빨기 시작했다. 넌더리나는 바보 영감 같으니라고! 우리가 처음 그를 알게 되었을 때, 하등품 알코올이니 증류기(蒸溜器)의 나선관(螺線管) 이야기를 하면서 우리를 오히려 재미있게 해주곤 했었지. 그러나 나는 그의 사람 됨됨이나 그가 증류 주조장에 관해서 끊임없이 이야기하는 것이 이내 싫증나기 시작했다.

"그 점에 대해서 나 나름대로의 이론을 갖고 있긴 해요." 그는 말했다. "내 생각으로는 거 있잖소…… 별난 병 중의 하나란 말이오…… 하지만 말하기 곤란해……"

그는 자신의 생각을 끝내 우리에게 말하지 않고 다시 파이프를 뻐끔뻐끔 빨기 시작했다. 나의 아저씨는 내가 그를 빤히 쳐다보고 있는 것을 보고 내게 말했다.

"글쎄. 너의 늙으신 친구분께서 돌아가셨으니 섭섭하겠구나."

"누구요?" 나는 물었다.

"플린 신부 말이야."

"그분께서 돌아가셨어요?"

"여기 코터 영감님이 우리에게 말씀하셨잖아. 방금 그 집 앞을 지나오셨단다."

나는 좌중의 시선을 한몸에 받고 있다는 것을 알고, 마치 그 소식에 별반 관심이 없다는 듯 계속 먹기만 했다. 아저씨가 코터 영감에게 설명했다.

"이애와 그분은 대단한 친구 사이였지요. 노인께서는 이애한테 참 많은

걸 가르쳐주셨지요, 아시겠어요? 그리고 사람들이 말하기를 그분은 이애한
테 큰 기대를 걸고 계셨다고 해요."

"하느님, 그분의 영혼에 자비를 내리소서!" 아주머니가 경건하게 말했다.
코터 영감이 나를 잠시 쳐다보았다. 나는 그의 작고 묵주처럼 까만 눈이 나
를 살피고 있음을 느꼈으나, 구태여 접시에서 눈을 떼어 그를 쳐다봄으로써
그를 만족시키고 싶지는 않았다. 그는 다시 파이프를 빨기 시작했다. 그러
다 마침내 벽난로 아궁이 속에 아무렇게나 침을 뱉었다.

"나 같으면 자식들을 그렇게 내버려두지 않았을 것이오." 그는 말했다.

"그런 사람과 마구 이야기하게 하는 것 말씀이야."

"그건 무슨 뜻이죠. 코터 씨?" 아주머니가 물었다.

"내 말은," 코터 영감이 말했다.

"애들한테 나쁘단 말입니다. 내 생각에는 어린애는 자기 또래의 다른 애
들과 마구 뛰놀도록 내버려둬야지 그러지 않고는…… 어때, 내 말이 옳지
않소. 재크?"

"제 원칙도 그렇습니다." 아저씨가 말했다.

"아이들은 제 분수를 지킬 줄 알도록 해야 해요. 이건 내가 언제나 이 장
미십자회원[3]한테 말하고 있는 것이지요. 운동을 하라고 말입니다. 글쎄, 내
가 어렸을 때는 겨울이고 여름이고 매일 아침 냉수욕을 했답니다. 그 때문
에 내가 지금 이렇게 건강하단 말이에요. 수양이란 모두 정말 훌륭한 것이
지요……코터 영감님께 이 양 다리 고기를 좀 드시게 하구려." 그는 아주
머니에게 덧붙여 말했다.

"아니, 아니, 난 됐어요." 코터 영감이 말했다.

아주머니는 찬장에서 접시를 꺼내 식탁 위에 놓았다.

---

3) 근세 유럽에 있었던 신비주의적 국제 비밀결사의 회원, 그들은 세속적 관심에서
   탈피하여 일종의 심미론을 그 이상으로 삼았음.

"하지만 왜 그것이 아이들한테 좋지 않다고 생각하세요, 코터 씨?"

그녀가 물었다.

"아이들에게 나쁘단 말이에요." 코터 영감이 말했다. "왜냐하면 아이들의 마음이란 너무나 감수성이 예민하기 때문이죠. 아이들이 그런 걸 보게 되면, 알겠어요, 영향을 받아요."

나는 홧김에 말이 터져 나오지나 않을까 두려워서 오트밀을 마구 입 속에 퍼 넣었다. 넌더리나는 코빨갱이 천치 영감 같으니라고!

늦게야 나는 잠이 들었다. 비록 코터 영감이 나를 어린아이라고 말한 데 대해 골이 나긴 했지만 그가 하다가 그만둔 말에서 의미를 끌어내려고 머리를 썼다. 캄캄한 방에서 나는 그 중풍환자의 둔중한 회색빛 얼굴을 다시 볼 수 있을 것 같았다. 나는 담요를 머리 위까지 뒤집어쓰고 크리스마스를 생각하려고 애를 썼다. 그러나 그 회색빛 얼굴은 여전히 나를 뒤따랐다. 뭔가 중얼거렸다. 그래서 나는 그것이 무슨 중요한 일을 고백하려나 보다 하고 생각했다. 내 영혼이 어떤 즐겁고 사악한 지역으로 빠져들어가는 것 같았다. 그런데 거기에서 또 그것이 나를 기다리고 있음을 알았다. 그 얼굴이 나를 보자 중얼거리는 목소리로 고백하기 시작했는데, 나는 왜 그것이 계속해서 미소를 짓고 있으며, 왜 그 입술이 저토록 침으로 젖어 있을까 하고 궁금히 여겼다. 그러나 이내 나는 그것이 중풍으로 죽었다는 사실을 기억해 냈고 나 또한 마치 그의 성직매매의 죄를 사면(赦免)이라도 해주는 듯 픽픽 웃고 있음을 알았다.

다음날 아침, 조반을 든 후에 나는 그레이트 브리튼 가(街)에 있는 그 조그만 집을 찾아갔다. 그것은 포목점이란 막연한 간판이 걸린 수수한 상점이었다. 이 포목집은 주로 아이들의 털장화나 우산들을 취급하고 있었는데, 보통 날에는 '우산 천을 갈아줌'이란 글씨가 새겨진 광고판이 유리창에 걸려 있곤 했다. 하지만 오늘은 덧문이 닫혀 있어서 그 광고판은 보이지 않았다. 크레이프 비단 조화(弔花)가 리본과 함께 도어노커[4]에 매어져 있었다.

남루한 차림의 두 여인네와 전보 배달 소년 하나가 크레이프 조화에 핀으로 꽂아 놓은 쪽지를 읽고 있었다. 나도 가까이 가서 읽어보았다.

1895년 7월 1일
제임스 플린(미드가의 성 카타리나 성당의 전 사제[前司祭]), 향년 65세, 영면(永眠).

이 쪽지를 읽고 나자 그분이 정말 돌아가셨구나 하는 생각이 들었다. 그리고 나 자신이 어떤 방해를 받고 있는 듯한 성가신 느낌도 들었다. 그분이 돌아가시지 않았더라면 나는 상점 뒤에 있는 그 작고 컴컴한 방으로 들어가서 커다란 외투에 묻혀 벽난로 옆의 안락의자에 거의 질식할 듯 앉아 있는 그를 보았으리라. 아마 아주머니께서는 그에게 갖다주라고 토스트 담배 한 봉지를 내게 주었을 것이고, 이 선물은 넋을 잃은 듯한 졸음으로부터 그를 깨울 수 있었으리라. 그의 까만색 코담배 상자 속에 이 담배 봉지를 옮겨주는 일은 언제나 나에게 돌아왔다. 왜냐하면 그는 양손이 너무나 떨려서 담배를 반씩이나 마룻바닥에 흘리곤 했기 때문이었다. 심지어 그의 떨리는 커다란 손을 코 있는 데까지 들어올렸을 때에는 작은 구름 같은 담배 부스러기가 손가락 사이로 흘러나와 그의 외투자락 앞에 뚝뚝뚝 떨어졌다. 그의 오래 된 사제복이 색이 바래서 푸르스름하게 보였던 것도 어쩌면 그처럼 끊임없이 흘러내린, 소나기 같은 담뱃가루 때문이었을는지도 모른다. 왜냐하면 언제나 한 주일의 코담배 가루로 시커멓게 된 빨간 손수건을 가지고서 그는 떨어진 담뱃가루를 쓸어 없애려고 애를 썼지만 아무런 소용이 없었기 때문이다.

나는 안으로 들어가 그를 보고 싶었지만 감히 문을 두드릴 용기가 나지

---

4) 손잡이를 잡고 문을 똑똑 두드려 인기척을 알리는 쇠붙이.

않았다. 거리의 햇살 비치는 쪽을 따라 천천히 걸어가면서 나는 상점 창문에 나붙은 극장 광고를 지나칠 적마다 모조리 다 읽었다. 나 자신이나 그날 하루가 죽음을 슬퍼하는 분위기가 아니라니 정말 이상한 느낌이 들었다. 그리고 마치 내가 그분의 죽음으로 인하여 그 무엇으로부터 해방된 듯이 나 자신 속에서 일종의 해방감을 느끼다니 노여운 생각마저 들었다. 간밤에 나의 아저씨가 말해주었듯이 신부님은 내게 엄청나게 많은 것을 가르쳐주었는데도 내가 이런 생각을 하다니 이상하기만 했다. 그는 옛날 로마의 아일랜드계 대학에서 공부를 한 적이 있었고 내게 라틴어를 올바르게 발음하도록 가르쳐주었다. 그는 또한 지하묘지와 나폴레옹 보나파르트에 관한 여러 가지 이야기를 해주었다. 그리고 미사의 여러 가지 다른 의식들과 사제들이 입는 여러 가지 제복의 의미도 설명해주었다. 때때로 그는 내게 여러 가지 어려운 질문을 하곤 했는데, 즉 어떤 상황에서 인간이 해야 할 일 또는 이러이러한 죄는 중죄인가 아니면 경범죄인가, 또는 단지 결함에 불과한 것인가를 묻고는 혼자 즐거워한 적도 있었다. 그의 질문은 나 자신이 언제나 가장 단순한 행사로만 생각했던 성당의 어떤 관습들이 얼마나 복잡하고 신비스러운 것인가를 보여주었다. 성찬식과 고해의 비밀에 관한 신부의 여러 가지 의무가 나에게는 너무나 준엄하게 느껴졌기 때문에 그것을 감당할 용기를 지닌 자는 누구일까 궁금했다. 그리하여 성당의 신부님들은 우체국 주소록처럼 두껍고 신문의 법률 광고처럼 조밀하게 인쇄된 책을 이용해서 이 모든 복잡한 문제들을 설명하고 있다는 얘기를 그가 내게 들려주었을 때에도 나는 조금도 놀라지 않았다. 이따금 나는 이러한 문제를 생각해 보고 대답을 하지 못하거나 아주 바보스럽고 머뭇거리는 듯한 답을 할 수밖에 없었는데, 이에 대하여 그는 빙그레 미소를 짓거나 두서너 번 고개를 끄덕이곤 했었다. 때때로 그는 자신이 내게 암송하도록 했던 미사의 답송(答頌)을 시험해보기도 했다. 그리고 내가 그것을 빠르게 외어 나갈 때에는 생각에 잠긴 듯 미소를 짓거나 고개를 끄덕이며 이따금 커다란 코담배 뭉치를 양쪽 콧구멍에다 번갈아 갖다 대곤 했다. 그는 미소를 지을 때면 크고 변색된 이빨을 드러내고 혀를 아랫입술 위로 축 늘어뜨리기도 했다. 그것은 내가 그를 잘 알기 전, 그러니까 우리가 처음 사귀던 때 나를 불안스럽게 했던 버릇이었다.

햇빛 속을 따라 걸어가면서 나는 코터 영감의 말들을 기억했고 내 꿈속에서 그 후 어떤 일들이 일어났었던가 기억해내려고 애를 썼다. 나는 기다란 벨벳 커튼과 고풍의 흔들램프를 목격한 것이 생각났다. 나는 아주 먼 곳, 풍습이 이상한 나라 ——페르시아라고 생각했다 ——에 간 듯한 느낌이 들었다…… 그러나 나는 꿈의 끝부분을 기억할 수 없었다.

저녁때 방에서 아주머니는 나를 데리고 그 상가를 방문했다. 이미 해가 저문 뒤였다. 그러나 서향 집들의 유리창들이 황갈색 어린 황금의 커다란 구름 뭉치 들을 반사하고 있었다. 내니가 우리들을 현관에서 맞았다. 그녀에게 큰소리로 얘기하는 것이 어울리지 않았기에 아주머니는 그녀와 악수를 함으로써 모든 뜻을 알렸다. 노파는 상대의 뜻을 묻기라도 하듯 위쪽을 가리켰고 아주머니가 고개를 끄덕이자 수그린 머리를 계단 난간 위로 보일 듯 말 듯 드러내면서 우리들 앞에서 좁다란 계단을 오르기 시작했다. 첫번째 층계참에서 그녀는 발걸음을 멈추고 사자(死者) 방의 열린 문을 향해 격려하듯 빨리 들어가도록 손짓을 했다. 아주머니는 안으로 들어갔고, 내가 들어가기를 주저하는 것을 본 그 노파는 거듭 나에게 들어가라고 손짓을 하기 시작했다.

나는 발끝으로 살금살금 들어갔다. 커튼의 레이스 끝을 통하여 들여다보이는 그 방은 거무스름한 황금빛으로 가득 차 있었고, 그 가운데 촛불은 마치 파리하고 맥없는 불꽃처럼 보였다. 그는 이미 입관되어 있었다. 내니가 선도(先導)를 하고 세 사람은 침대 발치께에 무릎을 꿇었다. 나는 기도를 드리는 척했으나 노파의 중얼거림이 나의 주의를 흩어놓는 바람에 생각을 한 곳으로 모을 수가 없었다. 노파의 치마 뒤쪽이 서투르게 여며진 모습이

라든지 운동화 뒤축이 한쪽으로만 몽땅 닳아 없어진 것이 눈에 띄었다. 늙은 신부가 저 관 속에 누워 미소를 짓고 있을까 하는 공상이 내게 떠올랐다.

그러나 우리가 자리에서 일어나 침대 머리맡으로 가보니 그는 미소를 짓고 있지 않았다. 거기에 그는 성단(聖壇) 방에서 오를 때처럼 제의(祭衣)를 입고 엄숙하고 커다랗게 누워 있었고 그의 큼직한 손은 성배(聖杯)를 느슨히 쥐고 있었다. 그의 얼굴은 아주 끔찍스러웠고 잿빛으로 거대하게 보였으며, 검고 동굴 같은 콧구멍에다 얼굴 주위에는 드문드문 하얀 털이 둘려져 있었다. 방안에는 짙은 향기가 어려 있었다――꽃향기가.

우리들은 성호를 긋고 그곳을 나왔다. 아래층 조그만 방에서 우리는 일라이저가 신부의 안락의자에 단정히 앉아 있는 것을 발견했다. 내가 방 한쪽 구석에 있는, 늘상 앉곤 하던 의자 쪽으로 더듬어 나아가고 있는 동안, 내니는 찬장 있는 데로 가서 셰리 술이 들어 있는 병과 술잔 몇 개를 꺼내 왔다. 그녀는 이것을 탁자 위에 올려놓고 우리더러 포도주를 조금 마셔보라고 권했다. 그런 다음 그녀는 언니가 하라는 대로 셰리 술을 여러 잔에다 가득히 따라서 우리들에게 한잔씩 돌렸다. 그녀는 억지로 나더러 크림 크래커를 좀 먹어보라고 했지만, 나는 그것을 먹으면 소리가 너무나 시끄러울 것 같아 거절했다. 그녀는 내가 거절한 데 대해서 얼마간 실망한 듯 보였으나, 조용히 소파로 가서 그곳 언니 뒤에 앉았다. 아무도 말이 없었다. 우리는 모두 텅 빈 벽난로를 응시하고 있었다.

아주머니는 기다렸다가 마침내 일라이저가 한숨을 쉬는 것을 보고 이내 말했다.

"아, 글쎄, 그분은 더 좋은 세상으로 가셨어요."

일라이저는 다시 한숨을 쉬고는 동의의 표시로 고개를 숙였다. 아주머니는 포도주 잔의 밑동을 손가락으로 만지작거리다가 한 모금 들이켰다.

"그랬던가요…… 평화롭게?" 그녀가 물었다.

"오, 정말 평화롭게, 아주머니." 일라이저가 말했다. "숨이 언제 끊어지셨는지 알지 못할 정도였어요. 고이 돌아가셨어요. 하느님 덕분에……"

"그리고 모든 일은……"

"오러크 신부님이 화요일에 오셔서 종유례(終油禮)도 베푸시고 만사를 다 준비해주셨습니다."

"그럼 본인도 그때 아셨던가요?"

"본인도 아주 단념하고 계셨어요."

"그분은 아주 초연하셨던 것 같군요." 아주머니가 말했다.

"신부님이 돌아가신 후에 몸을 씻기기 위해 우리가 들여보냈던 아주머니도 그렇게 말했지요. 흡사 잠을 자고 계시는 듯, 그토록 평화롭고 초연하게 보였다고 했습니다. 저렇게 고이 돌아가실 줄은 아무도 생각지 못했을 거예요."

"그래요, 정말." 아주머니가 말했다.

그녀는 유리잔에 있는 술을 조금 더 홀짝 마시고는 말을 이었다.

"글쎄, 플린 아주머니, 아무튼 그분을 위해 아주머니께서 할 수 있는 일은 다 해드렸다고 생각하니 커다란 위안이 아닐 수 없어요. 두 분 모두 그분께 정말 친절하게 대해 주셨습니다."

일라이저는 무릎 위의 옷을 만지작거렸다.

"아, 가엾은 제임스!" 그녀는 말했다. "우린 이렇게 가난해도 그분께 해드릴 수 있는 건 모두 다 해드렸음을 하느님은 아시지요——오라버님께서 이 세상에 계시는 동안 부족한 것이 없으시도록 모든 걸 다 해드렸답니다."

내니는 진작부터 소파 등받이에 머리를 기대고 있었으므로 이내 잠이 들 것만 같았다.

"내니가 가엾지요." 일라이저가 그녀를 쳐다보며 말했다. "지쳤지 뭐예요. 모든 일은 우리 둘이서 다 했어요. 그녀와 내가 말예요. 몸을 씻길 아주머니를 불러들인다, 입관 준비를 한다, 그런다음 입관을 시킨다, 성당에서 미사를 준비한다, 이 모든 일을 말예요. 오러크 신부님이 아니었던들 우린 무엇을 해야 할지 도무지 몰랐을 거예요. 그분께서 저 꽃들을 모두 가져오셨고, 성당에서 저 촛대 두 개도 꺼내 오셨어요. 그리고 《프리먼즈 제너럴》[5]에 사망 광고도 내주시고, 묘지며 가엾은 제임스의 보험에 필요한 모든 서류도 맡아 해주셨어요."

"정말 고마우신 분이잖아요?" 아주머니가 말했다.

일라이저는 두 눈을 감고 고개를 천천히 끄덕였다.

"아, 옛친구만한 사람이 세상에 또 있던가요." 그녀는 말했다.

"뭐니뭐니해도 몸을 맡길 수 있는 것은 옛친구밖에 없어요."

"정말 그 말이 옳아요." 아주머니가 말했다. "그리고 정말이지 그분께서는 이제 영원한 보답의 세계로 가셨으니, 두 아주머님이 그분께 베푸신 친절을 결코 잊지 않으실 거예요."

"아, 가련한 제임스!" 일라이저가 말했다. "그분은 우리들에게 큰 고통은 아니었어요. 집안에서도 지금처럼 소리 하나 내는 일이 없었으니까요. 하지만 그분께서 세상을 하직하셨다니 서운하기 그지없네요……"

"만사가 다 끝났으니 서운하실 테지요." 아주머니가 말했다.

"알아요." 일라이저가 말했다. "이제는 오라버님께 고기 수프를 가져다드릴 필요도 없어졌고 또 아주머니께서는 그분께 코담배를 보내드릴 필요가 없게 되었지요. 아, 불쌍한 제임스."

그녀는 마치 과거를 회상하듯 말을 멈추었다가 이내 날카롭게 말했다.

"이봐요, 나는 최근에 오라버님한테 이상한 일이 일어나고 있다는 걸 눈치챘어요. 오라버님께 고기 수프를 드리려고 방에 들어갈 때마다 오라버님은 성무일과서(聖務日課書)를 마룻바닥에 떨어뜨리고 의자에 등을 기댄 채

---

5) 더블린에서 발간되는 주요 일간지 《프리먼즈 저널(*Freeman's Journal*)》을 잘못 말한 듯함.

입을 떡 벌리고 있었어요."

그녀는 손가락을 코에 갖다 대고 얼굴을 찌푸렸다. 그리고 이내 말을 이었다.

"하지만 그럼에도 불구하고 그분께선 계속 이렇게 말씀하고 계셨어요. 여름이 끝나기 전에 어느 날씨 좋은 날 우리 세 남매가 그 옛날 태어난 아이리쉬타운으로 가서 다시 옛집을 구경하자고 말예요. 그리고 나와 내니를 함께 데리고 가겠다고 하셨어요. 오러크 신부님이 오라버님한테 말한 적이 있는, 바람 넣은 바퀴가 달린 그 신식 마차를 길 건너 조니 러쉬 상점에서 하루 동안 값싸게 빌려가지고, 우리 셋이 어느 일요일 저녁 함께 드라이브를 할 수만 있다면 하고 말씀하셨어요. 오라버님은 그걸 마음에 두고 계셨던 거예요……, 가엾은 제임스!"

"하느님이시여, 그분의 영혼에 자비를 내리소서!" 아주머니가 말했다. 일라이저는 손수건을 꺼내 눈을 닦았다. 그런 다음 다시 그것을 주머니 속에 집어 넣고 한동안 말없이 텅 빈 벽난로 아궁이 속을 빤히 들여다보았다.

"오라버님은 언제나 너무 꼼꼼하셨어요." 그녀는 말했다. "성직(聖職)의 의무가 그분께 너무나 과중했던 거예요. 그래서 그분의 인생은, 글쎄요, 좌절되었다고나 할까요."

"옳아요." 아주머니가 말했다. "그분은 뜻을 펴지 못하셨어요. 그걸 분명히 알 수 있었어요."

침묵이 조그마한 방을 점령했다. 그 틈을 타서 나는 탁자로 다가가서 세리 술을 맛본 다음 구석에 있는 내 의자로 조용히 되돌아왔다. 일라이저는 깊은 몽상에 빠져 있는 듯 보였다. 우리는 그녀가 침묵을 깰 때까지 얌전하게 기다렸다. 그러자 한참 뒤에 그녀가 천천히 말했다.

"문제는 오라버님이 깨뜨린 성배였어요…… 그게 문제의 시초였답니다. 물론 사람들은 그것과는 아무 상관없다고 말하죠. 제 뜻은 거긴 아무것도 들어 있지 않았다는 말예요. 그러나 그런데도…… 사람들은 복사(服事)[6]의 잘못이라 말하고 있어요. 그러나 가엾은 제임스는 너무나 신경이 예민했어요. 하느님, 그분께 자비를 내리소서!"

"그래, 그게 문제였군요?" 아주머니가 물었다. "나도 무슨 말을 듣긴 했지만…… "

일라이저는 고개를 끄덕였다.

"그 일이 마음에 타격을 주었어요." 그녀는 말했다. "그 뒤로는 혼자서 우울해하며 아무에게도 말을 하지 않고 혼자 방황하기 시작했어요. 그러던 어느 날 밤, 사람들이 방문할 일이 있어서 그를 찾았지만 어디서도 그를 찾을 수가 없었어요. 사람들은 이곳저곳을 샅샅이 뒤졌지요. 그러나 어디서도 그의 흔적을 찾을 길이 없었답니다. 그러자 그때 사무장께서 성당을 한번 둘러보라고 일러주었어요. 그래서 모두들 열쇠를 얻어가지고 성당 문을 열었지요. 사무장과 오러크 신부님, 그리고 마침 그곳에 와 계시던 다른 신부님이 그를 찾기 위해 불을 들고 안으로 들어갔지요…… 그런데 어찌 된 노릇인지, 그가 그곳 고해소의 어둠 속에 혼자 앉아서 눈을 동그랗게 뜨고 홀로 조용히 웃고 있는 듯했다지 뭡니까?"

그녀는 마치 무엇에 귀를 기울이듯 갑자기 말을 멈췄다. 나도 역시 귀를 기울였다. 그러나 집안에서는 아무 소리도 들리지 않았다. 그리고 나는 나이 많은 신부가 아까 우리들이 보았듯이 죽음 속에 엄숙히 그리고 끔찍한 모습으로 가슴에다 맥없이 성배를 얹은 채 관 속에 조용히 누워 있음을 알고 있었다.

일라이저는 말을 이었다.

"눈을 동그랗게 뜨고 홀로 웃고 있는 듯했지요…… 그래서 그때, 즉 그 광경을 보았을 때 그에게 뭔가 잘못된 일이 있었구나 하고 모두들 생각하게 되었지요."

---

6) 미사를 집행하는 사제를 돕는 남자아이.

뜻밖의 만남

　황량한 서부 지방을 우리들에게 처음으로 가르쳐준 사람은 조 딜런이었다. 그는 《유니언 잭》이니, 《담력》이니 그리고 《하찮은 경탄》이니 하는 낡은 소년 잡지들로 가득 채워진 조그마한 서재를 갖고 있었다. 학교가 끝난 뒤 저녁때면 우리는 그집 뒷마당에서 만나 인디언 전쟁 놀이를 했다. 그와 게으름뱅이 뚱뚱보 동생 리오가 마구간의 다락을 점령했는가 하면 한편으론 우리는 그것을 기습하여 함락시키고자 했다. 우리는 풀밭에서 정정당당히 대전하기도 했다. 그러나 아무리 우리가 잘 싸워도, 포위전이고 대전이고 간에 한 번도 이긴 적이 없었으며, 우리들의 승부는 항상 조 딜런의 전승무(戰勝舞)로 끝나고 말았다. 그의 양친은 매일 아침 가디너 가에 있는 8시 미사에 나갔고, 딜런 부인이 풍기고 간 아련한 냄새가 집의 현관 어디에나 어려 있었다. 그러나 그는 자기보다 어리고 겁이 많은 우리들에게 너무 사납게 굴었다. 낡은 찻병의 보온 커버를 머리에 뒤집어쓰고 깡통을 주먹으로 치면서 마당을 신나게 껑충껑충 뛰어다닐 때는, 마치 인디언처럼 보였다. 그는 고함을 질렀다.

　"야! 야카, 야카, 야카!"

　그가 신부직(神父職)을 자신의 직업으로 택했다는 소식이 알려졌을 때, 그걸 믿는 사람은 하나도 없었다. 그럼에도 불구하고 그것은 사실이었다.

우리들 사이에는 일종의 반항 정신 그 자체가 퍼지고 있어서 그런 영향 밑에서는 교양이고 인격이고 간에 그 차이는 문제가 되지 않았다. 우리들은 서로 작당을 했는데, 몇몇은 대담하게, 몇몇은 장난으로 그리고 또 몇몇은 겁에 질려 그렇게 했다. 그리고 공부만 하고 배짱이 없다는 말을 듣는 것이 두려워 마음이 내키지 않아도 부득이 이 인디언 팀이 된 마지막 부류의 아이들도 있었는데, 나도 그들 중의 하나였다. 미국의 황량한 서부에 관한 문학작품 속에 그려진 모험들은 내 기질과는 거리가 멀었지만, 최소한 그것들은 도피의 문을 열어주었다. 거칠도록 사납고 아름다운 아가씨들이 이따금 나오는 미국 탐정소설들을 나는 더 좋아했다. 이러한 소설들 속에는 나쁜 것도 없고, 때로는 그들의 의도가 문학적인 것도 있었는데도, 학교에서는 남몰래 돌려가며 읽었다. 어느 날 버틀러 신부가 로마 역사 네 페이지를 가르쳐주고 있었는데, 눈치없는 리오 딜런이 《하찮은 경탄》을 읽다가 발각되고 말았다.

"이 페이지냐, 아니면 이 페이지냐? 이 페이지냐? 자, 딜런, 일어나. '그날이……' 어서 읽어 봐! 무슨 날이냐? '그날이 밝아오자……' 너 공부했니? 너 주머니 속에 갖고 있는 게 뭐냐?"

리오 딜런이 잡지를 내밀었을 때 아이들은 모두 가슴이 두근거렸으나 모두 천연덕스런 표정을 지어 보였다. 버틀러 신부는 얼굴을 찌푸리며 책장을 뒤적거렸다.

"도대체 이 쓰레기는 뭐냐?" 그는 다그쳤다. "아파치 추장! 넌 로마 역사는 공부하지 않고 이런 걸 읽고 있었니? 학교에서 이 따위 것을 다시 한 번 눈에 띄게 했단 봐라! 그걸 쓴 놈은, 내 생각엔 술값이나 벌려고 쓰는 어떤 경칠 놈일 거야. 너처럼 교육을 받은 애가 그 따위 것을 읽다니 놀랍구나! 만일 네가…… 초등학교 학생이라면 이해할 수 있다만. 자, 딜런 너한테 단단히 충고하지만 제발 공부 좀 해. 그러지 않으면……"

착실해야 할 학교 공부 시간에 이러한 꾸지람을 듣게 되다니 황량한 서부의 영광에 대한 매력은 더욱 시들어버렸고, 리오 딜런의 당황해하는 불룩한 얼굴을 보자, 나는 양심의 가책을 느끼지 않을 수 없었다. 그러나 학교의 구속에서 일단 벗어나면, 나는 또다시 야성적인 기분이 되어 이러한 무법천지의 얘기만이 내게 주는 듯한 도피를 갈망하기 시작했다. 저녁이면 벌이는 전쟁 놀이도 아침에 있는 학교의 정규수업처럼 내게는 마침내 따분해지고 말았다. 왜냐하면 진짜 모험이 나에게 일어나기를 바랐기 때문이다. 그러나 곰곰이 생각해보면, 진짜 모험이란 집에만 머물러 있는 사람들에게는 일어나지 않는 법이다. 밖에서 찾아야만 한다.

여름방학이 임박하자, 나는 하루 동안만이라도 학교 생활의 지루함으로부터 해방되려고 단단히 마음을 먹었다. 리오 딜런, 그리고 머호니라는 아이와 함께 나는 수업을 하루 빼먹을 계획을 세웠다. 우리들은 각자 6펜스씩을 모았다. 운하교에서 아침 10시에 만나기로 했다. 머호니의 큰누이가 그를 위해 학교에 낼 결석계를 썼고, 리오 딜런은 그의 형을 시켜 그가 아프다고 말하게 했다. 우리는 부둣가를 따라 배들이 있는 곳까지 가서 나룻배를 타고 강을 건너, 피전하우스 발전소를 보러 가기로 계획했다. 리오 딜런은 혹시 버틀러 신부나 또는 학교에서 나온 다른 선생을 만나면 어떡하나 하고 겁을 냈지만, 머호니는 버틀러 신부가 뭣 때문에 피전하우스 발전소에 나타나겠어 하고 참 재치 있게 반문을 했다. 우리는 이 말에 다시 안심이 되었다. 그래서 나는 그들한테서 6펜스씩을 걷고 동시에 나의 6펜스를 그들에게 보여줌으로써 음모의 첫 단계를 실행에 옮겼다. 간밤에 마지막 모의를 하면서 우리는 모두 공연히 마음이 들떠 있었다. 그래서 서로 소리내어 웃으며 악수를 했다. 머호니가 말했다.

"그럼 내일 봐, 애들아."

그날 밤 나는 잠을 잘 이룰 수가 없었다. 내가 가장 가까운 곳에 살았기 때문에 아침에 제일 먼저 온 사람은 나였다. 나는 사람이라곤 아무도 오지 않는 마당 끝에 있는 재 웅덩이 근처의 키 큰 풀 속에 책을 감춘 다음, 운하 둑을 따라 급히 걸어갔다. 때는 6월 첫 주의 따뜻하고 맑은 아침이었다. 나는 다리 난간 꼭대기에 올라앉아 내가 밤새도록 열심히 파이프 백토칠을 한, 해지기 쉬운 운동화를 보며 감탄하거나, 또 일하러 가는 사람들을 가득 실은 마차를 언덕 위로 끌고 가는 유순한 말들을 쳐다보고 있었다. 산책길을 따라 쭉 늘어선 키 큰 나무들의 모든 가지들은 작고 연초록빛 나는 잎들로 반짝이는 듯 보였고, 햇빛은 비스듬히 그들 사이를 뚫고 물 위를 비추고 있었다. 다리의 화강암이 따뜻해지기 시작했다. 그러자 나는 머리 속의 곡조에 박자를 맞추어 두 손으로 돌다리를 가볍게 두드리기 시작했다. 나는 사뭇 행복했다. 5분 내지 10분 가량 그곳에 앉아 있었을 때, 나는 회색 양복을 입은 머호니가 이쪽으로 다가오는 것을 보았다. 그는 미소를 지으면서 언덕 위로 올라와 다리 위 내 곁에 걸터앉았다.

우리들이 기다리고 있는 동안 그는 안주머니에 불룩하게 넣어두었던 새총을 꺼내 자기가 몇 군데 개조한 곳에 대해 나에게 설명했다. 왜 그걸 갖고 왔는지를 묻자, 그는 새들을 놀려주려고 가지고 왔노라고 했다. 머호니는 속어를 마구 사용했으며, 버틀러 신부를 번저 영감이라 불렀다. 우리는 15분 동안을 계속 더 기다렸지만 여전히 리오 딜런은 나타나지 않았다. 머호니가 마침내 껑충 뛰어내리며 말했다.

"가자, 그 뚱뚱보 녀석 꽁무니 뺄 줄 알았다니까."

"그럼, 그애 돈 6펜스는……" 내가 말했다.

"그건 몰수하는 거야." 머호니가 말했다. "그럼 우리한텐 더 잘됐지 뭐야. 돈이 그만큼 더 불어났으니."

우리는 노드 스트랜드 가도를 지나 황산염 공장에 도달했고 이내 오른쪽으로 돌아 부둣가를 따라 걸어갔다. 사람들의 시선을 벗어나자마자 머호니는 인디언 놀이를 시작했다. 그는 탄알을 재지 않은 새총을 휘두르며 남루한 옷을 입은 한 무리의 소녀들을 추격했다. 그리고 역시 남루한 옷을 입은 두 소년이 의협심에서 우리한테 돌을 던지자, 그들을 공격하자고 그는 제의했다. 소년들이 너무 작으니 그만두자고 내가 반대했으므로 우리들은 그대로 계속 걸어갔다. 그때 남루한 옷을 입은 애들의 무리가 우리들 등뒤에다 대고 '두렁이 친 놈들[1]! 두렁이 친 놈들!' 하고 고함을 질렀다. 그들은 우리들을 신교도로 생각하고 있었는데, 그 이유인즉 얼굴이 거무튀튀한 머호니가 모자에다 크리켓 클럽의 은배지를 달고 있었기 때문이다. 스무딩 아이런[2]까지 왔을 때, 우리는 포위전을 시도했으나, 그걸 하려면 최소한 세 사람이 있어야 했기 때문에 실패하고 말았다. 리오 딜런 녀석은 정말 겁쟁이야라고 말하는 것으로, 그리고 그 녀석 3시에 라이언 선생한테서 몇 대나 맞게 될까 추측해보는 것으로 우리는 그에 대한 분풀이를 했다.

그러는 동안 우리는 강 가까이까지 왔다. 우리는 양쪽으로 높은 돌담이 둘러쳐진, 떠들썩한 거리를 돌아다니거나 여러 가지 크레인들과 엔진들이 일하는 것을 살펴보며, 이따금 삐걱거리는 마차를 모는 마부들로부터 비켜나라는 호령을 들으면서 오랜 시간을 보냈다. 부두에 도착했을 때는 정오였다. 그리고 노동자들이 모두 점심을 먹고 있는 듯이 보였으므로, 우리는 커다란 건포도빵 두 개를 사서 강가에 있는 어떤 금속 관 위에 앉아 먹었다. 우리는 더블린의 교역이 이루어지고 있는 광경을 보자 기분이 좋았다. 멀리서 소용돌이치는 양모 같은 연기를 뿜으며 신호를 보내고 있는 거룻배들, 링센드 등대 너머로 보이는 갈색의 고깃배들, 맞은편 부두에서 짐을 풀고 있는 크고 하얀 돛을 단 배. 머호니는 저런 큰 배 하나를 타고 저 멀리 바다로 나가면 정말 신나겠다고 말했다. 그리고 높은 돛대를 쳐다보고 있던 나까지도 학교에서 대충 배운 바 있는 지리에 관한 지식이 내 눈앞에서 점점 분명해지는 것을 보거나 또는 상상했다. 학교와 집은 우리들로부터 멀리

---

1) 보통 신교도들을 경멸하는 뜻으로 부르는 호칭.
2) 더블린 만에 있는 수영장.

사라져간 듯했고, 우리들을 붙들고 있던 그들의 영향력 또한 약해진 듯 느껴졌다.

우리들은 두 사람의 노동자와 가방을 든, 키가 작은 유대인 한 사람과 함께 타고 가려고 뱃삯을 치른 다음 나룻배를 타고 리피 강을 건넜다.

우리들은 엄숙하다고 할 만큼 심각해져 있었으나, 짧은 항해 동안 한 번 시선이 마주치자 큰소리로 웃었다. 육지에 내렸을 때, 우리는 조금 전에 맞은편 부두에서 보았던 그 우아하고 세 개의 돛이 달린 배가 짐을 푸는 광경을 눈여겨보았다. 곁에 서 있던 어떤 사람이 그 배는 노르웨이 배라고 했다. 나는 배의 고물 쪽으로 가서, 그곳에 새겨진 배의 명각(銘刻)을 살펴보려고 했으나 실패하고 다시 되돌아와서는 그 외국 선원들 가운데 누가 초록색 눈을 가지고 있는지를 살펴보았다. 왜냐하면 나는 그전부터 그런 혼란스런 생각을 해왔으니까…… 선원들의 눈은 푸르거나 회색이고 심지어 검기까지 했다. 눈이 초록색이라고 할 수 있는 유일한 선원은 키가 큰 사람이었는데, 그는 널빤지가 떨어질 때마다 쾌활하게 소리를 질러 부두에 모인 사람들을 웃기고 있었다.

"좋아! 좋아!"

이 광경에도 싫증이 나자, 우리는 링센드 등대 쪽으로 서서히 거닐었다. 날씨는 벌써부터 찌는 듯이 더웠고, 식품점의 진열장에서는 곰팡이 핀 비스킷이 허옇게 바래고 있었다. 우리는 약간의 비스킷과 초콜릿을 사서 어부들의 가족들이 살고 있는 불결한 거리를 쏘다니며 열심히 먹었다. 우리는 우유 가게를 찾지 못했기 때문에 도붓장수 가게에 들어가 산딸기 레몬수 한 병씩을 샀다. 그걸 마시고 기운을 되찾은 머호니는 고양이 한 마리를 뒤쫓아 골목길로 달려 내려갔다. 그러나 고양이는 넓은 들판으로 도망치고 말았다. 우리 둘은 약간 피곤함을 느꼈으므로, 들판에 도착하자 이내 경사진 둑 쪽으로 향했다. 그곳 산등성이 너머로 도더 강을 볼 수 있었다.

시간이 너무 늦은 데다 너무 피곤해서 피전하우스 발전소로 가는 계획을 실행할 수가 없었다. 우리들의 모험이 발각되지 않으려면 4시 전에 집으로 돌아가야만 했다. 머호니는 유감스럽다는 듯 새총을 쳐다보았다. 그래서 나는 그가 쾌활한 기분을 되찾기 전에 기차를 타고 집으로 가자고 제의하지 않을 수 없었다. 해는 이미 몇 조각의 구름 뒤로 사라졌고, 우리들의 생각은 몹시도 지쳐 있었으며 먹을 거라고는 빵부스러기밖에 남아 있지 않았다.

들판에 있는 사람이라곤 우리밖에 없었다. 우리들은 얼마 동안 말없이 둑 위에 누워 있었는데, 그때 나는 어떤 사나이가 들판 끝에서 이쪽으로 다가오고 있는 것을 보았다. 나는 소녀들이 운수 점을 칠 때 사용하는 풀줄기를 씹으며 나른한 기분으로 그를 살펴보았다. 그는 둑을 따라 천천히 걸어왔다. 그는 한 손을 허리에다 얹고 또 다른 한 손에는 지팡이를 들고 있었는데 그걸 가지고 잔디풀을 가볍게 탁탁 쳤다. 그는 푸르스름한 검정 양복을 초라하게 입고 있었고, 우리가 보통 제리 모자라 부르는 춤 높은 모자를 쓰고 있었다. 그는 꽤 나이가 들어 보였다. 왜냐하면 콧수염이 반백으로 세어 있었기 때문이다. 발치를 지나칠 때 그는 재빨리 우리를 흘끗 쳐다보더니 그냥 계속 걸어갔다. 우리가 눈으로 뒤쫓아 가자, 그는 약 50보 가량 가다가 방향을 바꾸어 다시 이쪽으로 걸어오기 시작했다. 그는 우리를 향해 아주 천천히 걸어오면서 지팡이로 땅을 계속 탁탁 쳤다. 그의 발걸음이 어찌나 느리던지 그가 풀 속에서 무엇을 찾고 있는 게 아닐까 하고 나는 생각했다.

우리와 나란히 서게 되자 그는 발걸음을 멈추고 우리에게 인사를 했다. 우리가 답례를 하자 그는 우리 옆 경사진 언덕에 천천히 그리고 아주 조심스럽게 앉았다. 그는 날씨에 관해 이야기하기 시작했는데, 올 여름은 꽤 더울 것이라고 말하며 오래 전 자신이 어렸을 때하고는 계절이 아주 달라졌다고 덧붙여 말했다. 그는 인생에 있어서 가장 행복한 때는 분명히 학생 시절이며, 다시 한 번 젊어질 수만 있다면 뭐든지 하겠노라고 말했다. 그가 이런 감상적인 이야기를 늘어놓고 있는 동안 우리는 좀 지루해서 그대로 조용히 앉아 있었다. 그러자 그는 이번에는 학교와 책 이야기를 하기 시작했다. 그는 우리더러 토머스 무어[3]의 시(詩)나, 월터 스코트[4] 경과 로드 리튼[5] 경의 작품들을 읽었느냐고 물었다. 그가 말한 책들을 내가 다 읽은 체하자 마침내 그는 이렇게 말했다.

"아, 알았다. 너도 나처럼 책벌레구나. 그런데," 그는 놀란 듯이 우리를 지켜보고 있는 머호니를 가리키며 말을 덧붙였다. "저애는 달라. 장난꾸러기 같단 말이야."

그는 자기 집에 가면 월터 스코트 전집과 리튼 전집이 있는데 아무리 읽어도 싫증이 나지 않는다고 말했다. "물론," 그는 말했다. "리튼 경의 작품 가운데 애들이 읽을 수 없는 것이 더러 있지." 머호니는 왜 애들이 읽을 수 없느냐고 물었다. 이러한 질문은 나의 가슴을 두근거리게 했고 나를 괴롭혔다. 왜냐하면 그 사람이 나도 머호니처럼 머리가 둔한 놈이라고 생각할까봐 겁이 났기 때문이다. 그러나 그 사람은 그저 웃을 뿐이었다. 나는 그의 누런 이빨 사이에 커다란 틈이 벌어져 있는 것을 보았다. 그 다음에 그는 우리 중에 누가 애인이 더 많냐고 물었다. 머호니는 애인이 셋이라고 태연하게 말했다. 이번에는 나한테 애인이 몇이냐고 물었다. 나는 하나도 없다고 대답했다. 그는 내 말을 믿지 않으며, 하나쯤 있을 게 분명하다고 말했다. 나는 잠자코 있었다.

"말해봐요," 머호니가 그 사람에게 버릇없이 말했다. "그럼 당신에겐 몇 명이나 있어요?"

남자는 아까처럼 웃으며 그가 우리 나이였을 때는 애인이 많았다고 말했다.

---

3) 아일랜드의 서정적인 민족시인(1779~1852). 시집 《아이리쉬 멜로디즈》로 유명함.
4) 스코틀랜드의 시인이자 역사소설가(1771~1832). 작품의 낭만성으로 유명함.
5) 영국의 정치가이자 작가(1803~73). 《폼페이 최후의 날》로 유명함.

"어느 애나 사랑하는 애인 하나는 있지." 그는 말했다.

이 점에 관한 그의 태도는 그만한 나이치곤 꽤나 솔직하다는 생각이 들게 했다. 그가 애들이나 애인에 관해서 한 말은 그럴싸한 이야기라는 생각이 마음속에 들었다. 그러나 그 사람의 입에서 나오는 말이 싫었다. 그리고 그는 마치 뭐가 무서운 듯 또는 갑작스런 오한을 느끼는 듯 한두 번씩 몸을 떨었는데 그 이유를 알 수 없었다. 그가 말을 계속 이어가자, 나는 그의 발음이 좋다는 것을 알았다. 그는 우리들에게 소녀들에 관하여 이야기하기 시작했고, 그들은 얼마나 아름답고 고운 머리칼을 가졌으며, 손이 얼마나 부드러운가를 말했다. 그러나 알고 보면 소녀들이란 겉으로 보는 것만큼 그렇게 착하지만은 않다고 했다. 그는 아름답고 젊은 소녀를 보는 일과 그녀의 아름답고 하얀 손, 그리고 아름답고 부드러운 머리칼을 보는 것보다 더 좋아하는 것은 없다고 말했다. 그는 과거에 마음속에 암기해두었던 어떤 말을 반복하고 있거나, 아니면 자기 자신이 한 말에 매료되어 생각이 똑같은 궤도를 따라 천천히 그리고 빙글빙글 맴돌고 있는 듯한 인상을 주었다. 어떤 때는 모든 사람들이 다 알고 있는 무슨 사실을 단순히 암시하고 있는 듯 말을 했고, 또 어떤 때는 다른 사람들이 엿듣기를 원치 않는 무슨 비밀 이야기를 우리들에게 말하고 있는 듯 목소리를 낮추어 은밀하게 이야기하기도 했다. 그는 같은 말을 몇 번이고 반복했는데, 단조로운 목소리로 그 말을 변형시키거나 그 주위를 맴돌고 있었다. 나는 그가 하는 말에 귀를 기울이면서 비탈진 쪽을 계속해서 바라보고 있었다.

한참 뒤에 그의 독백은 멎었다. 그는 1분 가량, 아니 몇 분 동안 어딜 좀 다녀와야겠다고 말하면서 천천히 자리에서 일어섰다. 나는 지금까지 바라보던 시선의 방향을 바꾸지 않은 채 그가 우리들 곁을 떠나 들판이 끝나는 쪽으로 천천히 걸어가는 것을 보았다. 그가 가버리자, 우리는 말없이 앉아 있었다. 잠시 침묵이 흐른 뒤에 나는 머호니가 외치는 소리를 들었다.

"글쎄! 저이 하는 짓 좀 봐!"

내가 대꾸도 않고 고개를 쳐들지도 않자, 머호니가 다시 외쳤다.

"글쎄…… 저인 괴짜 영감이야!"

"저 사람이 우리들의 이름을 물을 경우엔 말이야," 나는 말했다.

"넌 머피라 하고 난 스미스라고 하자."

우리는 더 이상 아무 말도 하지 않았다. 내가 그곳을 떠날까말까 망설이고 있는데, 그 남자는 다시 되돌아와서 우리 곁에 앉았다. 그가 자리에 앉자마자, 머호니는 그에게서 도망쳤던 고양이를 찾아내고, 껑충 자리에서 일어나며 들판을 가로질러 뒤쫓아갔다. 그 사람과 나는 머호니가 고양이를 뒤쫓는 것을 지켜보고 있었다. 고양이가 다시 한 번 도망치자, 머호니는 고양이가 올라간 담을 향해 돌을 던지기 시작했다. 이내 그는 그짓을 그만두고 정처없이 멀리 떨어진 들판의 끝 쪽을 배회하기 시작했다.

잠시 후에 그 사람은 내게 말을 걸었다. 그는 네 친구가 대단히 거친 아이라고 말하며, 학교에서 자주 매를 맞지 않느냐고 물었다. 나는 화가 나서 그의 말대로 매나 맞는 초등학교 학생 따윈 아니라고 대답할까 했으나 잠자코 입을 다물고 있었다. 그는 이번에는 아이들을 체벌하는 문제에 관해 이야기하기 시작했다. 자신의 말에 다시 매혹된 듯, 그의 마음은 이 새로운 화제를 중심으로 빙빙 맴도는 듯 보였다. 아이들이 저럴 때는 매를 맞아야 한다, 맞아도 된통 맞아야 한다고 그는 말했다. 아이가 거칠고 말을 듣지 않을 때는 따끔하게 한 대 때려주는 것보다 더 좋은 약은 없다고 했다. 손바닥을 한 대쯤 찰싹 때린다거나, 뺨을 한 대쯤 때리는 것은 아무 소용이 없다는 것이었다. 자기가 바라는 것은 눈에 불이 번쩍 날 정도로 호되게 한 대 때려주는 것이라고 했다. 나는 이런 감정적인 말에 깜짝 놀라 무심결에 그의 얼굴을 흘끗 쳐다보았다. 그렇게 하자 나는 찡긋 움직이는 이마 아래서 나를 노려보는 한 쌍의 짙푸른 눈동자와 마주쳤다. 나는 또다시 시선을 다른 데로 돌리고 말았다.

그 사람은 독백을 계속했다. 그는 아까의 관용주의를 벌써 잊고 있는 듯이 보였다. 어떤 애가 소녀들한테 말을 걸거나, 소녀를 애인으로 삼고 있는 것이 발각되면 거듭 호되게 때릴 것이요, 그것이 약이 되어 다시는 소녀들에게 말을 걸지 못하게 될 것이라고 했다. 만일 어떤 애가 애인이 있으면서도 없다고 거짓말을 하면, 그땐 세상에 이런 애도 있었던가 할 정도로 호되게 때려줄 것인데, 세상에 이보다 더 시원한 일은 없을 거라고 그는 말했다. 그는 어떤 미묘한 비밀이라도 풀어주고 있는 듯, 이러한 아이에게 매질하는 방법을 나에게 설명해주었다. 이 세상에 그보다 더 통쾌한 일은 없으리라고 했다. 그리고 그와 같은 비밀 속으로 나를 한결같이 끌고 들어갈 때의 그의 목소리는 애정이 넘치듯 다정스러웠으며, 마치 나에게 자기 말을 이해해달라고 애원하는 듯싶었다.

나는 그의 독백이 다시 멈출 때까지 기다렸다. 그러나 자리에서 이내 벌떡 일어섰다. 마음의 동요를 드러내지 않으려고 일부러 신발을 고쳐 신는 척하면서 나는 얼마 동안을 주춤거리다가 집에 가야겠다고 말하고는 그에게 작별인사를 했다. 나는 잠자코 언덕을 올라가긴 했으나, 발목이 붙잡히지나 않을까 하는 두려움 때문에 가슴이 몹시 두근거렸다. 언덕 꼭대기에 다다랐을 때 나는 몸을 빙 돌리며 그를 쳐다보지 않은 채 들판을 가로질러 큰소리로 불렀다.

"머피!"

내 목소리에는 억지로 용기를 내려는 듯한 기운이 어려 있었는데 나는 그 따위 나의 하찮은 잔꾀가 부끄러웠다. 머호니가 나를 보고 '어이' 하고 대답하기 전에 나는 그의 이름을 다시 부르지 않을 수 없었다. 그가 들판을 가로질러 내게로 달려왔을 때 나의 가슴은 얼마나 두근거렸던가! 그는 마치 나에게 구원을 가져다주듯 달려왔다. 그리고 나는 뉘우쳤다. 왜냐하면 마음속으로 나는 언제나 그를 약간 무시하고 있었기 때문이다.

애 러 비

노드 리치먼드 가(街)는 막다른 골목으로, 기독형제수도회의 학생들이 파해 나오는 시간 이외에는 조용한 거리였다. 그 막다른 골목 맨 끝에 사람이 살지 않는 이층집 한 채가 사각의 대지에 이웃집들로부터 떨어진 채 서 있었다. 이 거리의 다른 집들은 그 안에 살고 있는 사람들의 점잖은 삶을 의식이나 하는 듯, 태연한 갈색 얼굴로 서로 마주보고 서 있었다.

우리 집에 전에 세들었던 사람은 신부였는데, 그는 뒤쪽 응접실에서 세상을 떠났다. 오랫동안 닫혀 있어서 곰팡이 냄새를 풍기는 공기가 방마다 어려 있었고, 부엌 뒤에 있는 창고에는 낡고 쓸모 없는 휴지가 사방에 흩어져 있었다. 이들 가운데서 나는 몇 권의 문고판 책들을 찾아냈는데, 책장들이 돌돌 말려 있었고 습기로 축축해져 있었다. 월터 스코트의 《승원장(僧院長)》《경건한 성찬배수자(聖餐拜受者)》《비도크의 회고록》 등이었다. 나는 마지막 책을 제일 좋아했는데, 그 이유는 책장이 노랗기 때문이었다. 집 뒤의 황량한 정원에는 그 한복판의 사과나무 한 그루를 포함하여 덤불숲이 몇 군데 흩어져 있었다. 나는 그 중의 어떤 덤불숲 밑에서 전에 세들어 살던 사람이 쓰던 녹슨 자전거 펌프를 찾아냈다. 그는 대단히 자선심이 강한 신부였다. 유서에 그의 전 재산을 자선 기관에 기증하고 그리고 집에서 쓰던

가구들은 그의 누이동생에게 모두 준다고 써놓았다.

　겨울 해가 짧아지자, 저녁식사를 마치기도 전에 땅거미가 졌다. 우리가 거리에서 만났을 때, 집들은 벌써 어둠에 싸여 있었다. 머리 위의 넓은 하늘은 끝없이 변해가는 보랏빛이었고, 그 하늘을 향해 가로등들이 희미한 불빛을 쳐들고 있었다. 차가운 공기가 살을 에는 듯했지만 우리는 몸이 활활 타오를 때까지 뛰어놀았다. 우리들의 고함 소리가 조용한 거리에 메아리쳤다. 놀다가 보면 우리는 집 뒤에 있는 캄캄한 진흙투성이 골목으로 뛰어들어가게 되었는데, 거기서 우리는 오두막집에서 튀어나온 거친 패거리들의 공격을 양쪽에서 받고, 잿간에서 악취가 풍겨 올라오는 어둡고 물이 뚝뚝 떨어지는, 뜰로 들어가는 뒷문이나 마부가 말의 털을 문질러 주며 빗질을 해주거나 죔쇠가 달린 마구를 흔들어 소리를 내고 있는 어둡고 냄새나는 마구간까지 달려가곤 했다. 우리들이 큰 거리로 되돌아오자 부엌 창문으로부터 새어나오는 불빛이 그 근방 일대를 훤히 비추고 있었다. 아저씨가 길모퉁이를 돌아오는 것이 보이면, 그가 집안으로 들어갈 때까지 우리는 어둠 속에 숨어 있었다. 또는 맨건의 누이가 문간에 나와 차를 마시라고 동생을 불러들일 때면, 우리는 그녀가 거리 위아래를 기웃거리는 것을 어둠 속에 숨어 살펴보았다. 우리는 그녀가 그곳에 그대로 머물러 있는지 아니면 안으로 들어가는지를 보려고 기다리다가, 만일 그녀가 그대로 있으면 할 수 없이 어둠 속에서 나와 맨건네 집 층계 쪽으로 걸어갔다. 그녀는 우리를 기다리고 있었는데 반쯤 열린 문간에서 새어나오는 불빛으로 몸매의 윤곽이 드러나 보였다. 그녀의 동생은 누나가 시키는 대로 하기 전에 언제나 그녀를 놀리곤 했고, 나는 그녀를 쳐다보며 난간 옆에 서 있었다. 그녀가 몸을 움직일 때마다 옷이 한들거렸고 그녀의 부드러운 머리채가 좌우로 흔들렸다.

　매일 아침 나는 응접실 마루에 누워서 그녀의 집 문을 지켜보았다. 차일을 창틀로부터 1인치 정도 끌어내려놓았기 때문에 나는 남의 눈에 띄지 않았다. 그녀가 문간 층계로 나왔을 때, 나의 심장은 뛰었다. 현관으로 달려가서 책을 움켜쥐고 그녀 뒤를 따랐다. 나는 그녀의 갈색 몸에서 조금도 눈을 떼지 않고 있다가 길이 서로 갈라지는 지점까지 갔을 때, 발길을 재촉하여 그녀 곁을 지나쳤다. 이런 일이 매일 아침 일어났다. 우연히 몇 마디 말을 나눈 일 이외에는 결코 그녀에게 말을 건네본 적이 없었다. 그런데도 그녀의 이름은 나의 온몸의 어리석은 피를 불러 일깨우는 소환장과 같았다.

그녀의 영상은 로맨스와는 거리가 가장 먼 곳까지 나를 따라다녔다. 토요일 저녁마다 아주머니가 시장을 보러 갈 때, 나는 짐꾸러미들을 들어주기 위해 따라가지 않으면 안 되었다. 우리는 술주정꾼들과 물건을 흥정하는 여인들에게 떼밀리며, 일꾼들의 욕지거리, 돼지의 볼살을 넣은 통 옆에서 지키고 서 있는 점원들이 되풀이하는 날카로운 외침 소리, 오도노번 롯사[1]에 관한 〈그대들 모두 오너라〉라는 노래나 조국의 고통을 노래하는 민요를 부르는 거리의 가수들의 콧노래 소리를 뚫고, 번지르르한 거리를 헤치며 걸어갔다. 나에게는 이러한 잡음들이 한데 모여서 생에 대한 안일한 감동으로 바뀌었다. 즉 나는 성배(聖杯)를 붙잡고 수많은 적의 무리 속을 뚫고 무사히 운반하고 있는 듯 상상했다. 이따금씩 그녀의 이름이나 자신도 이해할 수 없는 이상한 기도와 찬송이 순간순간 입술을 통해 튀어나왔다. 이따금 나의 두 눈에 눈물이 가득 괴고(나는 그 이유를 알 수 없었다) 때때로 나의 심장에서 어떤 홍수가 가슴속으로 쏟아져 나오는 듯 느껴졌다. 나는 앞일에 대해서 별로 생각하지 않았다. 그녀에게 말을 걸어야 할지 또는 말을 건다면 나의 혼란스런 연정을 어떻게 전해야 할지 알 수가 없었다. 그러나 나의 몸은 마치 하프와 같았고, 그녀의 말과 몸짓은 그 하프의 줄을 타는 손가락과 같았다.

어느 날 저녁 나는 신부가 임종했던 뒤쪽 응접실로 들어갔다. 어두컴컴하고 비가 내리는 저녁이었으며, 집안에서는 아무 소리도 들리지 않았다. 깨

---

1) 아일랜드의 정치가며 비밀결사 프리메이슨의 창설자(1831~1915).

진 창문으로부터 땅에 부딪치는 빗소리며 계속해서 내리는 바늘과 같은 가랑비로 함빡 젖은 화단 위에서 나는 듯한 어떤 소리가 들려왔다. 저 멀리 아래쪽에서 등불인지 아니면 불을 켠 창문인지가 보였다. 나는 거의 아무것도 볼 수 없는 것이 고마웠다. 나의 모든 감각은 그 자체를 감추려는 욕망에 사로잡힌 듯 느껴졌고, 나 스스로 그 감각으로부터 빠져 나와야겠다는 느낌이 들자, 나는 손바닥이 부들부들 떨릴 때까지 두 손을 꽉 쥐며 "오, 사랑! 오, 사랑!" 하고 몇 번이고 중얼거렸다.

마침내 그녀가 내게 말을 걸어왔다. 그녀가 첫 몇 마디 말을 내게 건넸을 때, 나는 너무나 당황한 나머지 뭐라고 대답해야 할지를 몰랐다. 그녀는 나에게 애러비[2]에 갈 작정이냐고 물었다. 나는 간다고 했는지 가지 않는다고 했는지 잊어버렸다. 참 멋진 장(場)일 것이라며 그녀는 가고 싶다고 했다.

"그런데 왜 못 가지?" 나는 물었다.

이야기를 하는 동안 그녀는 손목에 낀 팔찌를 뱅글뱅글 돌렸다. 그 주일엔 그녀가 다니는 수도원에서 피정(避靜)이 있기 때문에 갈 수 없다고 했다. 그녀의 동생과 다른 두 아이들은 모자 뺏기 장난을 하고 있었고, 나는 홀로 난간 옆에 서 있있다. 그녀는 내 쪽으로 머리를 숙인 채 난간의 기둥 하나를 붙잡고 있었다. 우리 집 문 맞은편에 있는 가로등 불빛이 그녀의 흰 목덜미의 곡선을 지나 어깨 위의 머리칼을 비추었고, 다시 그 빛은 난간 위의 그녀의 손을 비추었다. 그 불빛은 그녀의 한쪽 옷자락을 비추었고, 그녀가 편안히 서 있을 때는 보일 듯 말 듯 속치마의 하얀 가장자리를 비추었다.

"넌 참 좋겠다." 그녀가 말했다.

"내가 가면 너한테 뭘 사다 줄께." 나는 말했다.

그날 저녁 이후로 얼마나 많은 어리석은 생각들이 나의 의식과 무의식을

---

2) 1894년 5월에 더블린에서 개최되었던 바자 명으로, 애러비는 아라비아(Arabia)의 시명(詩名).

황폐하게 만들었던가! 나는 시장이 열리기까지의 지루한 나날을 한꺼번에 없애버리고 싶었다. 학업에도 짜증이 났다. 밤에는 침실에서, 낮에는 학교 교실에서 그녀의 영상이 떠올라 내가 읽으려고 애쓰는 책장 사이에 나타났다. 애러비라는 말의 음절이 나의 영혼이 즐기는 침묵을 통해서 내게 계속 들려왔고 나에게 일종의 동방적인 마법을 거는 것 같았다. 나는 토요일밤에 시장에 가게 허락해달라고 말했다. 아주머니는 이 말에 깜짝 놀라며 무슨 비밀결사에라도 참가한 게 아니냐고 말했다. 나는 교실에서 질문에 별반 대답도 잘 하지 못했다. 나는 선생님의 얼굴이 상냥한 표정에서 굳어져가는 것을 보았다. 선생님은 내가 게을러지기 시작한 게 아닌가 하고 염려했다. 나는 여러 가지 흩어진 생각들을 한 곳에 집중시킬 수가 없었다. 나는 인생의 심각한 일은 거의 견디어낼 수가 없었다. 그것들은 나와 내 욕망을 가로막고 있었기에 나에게는 어린애 장난이나 보기 흉하고 단조로운 어린애 장난처럼 느껴졌다.

토요일 아침, 나는 아저씨에게 오늘 저녁에 시장에 가고 싶다는 뜻을 상기시켰다. 그는 현관 서랍장에서 모자 솔을 찾느라고 부산을 떨고 있다가 내 말에 짧게 대답했다.

"그래, 알아."

그가 현관에 있었기 때문에 나는 정면 응접실로 들어가서 창가에 드러누울 수가 없었다. 나는 집안 분위기가 좋지 않은 것을 느끼고 학교를 향해 천천히 걸어갔다. 공기가 무자비할 정도로 차가워서 얼떨떨했고 마음은 벌써부터 불안했다.

저녁밥을 먹으러 집에 들어갔을 때까지도 아저씨는 아직 집에 돌아오지 않았다. 아직 시간이 일렀다. 나는 얼마 동안 멍하니 시계를 쳐다보고 있다가, 그 짤깍하는 소리가 신경에 거슬리기 시작하자 방을 나와버렸다. 층계를 올라 이층에 다다랐다. 높고 춥고 텅 빈 우중충한 방이 나를 해방시켜주는 듯해서 나는 노래를 부르며 이 방 저 방을 돌아다녔다. 정면 창문에서 나는 친구들이 저 아래 거리에서 놀고 있는 것을 내려다보았다. 그들의 고함 소리가 약하고 불분명하게 들려왔고, 나는 차가운 유리창에 이마를 기댄 채 그녀가 사는 어두운 집을 건너다보았다. 나의 상상력이 그려낸, 가로등 목덜미의 곡선, 난간을 짚은 손, 그리고 속치마의 가장자리를 약간 드러낸 갈색 옷을 입은 그녀의 자태만을 마음속에 그리면서 나는 그곳에 한 시간 동안 서 있었던 것 같다.

내가 다시 아래층으로 내려와보니 머서 부인이 난롯가에 앉아 있었다. 늙고 수다스런 이 부인은 전당포집 과부였는데, 어떤 종교적 목적으로 헌 우표를 모으고 있었다. 나는 그녀가 차를 마시며 늘어놓는 수다를 참고 들어야만 했다. 저녁식사를 한 시간 이상이나 늦추었는데도 여전히 아저씨는 돌아오지 않았다. 8시가 지나자 머서 부인은 가려고 자리에서 일어섰다. 더 이상 기다릴 수가 없어서 미안하다고 말했다. 그녀는 밤 공기가 건강에 좋지 않다며 밤늦게 나다니는 것을 싫어했다. 그녀가 가버리자 나는 두 주먹을 불끈 움켜쥐고 방안에서 이리저리 서성거리기 시작했다. 아주머니가 말했다.

"너 오늘밤 장에 가는 것을 연기해야 할 것 같다."

9시가 되어서야 아저씨가 현관 문을 여는 열쇠 소리가 들렸다. 나는 아저씨가 혼잣말로 중얼거리는 소리도 들었고, 옷걸이에 외투를 걸자 그 무게 때문에 그것이 마구 흔들리는 소리도 들었다. 나는 이러한 조짐들이 무엇을 뜻하는지 알 수 있었다. 아저씨가 한창 저녁을 드는 도중에 나는 장에 갈 돈을 달라고 했다. 그는 까맣게 잊어버리고 있었다.

"사람들이 벌써 잠자리에 들어 한참 잤을 시간인데." 그가 말했다.

나는 웃지 않았다. 아주머니가 그에게 힘주어 말했다.

"저애한테 돈을 줘서 가도록 해줘요. 당신 때문에 이렇게 늦었으니."

아저씨는 자기가 잊고 있어서 미안하다고 했다. 그는 "공부만 하고 놀지 않으면 바보가 된다"라는 옛 격언을 믿는다고 말했다. 내게 어딜 가느냐고 물었고, 내가 다시 그에게 그걸 일러주었을 때, 〈아랍인의 말[馬]에 대한 작별인사〉란 시[3]를 알고 있느냐고 그는 물었다. 내가 부엌을 나올 때 아저씨는 그 시의 첫 행을 아주머니에게 막 읊어주고 있었다.

나는 손에 플로린[4] 하나를 꼭 쥐고 정거장을 향해 버킹엄 가를 걸어 내려 갔다. 물건 사는 사람들로 가득 찬 거리와 가스등으로 빛나는 거리의 광경을 보자, 나는 새삼스레 나의 여행의 목적이 생각났다. 나는 텅 빈 기차의 3등칸에 자리를 잡았다. 참을 수 없을 만큼 지체한 다음 기차는 천천히 역을 빠져 나갔다. 기차는 기어가듯 황폐한 집들 사이를 빠져 나가 반짝이는 강 위를 지나갔다. 웨스틀랜드 로우 정거장에서 한떼의 사람들이 열차 문으로 밀어닥쳤으나 역원들이 시장으로 가는 특별열차라고 말하면서 그들을 뒤로 밀어냈다. 텅 빈 열차에 나 혼자 앉아 있었다. 잠시 후에 열차는 나무로 가설(假設)한 플랫폼 옆에 다다랐다. 한길로 빠져 나가 조명 시계 자판을 보니, 10시 10분 전이었다. 내 앞에는 그 마력의 이름을 드러내 보이는 커다란 건물이 있었다.

나는 아무리 찾아도 6펜스를 내고 들어가는 출입구를 발견하지 못했고 또 혹시 장이 파해버릴까 염려되어, 지친 듯 보이는 한 남자에게 1실링을 주고 재빨리 회전문을 통하여 안으로 들어갔다. 절반 높이까지 회랑(回廊)으로 둘러싸인 커다란 홀에 들어가 있었다. 거의 모든 상점들의 문이 닫혀 있었고 홀의 대부분이 어둠에 잠겨 있었다. 나는 미사가 끝난 뒤 성당에 감도는 것과 같은 정적을 그곳에서 느꼈다. 나는 겁에 질린 듯 조심조심 시장 한가운데로 걸어 들어갔다. 몇몇 사람들이 아직도 문이 열려 있는 상점들 주위에 모여 있었다. '카페 샹탕'이란 글씨가 색등으로 씌어진 커튼 앞에서 두 남자가 쟁반에 돈을 놓고 세고 있었다. 나는 동전이 떨어지는 소리에 귀를 기울이고 있었다.

---

3) 캘롤라인 노턴(Caroline Norton, 1808~77)의 시.
4) 2실링짜리 은화.

내가 여기 온 이유를 그제야 간신히 생각해내고서 나는 어떤 상점으로 가서 그곳의 도자기 화병과 꽃무늬가 그려진 찻잔 세트를 살펴보았다. 상점 문간에서 한 젊은 여자가 두 젊은 남자와 이야기하며 웃고 있었다. 그들의 영국식 말투를 눈치채면서 나는 그들의 대화에 멍청하니 귀를 기울이고 있었다.

"아이, 난 그런 말은 결코 하지 않았어요!"

"아, 하지만 당신이 말한 것이 틀림없어."

"아아, 난 그런 일이 없다니 까요 !"

"저 여자가 말했잖았어?"

"그래. 나도 들었어."

"아아, 그건…… 거짓말이에요!"

나를 보더니 그 젊은 여자는 내게로 다가와서, 뭐 살 게 있느냐고 물었다. 권하는 말투가 아니라 의무감에서 말하는 것처럼 보였다. 나는 그 상점의 어두컴컴한 입구 양쪽에 동방(東方)의 보초병처럼 서 있는 커다란 항아리들을 겸허하게 바라보며 중얼거렸다.

"아니, 괜찮아요."

그 젊은 여자는 꽃병 한 개의 위치를 바꿔 놓은 다음 두 젊은 사나이에게로 되돌아갔다. 그들은 똑같은 이야기를 다시 하기 시작했다. 한두 번 그 젊은 여인은 어깨 너머로 나를 흘끗 쳐다보았다.

내가 그곳에 머물러 있는 것이 아무런 소용이 없다는 것을 알면서도, 나는 그녀의 상품에 대한 나의 관심이 더 사실인 것처럼 보이게 하려고 그 상점 앞에서 계속 서성거리고 있었다. 그런 다음 나는 천천히 돌아서서 시장 한가운데를 걸어 내려갔다. 동전 두 닢을 나의 주머니에 있는 6펜스짜리 동전에다 떨어뜨렸다. 회랑 끝에서 불이 나갔다고 외치는 한 가닥 목소리가 들렸다. 홀의 위쪽은 이제 완전히 캄캄했다.

그 어둠을 꿰뚫어보면서 나는 나 자신이 허영에 몰리고 또 조소를 받는

한 마리 짐승 같다는 생각을 해보았다. 그리고 내 두 눈은 번민과 분노에
불타고 있었다.

이블린

그녀는 창가에 앉아 길 위에 땅거미가 깔리는 것을 지켜보고 있었다. 머리를 창문의 커튼에 기대고 있었기 때문에 먼지 낀 크레톤 천의 냄새가 콧구멍으로 스며들었다. 그녀는 피곤했다.

지나다니는 사람도 별로 없었다. 맨 끝 집에서 나온 사나이가 자기 집으로 돌아가기 위해 앞을 지나갔다. 그녀는 그가 콘크리트 포도(鋪道) 위를 터벅터벅 걸어가다가 뒤이어 새로 지은 빨간 집들 앞의 석탄 재를 깐 길을 저벅거리며 걸어가는 발소리를 들었다. 한때 그곳에는 공터가 있어서 그들은 저녁때면 다른 집 애들과 함께 놀곤 했다. 그런데 벨파스트에서 온 어떤 사람이 그 공터를 사서 거기다가 몇 채의 집을 지었다——그들이 사는 조그마한 갈색 집들과는 다른 번쩍거리는 지붕에 밝은 색 벽돌 집이었다. 그 거리에 사는 아이들은 그곳 공터에서 늘 함께 놀곤 했었다——더바인네, 워터네, 던네의 아이들, 절름발이 꼬마 키오, 그녀와 그녀의 형제들, 그리고 자매들이. 그러나 어니스트는 논 적이 없었다. 그는 너무 컸기 때문이었다. 그녀의 아버지는 이따금 오얏나무 지팡이를 가지고 공터로 나와서는 아이들을 집안으로 몰아넣곤 했었다. 그러나 꼬마 키오는 늘 망을 보고 있다가 그녀의 아버지가 오는 것을 보면 고함을 질렀다. 하지만 그들에겐 그때가 훨씬 더 행복했던 것 같았다. 그녀의 아버지는 그때만 해도 행실이 그렇게 나쁘지는 않았다. 게다가 어머니도 살아 계셨다. 아주 오래전 일이었다. 그녀와 형제들, 그리고 자매들이 다 성장하자 어머니는 세상을 떠나셨다. 티지 던 역시 세상을 떠났고, 워터네 식구들은 영국으로 되돌아가고 없었다. 모든 것이 다 변했다. 이제 그녀도 집을 버리고 다른 사람들처럼 멀리 떠나갈 참이었다.

집! 그녀는 도대체 먼지는 모두 어디서 생겨나는 것일까, 이상하게 여기면서 자신이 여러 해 동안 일주일에 한 번씩 먼지를 털어내곤 했던 낯익은 물건들을 하나하나 눈여겨보면서 방을 둘러보았다. 헤어지리라고는 꿈에도 생각하지 않았던 저 낯익은 물건들을 아마 다시는 보지 못하리라. 그러면서도 그녀는 지금까지 여러 해 동안 성녀(聖女) 마르가레트 마리 알라코크에게 행한 서약[1]이 씌어진 채색 판화 옆에 있는 망가진 소형 오르간 위쪽 벽에 걸려 있는 누렇게 퇴색된 사진의 신부 이름을 알 수가 없었다. 그는 그녀 아버지의 학교 친구였다. 그 사진을 집에 온 방문객에게 보일 때마다 아버지는 슬쩍 다음과 같은 말을 하며 지나치곤 했다.

"저 친구는 지금 멜버른[2]에 있어요.

그녀는 집을 떠나 멀리 도망가기로 결정했던 것이다. 이것이 현명한 일이었을까? 그녀는 가야 할지, 안 가야 할지 두 가지 의문에 대해 곰곰이 생각하려고 애를 썼다. 어쨌든 집에서는 잠자리와 먹을 것은 염려없었다. 또 주변에는 나면서부터 사귀어온 사람들이 있었다. 물론 그녀는 집에서나 직장에서나 고된 일을 해야 했다. 만일 그녀가 어떤 사내놈하고 도망을 쳤다는

---

1) 알라코크(St. Margaret Mary Alacoque, 1647~90)는 프랑스의 성모방문동정회(the Visitation Order)의 회원으로 1864년 시복(諡福)을 받고 1920년에 성녀가 됨. '채색 판화'에는 예수 성심(Sacred Heart)과 함께 성녀 알라코크를 통하여 신도들에게 계시된 12가지 서약이 기록되어 있음.
2) 오스트레일리아 동남부의 항구 도시.

것을 상점[3] 사람들이 알게 되면 그들은 뭐라고 할까? 아마 바보라고 하겠
지. 그리고 그 자리는 광고를 내면 이내 메워질 테지. 개번 양은 기뻐할 것
이다. 언제나 으스대곤 했었지. 특히 다른 사람들이 듣고 있을 때에는 더
그랬었다.

"힐 양, 이 여자 손님들이 기다리고 계시는 것도 몰라?"

"생기 있게 보이도록 해요, 힐 양, 제발."

상점을 떠나는 것이 그렇게 슬플 것 같지는 않았다.

그러나 그녀의 새로운 집, 머나먼 미지의 나라에서는 이렇지 않겠지. 그
리고 그녀는 결혼하리라. 그러면 사람들은 그녀를 존경심을 가지고 대해주
리라. 그녀는 어머니가 받았던 그런 대접은 받지 않으리라.

그녀는 열아홉이 지났는데도, 지금까지도 이따금씩 아버지의 폭력에 위협
을 느끼고 있었다. 가슴이 두근거리는 증세도 그 때문이라는 것을 알고 있
었다. 그들이 성장할 때는 아버지가 해리나 어니스트에게 하듯 그렇게 그녀
를 대하지는 않았었다. 왜냐하면 딸이었기 때문이었다. 그러나 최근에는 아
버지가 그녀를 위협하며 죽은 어머니만 아니라면 어떻게 해버리겠다고 말하
기 시작했다. 이제 그녀를 보호해줄 사람은 아무도 없었다. 어니스트는 이
미 죽었고, 교회 장식일을 하고 있는 해리는 언제나 시골 어딘가에 있었다.
게다가 토요일 밤이면 돈 때문에 어김없이 벌어지는 실랑이가 이루 말할 수
없을 정도로 그녀를 지치게 만들기 시작했다. 그녀는 언제나 자기가 번 돈
7실링을 몽땅 내놓았고, 해리도 언제나 그가 할 수 있는 데까지 돈을 보내
왔지만 문제는 아버지한테서 돈을 얻어내는 일이었다. 아버지는 그녀가 늘
돈을 헤프게 쓴다는 둥, 체신머리가 없다는 둥 하면서 애써 번 돈을 마구
거리에 뿌리라고 내주지는 않겠다고 말했다. 그리고 그 밖에도 온갖 욕지거
리를 다 퍼부었다. 토요일 밤이면 아버지는 보통 술에 몹시 취해 있었기 때

---

3) 핌(Pim) 형제 상회(더블린 소재) : 가구, 카펫, 의류 도매상.

문이다. 결국에는 딸에게 돈을 주며 일요일 저녁거리를 살 생각이냐고 묻는 것이었다. 그러면 그녀는 될 수 있는 한 빨리 달려가서 시장을 보아야 했다. 그녀는 까만 가죽 지갑을 손에 움켜쥐고 사람들이 북적거리는 사이를 밀어젖히며 찬거리를 산 다음 그 무거운 짐을 들고 늦게야 집으로 돌아오는 것이었다. 집안 일을 보살피고 그녀에게 떠맡겨진 어린 동생 둘을 규칙적으로 학교에 보내고, 식사를 하도록 돌봐준다는 것은 정말 힘든 일이 아닐 수 없었다. 그것은 힘든 일 —— 힘든 생활—— 이었지만, 이제 그 일을 그만두게 된다고 생각하니, 그것이 아주 싫은 일만은 아니었던 것처럼 여겨졌다.

그녀는 프랭크와 함께 새로운 인생을 개척할 참이었다. 프랭크는 매우 친절하고 남자답고 솔직했다. 그녀는 그의 아내가 되어 부에노스아이레스에서 함께 살기 위해 밤 배로 그와 함께 떠날 참이었다. 그는 그곳에 집이 있다고 했다. 그를 처음 만났던 때를 그녀는 정말 잘 기억하고 있었다. 그는 그녀가 자주 놀러가곤 했던 중심가의 어떤 집에 하숙하고 있었다. 그것은 몇 주일 전의 일만 같았다. 그는 대문 앞에 서 있었는데, 뾰족한 모자를 뒤로 젖혀 쓰고 있었고, 머리칼이 그의 구릿빛 얼굴 위로 흘러내려 있었다. 그때 두 사람은 서로 알게 되었다. 그는 밤마다 그녀를 상점 밖에서 만나 집까지 바래다주곤 했다. 그는 그녀를 데리고 〈보헤미아의 소녀〉[4]를 보러 간 적이 있었는데, 당시 그녀는 그와 함께 낯선 극장의 어느 자리에 앉아 있자 기분이 으쓱해졌다. 그는 노래를 몹시 좋아했고, 어느 정도 잘 불렀다. 사람들은 그들이 서로 사랑하고 있다는 것을 알았고, 그가 수부(水夫)를 사랑하는 처녀에 관한 노래를 부를 때면 그녀는 언제나 부끄러우면서도 기분이 좋았다. 그는 농담으로 그녀를 포핀스[5]라고 불렀다. 무엇보다도 그녀에게 남자가 생겼다는 것은 신나는 일이었고, 그래서 그를 더욱 좋아하게 되었다. 그는 먼 나라의 이야기들을 알고 있었다. 그는 한 달에 1파운드의 급료를 받

---

4) 알프레드 번(Bunn. 1796~1860) 작사, M. W. 발프(Balfe) 작곡의 오페라 (1843).
5) Poppens: 귀여운 아이란 뜻을 가진 poppet의 변형.

고 캐나다로 가는 앨런 기선회사의 배에서 갑판 청소부로 일했던 것이다. 그는 자기가 탔던 배들의 이름과 여러 가지 다른 운항(運航) 선박들의 이름도 그녀에게 말해주었다. 그는 마젤란 해협을 통과한 적도 있었고, 무시무시한 파타고니아족[6]의 이야기도 들려주었다. 그는 운좋게도 부에노스아이레스에서 한밑천 잡았다고 말하며, 단지 휴가차 잠깐 고국에 놀러 왔노라고 했다. 물론 그녀의 아버지는 이 일을 알게 되자, 딸더러 그를 절대로 상대하지 말라고 했다.

"그 따위 뱃놈들을 난 다 안다." 그는 말했다.

어느 날 아버지가 프랭크와 말다툼을 한 이후로 그녀는 애인을 몰래 만나야만 했다.

거리에서는 밤이 깊어가고 있었다. 그녀의 무릎에 놓인 하얀 두 통의 편지도 잘 보이지 않게 되었다. 한 통은 해리에게 보내는 것이었고, 다른 한 통은 아버지에게 보내는 것이었다. 그녀는 어니스트를 가장 좋아했었지만 해리도 좋아했다. 아버지가 최근 부쩍 늙어가고 있음을 알 수 있었다. 딸을 몹시 보고 싶어하리라. 때때로 아버지는 아주 친절했다. 얼마 전 그녀가 병으로 자리에 하루 눕게 되었을 때 아버지는 도깨비 이야기를 읽어주기도 했고, 난로에다 토스트를 손수 구워주기도 했다. 어느 날 어머니가 살아 계실 당시 식구들이 모두 호우드 언덕[7]으로 소풍을 간 일이 있었다. 아버지가 어머니의 모자를 쓰고 애들을 웃기던 일이 기억났다.

시간은 점점 다가오고 있었으나 그녀는 창 커튼에 머리를 기댄 채 먼지가 낀 크레톤 천의 냄새를 들이키면서 계속 창가에 앉아 있었다. 길거리 저편 아래쪽에서 손풍금 소리가 들려왔다. 그녀는 그 곡조를 알고 있었다. 하필이면 오늘 저녁에 저 곡조가 들려와서 어머니에게 한 약속, 될 수 있는 한 오래도록 집을 잘 보살피겠다는 약속을 상기시키다니 이상한 일이었다. 그

---

6) 19세기 말에 아르헨티나 최남단을 점령했던 것으로 전해지는 거인족.
7) 더블린 동북쪽 9마일 지점에 있는 반도형 언덕으로, 경치가 수려한 관광지.

녀는 어머니가 앓던 마지막 밤을 기억했다. 그녀는 다시 현관 맞은편에 있는 밀폐된 컴컴한 방에 있고, 밖에서는 이탈리아의 우울한 곡조가 들려오는 듯했다. 당시 아버지는 풍금 치는 사람에게 6펜스를 주며 다른 데로 가라고 말했었다. 아버지가 몸을 뒤로 젖히고 병실로 터벅터벅 걸어 들어오면서 다음과 같이 말하던 것을 그녀는 아직도 기억하고 있었다.

"경칠 놈의 이탈리아 녀석들! 여길 오다니!"

이런 생각에 잠겨 있자, 어머니의 일생——끝내는 광기로 막을 내린 평범한 희생의 일생——의 비참한 환영이 그녀의 마음에 마술을 거는 듯했다. 그녀는 끈질기게 외치던 어머니의 목소리가 또다시 들리는 듯해서 몸을 부들부들 떨었다.

"데레바운 세라운[8]! 데레바운 세라운!"

그녀는 별안간 발작적인 공포에 질려 자리에서 벌떡 일어섰다. 도피! 그녀는 도피해야 한다. 프랭크가 그녀를 구해주리라. 그녀에게 인생을, 아마 사랑 또한 주리라. 그녀는 살고 싶었다. 왜 그녀는 불행해야만 한단 말인가? 그녀에게도 행복할 권리는 있었다. 프랭크는 양팔로 그녀를 끌어안고, 그녀를 감싸주리라. 그는 그녀를 구해주리라.

*

그녀는 노드 월 부둣가 정박지의 밀리는 군중들 틈에 서 있었다. 그가 그녀의 손을 잡고, 앞으로 펼쳐질 항해에 관한 무슨 이야기를 자꾸 되풀이하고 있음을 그녀는 알고 있었다. 정박지는 갈색 배낭을 진 군인들로 가득했다. 그녀는 창고의 널따란 문들을 통해 부두 벽 옆에 정박중인, 선창에 불

---

8) '향락의 종말은 고통(The end of pleasure is pain)'의 뜻이란 Tindall 교수의 설 또는 '하얀 참나무 숲이여 안녕(Farewell to White Oak Woods)'이란 뜻의 게일어의 퇴폐어란 설이 있음.

이 켜진 검은 덩어리 같은 배를 얼핏 보았다. 그녀는 아무 대답도 하지 않았다. 그녀는 뺨이 싸늘해지고 창백해지는 걸 느끼며 하느님께 자기를 인도해 주시고 자기의 의무가 무엇인지를 가르쳐주십사고 당황스러운 고뇌 속에서 기도를 올렸다. 배는 안개 속으로 길고도 서글픈 고동 소리를 내뿜었다. 만일 그녀가 떠난다면 내일이면 그녀는 프랭크와 함께 바다 위에 있을 것이고 부에노스아이레스를 향해 항해하고 있으리라. 그들의 배표는 이미 예약되어 있었다. 프랭크가 그녀를 위해 해준 일들을 죄다 되물릴 수 있을까? 고뇌 때문에 구역질이 나려고 하자 그녀는 입술을 계속 움직이며 묵묵히 열렬한 기도를 드렸다.

한 가닥 종소리가 그녀의 가슴속까지 울렸다. 그녀는 프랭크가 자신의 손을 잡는 것을 느꼈다.

"가요!"

세계의 모든 바다가 그녀의 가슴으로 몰려드는 듯했다. 그가 그녀를 그 바다 속으로 끌어들이고 있는 듯했다. 그녀를 빠뜨려 죽일 것만 같았다. 그녀는 두 손으로 쇠난간을 꼭 움켜쥐었다.

"가요!"

아니! 아니! 아니! 불가능한 일이었다. 그녀는 발작적으로 쇠난간을 움켜쥐며 바다 가운데서 고통에 찬 비명을 질렀다.

"이블린! 이비!"

그는 난간 너머로 달려가며 그녀에게 따라오라고 소리쳤다. 사람들이 빨리 앞으로 나아가라고 고함을 질렀으나, 그는 여전히 그녀를 부르고 있었다. 그녀는 어쩔 수 없는 짐승처럼 아무런 반응도 없이 창백한 얼굴로 그를 바라보고 있었다. 그녀의 눈은 사랑이나 작별 또는 인식의 아무런 표시도 그에게 보여주지 않았다.

경주가 끝난 뒤

자동차들이 더블린을 향하여 나스 가의 움푹 패인 길로 쏜살같이 나란히 질주해 들어오고 있었다.[1] 인치코어[2]의 고개 마루턱에는 구경꾼들이 결승점을 향하여 달려오고 있는 자동차들을 보기 위해 떼를 지어 있었다. 그리고 이 빈곤과 무기력의 길을 뚫고 유럽 대륙의 부(富)와 공업이 속력을 내고 있었다.[3] 이따금 떼를 지은 군중들이 억압된 감사의 환호성을 올렸다. 그러나 그들은 푸른색의 자동차들——그들의 친구인 프랑스 사람들의 차에 호감을 나타내고 있었다.[4]

더구나 프랑스 사람들은 사실상의 우승자들이었다. 그들의 팀은 착실하게 경기를 끝마쳤다. 그들은 2등과 3등을 차지했으며, 우승한 독일 자동차의 운전사는 벨기에 사람으로 알려졌다. 그래서 푸른 차가 고개 마루턱을 오를 때마다 갑절의 환영을 받았으며, 자동차에 탄 사람들은 미소와 목례로 이런 환호성에 답했다. 이처럼 말끔하게 생긴 차들 중의 하나에 네 사람의 젊은

1) 아일랜드의 칼로, 킬데어, 킨즈 등의 여러 주를 거쳐 더블린에 이르는 전장 3백 70 마일을 달리는 연래의 고든 베네트(Gordon Bennett) 국제 자동차 경주 토너먼트.
2) 더블린 서부 외곽 지역.
3) 경제적 상황은 늘 아일랜드보다 유럽 대륙이 우수했음. 아일랜드의 초라함과 유럽 대륙의 경제적·상업적 우세가 대조됨.
4) 아일랜드와 프랑스 국민의 대부분은 카톨릭 교도들이었음.

이들이 무리를 지어 타고 있었는데, 그들은 성공한 프랑스 정신의 수준 이
상으로 현재 고조되어 있는 듯 보였다. 사실 이 네 젊은이들은 대부분 마음
이 들떠 있었다. 그들은 차 주인 샤를르 세구앵, 캐나다 태생의 젊은 전기
기술자인 앙드레 리비에르, 빌로나라는 이름을 가진 거대한 몸집의 헝가리
인 그리고 말쑥하게 차려 입은 도일이라 불리는 젊은이였다. 세구앵이 몹시
기분이 좋은 이유는 예기치도 않은 어떤 근사한 주문을 미리 받았기 때문이
었고(그는 파리에서 자동차회사를 차릴 참이었다), 리비에르가 기분이 좋은
이유는 그 회사의 지배인으로 내정되어 있었기 때문이었다. 그리고 이 두
젊은이(사촌간)는 또 프랑스 차들이 성공했다는 것이 기뻤다. 빌로나가 기
분이 좋은 이유는 점심을 아주 만족스럽게 들었기 때문이었으며, 더군다나
그는 타고난 낙천가였다. 그러나 그들 일행 중 네 번째 사람은 지나치게 흥
분한 나머지 행복하다는 것을 느끼지 못했다.

　그는 대략 스물여섯 살 정도였고, 부드러운 연갈색의 콧수염에 다소 순진
하게 보이는 회색 눈을 갖고 있었다. 그의 아버지는 애당초 진보적 국민당
원[5]으로서 자신의 인생을 시작했으나 일찌감치 인생관을 바꾸었다. 그는 킹
즈타운에서 푸줏간을 경영하여 돈을 벌었고, 다시 더블린과 교외(郊外)에다
몇 개의 점포를 열어 몇 갑절의 돈을 벌었다. 또 운좋게도 몇 개의 경찰 청
부를 맡았고, 결국에는 더블린 신문들이 암암리에 호상(豪商)이라 부를 정
도로 부자가 되었다. 그는 아들을 영국으로 보내 어느 큰 카톨릭 대학[6]에서
교육을 받게 했고, 나중에는 더블린 대학에 보내 법률을 공부하도록 했다.
지미는 공부에는 그리 열을 쏟지 않았으며, 한동안 난동을 피우기도 했다.
그는 돈도 있었고 인기도 있었다. 그러자 그는 호기심에 음악 서클과 자동
차 경주 서클에 가입해서 그의 시간을 분배했다. 그런 다음 그는 한 학기

---

5) 아일랜드의 애국지사 찰즈 스튜어트 파넬이 이끄는 아일랜드 의회당(Irish
　Parliamentary Party)의 당원.
6) 여기서는 신교 계통의 트리니티 대학을 가리킴.

동안 케임브리지에 가서 인생 공부를 좀 하게 되었다. 그의 아버지는 아들을 꾸짖었지만 속으로는 아들의 방종을 은근히 자랑스럽게 여겨 아들의 빚을 모두 갚아주고 집으로 데리고 왔다. 그가 세구앵을 만난 것은 케임브리지에서였다. 그들은 서로 그냥 아는 처지였으나, 지미는 세상에 대해 많이 알고 프랑스에서 가장 큰 호텔 몇 개를 가지고 있어 명성이 자자한 사람과 사귀게 된 것이 아주 기뻤다. 그런 사람은 매력적인 인물이 아니어도 알아둘 만한 가치가 있었다(그의 아버지도 동의했듯이). 빌로나 역시 재미있는 사람이었으나——탁월한 피아니스트였다——불행히도 몹시 가난했다.

자동차는 환희에 넘친 젊은이들을 가득 싣고 경쾌하게 달렸다. 두 사촌은 앞자리에 앉았고, 지미와 헝가리 친구는 뒤에 앉았다. 빌로나는 기분이 최고조에 달해 있어서 수마일을 달리는 동안 계속해서 굵직한 저음으로 콧노래를 불렀다. 프랑스 청년들은 어깨 너머로 웃음과 가벼운 농담을 날려 보냈고, 지미는 그 빠른 말을 알아듣기 위해 자주 몸을 앞쪽으로 굽혀야 했다. 이러한 짓은 그에게는 전혀 즐겁지가 않았다. 왜냐하면 그는 그때마다 말의 뜻을 재빨리 추측하여 세찬 바람을 맞으며 대답을 큰소리로 해야 했기 때문이다. 게다가 빌로나의 콧노래가 모든 사람에게 방해가 되었으며 자동차 소리도 시끄러웠다.

공간을 가르며 빠른 속도로 달리면 사람의 기분은 우쭐해지게 마련이다. 악명을 떨칠 때도 그렇고, 돈을 소유할 때도 그렇다. 이 세 가지야말로 지미를 흥분시키는 좋은 이유였다. 그날 그의 많은 친구들은 그가 유럽 대륙의 친구들과 어울리고 있는 것을 보았다. 자동차 경주의 서행(徐行) 구간에서 세구앵은 그를 경주 참가자인 어느 프랑스인에게 소개했다. 그러자 그의 당황한 듯 중얼거리는 인사말에 상대방 선수의 검게 탄 얼굴이 희게 빛나는 이를 드러내 보였다. 그러한 영예 후에 구경꾼들이 팔꿈치로 슬쩍 찌르거나 의미 있는 표정을 짓고 있는 속된 세계로 되돌아오는 것은 기분 좋은 일이었다. 그리고 돈으로 말하면——그는 정말이지 상당한 액수의 돈을 마음대로 다룰 수 있게 되었다. 아마 세구앵은 그것을 거액이라 생각하지 않을지 몰라도, 일시적으로 잘못을 저지르기는 했지만 속으로는 아버지의 본능을 이어받은 지미는 그 돈이 얼마나 어렵게 모아진 것인가를 잘 알고 있었다. 이런 것을 알았기 때문에 그는 지금까지 빚을 지긴 했지만 무모하게 돈을 쓰지 않고 적절한 한계 내에 머무를 수 있었던 것이다. 그러므로 단지 어떤 높은 지성의 변덕 때문에 문제를 야기했을 경우에도 그 돈 뒤에 잠재해 있는 노고를 그처럼 의식하고 있는 사람이라면, 자신의 대부분의 재산을 내걸려는 지금에 있어서는 이를 얼마나 더 절실히 의식하고 있으랴! 그것은 그에게 심각한 문제였다.

물론 그 투자는 잘한 일이었다. 그리고 세구앵은 우정 때문에 지미의 얼마 안 되는 아일랜드 돈을 자기 회사의 자본금 속에 넣어준다는 인상을 주려고 무던히 애를 썼었다. 지미는 사업상의 여러 가지 문제에 있어서 아버지의 기민성을 존경하고 있었다. 그의 아버지는 이번 경우에 있어서도 자동차 사업에서 많은 돈을 벌 수 있다고 투자를 먼저 제의해왔었다. 더욱이 세구앵은 명백히 부유한 티를 풍겼다. 지미는 그가 지금 타고 있는 이 멋들어진 자동차가 며칠 동안 작업한 소산(所産)임을 생각하기 시작했다. 차는 얼마나 매끄럽게 달렸던가! 얼마나 멋지게 시골길을 달렸던가 말이다! 이러한 여행은 인생의 참된 맥박에 마력적인 자극을 주었고, 인간의 신경조직은 재빨리 달리는 푸른 짐승의 동요에 용감히 호응하려고 애쓰는 듯했다.

그들은 데임 가로 달려 내려갔다. 거리는 보통 때와는 달리 교통이 혼잡했고 자동차 운전사들이 울리는 경적 소리와 성급한 전차 운전사들이 땡땡 울리는 종소리로 소란했다. 세구앵이 은행[7] 근처에 차를 바싹 세우자 지미와 그의 친구가 차에서 내렸다. 무리를 이룬 사람들이 붕붕거리는 자동차에 경의를 표하듯 보도 위로 모여들었다. 일행은 그날 저녁 세구앵의 호텔에서

---

7) 트리니티 대학 맞은편에 위치한 아일랜드의 국민은행.

함께 저녁식사를 하기로 되어 있었다. 그래서 그 동안 지미와 그의 집에 묵고 있는 친구는 옷을 갈아입기 위해 집으로 향했다. 차가 그래프턴 가를 향해 천천히 나아가고 있는 동안 두 젊은 사나이는 구경꾼들을 헤치고 걸어갔다. 두 사람은 걷는 일에 야릇한 실망을 느끼며 북쪽으로 걸어가고 있었다. 한편 그들 머리 위에는 시가지의 창백한 가로등이 여름 저녁의 엷은 안개에 싸인 채 매달려 있었다.

지미네 집에서는 이번 만찬이 무슨 축제라도 되듯 벌써부터 부산을 떨고 있었다. 그의 양친의 당황함 속에는 어떤 자부심이 섞여 있었고, 어떤 열성마저 깃들여 있었으며, 행동이 한결같지 못하고 너절했다. 왜냐하면 외국의 큰 도시들의 이름에는 최소한 이와 같은 힘이 있었기 때문이다. 지미도 성장(盛裝)하고 나자 아주 근사해 보였는데, 그가 현관에 서서 나비 넥타이에 마지막 손질을 하고 있을 때, 그의 아버지는 돈으로는 좀처럼 살 수 없는 어떤 품위가 아들에게 있음을 보고 상업적인 만족감마저 느끼게 되었는지도 모른다. 그래서 그의 아버지는 빌로나에게 유난히 다정했고, 그의 태도는 외국인의 소행에 대하여 참된 경의를 표하고 있었다. 그러나 주인의 이러한 섬세함은 만찬을 열렬히 바라고 있는 그 헝가리인에게는 효력이 없었는지도 모른다.

만찬은 더할 나위 없이 훌륭했다. 세구앵은 세련된 취향을 갖고 있다고 지미는 생각했다. 파티는 지미가 케임브리지에서 세구앵과 함께 다니던 것을 본 적이 있는 라우스라는 젊은 영국인의 참석으로 그 분위기가 고조되었다. 젊은이들은 전등불이 켜진 아늑한 방에서 식사를 했다. 그들은 아무런 거리낌 없이 마구 이야기를 늘어놓았다. 상상력에 불타고 있던 지미는 프랑스 사람들의 발랄한 젊음이 그 영국 청년이 나타내는 성실한 태도에 멋지게 어울린다고 생각했다. 자신의 이미지에 우아함이 있다면 정말 타당한 것이라고 그는 생각했다. 그는 세구앵의, 대화를 잘 이끌어가는 교묘한 솜씨에 감탄했다. 다섯 명의 젊은이들은 각기 취미가 다양했고 이야기를 많이 했다. 빌로나는 무한한 존경심을 가지고 좀 놀란 듯한 영국인에게 영국 마드리갈의 아름다움을 설명하기 시작했고, 옛날 악기가 사라져가는 것을 개탄하였다. 리비에르는 별반 재치도 없이 다만 프랑스 기술자들의 승리를 지미에게 설명하기 시작했다. 쨍쨍 울리는 듯한 헝가리인의 목소리가 낭만주의 화가들이 그린 류트를 엉터리라고 조롱하자, 세구앵은 정치 방면으로 화제를 돌렸다. 그것은 모두의 마음에 드는 화제였다. 지미는 관대한 분위기 속에서 아버지로부터 이어받은 잠재적인 열성이 다시 소생하는 것을 느꼈고, 이는 마침내 무감각한 라우스를 자극하기까지 했다. 방안의 열기는 두 배로 더해갔고, 세구앵의 주인 역할은 매순간 더욱 어려워져갔다. 개인적인 좋지 않은 감정이 개입될 위험마저 있었다. 그러나 눈치가 빠른 주인은 인류를 위해 축배를 들었고, 건배가 끝나자 의미심장하게 창문을 열었다.

그날 밤 이 도시는 수도의 가면을 쓰고 있었다. 다섯 명의 젊은이들은 향기로운 담배 연기를 뿜으며 성 스데반즈 그린 공원을 따라 어슬렁어슬렁 걸어가고 있었다. 모두들 큰소리로 쾌활하게 떠들어댔고, 외투는 어깨에 걸쳐져 흔들리고 있었다. 사람들은 그들을 피하여 갔다. 그래프턴 가의 모퉁이에서 키가 작고 뚱뚱한 사내가 두 예쁜 여자를 자동차에 태워 다른 뚱뚱한 사나이에게 맡기고 있었다. 차가 떠나자, 그 키가 작고 뚱뚱한 사나이가 일행을 보고 소리쳤다.

“앙드레.”

“팔리다!”

뒤이어 이야기는 급류같이 쏟아져 나왔다. 팔리는 미국 사람이었다. 무슨 이야기인지 전혀 알 수 없었다. 빌로나와 리비에르가 제일 많이 떠들었으나 모두 흥분하고 있었다. 모두들 웃어대며 차에 비집고 올라앉았다. 그들은 이제 부드러운 색깔로 엉긴 군중 곁을 지나 즐거운 종소리에 맞춰 달렸다. 모두들 웨스틀랜드 로우 정거장에서 기차를 탔고, 잠시 후에(지미에게는 그렇게 느껴졌다) 킹즈타운 정거장 밖으로 걸어 나가고 있었다. 기차표를 받던 역원이 지미에게 인사를 했다. 그는 노인이었다.

"안녕하시오, 선생!"

맑게 갠 여름 밤이었다. 항구가 그들의 발 아래 컴컴한 거울처럼 펼쳐져 있었다. 그들은 서로 팔짱을 끼고 합창으로 〈커데트 룻셀〉[8]을 부르며 항구를 향해 전진했다. 후렴을 부를 때마다 발을 쿵쿵 굴렀다.

"호! 호! 호헤, 진실로!"

모두들 배를 대는 곳에서 보트를 타고 그 미국인의 요트가 있는 데로 나아갔다. 거기서 저녁식사, 음악, 카드 놀이를 할 예정이었다. 빌로나는 자신 있게 말했다.

"신날 거야!"

선실에는 요트용 피아노가 한 대 있어 빌로나는 팔리와 리비에르에게 왈츠곡을 쳐주었다. 팔리는 남자역, 리비에르는 여자역을 했다. 그 다음에는 즉흥 스퀘어 댄스를 추었는데, 사나이들은 각자 기발한 모습으로 춤을 추었다. 매우 유쾌했다! 지미도 흥에 겨워 춤을 추었다. 적어도 이것이 인생을 사는 재미였다. 그러자 팔리는 숨을 헐떡이며 그만! 하고 소리쳤다. 한 사나이가 가벼운 저녁식사를 가져오자 젊은이들은 그저 형식상 그 앞에 앉았다. 그러나 모두들 술만 마셨다. 보헤미아 산(産) 술이었다. 모두들 아일랜드, 영국, 프랑스, 헝가리, 미국을 위해 축배를 들었다. 지미는 긴 연설을 했다. 연설이 중단될 때마다 빌로나가 "들어요! 들어!" 하고 외쳤다. 지미가 자리에 앉자 박수갈채가 터져나왔다. 훌륭한 연설임에 틀림없었다. 팔리는 그의 등을 두드리며 큰소리로 웃었다. 얼마나 쾌활한 친구들인가 ! 얼마나 좋은 친구들인가!

카드! 카드! 식탁이 말끔히 치워졌다. 빌로나는 조용히 피아노 있는 데로 돌아가 모두를 위해 독주곡을 연주했다. 다른 사람들은 한 게임 한 게임 놀

---

8) 프랑스 민요로 '커데트 룻셀'은 노래에 나오는 어리석은 인물.

이를 계속했고 대담하게 모험을 하기도 했다. 하트의 퀸, 다이아몬드의 퀸을 위해 축배를 들었다. 지미는 은근히 들어주는 사람이 없음을 섭섭하게 여겼다. 기지가 번쩍 떠올랐기 때문이다. 노름판이 매우 커지자 어음이 오가기 시작했다. 지미는 누가 따고 있는지를 정확히 알 수 없었지만 자기가 잃고 있다는 것은 알고 있었다. 그러나 그것은 자신의 실수였다. 왜냐하면 그는 자꾸 카드를 잘못 집어 다른 사람들이 대신 차용증을 계산해주어야 할 지경이었으니까. 모두들 정말 신나는 친구들이었지만 시간이 늦었기 때문에 그는 이제 그만 끝냈으면 싶었다. 누군가가 "뉴포트[9]의 여왕"이란 요트의 이름을 부르며 축배를 들었다. 그러자 또 누군가가 마지막으로 한판 크게 하자고 제의했다.

피아노 소리도 멈추었다. 빌로나는 갑판 위로 올라갔음에 틀림없었다. 정말 굉장한 판이었다. 모두들 게임이 끝나기 직전에 잠시 멈추고서 각자의 행운을 위해 건배했다. 지미는 그 게임이 라우스와 세구앵 사이의 승부라는 걸 알았다. 얼마나 흥분했던가! 물론 지미는 잃은 줄 알면서도 몹시 신이 나 있었다. 그는 차용증을 몇 장이나 썼을까? 모두들 떠들고 손짓을 하면서 마지막 한판을 하기 위해 자리에서 일어섰다. 라우스가 땄다. 배 안은 젊은 사나이들의 고함 소리로 진동했다. 카드를 챙겼다. 그리고 모두들 딴 돈을 모으기 시작했다. 팔리와 지미가 가장 많이 잃었다.

지미는 아침이면 스스로 후회할 것이라는 걸 알았지만 지금은 쉴 수 있게 되어 기뻤다. 자신의 우행(愚行)을 덮어줄 무감각한 상태가 기뻤다. 그는 식탁 위에 팔꿈치를 괴고 두 손으로 머리를 붙잡은 채 관자놀이의 맥박을 세어보았다. 선실 문이 열리고 헝가리 인이 회색 빛살 속에 서서 외치는 것이 보였다.

"동이 틉니다, 여러분!"

---

9) 미국 동부 로드아일랜드의 도시로, 미국의 부(富)와 유흥의 상징.

두 건달들

8월의 따스한 잿빛 노을이 도시에 내려 있었고, 여름을 연상케 하는 훈훈하고 더운 공기가 거리에 감돌았다. 일요일의 휴식을 위하여 덧문을 내린 거리는 호사스럽게 옷치장을 한 군중들로 붐볐다. 찬란하게 비치는 진주처럼 가로등은 높은 전신주 꼭대기에서 그 아래 살아 있는 사람들 위로 빛을 던져주었고, 사람들은 모양과 색깔을 쉴 새 없이 바꿔가며 따뜻한 회색의 저녁 공기 속에서 한결같이 웅성거리고 있었다.

두 젊은이가 러틀랜드 광장[1]의 언덕을 내려왔다. 그 중 한 사람이 긴 독백을 막 끝마치는 중이었다. 보도의 가장자리를 걷다가 친구가 난폭하게 미는 바람에 이따금 차도에 발을 들여놓지 않을 수 없었던 다른 한 사람은 이야기를 귀담아 듣고 있는 듯한 즐거운 표정을 하고 있었다. 그는 몸집이 작달막하고 불그레한 얼굴 표정을 하고 있었다. 요트용 모자를 이마 뒤로 젖혀 쓰고 이야기를 귀담아 들으며 코, 눈, 입의 구석에서부터 얼굴 전면에 걸쳐 끊임없는 표정의 물결을 쏟아내고 있었다. 그가 몸을 비틀 때마다 씨근거리는 웃음소리가 연거푸 터져 나왔다. 그의 눈은 교활한 기쁨으로 반짝

---

1) 더블린 중심부에 있는 광장으로, 지금은 파넬 광장으로 불림.

였으며, 친구의 얼굴을 연방 흘끔흘끔 쳐다보았다. 그는 투사처럼 어깨에 걸쳐 늘어뜨린 가벼운 비옷을 한두 번 바로잡았다. 그는 바지나 흰 고무 단화, 멋있게 어깨에 걸친 비옷 때문에 매우 젊어 보였다. 그러나 그의 몸매는 허리 주변이 뚱뚱해 보였고 머리칼은 숱이 별로 없는 회색이었으며, 표정의 파도가 스쳐간 얼굴은 찌든 표정을 하고 있었다.

확실하게 이야기가 끝난 것을 알자, 그는 꼬박 30초 동안이나 소리 없이 웃더니 이렇게 말했다.

"그래!…… 그것 참 멋있군! "

그의 목소리는 기력이 빠진 듯했다. 그러자 자기 말을 강조하기 위해 익살스러움을 더해 말했다.

"그것 정말 유일하고 독특한, 그리고 이렇게 부를 수 있을지 몰라도 '보기 드문' 비스킷이군[2]!"

이 말을 하고는 심각해지며 입을 다물었다. 돌세트 가에 있는 어떤 술집에서 오후 내내 떠들어댔기 때문에 그의 혀는 지쳐 있었다. 대부분의 사람들은 레너헌을 남을 등쳐먹는 자라고 생각했으나, 이러한 평판에도 불구하고 재치와 능변 덕택에 친구들은 그를 적대시할 수가 없었다. 그는 용감하게도 술집에 모인 사람들 틈에 나타나 그들 무리의 가장자리에 재치 있게 끼여 들어 어느 틈에 그들과 한패가 되는 것이었다. 그는 엄청나게 많은 이야기와 노래와 수수께끼로 무장한, 놀기 좋아하는 부자였다. 그는 갖가지 종류의 무례함에 대하여 아무런 감각이 없는 사람이었다. 그가 어떻게 해서 먹고 사는지 아무도 몰랐지만 막연하게나마 경마업(競馬業)과 무슨 관계가 있는 성싶었다.

"그런데 그 여잔 어디서 주웠지, 코얼리?" 그가 물었다.

코얼리는 혀로 윗입술을 재빨리 핥고 나서 말했다.

---

2) 최고란 뜻임.

"어느 날 밤에 데임 가를 따라 걸어가는데 워터하우스의 시계탑 밑에서 근사한 여자를 만났지. 그래서 안녕하시오, 하고 인사를 했단 말이야. 그리고 우린 운하 옆을 한바퀴 걸었지 뭐야. 그녀는 내게 자기는 배고트 가에 있는 어떤 집 하녀라고 말했어. 그날 밤 팔로 그녀의 허리를 감고 좀 껴안아 주었지. 그리고 다음 일요일, 알겠나, 약속을 해서 만났지. 도니브룩[3]에 가서 들판으로 끌고 들어갔지. 지금까진 우유 배달부하고 함께 가곤 했다는 거야 …… 이봐, 근사했어. 그녀는 매일 밤 내게 담배를 갖다 주었고 왕복 전찻삯도 내주었지. 그리고 어느 날 밤 기막히게 근사한 궐련을 두 개씩이나 갖다 주었단 말이야…… 아, 정말 근사한 걸 말이야, 알겠나, 먼저 친구가 피우던 거라고 했어…… 이봐, 혹시 임신이라도 한 게 아닌가 난 겁이 났어. 하지만 그녀는 무슨 수를 쓰고 있더군."

"아마 자기와 결혼할 거라 생각한 모양이지." 레너헌이 말했다.

"난 지금 무직이라고 했어. 핌[4]에 있다고 했지. 그 여자는 아직 내 이름도 몰라. 조심하느라 가르쳐주지 않았지. 하지만 그녀는 날 훌륭한 남자로 생각하고 있어. 알겠나?" 코얼리가 말했다.

레너헌은 또다시 소리 없이 웃었다.

"그건 내가 지금까지 들은 얘기 중 최고군 그래."

코얼리의 걸음걸이는 치켜세우는 말에 으쓱해진 듯 보였다. 그의 큼직한 몸집이 좌우로 흔들리는 바람에 레너헌은 보도에서 차도로 몇 걸음 비켜났다가 다시 돌아왔다. 코얼리는 어느 경감(警監)의 아들이었고, 아버지의 체구와 걸음걸이를 물려받았다. 그는 양손을 옆구리에 붙이고 몸을 꼿꼿이 세우고 고개를 이리저리 흔들면서 걸었다. 머리는 크고 둥글며 기름으로 번지르르했고, 어떤 날씨에서도 땀을 흘렸으며, 한쪽으로 비스듬히 쓴 크고 둥근 모자는 구근(球根)에서 자라난 또 하나의 구근처럼 보였다. 그는 마치

____

3) 더블린 남동쪽 2마일 지점에 있는 외곽 마을.
4) 더블린 소재의 핌 형제 상회. 〈이블린〉의 각주 3) 참조.

열병(閱兵) 때 행진하듯 언제나 앞을 똑바로 바라보며 걸었고, 거리에서 누
군가를 쳐다보고자 할 때에는 궁둥이에서부터 온몸을 움직여야 했다. 현재
는 일정한 직업 없이 시내를 나돌아다니는 무위도식가였다. 무슨 일자리가
나기만 하면 한 친구가 당장 그에게 알려주기로 되어 있었다. 그가 가끔 사
복을 입은 경찰관과 함께 걸으며 열심히 이야기를 주고받는 것을 볼 수 있
었다. 그는 모든 사건의 내막을 모르는 것이 없었고 최종적인 판단을 내리
기를 좋아했다. 그는 친구들의 말은 듣지도 않고 자기 말만 했다. 그의 이
야기는 주로 자기 자신에 관한 자랑으로 자신이 아무개에게 뭐라고 했고,
또 아무개가 자기에게 뭐라고 했는데, 결국에 자기가 어떻게 그 일을 해결
했는가 하는 것이었다. 이런 이야기를 들려줄 때면 그는 플로렌스 사람들의
흉내를 내어 자기 이름의 첫자를 기음(氣音)을 넣어 발음했다.

　레너헌은 그의 친구에게 시가를 한 대 권했다. 이 두 젊은이는 사람들 사
이를 지나 계속 걸어갔는데, 코얼리는 이따금 얼굴을 돌려 지나가는 몇몇
여자들에게 미소를 보냈으나, 레너헌은 두 겹의 달무리에 싸인 크고 희미한
달에다 시선을 고정시키고 있었다. 그는 황혼의 회색 그림자가 달의 표면을
가로지르는 것을 열심히 지켜보고 있었다. 마침내 그는 말했다.

　"그래…… 말해 봐, 코얼리. 자넨 잘해낼 것 같은데, 그렇지?"

　코얼리는 대답 대신 한쪽 눈을 의미 있게 찡긋했다.

　"쉽사리 넘어갈 여자 같은가?" 레너헌이 미심쩍은 듯 물었다. "여자들이
란 알 수 없단 말이야."

　"그 여잔 문제없어." 코얼리가 말했다. "자넨 내가 그 여자 하나쯤 처리
하지 못할 줄 아나? 그 여잔 내게 반해 있단 말이야."

　"자네야말로 이른바 로타리오[5]군 그래." 레너헌이 말했다. "진짜 로타리
오란 말이야, 역시."

----

5) 영국 극작가 니콜라스 로우(1674~1718)의 〈미남 고해자〉에서 로타리오는 유혹자로
　 등장함.

조롱하는 듯한 그의 태도가 비굴을 덜어주는 듯했다. 자신을 구하기 위해 그는 자신의 아첨을 조롱으로 해석할 수도 있게 만드는 버릇을 갖고 있었다. 그러나 코얼리는 이런 것을 눈치챌 만큼 예민하지 못했다.

"반반한 하녀를 건드리는 것만큼 신나는 일도 없지." 그는 단언했다. "내 말을 들으라구."

"하녀들을 건드려 본 사람이 하는 말이군!" 레너헌이 말했다.

"처음엔 나도 젊은 여자들과 어울리곤 했지, 알겠나." 코얼리가 마음속을 털어놓으며 말했다. "남부 순환도로 외곽의 처녀들과 말이야. 전차를 타고 여기저기 데리고 다녔지, 그리고 전찻삯도 내가 내고 악단이나 연극 구경도 시켜줬단 말이야. 뿐만 아니라 초콜릿이니 사탕이니 하는 것들도 사줬지. 그애들한테 돈도 꽤 썼어." 그는 마치 자신이 불신을 당하고 있음을 의식하듯 단호한 목소리로 말했다.

그러나 레너헌은 그걸 곧이곧대로 믿으며 진지하게 고개를 끄덕이며 말했다.

"그 따위 수작을 난 알아, 그건 바보짓이야."

"나는 경칠 그 따위 실속 없는 짓은 안 해." 코얼리가 말했다.

"나도 마찬가지야." 레너헌이 말했다.

"그 중 하나만은 달랐어." 코얼리가 말했다.

그는 혀로 윗입술을 핥아 추켰다. 과거를 회상하자 두 눈이 빛났다.

이제 그도 거의 가려져버린 희미한 둥근 달을 쳐다보며 생각에 잠긴 듯했다.

"괜찮은 여자였는데……" 그는 아쉬운 듯 말했다.

그는 다시 침묵하더니 덧붙여 말했다.

"지금은 화류계에 있지. 어느 날 밤 두 사내놈하고 얼 가에서 자동차를 타고 가는 걸 보았어."

"아마도 자네 때문이었나 보군." 레너헌이 말했다.

"나 이전에도 다른 녀석들이 있었지." 코얼리가 의미심장하게 말했다.

이번에는 레너헌이 믿기지 않는다는 듯 고개를 설레설레 흔들며 미소를 지었다.

"날 놀리는 건가, 코얼리?" 그는 말했다.

"정말이야! 그녀가 나한테 직접 말하지 않았겠나?" 코얼리가 말했다. 레너헌은 비장한 몸짓을 했다.

"야비한 배신자!" 그가 말했다.

두 사람이 트리니티 대학 울타리를 따라 지나갈 때, 레너헌은 차도로 내려서서 시계를 쳐다보았다.

"20분이 지났군." 그는 말했다.

"시간은 충분해." 코얼리가 말했다.

"그 여잔 틀림없이 그곳에 와 있을 거야. 언제나 내가 조금씩 기다리게 하거든."

레너헌은 조용히 웃었다.

"조심하라구, 코얼리. 자넨 여자 다루는 법을 알지." 그는 말했다.

"여자들이 쓰는 잔꾀 따윈 다 알아." 코얼리는 고백했다.

"하지만 말해봐." 레너헌이 다시 말했다. "자네 모든 걸 잘해낼 자신이 있나? 알다시피 아주 조심스레 해야 되는 일이야. 여자들이란 그 점에 대해선 지나치게 조심한단 말이야. 응? ……어때?"

그의 빤짝이는 작은 두 눈이 다짐하듯 상대방의 얼굴을 살폈다. 코얼리는 끈덕지게 치근거리는 파리라도 날려버리려는 듯 고개를 이리저리 흔들며 이맛살을 찌푸렸다.

"해내고 말 테니 내게 맡겨, 알겠나?" 그는 말했다.

레너헌은 더 이상 말하지 않았다. 그는 친구의 성미를 거슬러 집어치워, 자네 충고 따윈 필요없어, 하는 말을 듣고 싶지 않았다. 약간의 요령이 필요했다. 그러나 코얼리의 이맛살은 금방 다시 펴졌다. 그의 생각은 다른 데로 달리고 있었던 것이다.

"정말 얌전한 계집애야." 그는 칭찬조로 말했다. "바로 그런 여자라네."

그들은 낫소 가를 따라 걸어간 다음 킬데어 가로 접어들었다. 술집 현관에서 그리 멀지 않은 곳에서 어떤 하프 악사 하나가 노상에 서서 둘러선 청중들에게 연주를 해주고 있었다. 그는 별반 주의를 기울이지 않는 듯 줄을 타며 이따금씩 새로운 사람이 올 때마다 재빨리 흘끗 쳐다보거나 또 가끔 지친 듯이 하늘을 쳐다보기도 했다. 그의 하프 또한 덮개가 무릎 근처까지 흘러내린 것도 의식하지 못한 채 낯선 사람들의 시선이나 주인의 손에 지친 듯 보였다. 악사의 한 손은 저음부로 〈오, 모일리여, 고요히〉[6]의 가락을 연주했고, 다른 손은 곡조를 따라 고음부로 연주했다. 곡의 선율은 깊고 풍부하게 울렸다.

두 젊은이는 말없이 거리를 걸어갔다. 그러자 구슬픈 곡이 그들을 뒤쫓았다. 두 사람은 성 스데반즈 그린 공원에 다다르자 길을 건넜다. 그곳의 전차 소리, 불빛, 군중들이 그들을 침묵으로부터 구해주었다.

"저기 있군!" 코얼리가 말했다.

흄 가의 모퉁이에 어떤 젊은 여인이 서 있었다. 푸른 드레스에 흰 세일러 모자를 쓰고 있었다. 그녀는 길 가장자리 돌 위에 서서 한 손으로 양산을 휘두르고 있었다. 레너헌은 생기가 돌기 시작했다.

"어디 얼굴 좀 볼까, 코얼리." 그는 말했다

코얼리가 곁눈으로 친구를 흘끗 쳐다보았을 때, 그의 얼굴 위에는 한 가닥 불쾌한 듯한 웃음이 드러나 있었다.

"자네, 날 방해할 참인가?" 그는 물었다.

"빌어먹을!" 레너헌은 대담하게 말했다. "소개 따윈 원치 않아. 바라는 건 얼굴을 한번 보자는 것뿐이야. 따먹진 않겠어."

---

6) 토머스 무어의 시 〈피오누아라〉 첫 행.

"오…… 보기만 한다고?" 코얼리는 한층 누그러진 어조로 말했다. "그 럼…… 그래, 가만있자. 내가 가서 말을 걸 테니 옆을 지나가며 보란 말이 야."

"좋아!" 레너헌이 말했다.

코얼리는 이미 한쪽 발로 쇠사슬 너머를 딛고 있었는데, 이때 레너헌이 그에게 소리를 질렀다.

"그리고 그 다음엔 어디서 만날까?"

"10시 반에." 코얼리가 나머지 한쪽 발을 옮겨 놓으며 대답했다.

"어디서?"

"메리언 가 모퉁이에서. 함께 돌아올 테니까 말이야."

"그럼 잘해보게나." 레너헌은 작별인사를 했다.

코얼리는 대답하지 않았다. 그는 머리를 이리저리 흔들며 어슬렁어슬렁 길을 가로질러 걸어갔다. 그의 커다란 몸집, 느린 발걸음, 그리고 무겁게 울리는 구두 소리가 정복자의 위엄 같은 것을 드러내고 있었다. 그는 젊은 여자에게 가까이 가더니 인사도 없이 이야기를 하기 시작했다. 그녀는 양산 을 더 빨리 휘두르며 발뒤꿈치로 몸을 반쯤 돌렸다. 그가 더욱 가까이 다가 가서 말을 걸자, 그녀는 한두 번 깔깔거리며 고개를 숙였다.

레너헌은 잠시 동안 두 사람을 지켜보았다. 그런 다음 그는 약간 떨어져 쇠사슬 옆을 따라 재빨리 걸어가다가 비스듬히 한길을 건너갔다. 흄 가 모 퉁이에 접어들자 향수 냄새가 물씬 풍겼다. 그는 젊은 여자의 모습을 재빨 리, 초조한 듯 눈살을 찌푸리며 훑어보았다. 그녀는 일요일의 화려한 나들 이옷으로 치장하고 있었다. 푸른 드레스의 허리 부분을 까만 가죽띠로 졸라 매고 있었다. 허리띠의 커다란 은빛 버클이 그녀의 몸 중심을 억누르고, 하 얀 블라우스의 엷은 천을 집게처럼 졸라매고 있었다. 그녀는 자개 단추가 달린 검정색 짧은 윗도리에 헐렁하고 까만 목도리를 두르고 있었다. 비단 망사로 된 칼라 끝을 일부러 흩뜨리고 앞가슴에는 커다란 한 묶음의 붉은 꽃을, 줄기를 위로 오게 하여 꽂고 있었다. 레너헌의 눈은 그녀의 짧고 토실토실하게 살찐 몸을 그만하면 괜찮다는 듯 쳐다보았다. 꾸밈없는 건강미가 그녀의 얼굴과 포동포동하고 붉은 두 뺨, 그리고 수줍어하지 않는 푸른 눈에서 활활 타고 있었다. 그녀의 이목구비는 투박했다. 널따란 콧구멍, 만족스런 웃음을 담고 벌리고 있는, 볼품없이 퍼진 입은 쑥 튀어나온 앞니 두 개를 드러내고 있었다. 옆을 지나면서 레너헌은 모자를 벗었다. 그러자 10초쯤 지난 후 코얼리가 허공을 향해 답례를 했다. 그는 손을 약간 들어 생각에 잠긴 듯이 모자 위치의 각도를 조금 바꾸어 보였다.

레너헌은 셸본 호텔[7]까지 걸어가 거기서 발걸음을 멈추고 기다렸다. 얼마 동안 기다리고 있자 두 사람이 그를 향해 오고 있는 것이 보였다. 그들이 오른쪽으로 방향을 돌리자, 그는 하얀 구두를 사뿐히 옮겨 놓으며 그들을 뒤따라 메리언 광장 한쪽으로 내려갔다. 그들과 보조를 맞추어 천천히 걸어가면서 그는 코얼리의 얼굴이 수시로 그 젊은 여자의 얼굴을 향해서 마치 축(軸) 위에서 계속 맴돌고 있는 커다란 공처럼 돌려지고 있는 것을 눈여겨보았다. 이 한 쌍을 놓치지 않고 따라가다가 마침내 그는 두 사람이 도니브룩행 전차의 층계를 올라가는 것을 보았다. 그러자 그는 방향을 바꾸어 오던 길로 다시 걸어갔다.

혼자 남으니 그의 얼굴은 한층 늙어 보였다. 쾌활한 기분은 그에게서 멀리 사라진 듯 보였고, 그는 듀크 공원의 철책 옆을 따라 걸어가면서 한 손으로 그 위를 훑었다. 아까 하프의 악사가 연주했던 그 곡조에 따라 몸을 움직이기 시작했다. 그는 발을 가볍게 굴러 그 가락을 흉내냈고 한 편의 곡조가 끝날 때마다 그의 손가락은 철책을 따라 변주곡의 음계를 훑어냈다.

그는 멍하니 성 스테반즈 그린 공원 주변을 돌다가 그래프턴 가로 걸어내려갔다. 그가 헤치고 지나가는 사람들의 무리 가운데에는 아는 사람들도

---

7) 성 스테반즈 그린 공원 길 건너에 위치한 더블린 제1급 호텔.

꽤 있었으나, 그저 시무룩하니 쳐다볼 뿐이었다. 마음을 끌려고 하는 것들이 모두 하찮게 보였고, 대담해 보라고 유혹하는 시선에도 반응이 없었다. 그들에게 꾸며서 즐겁게 해줄 말을 많이 해야 한다는 것을 알고 있었지만, 머리도 목구멍도 이런 일을 하기에는 너무나 말라 있었다. 코얼리를 다시 만날 때까지 시간을 어떻게 보낼 것인가 하는 문제가 좀 괴로웠다. 그저 이렇게 계속 걷는 것 이외엔 시간을 보낼 다른 방법이 없었다. 러틀랜드 광장의 모퉁이에까지 와서 그는 왼쪽으로 방향을 바꾸어 어둡고 조용한 거리로 나서자 마음이 놓였고, 거리의 어두운 분위기가 자신의 기분에 맞았다. 마침내 그는 어느 초라해 보이는 상점 앞에서 발을 멈추었는데, 그곳 간판에는 흰 글씨로 '간이 주점'이라고 씌어 있었다. 유리창에는 흘려 쓴 글씨로 '진저 비어'와 '진저 에일'이란 두 개의 광고가 씌어져 있었다. 햄 한 조각이 커다란 푸른 접시 위에 놓여 있었고, 그 옆의 접시에는 아주 얇은 건포도 푸딩 한 조각이 놓여 있었다. 그는 이 음식을 잠시 동안 열심히 들여다보았다. 그리고 이내 거리 위아래를 조심스레 살핀 다음 상점 안으로 재빨리 들어갔다.

그는 배가 고팠다. 왜냐하면 아까 인색한 두 바텐더가 마지못해 갔다 주었던 비스킷 몇 개 외에는 아침부터 먹은 게 없었기 때문이다. 그는 두 여직공과 한 남자 기사(技士) 맞은편에 있는, 식탁보도 깔지 않은 나무 식탁에 가서 앉았다. 몸가짐이 단정하지 못한 여급이 시중을 들었다.

"콩 한 접시에 얼마요?" 그는 물었다.

"1페니 반입니다." 여급이 대답했다.

"콩 한 접시와 진저 비어 한 병 주시오." 그는 말했다.

그는 점잖은 티를 안 내려고 일부러 거칠게 말했다. 왜냐하면 그가 안으로 들어서자 갑자기 이야기가 뚝 끊어졌기 때문이다. 그의 얼굴이 후끈 달았다. 태연스레 보이려고 모자를 머리 뒤로 젖혀 쓰고 식탁 위에 양팔꿈치를 괴었다. 기사와 두 여공은 그의 얼굴을 하나하나 살핀 후에 나지막한 목소리로 대화를 계속했다. 여급은 후추와 초로 양념한 뜨끈한 콩 한 접시와 포크, 그리고 진저 비어 한 병을 그에게 가져왔다. 그는 게걸스럽게 음식을 마구 먹어치우고, 그 맛이 어찌나 좋던지 상점의 이름을 머리 속에 새겨두었다. 콩을 모두 먹은 다음 그는 진저 비어를 조금씩 홀짝이면서 코얼리의 모험을 생각하며 얼마 동안 앉아 있었다. 상상 속에서 한 쌍의 애인이 어두컴컴한 어떤 길을 따라 걸어가는 것을 볼 수 있었고, 사랑을 속삭이는 코얼리의 굵고 힘찬 목소리가 들리는 듯했으며, 그 젊은 여자의 입에서 흘러 나오는 만족스러워하는 미소를 다시 보는 듯했다. 이러한 환상은 그로 하여금 돈과 정력의 빈곤함을 뼈저리게 실감하게 했다. 그는 이제 아무 일이나 마구 하는 불규칙한 생활과 속임수와 간계 따위에 싫증을 느꼈다. 오는 11월이면 나이 서른하나가 된다. 그때까지 좋은 일자리 하나 갖지 않을 셈인가? 또 가정도 갖지 않을 셈인가? 따뜻한 난롯가에 앉아 멋진 저녁식사를 할 수 있다면 얼마나 좋을까 생각해보았다. 지금까지 친구들이며 여자들과 함께 실컷 돌아다녀보았다. 그는 그 따위 친구들은 아무 소용도 없음을 알고 있었다. 여자들도 마찬가지였다. 세상에 대한 이러한 경험들이 그의 마음을 쓰리게 했다. 그러나 모든 희망이 사라진 것은 아니었다. 식사를 하고 나자 기분이 이전보다 한층 나아졌고 인생이 덜 싫증났으며 정신이 한층 살아나는 듯 느껴졌다. 만일 자신이 돈을 좀 가진 착하고 순박한 어떤 처녀를 만날 수만 있다면, 이제 아늑한 구석에 정착해서 행복하게 살 수 있을 것만 같았다.

그는 칠칠치 못해 보이는 그 여급에게 2펜스 반을 치르고 상점을 나와 다시 방황하기 시작했다. 그는 캐펄 가로 들어가 시청 쪽으로 걸어갔다. 그리고 이내 데임 가로 돌아갔다. 조지 가의 모퉁이에서 친구 둘을 만나 멈춰서서 그들과 얘기를 나누었다. 그는 잠시 걷지 않아도 된 것이 기뻤다. 친구들은 그에게 코얼리를 보았는지, 최근 어찌 지내는지를 물었다. 하루 종일 코얼리와 지냈노라고 그는 대답했다. 친구들은 별반 말이 없었다. 그들은 지나가는 군중의 몇몇 사람들을 멍하니 쳐다보며 때때로 그들을 평하기도 했다. 한 친구는 웨스트모어랜드 가에서 한 시간 전에 매크를 보았다고 말했다. 이 말에 레너헌은 간밤에 매크와 함께 이건 주점에 있었다고 말했다. 웨스트모어랜드 가에서 매크를 보았다고 말한 그 젊은이는 매크가 당구 시합에서 돈을 좀 땄다는 것이 사실이냐고 물었다. 레너헌은 모르는 일이었다. 그는 이건 주점에서 친구들에게 술을 산 사람은 홀로헌이었다고 말했다.

그는 10시 15분 전에 친구들과 헤어져 조지 가로 걸어 올라갔다. 그는 시영시장(市營市場)이 있는 곳에서 왼쪽으로 돌아 그래프턴 가로 걸어갔다. 여자들과 젊은 남자들의 무리는 그 수가 한층 줄어들었고, 거리를 따라 올라가는 도중에 그는 많은 사람들과 쌍쌍을 이룬 무리들이 서로 작별인사를 나누고 있는 소리를 들었다. 그는 의과대학[8]의 시계탑 있는 데까지 나아갔다. 시계는 10시를 가리키고 있었다.

그는 코얼리가 너무 일찍 돌아왔으면 어떡하나 염려하면서 성 스데반즈 공원 북쪽을 따라 급히 걸었다. 메리언 가의 모퉁이에 도착하자, 그는 가로등 그림자 속에 자리잡고 서서 남겨두었던 담배 하나를 꺼내 불을 붙였다. 가로등 기둥에 몸을 기대고 코얼리와 그 젊은 여자가 되돌아올 만한 쪽에다 시선을 고정시켰다.

그의 마음이 다시 활발해졌다. 그는 코얼리가 일을 성공적으로 처리했을까 궁금했다. 코얼리가 그 여자에게 이미 청혼을 했을까, 아니면 마지막 순간까지 그대로 미루어두었을까 궁금했다. 자기 자신의 처지뿐만 아니라 친구의 처지를 생각하면 아슬아슬한 기분이 들었다. 그러나 천천히 돌리고 있던 코얼리의 머리를 생각하자 얼마간 마음이 안정되었다. 코얼리가 일을 무사히 처리할 것이라는 것은 확실했다. 그러자 혹시 코얼리가 그 여자를 다

---

8) 서부 더블린 123번지 소재의 더블린 왕립의과대학.

른 길로 해서 집에까지 바래다주고는 자기를 속이고 달아나버린 것이 아닌가 하는 생각이 갑자기 들었다. 두 눈으로 거리를 샅샅이 뒤졌으나, 그들의 그림자도 보이지 않았다. 그러나 의과대학의 시계탑을 쳐다본 지도 확실히 반 시간은 지났다. 코얼리는 과연 그와 같은 짓을 했을까? 그는 마지막 남은 담배에 불을 붙여 신경질적으로 빨기 시작했다. 그는 광장 먼 모퉁이에 전차가 멈출 때마다 눈을 크게 뜨고 살펴보았다. 틀림없이 다른 길로 돌아간 것 같았다. 담배 종이가 터지는 바람에 그는 욕을 하면서 길에다 내던졌다.

갑자기 그는 두 사람이 자기를 향해 걸어오는 것을 보았다. 돌연 마음이 들떴다. 그는 가로등 기둥에 바싹 붙어 서서 그들의 걸음걸이에서 그 결과를 알아보려고 애를 썼다. 두 사람은 재빨리 걸어왔는데, 그 젊은 여자는 총총걸음으로 걷고 있었고, 코얼리는 그녀 옆에서 성큼성큼 걷고 있었다. 두 사람이 이야기를 하고 있는 것처럼 보이지는 않았다. 결과에 대한 예감이 날카로운 송곳 끝처럼 그의 마음을 찔렀다. 그는 코얼리가 실패한 줄 알았다. 그리고 일이 다 틀린 줄 알았다.

그들은 배고트 가로 접어들었다. 그래서 그는 다른 쪽 보도를 따라 이내 그들을 뒤따랐다. 그들이 발걸음을 멈추자 그도 따라 멈추었다. 두 사람은 잠시 뭐라고 말을 하더니 그 젊은 여자는 계단을 내려가 어떤 집 뜰로 들어가버렸다. 코얼리는 정문 층계에서 얼마간 떨어진 곳의 길 가장자리에 그대로 서 있었다. 몇 분이 지났다. 그러자 현관 문이 천천히 그리고 조심스럽게 열리더니 어떤 여자가 정문 층계를 뛰어 올라오며 기침을 했다. 코얼리는 몸을 돌려 그녀 쪽으로 나아갔다. 그의 커다란 몸집에 가려 몇 초 동안 그녀가 보이지 않더니 이내 여자의 모습이 나타나 계단을 달려 내려갔다. 여자가 안으로 들어가고 문이 닫히자, 코얼리는 성 스테반즈 그린 공원을 향해 급히 걸어가기 시작했다.

레너헌도 같은 방향으로 서둘러 걸어갔다. 가벼운 빗방울이 몇 개 떨어졌다. 그것을 무슨 경고로 받아들이듯, 그는 그 젊은 여자가 들어간 집 쪽을 흘끗 뒤돌아보며, 누가 보고 있지 않을까 살피면서 열심히 길을 건너 걸어 갔다. 불안한 데다가 빨리 걸어서 숨이 찼다. 그는 큰소리로 불렀다.

"이봐, 코얼리!"

코얼리는 자기를 부르는 사람이 누굴까 하고 고개를 돌리더니 아까처럼 계속 걸어갔다. 레너헌은 한 손으로 어깨에 걸친 비옷을 바로잡으면서 그를 따라갔다.

"이봐, 코얼리!" 그는 다시 소리쳤다.

그는 친구와 나란히 서자, 그의 얼굴을 날카롭게 쳐다보았다. 아무런 기 미도 볼 수 없었다.

"그래," 그는 말했다. "성공했니?"

두 사람은 엘리 광장 모퉁이에 다다랐다. 여전히 대답을 하지 않으면서 코얼리는 왼쪽으로 방향을 바꾸어 골목길로 올라갔다. 그의 표정은 엄숙하 고 담담해 보였다. 레너헌은 불안스레 숨을 헐떡이며 친구를 따라갔다. 그 는 영문을 알 수가 없었다. 드디어 그의 목소리에는 위협하는 듯한 기미가 어렸다.

"말 못 하겠니?" 그는 말했다. "그녀를 어떻게 해봤어?"

코얼리는 첫번째 가로등 밑에서 발걸음을 멈추고 자기 앞을 무서운 표정 으로 노려보았다. 그러더니 신중한 몸짓으로 한 손을 불빛 쪽으로 내밀고 미소를 띠우며 그의 추종자의 시선을 향해 천천히 폈다. 손바닥에선 조그마 한 금화[9] 한 개가 반짝이고 있었다.

---

9) 1소브린의 금화, 20실링에 해당함.

하 숙 집

무니 부인은 푸주한의 딸이었다. 그녀는 혼자서 일을 척척 처리할 수 있는 여자, 즉 과단성이 있는 여자였다. 그녀는 자기 아버지의 상점에서 일하던 감독과 결혼하여 스프링 공원 근처에 푸줏간을 하나 차렸다. 그러나 장인이 세상을 떠나자마자 무니 씨는 방탕한 생활을 일삼기 시작했다. 그는 술을 퍼 마시고 상점의 금고에서 돈을 훔쳐내고 많은 빚을 졌다. 금주하겠다는 맹세를 해봤자 아무 소용이 없었다. 며칠이 지나면 다시 술을 마실 게 뻔했다. 손님들 앞에서 아내와 마구 싸우거나 질이 나쁜 고기를 사들임으로써 그는 장사를 망치고 말았다. 어느 날 밤 그가 식칼을 가지고 아내에게 달려들어, 아내는 이웃집에 가서 자지 않을 수 없었다.

이러한 일이 있은 뒤로 그들은 서로 별거했다. 그녀는 신부에게 가서 아이들을 자기가 맡는다는 조건으로 별거의 허가를 받았다. 그녀는 남편에게 돈이나 식사, 그리고 지낼 방도 주려고 하지 않았다. 그래서 남편은 부득이 자진해서 주지사의 급사가 되었다. 그는 초라하고 꾸부정한 키에 체구가 작은 주정뱅이였으며, 하얀 얼굴에 흰 콧수염을 기르고, 분홍색 혈관이 드러나 무시무시하게 뵈는 작은 눈 위에 연필로 그린 듯한 하얀 눈썹을 지니고 있었다. 그리고 하루 종일 집행관의 방에 앉아서 일이 주어지기를 기다리고 있었다. 푸주 일에서 남은 돈을 모아 하드위크 가에 하숙집을 차린 무니 부인은 체격이 당당한 여인이었다. 그녀의 집에 오는 손님들이란 리버풀이나 맨섬〔島〕[1]에서 오는 여행자들과 가끔씩 음악당에서 오는 악사 등의 뜨내기 손님들이었다. 그리고 고정 손님은 시내의 회사원들이었다. 그녀는 하숙집을 교묘하고도 엄격하게 관리했는데, 외상을 줘야 할 때와 엄하게 굴어야 할 때, 그리고 모든 걸 눈감아주어야 할 때를 잘 알고 있었다. 젊은 하숙생들은 모두 그녀를 '마담'이라고 불렀다.

무니 부인 집에 하숙하는 젊은이들은 식비와 방세(저녁식사 때의 맥주나 흑맥주는 제외하고)로 일주일에 15실링을 지불했다. 그들은 비슷한 취미와 직업을 가지고 있었는데, 이런 이유 때문에 서로들 대단히 친하게 지냈다. 그들은 경마에서 인기 있는 말과 그렇지 못한 말들이 이길 확률에 대해서 토론했다. 마담의 아들인 재크 무니는 플리드 가의 어떤 위탁판매소의 점원으로 있었는데, 불한당이란 평판을 듣고 있었다. 그는 군인들의 음담패설을 사용하기를 좋아했고, 대개는 새벽녘에 집에 돌아왔다. 친구들을 만날 때에는 그들에게 말해줄 근사한 이야기를 언제나 갖고 있었고, 무슨 재미있는 이야기거리 —— 말하자면 그럴듯한 말〔馬〕이나 또는 그럴듯한 배우 등 ——에 관하여 언제나 정통해 있었다. 그는 또한 권투에 재간이 있었고 우스꽝스런 노래도 잘 불렀다. 일요일 밤에는 무니 부인네 정면 응접실에서 이따금 친목회가 열리곤 했다. 음악당의 악사들도 기꺼이 응해주었고, 셰리던이 왈츠와 폴카를 연주하고 즉석 반주를 하기도 했다. 마담의 딸인 폴리 무니도 노래를 부르곤 했다. 그녀는 다음과 같이 노래했다.

나는…… 못된 계집애예요.

모르는 척 마세요,

알고 있잖아요.

---

1) 리버풀은 영국 서해안의 항구 도시. 리버풀과 더블린 간에 정기 항해선이 운행되는데, 맨섬은 그 중간 기착지임.

폴리는 열아홉 살 난 날씬한 몸매의 처녀였다. 그녀는 가볍고 부드러운 머리칼과 작고 도톰한 입술을 가지고 있었다. 그녀는 다른 사람과 이야기할 때에는 푸른 기미가 있는 듯 보이는 회색 눈을 위쪽으로 살짝 치켜뜨는 버릇이 있어, 그것이 그녀를 귀여운 심술꾸러기 마돈나처럼 보이게 했다. 무니 부인은 처음에 딸을 어떤 곡물 도매상에 타이피스트로 내보냈으나, 평판이 고약한 주지사의 부하가 사무실로 하루 걸러 찾아와서는 딸에게 말 좀 하자고 졸라대는 바람에 다시 딸을 집으로 불러들여 집안 일을 보게 했다. 폴리는 성격이 몹시 활발했기 때문에 어머니는 딸로 하여금 젊은이들과 함께 놀게 하려 했던 것이다. 게다가 젊은이들이란 젊은 여자가 자기들 가까이에 있다고 느낄 때는 기분이 좋아지는 법이다. 물론 폴리는 젊은 사내들과 시시덕거렸지만, 예리한 판단력을 가진 무니 부인은 그 젊은 사내들이 단지 심심풀이로 시간을 보내고 있음을 알았고, 그들 중 누구 하나 심각하게 딸에 대한 생각을 하고 있는 사람이 없음을 눈치채고 있었다. 만사는 오랫동안 이런 식으로 계속되었다. 그러자 무니 부인은 폴리를 다시 타이피스트로 내보낼까 하고 생각하기 시작하던 차에, 폴리와 어떤 젊은이 사이에 무슨 일이 벌어지고 있음을 눈치챘다. 그녀는 두 사람을 감시하면서 이 비밀을 혼자만 마음속에 간직하고 있었다.

폴리는 자신이 감시를 받고 있다는 것을 눈치챘으나, 어머니의 계속되는 침묵의 의미를 모르는 바가 아니었다. 어머니와 딸 사이에 어떤 공공연한 공모나 공공연한 이해가 있는 것도 아니었는데도 집안 사람들이 이 일에 대하여 수군거리기 시작했을 때에도 무니 부인은 전혀 여기에 개입하지 않고 있었다. 폴리의 태도에서 다소 이상한 빛이 보이기 시작했고 젊은이도 분명히 마음이 동요되고 있는 듯했다. 마침내 때는 바로 이때다라고 판단을 내린 무니 부인이 이 일에 개입했다. 그녀는 마치 식칼로 고기를 썰듯이 도덕적인 문제를 다루었다. 게다가 이 문제에 대해서 진작부터 결심을 하고 있었던 터였다.

초여름의 어느 쾌청한 일요일 아침, 한낮에는 무더워질 것 같았으나 아직은 시원한 미풍이 불고 있었다. 하숙집의 모든 창들이 열려 있었고, 레이스 커튼이 올려진 창틀 아래로 거리 쪽을 향해 부풀어 휘날렸다. 조지 성당의 종루에는 종소리가 끊임없이 울려 퍼졌고, 신자들은 혼자서 혹은 떼를 지어 성당 앞의 조그마한 원형 광장을 가로질러 건너갔다. 그들의 장갑 낀 손에 들려 있는 조그마한 책뿐만 아니라 점잖은 태도만으로도 그들의 목적을 알 수 있었다. 하숙집에서는 아침식사가 끝났고, 식당 탁자에는 약간의 베이컨 비계와 베이컨 껍질, 그리고 계란 노른자가 묻은 접시들이 흩어져 있었다. 무니 부인은 밀짚 안락의자에 앉아 하녀 메리가 아침상을 치우는 것을 지켜보고 있었다. 그녀는 메리더러 화요일의 빵 푸딩을 만드는 데 쓸 수 있도록 빵껍질과 부서진 빵조각을 모으라고 했다. 메리가 식탁을 말끔히 치우고 빵 부스러기를 모은 뒤 설탕과 버터를 찬장에 넣고 열쇠로 단단히 잠그자, 그녀는 폴리와 간밤에 애기했던 것을 다시 마음속으로 깊이 생각하기 시작했다. 사태는 그녀가 예측한 그대로였다. 그녀는 솔직하게 질문을 했고, 폴리 또한 솔직하게 대답했다. 물론 두 사람은 조금씩 어색해했다. 어머니는 그러한 소식을 지나치게 태연스럽게 받아들였거나, 또는 알고도 묵인해왔다는 것을 드러내 보이고 싶지 않았기 때문에 어색했고, 폴리는 이러한 종류의 넌지시 건네오는 이야기가 언제나 그녀를 어색하게 만들었기 때문만이 아니라, 그녀의 현명한 순진성으로 해서 어머니의 관용 뒤에 숨어 있는 의도를 이미 알아차리고 있었다는 것을 들키고 싶지 않았기 때문에 어색했다.

무니 부인은 명상 속에서도 조지 성당의 종소리가 그쳤다는 것을 알아차리자, 곧 본능적으로 벽난로 위에 있는 조그마한 도금 시계를 흘끗 쳐다보았다. 11시 17분이었다. 도런 씨와 그 일을 처리하기에는 충분한 시간이 있었고, 그 일이 끝나면 말버러 가의 12시의 단기도(短祈禱)에 도착할 수 있었다. 그녀는 이길 자신이 있었다. 우선 사회 여론이 그녀 편이었다. 그녀는 피해를 입은 어머니였으니까. 그녀는 그가 신의를 지키는 사람이라 여겼기 때문에 한지붕 아래 살게 했었는데, 그녀의 호의를 마구 짓밟아버리지 않았던가. 그는 나이가 서른넷인가 다섯인가가 되어 젊어서 그랬다는 핑계를 댈 수도 없었다. 뿐만 아니라 그는 세상 물정을 아는 사람인지라 철이 없어 그런 짓을 했다는 것도 변명이 될 수 없었다. 그는 폴리의 어리고 철없음을 단지 이용했을 뿐이었다. 그건 뻔한 일이었다. 문제는 그가 어떤 보상을 할 것인가 하는 것이었다.

이러한 경우 보상은 반드시 이루어져야 한다. 물론 남자 쪽에서는 아무런 상관도 없는 일이다. 순간적인 재미를 본 뒤라 아무 일도 없었던 것처럼 시치미를 뗄 수도 있는 일이다. 그러나 여자는 공격의 화살을 피할 길이 없다. 이런 경우에 어떤 어머니들은 얼마간의 돈을 받고 사건을 마무리지으려고 할 것이다. 그녀도 그와 같은 경우들을 알고 있었다. 하지만 그녀는 그럴 수는 없었다. 그녀에겐 딸이 잃은 정조를 보상받을 수 있는 길은 단 한 가지, 결혼하는 길밖에 없는 것으로 생각되었다.

그녀는 자신의 모든 수단을 점검해 보고 나서 메리를 도런 씨의 방으로 보내어 그에게 할 얘기가 있다는 것을 알렸다. 그녀는 이길 자신이 있었다. 그는 성실한 젊은이여서 다른 녀석들처럼 방자하거나 떠들어대지 않을 것이다. 만일 셰리던 씨나 미드 씨 또는 밴텀 라이언즈 씨라면 일은 훨씬 어려울 것이다. 그가 세상 소문을 뻔뻔스레 견디어나가리라고는 생각되지 않았다. 하숙집의 모든 하숙인들도 조금씩 이번 일을 알게 되었다. 그 중 몇몇 사람들은 세세한 일들을 꾸며내기도 했다. 게다가 그는 어떤 카톨릭 교인의 커다란 주류상에서 12년 동안이나 일해왔으므로 세상에 소문이 나면 필경 실직할 것이 분명했다. 반면에 그가 동의하기만 한다면 만사가 잘 해결될 것이다. 그녀는 첫째로 그의 수입이 상당하다는 것을 알고 있었고, 또 얼마간의 돈도 저축하고 있지 않나 싶었다.

반 시간 가까이 지났다. 그녀는 자리에서 일어나 거울에 비친 자신의 모습을 살펴보았다. 자신의 커다란 혈색 좋은 얼굴에 드러난 단호한 표정이 만족스러웠다. 그리고 그녀가 아는 사람들 가운데 딸을 시집 보내지 못한 몇몇 어머니들이 생각났다.

도런 씨는 이번 일요일 아침이 몹시 불안하기만 했다. 면도를 하려고 두 번이나 시도해보았으나, 손이 너무 떨리는 바람에 포기하지 않을 수 없었다. 사흘 동안 면도하지 못한 불그스름한 턱수염이 턱 주위에 자라 있었고, 2,3분마다 그의 안경에 김이 서려서 손수건으로 닦지 않으면 안 되었다. 전날 밤의 고해(告解)를 회상하자, 심한 고통이 그를 괴롭혔다. 신부는 이번 사건에서 우스꽝스러울 정도로 대수롭지 않은 부분까지 꼬치꼬치 캐물어, 결국에는 그의 죄를 어찌나 확대시켰던지 보상을 통해 빠져 나갈 구멍이 주어진 데 대하여 그는 오히려 감사할 지경이었다. 일은 이미 벌어지고 말았다. 그러니 그녀와 결혼을 하든지 아니면 도망치는 길 이외에 무슨 방법이 있겠는가? 뻔뻔스레 시치미를 뗄 수는 없는 노릇이었다. 이 일은 널리 소문날 것이 확실하며, 만일 그렇게 되면 그 회사의 고용주도 분명히 그 소문을 듣게 될 것이다. 더블린은 아주 작은 도시라 모든 사람들이 다른 사람들의 일을 알게 마련이었다. 그는 늙은 레나드 씨가 귀에 거슬리는 목소리로 "도런 군을 이리로 보내" 하고 말하는 소리가 흥분된 상상 속에서 들리는 듯하자, 심장이 목구멍까지 화끈하게 뛰어오르는 것 같았다.

지금까지 오랜 세월 동안 봉직해온 것이 모두 허사로 돌아간다! 부지런하고 근면하게 일해온 것이 모두 수포로 돌아가고 만다! 물론 그도 젊었을 때는 한때 방종한 생활을 했었다. 대폿집에서 동료들에게 자신의 자유 사상을 뽐내기도 했고, 신의 존재를 부정하기도 했었다. 그러나 그것은 모두 지나간 일이고, 이미…… 거의 끝난 일이다. 그는 여전히 《레이놀즈 신문》[2]을 매주 사서 보긴 해도, 성당 미사에 꼬박꼬박 참여했고 일년의 10분의 9는 규칙적인 생활을 하고 있었다. 그는 정착해서 살림을 차릴 만한 돈도 있었지만, 문제는 그게 아니었다. 그의 가족들은 그녀를 깔볼 것이다. 무엇보다도 평판이 나쁜 그녀의 아버지가 있었고, 또 그녀의 어머니가 하는 하숙집도 어떤 나쁜 평판을 받기 시작하고 있었다. 그는 잘못 걸려들었다는 생각이 들었다. 그는 친구들이 이 일을 수군거리며 비웃는 광경을 상상할 수 있었다. 그녀도 약간 천박했고, 때때로 "나 보았수(I seen)"라든지 "내가 알았더문(If I had've known)"하고 엉터리 말을 했다. 그러나 그가 진정으로 그녀를 사랑한다면 문법 따위가 무슨 상관이란 말인가? 그는 그녀가 그런 짓을 한 데 대하여 좋아해야 할지 경멸해야 할지 갈피를 잡을 수가 없었다. 물론 그도 함께 같은 짓을 했었다. 그의 본능은 결혼하지 말고 그대로 자유로이 있으라고 주장했다. 일단 결혼해봐라, 넌 이제 끝장이다, 하고 말하는 듯했다.

그가 셔츠와 바지 바람으로 어쩔 줄 몰라하며 침대 가에 앉아 있는데, 그녀가 문을 가볍게 두드리며 들어왔다. 그녀는 어머니에게 그 일을 실토했으며, 어머니가 오늘 아침 그와 만나 이야기할 것이라는 말을 그에게 모두 털어놓았다. 그녀는 울면서 양팔로 그의 목을 감싸안고 말했다.

"오, 보브! 보브! 전 어떡하면 좋아요? 대체 전 어떡하면 좋아요?"

차라리 자살이라도 하고 싶다고 그녀는 말했다.

그는 울지 말라고 타이르며 모든 일이 잘 될 테니 걱정하지 말라고 조용히 달랬다. 그는 가슴에 기댄 여자의 심장이 뛰는 것을 느꼈다.

일이 이처럼 된 것은 전적으로 자기의 잘못만은 아니었다. 독신자의 호기심에 찬 끈질긴 기억력에 의해 그녀의 옷과 숨결과 그녀의 손가락이 스쳤던 처음 일을 그는 너무나도 잘 기억하고 있었다. 그 후 어느 날 밤늦게 그가 잠자리에 들기 위해 옷을 벗고 있을 때, 그녀가 조심스레 그의 방문을 가볍게 두드렸다. 바람이 불어서 촛불이 꺼졌다고 하며 그의 촛불로 불을 붙여 달라고 했다. 그날은 그녀가 목욕한 날 밤이었다. 그녀는 무늬가 찍힌 플란

---

2) 1850년에 발간되기 시작한 사회적 및 정치적 스캔들을 주로 다루는 급진적인 런던 일요 신문.

넬천으로 만든, 앞이 터진 화장복을 입고 있었다. 그녀의 하얀 발등이 털로 만든 슬리퍼 밖으로 드러나 있었고, 향수를 뿌린 피부 밑에서는 핏줄이 따뜻하게 타오르고 있었다. 초에 불을 당기고 촛대를 바로 세우자, 그녀의 손과 손목에서도 야릇한 향기가 피어 올랐다.

그가 밤늦게 돌아올 때마다 그의 저녁식사를 따뜻하게 데워 주는 것도 그녀였다. 모두들 잠자고 있는 밤에 그녀 혼자 자기 곁에 앉아 있다는 것을 느끼자, 그는 자신이 먹고 있는 음식이 무엇인지도 모를 지경이었다. 그리고 그녀의 섬세한 마음씨라니! 밤이 어쨌든 쌀쌀하거나 비가 오거나 바람이 불 때에는 반드시 그를 위해 조그마한 잔에 펀치 술을 준비해두었다. 아마 이 두 사람이 함께 살면 행복할 수도 있으리라.

두 사람은 각자 초를 한 자루씩 들고 발끝으로 살금살금 걸어 층계를 함께 올라가곤 했으며, 셋째 층계참에서 아쉬운 작별인사를 나누었다. 종종 키스도 했다. 그는 그녀의 두 눈, 그녀의 손의 감촉 그리고 그때의 황홀감을 너무나 잘 기억하고 있었다⋯⋯

그러나 황홀감은 사라지게 마련이다. 그는 그녀의 말을 자신에게 적용시켜보면서 그것을 흉내내보았다. "전 어떡하면 좋아요?" 독신자의 본능은 꽁무니를 빼라고 경고했다. 그러나 죄는 이미 저질러진 것이었다. 그의 명예심마저도 이러한 죄에 대해서는 보상이 이루어져야 한다고 그를 타일렀다.

그가 그녀와 함께 침대 가에 앉아 있는 동안, 메리가 문간에 나타나 마님께서 응접실에서 좀 보자고 하신다고 말했다. 그는 그 어느 때보다도 한층 맥없이 자리에서 일어나 웃옷과 조끼를 입었다. 옷을 다 입자 그녀를 달래기 위해 그녀 쪽으로 다가갔다. 모든 것이 잘 될 것이니 걱정 말라고 했다. 그는 그녀가 침대 위에서 울며 조용히 '오, 하느님!' 하고 신음하는 것을 내버려둔 채 밖으로 나왔다.

계단을 내려가자 안경이 습기 때문에 너무나 뿌옇게 흐려져서 안경을 벗어 닦지 않을 수 없었다. 그는 지붕을 뚫고 하늘로 올라가 그의 고민거리에 대해 다시는 듣지 않아도 되는 다른 나라로 날아가고 싶었지만, 어떤 힘이 그를 한걸음 한걸음 계단 아래로 내리밀었다. 그의 가게 주인과 이 집 마담의 무자비한 얼굴이 그의 당황해하는 꼴을 빤히 쳐다보는 듯했다. 마지막 계단에서 그는 배스 맥주 두 병을 가슴에 안고 식료품실에서 올라오고 있는 재크 무니를 지나쳤다. 그들은 냉담하게 인사를 나누었다. 애인의 눈이 잠시 둔한 불독과 같은 얼굴과 둔하고 짧은 팔 위에 멈추었다. 그가 계단 맨 밑에 다다랐을 때, 흘끗 위쪽을 쳐다보자, 재크가 모퉁이 방의 문에서 그를 빤히 내려다보고 있었다.

갑자기 그는 어느 날 밤 몸집이 작은 금발의 런던 사람인 음악당의 악사 하나가 폴리에게 약간 지나칠 정도로 빈정거리던 일이 생각났다. 그날 밤의 친목회는 재크의 폭력 때문에 거의 깨지고 말았다. 모든 사람들이 그를 진정시키려고 애를 썼다. 보통 때보다 얼굴색이 약간 더 창백하게 보이던 그 음악당의 악사는 미소를 지으며 악의가 있어 그렇게 말한 것은 아니라고 계속 변명을 늘어놓았다. 그러나 재크는 그에게 계속 고래고래 고함을 지르며, 만일 어떤 놈이든 그 따위 짓을 두 번 다시 했단 봐라, 목을 물어뜯어 놓을 테니 하고 말했다.

*

폴리는 잠시 동안 울면서 침대 가에 앉아 있었다. 그러나 이내 눈물을 닦고 거울 앞으로 갔다. 그녀는 수건 끝을 물병에 담가 차가운 물로 눈을 닦았다. 얼굴을 옆으로 비춰보며 귀 위의 머리핀을 다시 바로 꽂았다. 그녀는 다시 침대로 돌아가 침대 발치에 앉았다. 한참 동안 베개를 쳐다보고 있으려니까 남 모르는 정다운 기억들이 그녀의 마음속에 떠올랐다. 그녀는 목덜미를 차가운 쇠침대 난간에다 기대고 공상에 잠겼다. 이제 그녀의 얼굴에서는 더 이상 불안의 빛이 엿보이지 않았다.

끈기 있게 거의 유쾌할 정도로 불안함 없이 기다리고 있자니까, 그녀의 지난날의 추억들이 미래의 희망과 비전으로 자리를 바꾸어갔다. 그녀의 희망과 비전이 너무나 복잡한 나머지 그녀가 응시하고 있던 하얀 베개도 더 이상 보이지 않게 되고, 자신이 무엇을 기다리고 있다는 것조차 기억나지 않았다.

마침내 어머니가 부르는 소리를 들었다. 그녀는 벌떡 자리에서 일어나 난간을 향해 달려갔다.

"폴리! 폴리!"

"네, 엄마?"

"애야, 이리 내려온. 도런 씨가 말씀할 게 있으시단다."

그제야 그녀는 자기가 지금까지 무엇을 기다리고 있었는지 생각해냈다.

작은 구름

8년 전 그는 그의 친구를 노드 월 부두에서 전송하며 그에게 행운을 빌어 주었다. 갤러허는 성공을 거두었다. 그의 사교적인 태도, 잘 재단해서 입은 트위드 양복, 대담한 말투 등으로 그것을 이내 알아볼 수 있었다. 그와 같은 재주를 갖춘 사람은 많지 않았고, 또한 그처럼 성공을 거두었으면서도 오염되지 않은 예는 더욱 드물었다. 갤러허는 친절하고 인정이 많았으므로 그가 성공한 것은 당연했다. 이와 같은 친구를 갖는다는 것은 값진 일이었다.

점심 시간 이후로 꼬마 챈들러의 머리는 갤러허를 만나는 일, 갤러허의 초대 그리고 갤러허가 살고 있는 커다란 도시 런던에 관한 생각 등으로 가득차 있었다. 그는 꼬마 챈들러라고 불렸는데, 그 이유인즉 그는 평균 신장보다 약간 작았을 뿐이지만, 처음 보는 사람으로 하여금 몸집이 작다는 인상을 갖게 했기 때문이다. 손은 희고 작았으며, 몸집은 연약했고, 목소리는 차분했으며, 몸가짐은 세련되어 있었다. 그는 자신의 비단처럼 고운 머리칼과 코밑 수염을 정성껏 가꾸었고 손수건에는 알뜰하게 향수를 뿌렸다. 손톱의 반달 모양은 흠잡을 데가 없었고, 그가 미소를 지을 때면 어린애같이 하얀 이가 나란히 얼핏 엿보였다.

그는 킹즈 인[1]의 자기 책상에 앉아 지난 8년이란 세월이 가져다준 여러 가지 변화에 대하여 생각했다. 지금까지 겉모습으로 초라하고 가난하게만 알아왔던 그의 친구가 이제 런던의 신문계에서 훌륭한 인물이 되어 있었다. 그는 이따금 글을 쓰다가 지친 시선을 돌려 사무실 창밖을 내다보았다. 늦가을의 햇빛이 잔디밭과 산책로를 덮고 있었다. 옷맵시가 단정하지 못한 유모들이며, 벤치 위에서 졸고 있는 노쇠한 늙은이들 위에 햇빛은 다정한 황금빛 소나기를 쏟고 있었다. 햇빛은 모든 움직이는 사람들—— 자갈길을 따라 소리를 지르며 달려가고 있는 아이들과 공원을 거쳐 지나가는 모든 사람들 위에서도 반짝거렸다. 그는 이런 장면을 지켜보며 인생을 생각했다. 그리고(그가 인생을 생각할 때면 언제나 그랬듯이) 그는 슬퍼졌다. 일종의 고요한 우울이 그를 사로잡았다. 그는 운명에 대항하여 싸운다는 것이 얼마나 부질없는 짓인가를 깨달았으며, 이러한 사실은 오랜 세월이 그에게 물려준 지혜의 짐이었다.

그는 집의 책장에 꽂혀 있는 몇 권의 시집을 기억했다. 그것들은 그가 총각 시절에 산 것인데, 저녁때 현관에서 약간 떨어진 조그마한 방에 앉아 있을 때면 책장에서 그 중 한 권을 꺼내 아내에게 근사한 걸 읽어주고 싶은 충동을 여러 번 느낀 적이 있었다. 그러나 수줍음이 언제나 그를 주저하게 했다. 그래서 시집들은 책장에 그대로 꽂혀 있었다. 이따금 그는 시구(詩句)를 몇 구절 외며 위안을 삼곤 했다.

시간이 되자 그는 자리에서 일어나 그의 책상을 떠나 동료 사무원들에게 예의 바르게 작별인사를 했다. 깔끔하고 단정한 모습을 한 그는 킹즈 인의 봉건식 아치 문을 나와 재빨리 헨리타 가로 걸어 내려갔다. 황금빛 햇빛은 사라지고 공기가 싸늘해지기 시작했다. 남루한 옷을 입은 한 무리의 아이들이 거리를 메우고 있었다. 그들은 길 한복판에 서 있거나 뛰어다녔으며 문

----

1) 리피 강 북쪽 연안의 더블린 중심가에 위치한 종합 건물.

지방 위의 생쥐들처럼 웅크리고 앉아 있는 아이도 있었다. 꼬마 챈들러에게 그것은 안중에도 없었다. 그는 모든 조무래기 벌레 같은 생명들 사이를 교묘하게 빠져 나가 더블린의 옛날 귀족들이 으시대며 살았던, 으슥한 저택들의 그림자 밑을 지나갔다. 과거의 기억들은 그를 조금도 감동시키지 못했다. 왜냐하면 그의 마음은 현재의 기쁨으로 가득 차 있었기 때문이다.

그는 콜리스관(館)[2]에 한 번도 가본 적이 없었으나, 그 명성은 알고 있었다. 연극이 끝난 다음에 사람들이 굴을 먹고 술을 마시기 위해 그곳에 간다는 것을 그는 알고 있었고, 그곳 웨이터들이 프랑스어와 독일어로 말을 한다는 것도 알고 있었다. 밤에 급히 그 옆을 걸어가면서 그는 마차들이 문 앞에 바싹 늘어서 있고, 멋쟁이 신사들이 동반한, 값진 옷차림을 한 귀부인들이 마차에서 내려 재빨리 들어가는 것을 본 적이 있었다. 귀부인들은 요란스런 드레스를 입고 여러 가지 겉옷을 두르고 있었다. 얼굴은 분으로 화장을 했고 땅에 닿을 때에는 놀란 아탈란타[3]처럼 그들의 드레스를 치켜올렸다. 그는 고개를 돌려 그쪽을 보려고도 하지 않고 언제나 그냥 지나쳤다. 심지어 낮에도 거리를 재빨리 걸어가는 것이 그의 습관이었으며, 밤늦게 시내에 나올 때는 언제나 걱정스러운 듯이 흥분하여 재빨리 길을 걸었다. 그러나 때때로 그는 공포의 원인을 자초(自招)할 때도 있었다. 그는 가장 어두컴컴하고 가장 좁은 거리를 택했으며, 대담하게 앞으로 걸어갈 때에는 그의 발자국 주변에 펼쳐진 침묵이 그를 괴롭혔다. 말없이 배회하는 사람들의 모습이 그를 괴롭혔고, 때때로 흘러 나오는 낮은 웃음소리가 그를 나뭇잎처럼 바들바들 떨게 만들었다.

---

2) 본래 토머스 콜리스(Thomas Corless)가 세운, 더블린 중심지인 안드레 가 26, 27번지의 레스토랑.

3) 자기의 구혼자에게 경주를 하자고 제의한 그리스 신화의 여주인공. 그녀의 구혼자 중 하나가 경주를 하는 도중 세 개의 황금 사과를 땅에 떨어뜨려 아탈란타(Atalanta)가 그것을 줍는 동안 그녀를 따라 넘겨 패배시켰다고 함.

그는 오른쪽으로 돌아 캐펄 가를 향해 걸었다. 런던 신문계의 이그너티우스 갤러허! 8년 전에 누가 그렇게 될 수 있으리라 예상했겠는가? 하지만 이제 과거를 회상하건대, 꼬마 챈들러는 그의 친구에게서 미래의 성공의 여러 가지 징조들을 생각해낼 수 있었다. 사람들은 이그너티우스 갤러허가 성질이 거칠다고 말하곤 했다. 물론 그는 당시 건달패들과 어울려 다니면서 술도 마구 마셨고 사방에서 돈을 꾸어 쓰기도 했다. 결국에는 어떤 불미스런 일, 어떤 금전 문제에 휘말려들었으며, 적어도 그 일 때문에 그가 도망쳤다는 설이 있었다. 그러나 아무도 그의 재주를 부정하지는 않았다. 이그너티우스 갤러허에겐 자신도 모르게 상대방을 감동시키는 어떤…… 그 무엇이 언제나 있었다. 팔꿈치가 드러날 정도로 가난하고 돈을 마련할 재주마저 바닥이 날 지경이 되어도 그는 언제나 대담한 얼굴을 하고 있었다. 꼬마 챈들러는 이그너티우스 갤러허가 궁지에 몰렸을 때 했던 말이 기억났다(기억은 그의 뺨에 자랑스런 한 가닥 가벼운 홍조를 가져다 주었다).

"잠깐 휴식하는 거란 말이야." 그는 가벼운 마음으로 그렇게 말하곤 했다. "내 지혜 보따리는 어디 있지?"

이것이야말로 이그너티우스 갤러허의 본색이었다. 그리고 젠장, 그 때문에 그에게 감탄하지 않을 수 없었다.

꼬마 챈들러는 발걸음을 재촉했다. 그가 태어나서 처음으로 자신이 지나가는 다른 사람들보다 우월하다는 느낌이 들었다. 난생 처음으로 그의 영혼은 캐펄 가가 둔탁하고 우아하지 못한 데 대하여 반감을 가졌다. 의심할 여지도 없는 일인즉, 성공하기 위해서는 더블린을 떠나야 했다. 더블린에서는 아무것도 할 수 없었다. 그래튼 교를 건너가면서 그는 강 저 아래쪽에 있는 부두를 내려다보며 초라하게 일그러진 집들에 불쌍한 생각이 들었다. 그것들은 강둑을 따라 떼지어 웅크려 있고, 낡은 옷은 먼지와 검댕으로 덮인 채 일몰(日沒)의 펼쳐진 파노라마에 넋을 잃고, 밤의 첫 냉기를 기다리기라도 하듯 잠에서 깨어나 몸을 으스스 떨면서 떠나가는 한 무리의 부랑자들처럼 그에게 느껴졌다. 그는 이러한 생각들을 나타내는 시를 쓸 수 있을까 궁금히 여겼다. 아마 갤러허가 그를 위해 그것을 런던의 어떤 신문에 실어줄 수 있으리라 싶었다. 어떤 독창적인 시를 쓸 수 있을까? 무슨 생각을 표현하고 싶은지 확실치는 않았지만 시적 순간이 그에게 이르렀다는 생각이 마치 어린아이의 희망처럼 그의 몸 속에 활기를 불어넣었다. 그는 계속 용감하게 발걸음을 옮겨놓았다.

한걸음 한걸음 옮겨놓을 때마다 그는 자기 자신의 단조롭고 비예술적인 생활로부터 멀리 떨어져 런던으로 한층 가까이 접근하는 듯했다. 한 가닥 빛이 그의 마음의 지평선 위에 아롱지기 시작했다. 그는 그렇게 나이가 많지는 않았다. 서른둘이었다. 그의 기질은 한창 무르익어가는 중이라고 말할 수 있으리라. 그에게는 자신의 시에 나타내고 싶은, 너무나 많은 별다른 기분과 인상이 있었다. 그는 자신의 마음속에서 그것들을 느꼈다. 그는 그것이 시인의 마음인지 아닌지, 자신의 마음을 재보려고 애를 썼다. 우울증이 자신의 지배적인 기질이라고 그는 생각했지만, 그러나 그것은 신념과 체념, 그리고 단조로운 기쁨이 반복됨으로써 부드러워진 우울증이었다. 만일 그가 한 권의 시집 속에 그것을 표현할 수 있다면 아마 사람들은 귀를 기울이리라. 그는 결코 대중의 인기를 끌지는 못하리라. 그것은 분명한 일이다. 군중을 흔들어놓을 수는 없을지 모르지만, 비슷한 마음을 지닌 소수의 사람들에게 호소는 할 수 있으리라. 영국의 비평가들은 아마도 그의 시의 우울한 음조를 이유로 들어 그를 켈트파[4]의 한 사람으로 볼지도 모를 일이다. 그 밖에도 그는 자신의 시 속에 풍자를 담아보고 싶었다. 그는 자신의 시집이 받게 될 비평의 문장과 글귀를 머릿속에서 미리 생각해보기 시작했다. "챈들러 씨는 평이하고도 우아한 시의 천부적 재능을 갖고 있다……! 애절한 슬픔이 이들 시에 배어 있다"…… "켈트적 특성." 자신의 이름이 한층 아일

─────────────────────────────

4) 켈트인은 본래 스코클랜드인, 웨일즈인 그리고 아일랜드인을 말하며, 그들의 성품은 우울한 것으로 전해지고 있다.

랜드계답지 않은 게 유감이었다. 아마 성(姓) 앞에다 어머니의 이름을 넣는 게 나을지도 모른다, 토머스 멀로운 챈들러라고. 아니면 T. 멀로운 챈들러라고 하는 것이 더 나을지도 모른다. 그는 이 이야기를 갤러허에게 하고 싶었다.

그는 명상을 너무나 열렬히 한 나머지 그만 거리를 지나쳐 다시 되돌아오지 않으면 안 되었다. 콜리스관 가까이까지 왔을 때, 이전의 마음의 동요가 다시 그를 사로잡기 시작했으므로 그는 엉거주춤 문 앞에서 발걸음을 멈추었다. 마침내 그는 문을 열고 안으로 들어갔다.

바 안의 불빛과 소음에 그는 잠시 동안 문간에 서 있었다. 그는 주위를 둘러보았으나 붉고 파란 술잔의 광채 때문에 그의 시야는 혼미해졌다. 바 안은 사람들로 가득 차 있는 듯했고, 사람들이 호기심에 찬 눈으로 자기를 빤히 쳐다보고 있는 듯 느껴졌다. 그는 재빨리 좌우를 흘끗 쳐다보았으나 (심각한 용무라도 있는 듯 보이려고 상을 약간 찌푸리면서), 시야가 약간 밝아지자 아무도 자기를 돌아보고 있지 않음을 알았다. 그곳에는 과연 이그너티우스 갤러허가 등을 카운터에 기대고 발을 벌린 채 서 있었다.

"이봐, 토미, 왔구나! 뭘로 할까? 뭘 마시겠나? 나는 위스키를 마시는 중이야. 바다 건너 것[5]보다 훨씬 낫군. 소다야, 리디아야? 탄산수는 싫고? 나도 마찬가지야. 맛을 망치지 …… 이봐 웨이터, 몰트 위스키 반 파인트짜리 둘만 가져와, 얼른 …… 그래 그 후 쭉 어떻게 지냈나? 맙소사, 우리도 꽤 늙었군! 나한테서 늙은 징조가 보이나——응, 뭐라고? 머리 꼭대기가 좀 하얗고 엉성해졌다고——뭐라고?"

이그너티우스 갤러허는 모자를 벗고 짧게 깎은 머리를 드러내 보였다. 그의 얼굴은 침울하고 창백했으며, 깨끗이 면도를 하고 있었다. 푸르고 하얀 슬레이트색을 띤 두 눈은 그의 건강하지 못한 듯한 창백한 얼굴에 얼마간

---

5) 영국산(産).

생기를 주었고, 그가 매고 있는 선명한 오렌지빛 넥타이 위에서 똑똑히 빛나고 있었다. 이러한 상반된 눈과 안색 사이에서 입술은 몹시도 길고 윤곽이 없었으며 색깔도 없어 보였다. 그는 머리를 숙이고 두 손가락으로 머리 꼭대기의 엉성한 머리칼을 쓰다듬었다. 꼬마 챈들러는 그렇지 않다는 듯 고개를 저었다. 이그너티우스 갤러허는 다시 모자를 썼다.

"정말 몸을 곯게 하는 거야. 기자 생활 말이야. 언제나 허둥지둥 뛰어다니며 기사거리를 찾지만 때때로 허탕을 치기 일쑤지. 그리고 또 언제나 새로운 자료를 끌어들여야 해. 글쎄, 그러고 나면 며칠 동안 그 빌어먹을 놈의 교정원이나 식자공하고 싸워야 한단 말이야. 고국에 돌아오니 정말 기쁘군 그래. 약간의 휴가를 갖는 게 몸에 좋단 말이야. 이 다정하지만 불결한 더블린에 다시 발을 디딘 이래 난 건강이 훨씬 나아진 것 같아…… 자, 토미, 물을 타지? 얼마나 탈까?"

꼬마 챈들러는 자신의 위스키에 물을 아주 많이 타게 했다.

"자네, 술맛이 어떤 건지 모르는군 그래. 이 친구야." 이그너티우스 갤러허가 말했다. "난 깡술을 마시지."

"난 보통 잘 안 마셔." 꼬마 챈들러는 겸손하게 말했다. "어쩌다가 옛친구라도 만나면 반 파인트짜리 한 병 정도 마시지. 그게 전부야."

"그럼 좋아." 이그너티우스 갤러허가 경쾌하게 말했다. "우리들의 먼 옛날, 그리고 오랜 우정을 위해서 건배하세."

그들은 잔을 서로 맞부딪치고 건배를 했다.

"오늘 난 옛친구 몇을 만났지." 이그너티우스 캘러허가 말했다.

"오하라는 꽤 곤란한 처지에 있는 듯 보이더군. 그앤 뭘 하고 있나?"

"아무것도 하는 게 없지." 꼬마 챈들러가 말했다. "그앤 망했어."

"하지만 호건은 좋은 자리에 있나 보더군, 그렇지?"

"그래, 토지 위탁소에서 근무해."

"어느 날 밤 런던에서 그를 만났지. 그는 경기가 아주 좋아 보였어……

가련한 오하라! 술을 많이 마시나봐?"

"다른 일도 있어." 꼬마 챈들러가 짤막하게 말했다.

이그너티우스 갤러허는 소리내어 웃었다.

"토미, 자넨 조금도 변하지 않았군 그래. 과음을 해서 일요일 아침이면 머리가 쑤시고 혓바닥이 깔깔할 때 나에게 설교를 하던 그대로 자넨 여전히 착실한 사람이군 그래. 여기저기 세상 구경 좀 해야지. 어디 여행이라도 해본 적 없나?"

"맨섬에 다녀온 적이 있어." 꼬마 챈들러가 말했다.

이그너티우스 갤러허는 껄껄 웃었다.

"맨섬이라!" 그는 말했다. "런던이나 파리엘 가보게. 선택한다면 파리가 더 나아. 자네한테 도움이 될 거야."

"자넨, 파리에 가보았나?"

"그렇다고 할 수 있지! 그곳을 좀 돌아다녔지."

"그래. 소문대로 정말 그렇게 아름답던가?" 꼬마 챈들러가 물었다.

그는 이그너티우스 갤러허가 술잔을 대담하게 비우는 동안 자기 술을 약간 마셨다.

"아름답냐고?" 이그너티우스 갤러허는 자신이 마신 술을 맛 보려는 듯 잠시 말을 멈추었다가 다시 말했다. "글쎄, 그렇게 아름답진 않아. 물론 아름답기도 하지…… 하지만 진짜는 파리 생활이란 말이야. 바로 그게 문제지. 아, 환락이나 활기, 흥분을 위해선 파리만한 도시가 없지……."

꼬마 챈들러는 그의 위스키를 다 마셨다. 그리고 얼마간 애를 쓰다가 바텐더의 시선을 잡는 데 성공했다. 그는 다시 똑같은 술을 주문했다.

"난 물랭 루즈[6)]에도 가보았어. 바텐더가 술잔을 치우자 이그너티우스 갤러허는 말을 이었다. "그리고 보헤미안들의 카페에도 다 가보았단 말이야. 대단하더군! 토미, 자네 같은 독실한 사람은 어림도 없어."

꼬마 챈들러는 바텐더가 두 개의 술잔을 들고 돌아올 때까지 아무 말도 하지 않았다. 그러다가 그는 친구의 술잔에 자기 술잔을 가볍게 갖다 대며 앞서의 건배에 답례했다. 그는 다소 환멸을 느끼기 시작하고 있었다. 갤러허의 말투나 방식이 비위에 거슬렸다. 그의 친구에겐 그가 이전에 보지 못했던 어떤 저속한 것이 있었다. 그러나 그것은 아마 런던에서 신문계의 소란과 경쟁 속에서 살아온 결과에 불과하리라. 그러나 이 새롭고 번지르르한 태도 밑에서는 아직도 옛날의 인간적인 매력이 엿보였다. 그리고 뭐니뭐니 해도 갤러허는 인간답게 살아왔고 세상을 보아온 것이 사실이었다. 꼬마 챈들러는 친구를 부러운 눈으로 쳐다보았다.

"파리에선 모든 것이 화려하단 말이야." 이그너티우스 갤러허가 말했다. "그들은 인생을 즐기는 것을 생활신조로 삼고 있지——그래, 자넨 그들의 사고방식이 옳다고 생각지 않나? 만일 누구든 적당히 인생을 즐기려면 파리로 가야 해. 그리고 알겠나, 그곳 사람들은 아일랜드 사람들에 대해 대단한 감정을 갖고 있지. 내가 아일랜드에서 왔다는 말을 듣고는 모두들 나를 잡아먹을 듯했다네."

꼬마 챈들러는 잔을 들어 너댓 모금 들이켰다.

"그런데 말해봐. 파리가 정말로 그렇게…… 사람들 말처럼 문란한 게 사실인가?"

이그너티우스 갤러허는 오른손으로 성호를 긋는 시늉을 했다.

"문란하지 않은 곳이 어디 있는가?" 그는 대꾸했다. "물론 파리에는 정말 멋진 데가 있지. 예를 들면 학생 무도회엘 가보란 말이야. 글쎄 코코트[7]들이 본색을 드러낼 때에는 정말 신이 나지 뭐야. 그것들이 어떤 것인지 자네도 알 테지?"

"얘기는 들었어." 꼬마 챈들러가 말했다.

이그너티우스 갤러허는 위스키잔을 다 비우고 고개를 흔들었다.

---

6) 파리에 있는 유명한 나이트클럽.
7) 프랑스어로 '채신없는 여자', '창녀'란 뜻.

"아, 그야 자네도 하고 싶은 말이 있겠지. 파리지엔[8] 같은 여인은 세상에 없지. 스타일로 보나 정력으로 보나 말이야."

"그렇다면 문란한 도시군." 꼬마 챈들러는 수줍어하면서도 끈덕지게 말했다. "내 말은 런던이나 더블린과 비교해서 말이야."

"런던!" 이그너티우스 갤러허는 말했다. "피장파장이야. 자네, 호건한테 물어보게나. 그가 왔을 때 그에게 런던을 좀 구경시켜주었지. 그가 자네 눈을 열어줄 거야…… 글쎄, 토미. 그 위스키를 펀치로 만들지 말고 얼른 들이키란 말이야."

"아니야, 정말……."

"자, 어서 마시게, 한 잔 더 한다고 해서 별로 해가 될 건 없잖아. 뭘 할 텐가? 또 똑같은 걸 할 테지?"

"글쎄…… 좋아."

"프랑스와, 여기 같은 걸로 또 한 잔…… 담배 피울 텐가, 토미?" 이그너티우스 갤러허가 시가 케이스를 꺼냈다. 두 친구는 시가에 불을 붙여 물고 술이 도착할 때까지 말없이 뻐끔뻐끔 피웠다.

"내 의견을 자네한테 말해주지." 이그너티우스 갤러허는 자신을 숨기고 있던 연기 뒤에서 얼마 후에 다시 모습을 드러내며 말했다. "정말 묘한 세상이야. 문란하다구! 그런 말을 난 많이 들었어. 이거 내가 무슨 얘기를 하고 있나? 그런 걸 많이 알아왔단 말이야. 문란한…… 경우를 말이야……."

이그너티우스 갤러허는 생각에 잠긴 채 시가를 뻐끔뻐끔 빨았다. 그리고 이내 역사가 같은 냉정한 말투로 그의 친구를 위하여 외국에 만연되어 있는 부패의 어떤 모습들을 스케치하기 시작했다. 그는 여러 나라 수도(首都)의 죄악들을 개관(槪觀)했고, 그 중에서 베를린을 제일로 꼽는 듯 보였다. 몇 가지 일들은 그로선 장담할 수 없었다(친구들이 그에게 얘기해 주었기 때문

---

8) 파리 아가씨(Parisienne).

에). 그러나 그 밖의 것들은 자신이 직접 경험한 것들이었다. 그는 지위나 신분을 전혀 숨기지 않았다. 그는 대륙의 수도원의 많은 비밀을 폭로했고, 상류 사회에서 유행하고 있는 몇몇 행실들을 마구 털어놓았으며, 영국의 어떤 공작 부인에 관한 이야기, 즉 그가 사실이라고 알고 있는 이야기를 자세하게 말했다. 꼬마 챈들러는 깜짝 놀랐다.

"아, 글쎄," 이그너티우스 갤러허가 말했다. "우린 그런 일들을 전혀 모르고 있는 이곳 더블린에서 정말 시시하게 살고 있단 말이야."

"자넨, 여기가 정말 따분하겠어." 꼬마 챈들러가 말했다. "그토록 여러 곳을 보고 다녔으니 말이야!"

"글쎄 말이야," 이그너티우스 갤러허가 말했다. "그래도 여길 오니 휴양이 되는군 그래. 그리고 뭐니뭐니해도 사람들 말처럼 그래도 고향이 제일 아니겠나? 고국에 대한 어떤 정을 느끼지 않을 수 없단 말이야. 그게 인간의 본성이니까…… 그건 그렇고 자네 얘기나 좀 들려주게. 호건이 내게 말하던데 자넨 결혼의 즐거움을 맛보고 있다고…… 2년 전이었다지?"

꼬마 챈들러는 얼굴을 붉히며 미소를 지었다.

"그래, 지난 5월로 12개월이 됐지." 그는 말했다.

"자네한테 이제야 축하를 하다니 너무 늦지 않았기를 바라네." 이그너티우스 갤러허가 말했다.

"자네 주소를 알았더라면 그때 축하를 해주었을 텐데."

그가 손을 내밀자, 꼬마 챈들러는 악수를 했다.

"자, 토미, 자네와 가족들이 복을 누리고 돈도 많이 벌기를 바라네. 그리고 내가 자네에게 총질을 할 때까지 오래 살길 바라네. 이것이 진지한 옛친구의 바람이야, 알겠나?" 그는 말했다.

"알아." 꼬마 챈들러가 말했다.

"어린 것들이라도?" 이그너티우스 갤러허가 물었다.

꼬마 챈들러는 다시 얼굴을 붉혔다.

"하나 있어." 그는 말했다.

"아들인가, 딸인가?"

"아들이야."

이그너티우스 갤러허는 친구의 등을 찰싹 쳤다.

"브라보, 그럴 줄 알았어, 토미."

꼬마 챈들러는 미소를 지으며 어리둥절하여 그의 잔을 쳐다본 다음, 어린애 같은 세 개의 하얀 앞니로 아랫입술을 깨물었다.

"자네 돌아가기 전에 우리 집에 와서 하루 저녁 같이 보냈으면 하네." 그는 말했다. "내 아내도 자넬 보면 무척이나 반가워할 거야. 그리고 음악도 좀 듣고 말이야……."

"여보게, 정말 고맙네. 좀더 일찍 만났어야 했는데, 난 내일 밤에 떠나야 한다네." 이그너티우스 갤러허가 말했다.

"그럼 오늘 밤은?"

"정말 미안하네. 글쎄 동행한 친구가 있어서 말이야. 그 친구도 영리한 젊은이야. 우린 조그마한 카드 파티에 가기로 미리 작정을 해놓았네. 그것만 아니면…….

"오, 그렇다면……."

"하지만 누가 아나?" 이그너티우스 갤러허가 신중하게 말했다.

"일단 길을 터놓았으니 내년에 또 이곳에 잠깐 오게 될지도 몰라. 그때까지 미루어두게나."

"좋아," 꼬마 챈들러가 말했다. "다음 번에 자네가 오면 꼭 하루 저녁 같이 지내세. 이제 약속했네, 알았지?"

"그래, 약속했어." 이그너티우스 갤러허가 말했다. "명년에 오면 맹세코……!"

"그럼 그 약속을 다짐하기 위해 우리 꼭 한 잔만 더 하세." 꼬마 챈들러가 말했다.

이그너티우스 갤러허는 커다란 금시계를 꺼내서 들여다보았다.

"그럼 이게 마지막이야?" 그는 말했다. "글쎄, 약속이 있어서 그래."

"아, 그럼, 절대로." 꼬마 챈들러가 말했다

"그럼 좋아." 이그너티우스 갤러허가 말했다. "'데오크 안 도이루스(인사조)'로 꼭 한 잔만 더 하세 —— 이건 작은 위스키 한 잔을 두고 하는 멋진 모국어(아일랜드어)란 말이야."

꼬마 챈들러는 술을 주문했다. 조금 전에 얼굴에 떠올랐던 홍조가 점점 짙어지기 시작하고 있었다. 사소한 일에도 언제나 그의 얼굴은 잘 붉어졌다. 그리고 이제 그는 몸이 달아오르며 흥분되고 있음을 느꼈다. 작은 석 잔의 위스키가 머리에 오르고 갤러허가 준 독한 시가가 그의 마음을 혼돈시켜놓았다. 왜냐하면 그는 몸이 섬세한 데다가 술, 담배를 절대 하지 않는 사람이었기 때문이다. 8년 만에 갤러허를 만났다는 것, 불빛과 소음에 둘러싸여 콜리스관에 갤러허와 함께 있다는 것, 갤러허의 이야기를 들으며 잠시 동안이나마 갤러허의 황당하고 호탕스런 생활을 함께 나누었다는 것, 이러한 모험이 그의 세심한 성품의 균형을 깨뜨리고 말았다. 그는 자기 자신의 생활과 친구의 생활과의 차이를 뼈저리게 느꼈으며, 그것은 아무래도 그에게 불공평하게 느껴졌다. 갤러허는 가문이나 교육에 있어서 자기보다 못했다. 그는 자신의 친구가 해왔던 것보다 한층 더 훌륭한 무엇인가를 할 수 있으며, 자신도 단지 기회만 얻을 수 있다면 값싸고 번지르르한 저널리즘 이상으로 좀더 고상한 일을 할 수 있다는 자신감을 가지고 있었다. 그의 길을 방해한 것은 무엇이었던가? 그의 불행한 수줍음이었다! 그는 어떻게 해서든지 자신을 입증하고 그의 사내다움을 밝히고 싶었다. 그는 갤러허가 자기의 초대를 거절한 이면을 알 것만 같았다. 갤러허는 스스로 방문함으로써 아일랜드에게 선심을 쓰는 체하듯, 그에게 우정을 베푸는 것으로써 그에게 선심을 쓰는 체하고 있었다.

바텐더가 그들에게 술을 가져왔다. 꼬마 챈들러는 한 잔을 친구를 향해 밀어주고 다른 잔을 대담하게 집어 들었다.

"누가 알아?" 두 사람이 잔을 치켜들자 그는 말했다. "자네가 내년에 올 때쯤이면 내가 이그너티우스 갤러허 내외분의 건강과 행복을 비는 기쁨을 누리게 될지."

술을 마시고 있던 이그너티우스 갤러허가 그의 술잔 가장자리 너머로 한 눈을 지그시 감아 보였다. 술을 다 마시자 입맛을 쩍쩍 다시며 술잔을 내려놓고 말했다.

"여보게, 그런 빌어먹을 걱정일랑 말게. 우선 얼마 동안 재미나 실컷 보고 세상 구경을 좀 한 다음에 포대를 뒤집어쓸 작정이야. 뒤집어쓴다면 말이야."

"언젠가 그렇게 되겠지." 꼬마 챈들러가 조용히 말했다.

이그너티우스 갤러허는 그의 오렌지색 타이와 슬레미트빛 푸른 눈을 그의 친구에게로 휙 돌렸다.

"자네, 정말 그렇게 생각하나?" 그가 물었다.

"자네도 포대를 뒤집어쓰게 되겠지." 꼬마 챈들러는 단호하게 거듭 말했다. "여자가 생기면 다른 어떤 사내와 마찬가지로."

그는 약간 자신의 말투를 높인 탓으로 자신의 속마음을 드러냈음을 알아차렸다. 그래서 그의 뺨에 붉은 빛이 떠오르긴 했으나 친구의 날카로운 시선에서 물러서지는 않았다. 이그너티우스 갤러허는 잠시 동안 그를 노려보다가 말했다.

"그런 일이 일어나더라도 여자 꽁무니를 따라다니거나 치근거리는 짓은 절대로 하지 않겠어. 난 돈 있는 여자와 결혼할 참이야. 은행에 두둑한 계좌를 갖고 있는 여자가 아니면 나하곤 인연이 없어."

꼬마 챈들러가 머리를 저었다.

"아니, 이봐," 이그너티우스 갤러허가 열을 내며 말했다. "무슨 말인지 알겠나? 내가 말만 하면 당장 내일이라도 여자와 현금을 가질 수 있단 말이야. 믿지 못하겠어? 글쎄, 그럴 거야. 돈이 썩을 정도로 많고, 좋다고 마구 달려들 독일 여자와 유대 여자들이 수백 명 아니 수천 명이 있단 말이야…… 잠깐, 어디 두고봐, 이 친구야. 내 솜씨가 어떤지 두고보란 말이야. 난 일을 시작하면 진정으로 하지. 정말이야. 어디 두고보라구.”

그는 잔을 입으로 급히 가져가 비우고는 큰소리로 웃었다. 그런 다음 심각하게 자기 앞을 쳐다보며 한층 조용한 말투로 말했다.

“하지만 난 서두르지는 않네. 여자들은 기다릴 수 있어. 난 한 여자한테 얽매이긴 싫다구, 알겠나?”

그는 입으로 맛을 보는 시늉을 하더니 우거지상을 지었다.

“술이 약간 김이 빠진 것 같군 그래.” 그는 말했다.

*

꼬마 챈들러는 어린아기를 팔에 안고 현관에서 약간 떨어진 방에 앉아 있었다. 돈을 절약하기 위해 그들은 하녀를 두지 않았으나, 애니의 여동생 모니카가 아침에 한 시간 가량 그리고 저녁에 한 시간 가량 와서 그들을 도와주었다. 그러나 모니카가 집으로 돌아간 지도 오래 되었다. 시간은 9시 15분 전이었다. 꼬마 챈들러는 다과 시간이 지나서야 집에 돌아왔으며, 더군다나 불리 상점에서 아내 애니가 부탁한 커피를 사오는 것마저도 잊어버렸다. 물론 아내는 기분이 좋지 않았고 그에게 무뚝뚝한 대답만 할 뿐이었다. 아내는 차가 없어도 괜찮다고 말했으나 모퉁이에 있는 상점이 문을 닫을 시간이 가까워지자, 자신이 직접 가서 4분의 1파운드의 차와 설탕 2파운드를 사오겠다고 했다. 아내는 잠자고 있는 아기를 능숙하게 그의 팔에 안겨주며 말했다.

“자니까 깨우지 말아요.”

하얀 사기 등갓을 씌운 조그마한 램프 하나가 테이블 위에 놓여 그 불빛으로, 비틀린 뿔로 만든 틀에 넣은 사진 위를 비추고 있었다. 애니의 사진이었다. 꼬마 챈들러는 그걸 쳐다보며 꼭 다문 얇은 두 입술에 그의 시선을 고정시켰다. 그녀는 그가 어느 토요일에 선물로 사다 준 연푸른 여름 블라우스를 입고 있었다. 그는 그것을 10실링 11펜스를 주고 샀으나, 그걸 고르기 위해 얼마나 신경을 써야 했던가! 그날 그는 얼마나 고통스러웠던가. 상점 안이 빌 때까지 문간에서 기다렸으며, 카운터 앞에 서서 점원 아가씨가 자기 앞에 숙녀용 블라우스를 쌓고 있는 동안 태연한 척하려고 애를 썼었다. 그리고 거스름돈을 받는 것도 잊어버려 출납계로 다시 불려 들어갔으며, 마침내 상점을 나올 때 꾸러미가 안전하게 묶였나를 살펴보면서 빨개진 얼굴을 감추려고 애를 썼었다. 그가 블라우스를 가지고 집에 왔을 때 애니는 그에게 키스를 해주며 참 예쁘고 멋있다고 말했다. 그러나 그 값을 알고는 블라우스를 테이블에 팽개치며 10실링 11펜스를 받다니 그건 순전히 사기라고 말했다. 처음에 그녀는 그걸 도로 갖다 주겠다고 했으나 일단 입어 본 다음에는 만족해하며, 특히 소매의 맵시가 마음에 든다고 하면서 그에게 키스를 해주고 자기를 그토록 생각해주다니 정말 좋은 남편이라고 했다.

흠!……

그는 사진 속의 두 눈을 냉정하게 쳐다보았다. 그러자 그 두 눈도 냉정하게 그를 응시했다. 분명히 아름다운 눈이었으며 얼굴도 아름다웠다. 그러나 어딘가 부족한 데가 있음을 알았다. 왜 저토록 무의식적이고 귀부인인 체하는 것일까? 차분한 눈이 그를 성나게 했다. 두 눈은 그를 불쾌하게 했고 그에게 도전했다. 두 눈에는 정열도 환희도 없었다. 그는 갤러허가 돈 많은 유대 여인들에 관하여 한 얘기가 생각났다. 그들의 까만 동양적인 눈은 얼마나 정열과 관능적 쾌락의 갈망으로 넘칠까! 왜 하필이면 사진의 저런 눈과 결혼했던가?

그는 이러한 질문에 사로잡혀 신경질적으로 방안을 둘러보았다. 그가 집을 가꾸기 위해 월부로 사온 아름다운 가구에도 천한 그 무엇이 있는 듯 느껴졌다. 애니가 고른 것이었으므로 그것은 그녀를 연상케 했다. 가구 또한 정연했고 예뻤다. 그의 생활에 대한 한 가닥 막연한 노여움이 그의 마음속에 싹텄다. 이 조그마한 집에서 도망칠 수 없을까? 갤러허처럼 용감하게 살아보기에는 이미 때가 늦었을까? 런던으로 갈 수 있을까? 아직도 갚아야 할 가구 대금이 남아 있었다. 만일 그가 책을 써서 출판만 할 수 있다면, 그에게도 길이 열리게 될지 모른다.

바이런[9]의 시집 한 권이 그의 앞 테이블 위에 놓여 있었다. 그는 아기가 깨지 않도록 왼손으로 조심스럽게 시집을 편 다음 맨 처음 시구를 읽기 시작했다

> 바람은 자고 저녁은 한층 침울한데
> 숲속에는 한 점 서풍마저도 일지 않네.
> 마가레트의 무덤을 보러 내 돌아와
> 내 사랑하는 흙 위에 꽃을 뿌리네.[10]

그는 잠시 멈추었다. 그는 방안의 자기 주변을 에워싸는 시의 리듬을 느꼈다. 어쩌면 이다지도 우울할까! 그도 이러한 시를 쓸 수 있으며 시로 자신의 영혼의 우울함을 표현할 수 있을까? 그에게는 쓰고 싶은 것이 너무나 많았다. 예를 들면 몇 시간 전에 그래튼 교에서 느낀 감정도 그러했다. 그러한 기분으로 다시 돌아갈 수만 있다면……

아기가 잠을 깨어 울기 시작했다. 그는 시집에서 되돌아와 아기를 달래려고 애를 썼다. 그러나 아기는 좀처럼 울음을 그치지 않았다. 그는 팔에 아기를 안고 이리저리 흔들기 시작했지만, 아기의 울음소리는 한층 날카로워지기만 했다. 그는 더 빨리 흔들면서 눈으로 두 번째 시구를 읽기 시작했

---

9) 대담하고 활달한 낭만주의 단명 시인. 챈들러의 차분한 성격과 대조를 이룬다.
10) 바이런의 〈어떤 젊은 여인의 죽음에 관하여〉의 일절.

다.

　　이 좁은 무덤 속에 그녀의 육체가 누워 있네.
　　한때 그 육체가……

　소용이 없었다. 그는 읽을 수가 없었다. 아무것도 할 수가 없었다. 아기의 울음소리가 고막을 꿰뚫었다. 소용없다, 소용없어! 그는 종신형을 선고받은 죄수였다. 그의 양팔이 노여움으로 부들부들 떨렸다. 그리고 그는 갑자기 아기의 얼굴 쪽으로 몸을 굽히며 고함을 질렀다.

　"그쳐!"

　아기는 잠시 그쳤다가 발작적으로 놀라며 비명을 지르기 시작했다. 그는 의자에서 벌떡 일어나 팔에 아기를 안은 채 방안을 급히 왔다갔다했다. 아기는 애처롭게 울기 시작하더니 4,5초 동안 숨이 끊기다가 이내 다시 울음을 터뜨렸다. 방의 얇은 벽이 그 소리로 쩡쩡 울렸다. 그는 아기를 달래려고 애를 썼지만 아기는 점점 기를 쓰며 흐느껴 울었다. 그는 아기의 찡그려지고 마구 떠는 얼굴을 보고 갑자기 겁이 나기 시작했다. 그는 끊임없이 일곱 번이나 계속해서 흐느껴 우는 것을 헤아려보고, 갑자기 겁에 질려 아기를 가슴에 꼭 안았다. 혹시 이러다가 죽으면!……

　문이 활짝 열리더니 젊은 여인이 숨을 헐떡이며 달려 들어왔다.

　"무슨 일이에요. 무슨 일이에요?" 그녀는 외쳤다.

　엄마의 목소리를 들은 아기는 다시 발작적으로 울기 시작했다.

　"아무것도 아니야, 애니…… 아무것도 아니래도…… 갑자기 울기 시작했어……"

　아내는 손에 든 보따리를 마룻바닥에 내던지고 그에게서 아기를 빼앗았다.

　"당신 아기한테 무슨 짓을 했어요?" 아내는 그의 얼굴을 노려보며 외쳤다.

꼬마 챈들러는 잠시 아내의 눈초리를 참다가 그 속에 담긴 증오를 보자 마음이 움찔했다. 그는 말을 더듬기 시작했다.

"아무것도 아니야……, 애…… 애…… 애가 울기 시작했어…… 어쩔 수가 없었어…… 난 아무 짓도 안 했어…… 무슨 짓이라니?"

그를 거들떠보지도 않고 아내는 아기를 양팔에 꼭 껴안고 중얼거리면서 방안을 왔다갔다했다.

"아가, 우리 아가야! 놀랐어, 응?…… 자, 아가야! 자, 이제…… 우리 아가! 엄마의 제일 예쁜 아가!…… 자!"

꼬마 챈들러는 부끄러워 두 뺨이 빨개지는 것을 느끼며 램프의 불빛에서 뒤로 물러섰다. 그는 아기의 자지러지는 울음이 점점 가라앉는 동안 귀를 기울이고 있었다. 그러자 자책(自責)의 눈물이 그의 눈에 괴기 시작했다.

짝 패 들

전화 벨이 성난 듯 울렸다. 파커 양이 수화기 있는 데로 달려가자 성난 목소리가 찌르는 듯 북부 아일랜드의 말투로 소리를 질렀다.

"패링턴을 이리로 보내!"

파커 양은 타자기 있는 데로 돌아와 책상에서 뭔가를 쓰고 있는 사나이에게 말했다.

"앨런 씨가 위층으로 올라오시래요."

그 사나이는 조그맣게 "빌어먹을 자식!" 하고 중얼거리며 의자를 뒤로 밀치고 자리에서 일어섰다. 일어서니 키가 크고 몸집도 커다란 사나이였다. 그는 검은 포도주빛의 길쭉한 얼굴에다 멋진 눈썹, 그리고 콧수염을 기르고 있었으며, 두 눈이 약간 통방울 같은 데다가 흰자위는 흐릿해 보였다. 그는 계산대를 들어올리고, 손님들 옆을 지나 무거운 발걸음으로 사무실을 나왔다.

그는 힘들게 계단을 올라 마침내 이층 층계참에 다다랐다. 그곳 문에는 '앨런 씨'라고 새긴 문패가 붙어 있었다. 그는 피곤하고 짜증이 났기 때문에 숨을 헐떡이다가 발걸음을 멈추고 문을 두드렸다. 안에서 날카로운 목소리가 터져 나왔다.

"들어오시오!"

사나이는 앨런 씨의 방으로 들어섰다. 그와 동시에 말끔히 면도를 한 얼굴에 금테 안경을 걸친 자그마한 체구의 앨런 씨가 서류 뭉치 너머로 머리를 쳐들었다. 머리가 너무나 시뻘겋고 대머리였기 때문에 서류 위에 올려놓은 커다란 계란처럼 보였다. 앨런 씨는 곧장 말했다.

"패링턴! 이게 어떻게 된 일이오? 왜 당신한테 밤낮 잔소리를 해야 되오? 보들리와 커원과의 계약서를 왜 베껴놓지 않았소? 4시까지 준비되어야 한다고 그렇게 일러두었는데."

"그러나 셸리 씨가 말씀하시기를……"

"셸리 씨가 말씀하시기를이라니…… 셸리 씨가 말씀하시는 일은 그만두고 내 말이나 잘 들어요. 일은 게을리하면서도 언제나 이 핑계 저 핑계를 내세운단 말이야. 오늘 저녁까지 그 계약서를 베껴놓지 않으면 크로즈비 씨한테 이르겠소…… 이제 내 말 알아들었소?"

"네."

"이제 내 말 알겠소?…… 이봐, 또 한 가지! 당신한테 얘기하느니 차라리 벽에다 대고 말하는 게 낫겠소. 당신 점심시간이 한 시간 반이 아니라 반시간이라는 걸 이번만은 기필코 명심하란 말이오. 도대체 몇 가지나 먹으려드는 거요? 알고 싶구료 …… 알아들었소, 이제?"

"네."

앨런 씨는 다시 서류더미 위로 고개를 숙였다. 사나이는 크로즈비앤드 앨런 법률사무소를 운영하는 그 번득이는 두개골을 빤히 노려보며 그것이 얼마나 말랑말랑할까 추측해보았다. 발작적인 분노가 잠시 동안 그의 목구멍을 죄었다가 이내 가시자, 그는 심한 갈증을 느꼈다. 사나이는 이러한 갈증을 알아차리고 오늘 저녁 술을 한잔 마셔야겠다고 생각했다. 이 달도 중순이 지났으니 만일 그가 베끼는 일을 제때에 해놓으면 앨런 씨가 출납계더러 가불을 좀 해주도록 지시할지도 모를 일이었다. 사나이는 서류더미 속에 묻혀 있는 머리를 뚫어져라 노려보며 서 있었다. 갑자기 앨런 씨는 뭔가를 찾으려는 듯 서류더미를 마구 뒤지기 시작했다. 그러다가 그때까지 사나이가 그곳에 있는 줄은 몰랐다는 듯이 다시 고개를 쳐들고 외쳤다.

"아니! 하루 종일 거기에 서 있을 작정이오? 정말이지 패링턴, 당신은 너무 태평이야!"

"전 기다리고 있습니다만……."

"좋아, 기다릴 것 없어. 아래층에 가서 일이나 해요."

사나이는 무거운 발걸음으로 문으로 걸어갔다. 그가 문 밖으로 나오자 뒤에서 저녁까지 계약서를 베껴놓지 않으면 크로즈비 씨에게 이르겠다고 야단치는 소리가 들렸다.

사나이는 아래층 사무실의 자기 책상으로 돌아와 베껴야 할 서류가 몇 매나 남아 있나 세어보았다. 그는 펜을 집어 잉크를 찍긴 했으나, "여하간 본건(本件)의 버나드 보들리는……"이라고 아까 써놓은 마지막 글자를 우두커니 들여다보았다. 어둠이 다가오고 있으니, 잠시 후 가스등에 불이 붙여지리라. 그럼 그때 쓸 수 있겠지 싶었다. 우선 갈증부터 해소해야겠다고 생각했다. 그는 책상에서 일어나 아까처럼 계산대를 들치며 사무실 밖으로 빠져 나왔다. 그가 빠져 나오자 과장이 그를 의아스러운 듯 쳐다보았다.

"아무 일도 아닙니다. 셸리 씨." 하고 말하며 사나이는 자기가 가려는 목적지를 손가락으로 가리켰다.

과장은 모자걸이를 흘끗 보았으나, 아무 이상이 없음을 보고 더 이상 아무 말도 하지 않았다. 층계에서 내려서자마자 사나이는 검고 흰 바둑판 무늬가 있는 모자를 주머니에서 꺼내 머리에 쓰고 재빨리 흔들거리는 층계를 달려 내려갔다. 정문으로부터 모퉁이를 향해 길 안쪽으로 살금살금 걸어가다가 갑자기 어느 술집 문간으로 뛰어들었다. 그는 이제 오닐 주점의 어두컴컴한 구석방에 안전하게 자리를 잡고 까만 포도주랄까, 까만 고기 빛을 띤 그의 상기된 얼굴을 술집을 들여다볼 수 있는 조그마한 창문에 들이대고 소릴 질렀다.

"이봐, 패트, 흑맥주 한 잔 가져와, 얼른."

패트는 흑맥주 한 잔을 그에게 갖다 주었다. 사나이는 그것을 단숨에 들이킨 다음 캐러웨이 열매를 청했다. 그는 계산대 위에 술값을 놓았다. 그리고 패트가 그것을 어둠 속에서 더듬거리며 찾는 것을 내버려둔 채, 아까 들어올 때와 마찬가지로 슬그머니 구석방을 빠져 나왔다.

어둠이 짙은 안개와 함께 2월의 땅거미 위에 내리고 있었고 유스타스 가의 가로등에는 불이 켜져 있었다. 사나이는 사무실 문에 도착할 때까지 제시간 안에 베끼는 일을 마칠 수 있을까 생각하며 집들 옆을 걸어 올라갔다. 계단위에 오르자 짙은 향수 냄새가 코를 찔렀다. 오늘 주점에 가 있는 동안에 델러코 양이 온 게 분명했다. 그는 모자를 주머니 속에 도로 쑤셔 넣고 아무렇지도 않은 듯 다시 사무실로 들어갔다.

"앨런 씨가 당신을 찾고 있소." 과장이 엄하게 말했다. "어디 갔었소?"

사나이는 계산대 앞에 서 있는 두 손님을 흘끗 쳐다보며 그들이 있기 때문에 대답하기가 난처한 체했다. 손님은 둘다 남자였기 때문에 과장은 혼자 웃었다.

"그 수작을 누가 모를 줄 알고." 그는 말했다.

"하루에 다섯 번이면 약간 좀…… 글쎄, 정신을 차려서 델러코 사건의 편지 베낀 것을 앨런 씨에게 갖다드리는 게 좋을 것이오."

손님들의 면전에서 이런 말을 듣고, 층계를 급히 올라왔고, 아까 너무 급하게 맥주를 마시고 하여 그는 해야 할 일을 하려고 책상에 앉았을 때, 다섯시 반 전에 그 계약서를 전부 베낀다는 것은 거의 불가능하다는 것을 깨달았다. 어둡고 음산한 밤이 다가오자 그는 휘황찬란한 가스등과 쨍그렁거리는 술잔 사이에서 친구들과 술을 마시며 술집에서 이 밤을 보내고 싶었다. 그는 델러코의 편지를 찾아 사무실 밖으로 나갔다. 그는 마지막 두 통의 편지가 없어진 걸 앨런 씨가 몰랐으면 싶었다.

짙은 향수 냄새가 앨런 씨의 방으로 가는 도중 내내 풍겼다. 델러코 양은 유대인처럼 생긴 중년 여인이었다. 앨런 씨는 그녀와 그녀의 돈에 미쳐 있다는 소문이었다. 그녀는 사무실에 자주 나왔으며, 오면 오랫동안 가지 않고 머물러 있었다. 그녀는 지금 향수 냄새를 풍기며 그의 책상 옆에 앉아서 양산 손잡이를 쓰다듬으면서 모자에 꽂은 크고 까만 새 깃털을 끄덕거리고 있었다. 앨런 씨는 의자를 돌려 그녀를 마주 보고 있었는데, 오른쪽 발을 왼쪽 무릎 위에 가볍게 얹어 놓고 있었다. 사나이는 편지를 책상 위에다 놓고 공손히 절을 했으나, 앨런 씨도 델러코 양도 그의 인사를 받는 척도 하지 않았다. 앨런 씨는 손가락 하나로 편지를 탁탁 치더니 "좋아요, 가도 돼요"라고 말하듯 그를 향해 그것을 튀겼다.

사나이는 아래층 사무실로 돌아와 책상에 다시 앉았다. 그는 아직 다 완성되지 않은 "여하간 본건의 버나드 보들리는……"이란 문구를 열심히 들여다보며 마지막 세 개의 단어가 똑같은 'ㅂ'자로 시작되는 것이 정말 신기하다고 생각했다. 과장은 파커 양에게 그러다가는 우편 마감시간까지 편지들을 모두 타자치지 못하겠다고 말하면서 재촉하기 시작했다. 사나이는 잠시 동안 타자기의 탁탁거리는 소리를 귀담아듣고 있다가 이내 베끼는 일을 끝마치기 위해 일하기 시작했다. 그러나 그의 머리는 맑지 못했고 마음은 술집의 휘황찬란한 불빛과 달그락거리는 소리 쪽으로 달려갔다. 독한 펀치 술을 마시면 꼭 좋을 밤이었다. 그는 편지를 베끼려고 무진 애를 썼으나 시계가 다섯 시를 쳤을 때, 아직도 쓸 것이 14페이지나 남아 있었다. 망할 것 같으니! 시간에 맞추어 마칠 수가 없었다. 그는 욕설을 퍼붓고 주먹으로 뭐든지 마구 두들겨 부수고 싶었다. 그는 너무나 화가 나서 '버나드 보들리'라고 써야 할 것을 '버나드 버나드'라 써서 새 종이에 다시 고쳐 써야 했다.

사나이는 혼자서 사무실 전체를 모두 쓸어내기 족할 정도로 힘이 넘치는 것을 느꼈다. 그의 몸은 뭔가를 하고 싶고, 밖으로 뛰쳐나가 난폭한 행위를 실컷 즐기고 싶어 근질근질했다. 보잘것없는 자신의 생활을 생각하니 화가 치밀었다. 출납계원에게 가불을 사적으로도 부탁할 수 있을까? 아니다, 출납계는 소용없다. 절대로 안 된다. 가불을 해주려 하지 않을 것이다…… 그는 어디로 가면 레나드니, 오헬로런이니, 노우지 플린과 같은 친구를 만날 수 있을지 알고 있었다. 그의 감정의 바로미터는 폭발을 예고하고 있었다.

이러한 생각으로 너무나 방심한 나머지 그는 이름을 두 번씩이나 불린 다음에야 대답을 했다. 앨런 씨와 델러코 양이 계산대 바깥쪽에 서 있었고, 모든 사무원들은 뭔가 일어날 듯한 기대 속에 이쪽으로 고개를 돌리고 있었다. 사나이는 책상에서 일어섰다. 앨런 씨는 편지 두 장이 없어졌다고 말하면서 욕설을 퍼붓기 시작했다. 사나이는 거기에 대해서 아무것도 아는 바가 없으며 단지 성실하게 베꼈을 뿐이라고 대답했다. 욕설은 계속되었다. 그것이 어찌나 지독하고 과격했던지 사나이는 자기 앞에 있는 마네킹의 머리통을 주먹으로 내리치고 싶은 마음을 억제할 수 없을 지경이었다.

"다른 두 통의 편지에 대해서는 아는 바가 없습니다." 그는 얼빠진 듯 말했다.

"아는 바가 없다고. 물론 그렇겠지." 앨런 씨가 말했다. "말해봐." 그는 자기 옆에 있는 여자의 동의를 청하듯 우선 그쪽을 흘끗 보더니 덧붙여 말했다. "자네, 날 바보로 아는 거야? 나를 바보천치로 생각하느냐구?"

사나이의 시선은 여자의 얼굴에서 조그마한 계란 모양의 머리로 옮겨갔다. 그러고는 거의 자신도 모르는 사이에 순간적으로 불쑥 말했다.

"제게 타당한 질문이 아니었군요." 그는 말했다.

사무원들은 숨소리마저 죽이고 있었다. 누구나 다 깜짝 놀랐다(재치 있는 말을 한 장본인도 주위 사람 못지않게 놀랐다). 그리고 통통하고 귀엽게 생긴 델러코 양은 빙그레 미소를 짓기 시작했다. 앨런 씨는 얼굴이 상기되어 들장미빛이 되었고, 흥분하여 입이 뒤틀렸다. 그는 사나이의 면전에서 주먹을 흔들어댔는데, 그것은 마치 어떤 전기 기계의 손잡이가 진동하는 듯했다.

"이 건방진 악당! 이 건방진 악당! 내가 널 끝장내겠다! 어디 두고봐! 건방진 행동에 대해 사과를 하거나 아니면 회사를 당장 그만둬! 여길 당장 그만두거나 아니면 내게 사과를 하란 말이야!"

*

　그는 사무실 맞은편 문간에 서서 출납계원이 혼자 밖으로 나오나 지켜보고 있었다. 사무원들이 모두 지나간 다음에 드디어 출납계원이 과장과 함께 나왔다. 그가 과장과 함께 있을 때는 말해봤자 아무 소용이 없을 것이다. 사나이는 자기 신세가 한심하다는 생각이 들었다. 그는 앨런 씨에게 자신의 무례함에 대하여 비굴하게 사과를 하지 않을 수가 없었다. 그러나 이제 그에게는 사무실이 벌집처럼 괴로운 곳이 되고 말 것임을 알고 있었다. 그는 앨런 씨가 자기 조카를 앉히기 위해 꼬마 피크를 회사에서 쫓아내던 일을 기억했다. 그는 몹시 성이 나고 목이 타고 복수하고 싶은 생각이 간절했으며, 자신과 다른 사람들에 대해 짜증이 났다. 앨런 씨는 그에게 단 한 시간의 휴식도 주지 않을 것이고, 그의 생활은 그에게 있어서 지옥이 될 것이다. 이번에는 정말 하지 말아야 할 바보짓을 하고 말았다. 왜 입을 봉하고 잠자코 있지 못했을까? 그러나 그와 앨런 씨는 처음부터 배짱이 잘 맞지 않았는데, 그것은 히긴즈와 파커 양을 웃기느라고 그가 앨런 씨의 북부 아일랜드 말투를 흉내내는 것을 앨런 씨가 엿듣던 날부터 그랬다. 그는 히긴즈에게 돈을 좀 빌어볼까 했으나 히긴즈에게는 빌려줄 돈이 없을 게 분명했다. 두 집 살림을 꾸려가고 있는 사람이니 분명……

　사나이는 술집의 안락함을 누리고 싶은 욕망에 커다란 육체가 쑤시는 것을 느꼈다. 안개 때문에 한기를 느끼기 시작했고, 오늘 주점의 패트에게 어떻게 좀 부탁할 수 없을까 생각했다. 그러나 1실링 이상은 나올 것 같지 않았고, 1실링 정도라면 아무 소용도 없었다. 하지만 어디선가 돈을 구해야 하겠는데, 아까 마지막 남은 한 푼마저 맥주 한 잔을 마시는 데 써버렸고, 조금 있으면 어디선가 돈을 구하는 데도 너무 시간이 늦을 것이다. 시계줄을 만지작거리다가 갑자기 그는 플리드 가에 있는 테리 켈리 전당포를 떠올렸다. 됐다! 왜 진작 그 생각을 하지 못했을까?

그는 템플 주점의 좁은 뒷골목을 재빨리 빠져 나가며 오늘 저녁 자신도 한바탕 멋지게 놀아볼 테니 다른 놈들은 다 꺼져버리라고 혼자 중얼거렸다. 테리 켈리 전당포의 점원은 1크라운[1]을 주겠다고 했으나 시계를 맡기는 사람이 6실링을 고집하는 바람에 정확히 6실링이 허용되었다. 그는 엄지손가락과 나머지 손가락 사이에 6개의 동전을 원통처럼 포개 쥐고 기분 좋은 듯 전당포에서 나왔다. 웨스트모어랜드 가의 보도는 일터에서 돌아오는 젊은 남녀들로 붐볐고, 남루한 옷을 걸친 신문팔이 소년들이 석간 신문의 이름들을 외쳐대며 이리저리 뛰어다니고 있었다. 사나이는 군중을 헤치고 지나가면서, 자랑스런 만족감을 가지고, 전개되는 과정을 쭉 훑어보았고 여 사무원들을 오만하게 노려보았다. 소란스런 전차의 종소리와 스쳐가는 트롤리 소리가 머리에 가득했고, 코는 벌써 소용돌이치는 펀치 술 향기를 맡고 있었다. 걸어가면서 그는 친구들에게 오늘 일어난 사건을 어떻게 이야기할까 미리 생각해보았다.

"그래서 나는 그 녀석을 똑바로 쳐다보았지——냉담하게, 그리고 그 계집도. 그리고 다시 그 녀석을 쳐다보았지——천천히 말이야. '제게 타당한 질문이 아니군요'라고 말해주었지."

노우지 플린은 벌써 데이비 번 주점의 늘상 앉던 구석 자리에 앉아 있었다. 그리고 그 애기를 듣자 그는 자신이 지금까지 들어본 얘기 중 가장 재치 있다고 말하면서, 패링턴에게 술 반잔을 샀다. 패링턴도 한 잔 샀다. 잠시 후에 오헬로런과 패디 레나드가 들어오자 그 이야기를 다시 들려주었다. 오헬로런은 모든 사람에게 한 잔의 맥아주(麥芽酒)를 내며 자신이 포운즈가의 캘런회사에 다닐 때 그곳 과장에게 한 말대꾸 이야기를 했다. 그러나 자

____

1) 5실링 짜리의 은화.

기가 한 말대꾸는 전원시에 나오는 방자한 목동의 흉내를 낸 것에 지나지 않
으며, 패링턴의 말대꾸처럼 그렇게 재치 있는 것이 못 된다고 시인했다. 이
말에 패링턴은 친구들에게 술을 빨리 마시고, 또 한 잔씩 하자고 말했다.

　모두들 술 이름을 대고 있을 때, 마침 들어온 것은 다름 아닌 히긴즈였
다! 물론 그도 다른 사람과 합세해야 했다. 다들 그에게 그 일을 흉내내보
라고 하자, 그는 신이 나서 그렇게 했다. 왜냐하면 다섯 개의 독한 위스키
잔을 보자 유쾌했기 때문이다. 그가 앨런 씨가 패링턴의 면전에서 주먹을
휘두르는 것을 흉내내자 모두 폭소를 터뜨렸다. 그런 다음 그는 "대충 저의
이야기는 이렇습니다" 라고 말하며 패링턴의 흉내를 끝냈다. 한편 패링턴은
무겁고 흐릿한 눈으로 좌중을 바라보고 미소를 지으면서 가끔 아랫입술로
콧수염에 달린 술방울을 핥았다.

　술이 한차례 돌자 잠시 조용해졌다. 오헬로런에게는 돈이 있었으나, 다른
두 사람에게는 돈이 있는 것 같지 않았으므로 일행은 약간 아쉬워하며 술자
리를 떠났다. 듀크 가의 모퉁이에서 히긴즈와 노우지 플린은 왼쪽으로 떨어
져나가고, 다른 세 사람은 시내 쪽으로 돌아갔다. 싸늘한 거리에 비가 부슬
부슬 내리고 있었다. 그들이 저하물취급소에 도착했을 때, 패링턴은 스카치
하우스에 가자고 제의했다. 술집은 사람들로 붐볐고 떠드는 소리와 술잔 부
딪치는 소리로 소란했다. 세 사람은 문간에서 외쳐대는 성냥팔이 애들을 밀
치고 안으로 들어가 계산대 구석에 자리를 잡았다. 그들은 서로 이야기를
주고받았다. 레나드는 웨더즈라는 이름을 가진 젊은이에게 그들을 소개했는
데, 그는 티볼리 극장에서 곡예사나 코미디언으로 출연하고 있었다. 패링턴
은 모든 사람에게 한 잔씩 샀다. 웨더즈는 자기는 어폴리내리스 탄산수를 탄
아일랜드 위스키를 조금만 마시겠다고 했다. 주머니 사정을 잘 알고 있던 패
링턴은 친구들에게 어폴리내리스 탄산수를 마시지 않겠느냐고 물었다. 그러
나 그들은 팀에게 독하게 해서 달라고 말했다. 이야기는 무르익어갔다. 오헬
로런이 한 차례 내고 다음으로 패링턴이 또 한 차례 냈다. 웨더즈는 대접이

지나치다며, 그들을 무대 뒤로 데리고 가서 근사한 여자들을 소개해주겠다고 약속했다. 오핼로런은 자기와 레나드는 가겠지만 패링턴은 결혼한 사람이기 때문에 가지 않을 거라고 말했다. 그러자 패링턴은 자기가 따돌림을 받고 있다는 것을 눈치챘다는 듯 좌중을 탁한 눈으로 흘겨보았다. 웨더즈는 자기 돈으로 술을 조금 사서 그들에게 대접하고 나중에 풀백 가에 있는 멀리건 주점에서 만나자고 약속했다.

스카치하우스가 문을 닫자 그들은 멀리건 주점으로 몰려갔다. 모두 뒤쪽 객실로 들어갔고, 오핼로런이 위스키에 감수(甘水)를 섞은 독한 혼합주를 모두에게 한 잔씩 샀다. 모두들 얼근히 취기가 돌기 시작했다. 패링턴이 또 한 잔 내려고 하는데 마침 웨더즈가 돌아왔다. 패링턴이 아주 마음이 놓인 것은 그가 이번에는 맥주 한 잔을 마셨기 때문이었다. 자금이 달랑달랑했으나 자리를 지키기에는 충분했다. 그때 커다란 모자를 쓴 두 젊은 여자와 줄무늬 양복을 입은 한 사나이가 들어와 가까이에 있는 탁자에 앉았다. 웨더즈는 그들에게 인사를 했고, 티볼리 극장에서 일하는 사람들이라고 모두에게 말했다. 패링턴의 눈이 자주 젊은 여자 중 하나 쪽으로 쏠렸다. 그녀의 외모에는 눈을 끄는 뭔가가 있었다. 유난히 큰 공작새 빛깔의 푸른 머슬린 스카프가 모자에 씌워져 턱 아래에서 커다란 매듭으로 매어져 있었다. 그리고 팔꿈치까지 올라오는 밝은 노란색 장갑을 끼고 있었다. 패링턴은 자주 우아하게 움직이는 그녀의 통통한 팔을 감탄하듯 쳐다보았다. 잠시 후 그녀가 시선에 응해주자, 그는 그녀의 커다란 암갈색 눈을 한층 더 감탄하며 쳐다보았다. 그 눈의 비스듬히 쳐다보는 모습이 그를 매혹시켰던 것이다. 그녀는 한두 번 흘끗 쳐다보았고, 일행이 방을 나갈 때 그의 의자를 스치며 "오, 죄송해요" 하고 런던 말씨로 말했다. 그는 그녀가 방을 나가면서 다시 한 번 자기를 돌아보기를 바라며 계속 지켜보고 있었으나 곧 실망하고 말았다. 그는 돈이 모자라는 것을 저주했고, 그가 여러 번 술을 사준 사실을 저주했으며, 특히 웨더즈에게 사준 위스키와 어폴리내리스를 저주했다. 그가 가장 미워하는 놈이 하나 있다면 그것은 공짜로 얻어 마시는 술고래였다. 그는 너무나 화가 나서 친구들이 하는 이야기의 내용을 듣지 못했다.

패디 레나드가 그를 불렀을 때 힘겨루기에 관해 이야기하고 있는 것을 알았다. 웨더즈는 팔뚝의 이두박근을 모두에게 보이면서 얼마나 자랑을 하는지 다른 두 사람이 패링턴을 불러 아일랜드의 명예를 지켜달라고 했다. 그래서 패링턴은 소매를 걷어올리고 팔뚝의 이두박근을 사람들에게 과시했다. 두 팔이 조사되고 비교된 뒤 마침내 힘겨루기 시합을 하기로 동의했다. 탁자를 치우고 두 사람은 손을 맞잡고 탁자 위에 팔꿈치를 세웠다. 패디 레나드가 "시작!" 하고 말하면 각자는 상대방의 팔을 탁자 위에 쓰러뜨리기로 했다. 패링턴은 대단히 진지하고 단호해보였다.

내기는 시작됐다. 30초쯤 지난 뒤 웨더즈는 상대방의 손을 천천히 탁자 위에 눕혔다. 패링턴의 까만 포도주빛 얼굴이 이런 애송이 녀석한테 진 데 대하여 분하고 창피하다는 듯 한층 검어져갔다.

"몸무게로 뒤에서 밀어서는 안 돼. 정정당당히 해요." 그는 말했다.

"누가 정정당당히 하지 않습니까?" 상대방이 말했다.

"자, 다시 한 번 하세. 삼판 양승일세."

내기는 다시 시작되었다. 패링턴의 이마에 핏줄이 솟고 웨더즈의 창백한 얼굴빛은 작약빛으로 바뀌었다. 두 사람의 손과 팔은 힘을 주었기 때문에 부들부들 떨렸다. 한참 겨룬 끝에 웨더즈가 다시 상대방의 팔을 탁자 위에 천천히 넘어뜨렸다. 구경꾼들로부터 찬탄의 갈채 소리가 들렸다. 탁자 옆에 서 있던 급사도 승리자를 향해 그의 붉은 대머리를 끄덕이며 어리석게 스스럼없이 말했다.

"아! 그게 기술이라는 겁니다!"

"빌어먹을, 네가 뭘 안다고 그래?" 패링턴은 그 사나이 쪽으로 몸을 돌리며 사납게 소리를 질렀다. "무슨 얼빠진 소리야?"

"쉬, 쉬!" 패링턴의 성난 얼굴 표정을 보며 오헬로런이 말했다. "자, 술값을 내게나. 입가심으로 조금만 더 하고 떠나세."

 아주 침울한 얼굴을 한 사나이가 오코넬 다리 모퉁이에 서서 자기를 집으로 데려다 줄 샌디마운트행 작은 전차를 기다리고 있었다. 그는 속이 타는 듯한 노여움과 복수심으로 가득 차 있었으며 수치스럽고 불만스럽게 느껴졌으므로 술에 취한 것 같지도 않았다. 그의 주머니에는 동전 두 닢밖에 없었다. 그는 모든 것을 저주했다. 사무실에서는 볼장 다 봤고 시계를 저당잡혔으며 돈은 몽땅 써버렸다. 그런데도 술에 취하지 못했다. 다시 목이 마르기 시작했고 후끈하고 냄새나는 술집으로 돌아가고 싶었다. 애송이한테 두 번씩이나 져서 장사라는 명성도 잃고 말았다. 그의 가슴은 분노로 부풀어올랐다. 그는 자기에게 부딪치며 "죄송해요!"라고 말하던 커다란 모자를 쓴 여자를 생각하며 셸본 가도에서 담벼락의 그림자를 따라 커다란 몸을 움직이며 걸어갔다. 집에 돌아가기가 몹시도 싫었다. 옆문으로 해서 집안에 들어갔을 때 부엌은 비어 있었고, 부엌 불도 거의 꺼져 있었다. 그는 이층에다 대고 고함을 질렀다.
 "에다! 에다!"
 그의 아내는 몸집이 작고 날카로운 얼굴을 한 여인으로, 남편이 술에 취하지 않았을 때는 남편을 괴롭히고 남편이 술에 취했을 때는 그에게 당했다. 그들에게는 아이가 다섯 있었다. 어린 사내아이가 계단을 뛰어 내려왔다.
 "게 누구냐?" 사나이는 어둠 속을 기웃거리며 물었다.
 "나야, 아빠."
 "누구냐, 찰리냐?"
 "아니야. 아빠, 톰이야."
 "엄마는 어디 갔니?"
 "성당에 갔어."
 "잘한다…… 그래, 내 저녁식사는 남겨두었니?"

"네, 아빠. 내가……"

"램프를 켜. 이 깜깜한 데서 뭘 하느냐? 다른 애들은 자냐?"

사나이는 어린아이가 램프에 불을 켜는 동안 의자 하나에 털썩 주저앉았다. 그는 아들의 단조로운 말투를 흉내내며 반쯤 혼잣말로 중얼거리기 시작했다. "성당에, 성당에, 글쎄." 램프에 불이 켜지자 주먹으로 탁자를 탕 치며 고함을 질렀다.

"내 식사는 어떻게 되었어?"

"내가 만들께…… 아빠." 어린아이가 말했다.

사나이는 몹시 화가 나 벌떡 일어서며 불을 가리켰다.

"저 불에다! 너 불을 꺼뜨렸구나! 맹세코 다시 그렇게 하면 어떻게 되나 가르쳐주마!"

그는 문 쪽으로 한걸음 나아가서 문 뒤에 세워둔 지팡이를 집어 들었다.

"불을 꺼뜨리면 어떻게 되나 가르쳐주마!" 그는 팔을 마구 휘두르려고 소매를 걷어올리며 말했다.

어린아이는 "오, 아빠!" 하고 소리를 지르며 탁자 뒤로 껑충 뛰어 도망쳤다. 그러나 사나이는 뒤쫓아가서 아이의 웃옷을 잡았다. 어린아이는 어쩔 줄 몰라하며 사방을 둘러보았으나 도망갈 길이 없었다. 그는 무릎을 꿇고 말았다.

"자, 다음에 또 불을 꺼뜨려봐라!" 사나이는 지팡이로 소년을 마구 갈겨대며 말했다. "맞아봐라! 요 고약한 놈!"

소년은 지팡이가 허벅지를 때릴 적마다 아파서 비명을 질렀다. 그는 두 손을 움켜쥐고 허공을 향했으며 목소리는 공포로 떨렸다.

"오, 아빠!" 그는 부르짖었다. "때리지 마, 아빠! 아빠를 위해 기도[聖母誦]를 드릴께요…… 기도를 드릴께…… 아빠, 때리지 않으면…… 기도할께……"

진　흙

　감독 아주머니가 일하는 여자들의 다과가 끝나는 대로 외출해도 좋다는 허락을 이미 내렸기 때문에 마리아는 저녁 외출을 몹시 고대하고 있었다. 부엌은 말끔히 정돈되어 있었다. 커다란 구리 가마솥은 얼굴이 비칠 정도라고 요리사가 말했다. 불은 잘 타 밝았으며, 식탁 하나에는 아주 커다란 건포도빵 네 개가 놓여 있었다. 이 건포도빵은 겉보기에는 썰어 놓은 것 같지 않았지만 가까이 가서 보면 길고 두꺼운 조각으로 고르게 썰어져 있어서 다과를 들 때 나누어 줄 수 있게끔 준비되어 있었다. 그것은 마리아가 직접 썰어놓은 것이었다.

　마리아는 매우 몸집이 작은 사람이었으나 아주 긴 코와 기다란 턱을 갖고 있었다. 그녀는 약간 코맹맹이 소리로 언제나 달래듯 "네, 그래요" 라든지, "아니, 아뇨" 라고 말했다. 여자들이 목욕통 때문에 싸울 때에는 언제나 불려 갔으며 항상 화해를 시키는 데 성공했다.

　어느 날 감독 아주머니가 그녀에게 말했다.

　"마리아, 당신은 정말 훌륭한 중재자야!"

　그리고 부감독 아주머니와 임원 중의 두 사람도 이렇게 칭찬하는 것을 들었다. 그리고 진저 무니는 마리아가 아니었으면 다리미 일을 맡고 있는 그

멍청이 계집애에게 자기가 무슨 짓을 못 했겠느냐고 늘상 말하고 있었다. 모든 사람들이 그토록 마리아를 좋아했다.

여자들은 6시에 다과를 들게 될 것이니, 그녀는 7시 전에 나갈 수 있을 것 같았다. 볼즈브리지[1]에서 기념탑[2]까지 20분, 기념탑에서 드럼콘드라[3]까지 20분 그리고 물건 사는 데 20분이 걸릴 것이다. 8시 전에 그곳에 당도할 성싶었다. 그녀는 은 장식이 달린 지갑을 꺼내 '벨파스트로부터의 선물'이란 글자를 다시 읽어보았다. 그녀는 그 지갑을 매우 좋아했다. 왜냐하면 조와 앨피가 5년 전의 성령강림일(聖靈降臨日)의 휴가 여행 때 벨파스트에 갔다가 조가 그녀에게 사다준 것이었기 때문이다. 지갑 속에는 반 크라운짜리 은화 두 개와 동전 몇 닢이 들어 있었다. 전찻삯을 내면 정확히 5실링이 남겠지. 아이들이 모두 노래를 부르고, 얼마나 멋진 밤이 될까! 제발 조가 술에 취해 들어오지만 말았으면. 그는 술을 조금만 마셔도 사람이 아주 딴판이 되었다.

가끔 조는 그녀더러 자기 집에 가서 함께 살자고 했다. 그러나 자기가 식구들에게 방해가 될 것만 같았고(비록 조의 아내가 아주 상냥하게 대해주었지만), 세탁소[4] 생활에 익숙해져 있었다. 조는 착한 사람이었다. 그녀는 또한 과거에 조와 앨피를 길러준 사람이기도 했다. 그리고 조는 가끔 이렇게 말하곤 했다.

"엄마도 엄마지만 마리아가 진짜 내 어머니야."

집이 몰락한 후에 그 형제들이 그녀에게 '더블린 등불 세탁소'라는 지금의 일자리를 구해주었는데 자신도 그걸 좋아했다. 그녀는 한때 신교도[5]들을

---

1) 더블린 중심부에서 1.75마일 떨어진 지점의 한 구역.
2) 더블린 중심가인 오코넬 가 한복판의 중앙우체국 정면에 서 있는 넬슨 기념비(지금은 파괴되었음).
3) 더블린 외곽의 초원지.
4) 볼즈브리지에 위치한 '더블린 등불 세탁소'를 가리키며 주인공 마리아는 이곳에 살며 잡역부 일을 하고 있음.

몹시 나쁘게 생각하곤 했으나, 이젠 약간 말이 없고 답답하긴 해도 함께 살기에 대단히 좋은 사람들이라고 생각했다. 그리고 그녀는 온실에 화초들을 심고 그것을 돌봐주는 걸 좋아했다. 사랑스런 고사리와 소귀나무가 있었고, 누구든지 그녀를 방문하면 그녀는 언제나 온실에서 한두 개 접지(接枝)를 꺾어서 손님에게 주곤 했다. 그녀가 좋아하지 않는 것이 하나 있었는데, 그것은 벽에 걸려 있는 종교에 관한 팜플렛들이었다. 그러나 감독 아주머니는 대하기가 아주 좋은 사람이었고 또 아주 점잖았다.

요리사가 모든 것이 다 준비되었다고 말하자 그녀는 여자들이 일하는 방으로 들어가서 커다란 종을 치기 시작했다. 잠시 후 여자들이 두세 명씩 짝을 지어 김이 모락모락 나는 손을 속치마로 닦고 역시 김이 나는 불그레한 팔 밑으로 블라우스 소매를 끌어내리면서 방안으로 들어오기 시작했다. 그들은 각자 커다란 찻잔 앞에 자리를 잡고 앉았는데, 그 찻잔에는 요리사와 멍청이 계집애가 큰 양철통 속에 우유와 설탕을 넣고 혼합하여 만든 뜨거운 차를 벌써 가득 채워놓고 있었다. 마리아는 건포도빵을 나누는 것을 감독했는데, 여자들이 모두 각자 네 조각씩 가져가는지 살펴보았다. 식사 도중 웃음과 농담이 마구 오갔다. 리치 플레밍은 오늘 저녁 마리아가 분명히 반지를 집을 거라고 말했다. 그리고 플레밍은 여러 해에 걸쳐 만성절(萬聖節) 전날 밤[6]만 되면 그녀에게 똑같은 얘기를 했지만, 마리아는 그저 웃을 뿐 반지도 남자도 원하지 않는다고 말할 수밖에 없었다. 마리아가 웃을 때에는 그녀의 회색빛을 띤 푸른 눈이 실망하는 듯한 수줍음으로 반짝였고, 그녀의 코끝은 턱밑에 거의 닿을 듯했다. 그때 진저 무니가 찻잔을 들어 마리아의 건강을 위해 건배를 들자고 제의하자 다른 여자들도 탁자 위에서 찻잔을 서로 부딪쳤고, 그녀는 차에 타서 마실 맥주가 한 잔도 없어서 유감이라고 말했다. 그래서 마리아는 코끝이 턱 끝에 거의 닿을 듯이 다시 소리내어 작은

---

5) ‘더블린 등불 세탁소’는 윤락 여성을 위한 신교의 교화(敎化) 기관이기도 함.
6) 만성절(All Hallow’s)인 11월 1일 전날 밤(10월 31일).

몸이 흔들려 부서질 만큼 웃어댔다. 왜냐하면 무니란 여자가 좀 천박한 여자라는 생각을 하긴 했어도 나쁜 뜻으로 그렇게 말한 것은 절대로 아님을 알고 있었기 때문이다.

아무튼 여자들이 다과를 끝내고 요리사와 멍청이 아가씨가 다과의 뒤치다꺼리를 하기 시작했을 때 마리아는 얼마나 기뻤던가! 그녀는 조그마한 자기 방으로 들어갔다. 그리고 내일 아침에 미사가 있다는 것을 기억하고 자명종 바늘을 7시에서 6시로 돌려놓았다. 그런 다음 그녀는 일할 때 입는 치마와 집에서 신는 구두를 벗고 제일 좋은 나들이 치마는 침대 위에, 그리고 조그만 나들이 구두는 침대 발치에 놓았다. 블라우스도 갈아입었다. 그리고 거울 앞에 서자 어린 소녀 시절 일요일 아침에 미사에 가려고 입곤 하던 옷 모양이 생각났다. 그리고 자신이 그토록 자주 치장해왔던 작은 몸집을 야릇한 애정이 어린 눈으로 쳐다보았다. 비록 나이를 먹긴 했지만 아직도 예쁘고 말쑥한 몸집이었다.

바깥으로 나오자 거리는 빗물로 번들거렸다. 낡은 갈색 비옷을 입고 나온 것이 다행이었다. 전차는 만원이어서 그녀는 찻간 맨 끝의 등도 없는 조그마한 의자에 모든 사람들을 마주 보며 발가락이 바닥에 닿을락말락하게 앉아 있었다. 그녀는 앞으로 하려고 하는 일들을 모두 마음속에 정리하면서 독립해서 일을 해 주머니 속에 자기 돈을 갖고 있다는 것이 얼마나 좋은 일인가 하고 생각했다. 그녀는 오늘 밤은 참 근사한 밤이 되기를 바랐다. 틀림없이 그렇게 되겠지만, 앨피와 조가 서로 말을 하지 않으니 얼마나 유감스런 일인가 하고 생각하지 않을 수 없었다. 이제는 밤낮 싸우기가 일쑤지만 둘 다 어렸을 때는 정말로 좋은 친구였는데. 하지만 그런 게 인생이지.

그녀는 기념탑에서 전차를 내려 군중들 사이로 재빨리 길을 뚫고 나아갔다. 다운즈 제과점으로 들어갔으나 사람들로 너무 붐볐기 때문에 한참 만에야 일을 볼 수 있었다. 여남은 가지를 섞은 싸구려 과자를 사서 불룩한 봉지를 들고 마침내 상점을 나왔다. 그런 다음 뭘 살까 하고 생각했다. 뭔가 정말로 근사한 걸 사고 싶었다. 사과나 호도는 분명히 많이 있을 테지. 뭘 사야 할지 도무지 생각이 나지 않았다. 그러다가 겨우 생각해낸 것이 케이크였다. 어떤 건포도 케이크를 사기로 작정을 했으나, 다운즈 제과점의 케이크는 그 위에 아몬드 설탕이 충분히 입혀져 있지 않았기 때문에 헨리 가에 있는 어떤 상점으로 가보았다. 여기서 마음에 드는 것을 고르는 데 꽤 시간이 걸렸다. 계산대 뒤에 있던 날씬하게 생긴 젊은 아가씨는 분명히 그녀 때문에 좀 성가셨던지 사려고 하는 게 결혼용 케이크냐고 물었다. 이 말에 마리아는 얼굴을 붉히고 그 젊은 아가씨에게 미소를 지어 보였다. 그러나 젊은 아가씨는 정말 그런 줄 알고 곧 건포도 케이크를 두껍게 한 조각 잘라 종이에 싸주며 말했다.

"2실링 4펜스입니다."

드럼콘드라행 전차에서 그녀는 젊은 사람들이 하나같이 자기를 못 본 척했기 때문에 계속 서서 가야 하리라 하고 생각했다. 그러나 어떤 중년신사 한 사람이 그녀에게 자리를 내주었다. 그는 건강하게 생긴 신사였으며 딱딱한 갈색 모자를 쓰고 있었다. 사각형의 붉은 얼굴에 잿빛 콧수염을 기르고 있었다. 마리아는 그가 대령(大領)쯤 되는 신사일 것이라고 생각했고, 자기 앞만 똑바로 쳐다보고 있는 젊은이들에 비하면 얼마나 예의가 바른가 하고 생각해보았다. 신사는 만성절 전야와 비 오는 날씨에 관하여 그녀에게 얘기하기 시작했다. 그는 봉지 속은 아이들을 위한 근사한 선물로 가득 차 있을 것이라고 추측하고 애들은 어릴 때 실컷 즐겨야 한다고 말했다. 마리아는 그의 말에 동의하듯 얌전하게 고개를 끄덕이거나 헛기침을 하면서 그에게 호의를 보였다. 그 신사는 그녀에게 대단히 친절했기 때문에 그녀는 캐널 교에서 전차를 내릴 때 그에게 고맙다고 말하며 고개를 숙였다. 그러자 그도 그녀에게 고개를 숙여 보이며 모자를 들어 유쾌한 미소를 지어 보였다. 그녀는 비를 맞으며 작은 머리를 숙이고 비탈길을 따라 올라가면서 그가 비록 술을 약간 먹었다 해도 신사를 알아보는 것이 얼마나 쉬운 일인가 하고 생각했다.

　그녀가 조네 집에 도착하자 모두들 "오, 마리아가 왔구나!" 하고 말했다. 조는 일터에서 돌아와 있었고, 아이들은 모두 일요복(日曜服)을 입고 있었다. 옆집에서 키가 큰 두 소녀가 놀러와 있었고 게임이 진행되고 있었다. 마리아는 맏아들 앨피에게 과자 봉지를 주어 모두에게 나누어 주게 했다. 도널리 부인은 과자를 이렇게 많이 사오다니 정말 고맙다고 말하며 아이들에게 모두 "감사합니다, 마리아!" 하고 인사를 하도록 시켰다.

　그러나 마리아는 아빠와 엄마를 위해 특별한 것, 확실히 두 분이 좋아하실 것을 사왔다고 말하며, 건포도 케이크를 찾기 시작했다. 그녀는 다운즈 제과점의 봉지 속을, 그리고 비옷 주머니 속을, 그 다음에는 현관 스탠드 위를 살펴보았으나 건포도 케이크는 아무 데도 없었다. 그러자 아이들에게 혹시 누가 잘못 알고 먹어버리지 않았나 하고 물어 보았으나 아이들은 모두 먹지 않았다고 하며, 만일 훔쳤다는 혐의를 받으면 과자도 먹지 않겠다는 눈치를 보였다. 케이크가 없어진 데 대해 각자 나름대로 궁리를 했다. 도널리 부인은 마리아가 전차 속에 두고 내린 것이 분명하다고 말했다. 마리아는 그 잿빛 콧수염을 기른 신사가 자기를 얼마나 당황하게 했던가를 기억하고 부끄러움과 속상함, 그리고 실망으로 얼굴을 붉혔다. 선물을 가지고 와 이들을 좀 놀라게 해주려던 것이 실패로 돌아가고, 또 2실링 4펜스를 그냥 버렸다고 생각하니 당장에 눈물이 쏟아질 것 같았다.

　그러나 조는 상관없다고 말하며 그녀를 난롯가에 앉혔다. 그는 그녀에게 참으로 친절했다. 자기 사무실에서 일어난 일을 전부 이야기해주었고, 자신이 지배인에게 재치 있게 대꾸했던 것을 반복해서 들려주었다. 마리아는 조가 자신이 했다는 말대꾸에 왜 그렇게 웃는지 이해할 수 없었으나, 지배인은 대단히 오만하여 대하기가 어려운 사람임에 틀림없을 거라고 말했다. 조는 지배인은 잘 대하기만 하면 그렇게 나쁜 사람이 아니며 괴롭히지만 않으면 그는 아주 점잖은 사람이라고 말했다. 도널리 부인은 아이들에게 피아노를 쳐주었고 아이들은 춤을 추며 노래했다. 그때 옆집 소녀들이 호도를 나누어주었다. 아무도 호도 까는 집게를 찾지 못하자, 조는 그 일로 화를 내면서 호도 까는 집게도 없이 마리아가 무슨 수로 호도를 까겠느냐고 물었다. 그러나 마리아는 자기는 호도를 좋아하지 않으니 자기 때문에 걱정할 것은 없다고 말했다. 그러자 조가 독한 흑맥주 한 병 들지 않겠느냐고 물었다. 도널리 부인은 집에 포트 와인도 있으니 그쪽을 원한다면 들라고 했다. 마리아는 더 이상 아무것도 권하지 말았으면 좋겠다고 말했으나 조는 계속 고집을 부렸다.

그래서 마리아는 그가 하는 대로 내버려두고 난롯가에 앉아 옛날 일들을 얘기했다. 그때 마리아는 앨피를 위해 좋은 말을 해주는 것이 좋겠다고 생각했다. 그러나 조는 자기 형에게 다시 말을 하느니 천벌을 받는 것이 낫겠다고 고함을 쳤다. 그리하여 마리아는 자기가 그런 말을 해서 미안하다고 말했다. 도널리 부인은 자기 혈육을 그런 식으로 이야기하다니 큰 수치라고 남편에게 핀잔을 주었으나, 조가 앨피는 형답지 않다고 말하자 그 때문에 한바탕 싸움이 벌어질 뻔했다. 그러나 조는 오늘 밤은 명절이니까 화를 내지 않겠다고 말하고 아내더러 흑맥주를 좀더 가져오라고 말했다. 옆집 소녀들이 만성절 놀이를 준비하자 이내 만사가 다시 유쾌해졌다. 마리아는 아이들이 그토록 즐거워하고 조와 그의 아내의 기분이 좋은 것을 보고 기뻐했다. 옆집 소녀들이 탁자 위에다 몇 개의 접시를 올려놓고 아이들의 눈을 가린 채 탁자까지 데리고 갔다. 한 아이는 기도서를 잡았고 다른 셋은 물을 잡았다. 그리고 도널리 부인은 옆집 소녀 하나가 반지를 잡자 "오, 다 안다" 라고 말하듯 얼굴이 새빨개진 소녀에게 그녀의 손가락을 흔들어 보였다. 그리고 모두들 우겨 마리아의 눈을 가리고 그녀가 무엇을 집나 보려고 탁자 있는 데까지 데리고 갔다. 그들이 가리개로 눈을 가리고 있는 동안 마리아는 그녀의 코끝이 거의 턱 끝에 닿을 때까지 웃고 또 웃었다.

모두들 마구 웃으며 농담을 하는 가운데 그녀를 탁자까지 데려갔다. 그리고 그녀는 하라는 대로 한 손을 허공에 내밀었다. 그녀는 허공으로 내민 손을 이리저리 휘젓다가 어느 접시 위에 내려놓았다. 손가락으로 무슨 부드럽고 질척한 것을 만졌는데, 아무도 말을 하지 않고 붕대도 풀어주지 않아서 그녀는 놀랐다. 잠시 침묵이 흘렀다. 그러자 다투며 수군거리는 소리가 났다. 누군가 마당에서 뭐라고 말하자 마침내 도널리 부인이 이웃집 소녀 중 하나에게 뭔가 몹시 못마땅한 이야기를 했고 그건 놀이가 아니니 그걸 당장 밖에 내버리라고 했다. 마리아는 이때 뭔가 잘못이 있었음을 알고 다시 한 번 해야 했다. 그리고 이번에는 기도서를 집었다.

그런 다음 도널리 부인은 아이들을 위해 미스 맥클라우드의 릴 무도곡을 치고, 조는 마리아에게 포도주를 한 잔 들라고 권했다. 곧 모두들 다시 명랑해졌고 도널리 부인은 마리아는 기도서를 집었으므로 이 해가 다 가기 전에 수도원에 들어가게 될 것이라고 말했다. 마리아는 조가 그날 밤처럼 자기에게 그렇게 상냥하게 즐거운 이야기와 추억담을 들려주는 것을 그전에는 본 적이 없었다. 그녀는 모두들 자기에게 너무나 잘 대해주었다고 말했다.

마침내 아이들이 지쳐 졸았기 때문에 조는 마리아에게 가기 전에 무슨 짤막한 옛노래 하나를 불러줄 수 없겠느냐고 했다. 도널리 부인도 "부르세요, 마리아!" 하고 졸랐다. 그래서 마리아는 할 수 없이 일어서서 피아노 옆에 섰다. 도널리 부인은 아이들에게 조용히 마리아의 노래를 잘 들어보라고 했다. 그런 다음 그녀는 전주곡(前奏曲)을 치고 나서 "자, 마리아!" 하고 말했다. 그러자 마리아는 얼굴을 몹시 붉히면서 조그마한 떨리는 목소리로 노래하기 시작했다. 그녀는 〈내 살기를 꿈꾸었네〉를 노래했다. 2절까지 부른 다음 그녀는 다시 1절을 되풀이해서 불렀다.

    내 살기를 꿈꾸었네, 대리석 홀에서
    하인들과 시종들을 양옆에 거느리고,
    사방 벽 속에 모인 만 사람 가운데

나는 희망이요 자랑이었네.

헤아릴 수 없는 많은 재산을 지니고
유서 깊은 가문을 자랑할 수 있었건만,
나에게 가장 기쁜 꿈은
그대가 변함없이 날 사랑하는 것이었네.

그러나 아무도 그녀의 잘못을 지적하려 하지 않았다.[7] 그녀가 노래를 끝내자 조는 몹시 감동을 받았으며, 그는 누가 뭐라 해도 옛날 같은 시절은 없고 가엾고 나이 많은 발프[8]의 음악만한 것도 들어본 적이 없다고 했다. 그의 눈은 눈물로 가득 차서 자기가 찾고 있던 것도 찾지 못하고, 마침내 아내에게 병따개가 어디 있는지 찾아봐달라고 말해야 했다.

---

7) 마리아는 구혼 부분인 제2절은 노래하지 않았음.
8) 앞서의 〈내 살기를 꿈꾸었네〉에 곡을 붙인 아일랜드 작곡가. 이 곡은 〈보헤미아의 소녀〉 제2막에 나옴.

참혹한 사건

제임스 더피는 채플리조드[1]에 살고 있었다. 왜냐하면 자신이 한 시민(市民)으로 살고 있는 시에서 될 수 있는 한 멀리 떨어져 살고 싶었으며, 더블린의 다른 모든 교외가 저속하고 현대적이며 허세를 부리고 있다고 생각했기 때문이다. 그는 낡고 음침한 집에 살고 있었는데, 그의 집 창문으로부터 이제는 쓰이지 않고 있는 주류(酒類) 증류소와 위쪽으로 더블린 시가지를 질러 흐르는 얕은 강[2]을 훑어볼 수가 있었다. 카펫도 깔려 있지 않은 방의 벽에는 아무런 그림도 걸려 있지 않았다. 방안에 있는 세간 하나하나는 모두 자신이 손수 산 것이었다. 까만 쇠침대, 쇠세면대, 등나무 의자 네 개, 옷걸이 하나, 석탄통, 벽난로의 재받이와 다리미, 이중 책상[3]과 그 위에 얹힌 사각형의 테이블 하나, 그리고 벽의 구석진 곳에 하얀 나무로 선반을 만들어 서가(書架)로 쓰고 있었다. 침대는 하얀 침대보로 덮여 있었고, 검붉

---

1) 더블린 서부 외곽지대의 마을. 리피 강의 상류이며, 《피네간의 경야》 배경의 일부이기도 함.
2) 리피 강의 상류.
3) 그 위에서 글을 쓰는 경사진 포트폴리오(portfolio). 필기 도구와 종이를 담은 얕은 서류함이 함께 있다.

은 융단이 그 다리 밑에 깔려 있었다. 세면대 위에는 조그마한 손거울이 하나 걸려 있었고, 낮 동안에는 하얀 갓을 씌운 램프가 벽난로 선반의 유일한 장식품으로 놓여 있었다. 하얀 나무로 된 서가의 책들은 아래에서 위로 크기에 따라 정렬되어 있었다. 워즈워드[4] 전집이 제일 아래층 한쪽 끝에 꽂혀 있었고, 제일 꼭대기 한쪽 끝에는 공책의 클로즈 커버로 싼 《메이누스 교리 문답서》[5]가 한 권 꽂혀 있었다. 책상 위에는 언제나 글쓰는 용구들이 놓여 있었고, 무대 지시를 자줏빛 잉크로 쓴 하우프트만의 《미카엘 크라머》[6]의 번역 원고와 놋쇠핀으로 꽂은 작은 한 묶음의 종이도 놓여 있었다. 그는 이 종이에 이따금 문장을 써 넣었는데, 빈정거리고 싶은 순간에는 '바일 빈즈'[7]의 광고문 표제를 오려서 종이의 첫장에 붙여놓기도 했다. 책상 뚜껑을 열면 한 가닥 아련한 향기가 새어 나왔다. 그것은 새 으름덩굴 연필이나 고무풀 병 또는 그곳에 넣어둔 채 잊어버린 곯은 사과 등의 냄새였다.

 더피 씨는 육체적 또는 정신적 무질서를 드러내는 것이라면 무엇이든지 몹시 싫어했다. 중세기의 의사라면 아마 그를 토성(土星)의 영향을 받고 태어나서 음침한 성격을 띠고 있다고 할 것이다. 그의 나이의 모든 세월담(歲月談)을 담고 있는 듯한 얼굴은 더블린 거리처럼 갈색을 띠고 있었다. 그의 길쭉하면서도 커다란 머리에는 메마르고 검은 머리칼이 자라나 있었고, 황갈색의 콧수염은 보기 흉한 입을 완전히 가리지 못하고 있었다. 광대뼈 또한 그의 얼굴에 무정한 성격의 소유자라는 인상을 주었으나, 눈에서는 조금도 그러한 무정함이 엿보이지 않았고, 황갈색의 눈썹 밑으로 세상을 바라볼 때는 다른 사람들의 마음속에 있는 속죄하려는 본능을 맞아들이려고 애쓰다

---

4) 19세기 초엽 낭만주의의 거장 시인.
5) 더블린 서쪽 5마일 지점에 있는 유명한 신학대학에서 간행한 교리문답서.
6) 독일 극작가인 저자가 1900년에 쓴 희곡으로, 재능이 있는 미술학교 교사 2대(代)의 좌절을 그린 가정 비극.
7) 위장병 약.

가 이따금 실망을 맛본 사람 같은 인상을 주었다. 그는 자기 자신의 행위를 의혹의 곁눈질로 바라보면서 자기 육체에서 약간 떨어져 살았다. 그는 이따금 3인칭 주어와 과거형 술어를 써서 자기 자신에 관하여 짧은 문장을 지어보는 괴상한 자서전적인 버릇을 지니고 있었다. 그는 거지에게 결코 동냥을 준 일이 없었고, 뭉툭한 개암나무 지팡이를 짚고 꿋꿋하게 걸었다.

그는 배고트 가에 있는 어떤 개인 은행의 출납계를 맡아 여러 해 동안 일해오고 있었다. 매일 아침 채플리조드에서 전차로 출근했다. 정오에는 댄버크 식당으로 가서 점심——저장 맥주 한 병과 조그마한 접시에 수북이 담긴 밀가루로 만든 비스킷——을 먹었다. 4시에는 자유의 몸이 된다. 그는 조지 가에 있는 어느 음식점에서 식사를 했는데, 그곳은 더블린의 번지르르한 젊은이들의 세계와는 동떨어져 있어 안정감이 있고, 또한 음식 계산서도 분명해 신용이 있다고 생각했기 때문이다. 저녁 시간은 하숙집 마담이 피아노 치는 앞에서 보내거나, 아니면 교외를 산보하며 보냈다. 모차르트의 음악을 좋아하기 때문에 때때로 오페라나 음악회에 갔는데, 그것이 그의 생활의 유일한 낙이었다.

그에게는 이야기할 동료나 친구도 없었고, 교파도 신앙도 없었다. 그는 남과 전혀 사귀는 일 없이 혼자만의 정신적 생활을 영위했다. 오직 크리스마스에 친척들을 방문하거나 그 친척들이 세상을 떠나면 묘지까지 따라갈 뿐이었다. 이 두 가지 사회적 의무는 체면을 지키기 위해 이행했으나, 시민 생활을 규제하는 관례는 더 이상 따르지 않았다. 어떤 경우에는 은행을 털까 하는 생각이 들기도 했으나, 이러한 경우는 결코 일어나지 않았기 때문에 그의 삶은 그저 평탄하게 굴러갈 뿐이었다——한 가닥 모험도 없는 이야기에 불과했다.

어느 날 저녁 그는 로툰더 극장[8]에서 두 여인 옆에 앉아 있었다. 극장 안은 한산하고 조용하기만 하여 공연이 실패로 돌아갈 것이라는 슬픈 예고를 해주었다. 옆에 앉아 있던 여인이 쓸쓸한 장내를 한두 번 둘러본 다음 이렇게 말했다.

"오늘 밤 손님이 이렇게 없으니 정말 안됐군! 텅 빈 자리를 향해 노래를 해야 하다니 정말 따분할 거예요."

그는 이 말을 자기에게 이야기를 청하는 것이라고 생각했다. 그는 여자가 조금도 어색해하는 것 같지 않아 놀랐다. 서로가 이야기를 나누는 동안 그 여자를 자신의 기억 속에 영원히 간직하려고 그는 애를 썼다. 그녀 옆에 있는 젊은 처녀가 그녀의 딸이라는 걸 알았을 때, 그는 그녀가 자신보다 한두 살 아래일 것이라고 판단했다. 한때는 아름다웠을 그녀의 얼굴은 아직도 지적으로 보였다. 윤곽이 아주 또렷한 타원형의 얼굴이었다. 눈은 몹시도 검푸른 빛이었고 침착하게 보였다. 시선은 처음에는 도전적 기미를 띠고 있었으나 눈동자가 점차 홍채 속으로 빨려 들어가는 듯 혼미해지자 순식간에 대단한 감수성의 기질을 드러내 보였다. 그러나 눈동자는 재빨리 제자리로 돌아가고 이 반쯤 노출된 성품은 다시 신중성 밑으로 숨어버렸다. 그리고 터질 듯 부푼 앞가슴을 가린 아스트라칸 재킷이 한층 두드러지게 도전적 기미를 드러냈다.

그는 몇 주일 지난 뒤 다시 그녀를 얼스포트 테라스의 어느 음악회에서 만났으며, 딸의 시선이 다른 데로 향한 동안 그녀와 친해질 기회를 포착했다. 그녀는 한두 번 자기 남편 이야기를 했으나, 말투로 보아 그것이 일종의 경고를 암시하는 것 같지는 않았다. 그녀는 시니코 부인이었다. 남편의 고조 할아버지는 레그혼[9]에서 왔다고 했다. 그녀의 남편은 더블린과 네덜란드 사이를 왕래하는 어느 상선의 선장이며 그들 사이에는 아이가 하나 있다고 했다.

우연히 그녀를 세 번째 만났을 때, 그는 용기를 내어 만날 약속을 했다. 그녀는 왔다. 이것을 시작으로 그들은 자주 만났다. 그들은 언제나 저녁에

---

8) 극장, 음악회장, 회의실 등을 갖고 있는 더블린의 원형 건물.
9) 이탈리아의 지명.

만났으며 두 사람의 산보를 위해 가장 한적한 구역을 택했다. 그러나 더피 씨는 떳떳하지 못한 짓을 하는 것을 싫어하는 성미여서 두 사람이 몰래 만나야 한다는 것을 알고 그는 부인더러 그녀의 집으로 자기를 청해달라고 강요했다. 시니코 선장은 그가 딸에게 마음이 있어서 오는 줄 알고 그의 방문을 환영했다. 그는 자신의 환락의 세계에서 아내를 완전히 제외시키고 있었기 때문에 어느 다른 누군가가 자기 아내에게 관심을 갖게 되리라고는 꿈에도 생각하지 않았다. 남편은 가끔 집을 떠나 있었고, 딸 역시 음악 레슨을 하러 외출했기 때문에 더피 씨에게는 귀부인과 단둘이 사교를 즐길 기회가 많았다. 그도 부인도 이와 같은 모험을 그전엔 경험하지 못했으므로 서로의 어떤 부조화도 의식하지 못했다. 그는 점차 자신의 생각과 부인의 생각을 얽어매었다. 그녀에게 책을 빌려주고, 이념도 불어넣어줌으로써 그녀와 지적 생활을 나누었다. 그녀는 그의 모든 말에 귀를 기울였다.

그의 이론에 대한 보답으로 그녀는 이따금씩 자신의 삶에 관한 어떤 일들을 털어놓았다. 거의 어머니다운 염려로써 그의 본심을 충분히 털어 놓으라고 권유했다. 말하자면 그녀는 그의 고해를 듣는 신부가 되었던 것이다. 그는 자신이 얼마 동안 아일랜드의 사회당 회합에 참석한 적이 있었는데, 희미한 석유램프 불빛이 비치는 다락방 하나에 20명 가량의 노동자들이 모여 있는 그곳에서는 자기 자신이 특이한 인물로 여겨지더라는 이야기를 그녀에게 해주었다. 그러한 회합이 세 분파로 나누어져 각기 다른 지도자 밑에 소속되어 다른 다락방에서 모이게 되자 그는 참석하는 것을 그만둬버렸다. 그가 말하는 바에 의하면, 노동자들은 토론하는 것에 지나치게 겁을 내며, 임금 문제에 대한 관심이 지나치다는 것이었다. 그는 그들은 험상궂은 현실주의자들이며, 그들이 엄두도 내지 못하는 여가의 산물인 치밀함에 대하여 분개하고 있다고 느꼈던 것이다. 어떠한 사회적 혁명도 더블린에서는 몇 세기 동안은 일어나지 않을 것 같다고 그는 부인에게 말했다.

부인은 왜 그러한 자신의 생각을 글로 쓰지 않느냐고 그에게 물었다. “무엇 때문에요" 하고 그는 조심스럽게 냉소를 지으며 그녀에게 반문했다. "60초 동안 계속해서 생각할 수 없는 미사여구를 늘어놓는 자들과 경쟁하려고요? 도덕 문제는 경찰관들에게, 그리고 예술은 흥행사들에게 맡기는 우둔한 중간 계급의 비평에 스스로를 굴복시키려고요?"

그는 가끔 더블린 교외에 있는 그녀의 조그마한 집으로 찾아갔으며 종종 둘이서만 저녁을 보냈다. 조금씩 서로의 생각이 얽히게 되자 그들은 자신들에게 한층 가까운 이야기들을 하게 되었다. 그녀와의 교제는 이국(異國)의 식물을 감싸주는 따뜻한 흙과도 같았다. 그녀는 불을 켤 생각도 하지 않은 채 어둠이 두 사람 위에 내려앉도록 여러 번 내버려두었다. 어둡고 침울한 방, 두 사람의 고독, 그들의 귀에 고동치는 음악은 두 사람을 결합시켜주었다. 이 결합은 그의 품위를 높여주었고, 그의 성격의 거친 모서리를 마멸시켜주었으며, 내적 생활에 정서를 부여해주었다. 때때로 그는 스스로 도취되어 자신의 목소리에 귀를 기울였고 그녀의 눈에 자신이 천사처럼 고상하게 비치리라 생각했다. 그리하여 그는 동료의 열렬한 성질을 더 한층 자신에게로 가까이 끌어들이면서 자신의 목소리인 줄 알지만 사람의 소리 같지 않게 들리는 이상한 목소리를 들었는데, 그 목소리는 영혼의 치유할 수 없는 외로움을 주장했다. 우리는 우리 자신을 포기할 수 없으며, 우리는 우리 자신의 것이라고 그 음성은 말했다. 이러한 이야기의 종말로, 어느 날 밤 시니코 부인이 온갖 이상한 흥분의 징조를 보이더니 그의 손을 정열적으로 잡고 자기의 뺨에 갖다 대는 것이었다.

더피 씨는 너무나 놀랐다. 자기의 말을 부인이 이렇게 이해한 데 환멸을 느꼈다. 그는 일주일 동안 그녀를 찾지 않았다. 그런 다음 그녀에게 편지를 써 만나자고 청했다. 그는 그들의 최후의 만남이 서로에게 파멸을 초래하게 될 참회실의 분위기로 어지러워지길 바라지 않았기 때문에, 파크게이트 근처의 조그마한 제과점에서 만나자고 했다. 차가운 겨울 날씨였으나, 추위에도 불구하고 그들은 3시간 가까이 공원 길을 왔다갔다하며 거닐었다. 그들은 서로의 교제를 끊어버리기로 합의했다. 모든 인연은 슬픔으로 이끄는 인연이라고 그는 말했다. 공원에서 나오자 두 사람은 말없이 전차를 향해 걸어갔다. 그러나 여기서 그녀가 또다시 의기소침해할까봐 겁이 난 그는 재빨리 작별인사를 하고 그녀 곁을 떠났다. 며칠 뒤에 그는 그의 책들과 악보가 든 소포를 받았다.

4년이 흘렀다. 더피 씨는 다시 평탄한 생활로 돌아갔다. 그의 방은 그의 마음의 정연함을 여전히 증명하고 있었다. 몇 개의 새로운 악보가 아래층 방에 있는 악보대를 채웠으며, 서가에는 니체의 책 두 권——《차라투스트라는 이렇게 말했다》와 《즐거운 과학》—— 이 더 꽂혀 있었다. 그는 책상에 놓인 종이 뭉치에다 좀처럼 글을 쓰지 않았다. 시니코 부인과 마지막으로 만난 지 두 달 후에 그가 쓴 글 가운데 다음과 같은 글귀 하나가 적혀 있었다. 성적(性的) 관계가 있을 수 없기 때문에 남자와 남자 간의 사랑은 불가능하다. 그리고 필연적으로 성적 관계가 존재하기 때문에 남자와 여자 사이의 우정도 불가능하다. 그는 그 여자를 만날까봐 음악회와도 인연을 끊어버렸다. 그 동안에 그의 부친이 세상을 떠났고, 은행의 연하의 동업자도 은퇴했다. 그러나 그는 여전히 매일 아침 전차를 타고 시내로 들어갔고, 매일 저녁 조지 가에서 조촐한 저녁식사를 한 후에 디저트 대신 석간 신문을 읽었다.

어느 날 저녁 그는 콘 비프와 양배추를 한 입 베어 먹으려다 말고 손을 멈추었다. 유리 물병에 기대 놓고 읽던 석간 신문의 한 구절에 그의 시선이 고정되었다. 그는 먹으려던 음식을 접시 위에 도로 내려놓고 그 구절을 주의깊게 읽었다. 그리고 물을 한 잔 마시고 접시를 한쪽으로 밀어놓으며 두 팔꿈치 사이에다 신문을 이중으로 접어 놓고 연거푸 그 구절을 읽었다. 양배추에서 나온 차갑고 허연 기름이 접시 위에 엉기기 시작했다. 여종업원이 와서 요리가 잘못되었느냐고 물었다. 그는 아주 훌륭하다고 대답하고 애써 몇 입을 먹었다. 그런 다음 돈을 치르고 밖으로 나왔다.

그는 11월의 황혼 속을 급히 걸어갔다. 단단한 개암나무 지팡이가 규칙적으로 땅을 똑똑 두드렸고, 꼭 끼는 더블 외투의 호주머니에서는 누르스름한 《메일》지의 가장자리가 그 모습을 드러내고 있었다. 파크게이트에서 채플리조드로 나아가는 쓸쓸한 한길 위에서 그는 발걸음을 늦추었다. 그의 지팡이 짚는 소리가 한층 기운을 잃었고 불규칙적으로 내쉬는 숨소리가 거의 한숨을 짓는 듯 겨울의 대기 속에서 엉겼다. 집에 도착하자 그는 즉시 이층 침실로 올라갔다. 그리고 호주머니에서 신문을 꺼내어 창문으로부터 새어 들어오는 희미한 불빛 아래서 다시 그 구절을 읽었다. 그는 소리를 내지 않고 마치 신부가 밀송(密誦) 기도[10]를 욀 때처럼 입술만 움직이고 있었다. 그 구절은 다음과 같다.

시드니 퍼레이드[11] 역에서의 부인의 죽음

참혹한 사건

오늘 더블린 시립병원에서 대리 검시관(검시관 레버리트의 부재로)은 어제 저녁 시드니 퍼레이드 역에서 죽음을 당한 43세의 에밀리 시니코 부인의 시체를 검시했다. 조사에 의하면 작고한 부인은 선로를 횡단하려다가 킹즈타운[12]에서 들어오는 10시 완행열차의 기관차에 치여 쓰러졌는데, 그 결과 두부와 오른쪽 옆구리에 부상을 입고 사망했음이 입증되었다.

기관사 제임스 레논은 자신이 15년 동안 철도회사에서 근무해왔다고 진술했다. 차장의 호각 소리를 듣고 열차를 출발시켰고, 1, 2초 후 고함 소리에 다시 차를 멈추었으며, 그때 기차는 서서히 움직이고 있었다고 말했다.

역부 P. 던은 기차가 막 출발하려는 순간 한 여인이 선로를 횡단하려는 것을 목격했다고 진술했다. 그녀를 향해 달려가며 소리를 질렀지만, 그가 당도하기도 전

---

10) 카톨릭 미사 때 소리내지 않고 읽는 기도문.
11) 더블린 남부 외곽지대의 철도역.
12) 더블린 남부 항구, 지금은 던 레어리(Dun Laoghaire)라 불림.

에 그녀는 이미 기관차의 완충기에 걸려 땅에 쓰러졌다고 말했다.

"그 부인이 쓰러지는 것을 보았습니까?" 한 배심원이 물었다.

"네." 증인은 대답했다.

경위 크롤리는 그가 현장에 도착했을 때 사망자는 분명히 숨을 거두고 있었다고 진술했다. 그는 시체를 대합실에 운반해놓고 구급차가 당도하기를 기다리고 있었다고 했다.

57번 순경도 이 진술을 시인했다.

더블린 시립병원의 외과 부과장인 핼핀 박사는 사망자는 두 개의 갈비뼈가 부러지고 오른쪽 어깨에 심한 타박상을 입었다고 진술했으며, 오른쪽 머리 부분은 넘어지면서 부상을 당한 것이라고 했다. 이러한 부상은 정상적인 사람인 경우에는 죽음을 야기하기에 충분하지 못하며, 자신의 의견으로는 쇼크와 갑작스런 심장마비가 아마 죽음의 원인이 되었을 것이라고 했다.

철도회사를 대표하여 H. B. 패터슨 핀레이 씨는 이 사건에 대하여 깊은 유감을 표시했다. 회사측은 모든 역에다 경고문을 게시하고 또한 건널목에는 자동식 특허 개폐기를 설치하여 구름다리를 사용하지 않고는 선로를 건너지 못하도록 언제나 모든 조치를 취해왔다. 사망자는 밤늦게 플랫폼에서 플랫폼으로 갈 때 선로를 횡단하는 버릇이 있었으며, 이번 사건의 다른 상황을 보아도 철도회사의 역원이 책임을 져야 할 일은 아니라 생각한다고 진술했다.

시드니 퍼레이드의 레오빌에 거주하는 사망자의 남편인 시니코 선장도 증언을 했다. 그는 사망자가 자기 아내라고 진술했으며, 사고 당시에는 더블린에 있지 않았고 단지 사건 당일 아침 로터 댐에서 돌아왔다고 했다. 두 사람은 결혼한 지 23년이 되었으며 행복하게 살았으나, 약 2년 전부터 아내에게 술을 마시는 버릇이 생기기 시작했다고 진술했다.

메리 시니코 양은 최근 그녀의 어머니에게는 밤에 술을 사러 나가는 버릇이 있었다고 진술했다. 증인인 그녀는 어머니를 자주 설득시키려고 애를 썼고 어머니에게 금주동맹에 가입하라고 권유했다고 말했다. 그녀는 사고가 발생한 지 한 시간 후까지도 집에 있지 않았다.

배심원은 의학적 증거에 따라 평결(評決)을 하여 레논에겐 아무런 잘못이 없음을 밝혔다.

대리 검시관은 이번 사건은 대단히 참혹한 사건이었다고 말하고 시니코 선장과 그의 딸에게 깊은 조의를 표했다. 그는 철도회사에 대하여 이와 같은 사건의 발생 가능성을 사전에 막기 위해 강력한 조치를 취하라고 역설했다. 과실은 아무에게도 없었다.

더피 씨는 신문에서 눈을 들어 창밖의 쓸쓸한 저녁 풍경을 멍하니 쳐다보았다. 강은 텅 빈 양조장 옆을 조용히 흘러갔고, 이따금 루칸 한길의 어떤 집에서 불빛이 비쳤다. 인간의 종말이 이럴 줄이야! 그녀의 죽음에 관한 모든 기사와, 자신이 신성하게 간직하던 것을 그녀에게 이야기했던 일에 대해 울화가 치밀었다. 그 진부한 문구들, 그 부질없는 동정(同情)의 표현, 그리고 평범하고 야비한 죽음에 관한 자세한 이야기를 숨기고 쓰도록 설복당한 신문기자의 조심스런 말들이 그의 비위에 거슬렸다. 그녀는 자기 자신을 타락시켰을 뿐만 아니라 그 자신도 타락시켰던 것이다. 그는 그녀의 비참하고 악취를 풍기는 악(惡)의 불결한 흔적을 보는 듯했다. 그의 영혼의 반려자! 그는 바텐더에게 술을 따라달라고 깡통이나 병을 들고 절뚝거리며 걷던 불쌍한 사람들을 생각했다. 맙소사, 인생의 종말이 이런 것일 줄이야! 분명히 그녀는 살아가기에 적합하지 못했다. 목적 의식도 없고, 악습에서 헤어나지 못한 나약한 제물이요, 문명에 짓밟힌 처참한 여인이었다. 하지만 그녀가 그토록 처참하게 타락할 줄이야! 그녀에 대하여 자신이 그토록 잘못 생각할 수 있었을까? 그는 그날 밤새 그녀의 흥분의 폭발을 회상하고, 그것을 어느 때보다 한층 가혹하게 해석해보았다. 그는 자신이 취한 행동이 옳다는 것을 쉽사리 시인했다.

불빛이 희미해지고 그의 기억이 이리저리 배회하기 시작하자, 그는 그녀의 손이 자기 손에 닿는 듯 느껴졌다. 처음에 그의 속에 치밀었던 충격이 이제는 신경을 자극하기 시작했다. 그는 재빨리 외투와 모자를 쓰고 밖으로 나왔다. 문간에서 차가운 공기가 그를 맞이했다. 공기는 그의 외투 소매 속으로 기어들었다. 채플리조드 교의 선술집에 다다르자, 그는 안으로 들어가서 독한 펀치 술을 한 잔 주문했다.

주인은 고분고분 그에게 술을 대접했지만 감히 말을 걸지는 않았다. 술집에는 대여섯 명의 노동자들이 킬데어군에 있는 어떤 사람의 땅값에 대해 토론하며 앉아 있었다. 그들은 이따금 커다란 1파인트짜리 술잔으로 술을 마시며 담배도 피웠고, 이따금 마룻바닥에 침을 뱉은 다음 무거운 구둣발로 톱밥을 끌어다가 자신들이 뱉은 침을 덮었다. 더피 씨는 등받이 없는 의자에 앉아 그들의 이야기를 듣는 둥 마는 둥 하며 그들을 물끄러미 쳐다보았다. 얼마 후 사람들이 밖으로 나가자 그는 다시 펀치 술을 주문했다. 그는 그 펀치 술을 놓고 한참 동안 앉아 있었다. 가게는 아주 조용했다. 가게 주인은 카운터에 몸을 기대고 《헤럴드》지를 읽으며 하품을 했다. 이따금 전차가 쓸쓸한 바깥 한길을 휙휙 지나가는 소리가 들렸다.

그곳에 앉아 그녀와 함께 지냈던 과거의 생활을 생각하며 그가 방금 품었던 그녀에 대한 두 가지 이미지[13]를 번갈아 회상하자, 그녀는 이미 이 세상에 존재하지 않으며 이미 하나의 추억이 되어버렸구나 하는 생각이 들었다. 그는 마음이 불안해지기 시작했다. 그는 그밖에 별 도리가 없었지 않았느냐고 자문해보았다. 그녀와 기만의 희극을 더 이상 감행할 수도 없었고 그녀와 공개적으로 살 수도 없는 노릇이었다. 그는 최선을 다했던 것이다. 어찌 그에게 책임이 있으랴? 이제 그녀가 사라지고 없으니, 그녀가 밤마다 홀로 그 방에 앉아서 얼마나 외로운 생활을 했을까를 이해할 수 있을 것 같았다. 그의 생활 또한 그가 죽어 이 세상에서 사라져 한낱 추억이——누군가 그를

---

13) 당시의 그녀의 이미지와 지금 그가 느끼는 그녀의 이미지.

기억해줄 사람이 있다면——될 때까지는 외로우리라.

  그는 9시가 지나서야 그 술집을 떠났다. 밤은 차고 음산했다. 그는 첫째 문으로 해서 공원으로 들어가 가늘고 긴 나무들을 따라 걸어갔다. 4년 전 그들이 함께 거닐었던 쓸쓸한 오솔길을 그는 지나갔다. 어둠 속에 그녀가 가까이 있는 듯했다. 때때로 그녀의 목소리가 귓전에 울리고 그녀의 손이 그의 손에 닿는 듯 느껴졌다. 그는 잠자코 서서 귀를 기울였다. 왜 그는 그녀로부터 삶을 빼앗아버렸던가? 왜 그는 그녀에게 죽음을 선고했던가? 그에게는 자신의 도덕관이 산산조각나 무너지는 듯했다.

  매거진 언덕 꼭대기에 다다르자, 그는 발걸음을 멈추고 강을 따라가 더블린을 바라보았다. 거기서는 등불들이 차가운 밤에 붉게 그리고 다정하게 타고 있었다. 비탈을 내려다보니 공원의 담 아래 그늘 속에 드러누워 있는 사람들의 모습이 보였다. 이러한 타락하고 남 몰래 하는 사랑이 그를 절망으로 가득 채웠다. 그는 자기 생활의 방정성(方正性)을 되씹어보았다. 그러자 자신이 삶의 향연으로부터 추방된 자처럼 느껴졌다. 한 여인이 자기를 사랑하는 것 같았음에도 불구하고 그는 그녀의 인생과 행복을 부정해버렸던 것이다. 그는 그녀에게 치욕을, 부끄러운 죽음을 선고했던 것이다. 저쪽 담 아래 누워 있는 자들이 자기를 주시하며 빨리 그곳을 떠나기를 바라고 있음을 알았다. 그를 원하는 자는 아무도 없었다. 그는 삶의 향연으로부터 추방된 몸이었다. 그는 더블린을 향하여 꾸불꾸불 흘러가고 있는, 회색으로 빛나는 강물 쪽으로 눈길을 돌렸다. 강 너머로 한 대의 화물열차가 킹즈브리지 정거장으로부터 꾸불꾸불 기어 나오는 것이 보였다. 그것은 마치 머리에서 불을 뿜는 한 마리 벌레가 어둠을 뚫고 고집스럽게 기를 쓰며 기어 나오는 것 같았다. 기차는 시야에서 서서히 사라졌다. 그러나 기관차가 기를 쓰며 허덕이는 소리가 그녀 이름의 음절을 되풀이하듯 여전히 그의 귀에 들려왔다.

  그는 왔던 길로 되돌아갔다. 기관차의 리듬이 여전히 귓전에서 고동치고

있었다. 그는 자신의 추억이 일러주는 이야기의 진실성을 의심하기 시작했
다. 그는 어떤 나무 밑에서 발을 멈추고, 그 리듬이 사라져가기를 기다렸
다. 그러자 그녀는 어둠 속에서 자기 옆에 있지도 않았고 그녀의 목소리도
들리지 않았다. 그는 몇 분 동안 귀를 기울이며 기다렸다. 이제 아무것도
들을 수 없었다. 밤은 더할 나위 없이 고요했다. 그는 다시 귀를 기울였다.
완전히 고요했다. 그는 혼자임을 느꼈다.

위원실의 담쟁이 날[1]

재크 노인은 마분지 조각으로 타다 남은 찌꺼기 재를 긁어모아 하얗게 꺼져가는 석탄 더미 위에 골고루 뿌렸다. 석탄 더미가 얇게 덮이자 그의 얼굴은 어둠 속에 잠겼다. 그러나 다시 불에 부채질을 시작하자, 그의 웅크린 그림자가 맞은편 벽에 비쳤으며 얼굴 모습도 천천히 불빛 속에 다시 나타났다. 뼈가 앙상하고 털투성이인 노인의 얼굴이었다. 축축하고 푸른 두 눈으로 불을 쳐다보며 껌벅거렸고, 축축한 입을 때때로 벌렸다가 다시 다물 때에는 자동적으로 한두 번 오물거렸다. 석탄재에 불이 붙자 그는 마분지 조각을 벽에다 세워 놓고 한숨을 쉬며 말했다.

"이제 좀 낫겠군 그래, 오코너 씨."

오코너 씨는 회색 머리칼을 지닌 젊은이로 얼굴에 부스럼과 여드름이 많이 나 있어 일그러져 보였다. 그는 방금까지 담배를 원통형으로 말고 있었으나, 그 말을 듣자 무슨 생각에 잠기듯 그것을 다시 풀었다. 그러나 이내 다시 무슨 생각에 잠기듯 담배를 말기 시작했고 잠시 생각한 뒤에 종이에

1) 아일랜드의 애국지사요, 무관(無冠)의 왕으로 존경을 받는 찰즈 스튜어트 파넬 (1846~1891)의 사망일인 10월 6일의 기념일. 그의 정치적 동조자 및 숭배자들은 이 날 부활의 상징이라 할 상록(常綠)의 담쟁이 잎을 가슴에 달고 그를 추모함.

침을 발랐다.

"티어니 씨는 언제 돌아온다고 했어요?" 그는 꾸며낸 듯한 쉰 목소리로 말했다.

"아무 얘기도 없었소."

오코너 씨는 담배를 입에 물고 호주머니를 뒤지기 시작했다. 그는 얇은 마분지 카드 뭉치를 꺼냈다.

"성냥을 찾아드리지." 노인이 말했다.

"괜찮습니다. 이거면 됩니다." 오코너 씨가 말했다.

그는 카드 한 장을 골라 거기에 적힌 것을 읽었다.

시의원(市議員) 선거
왕립거래소 선거구

빈민법 운영위원인 리차드 J. 티어니 씨는 삼가 다가오는 이번 왕립거래소 선거구에서의 선거에서 귀하의 한 표와 협조를 바라고 있습니다.

오코너 씨는 티어니의 대리인에 의하여 선거구의 일부를 맡아 선거 운동을 해주기로 하고 고용되었으나, 날씨가 나빠 신발이 젖는다는 이유로 위클로우 가에 있는 선거 사무소에서 관리인 영감 재크와 함께 난롯가에 앉아 거의 온종일을 보냈다. 그들은 짧은 하루가 어두워지기 시작할 때부터 계속 이렇게 앉아 있었다. 문 밖은 음산하고 추운 10월 6일이었다.

오코너 씨는 카드 한쪽을 찢어 불을 붙인 다음 담배에 붙였다. 그렇게 하자 웃옷 깃에 꽂은, 검은 윤기가 나는 담쟁이 잎 하나가 불빛에 반짝였다. 노인은 이 젊은이를 주의 깊게 지켜보고 있었다. 그리고 이내 마분지 조각을 다시 집어 들고 상대방이 담배를 피우고 있는 동안 천천히 불에 부채질을 하기 시작했다.

"아, 그래요." 노인은 말을 계속했다. "아이들을 어떻게 길러야 할지 참

힘이 듭니다. 그래, 내 자식이 그렇게 되리라고 누군들 생각이나 했겠소! 기독형제수도회에 보내고 그 녀석을 위해 할 수 있는 일은 다 했는데도 술고래가 되어 저렇게 돌아다닌답니다. 좀 점잖은 사람으로 만들려고 애를 썼는데도 말이오."

그는 피로한 듯이 마분지를 도로 제자리에 놓았다.

"내가 늙지만 않았어도 그 녀석의 버르장머리를 좀 고쳐놓겠는데, 내가 녀석을 당해낼 기력이 있는 동안에 작대기로 등을 좀 후려치고 싶단 말씀이야——그전에 자주 그랬듯이. 그애 어미가 말이오, 이래저래 녀석의 버릇을 굳혀놓았지 뭐요……"

"그게 아이들을 망치는 거지요." 오코너 씨가 말했다.

"확실히 그래요." 노인이 말했다. "그래도 고마워할 줄은 모르고 건방만 늘어나지. 내가 한잔한 걸 알기만 하면 나를 깔아뭉개려들지요. 자식놈이 아비한테 그 따위 말대꾸를 하니 세상이 어떻게 되겠소?"

"나이가 몇인데요?" 오코너 씨가 물었다.

"열아홉이지요."

"왜 뭔가 일을 시키지 않지요?"

"옳은 말씀, 아니 그 술고래 녀석이 학교를 마치고부터 어디 일을 안 시켰던가요? '난 널 먹여 살리지 않겠다. 혼자 힘으로 일을 구해야 한다'고 말하곤 하지만 일자리를 구할 적마다 더 나빠지기만 하지요. 몽땅 마셔버리니까."

오코너 씨는 동정의 표시로 고개를 끄덕였다. 그러자 노인은 불 속을 빤히 쳐다보면서 말문을 닫았다. 그때 누군가가 방문을 열며 소리쳤다.

"이것 봐요! 이건 비밀결사 회담인가?"

"누구시오?" 노인이 물었다.

"어두운 곳에서 뭘 하오?" 어떤 목소리가 물었다.

"자넨가, 하인즈?" 오코너 씨가 물었다.

"그래, 자네 이렇게 어두운 곳에서 뭘 하고 있나?" 하인즈 씨가 불빛 속으로 다가오며 물었다.

그는 엷은 갈색 콧수염을 기른, 키가 크고 호리호리한 청년이었다. 금방이라도 떨어질 듯한 작은 빗방울이 모자챙에 매달려 있었고, 외투의 깃을 일으켜 세우고 있었다.

"그래, 매트, 어떤가?" 그는 오코너 씨에게 물었다.

오코너 씨는 고개를 저었다. 노인은 난로 곁을 떠나 방을 두리번거리며 살핀 다음, 초 두 자루를 들고 되돌아와 난롯불에서 차례로 불을 옮겨 붙인 다음 탁자에 놓았다. 텅 빈 방이 시야에 들어왔고, 난롯불은 밝은 빛을 모두 잃어버렸다. 방안 벽에는 한 장의 선거 연설문이 붙어 있을 뿐 아무것도 없었다. 방 한복판에는 조그마한 탁자가 하나 놓여 있었고 그 위엔 서류가 쌓여 있었다.

하인즈 씨는 벽난로에 몸을 기댄 채 물었다.

"급료는 지불하던가?"

"아직 못 받았어." 오코너 씨가 대답했다. "정말이지 오늘 밤 우리들을 곤경에 빠뜨리지 말았으면 좋겠어."

하인즈 씨가 큰소리로 웃었다.

"지불하겠지, 염려 말게." 그는 말했다.

"일을 잘하려면 그도 정신을 차려 빨리 처리하는 게 낫지." 오코너 씨가 말했다.

"어떻게 생각하세요, 재크?" 하인즈 씨가 비꼬듯 노인에게 말했다.

노인은 난롯가의 자기 자리로 돌아오며 말했다.

"그에게 돈이 없는 건 아니오, 아무튼. 다른 땜장이와는 다르지요."

"다른 땜장이라니요?" 하인즈 씨가 물었다.

"콜건 말이오." 노인은 경멸하듯 말했다.

"콜건이 노동자라서 그렇게 얘기하는 겁니까? 착하고 정직한 벽돌공과 술집 주인과의 차이가 뭐란 말입니까——예? 노동자라 해서 다른 누구처럼 시정(市政)에 참여할 권리가 없다는 겁니까——아니, 그래 손에 직함이나 들고 유권자 앞에서 티를 내고 언제나 뽐내는 자칭 신사 따위보다 더 자격이 있지 않단 말입니까? 그렇지 않아, 매트?" 하인즈 씨가 오코너 씨에게 이야기를 걸며 말했다.

"자네 말이 옳은 것 같아." 오코너 씨가 말했다.

"저쪽 사람은 절대로 게으르지 않은, 평범하고 정직한 사람이야. 그는 노동자를 대변하기 위하여 입후보했어. 그런데 자네가 돕고 있는 바로 이 친구는 이러저러한 일자리가 탐이 나서 입후보한 거야."

"물론 노동자를 대표하는 사람을 내보내야지요." 노인이 말했다.

"노동자란 보수는 쥐꼬리만큼도 받지 못하고 경만 친단 말이야. 그러나 노동이 모든 걸 생산하지. 노동자는 자기 자식이나 조카와 사촌들을 위해 수입이 좋은 일자리를 찾고 있지도 않아. 노동자는 일개 독일 황제[2]를 즐겁게 하기 위해 더블린의 명예를 진창에 끌어들이려고도 하지 않아." 하인즈 씨가 말했다.

"그건 어째서요?" 노인이 물었다.

"에드워드 국왕[3]이 내년에 이곳에 오면 환영 연설을 한다고 야단인 걸 모르세요? 외국 왕에게 머리를 조아릴 필요가 어디 있단 말입니까?"

"우리 후보는 그런 연설을 위해 찬성 투표를 하지는 않을 거야. 그는 국민당 공천으로 출마하고 있어." 오코너 씨가 말했다.

"안 할 거라고?" 하인즈 씨가 물었다. "어디 두고 보세, 하나 안 하나. 난 그 친구를 잘 알아. 사기꾼 디키 티어니가 아닌가?"

"맙소사! 아마 자네 말이 옳을 거야, 조." 오코너 씨가 말했다.

"어쨌거나 그가 돈이나 가지고 나타났으면 좋겠네."

---

2) 당시의 영국 왕 에드워드 7세는 독일계인 하노버(Hanover) 가(家)의 후손이었음.
3) 영국 왕 에드워드 7세, 빅토리아 여왕의 아들.

세 사람은 침묵 속에 빠졌다. 노인은 석탄재를 더 많이 긁어모으기 시작했다. 하인즈 씨가 모자를 벗어 턴 다음 외투의 깃을 접어 내렸다. 그가 그렇게 하자 외투 깃의 담쟁이 잎이 드러났다.

"만일 이분이 살아 계시다면," 그는 담쟁이 잎을 가리키면서 말했다. "환영 연설 따윈 입 밖에도 내거 못할 거야."

"그건 사실이야." 오코너 씨가 말했다.

"정말 그때가 좋았지요!" 노인이 말했다.

"그땐 잎사귀도 살아 있었어요."

다시 방안에 침묵이 흘렀다. 그때 코를 킁킁거리며 귀가 몹시 시린 듯 보이는, 키가 작은 한 사나이가 부산을 떨며 문을 열고 들어왔다. 그는 난로 있는 데로 재빨리 걸어오며 마치 불꽃이라도 일게 만들려는 듯 두 손을 비벼댔다.

"돈이 없어, 이 사람들아." 그는 말했다.

"자 여기 앉으시오, 헨치 씨." 노인이 의자를 내주며 말했다.

"아, 일어설 것 없어요, 재크. 그냥 있어요." 헨치 씨가 말했다.

그는 하인즈 씨에게 무뚝뚝하게 고개를 끄덕여 보이며 노인이 비워준 의자에 앉았다.

"안지어 가에 다녀왔소?" 그는 오코너 씨에게 물었다.

"네." 오코너 씨는 주머니를 뒤지며 메모를 찾기 시작하면서 말했다.

"그라임 씨도 방문했소?"

"했어요."

"잘 됐어요? 그 사람 어느 편입디까?"

"약속을 하진 않았어요. '어느 쪽에 투표할지 말 못하겠소'라고 했어요. 그러나 그 사람은 잘 될 것 같아요."

"왜요?"

"내게 추천인이 누구냐고 묻더군요. 버크 신부를 대었지요. 내 생각엔 잘 될 것 같아요.”

헨치 씨는 코를 킁킁거리며 두 손을 맹렬한 속도로 난로 위로 가져가 비비기 시작했다. 그리고 곧 말했다.

“제발 재크, 석탄 좀 가져오시오. 아직 얼마간 남아 있을 텐데.”

노인은 방에서 나갔다.

“통하지가 않아요.” 헨치 씨는 고개를 흔들며 말했다. “그 못난 녀석한테 돈 좀 달라고 했지요. 그러나 녀석은 말하기를 ‘헨치 씨, 일이 적당히 잘 돼 가는 게 보이면 당신을 잊지 않겠소, 염려 마시오’라는 거요. 야비한 땜장이 같으니라구! 정말이지, 그 밖에 뭐란 말이오?”

“내가 뭐라고 했지, 매트?” 하인즈 씨가 말했다. “사기꾼 디키 티어니라 했잖아.”

“생각대로 그 녀석은 사기꾼이오.” 헨치 씨가 말했다. “돼지새끼 같은 눈을 하고 있는 것도 다 이유가 있어요. 빌어먹을 녀석! 사내답게 돈을 내놓지 않고 ‘그런데 헨치 씨, 패닝 씨한테 이야기를 좀 해봐야겠어요…… 돈을 너무 많이 써버렸어요’ 하지 뭐요. 망할 놈의 비겁한 자식 같으니라구! 녀석의 작고 늙은 애비가 메리 골목길에서 누더기 고물상을 하던 시절을 잊었나봐요.”

“그런데 그게 사실입니까?” 오코너 씨가 물었다.

“사실이지 않고.” 헨치 씨가 말했다. “그 얘길 못 들었소? 사람들은 일요일 아침에 다른 상점들이 문을 열기도 전에 그곳 가게로 가서 조끼나 바지를 사곤 했었지요——맙소사! 그러나 사기꾼 디키의 작고 늙은 애비는 가게 한쪽 구석에 조그맣고 까만 요술병 하나를 언제나 놓아두고 있었지요. 이제 알 만하오? 바로 그거요. 그 자식이 태어난 곳은 바로 거기란 말이오.”

노인은 몇 개의 석탄 덩어리를 가지고 돌아와 그것을 여기저기 불 위에다 놓았다.

“그것 참 곤란한 얘기예요.” 오코너 씨가 말했다. “돈도 지불하지 않으면서 우리더러 자기를 위해 일을 해달라니요?"

"나도 어쩔 수 없소." 헨치 씨가 말했다.

"집에 가면 집달리가 현관에서 기다리고 있을 텐데."

하인즈 씨는 소리내어 웃고는 어깨를 흔들며 벽난로에서 몸을 일으켜 세우고 떠날 준비를 했다.

"에드워드 왕이 오면 만사가 잘 되겠지요." 그는 말했다.

"자, 여러분, 저는 이만 물러갑니다. 또 만납시다. 안녕, 안녕."

그는 천천히 방에서 나갔다. 헨치 씨도 노인도 아무 말도 하지 않았으나, 문이 막 닫히려고 하자 지금까지 난롯불만 침울하게 들여다보고 있던 오코너 씨가 갑자기 고함을 질렀다.

"잘 가게, 조."

헨치 씨는 잠시 기다렸다가 문 쪽으로 고개를 끄덕였다.

그는 난로 너머로 말했다. "말해봐요, 저 친구 왜 여길 왔소? 뭘 바라는 거요?"

"정말, 불쌍한 조!" 오코너 씨는 담배 꽁초를 불 속으로 던지며 말했다.

"그도 우리처럼 돈이 떨어진 거예요."

헨치 씨가 너무나 심하게 콧물을 훌쩍이고 침을 뱉었기 때문에 난롯불이 쉿 소리를 내며 거의 꺼질 뻔했다.

"내 개인적인 의견을 솔직하게 말하면," 그는 말했다. "저 친군 저쪽 선거사무소에서 온 것 같소. 말하자면 콜건의 첩자란 말이오. 잠깐 가서 그들이 어떻게 하고 있나 보고 오시오. 그들이 의심하지는 않을 거요, 알겠소?"

"아, 가련한 조는 점잖은 녀석입니다." 오코너 씨가 말했다.

"그의 부친은 점잖고 존경할 만한 사람이었소." 헨치 씨도 시인했다. "가엾은 래리 하인즈 영감! 생전에 정말 좋은 일을 많이 했지요! 그러나 저 친구는 자기 부친에 비하면 그 절반도 못 되오. 젠장, 사람이 궁한 건 이해할 수 있지만 남을 등쳐먹는 놈은 이해할 수가 없단 말이오. 그 녀석 왜 사내다운 용기가 없는지 모르겠소?"

"그 친구가 여기 왔을 때 어쩐지 반가운 마음이 안 나더군요." 노인이 말했다. "자기 편을 위해 일할 것이지 첩자질하러 여길 오다니."

"난 모르겠어요." 오코너 씨는 의심스러운 듯 말하며 담배 종이와 담배를 꺼냈다. "내 생각에는 조 하인즈는 정직한 사람 같아요. 그 친군 글재주도 있는 똑똑한 친구죠. 그가 쓴 걸 기억하세요……?"

"말하자면 저 힐사이드 당원이니 페니언 당원[4]이니 하는 사람들 중 몇몇은 약간 지나칠 정도로 약아요." 헨치 씨가 말했다. "그 따위 녀석들에 대한 내 개인적이고 솔직한 의견이 무언지 아시오? 그들의 절반은 성(城)[5]에 고용되어 있다고 난 믿고 있소."

"알 수 없는 일이지요." 노인이 말했다.

"오, 하지만 난 사실인 줄 알고 있소." 헨치 씨가 말했다. "그들은 성의 삯꾼들이지요…… 하인즈가 그렇다는 건 아니지만…… 아니야. 젠장, 내 생각엔 그 녀석이 한 수 위인 것 같아…… 하지만 사시안(斜視眼)을 한 어떤 못난 귀족 녀석이 한 놈 있어요──내가 언급하고 있는 그 애국자가 누군지 알겠소?"

오코너 씨는 고개를 끄덕였다.

"말하자면 써 소령(小領)[6]의 직계 후손 같은 자요! 오, 애국자의 지보(至寶) 같은 자요! 그 녀석은 자기 조국을 동전 네 닢에 팔아먹을 놈이지──정말──그리고 전능하신 그리스도 앞에 꿇어앉아 팔아먹을 나라가 있는 걸 감사할 자란 말이오."

문 두드리는 소리가 들렸다.

---

4) 아일랜드 독립을 위하여 미국에서 조직된 페니언 형제 당원(Fenian Brothers). 힐사이드 당원(hillsiders)은 그들의 별명.
5) 아일랜드의 정청(政廳)으로, 독립 이전엔 영국 총독의 관저였음.
6) 헨리 찰즈 써 소령(1764~1841). 아일랜드의 혁명가를 체포하는 데 방조한 군인.

“들어오시오!” 헨치 씨가 말했다.

가난한 성직자 아니면 가난한 배우 같은 자가 문간에 나타났다. 작달막한 몸집에 까만 옷을 입고 단추를 단단히 채우고 있었다. 그가 성직자의 칼라를 달고 있는지 아니면 평신도의 그것을 달고 있는지는 알 수 없었다. 왜냐하면 촛불을 반사하고 있는, 덧씌우지 않은 단추가 달린 그의 초라한 프록코트 깃이 목 있는 데를 가리고 있었기 때문이다. 그는 독특하고 까만 펠트 천으로 만든 둥근 모자를 쓰고 있었다. 빗방울로 반짝이는 그의 얼굴은 두 개의 장미빛 반점이 있는 광대뼈가 있는 부분 이외에는 축축하고 노란 치즈 같은 색을 띠고 있었다. 그는 갑자기 매우 길쭉한 입을 벌려 실망을 나타냈고, 몹시 반짝이는 푸른 눈을 크게 떠서 기쁨과 놀라움을 동시에 나타냈다.

“오, 키온 신부님이 아니십니까?” 헨치 씨가 의자에서 벌떡 일어서면서 말했다. “들어오시죠!”

“아, 아니, 아닙니다.” 키온 신부는 마치 어린애에게 말을 걸듯 입술을 오므리며 말했다.

“들어와 앉으시지 않겠어요?”

“아니, 아닙니다!” 키온 신부는 정중하고 관대하며 부드러운 목소리로 말했다. “방해가 될까봐서요! 패닝 씨를 잠시 찾고 있습니다만……”

“‘블랙 이글’[7]에 가 계신데요.” 헨치 씨가 말했다. “하지만 잠깐 들어와 앉지 그러세요?”

“아니, 아니, 고맙습니다. 그저 잠깐 볼일이 있어서요.” 키온 신부가 말했다. “감사합니다, 정말.”

그는 문간에서 돌아섰다. 그러자 헨치 씨가 초 하나를 들고 신부가 아래층으로 내려가는 길을 비춰주려고 문간까지 따라 나갔다.

“아, 염려 마세요, 정말.”

---

7) 리차드 J. 티어니 소유의 주점 이름.

"아닙니다. 계단이 너무 어두워서요."

"아니, 아니, 볼 수 있어요…… 감사합니다, 정말."

"이제 됐습니까?"

"됐어요. 감사합니다…… 감사해요."

헨치 씨는 촛대를 들고 돌아와 그것을 탁자에다 놓았다. 그는 다시 난롯가에 앉았다. 잠시 동안 침묵이 흘렀다.

"이봐요, 존." 오코너 씨가 또 다른 마분지 카드로 담배에 불을 붙이며 말했다.

"음?"

"저 사람 정확하게 뭘 하는 사람이지요?"

"수수께끼요." 헨치 씨가 말했다.

"패닝과 아주 친한 것 같더군요. 가끔 카바레나 주점에 함께 있던데요. 그는 정말 신부요?"

"음, 그래요, 난 그렇게 믿소…… 소위 말하는 검은 양[8]이라는 자요. 다행히도 그런 자가 많지는 않아요. 하지만 몇 명은 있지…… 일종의 불행한 사람이오……"

"그럼 어떻게 생활을 하고 있어요?" 오코너 씨가 물었다.

"그것도 또 수수께끼요."

"저 사람 어느 성당이나 예배당이나 수도원, 아니면 다른 어떤 기관에 소속되어 있소?"

"아니오." 헨치 씨가 대답했다. "제멋대로 저러고 돌아다니나봐요…… 안 된 얘기지만." 그는 덧붙여 말했다.

"올 때 흑맥주를 가져올 줄 알았는데."

"술 얘기가 나왔으니 말인데, 한잔할 기회가 없을까요?"

---

8) black sheep, 가족이나 단체의 명예를 손상시키는 말썽꾼.

오코너 씨가 물었다.

"나도 목이 마른데요." 노인이 말했다.

"내가 그 엉터리 녀석한테 세 번이나 부탁을 했지요." 헨치 씨가 말했다. "흑맥주 한 다스만 올려 보내라고 말이오. 방금 또 부탁을 했지만, 녀석은 셔츠 바람으로 계산대에 기대 서서 시 참사회원인 카울리와 떠들어대고 있었소."

"왜 다시 좀 이야기해보지 않았어요?" 오코너 씨가 말했다.

"글쎄, 녀석이 시 참사회원인 카울리에게 이야기하고 있는 동안 난 가까이 가고 싶지 않았소. 시선이 마주칠 때까지 기다리고 있다가 마침내 말했지요. '내가 부탁한 그 일 좀……' 그랬더니 '걱정 말아요, 헨치 씨' 하더라니까요. 그래, 분명히 그 바보녀석은 다 잊어버리고 만 거요!"

"그쪽 사무실 녀석들은 무슨 꿍꿍이짓을 하고 있었어요." 오코너 씨가 생각에 잠긴 듯 말했다. "어제 서포크 가에서 그들 셋이 뭔가 열심히 꾸미고 있는 걸 보았어요."

"그자들이 꾸미고 있는 짓을 알 만해요." 헨치 씨가 말했다. "요새는 시장나리가 되려면 시의원들한테 돈을 집어 줘야 해요. 그래야만 시장으로 뽑아주거든요. 정말이지 나도 시의원이 되고 싶은 생각을 요즘 심각하게 하고 있지요. 어떻게 생각하시오? 내가 그 일을 해낼 수 있을 것 같소?"

오코너 씨는 큰소리로 웃었다.

"돈을 뿌리는 일뿐이라면……"

"시장 관저에서 차를 몰고 나오는 거요." 헨치 씨가 말했다. "모피로 몸을 온통 감싸고 여기 재크가 분(粉)을 바른 가발을 쓰고 내 뒤에 서 있고 어때요?"

"그리고 나를 당신 개인 비서로 삼고 말이오, 존."

"그래요. 그리고 키오 신부를 내 개인 신부로 삼고 말이오. 그때 우리 가족 파티나 한번 합시다."

"정말로, 헨치 씨." 노인이 말했다. "당신은 그들보다 훨씬 호화로운 생활을 하실 겁니다. 어느 날 내가 시장 댁 문지기 키건 영감한테 말했지요. '그래 새 주인이 마음에 드시오, 패트? 보아하니 요새는 별반 연회가 많지 않은 것 같더군요' 하고 내가 말했더니 영감은 '연회! 시장나리라는 자가 기름 행주 냄새나 맡고 살려고 하는걸요' 하더군요. 그리고 그가 내게 뭐라 했는지 아시오? 글쎄, 믿을 수 없는 말을 했다오."

"뭐라 했는데요?" 헨치 씨와 오코너 씨가 동시에 물었다.

"그가 내게 말했어요. '더블린 시장나리께서 만찬을 위해 고기 한 근만 사오라고 한다면 당신은 어떻게 생각하겠소? 높으신 분의 생활이 어찌 그럴 수가 있소?' 이 말에 내가 '아니, 아니!' 하고 놀랐더니 그가 말했소. '고기 한 근을 시장 댁에 사들였지 뭐요.' '정말! 이번에는 어떤 사람이 시장이 될까?' 하고 내가 말했지요."

이때 문에서 노크 소리가 나더니 소년 하나가 머리를 디밀었다.

"뭐지?" 노인이 물었다.

"'블랙 이글'에서 왔는데요." 소년이 비스듬히 안으로 들어와 병 소리가 나는 바구니를 마루 위에 놓았다.

노인은 소년을 도와 바구니에서 병을 탁자로 옮겨 놓고 하나하나 세어보았다. 다 옮긴 다음 소년은 바구니를 팔에 걸치고 물었다.

"빈 병 있으세요?"

"무슨 빈 병?" 노인이 물었다.

"우선 마셔야 빈 병이 나지." 헨치 씨가 말했다.

"빈 병이 있느냐고 물어보라고 하시던데요."

"내일 다시 오너라." 노인이 말했다.

"이봐, 애야! 오패럴 씨 댁에 달려가서 병따개 좀 빌어다 주겠니? 헨치 씨가 달란다고 말이야. 곧 돌려드린다고 해. 바구니는 거기 두고." 헨치 씨가 말했다.

소년이 밖으로 나가자, 헨치 씨는 기분이 매우 좋은 듯 두 손을 비벼대며 말했다.

"아, 글쎄, 그도 결국 그렇게 나쁜 사람은 아니군 그래. 어쨌거나 약속은 지켰어."

"술잔이 없군요." 노인이 말했다.

"아, 적정할 것 없어요, 재크." 헨치 씨가 말했다.

"자고로 병째 마시는 사람이 얼마나 많다고요."

"아무튼 없는 것보다야 낫지요." 오코너 씨가 말했다.

"나쁜 녀석은 아니야." 헨치 씨가 말했다.

"패닝이 그에게 빚을 많이 지고 있을 뿐이야. 그는 통은 작지만 그런대로 마음만은 착한 사람이오. 알겠소?"

소년이 병따개를 갖고 돌아왔다. 노인이 세 병을 따고 그것을 소년에게 돌려주려 하자 헨치 씨가 소년에게 말했다.

"너도 한잔할래, 얘야?"

"주신다면요." 소년이 말했다.

노인은 마지못해 또 한 병을 따서 소년에게 주었다.

"너 몇 살이니?" 그는 물었다.

"열일곱입니다." 소년이 대답했다.

노인이 더 이상 말을 하지 않자 소년은 병을 쥐며 말했다.

"헨치 씨, 정말 감사합니다." 그는 술을 다 마시자 병을 탁자 위에 도로 놓고 소매로 입을 훔쳤다. 그런 다음 병따개를 들고 문 옆으로 걸어가며 뭐라고 인사말을 중얼거렸다.

"술은 저렇게 시작되는 거죠." 노인이 말했다.

"사소한 일이나 중대한 결과를 초래하고 말지요." 헨치 씨가 말했다.

노인이 세 병을 나누어 주자 세 사람은 동시에 나팔을 불었다. 각자 손을 뻗어 마신 병을 벽난로 위에 올려놓으며 만족한 듯 길게 숨을 쉬었다.

"그래, 오늘은 참 일을 많이 했소." 헨치 씨가 잠시 후에 말했다.

"그래요, 존?"

"그렇소. 도슨 가에서 한두 표를 확보했지요. 크로프턴과 내가 말이오. 우리끼리 얘기지만 크로프턴은(물론 점잖은 사람이지만) 선거 운동원으로는 전혀 가치가 없는 사람이오. 누구한테 말 한마디도 못 해요. 내가 이야기를 하는 동안 서서 사람들만 쳐다보고 있소."

이때 두 남자가 방안으로 들어왔다. 그 중 하나는 아주 뚱뚱한 사람으로 푸른 사지옷이 항아리 같은 몸에서 흘러내릴 것만 같았다. 커다란 얼굴은 표정이 어린 황소 같았고, 빤히 노려보는 듯한 파란 눈과 희끗희끗한 콧수염을 갖고 있었다. 또 한 사람은 더 젊고 연약하게 생긴 데다 말끔히 면도한 얼굴을 하고 있었다. 그는 아주 높은 더블 칼라를 달고 있었고 챙이 넓은 중산모를 쓰고 있었다.

"여보게, 크로프턴!" 헨치 씨가 뚱뚱한 사람에게 말했다. "호랑이도 제 말하면 온다더니……"

"술은 어디서 났소? 암소가 새끼라도 낳은 거요?" 젊은 사람이 물었다.

"아, 물론이지. 라이언즈는 술부터 먼저 알아보는군!" 오코너 씨가 껄껄 웃으면서 말했다.

"당신들 선거 운동하는 것이 왜 그 모양이오. 크로프턴과 나는 찬 비를 맞으며 표를 모으고 있는 판인데? "라이언즈 씨가 말했다.

"뭐라고, 젠장, 난 5분 동안에 자네 둘이서 일주일 동안 하는 것보다 더 많은 표를 모을 수 있단 말이야." 헨치 씨가 말했다.

"흑맥주 두 병 따요, 재크." 오코너 씨가 말했다.

"어떻게 따지요?" 노인이 말했다. "따개가 없으니?"

"기다려요, 기다려!" 헨치 씨가 재빨리 일어서면서 말했다.

"이런 재주를 구경해본 적 있어요?"

그는 탁자에서 두 병을 집어 들고 난롯가로 가서 벽난로의 양쪽 시렁 위에 놓았다. 그런 다음 그는 난로 곁에 앉아 다시 한 모금 마셨다. 라이언즈 씨는 탁자 가장자리에 걸터앉아 모자를 목덜미 쪽으로 젖혀 쓴 다음 다리를 흔들기 시작했다.

"어느 것이 내 병이지요?" 그가 물었다.

"이거요, 친구." 헨치 씨가 말했다.

크로프턴 씨는 상자에 걸터앉아 시렁 위의 다른 쪽 병을 빤히 쳐다보았다. 그는 두 가지 이유 때문에 입을 다물고 있었다. 그 첫번째 이유는──그것만으로도 충분한 이유가 되었지만──말할 건더기가 없는 것이었고, 그 두번째 이유는 동료들을 자기보다 못났다고 생각했기 때문이었다. 그는 원래 보수당원이었던 윌킨즈의 선거 운동원이었으나 보수당이 그들의 후보를 포기하고 두 가지 나쁜 것 중에서 그래도 좀 나은 것을 택하여 국민당 후보를 지지하자 그는 티어니 씨의 운동원 구실을 하게 되었던 것이었다.

몇 분이 지나자 다 됐다는 듯 '폭!' 하는 소리가 들리더니 라이언즈 씨의 병에서 코르크 마개가 튀어나왔다. 라이언즈 씨는 탁자에서 껑충 뛰어내려 난롯가로 가서 병을 꺼내가지고 다시 돌아왔다.

"방금 그 이야기를 하고 있던 중이야, 크로프턴." 헨치 씨가 말했다. "우린 오늘 확실히 몇 표를 얻었다는 걸 말이야."

"누구 표를 얻었지요?" 라이언즈가 물었다.

"글쎄, 파크스의 한 표, 그리고 애트킨슨의 두 표, 거기다 도슨 가의 동장을 끌어들였지요. 역시 훌륭한 분이오──멋진 영감이며 오랜 보수당원이지요! '그래, 댁의 후보는 국민당원이 아니던가요?' 그가 물었소. '존경할 만한 사람입니다! 이 나라에 이익이 되는 일이라면 뭐든지 호의를 갖지요. 대단한 지방세 납부자랍니다. 시내에 광대한 가옥 재산(家屋財産)도 가지고 있고 사업체도 세 개나 갖고 있으니, 세금을 깎아내리는 것이 본인의 이익을 위한 것이 아니겠어요? 그는 탁월하고 존경받는 시민입니다. 그리고 빈민법 운영위원일 뿐만 아니라 좋은 당이든 나쁜 당이든 어디에도 속하지 않은 사람입니다.' 말만은 이런 식으로 하는 거요."

"그리고 왕에 대한 환영 연설은 어떻게 생각하세요?" 라이언즈 씨는 술을 마신 다음 입맛을 다시면서 물었다.

"내 말을 잘 들어봐요." 헨치 씨가 말했다. "이 나라에서 필요로 하는 것은 내가 동장에게 말했듯이 자본이오. 왕이 이곳에 오는 것은 이 나라에 돈이 들어오는 것을 의미하오. 더블린 시민은 그로 인하여 이익을 보게 되지요. 저 부둣가에 있는 모든 공장들이 휴업중인 걸 보시오! 우리가 옛날의 산업 시설들, 제분소나 조선소, 그리고 각종 공장들을 움직이기만 한다면 나라 안에 생길 돈을 한번 생각해 보시오. 우리에게 지금 필요한 것은 자본이오."

"그러나 이것 보세요, 존." 오코너 씨가 말했다. "우리가 왜 영국왕을 환영해야만 하지요? 파넬 자신도……."

"파넬은," 헨치 씨가 말했다. "죽었소. 자, 난 이렇게 본단 말이오. 여기에 온다는 그 친구는 그의 노모[9] 때문에 머리가 백발이 되도록 왕위에 오르지 못하고 있다가 이제야 겨우 즉위한 사람이오. 그는 세상을 잘 알며 우리에게 호의를 갖고 있소. 글쎄 내 생각으로는 그는 꽤 명랑하고 점잖은 사람이며, 악의라곤 전혀 없어요. 그는 혼자 이렇게 말하고 있을 거요. '선왕께서는 거친 아일랜드 인을 결코 보러 간 적이 없다. 정말이지, 내가 친히 가서 그들이 어떻게 생겼는지 좀 봐야겠다'라고 말이오. 그래 친선 방문차 이곳에 오는 사람을 모욕할 참이오, 예? 그렇지 않아, 크로프턴?"

크로프턴 씨는 고개를 끄덕였다.

"그러나 요컨대," 라이언즈 씨가 따지듯 말했다. "에드워드왕의 생활은 글쎄, 그다지……."

"지나간 일은 지나간 일로 내버려두구료." 헨치 씨가 말했다. "나는 개인

---

9) 빅토리아 여왕을 가리킴.

적으로 그 사람을 존경하오. 당신들이나 나와 마찬가지로 그도 놀기 좋아하는 범인(凡人)에 불과하오. 술도 좋아하고 아마 약간 난봉꾼에 훌륭한 스포츠맨이오. 젠장, 우리 아일랜드 사람은 페어 플레이도 할 수 없단 말인가?”

“그건 모두 다 타당한 말씀입니다. 그러나 이제 파넬의 경우를 좀 생각해 보세요.” 라이언즈 씨가 말했다.

“도대체 두 사람 사이에 무슨 유사점이 있다는 거요.” 헨치 씨가 말했다.

“내가 뜻하는 바는 우리에게도 이상이 있다는 겁니다.” 라이언즈 씨가 말했다. “자, 왜 우리가 그 따위 사람을 환영해야 합니까? 파넬이 이루어놓은 업적으로 보아 그가 우리를 영도할 적임자였다고 생각지 않으세요? 그렇다면 왜 에드워드 7세를 위하여 그 따위 짓을 해야 합니까?”

“오늘은 파넬의 기념일이오.” 오코너 씨가 말했다. “그러니 나쁜 감정은 서로 갖지 맙시다. 파넬 그분이 세상을 하직하고 안 계시기 때문에 우린 모두 그분을 존경하고 있소 —— 보수당원까지도.” 그는 크로프턴 씨를 돌아보며 덧붙여 말했다.

폭! 늑장을 부리던 크로프턴 씨의 병마개가 날아갔다. 크로프턴 씨는 앉아 있던 상자에서 일어나 난롯가로 갔다. 술병을 손에 들고 돌아오며 그는 굵은 목소리로 말했다.

“우리 당도 그를 존경해요, 신사였으니까.”

“자네 말이 맞아, 크로프턴!” 헨치 씨는 격하게 말했다. “그 고양이 광주리[10]의 질서를 유지시킬 수 있는 유일한 사람이었으니까. ‘앉아. 이 개들아! 드러누워라. 이 고양이 새끼들아!’ 하고 말이야. 이런 식으로 다루었으니까. 들어와요, 조! 들어와요!” 그는 문간에 있는 하인즈를 보자 불렀다.

하인즈 씨는 천천히 들어왔다.

“흑맥주 한 병 더 따시구료, 재크.” 헨치 씨가 말했다. “오, 병따개가 없

---

10) ‘시끄러운 말썽꾼들’, 여기서는 의원(議員)들을 가리킴.

는 걸 잊었군! 자, 병을 이리 내요, 난로 옆에 놓아둘 테니."

노인이 술병 한 개를 그에게 건네주자, 그는 그것을 벽난로 시렁 위에 놓았다.

"앉아, 조." 오코너 씨가 말했다. "우린 방금 당수[11]에 관해 이야기하고 있던 중이야."

"그래, 그래!" 헨치 씨도 말했다.

하인즈 씨는 라이언즈 씨 가까이에 있는 탁자 옆에 앉았으나, 아무 말도 하지 않았다.

"아무튼 한 사람밖에 없다니간." 헨치 씨가 말했다. "파넬을 배반한 일이 없는 이는 맹세코, 그렇지, 조뿐이야! 자네는 시종일관 그를 지지해왔지!"

"오, 조, 자네가 쓴 걸 이리 내놓아——기억하나? 지금 그걸 갖고 있나?" 오코너 씨가 갑자기 말했다.

"오, 그래!" 헨치 씨도 말했다. "그걸 이리 내놔요. 들어본 적이 있어, 크로프턴? 자, 들어봐. 참 근사한 거야."

"자, 어서." 오코너 씨가 재촉했다. "시작해, 조."

하인즈 씨는 그들이 이야기하는 것이 무엇인지 금방 기억이 나지 않는 듯 했으나 잠시 생각한 다음 이내 말했다.

"오, 그것 말이군…… 그래, 그건 오래 된 거야."

"자, 그걸 해봐, 이 사람아!" 오코너 씨가 말했다.

"쉬, 쉬." 헨치 씨가 말했다.

"자, 조!"

하인즈 씨는 조금 더 망설이다가 이내 모두들 잠자코 있는 동안에 모자를 벗어 탁자 위에 놓으며 일어섰다. 그는 마음속으로 그것을 외어보는 듯하더니 좀더 있다가 소리내어 읊기 시작했다.

---

11) 파넬을 가리킴.

파넬의 죽음

— 1891년 10월 6일 —

그는 목청을 한두 번 가다듬더니 암송하기 시작했다.

임은 가셨네. 우리의 무관(無冠)의 왕은 가셨네.
오, 아일랜드여, 설움과 슬픔으로 애통하나니
임은 가시고 말았네
현대의 위선자들 무리에 꺾여.

임은 비열한 도당들에 의해 살해되시니
임은 오욕(汚辱)에서 영광으로 오르셨네.
아일랜드의 희망이요 에린의 꿈은
우리 임의 화장(火葬) 장작더미 위에서 사라지네.

궁전과 초가집, 또한 오두막에
아일랜드의 정기가 살아 있는 곳
슬픔으로 그 정기 꺾였네,
조국의 운명을 지실 임이 가셨기에.

임은 조국 아일랜드의 명성을 떨치시고,
영광의 초록색 깃발을 휘날리시며,
세계의 만백성 앞에
조국의 정치가, 시인 그리고 용사들을 빛내셨느니라.

임은 자유의 꿈을 꾸셨으나

(아, 슬프도다, 꿈에 지나지 않음이!)
그 꿈의 우상을 얻으려 애쓰실 때에
배신을 당하시어 그 꿈을 못 이루셨네.

임을 살해한 비열한 손들이여,
임의 친구가 아닌 오합지졸에게
키스로써 님을 팔아 넘긴
비겁자들이여 부끄럽지도 않느냐.

임의 자존심으로 저들을 물리치신
임의 거룩하신 이름을 애써 더럽히려 한
그자들의 기억을
영원히 치욕으로 썩게 하리라.

임은 용맹한 자들이 쓰러지듯 가셨으니,
최후까지 용감무쌍하셨도다.
죽음이여, 이제 그분을 영합하게 하소서
과거의 아일랜드의 영웅들과 함께.

어떠한 투쟁의 소리도 임의 잠을 방해하지 말라!
임 고요히 잠드시니,
임의 영광의 정상에 오르려는
그 어떤 고통도, 그 어떤 야망도 그를 자극하지 말라.

저들은 바라는 바대로 임을 꺾었네.
하지만 아일랜드여, 들어라, 임의 영혼은

새날의 먼동이 틀 때,
불사조처럼 불꽃에서 일어나리라.

자유의 통치를 가져다 주는 그날.
그날을 맞는 아일랜드여,
기쁨에 축배하는 술잔 속에
한 가지 슬픔——파넬의 기억을 맹세할지어다.

하인즈 씨는 다시 탁자 위에 앉았다. 그가 시 낭송을 끝마치자 잠잠하던 침묵을 깨고 박수가 터져 나왔다. 라이언즈 씨까지도 박수를 쳤다. 박수갈채는 얼마 동안 계속되었다. 그것이 끝나자 청중들은 모두 술병을 들어 말없이 술을 들이켰다.

폭! 코르크 마개가 하인즈 씨의 술병에서 날아갔다. 그러나 하인즈 씨는 상기된 얼굴로 모자를 벗은 채 탁자 위에 그대로 앉아 있었다. 그는 술을 권하는 소리도 듣지 못한 듯 보였다.

"훌륭하네, 조!" 오코너 씨는 자신의 흥분된 감정을 감추려고 담배 종이와 쌈지를 꺼내면서 말했다.

"어떻게 생각해, 크로프턴?" 헨치 씨가 소리를 질렀다. "근사하지 않아? 어때?"

크로프턴 씨는 정말 훌륭한 시편이라고 말했다.

어 머 니

아일랜드 독립협회의 서기관인 홀로헌 씨는 자질구레한 서류 조각들을 손에 잔뜩 들고, 또 주머니마다 가득 쑤셔 넣어 가지고 거의 한 달 동안 음악회를 준비하느라고 더블린 거리를 동분서주하고 있었다. 그는 다리를 절었는데, 이 때문에 친구들은 그를 절름발이 홀로헌이라고 불렀다. 그는 끊임없이 왔다갔다했고, 거리 모퉁이에 서서 시간마다 요점을 토론했으며 메모를 했다. 그러나 결국 모든 것을 준비한 사람은 바로 키어니 부인이었다.

데블린 양은 홧김에 결혼해서 키어니 부인이 되었다. 그녀는 상류 수도원에서 교육을 받았고, 그곳에서 불어와 음악을 배웠다. 그녀는 태어날 때부터 얼굴이 창백하고 태도에 있어서 남에게 굽힐 줄 모르는 성미였기 때문에 학교 친구가 별로 없었다. 결혼할 나이가 되자 그녀는 여러 집을 출입하곤 했는데, 거기서 그녀의 피아노 연주와 세련된 태도로 인하여 사람들로부터 칭찬을 받았다. 그녀는 스스로 쌓아 올린 소양의 싸늘한 울안에 자리잡고 있으면서 어떤 구혼자가 이에 도전하여 자신에게 찬란한 생활을 안겨주길 기다리고 있었다. 그러나 그녀가 만난 청년들은 평범해서 그녀는 그들에게 아무런 반응도 보이지 않은 채, 몰래 젤라틴 캔디나 마음껏 먹으면서 자신의 낭만적인 욕망을 달래려고 노력하곤 했다. 그러나 혼기의 한계점에 도달하게 되고 친구들이 그녀에 관해 수군거리기 시작하자, 그녀는 키어니 씨와 결혼을 함으로써 그들의 입을 막아버렸다. 당시 키어니는 오먼드 부둣가의 구두 수선공이었다.

그는 아내보다 나이가 훨씬 많았다. 그의 이야기는 심각하기만 했고 그나마도 그의 텁수룩한 갈색 턱수염 속에서도 드문드문 나왔다. 결혼 생활의 첫해가 지난 뒤, 키어니 부인은 이러한 남자가 낭만적인 사내보다 함께 살아가기에 한층 낫다는 것을 알아차리긴 했지만, 자기 본래의 낭만적인 꿈은 결코 버리지 못했다. 남편은 술도 안 마시고 검소했으며 신앙심도 강했다. 그는 매달 첫째 주 금요일이면 성당에 갔는데, 때로는 아내와 함께 갈 때도 있었으나 혼자서 갈 때가 더 많았다. 그러나 그녀는 결코 신앙심이 약해지지 않았고 그에겐 훌륭한 아내였다. 낯선 집의 어떤 파티에서 아내가 눈썹을 조금만 쳐들어도 그는 곧 자리에서 일어나 그곳을 떠났다. 그리고 그녀는 남편이 감기로 고생을 할 때에는 솜털 이불로 발을 덮어주고 그를 위해 독한 럼 펀치 술을 만들어주었다. 그도 또한 모범적인 아버지였다. 매주 어떤 조합에다 약간의 돈을 부어 두 딸이 스물네 살이 되었을 때 각자 1백 파운드의 결혼 지참금을 갖도록 해주기도 했다. 그는 큰딸 캐슬린을 좋은 수도원에 보내 그곳에서 불어와 음악을 배우게 했고, 그 다음 학비를 주어 왕립음악학교에 다니게 했다. 해마다 7월이 되면 키어니 부인은 어떤 친구에게 이렇게 말하곤 했다.

"글쎄, 남편이 우리더러 몇 주 동안 스케리즈[1]로 피서를 다녀오라지 뭐예요."

스케리즈가 아니면 호우드[2]나 그레이스톤즈[3]였다.

아일랜드의 문예부흥[4]이 평가를 받기 시작했을 때, 키어니 부인은 딸의

---

1) 더블린 북쪽 18마일 지점에 있는 피서지.
2) 더블린 동북쪽 9마일 지점에 있는 반도형의 관광지, 여름 휴양지.
3) 더블린 남쪽 14마일 지점에 있는 어촌으로 휴양지.

이름[5]을 이용할 결심을 하였다. 그리하여 아일랜드어[6] 선생을 집으로 초대했다. 캐슬린과 동생은 아일랜드 그림엽서를 친구들에게 보냈고, 그러면 친구들도 다른 아일랜드 그림엽서를 보내왔다. 특별한 일요일엔 키어니 씨는 솔선해서 가족과 함께 임시 성당에 나갔는데, 미사 후에 보면 성당 모퉁이에 몇몇 사람들이 떼를 지어 서 있곤 했다. 그들은 모두 키어니 가(家)의 친구들――음악 친구들 또는 국민당 친구들――이었다. 그리고 모두들 얼마간의 잡담이 끝나면 서로 악수를 했고, 서로 손을 맞잡은 채 웃어대며 아일랜드 말로 작별인사를 했다. 곧 캐슬린 키어니 양의 이름이 모든 사람들의 입에 자주 오르내리기 시작했다. 그녀는 음악적 재능이 아주 뛰어나고 대단히 훌륭한 아가씨며 더욱이 국어(國語)운동의 신봉자라고 모두들 이야기했다. 키어니 부인은 이에 매우 만족했다. 그리하여 어느 날 홀로헌 씨가 자기에게 와서 아일랜드 독립협회가 앤티언트 음악당에서 주최하는, 네 번에 걸친 대음악회에서 자기 딸을 피아노 반주자로 삼겠다고 제의했을 때도 별로 놀라지 않았다. 그를 응접실로 데리고 들어가 앉게 하고 술병과 은제 비스킷 통을 내놓았다. 그녀는 이 일에 하나하나 자세히 열성껏 파고들며 충고를 했고 권유도 했다. 그리하여 마침내 계약이 이루어졌는데, 그에 의하면 캐슬린은 대음악회에서 네 번에 걸쳐 반주를 해주고 8기니를 받을 수 있었다.

홀로헌 씨는 광고문이나 프로그램 항목 작성과 같은 섬세한 일에 초보자였기 때문에 키어니 부인의 도움을 받았다. 그녀는 재주가 있었다. 어떤 가수들의 이름을 큰 글자로 쓰고 어떤 가수들의 이름을 작은 글자로 써야 하

---

4) 1890년대에 시작됨.
5) 20세기의 거장 시인 예이츠의 시극(詩劇) 〈캐슬린 백작부인(Countess Cathleen)〉의 Cathleen과 딸의 이름이 같음.
6) 아일랜드의 문예부흥은 언어, 문학, 신화, 민속, 음악, 예술, 스포츠 등 문화 전반에 걸친 부흥 운동이었는데, 이들 중 아일랜드 고유어인 게일어의 부흥이 그 핵심이었음.

는지를 알고 있었다. 그녀는 제1 테너가 미드 씨의 희극 순서 다음에 나오는 걸 좋아하지 않을 것임을 알고 있었다. 그녀는 청중들의 관심을 계속적으로 환기시키기 위하여 옛날부터 불려오는 곡 사이에다 좀 자신이 없는 곡목들을 집어넣었다. 홀로헌 씨는 여러 가지 일에 관하여 그녀의 충고를 듣기 위해 매일같이 그녀를 만나러 왔다. 그녀는 언제나 다정했고 충고를 잘해주었다——정말 가정적이었다. 그녀는 그에게 술병을 내밀며 이렇게 말해주었다.

"자, 드시죠, 홀로헌 씨!"

그리고 그가 술을 들고 있는 동안 그녀는 말했다.

"염려 마세요! 염려할 것 없어요!"

만사는 원만히 진행되었다. 키어니 부인은 캐슬린의 드레스 섶에 대려고 브라운 토머스 포목점에서 예쁜 분홍색 샤르뫼즈 비단도 샀다. 돈이 많이 들었으나 이럴 때의 약간의 비용은 얼마든지 정당화할 수가 있었다. 그녀는 마지막 음악회의 2실링짜리 입장권 12장을 사서, 그렇게 하지 않으면 올 리가 없는 친구들에게 보냈다. 잊고 빠뜨린 일이라곤 없었다. 그리하여 그녀 덕분에 해야 할 일은 모두 끝났다.

음악회는 수요일, 목요일, 금요일 그리고 토요일에 열릴 예정이었다. 키어니 부인은 딸과 함께 수요일 밤에 앤티언트 음악당에 와서 보았을 때 모든 것이 마음에 들지 않았다. 저고리에 반짝이는 푸른 배지를 달고 있는 몇몇 젊은이들이 문간에 빈들빈들 서 있었는데, 아무도 야회복을 입고 있지 않았다. 그녀는 딸과 함께 그 옆을 지나가면서 현관의 문을 통해 얼핏 들여다보고 안내원들이 빈들거리고 서 있는 이유를 알 수 있었다. 그녀는 처음 시간을 잘못 안 게 아닌가 생각했다. 그러나 천만에, 시간은 8시 20분이었다.

무대 뒤 의상실에서 그녀는 협회의 사무장인 피츠패트릭 씨에게 소개되었는데, 그녀는 미소를 지으며 악수를 했다. 그는 희고 멍청하게 생긴, 작은 몸집의 사나이였다. 자세히 살펴보니 그는 부드러운 갈색 중절모를 아무렇게나 머리 한쪽에 얹어 놓고 있었고 말투에는 아무런 억양도 없었다. 한쪽 손에는 프로그램을 쥐고 있었는데, 그녀에게 말을 하는 동안 그것의 한쪽 끝은 씹어 흐물흐물하게 만들었다. 관객이 적은 것에 대한 실망을 가볍게 받아넘기는 눈치였다. 홀로헌 씨는 매표소로부터 매표상황에 관한 보고를 받고 연방 의상실을 드나들었다. 가수들은 초조한 듯 자기네들끼리 이야기를 하며 이따금 거울을 쳐다보면서 악보를 말았다 폈다 했다. 8시 30분이 거의 되자 관람석의 몇몇 사람들이 이젠 시작하라고 웅성거리기 시작했다. 피츠패트릭 씨가 들어와서 멍하니 방안을 둘러보고 싱긋 웃으며 말했다.

"자, 신사 숙녀 여러분, 이제 시작하는 것이 좋을 듯합니다."

키어니 부인은 전혀 억양이 없는 그의 마지막 말투에 경멸하는 듯한 빠른 시선을 보낸 뒤 딸에게 격려하듯 말했다.

"준비됐니, 애야?"

기회를 봐서 그녀는 홀로헌 씨를 옆쪽으로 불러 도대체 어떻게 된 영문인지 말해보라고 요구했다. 홀로헌 씨도 어떻게 된 노릇인지 알지 못했고 위원회가 음악회를 네 번씩이나 준비한 것은 잘못이라고 말했다. 네 번은 너무 많다는 것이었다.

"그리고 가수들은요!" 키어니 부인이 말했다. "물론 모두들 최선을 다할 테지만 정말로 신통치 않은 자들이더군요."

홀로헌 씨도 가수들이 신통치 않은 걸 인정했으나, 위원회는 세 번의 음악회는 되는 대로 하게끔 내버려두고 모든 역량을 토요일 밤을 위하여 아끼기로 결정했다고 말했다. 키어니 부인은 이에 대하여 더 이상 아무말도 하지 않았으나, 시원찮은 곡목들이 차례로 무대에서 진행되는 동안 홀에 있는 얼마 안 되는 청중마저도 그 수가 점점 줄어드는 것을 보자, 이 따위 음악회를 위해 약간의 비용을 부담한 것을 후회하기 시작했다. 모든 일이 되어가는 꼴이 못마땅했고 피츠패트릭 씨의 얼빠진 미소가 그녀를 몹시 격분시켰다. 그러나 그녀는 아무 말도 하지 않았고 결말이 어떻게 나나 기다리고 있었다.

음악회는 10시 조금 전에 끝났고 사람들은 재빨리 집으로 돌아갔다.

목요일 밤의 음악회에는 청중이 제법 많았다. 그러나 키어니 부인은 무료 입장자가 너무 많다는 것을 곧 알아차렸다. 청중들은 음악회가 마치 비공식적인 무대 연습인양 제멋대로였다. 피츠패트릭 씨는 흥이 나 보였으며 키어니 부인이 자기의 행동을 성난 눈초리로 보고 있다는 것을 전혀 의식하지 못했다. 그는 무대 뒤에 서서 이따금 머리를 내밀며 발코니 구석에 있는 두 친구들과 웃음을 나누고 있었다. 연주회가 진행되는 동안 키어니 부인은 금요일의 음악회는 그만두기로 하고 토요일 밤에 초만원을 이루게 하기 위해 위원회가 전력을 다하기로 했다는 사실을 알았다. 이러한 소식을 듣자 그녀는 홀로헌 씨를 찾았다. 그녀는 어떤 젊은 여인에게 주려고 레모네이드 한 잔을 들고 절름발이 걸음으로 재빨리 걸어 나오고 있는 그를 붙들어놓고 그게 사실이냐고 물었다. 과연 사실이었다.

"하지만 물론 그게 계약을 변경시키지는 않겠지요." 그녀는 말했다. "계약에는 네 번의 음악회로 되어 있어요."

홀로헌 씨는 바쁜 척했으며 피츠패트릭 씨에게 말해보라고 했다. 키어니 부인은 걱정이 되기 시작했다. 그녀는 피츠패트릭 씨를 칸막이 밖으로 불러내어 네 번의 공연을 위해 서명을 했으니, 계약서의 항목에 따라 위원회는 네 번의 공연을 갖든 말든 당초에 정한 금액을 딸에게 지급해야 한다고 말했다. 피츠패트릭 씨는 문제점을 재빨리 포착하지 못하고 자기로서는 이 난점을 해결할 수 없다는 듯이 문제를 위원회에 상정해 보겠다고 말했다. 키어니 부인은 화가 나서 단번에 얼굴색이 빨개지며 따지고 싶은 것을 참으려고 무진 애를 썼다.

"도대체 위원회라는 게 누구예요?"

그러나 그녀는 그렇게 대드는 것이 숙녀답지 못하다는 걸 알고 입을 다물었다.

어린 소녀들은 금요일 아침 일찍 여러 다발의 광고 뭉치를 들고 더블린의 주요 거리로 나갔다. 과장된 선전 기사를 모든 석간 신문에 실어 다음날 저녁으로 예정된 음악 향연을 음악 애호가들에게 상기시키는 것이었다. 키어니 부인은 조금 안심이 되었으나 그래도 남편에게 그녀가 미심쩍게 생각하는 부분을 일러주는 것이 좋겠다고 생각했다. 남편은 조심스럽게 귀를 기울이더니 자기와 토요일 밤에 같이 가는 게 좋겠다고 말했다. 그녀도 동의했다. 그녀는 남편을 큼직하고 안정감을 주는 요지부동의 존재로서 중앙우체국을 존경하듯 존경했다. 그리고 그녀는 남편에게 별로 재주가 없다는 것을 알고 있었으나, 남성으로서의 그 추상적인 가치를 인정하고 있었다. 남편이 자기와 함께 가겠다고 제의한 것이 반가웠다. 이리하여 그녀는 자신의 계획이 일단 끝난 것으로 생각했다.

대음악회의 밤이 왔다. 키어니 부인은 남편과 딸과 함께 음악회가 시작되기 45분 전에 앤티언트 음악당에 도착했다. 재수 없게도 비가 내리는 저녁이었다. 키어니 부인은 딸의 옷과 악보를 남편에게 맡기고 홀로헌 씨나 피츠패트릭 씨를 찾기 위해 온 장내를 돌아다녔다. 둘 다 찾을 수가 없었다. 그녀는 안내원에게 위원회의 사람이면 누구라도 좋으니 홀 안에 있는 자가 있느냐고 물었다. 안내원은 한참 애쓴 끝에 베언 양이란, 키가 작은 여인을 데리고 나왔다. 키어니 부인은 그녀에게 누구든지 사무원 한 사람을 좀 만났으면 좋겠다고 했다. 베언 양은 곧 그들이 나올 것이라고 말하고 뭣 때문에 그러느냐고 물었다. 키어니 부인은 신뢰감과 열의를 표현하고자 찌푸려진 상대방의 늙은 얼굴을 살펴보며 대답했다.

"아니예요, 감사합니다!"

몸집이 작은 그 여인도 장내가 만원이 되었으면 좋겠다고 말했다. 그녀는 비가 내리는 밖을 내다보았다. 비에 젖은 우울한 거리가 그녀의 찌푸린 얼굴에서 신뢰감과 열성을 모두 지워버리는 듯했다. 그녀는 나지막이 한숨을 지으며 말했다.

"아, 글쎄! 정말이지 최선을 다했건만……."

키어니 부인은 의상실로 돌아가야만 했다.

가수들이 도착하고 있었다. 베이스와 제2 테너는 이미 와 있었다. 베이스인 더건 씨는 검은 콧수염이 드문드문 나 있고 몸집이 호리호리한 젊은이였다. 그는 시내에 있는 어떤 사무실 문지기의 아들이었는데, 어린 시절 사무실 문간에서 멀리 울려 퍼지는 베이스 목소리로 기다랗게 노래하곤 했었다. 그는 이러한 비천한 신분에서 출세하여 드디어 일류급의 가수가 되었다. 그랜드 오페라에 출연한 적도 있었다. 어느 날 밤, 어떤 오페라 가수가 병이 들어서 그 대신 퀸즈 극장에서 〈마리타나〉[7]의 오페라에 나오는 임금 역을 맡은 적도 있었다. 그는 대단한 감정과 성량으로 노래를 불러 관중들로부터 열렬한 갈채를 받았으나, 불행하게도 무심결에 한두 번 장갑 낀 손으로 코를 닦아 그의 좋은 인상을 망쳐버렸다. 그는 겸손하고 말수도 적었는데 '당신'이란 말을 어찌나 부드럽게 발음하는지 거의 들리지 않을 정도였고, 자신의 성대를 위하여 우유보다 더 독한 음료는 절대로 마시지 않았다. 제2 테너인 벨 씨는 매년 페쉬 씨오일[8] 음악경연대회에 출연하는, 금발머리에 몸집이 작은 사나이였다. 네 번째 경연에서는 그는 동메달을 받았다. 그는 지극히 신경질적이었으며 다른 테너 가수들에 대하여 대단한 질투심을 품고 있었는데, 넘쳐흐를 듯한 우정으로 자신의 그 신경질적인 질투를 감추었다. 그는 연주회에 한 번 나가는 것이 얼마나 힘든 일인가를 사람들에게 알리고 싶어하는 성격이었다. 그래서 더건 씨를 보자 다가가서 물었다.

"당신도 출연하세요?"

"네." 더건 씨는 대답했다.

벨 씨는 함께 고생하게 된 동료를 보고 웃으면서 말했다.

"악수합시다!"

키어니 부인은 이 두 젊은 남자들 옆을 지나 장내를 둘러보기 위해 칸막

---

7) 1845년에 초연된 아일랜드 작곡가의 가극. 집시 처녀가 여주인공으로 등장함.
8) 1897년에 시작된 아일랜드의 음악경연대회.

이 가장자리로 갔다. 좌석이 차례차례 메워지고 있었고, 장내엔 즐거운 분위기가 감돌고 있었다. 그녀는 자리로 돌아와 남편에게 은밀하게 말했다. 두 남자의 대화는 캐슬린에 관한 것이 분명했다. 왜냐하면 그들은 국민당 친구들 중 하나요 콘트랄토 가수인 힐리 양과 그녀가 이야기하며 서 있자 가끔 그녀를 홀끗홀끗 쳐다보았기 때문이다. 창백한 얼굴을 한 어떤 낯설고 고독하게 생긴 여인이 방을 지나 걸어갔다. 여자들은 그녀의 빈약한 몸매에 걸쳐진 퇴색된 푸른 드레스를 날카로운 눈으로 뒤쫓았다. 그녀가 소프라노인 마담 글린이라고 누군가가 말했다.

"어디서 저런 여자를 끌어왔는지 모르겠어." 캐슬린이 힐리 양에게 말했다. "정말 이름도 들어보지 못한 여자야."

힐리 양은 미소를 지을 뿐이었다. 이때 홀로헌 씨가 의상실로 절름거리며 들어오자 두 젊은 여인은 저 낯선 여자가 누구냐고 물었다. 홀로헌 씨는 런던에서 온 마담 글린이라고 말했다. 마담 글린은 방 한쪽 구석에 자리잡고 서서, 둘둘 만 악보를 앞에 뻣뻣이 들고 이따금 놀란 시선의 방향을 다른 데로 돌렸다. 그림자가 그녀의 빛바랜 옷을 가려주었으나, 그 대신 가슴의 쇄골(鎖骨) 뒤쪽의 움푹 들어간 곳을 두드러져 보이게 했다. 홀에서는 떠드는 소리가 한층 요란했다. 제1 테너 가수와 바리톤 가수가 함께 도착했다. 두 사람 모두 옷을 잘 입고 있었고, 건장하고 만족한 듯 보였으며 그 누구보다도 부유한 인상을 풍기고 있었다.

키어니 부인은 딸을 그들에게로 데리고 가서 상냥하게 말을 걸었다. 그들과 친하게 지내길 원했다. 그러나 예의 바르게 대하려고 무던히 애쓰는 동안 그녀의 눈은 절름거리며 비틀비틀 이리저리 돌아다니고 있는 홀로헌 씨를 뒤따랐다. 될 수 있는 한 빨리 그들에게 양해를 구하고 그를 뒤따라 밖으로 나갔다.

"홀로헌 씨, 잠깐 얘기할 게 있어요." 그녀는 말했다.

두 사람은 복도 조용한 곳으로 내려갔다. 키어니 부인은 딸에게 언제쯤

공연료를 지불하게 되느냐고 물었다. 홀로헌 씨는 그건 피츠패트릭 씨가 맡고 있다고 말했다. 키어니 부인은 피츠패트릭 씨에 대해서는 아는 바가 없다고 말했다. 딸은 8기니로 계약을 맺었기 때문에 그렇게 지불해야 한다고 했다. 홀로헌 씨는 그건 자기 소관이 아니라고 말했다.

"왜 그것이 당신 소관이 아니예요?" 키어니 부인은 따져 물었다. "계약서를 당신이 직접 딸에게 가져오지 않았어요? 어쨌든 당신 소관이 아니라면 그건 내 소관이요. 어디 한번 따져봐야겠어요."

"피츠패트릭 씨한테 말씀해 보시는 것이 좋을 겁니다." 홀로헌 씨가 단호히 말했다.

"피츠패트릭 씨에 관해서는 아는 바가 없다니깐요." 키어니 부인은 거듭 말했다. "계약을 했으니 이행되는 걸 봐야겠어요."

의상실로 돌아왔을 때, 그녀의 뺨은 약간 상기되어 있었다. 방은 활기를 띠고 있었다. 외출복을 입은 두 사나이가 벽난로를 차지하고 힐리 양과 바리톤 가수와 함께 다정하게 이야기를 나누고 있었다. 《프리먼》지의 기자와 오머든 버크 씨였다. 《프리먼》지의 기자는 어떤 미국인 신부가 시장 관저에서 갖는 설교를 취재해야 하기 때문에 음악회를 더 이상 기다리지 못하겠다는 걸 알리기 위해서 왔다고 했다. 자기에게 프리먼 신문사로 기사를 보내 주면 신문에 실어주겠다고 했다. 그는 믿음직한 목소리와 신중한 태도를 지닌 백발의 남자였다. 불이 꺼진 시가를 손에 쥐고 있었는데, 담배 연기의 향내가 그의 주변에 떠돌고 있었다. 음악회와 가수들이 몹시 귀찮아 오래 머무르고 싶은 마음이 조금도 없었지만, 그냥 벽난로에 몸을 기댄 채 앉아 있었다. 힐리 양이 이야기를 하고 웃어대면서 앞에 서 있었다. 그는 그녀의 공손한 태도에 대하여 그 이유를 알 수 있을 만큼 충분히 나이를 먹었으나, 마음속으로 그와 같은 기회를 이용하기에는 충분히 젊었다. 그녀의 몸의 온기와 향내, 그리고 빛깔 따위가 그의 감각을 자극했다. 눈 아래에서 천천히 오르내리고 있는 그녀의 앞가슴이 그 순간 자기를 위해서 오르내리고 있고,

그녀의 웃음과 향기와 추파가 자기에게 바쳐진 것임을 즐거운 마음으로 의식하고 있었다. 그는 더 이상 오래 머무를 수 없게 되자 아쉬워하며 그녀 곁을 떠났다.

"오머든 버크가 짤막한 비평 기사를 쓸 겁니다." 그는 홀로헌 씨에게 설명했다. "그러면 제가 실어드리지요."

"대단히 고맙습니다, 헨드리크 씨." 홀로헌 씨가 말했다. "실어주시는 걸로 알고 있겠습니다. 자, 가시기 전에 뭘 좀 드시지 않겠어요?"

"상관없어요." 헨드리크 씨가 말했다.

두 사람은 꼬불꼬불한 복도를 지나 컴컴한 층계를 올라가 어느 으슥한 방에 당도했는데, 그곳에서는 접대원 하나가 몇몇 신사들을 위해 술병을 따주고 있었다. 그 신사들 가운데 하나는 오머든 버크 씨로서, 그는 본능적으로 이 방을 찾아냈다. 그는 미끈한 중년 신사로, 쉴 때에는 커다란 비단 우산에 자신의 당당한 체구를 의지했다. 그의 어마어마한, 서부풍(西部風)의 이름은 그가 자신의 미묘한 재정 문제를 그에 의존시키는 도덕적 우산이기도 했다. 그는 널리 존경을 받고 있었다.

홀로헌 씨가 《프리먼》 지의 기자를 대접하고 있는 동안, 키어니 부인이 어떻게나 남편에게 열을 올리며 떠들어대는지 남편은 아내에게 목소리를 좀 낮추라고 이르지 않을 수 없었다. 의상실에 있던 다른 사람들의 대화는 긴장되어 있었다. 첫째 순서를 맡은 벨 씨가 악보를 들고 준비 자세를 취하고 있었으나, 반주자는 움직일 기색조차 보이지 않았다. 분명히 뭔가 잘못되고 있었다. 키어니 씨는 자신의 턱수염을 쓰다듬으면서 앞을 똑바로 쳐다보고 있었고, 한편 키어니 부인은 캐슬린의 귀에다 대고 낮은 말투로 뭔가 속삭이고 있었다. 홀에서 재촉하는 소리, 박수와 발을 구르는 소리가 들려왔다. 제1 테너와 바리톤, 그리고 힐리 양이 함께 서서 조용히 기다리고 있었으나, 벨 씨의 마음은 청중이 자신이 늦게 온 것으로 생각할까봐 두려워한 나머지 몹시 동요되어 있었다.

홀로헌 씨와 오머든 버크 씨가 방안으로 들어왔다. 잠시 후 홀로헌 씨는 숨을 죽인 듯한 방안의 고요를 알아차렸다. 그는 키어니 부인에게로 가서 간곡히 말했다. 그들이 서로 이야기를 하고 있는 동안 홀에선 떠드는 소리가 한층 더 커졌다. 홀로헌 씨는 얼굴이 아주 붉어지고 흥분하여 장황하게 이야기를 했으나, 키어니 부인은 간간이 짤막하게 대꾸할 뿐이었다.

"그앤 안 나가요. 8기니를 받아야만 해요."

홀로헌 씨는 절망적인 상태가 되어 청중들이 박수를 치며 발을 구르고 있는 홀을 가리켰다. 그는 키어니 씨와 캐슬린에게 호소했다. 그러나 키어니 씨는 턱수염만 쓰다듬고 있었고, 캐슬린은 자기 잘못이 아니라는 듯 새 구두 끝을 움직이면서 아래쪽만 내려다보고 있었다. 키어니 부인은 거듭 말했다.

"돈을 받지 않고는 안 나가요."

빠른 입씨름이 끝나자 홀로헌 씨가 절름거리며 급히 밖으로 나갔다. 방안은 잠잠하기만 했다. 이러한 침묵의 긴장 상태가 약간 괴로울 정도가 되자, 힐리 양이 바리톤에게 말했다.

"이번 주에 패트 캠벨[9] 부인을 보셨어요?"

바리톤은 그녀를 보지는 못했지만 아주 잘 있다는 말을 들었노라고 말했다. 대화는 더 이상 계속되지 않았다. 제1 테너는 고개를 숙이고 허리를 가로지르는 금시계줄 고리를 헤아리기 시작했고, 미소를 지으면서 콧구멍의 공간 효과를 살피기 위해 아무렇게나 콧노래를 흥얼거리고 있었다. 이따금 사람들이 키어니 부인을 흘끗흘끗 쳐다보았다.

피츠패트릭 씨가 방안으로 부리나케 달려들어오고 뒤이어 홀로헌 씨가 숨을 헐덕이면서 들어왔을 때, 관람석에서 떠드는 소리가 일어났다. 홀 안에서 박수치는 소리와 발을 구르는 소리 사이로 휘파람 소리가 간간이 들려왔다. 피츠패트릭 씨는 몇 장의 지폐를 손에 쥐고 있었다. 그는 그 중 넉 장

---

9) 영국의 유명한 여배우로, 버나드 쇼(Bernard Shaw)의 친구였음.

을 세어서 키어니 부인의 손에 쥐어주며, 나머지 반은 휴식 시간에 주겠다고 말했다. 키어니 부인이 말했다.

"4실링이 부족해요."

그러나 캐슬린은 치맛자락을 매만지면서, 사시나무처럼 파르르 떨고 있는 첫번째 출연자를 향해 "자, 벨 씨" 하고 불렀다. 가수와 반주자가 함께 무대로 나갔다. 홀 안의 소음이 점점 사라졌다. 몇 초 동안 잠잠하더니 이내 피아노 소리가 들렸다.

음악회의 전반부는 마담 글린의 순서를 제외하고는 매우 성공적이었다. 이 가련한 여인은 알맹이 없는 헐떡거리는 목소리로 〈킬라니〉[10]를 노래했는데, 자신의 노래에다 우아함을 가미한다는 것이 오히려 억양과 발성에 있어서 케케묵은 구식의 상투적 버릇을 드러내고 말았다. 그녀는 마치 낡은 무대 분장실에서 부활한 듯한 모습이었고, 홀의 싸구려 객석에서는 그녀의 높고 울부짖는 듯한 노랫소리를 야유하는 소리가 터져 나왔다. 그와는 달리 제1 테너와 콘트랄토는 박수갈채를 받았다. 캐슬린은 아일랜드 가곡을 골라 연주했는데, 이들은 아낌없는 박수갈채를 받았다. 음악회의 제1부는 아마추어 극(劇)을 각색한 바 있는 어떤 젊은 여인이 한 편의 감동적인 애국시를 낭송하는 것으로 막을 내렸다. 그것은 당연한 갈채였다. 연주가 끝나자 사람들은 막간 동안 만족한 듯 휴게실로 나갔다.

그 동안 내내 분장실은 흥분의 도가니였다. 한쪽 구석에는 홀로헌 씨, 피츠패트릭 씨, 베언 양, 안내원 두 사람, 바리톤 가수, 베이스 가수, 오머든 버크 씨가 있었다. 오머든 버크 씨는 이번 음악회는 자기가 보아온 것 중에서 가장 수치스러운 구경거리였다고 말했다. 이것으로 캐슬린 키어니 양의 음악가로서의 생애는 더블린에서는 끝장이 났다고 말했다. 바리톤 가수는 캐슬린 양의 이번 행동을 어떻게 생각하느냐는 질문을 받았으나 그는 아무

---

10) M.W. 발프(Balfe)가 지은 민요.

말도 하고 싶지 않았다. 이미 공연료를 지불받은 터라 사람들과 평화롭게 지내기를 바랐다. 그러나 그는 키어니 부인은 가수들을 좀 고려하는 것이 좋았을 거라고 말했다. 안내원들과 간사들은 휴식 시간이 되면 어떻게 할 것인가에 대해 열렬히 토론했다.

"나는 베언 양의 의견에 동의합니다." 오머든 버크 씨가 말했다. "한푼도 주지 마세요."

방의 다른 구석에는 키어니 부인과 그녀의 남편, 벨 씨, 힐리 양 그리고 애국시를 낭송한 그 젊은 여인이 있었다. 키어니 부인은 위원회가 자기를 모욕적으로 대우했다고 주장했다. 그녀는 자신은 갖은 수고와 비용을 아끼지 않았는데 이 따위로 대접할 수 있느냐고 따졌다.

그들은 그들의 상대가 소녀에 불과하기 때문에 그녀를 마구 무시할 수 있다고 생각한 것이다. 그러나 그들에게 그들의 잘못을 밝힐 것이다. 아마 딸이 남자였다면 감히 그렇게 대접하지는 못했을 것이다. 딸이 자신의 권리를 찾는 것을 보아야겠다. 절대 바보처럼 속아 넘어가진 않겠다. 만일 그들이 마지막 한푼까지 지불하지 않으면 더블린이 떠들석하게 소문을 퍼뜨리고야 말 것이다. 물론 가수들에게는 미안한 일이다. 하지만 별 도리가 없지 않은가? 그녀가 제2 테너에게 이렇게 호소했을 때, 그는 자기도 그녀가 부당하게 대우받고 있다고 생각한다고 말했다. 그녀는 힐리 양에게도 호소했다. 힐리 양은 다른 무리에 합류하고 싶었으나, 캐슬린과 아주 친한 사이이고, 키어니 댁으로 가끔 초대된 적이 있어서 그렇게 하지 않았다.

제1부가 끝나자마자 피츠패트릭 씨와 홀로헌 씨는 키어니 부인에게로 나아가, 나머지 4기니는 다음 화요일 위원회의 모임을 가진 후에 지불하겠으며, 만일 딸이 제2부를 위해 연주하지 않으면 위원회는 계약이 파기된 것으로 간주하고 한푼도 지불하지 않을 것이라고 말했다.

"저는 위원회 따윈 구경도 못했어요." 키어니 부인은 화가 나서 말했다. "우리 딸은 계약을 했단 말예요. 그애가 4파운드 8실링을 손에 받아 쥐지 않는 한, 한 발짝도 저 무대 위에 발을 올려놓지 않을 거예요.”

“정말 댁한테 놀랐습니다. 키어니 부인.” 홀로헌 씨가 말했다. “우릴 이런 식으로 대할 줄은 꿈에도 생각지 못했어요.”

“댁은 저를 어떻게 대했구요?” 키어니 부인도 물었다.

그녀의 얼굴은 화가 나서 이글이글 타는 듯했고, 마치 누구든지 손으로 후려갈길 듯이 보였다.

“전 제 권리를 요구하고 있을 뿐이에요.” 그녀가 말했다.

“체면도 좀 생각하셔야지요.” 홀로헌 씨가 말했다.

“제가요, 정말?…… 딸이 언제 돈을 받을 수 있느냐고 묻는데 친절한 대답 한마디 들을 수 없잖아요.”

그녀는 머리를 좌우로 흔들며 일부러 거만한 목소리를 내며 말했다.

“서기에게 말씀하셔야 해요. 제 일이 아닙니다. 저를 아주 바보천치로 아시는군요.”

“전 점잖은 분으로 생각했는데요.” 홀로헌 씨가 갑자기 그녀 곁을 떠나며 말했다.

이런 일이 있은 뒤 키어니 부인의 행동은 사방에서 비난을 받았다. 누구나 할 것 없이 위원회의 처사는 당연하다고 했다. 그녀는 분노로 얼굴이 창백해진 채 문간에 서서 남편과 딸과 함께 삿대질을 하면서 말다툼을 하고 있었다. 그녀는 서기들이 자기에게 접근해오려니 하는 희망 속에서 제2부가 시작되기를 기다리고 있었다. 그러나 힐리 양이 한두 번 반주를 맡겠다고 친절하게 응낙했다. 키어니 부인은 바리톤과 반주자가 무대까지 나갈 수 있도록 길을 비켜주어야만 했다. 그녀는 성난 돌부처처럼 잠시 잠자코 서 있다가 노래의 첫마디가 귓전을 때리자 딸의 외투를 집어 들고 남편에게 말했다.

“마차를 잡아요.”

그는 즉시 밖으로 나갔다. 키어니 부인은 외투로 딸을 감싸고 남편을 뒤따랐다. 문간을 지나갈 때, 그녀는 발걸음을 멈추고 홀로헌 씨의 얼굴을 뚫어지게 노려보았다.

"아직 당신과의 일은 다 끝나지 않았어요."

"하지만 전 다 끝났습니다." 홀로헌 씨가 말했다.

캐슬린은 어머니를 순순히 뒤따랐다. 홀로헌 씨는 마치 피부가 타는 듯싶었기 때문에 몸을 식히기 위하여 방안을 왔다갔다하기 시작했다.

"참 지독한 여자야!" 그는 말했다. "아, 정말 지독한 여자야!"

"자네 행동은 지당했어, 홀로헌." 오머든 버크 씨가 우산에 몸을 기댄 채 찬의를 표했다.

은 총

    그때 화장실에 있던 두 신사가 그를 일으켜 세우려고 애를 썼으나, 전혀 어쩔 도리가 없었다. 그는 굴러 떨어진 계단 아래에 꼬부린 채 누워 있었다. 두 사람이 겨우 그를 돌려 뉘어놓았다. 모자는 몇 야드 저쪽에 굴러 떨어져 있었고, 얼굴을 처박고 드러누운 마룻바닥의 먼지와 질펀한 물로 옷은 더러워져 있었다. 그는 두 눈을 꼭 감은 채 그르렁거리며 숨을 쉬고 있었다. 입 언저리로부터 가느다랗게 피가 흘러내렸다.

    이 두 신사와 급사 중 하나가 그를 이층으로 들어다 다시 바의 마룻바닥에 눕혔다. 2분도 채 안 되어 사람들이 둥그렇게 그를 둘러쌌다. 바의 지배인은 그 사람은 누구며 그와 함께 온 손님은 누구냐고 모두에게 물었다. 그가 누군지를 아는 사람은 아무도 없었으나, 급사 중 하나가 그 손님에게 럼주를 한잔 갖다 주었었다고 말했다.

    “저분 혼자였소?” 지배인이 물었다.

    “아뇨, 다른 손님 두 분과 함께 계셨습니다.”

    “그분들은 어디 있소?”

    아무도 아는 사람이 없었다. 누군가가 말했다.

    “바람을 쐬게 해요. 기절을 한 모양이니.”

둥글게 원을 이룬 구경꾼들이 탄력성 있게 물러났다가 다시 다가섰다. 꺼 먼 핏덩이가 바둑판 무늬로 된 마루 위에 누워 있는 그 사나이의 머리 근처 에 엉겨 있었다. 그 사나이의 얼굴이 잿빛처럼 창백해진 데 깜짝 놀란 지배 인이 순경을 부르러 사람을 보냈다.

그 사나이의 칼라를 느슨하게 해주고 넥타이를 풀어주었다. 그는 잠시 눈 을 떴다가 한숨을 쉬고는 다시 눈을 감았다. 그를 이층으로 옮겨준 신사 중 하나가 더럽혀진 실크 모자를 손에 들고 있었다. 지배인은 다친 이 사람이 누구인지, 같이 있던 사람들은 어디로 갔는지 누구 아는 사람 없느냐고 거 듭 물었다. 바의 문이 열리고 몸집이 큰 순경 하나가 들어왔다. 골목길을 따라 순경을 뒤쫓아온 군중들이 유리창을 통해 안을 들여다보려고 서로 다 투면서 문간으로 모여들었다.

지배인은 이내 자기가 아는 대로 이야기하기 시작했다. 우악스럽게 생긴 젊은 순경은 귀를 기울였다. 순경은 자신이 마치 사기극의 피해자가 될까 염려하듯 지배인과 바닥에 누운 사람을 번갈아 쳐다보며 머리를 좌우로 천 천히 움직였다. 그러다가 그는 장갑을 벗고 허리춤에서 조그마한 수첩을 꺼 내어 연필심에 침을 묻혀 적을 준비를 했다.

그는 사람을 의심하는 듯한 지방 사투리로 물었다.

"이 사람 누구요? 이름과 주소는?"

자전거 복장을 한 청년 하나가 원처럼 빙 둘러선 구경꾼들을 헤치고 나왔 다. 그는 재빨리 다친 사람 옆에 무릎을 꿇더니 물을 가져오라고 말했다. 순경도 도우려고 무릎을 꿇었다. 그 젊은이는 다친 사람의 입에서 피를 씻 어낸 다음 브랜디를 가져오라고 말했다. 순경은 명령조의 목소리로 같은 말 을 반복했다. 바텐더가 술잔을 들고 달려왔다. 브랜디를 사나이의 목구멍에 다 부어 넣었다. 몇 초가 지나자 사나이는 눈을 뜨고 주변을 둘러보았다. 그는 사람들이 빙 둘러서 있는 것을 보고 사태를 이해한 듯 자리에서 일어 나려고 애를 썼다.

"이제, 괜찮으십니까?" 자전거 복장을 한 청년이 물었다.

"네, 아무렇지도 않아요." 다친 사람이 자리에서 일어나려고 애를 쓰면서 말했다.

그는 부축을 받고 일어섰다. 지배인이 병원에 가보라고 무슨 말을 했고, 구경꾼들 중 몇 사람들도 충고를 했다. 쭈그러진 실크 모자가 사나이 머리 위에 얹혀졌다. 순경이 물었다.

"어디 사시오?"

사나이는 아무 대답도 하지 않고 콧수염 끝을 꼬기 시작했다. 자신의 사고(事故)를 가볍게 생각하는 눈치였다. 아무것도 아니라고 했다. 단지 조그마한 사고라고 그는 아주 탁한 목소리로 말했다.

"어디 사시냐니까요?" 순경이 거듭 물었다.

사나이는 사람들더러 마차를 불러달라고 했다. 마차를 부를까 하는 문제를 의논하고 있는 동안 키기 크고 민첩하게 생겼으며, 혈색이 좋아 뵈는 신사 한 사람이 누런 얼스터 코트[1]를 입고 바 저쪽 끝에서 다가왔다. 이 광경을 보고 그는 부르짖었다.

"어이, 톰! 자네 웬일인가?"

"아무 일도 아닐세." 사나이가 말했다.

이 새로 온 신사는 자기 앞에 있는 애처로운 사람의 모습을 훑어보고 순경을 향해 몸을 돌리며 말했다.

"염려 말아요, 순경 양반. 내가 집까지 바래다주겠소."

순경이 거수 경례를 하며 대답했다.

"알겠습니다, 파우어 씨!"

"자, 가세, 톰." 파우어 씨가 친구의 팔을 잡으며 말했다. "뼈는 다치지 않았나? 어때, 걸을 수 있겠어?"

---

1) 본디 얼스터 산(産)인 데서 유래. 깃이 넓고 앞이 더블로 되어 있어 보통 띠를 매는 긴 외투.

자전거 복장을 한 청년이 다른 팔을 잡자 군중이 흩어졌다.

“어쩌다가 이 지경이 됐나?” 파우어 씨가 물었다.

“계단에서 굴러 떨어지셨어요.” 자전거 복장을 한 청년이 말했다.

“정말 감사합니다.” 다친 사람이 말했다.

“천만에요.”

“우리 그럼 간단히 한잔……?”

“다음에요, 다음에.”

세 사람은 바를 떠났다. 군중들도 문을 나와 골목길로 흩어졌다. 지배인은 사고 현장을 조사하기 위해 순경을 계단으로 데리고 갔다. 그들은 손님이 발을 헛디딘 게 틀림없다는 데 의견을 모았다. 손님들은 카운터로 돌아왔고 바텐더가 마루의 핏자국을 닦아냈다.

그래프턴 가로 나오자 파우어 씨가 휘파람으로 마차를 불러 세웠다. 다친 사람은 다시 성의껏 감사를 표했다.

“저엉말 가아암사합니다. 다시 만나길 바랍니다. 제 이르음은 커넌입니다.”

충격과 초기의 아픔이 그로 하여금 얼마간 취기에서 깨어나게 해주었다.

“천만에요.” 그 젊은 사나이가 말했다.

두 사람은 서로 악수를 나누었다. 그들은 커넌 씨를 차로 끌어올렸다. 그리고 파우어 씨가 마부에게 방향을 일러주고 있는 동안, 커넌 씨는 젊은이에게 감사를 표시하며 술 한잔 나눌 수 없는 것이 유감이라고 말했다.

“다음에요.” 젊은이가 말했다.

마차는 웨스트모어랜드 가를 향해 달려갔다. 저하물 취급소 앞을 지날 때, 시계가 9시 반을 가리키고 있었다. 하구(河口)에서 불어오는 동풍이 살을 에는 듯 그들을 때렸다. 커넌 씨는 추위로 몸을 웅크리고 있었다. 친구가 그에게 어떻게 해서 사고가 발생했는지 말해보라고 했다.

“하알 수가 없어.” 그가 대답했다. “혀를 다쳤어.”

"어디 보세."

상대방이 몸을 굽혀 커년 씨의 입 속을 들여다보았으나 자세히 볼 수가 없었다. 그는 성냥을 켜서 조가비처럼 가린 다음, 다시 커년 씨가 고분고분 벌린 입 속을 들여다보았다. 마차가 흔들리는 바람에 성냥이 벌린 입 앞에서 가물거렸다. 아랫니와 잇몸에 굳은 피가 엉겨 있었고 혀끝이 조금 깨물려 떨어져 나간듯 보였다. 성냥불이 꺼졌다.

"보기 흉한데." 파우어 씨가 말했다.

"아무렇지도 않아." 커년 씨는 입을 다물고 더러워진 외투깃을 끌어당겨 목을 감싸면서 말했다.

커년 씨는 자기 직업의 권위를 무엇보다 소중히 믿는 구식(舊式) 외판원이었다. 그가 시내에 모습을 나타낼 때에는 언제나 약간 점잖은 실크 모자를 쓰고 각반을 차고 있었다. 그는 이 두 가지 몸치장 덕분에 언제나 자기의 일이 잘 된다고 말했다. 그는 극단주의자인 나폴레옹의 전통을 계승하여 때때로 전설과 흉내로 그 위인에 대한 기억을 일깨우기도 했다. 현대적 상업 방법은 그로 하여금 크로우 가에 조그마한 사무실을 간신히 마련하게 해주었다. 그 사무실의 창문 차일에는 회사 이름이 런던, EC라는 주소와 함께 씌어 있었다. 이 조그만 사무실의 벽난로 위에는 납으로 만든 통(桶)이 보병대처럼 여러 개 진열되어 있었고, 창문 앞의 탁자 위에는 검은 액체가 언제나 반쯤 차 있는 네댓 개의 도자기 그릇이 놓여 있었다. 이 그릇으로 커년 씨는 차 맛을 보았다. 한 모금 입에 머금고 훌쩍 빨아들인 다음 혓바닥을 흠뻑 적시고는 이내 벽난로의 쇠살대 속으로 내뱉었다. 그러고는 가만히 그 맛을 음미했다.

파우어 씨는 그보다 훨씬 젊은 사람으로, 더블린 성(城)[2]의 아일랜드 왕립 경찰본부에서 일하고 있었다. 그의 사회적 출세의 곡선(曲線)은 친구의

―――――――――――――――――――

2) 아일랜드의 정청(政廳).

몰락의 곡선과 서로 교차하고 있었다. 그러나 커넌 씨의 몰락은 그가 성공의 절정에 있을 때 그를 알고 있었던 몇몇 친구들이 여전히 그를 존경할 만한 인물로 간주하고 있다는 사실 때문에 완화(緩和)되었다. 파우어 씨도 이러한 친구들 중 한 사람이었다. 그의 납득할 수 없는 의리는 그가 사귀고 있는 친구들간의 수군거림의 대상이기도 했다. 그는 예의 바른 젊은이였다.

마차가 글레스네빈 로(路)에 있는 조그마한 집 앞에 서자, 커넌 씨는 부축을 받아 집안으로 들어갔다. 그의 아내가 그를 침대에 누이는 동안 파우어 씨는 아래층 부엌에 앉아 아이들에게 어느 학교에 다니는지, 그리고 무슨 책을 배우는지 물었다. 아이들——딸 둘과 아들 하나——은 아버지가 꼼짝달싹 못하게 되었고 어머니도 옆에 없다는 것을 알고는 야단법석을 떨며 그에게 장난을 걸기 시작했다. 그는 아이들의 태도와 말투에 놀라 심각하게 이맛살을 찌푸렸다. 얼마 후에 커넌 부인이 소리를 지르며 부엌으로 들어왔다.

"저 꼴이라니! 오, 저인 언젠가는 망하고 말 거예요. 천벌이지 뭐예요. 금요일부터 내내 술에 취해 있었답니다."

파우어 씨는 자기와는 상관없는 일이며 아주 우연히 사고 현장에 가게 되었을 분이라고 조심스레 설명했다. 커넌 부인은 파우어 씨가 자기네 가정 싸움에 중재 역을 해주던 일과 비록 작은 액수이긴 하지만 적시에 여러 번 돈을 빌려주었던 일을 생각하고 이렇게 말했다.

"오, 말씀하지 않으셔도 잘 알아요, 파우어 씨. 선생님은 저이의 친구이며 저이가 사귀는 다른 몇몇 친구와는 다르시다는 걸 알고 있어요. 그들은 저이가 돈깨나 갖고 있으면 아내나 가족은 얼씬도 못 하도록 하기에 제격이지요. 흥, 좋은 친구들이라니요! 저이가 오늘 저녁에는 누구와 같이 있었는지 아세요?"

파우어 씨는 고개를 흔들 뿐 아무 말도 하지 않았다.

"죄송합니다." 그녀는 말을 이었다. "집엔 아무것도 대접할 것이 없어요.

하지만 잠깐만 기다리시면 모퉁이에 있는 포가티 가게에 누굴 보내겠어요.”

파우어 씨는 자리에서 일어섰다.

“우린 저이가 돈을 가지고 집으로 오길 목이 빠져라 기다리고 있었어요. 저인 도대체 가정을 생각지도 않는 모양이에요.”

“오, 그래요, 커넌 부인.” 파우어 씨가 말했다. “우리가 그의 버릇을 고쳐보도록 하겠어요. 제가 마틴에게 말해보겠습니다. 그는 남자다운 사람이지요.” 둘이서 언젠가 밤에 한번 찾아뵙고 상의드리지요.

그녀는 그를 문까지 배웅했다. 마부가 보도를 왔다갔다하며 발을 구르고, 몸을 따뜻하게 하려고 양팔을 휘두르고 있었다.

“그를 집까지 데려다주셔서 대단히 감사합니다.”

“천만에요.” 파우어 씨가 말했다.

그는 마차에 올라탔다. 마차가 움직이기 시작하자 그는 부인에게 경쾌하게 모자를 쳐들어 보였다.

“우리가 한번 새사람을 만들어보겠습니다.” 그는 말했다. “안녕히 계세요, 커넌 부인.”

*

커넌 부인은 마차가 시야에서 사라질 때까지 당황한 눈으로 지켜보고 있었다. 그러다 이내 시선을 거두고 집안으로 들어가 남편의 주머니를 뒤졌다.

그녀는 활동적이고 실질적인 중년 여인이었다. 얼마 전에 은혼식 잔치를 했는데, 그때 파우어 씨의 반주에 맞추어 남편과 왈츠를 추어 새삼스레 그와 더욱 가까워졌었다. 연애 시절에는 커넌 씨도 불친절한 사람으로는 여겨지지 않았었다. 그녀는 지금도 어디에선가 결혼식이 있다는 소식이 들리면 성당 문으로 달려가서 신랑 신부를 보고는 말쑥하게 프록코트와 라벤더색

바지를 입고 한쪽 팔로 실크 모자를 우아하게 감싸 쥔, 쾌활하고 살찐 사나이의 팔에 기대어 샌디 마운트에 있는 바다의 별 성당에서 나오던 자신의 모습을 생생한 기쁨을 가지고 회상해보는 것이었다. 결혼 생활 3주일 만에 그녀는 아내의 생활이란 것에 염증을 느꼈고, 그것을 더 이상 견딜 수 없다고 느끼기 시작했을 때는 이미 한 아이의 어머니가 되어 있었다. 어머니란 역활이 그녀로 하여금 어떠한 어려움도 견디어나가게 했으며, 25년 동안 남편을 위하여 알뜰히 살림을 꾸려가게 만들었다. 그녀의 큰 두 아들은 독립해 나갔다. 하나는 글래스고우[3]의 포목점에서 일했고, 또 하나는 벨파스트의 어떤 차(茶) 가게의 서기로 있었다. 그들은 착한 아들로서 규칙적으로 편지를 보내왔고, 때때로 돈도 보내왔다. 다른 애들은 아직 학교에 다니고 있었다.

커넌 씨는 다음날 자기 사무실로 편지를 써서 보내고 그냥 잠자리에 누워 있었다. 커넌 부인은 남편에게 고깃국을 끓여주고는 그를 호되게 나무랐다. 그녀는 남편이 자주 폭음을 하는 것을 날씨 변화 정도로 받아들였고, 병을 앓을 때에는 정성껏 간호를 하고 억지로라도 아침밥을 먹게 했다. 세상에는 이보다 못한 남편도 많았다. 남편은 애들이 다 자란 뒤로는 결코 난폭하게 군 적도 없었고, 또한 조그마한 주문이라도 맡기 위해 토머스 가(街) 끝까지 걸어갔다가 다시 돌아올 그런 사람임을 그녀는 알고 있었다.

이틀 밤이 지난 다음 그의 친구들이 찾아왔다. 그녀는 그들을 이층 침실로 안내했다. 그의 체취로 가득한 방안 공기가 코를 찔렀다. 그녀는 난로 옆에 있는 의자를 그들에게 권했다. 이따금 뜨끔뜨끔 쑤셔서 종일 약간 짜증이 나게 했던 커넌 씨의 혀는 이제 조금 나아져 있었다. 그는 침대 위에 베개를 괴어 놓고 기대 앉아 있었는데, 부풀어오른 두 뺨의 상기된 빛은 사그러지지 않은 숯불 같았다. 그는 손님들에게 방이 어수선한 데 대해선 사

---

3) 스코틀랜드 남서부의 항구 도시.

과를 했으나, 술에는 이력이 났다는 자부심으로 얼마간 젠 체하며 그들을 바라보았다.

그는 그의 친구들, 즉 커닝엄 씨, 맥코이 씨, 파우어 씨가 응접실에서 커넌 부인에게 밝힌 음모의 희생자가 되어 있음을 전혀 의식하지 못했다. 그러한 음모를 꾸민 사람은 파우어 씨였으나, 그것을 실행해나가는 일은 커닝엄 씨가 맡았다. 커넌 씨는 본래 신교 집안 태생이었으나 결혼할 당시 카톨릭으로 개종했는데, 20년 동안 성당 경내에 발을 들여놓은 적이 한 번도 없었다. 그뿐만이 아니라 카톨릭을 비평하기를 좋아했다.

커닝엄 씨는 이런 일에 아주 적임자였다. 그는 파우어 씨의 나이 많은 동료였다. 그 자신의 가정 생활은 그다지 행복하지 못했다. 사람들은 그를 몹시 동정했는데, 그 이유는 고질적인 술꾼으로 남 앞에 내놓을 수 없을 정도의 여자와 결혼한 사실이 알려져 있었기 때문이었다. 그는 아내를 위하여 여섯 번이나 집을 꾸며주었으나, 아내는 그때마다 남편의 이름으로 가구를 저당잡혔다.

모든 사람들은 이 가련한 마틴 커닝엄을 존경했다. 그는 완벽하게 분별력이 있었으며 영향력과 지력(知力)을 겸비하고 있었다. 치안 재판소의 여러 가지 사건들과 오랫동안 접촉해옴으로써 특히 날카로워진 그의 칼날 같은 인간에 대한 지식과 천부적 예리함은 일반 철학이라는 물 속에 잠시 잠김으로써 완화되어 있었다. 그는 박식했다. 친구들은 그의 의견에 경의를 표했고, 얼굴이 셰익스피어를 닮았다고 생각했다.

음모가 다 드러나자 커넌 부인이 말했다.

"모든 걸 선생님께 일임하겠어요, 커닝엄 씨."

결혼 생활 사반 세기가 지난 뒤, 그녀에게 꿈이라곤 별반 남아 있지 않았다. 그녀에게 종교란 일종의 습관이었으며, 자기 남편 나이쯤 되는 사람이 죽기 전에 크게 바뀌리라고는 생각지도 않았다. 이번 사고에 있어서도 당연히 그래야 마땅하다고 생각하고 싶을 정도였다. 그리고 혹독한 마음씨를 가진 여자인 듯 보이기 싫어서 그랬지, 그렇지만 않았더라면 커넌 씨의 혀가 잘린 것쯤은 조금도 괴로워할 것이 못 된다고 신사들에게 말해버렸을 것이다. 그러나 커닝엄 씨는 유능한 사람이었고 그에겐 종교는 어디까지나 종교였다. 그 계획은 잘 될 것이고, 최소한 해가 될 리는 없었다. 그녀의 신앙은 무모한 것이 아니었다. 그녀는 카톨릭 신앙 가운데서도 성심(聖心)이야말로 일반적으로 가장 유익한 것임을 한결같이 믿었으며, 또 성체(聖體)를 긍정하고 있었다. 그녀의 신앙은 부엌 세계의 테두리 안에 있긴 했으나, 경우에 따라서 밴시[4]나 성령도 믿을 수 있었다.

신사들은 이번 사고에 관하여 이야기하기 시작했다. 커닝엄 씨는 한때 이와 비슷한 사건을 본 적이 있다고 말했다. 어떤 일흔 살 먹은 노인이 간질병의 발작 때문에 혀 한쪽 끝을 깨물어 조각이 떨어져 나갔으나, 나중에 떨어져 나간 데가 도로 메워졌기 때문에 깨물린 자리가 사라졌다는 것이다.

"글쎄, 난 일흔이 아니잖아." 환자가 말했다.

"맙소사." 커닝엄 씨가 말했다.

"이제, 아프지는 않아?" 맥코이 씨가 물었다.

맥코이 씨는 한때 명성깨나 날리던 테너 가수였다. 소프라노 가수였던 그의 아내는 적은 레슨비를 받고 여전히 아이들에게 피아노를 가르치고 있었다. 그의 인생 행로는 두 점 사이의 첨단 거리만은 아니었고 짧은 기간 그의 재치로 이럭저럭 살아왔다. 그는 한때 중부 철도회사의 서기 노릇을 했고, 《아이리쉬 타임즈》 사(社)와 《프리먼즈 저널》 사의 광고 외무원, 석탄 회사의 시내 위탁 판매원, 사설탐정, 집달리보의 사무실 서기 등의 일도 했고, 최근에는 시검시관(市檢屍官)의 비서가 되었다. 그의 새로운 직책은 그로 하여금 이번 커넌 씨의 사건에 흥미를 느끼게 해주었다.

"아프냐고? 별로." 커넌 씨가 대답했다. "하지만 구역질이 나. 토할 것만

---

4) 집에 사자(死者)가 있음을 통곡으로 알리는 요정(아일랜드 신화).

같아.”

“술 탓이야.” 커닝엄이 단호히 말했다.

“아니야.” 커넌 씨가 말했다. “마차에서 감기가 든 것 같아. 목구멍으로 뭐가 자꾸 넘어올 것만 같아. 가래인지 아니면……”

“쓴 물이야.” 맥코이 씨가 말했다.

“목구멍 속에서 자꾸만 뭐가 나오려고 해. 메스꺼운 게.”

“그래, 그래” 맥코이 씨가 말했다. “가슴이야.”

그는 동시에 커닝엄 씨와 파우어 씨에게 자기 말이 옳지 않느냐는 듯 도전적으로 쳐다보았다. 커닝엄 씨는 고개를 빠르게 끄덕였고, 파우어 씨는 말했다.

“아, 좋아. 끝이 좋으면 다 좋은 거야.”

“정말 고맙네, 자네.” 환자가 말했다.

파우어 씨가 손을 내저었다.

“나와 함께 있던 그 두 사람은……”

“자네 누구하고 같이 있었지?” 커닝엄 씨가 물었다.

“어떤 녀석이야. 그의 이름을 모르겠어. 젠장, 그 친구 이름이 뭐였더라? 연한 갈색 머리칼을 한 녀석이었는데……”

“그리고 그 밖에 누가 있었지?”

“하포드.”

“흠!” 커닝엄 씨가 말했다.

커닝엄 씨가 이런 말을 하자 사람들은 말이 없었다. 그것은 말한 사람이 비밀 소식통을 갖고 있다는 것을 알고 있었기 때문이었다. 이런 경우에 “흠!” 하고 단음절로 말한 데는 어떤 도덕적 의도가 숨어 있었다. 하포드 씨는 때때로 다른 친구들과 작은 분견대(分遣隊)를 형성하여 일요일 정오가 지나면 이내 교외에 있는 어느 술집으로 될 수 있는 한 빨리 빠져 나갔는데, 그곳의 멤버들은 진짜 나그네라는 자격을 충분히 갖추고 있었다. 그러

나 그의 동료 나그네들은 절대로 그의 태생을 관대히 보아주려고 들지 않았
다. 그는 노동자들에게 소액의 돈을 높은 이자로 빌려주는 비천한 사채업자
로 인생의 첫발을 내딛기 시작했다. 뒤에 그는 골드버그 씨라는, 뚱뚱하고
키작은 사람과 동업자가 되어 리피 대부은행을 경영했다. 비록 그는 유대인
적인 윤리 이상의 것은 마음속에 품어본 적이 없었으나, 그의 동료 카톨릭
교도들은 그들이 개별적으로 또는 대리인에 의하여 가혹한 빚 재촉에 시달
림을 받을 때마다 그를 아일랜드계 유대놈이니 무식쟁이니 하고 욕을 했으
며, 고리대금에 대한 하느님의 불만이 백치 아들의 몸을 통하여 나타났다고
생각했다. 그렇지 않을 때에는 그들은 그의 좋은 점을 알아주었다.

"그 사람이 어디로 가버렸는지 모르겠어." 커넌 씨가 말했다.

그는 사건의 상세한 것들이 분명히 밝혀지는 것을 원치 않았다. 그는 어
떤 착오가 있어서 하포드 씨와 자기가 서로 헤어진 것이라 친구들이 믿어
주기를 바랐다. 하포드 씨의 술버릇을 너무나 잘 알고 있던 친구들은 침묵
을 지켰다. 파우어 씨가 다시 말했다.

"끝이 좋으면 다 좋은 거야."

커넌 씨는 즉시 화제를 바꾸었다.

"그 젊은이는 참 점잖은 사람이었어. 그 의사 말이야. 그가 없었더라
면……"

"오, 그가 없었더라면," 파우어 씨가 말했다. "벌금을 택할 여유도 없이
7일 간의 구류 처분을 받고 말았을 거야."

"그래, 그래." 커넌 씨가 생각해내려고 애를 쓰면서 말했다. "그때 순경
이 하나 있었던 게 이제 생각나. 참 점잖은 젊은이 같았어. 도대체 어떻게
된 거야?"

"곤드레만드레가 됐던 것 같아, 톰." 커닝엄 씨가 신중히 말했다.

"사실이야." 커넌 씨도 심각하게 맞장구를 쳤다.

"자네 순경을 매수한 게로군, 재크?" 맥코이 씨가 말했다.

파우어 씨는 자신이 세례명[5]으로 불려지는 것을 탐탁지 않게 생각했다. 그는 성미가 까다로운 사람은 아니었지만, 최근에 맥코이 씨가 그의 부인이 있지도 않은 지방 공연에 초대받은 것처럼 하려고 손가방과 여행용 가방을 구하러 사방을 순회하고 다녔다는 사실을 잊을 수가 없었다. 그는 속았다는 사실에 분개하는 이상으로 이와 같은 비열한 장난에 분개했다. 그래서 그는 마치 커넌 씨가 묻기라도 한 듯 대답했다.

이 이야기는 커넌 씨를 몹시 화나게 했다. 그는 스스로 훌륭한 시민임을 냉철하게 자각하고 있었고, 시 당국과 상호 명예로운 관계를 유지하며 살기를 원했으며, 그가 시골 촌뜨기라고 부르는 사람들한테서 모욕을 당하게 된 데 대하여 분개했다.

"그래, 우리가 세금을 내는 게 그 따위를 위해서야?" 그는 물었다. "저 바보 얼간이들을 먹이고 입히려고…… 바보 이외에 아무것도 아니란 말이야."

커닝엄 씨는 껄껄 웃었다. 그는 근무 시간에만 공무원이었다.

"그 밖에 별거 있겠어, 톰?" 그는 물었다.

그는 탁한 지방 사투리를 가장하여 명령조로 말했다.

"65번, 양배추 받아유!"

모든 사람들이 웃었다. 어떻게 해서든지 대화에 참여하기를 바랐던 맥코이 씨는 그 이야기가 금시초문인 체했다. 커닝엄 씨가 말했다.

"이봐. 글쎄 이건 말이야, 저 엄청나게 덩치만 커다란 시골 바보 얼간이 녀석들을 훈련시키기 위해 모아놓은 수용소에서나 있을 법한 일이라는 거야. 경사 나리가 그들을 벽에다 일렬로 기대 세워놓고 접시를 번쩍 들게 한단 말이야." 그는 괴상한 몸짓을 하면서 이야기를 했다.

"식사 때 말이야, 경사가 자기 앞 식탁에다 경치게도 큰 통을 올려놓고는

---

5) 재크(Jack)는 야곱(Jacob)의 별칭임.

삽만큼이나 큰 숟가락을 가지고 양배추 뭉치를 건져서 그걸 맞은편 방으로 던지면 그 가련한 녀석들은 그걸 접시에 받아야만 한단 말이야. 이때 '65번 양배추 받아유' 한단 말이야."

모두가 또다시 큰소리로 웃었다. 그러나 커넌 씨는 여전히 얼마간 화를 내고 있었다. 그는 신문에 투서하겠다고 말했다.

"여기 그 짐승 같은 촌뜨기들이 올라와서는 사람들을 부리려고 한단 말이야. 그놈들이 어떤 녀석들인지는 말 안 해도 알 테지, 마틴."

커닝엄 씨는 조건부로 동의했다.

"세상만사가 다 그런 거야." 그는 말했다. "좋은 사람도 있고 나쁜 사람도 있지."

"아, 그래. 좋은 사람도 더러 있다는 건 나도 인정해." 커넌 씨가 만족한 듯 말했다.

"그 따위 녀석들에게는 그저 아무 말도 하지 않는 게 상책이야." 맥코이 씨가 말했다. "그게 내 의견이야!"

커넌 부인이 방으로 들어와 탁자 위에 쟁반을 놓으며 말했다.

"어서들 드세요, 여러분."

파우어 씨는 체면을 차리느라고 일어서며 의자를 부인에게 권했다. 부인은 아래층에서 다리미질을 하는 중이라고 말하면서 이를 사양했다. 그리고 파우어 씨의 등뒤에 있는 커닝엄 씨와 서로 고개를 끄덕인 다음 방을 떠나려고 했다. 남편은 그녀에게 고함을 질렀다.

"여보, 내게는 아무것도 없단 말이오?"

"아, 당신! 내 손등이나 드릴까!" 커넌 부인은 앙칼지게 쏘아붙였다.

남편은 부인 등에다 대고 다시 고함을 질렀다.

"이 가련한 남편한테는 아무것도 없단 말이지!"

그가 우스꽝스런 목소리와 얼굴을 지어 보이자, 다른 사람들은 '와' 하고 웃었으며 그러는 가운데 흑맥주 술병을 돌렸다.

신사들은 잔에다 술을 따라 마시고는 잔을 다시 탁자 위에 놓았다. 그때 커닝엄 씨가 파우어 씨에게 고개를 돌리고 무심히 말했다.

"목요일 밤이라고 했지, 재크."

"그래, 목요일이야." 파우어 씨가 말했다.

"좋아!" 하고 코닝엄 씨가 재빨리 말했다.

"몰리네 집에서 만나기로 하지." 맥코이 씨가 말했다. "그곳이 제일 편리한 곳일 테니까."

"하지만 늦어서는 안 되네." 파우어 씨가 진지하게 말했다. "분명히 사람들이 문간까지 꽉 찰 테니까."

"그럼 7시 반에 만나세." 맥코이 씨가 말했다.

"좋아!" 커닝엄 씨가 말했다.

"몰리네 집에서 7시 반에!"

잠시 침묵이 흘렀다. 커넌 씨는 자기도 친구들의 비밀 이야기에 끼여들 수 없을까 하는 눈초리로 기다리고 있다가 이내 물었다.

"도대체 무슨 일이야?"

"오, 아무것도 아니야." 커닝엄 씨가 말했다. "목요일에 단지 뭘 조금 해 볼까 하는 것뿐이지."

"오페라가?" 커넌 씨가 물었다.

"아니야, 아니." 커닝엄 씨가 회피하는 듯한 말투로 말했다. "그저 잠깐…… 종교상의 문제로."

"오." 커넌 씨가 말했다.

다시 침묵이 흘렀다. 그러자 파우어 씨는 솔직히 털어놓았다.

"사실대로 말하면 톰, 우린 묵상 기도(피정)를 하려고 하네."

"그래, 그거야." 커닝엄 씨가 말했다. "재크와 나, 그리고 여기 맥코이가 말이야——단지를 좀 씻을까 하고 말일세."

그는 은근히 힘을 주어 비유를 하고 자신의 목소리에 힘을 얻은 듯 다시 말을 이었다.

"글쎄, 우린 모두 생각하면 한패의 악당들이란 말이야. 너나 할 것 없이. 글쎄 모두가 다." 그는 무뚝뚝하게 연민에 찬 듯 말을 덧붙이고 파우어 씨에게로 고개를 돌렸다. "자, 자백을 하자구!"

"자백하지." 파우어 씨가 말했다.

"나도 자백하겠네." 맥코이 씨가 말했다.

"그래, 우리 모두 함께 단지를 씻으러 가려는 거야."

커닝엄 씨가 말했다.

무슨 생각이 문득 그에게 떠오르는 것 같았다. 그는 갑자기 환자에게로 고개를 돌리며 말했다.

"톰, 자네 방금 내 머리에 무슨 생각이 떠올랐는지 알아? 자네도 합세를 한다면 말이야. 우린 사중무(四重舞)를 출 수 있지."

"좋은 생각이야." 파우어 씨가 말했다. "우리 넷이 함께 말이야."

커넌 씨는 잠자코 있었다. 그와 같은 제의도 그의 마음엔 아무런 의미를 가져다 주지 못했지만, 그 어떤 영혼의 섭리가 그를 위해 작용하는 것이 아닌가 하여 위신 때문에 시치미를 떼고 있을 수도 있다는 생각이 들었다. 그는 한참 동안 그들의 대화에 끼지 않았으나 다소 적의를 품은 듯한 태도로 귀를 기울이고 있었다. 그 동안 그의 친구들은 예수회에 관하여 토론하고 있었다.

"나도 예수회에 대하여 그렇게 나쁘다고는 생각지 않아." 그는 마침내 끼여들며 말했다. "그들은 훈련된 종단(宗團)이야. 그들의 취지도 나쁘지 않다고 생각해."

"그들은 교회 가운데서도 가장 큰 종단이야, 톰." 커닝엄 씨가 열렬히 말했다. "예수회 총회장은 교황 다음이니까."

"내 얘기는 틀림이 없어." 맥코이 씨가 말했다. "무슨 일이든 특별히 잘 되기를 바란다면 예수회 교인에게 가야 해. 그들은 영향력도 대단하지. 한 가지 예를 들면……”

“예수회 종단은 훌륭한 집단이야.” 파우어 씨가 말했다.

“예수회 종단에는 참 묘한 데가 있어.” 커닝엄 씨가 말했다. “교회의 모든 다른 교단은 한두 번은 개혁을 해야 했지만, 예수회 교단만은 단 한 번도 개혁을 한 적이 없으니. 부패한 적이 한 번도 없었단 말이야.”

“그런가?” 맥코이 씨가 물었다.

“그건 사실이야.” 커닝엄 씨가 말했다. “역사가 증명하지.”

“또한 그들의 성당을 보고 거기 모이는 회중(會衆)들을 보란 말이야.” 파우어 씨가 말했다.

“예수회는 상류 계급의 기호에 맞지.” 맥코이 씨가 말했다.

“그래.” 커넌 씨가 말했다. “내가 호감을 갖고 있는 것도 바로 그 때문이야. 그 중 몇몇 신부들은 속되고 무식하고 오만하고……”

“그들도 모두 착한 사람들이야.” 커닝엄 씨가 말했다. “제 나름대로 말이야. 아일랜드의 성직자는 전세계에서 존경을 받고 있어.”

“아, 그래요.” 파우어 씨가 말했다.

“대륙의 다른 몇몇 성직자들과는 다르지.” 맥코이 씨가 말했다.

“이름값도 못 하는 자들하고는.”

“아마 자네가 옳을지도 몰라.” 커넌 씨가 누그러지며 말했다.

“물론 내가 옳지.” 커닝엄 씨가 말했다. “내가 오랫동안 이 세상을 살아오면서, 그리고 세상만사를 보아오면서 인물 판단도 제대로 못 했겠나.”

신사들은 잇달아 다시 술을 마셨다. 커넌 씨는 마음속으로 무엇을 곰곰이 생각하는 눈치였다. 그는 감명을 받았던 것이다. 그는 커닝엄 씨를 판단력 있고 사람에 대한 감식력이 있는 사람으로 높이 평가하고 있었다.

그는 자세한 것을 물어보았다.

“아, 그저 묵상 기도일 뿐이야.” 커닝엄 씨가 말했다. “퍼던 신부님이 주재하시지. 사업가들을 위한 거라네.”

"그분은 우리한테 지나치게 엄하게 하시지는 않을 거야, 톰." 파우어 씨가 권유하듯 말했다.

"퍼던 신부? 퍼던 신부?" 환자가 말했다.

"아니, 자네 그분은 잘 알 텐데, 톰." 커닝엄 씨가 힘주어 말했다. "멋진 쾌남아시지! 우리처럼 세상일에 밝은 분이야."

"아…… 그래. 알 것 같아. 얼굴이 좀 붉고 키가 크지."

"맞았어, 바로 그분이야."

"그런데 말해봐, 마틴…… 설교를 잘하는 분인가?"

"아니야…… 꼭 설교라곤 할 수 없지. 마치 일종의 친구간의 대화 같은 거야, 알겠나? 상식적인……"

커넌 씨는 생각에 잠겼다. 맥코이 씨가 말했다.

"오, 톰 버크 신부. 그분은 대단한 사람이야!"

"오, 톰 버크 신부는," 커닝엄 씨가 말했다. "타고난 웅변가시지. 톰, 자네 그분 설교 들은 적이 있나?"

"들은 적이 있느냐고!" 환자는 흥분한 듯 말했다. "아무렴! 들었네만……"

"그런데도 대단한 신학자라곤 하지 않던데 그래." 커닝엄 씨가 말했다.

"그래?" 맥코이 씨가 물었다.

"아, 물론 잘못은 없지, 알겠나. 사람들이 단지 이따금 그분의 설교가 정통파의 것이 되지 못한다고들 하지."

"아!…… 그분은 참 대단한 사람이야." 맥코이 씨가 말했다.

"언젠가 그분의 설교를 들었어." 커넌 씨가 말을 계속했다. "지금은 설교 제목을 잊어버렸지만. 크로프턴과 나는 거기 뒷자리에 있었지…… 알겠나…… 거기……"

"성당 말이지." 커닝엄 씨가 말했다.

"그래, 뒷좌석 문 가까이였어. 무슨 설교였는지 지금은 잊어버렸지만……

오, 그래, 교황에 관한 것이었어. 돌아가신 교황 말이야. 잘 기억하고 있어. 정말 멋있었지. 말솜씨하며 그 음성이 말이야! 정말이지 멋진 음성이었다니까! 교황을 '바티칸의 죄수'라고 부르더군. 우리들이 바깥에 나왔을 때 크로프턴이 내게 한 말을 난 기억하네."

"하지만 크로프턴은 오렌지 당원[6] 아닌가?" 파우어 씨가 물었다.

"물론이지." 커넌 씨도 말했다. "정말 착실한 오렌지 당원이야. 우린 무어 가에 있는 버틀러 주점에 들어갔지. 정말 난 사실대로 말하지만 마음으로 감동을 받았어. 그리고 당시 크로프턴이 한 말을 정말 잘 기억하고 있어. 그는 '커넌, 우린 서로 다른 제단에서 섬기고 있지만 우리들의 믿음은 한가지야' 하고 말했어. 정말 표현을 잘했기에 나를 감동시켰지."

"그 말에는 깊은 뜻이 담겨 있어." 파우어 씨가 말했다. "톰 신부가 설교하는 성당에는 언제나 신교도들이 떼를 지어 왔었지."

"신교도와 구교도 사이에는 별반 차이가 없어." 맥코이 씨가 말했다. "우린 다 함께 믿고 있지……"

그는 잠시 주춤거렸다.

"……구세주를 말이야. 단지 신교도들은 교황과 성모 마리아를 믿지 않을 뿐이지."

"그러나 물론," 커닝엄 씨는 조용하고 적절하게 말했다. "우리의 종교야말로 진짜 종교지, 오래 되고 근본적인 신앙이지."

"여부가 있나." 커넌 씨가 흥분하여 말했다.

그때 커넌 부인이 침실 문간에 나타나 알렸다.

"여기 손님이 오셨어요!"

"누군데요?"

"포가티 씨입니다."

---

6) 아일랜드에서 신교와 영국을 옹호하기 위해 1759년에 창설된 단체인 오렌지 (Orange)당의 당원.

"오, 들어와요, 들어와."

창백한 타원형의 얼굴이 불빛 속으로 다가왔다. 기다란 금빛 콧수염의 반원이 즐거운 듯 놀란 두 눈 위의 곡선을 이룬 금빛 눈썹과 서로 닮아 보였다. 포가티 씨는 신중한 성격의 식료품상이었다. 그는 한때 시내에서 허가를 받고 주점을 경영하다 실패했는데, 그 이유인즉 여의치 못한 재정적 조건으로 어떤 이류 증류업자, 그리고 양조업자와 특약을 맺어야 했기 때문이었다. 그는 굴래스네빈 가도에다 조그마한 가게를 열었고 자신의 태도가 그 지역 아낙네들의 비위를 맞출 수 있을 것이라는 데 자못 만족하고 있었다. 그는 점잖고 품위 있게 처신했고, 아이들을 칭찬해주었으며 세련된 말씨로 이야기했다. 그는 교양도 없지 않았다

포가티 씨는 반 파인트짜리 특제 위스키를 선물로 가져왔다. 그는 예의 바르게 커넌 씨의 안부를 묻고 선물을 탁자 위에 놓은 다음 친구들과 나란히 앉았다. 커넌 씨는 포가티 씨와의 사이에 약간의 식료품 외상값이 해결되지 않은 채 남아 있다는 것을 알고 있었기 때문에 그 선물을 가일층 감사히 여겼다. 그는 말했다.

"정말이지 자네답군 그래. 재크. 그걸 따주겠나?"

파우어 씨는 다시 맡은 역할을 했다. 잔을 비우고 다섯 잔에 위스키를 조금씩 따랐다. 이 새로운 술기운이 대화에 활기를 북돋아주었다. 포가티 씨가 좁은 의자에 꼿꼿이 앉아 유난히 관심을 보였다.

"교황 레오 13세는 당대의 등불 중의 하나였지. 그의 위대한 생각은 라틴 교회와 그리스 정교회의 통합이었어. 그것이 그의 필생의 목표였지." 커닝엄 씨가 말했다.

"그가 유럽에서 가장 지적인 사람 중의 하나였다는 말을 나도 가끔 들었어." 파우어 씨가 말했다. "그가 교황이라는 걸 별개로 하고라도 말이야!"

"사실이야." 커닝엄 씨가 말했다.

"가장 지적이었다고는 할 수 없어도 교황으로서의 그의 모토는 Lux upon

Lux ── 빛 위의 빛 ──이었지.”

“아니야, 아니야.” 포가티 씨가 열심히 말했다. “그 점에선 자네가 틀린 것 같아. Lux in Tenebris[7]였다고 생각해. ‘어둠 속의 빛’ 말이야.”

“오, 그래.” 맥코이 씨가 말했다. “Tenebris가 아니라 Tenebrae지.”

“아닐세.” 커닝엄 씨가 적극적으로 말했다. “Lux upon Lux가 맞아. 그리고 그의 전임자인 교황 비오 9세의 모토는 Crux upon Crux ── 즉 ‘십자가 위의 십자가’였으니 그들 두 교황의 차이를 알 수 있지.”

이 같은 추론은 좌중의 인정을 받았다. 커닝엄 씨는 말을 계속했다.

“교황 레오는, 알겠어, 위대한 학자요 시인이었어.”

“그는 억센 얼굴을 지녔었지.” 커넌 씨가 말했다.

“그래.” 커닝엄 씨도 동의했다. “그는 라틴어로 시를 썼지.”

“그래요?” 포가티 씨가 물었다.

맥코이 씨는 만족스러운 듯 위스키를 맛보고, 이중의 의도를 지니고 고개를 흔들면서 말했다.

“그건 정말이지 절대로 농담이 아니야.”

“우린 그걸 배운 적이 없어, 톰.” 파우어 씨도 맥코이 씨의 말투를 흉내내며 말했다. “우리가 빈민학교에 다닐 때도 말이야.”

“겨드랑이에 뗏장을 끼고 빈민학교에 다닌 사람들 가운데도 위대한 사람이 참 많았지.” 커넌 씨는 격언식으로 말했다. “옛날 제도가 최고야, 소박하고 솔직한 교육 말이야. 오늘날의 실속이 없는 교육과는 달라……”

“그렇고말고.” 파우어 씨가 말했다.

“불필요한 것은 하나도 없었지.” 포가티 씨가 말했다. 그는 분명히 말하고 신중하게 술을 마셨다.

“읽은 것이 기억나.” 커닝엄 씨가 말했다. “사진기의 발명에 관해 쓴 교

---

7)《불가타 성서(Vulgate. 4세기에 된 라틴어 역의 성서)》〈요한의 첫째 편지〉제1장 5절의 글귀.

황 레오의 시 한 수를 말이야——물론 라틴어로 씌었지.”

“사진기에 관해서!” 커넌 씨가 외쳤다.

“그래.” 커닝엄 씨가 대답했다.

그도 잔을 들어 술을 마셨다.

“글쎄 말이야,” 맥코이 씨가 말했다. “사진이란 생각해보면 정말 신기한 거 아닌가?”

“물론 위대한 마음은 사물을 판단하는 눈이 있어.” 파우어 씨가 말했다.

“시인이 말하듯이 ‘위대한 마음이란 미친 사람과 가장 가깝다’는 거지.” 포가티 씨가 말했다.

커넌 씨는 마음이 괴로운 듯 보였다. 그는 어떤 괴로운 문제에 관한 신교의 교리를 기억해내려고 애쓰다가 마침내 커닝엄 씨에게 말을 걸었다.

“말해보게, 마틴.” 그는 말했다. “교황 가운데 약간은——물론 현재의 교황이나 또는 그의 전임자를 두고 하는 얘기는 아니지만, 옛날 교황들 가운데 몇몇은——꼭 그렇게…… 알겠어……완전무결하다고는?”

잠시 침묵이 흘렀다. 커닝엄 씨가 말했다.

“아, 물론 그야 몇몇 나쁜 자들도 있었지…… 하지만 놀라운 것은 바로 이거야. 그들 가운데 단 한 사람도, 아무리 지독한 술주정뱅이도, 아무리 철저한 악한도 그의 교황의 권위로서 단 한마디의 거짓 교리를 설교한 사람은 없었다는 사실이야. 그래, 이건 정말 놀라운 일 아닌가?”

“사실이야.” 커넌 씨가 말했다.

“그래. 교황이 교황의 권위로 말할 때는 절대로 과오를 범하는 일이 없기 때문이야.” 포가티 씨가 설명했다.

“그래.” 커닝엄 씨가 말했다.

“오, 교황의 불과오설(不過誤說)[8]에 관해서 난 알고 있어. 내가 기억하기

---

8) 교황이 교황으로서 신앙 및 도덕에 관하여 선언하는 바에는 과오가 없다는 설. 비오 9세에 의하여 1870년의 바티칸회의에서 의결된 교의(教義)임.

로는 내가 아직 어렸을 때…… 아니면 그것이……?"

포가티 씨가 말을 가로챘다. 그는 술병을 들어 다른 사람들에게 술을 조금씩 따라주며 권했다. 맥코이 씨는 술이 한차례 돌기에 충분치 못함을 보고, 처음 잔에 술이 아직 남아 있다고 사양했다. 다들 마지못한 채 술을 받았다. 술잔에 떨어지는 위스키의 가벼운 음향은 근사한 간주곡이었다.

"자네 어디까지 얘기했더라, 톰?" 맥코이 씨가 물었다.

"교황의 불과오설까지야." 커닝엄 씨가 말했다. "이건 교회의 역사를 통하여 가장 위대한 장면이었어."

"어떤 장면이었는데, 마틴?" 파우어 씨가 물었다.

커닝엄 씨는 두 개의 굵은 손가락을 쳐들었다. "추기경, 대주교, 주교들로 구성된 추기경단에서, 알겠나, 두 사람이 설(設)에 반대했지. 다른 사람들은 찬성했는데 말이야. 전체 비밀회의에서 이 두 사람을 제외하고는 만장일치였어. 절대로! 이 두 사람은 찬성하려 하지 않았어!"

"하!" 맥코이 씨가 말했다.

"그리고 그들 중 한 사람은 이름이 돌링인지…… 다울링인지 하는 독일 추기경이었어…… 아니면——"

"다울링은 독일 이름이 아니야. 그건 틀림없어." 파우어 씨가 큰소리로 웃으며 말했다.

"글쎄, 이름이야 어쨌든 이 위대한 독일 추기경이 그들 중 한 사람이었고 다른 한 사람은 존 맥헤일[9]이었어."

"뭐라고?" 커넌 씨가 소리쳤다. "튜엄[10]의 존 말인가?"

"그래. 그게 확실해?" 포가티 씨가 의심스러운 듯 물었다. "난 어떤 이탈리아 사람이나 아니면 미국 사람일 거라고 생각했는데."

---

9) 처음에는 교황 불과오설에 반대했다가 그것이 의결되자 이내 복종했다는 것으로 유명함. 아일랜드 독립투사이기도 함(1791~1881).
10) 아일랜드의 서부 도시명.

"튜엄의 존, 바로 그 사람이었어." 커닝엄이 반복해 말했다.

그가 술을 들이키자 다른 사람들도 그를 따라 술을 마셨다. 그는 이내 말을 이었다.

"그리하여 세계 도처에서 온 모든 추기경, 주교 및 대주교들과 이 두 투사(鬪士) 사이에 일대 논쟁이 벌어지자, 마침내 교황 스스로 벌떡 일어나 교황의 권위로 교황의 불과오설이야말로 교회의 교리라고 선언했지. 그러자 바로 그 순간에 지금까지 계속 반대만 해오던 존 맥헤일이 벌떡 자리에서 일어나 사자 같은 목소리로 '찬성이오(Credo)!' 하고 소리를 쳤지 뭐야."

"'믿소!' 라는 말이군." 포가티 씨가 말했다.

"'찬성이오(Credo)!'" 커닝엄 씨가 말했다. "그건 그 사람의 신앙을 보여 준 거야. 그는 교황이 말하는 순간 복종하고 만 거야."

"그리고 다울링은 어떻게 됐어?" 맥코이 씨가 물었다.

"그 독일 추기경은 복종하지 않았어. 그는 교회를 떠나고 말았지."

커닝엄 씨의 말은 듣고 있던 사람들의 마음속에 교회라는 거대한 이미지를 불러일으켰다. 그의 깊고 우렁찬 목소리가 신앙이니 복종이니 하는 말을 터뜨리자 그들을 감동시켰던 것이다. 커넌 부인이 손을 닦으며 방안에 들어왔을 때, 방안의 분위기는 엄숙하기만 했다. 그녀는 침묵을 깨뜨리지 않고 침대 발치의 쇠난간 위로 몸을 기대었다.

"난 언젠가 존 맥헤일을 본 적이 있어." 커넌 씨가 말했다. "그리고 난 그 일을 내가 살아 있는 한 결코 잊을 수 없을 거야."

그는 확인을 요구하듯 아내 쪽으로 고개를 돌렸다.

"당신한테 가끔 얘기했었잖소?"

커넌 부인은 고개를 끄덕였다.

"존 그레이 경[11]의 동상 제막식 때였어. 에드먼드 드와이어 그레이가 수

---

11) 버블린 상수도 창설의 유공자로 알려짐(1816~75).

다를 떨면서 연설을 하고 있는데 거기에 그 나이 많은 친구인, 심술궂게 생긴 영감이 그의 짙은 눈썹 밑으로부터 그를 노려보고 있었지."

커넌 씨는 이맛살을 찌푸리고 화가 난 황소처럼 고개를 숙이면서 그의 아내를 노려보았다.

"맙소사!" 그는 본래의 얼굴로 돌아가며 외쳤다. "난 사람의 얼굴이 그런 눈을 하고 있는 걸 본 적이 없어. 마치 '너를 제대로 알아봤다, 요놈' 하고 말하는 것 같았어. 마치 매와 같은 눈을 하고 있었어."

"그레이 집안에 쓸모 있는 사람은 없어." 파우어 씨가 말했다.

잠시 침묵이 흘렀다. 파우어 씨는 커넌 부인에게로 몸을 돌리고 명랑하게 불쑥 말했다.

"그런데 커넌 부인, 우리는 주인 양반을 하느님을 두려워하는 독실하고 경건한 로마 카톨릭 교도로 만들어볼 작정입니다."

그는 그곳에 모인 사람들이 다 포함된다는 듯 팔을 저었다.

"우린 다 함께 묵상 기도회에 가서 죄를 고백할 작정입니다. 우리에겐 정말 그게 필요해요."

"난 상관없어." 커넌 씨가 약간 신경질적으로 웃으며 말했다.

커넌 부인은 자신의 만족감을 감추는 것이 한층 현명하리라 싶어 이렇게 말했다.

"당신 이야기에 귀를 기울여 줄 신부님이 가엾기도 하시지."

커넌 씨의 얼굴 표정이 바뀌었다.

"듣기 싫다면," 그는 퉁명스럽게 말했다. "딴 짓이나 하라지…… 난 그저 조그마한 근심거리를 이야기하려는 거야. 난 그렇게 나쁜 사람은 아니란 말이야……"

커닝엄 씨가 재빨리 말을 가로막았다.

"우리 모두 악마를 물리치도록 하세." 그는 말했다. "다 함께 악마의 유혹과 허세를 잊지 말고."

“사탄이여, 썩 물러가라!” 포가티 씨가 소리를 내어 웃으며 다른 사람들을 쳐다보면서 말했다.

파우어 씨는 입을 다물고 있었다. 그는 완전히 함정에 빠진 느낌이었다. 그러나 곧 즐거운 표정이 얼굴에 빛났다.

“우리가 해야 할 일은 촛불을 양손에 들고 영세 서약을 다시 하는 거요.” 커닝엄 씨가 말했다.

“오, 촛불을 잊지 말게, 톰.” 맥코이 씨가 말했다. “무엇을 하든지 간에.”

“뭐라고?” 커넌 씨가 말했다. “촛불을 들어야 한다고?”

“아, 그럼.” 커닝엄 씨가 말했다.

“천만에, 망할 것 같으니.” 커넌 씨가 민첩하게 말했다. “내가 하는 일에도 한계가 있어. 나도 그만한 일은 충분히 할 수 있어. 묵상 기도를 하는 일이나 고해 따위는 하겠지만……그러나……촛불만은 안 돼! 천만에, 망할, 촛불만은 안 된단 말이야!”

그는 익살스레 위협하며 머리를 저었다.

“저 소리 좀 들어보세요.” 그의 아내가 말했다.

“촛불만은 안 돼.” 커넌 씨는 듣고 있는 사람들에게 자기가 한 말이 효과를 나타냈다는 걸 의식하듯 계속 고개를 이리저리 저으면서 말했다.

“그 따위 요술 같은 건 싫어.”

모두가 한바탕 웃어댔다.

“정말 훌륭한 카톨릭 교도군!” 커넌 부인이 말했다.

“촛불은 안 돼!” 커넌 씨는 단호하게 거듭 말했다. “그것만은 안돼!”

*

가디너 가에 있는 예수회 성당의 수랑(袖廊)은 사람들로 거의 가득 차 있었다. 그리고 아직도 사람들이 시시각각 옆문으로 들어와서, 조수사(助修士)

의 안내를 받으며 발끝으로 통로를 따라 살금살금 걸어가서 앉을 자리를 찾았다. 사람들은 모두 옷을 잘 차려 입었고 질서정연했다. 성당의 등불이 여기저기 트위드 나사복(羅紗服)으로 두드러져 보이고 검은 옷에 하얀 칼라 차림을 한 무리들과 까맣고 얼룩덜룩한 무늬가 있는 녹색 대리석 기둥, 그리고 우중충해 보이는 유화 그림을 비췄다. 신사들은 바지를 무릎 위로 약간 끌어올리고 긴 의자에 앉아 있었으며 모자를 무릎 위에 안전하게 놓고 있었다. 그들은 등을 기대고 앉아 높은 제단 앞에 매달린 먼 곳의 빨간 불빛 얼룩을 똑바로 응시하고 있었다.

설교단 근처의 한 의자에 커닝엄 씨와 커넌 씨가 앉아 있었다. 그 뒤 의자에는 맥코이 씨가 혼자 앉아 있었다. 그리고 그의 뒤 의자에는 파우어 씨와 포가티 씨가 앉아 있었다. 맥코이 씨는 다른 사람들과 같은 의자에 앉으려고 자리를 찾았으나 자리가 없었다. 그리고 그는 모두 주사위의 다섯 눈꼴로 앉았다고 우스갯소리를 해보았으나 친구들을 웃기지 못했다. 그는 이러한 노력을 해보았으나 뜻을 이루지 못하자 포기하고 말았다. 그도 역시 경건한 분위기를 감지하여 종교적 자극에 호응하기까지 했다. 커닝엄 씨는 귓속말로 커넌 씨에게 약간 거리를 두고 앉아 있는 고리대금업자 하포드 씨와 새로 선출된 시의원(市議員) 한 사람과 함께 설교단 바로 아래 앉아 있는 등기업자요 시장 보좌관인 패닝 씨를 쳐다보게 했다. 오른쪽에는 3개의 전당포를 갖고 있는 마이클 그라임즈 노인과 시 사무장직에 내정되어 있는 단 호건의 조카가 앉아 있었다. 앞쪽 먼 곳에 《프리먼즈 저널》 지의 주필인 헨드리크 씨와 한때 실업계의 상당한 거물로서 커넌 씨의 옛 친구였던 가련한 오캐롤 씨가 앉아 있었다. 점차 낯익은 사람들을 발견하자 커넌 씨는 마음이 놓이기 시작했다. 아내가 손질해준 모자가 무릎 위에 놓여 있었다. 한두 번 그는 한 손으로 소매 끝을 끌어내리고 다른 손으로 모자챙을 가볍게, 그러나 단단히 붙들고 있었다.

몸의 윗부분을 하얀 법의로 감싼, 풍채가 있어 보이는 사람이 애써 설교단으로 올라가고 있는 것이 눈에 띄었다. 동시에 동요하던 군중들이 손수건을 꺼내고 그 위에 조심스럽게 무릎을 꿇었다. 커넌 씨는 모든 사람들이 하는 대로 따랐다. 이제 설교단 위에 똑바로 서 있는 신부의 모습이 보였는데, 커다랗고 붉은 얼굴을 한 그의 몸집의 3분의 2가 난간 위로 드러나 보였다.

퍼던 신부는 무릎을 꿇고 빨간 점과 같은 불빛을 향해 몸을 돌리고 양손으로 얼굴을 가리면서 기도를 드렸다. 잠시 후에 그는 얼굴을 들고 자리에서 일어섰다. 회중들도 자리에서 일어나 의자에 앉았다. 커넌 씨는 모자를 무릎 위의 본래의 자리에다 도로 놓고 설교자 쪽으로 얼굴을 주의 깊게 돌렸다. 설교자는 그의 법의의 넓은 소매를 정중하고 커다란 몸짓으로 하나씩 뒤로 젖힌 다음, 회중의 얼굴을 천천히 죽 살폈다. 그런 다음 그는 말했다.

"세속의 자녀들이 자기네들끼리 거래하는 데는 빛의 자녀들보다 더 약다. 그러니 잘 들어라. 세속의 재물로라도 친구를 사귀어라. 그러면 재물이 없어질 때에 너희는 영접을 받으며 영원한 집으로 들어갈 것이다" [12]

퍼던 신부는 우렁찬 목소리로 확신을 가지고 이 성구에 대한 이야기를 전개해나갔다. 이는 성경 가운데서 적절히 해석하기가 가장 어려운 구절 중의 하나라고 그는 말했다. 이 성구는 얼핏 보기에 예수 그리스도께서 다른 곳에서 설교하신 높은 도덕성과는 모순될지도 모른다. 그러나 이 성구는 세속적인 인생을 영위해야 할 운명에 있는 사람으로서 속되지 않게 인생을 영위하고자 하는 자의 지침으로서 특별히 적합한 것이라고 그는 청중들에게 말했다. 이 성구는 실업가와 직업인을 위한 것이다. 인간의 성품의 구석구석을 이해하는 성스러운 지혜를 가지신 예수께서는 모든 인간이 다 종교 생활

---

12) 〈루가의 복음서〉 제16장 8, 9절의 글귀.

을 해야 하는 것이 아니요, 대다수의 인간들은 억지로라도 속세를 위하여 살아야 함을 이해하고 계셨다. 그리하여 이 성구 속에서 예수께서는 그러한 사람들에게 충고의 말씀을 주고자 하셨고, 종교 문제에 있어서 모든 사람들 가운데서도 가장 관심이 없는 배금주의자들을 종교 생활의 모범으로 그들 앞에 보이게 하셨던 것이다.

그는 청중들에게 자신이 오늘 저녁 이곳에 참석한 것은 어떤 무시무시하고 과장된 목적을 위해서가 아니요, 속세의 한 인간으로서 동료들에게 이야기하기 위해서라고 했다. 그는 실업인에게 이야기하기 위해 왔으니 실업인처럼 이야기하고 싶다고 했다. 만일 암유(暗喩)를 쓸 수가 있다면 자신은 청중들의 영혼의 회계사라고 했다. 그리하여 그는 듣고 있는 사람들 각자가 인생의 장부를 펼치고 그것이 양심과 정확하게 부합하는지 보도록 하고 싶다고 했다.

예수 그리스도는 엄한 스승은 아니셨다. 그분께서는 우리들의 작은 잘못을 이해하셨고, 우리들의 타락한 본성의 미약함을 이해하셨으며 이 세상의 여러 가지 유혹을 이해하고 계셨다. 우리들은 유혹에 빠질 뻔했으며 때때로 빠진 적도 있었다. 우리들은 과오를 저지를 뻔했으며 또한 저지르기도 했다. 그러나 단 한 가지만은 청중들에게 부탁하고 싶다고 했다. 그것은 하느님께 솔직하고 인간다워야 한다는 것이었다. 만일 각자의 장부가 모든 점에서 부합된다면 이렇게 말하라고 했다.

"자, 저의 회계장부를 확인해 보았습니다. 모든 것이 다 들어맞았습니다."

그러나 가끔 있는 일이지만, 만일 무슨 착오가 있다면 사실을 시인하고 인간답게, 솔직하게 이렇게 말하라고 했다.

"자, 저는 회계장부를 조사해보았습니다. 저는 이런 점과 이런 점이 잘못임을 알았습니다. 그러나 하느님의 은총으로 저는 이러이러한 것을 시정하겠습니다. 저의 장부를 올바로 맞추어보겠습니다."

죽은 사람들

문지기의 딸 릴리는 문자 그대로 발이 닳아빠질 지경이었다. 아래층에 있는 부엌 뒤의 자그마한 식기실로 신사 한 분을 모시고 들어와 미처 외투를 벗겨주기도 전에 칙칙거리는 현관문 초인종이 울려 텅 빈 현관 마루로 달려가 또 다른 손님을 맞아들여야 했다. 여자 손님들의 시중까지 맡지 않은 것이 그녀에게는 정말 다행이었다. 그러나 케이트 양과 줄리아 양이 그럴 줄 알고 미리 이층 목욕실을 여자들의 옷 갈아입는 방으로 개조해놓았다. 케이트 양과 줄리아 양은 거기서 잡담을 하면서 깔깔거리고 수선을 떨다가 층계 꼭대기까지 몰려나와서는 난간 너머로 아래쪽을 기웃거리며 릴리에게 소리를 질러 누가 왔느냐고 묻기도 했다.

모컨 자매가 해마다 갖는 댄스 파티는 언제나 큰 행사였다. 그들을 아는 사람들은 모두 파티에 왔다. 일가 친척들, 가문의 옛 친구들, 줄리아가 속해 있는 합창단 단원들, 이제 성인이 된 케이트의 제자들, 그리고 메리 제인의 제자들도 몇몇 있었다. 파티가 재미없게 끝난 적은 한 번도 없었다. 그 누구나 기억할 수 있는 한, 몇 년 동안이나 이 파티는 정말 멋지게 진행되어왔다. 오빠 패트가 세상을 떠난 뒤로 케이트와 줄리아가 단 하나뿐인 조카 메리 제인을 데리고 스토니 배터[1]에 있는 집을 떠나 어셔즈 아일랜드[2]

의 어두컴컴하고 음산한 이 집에 와서 함께 산 이래로 파티는 성황을 이루며 계속되었다. 그들은 이 집의 위층을, 아래층에서 곡물 도매상을 하는 플럼 씨로부터 세내어 살고 있었다. 그것은 줄잡아 30년이 훨씬 넘는 예전의 일이었다. 당시 짧은 옷을 입은 소녀였던 메리 제인은 이제 집안의 기둥 구실을 했는데, 그 이유인즉 그녀는 헤딩턴 로(路)에 있는 성당에서 오르간을 쳤기 때문이다. 그녀는 왕립음악학교를 졸업했고 해마다 앤티언트 음악당 2층에서 제자들의 연주회를 개최했다. 그녀의 제자들 가운데 많은 사람이 킹즈타운과 달키 연변에 사는 부유한 가문의 자식들이었다. 비록 나이를 먹긴 해도 그녀의 두 고모 또한 자기 몫을 했다. 줄리아는 비록 백발이긴 해도 아직도 아담 앤드 이브즈 성당에서 제1 소프라노였고, 케이트는 몸이 너무 허약하여 밖에 나다닐 수 없었기 때문에 뒷방에 있는 오래 된 구식의 피아노를 가지고 초보자들에게 음악 개인지도를 했다. 문지기의 딸인 릴리가 그들을 위해 살림을 도맡았다. 그들의 생활은 검소하긴 했으나 잘 먹는 것이 상책이라 생각했기 때문에 무엇이든 제일 좋은 것, 즉 다이아몬드형으로 썬 등심고기를 먹었고, 3실링짜리 차(茶)와 최고급 흑맥주를 마셨다. 릴리는 시키는 대로 별반 잘못을 저지르지 않고 세 마님을 잘 모시고 살아갔다. 그들은 지나치게 수선을 떨 뿐, 그것이 전부였다. 그러나 그들은 말대꾸만은 참을 수 없어했다.

물론 그들이 오늘 같은 밤에 이처럼 수선을 떠는 데는 그럴 만한 이유가 있었다. 10시가 지난 지 오래인데도 게이브리얼과 그의 아내가 오는 기미는 보이지 않았다. 게다가 그들은 프레디 맬린즈가 술에 취해 오지나 않을까 몹시 염려 하고 있었다. 어떤 일이 있어도 메리 제인의 제자들에게 그의 술 취한 꼴을 보여서는 안 되었다. 그리고 그는 그토록 술에 취하면 때때로 다루기가 몹시 힘이 들었다. 프레디 맬린즈는 언제나 늦게 마련이었지만 게이

---

1) 리피 강 북쪽에 위치한 더블린의 거리.
2) 리피 강 남쪽에 위치한 부두가.

브리얼이 왜 이렇게 늦는지 궁금했다. 그 일 때문에 그들 자매는 2분마다 난간이 있는 데로 와서 게이브리얼이나 프레디가 왔는지 릴리에게 묻는 것이었다.

"오, 콘로이 씨." 릴리가 게이브리얼에게 문을 열어주며 말했다.

"케이트 아주머니와 줄리아 아주머니께서는 아저씨가 안 오시는가보다고 하셨어요. 안녕하세요, 콘로이 부인."

"그러셨을 테지." 게이브리얼이 말했다. "그러나 여기 내 아내가 옷을 입고 나서는 데 지겹게도 3시간이나 걸린다는 사실을 잊으신 게로군."

그는 깔개 위에 서서 덧신에 묻은 눈을 탁탁 털었다. 그러는 동안 릴리는 그의 아내를 계단 아래까지 안내하며 고함을 질렀다.

"케이트 아주머니, 콘로이 부인이 오셨어요."

이 말에 케이트와 줄리아는 당장 어두컴컴한 계단을 뒤뚱거리며 걸어 내려왔다. 두 사람은 게이브리얼의 아내에게 키스를 하며 추워서 고생했겠다고 말하고는 게이브리얼과 함께 오지 않았느냐고 물었다.

"편지와 같이 틀림없이 여기 와 있습니다, 케이트 이모님! 올라가시죠, 곧 따라가겠습니다." 게이브리얼이 어둠 속에서 소리쳤다.

세 여인이 소리내어 웃으면서 이층의 옷 갈아입는 방으로 올라가고 있는 동안 게이브리얼은 계속 신발을 털고 있었다. 눈이 외투의 양 어깨 위에 마치 망토처럼, 그리고 덧신 부리에 콧등 가죽처럼 살짝 테를 두르고 있었다. 그가 눈으로 뻣뻣해진 털 나사(羅紗) 사이로 삐걱 소리를 내면서 외투 단추를 풀자 바깥의 차갑고 향기로운 공기가 외투의 틈과 주름 사이로 들어왔다.

"또 눈이 오나요, 콘로이 씨?" 릴리가 물었다.

그녀는 앞장서서 식기실로 들어가 외투를 벗겨주었다. 게이브리얼은 그녀가 자신의 이름을 세 음절로 부른 것에 미소를 지으며, 그녀를 흘끗 쳐다보았다. 그녀는 날씬하고 한창 피어나는 처녀인데도 얼굴색이 창백하고, 건초빛을 띤 머리칼을 갖고 있었다. 식기실의 가스등 불빛으로 그녀의 얼굴은 한층 창백해보였다. 게이브리얼은 그녀가 꼬마였을 때부터, 그녀가 층층대 맨 아래 칸에 앉아 헝겊 인형을 가지고 놀던 때부터 그녀를 알고 있었다.

"그래, 릴리." 그는 대답했다. "밤새도록 올 것 같군."

그는 이층 마루에서 발을 쿵쿵거리고 질질 끄는 바람에 흔들리고 있는 식기실 천장을 쳐다보며 잠시 동안 피아노 소리에 귀를 기울였다. 그리고 이내 선반 끝에다 자신의 외투를 조심스레 걸고 있는 그 처녀를 흘끗 쳐다보았다.

"이것 봐, 릴리." 그는 다정한 말투로 말했다. "아직도 학교에 다녀?"

"아, 아뇨, 아저씨." 그녀는 대답했다. "학교를 졸업한 지가 일 년도 더 돼요."

"오, 그럼," 게이브리얼이 명랑하게 말했다. "곧 신랑을 보러 결혼식에 가야 할까보다, 응?"

처녀는 어깨 너머로 그를 흘끗 쳐다보며 몹시 신랄하게 말했다.

"요새 남자들이란 입만 까져가지고 여자를 놀려줄 생각만 하는 걸요."

게이브리얼은 잘못을 저지른 듯 얼굴을 붉혔다. 그리고 그녀를 쳐다보지도 못한 채 덧신을 벗어버리고 에나멜 가죽 구두를 목도리로 부지런히 털었다.

그는 건장하고 키가 큰 사나이였다. 그의 두 뺨의 발그레한 빛이 심지어 이마에까지 번져 올라 그곳에서 몇 개의 희미한 붉은 반점이 되어 흩어졌다. 그리고 매끈한 얼굴에서는 예민하고 한시도 가만히 있지 못하는 그의 눈을 가리고 있는 안경의 번뜩이는 렌즈와 반짝이는 도금 안경테가 끊임없이 번쩍거렸다.

그의 윤기 있는 검은 머리는 한가운데를 갈라 귀 뒤로 긴 커브를 이루게 빗겨져 있었고, 모자를 썼던 자국 밑이 약간 꼬부라져 있었다.

그는 구두에 윤기를 낸 다음 일어서서 통통한 몸에 꼭 맞게 조끼를 한층 바싹 밑으로 끌어내렸다. 그런 다음 그는 주머니에서 동전 한 닢을 재빨리 꺼냈다.

"오, 릴리," 그는 동전을 손에 쥐여주며 말했다. "크리스마스잖아? 아주…… 조금이야."

그는 문 쪽으로 재빨리 걸어갔다.

"오, 아니에요, 아저씨!" 그를 뒤따르며 소리쳤다. "정말이에요, 아저씨, 싫어요."

"크리스마스 때야! 크리스마스 때!" 게이브리얼은 계단에 있는 데까지 거의 달리다시피 가면서 애원하듯 그녀에게 손을 흔들며 말했다.

처녀는 그가 이미 계단까지 간 것을 보고 그의 등뒤에다 소리쳤다.

"그럼, 고마워요, 아저씨."

그는 왈츠가 끝날 때까지 응접실 밖에서 기다렸다. 그리고 마루를 스치는 치맛자락과 질질 끄는 구둣소리를 귀담아 듣고 있었다. 그는 처녀의 신랄하고도 갑작스런 대꾸로 여전히 마음이 안절부절 못했다. 그것이 그의 마음에 침울함을 던져주었는데, 그는 소맷부리와 넥타이 매듭을 바로잡음으로써 그 침울함을 없애버리려고 했다. 그런 다음 그는 조끼 호주머니에서 작은 종잇조각을 꺼내어 자신의 연설을 위해 써놓은 골자를 훑어보았다. 그는 로버트 브라우닝[3]의 시(詩)에서 인용해온 것이 너무 마음에 걸렸다. 왜냐하면 여기 모인 손님들에게는 그 수준이 너무 높지 않을까 싶었기 때문이다. 셰익스피어나 아일랜드 서정시집[4]에서 인용했더라면 그들이 이해하기에 한층 낫지 않을까 싶었다. 상스럽게 덜거덕거리는 남자들의 구두 뒤꿈치 소리와 질질 끄는 구두창 소리를 듣자, 그는 그들의 교양 정도가 자신의 것과는 다르다는 생각이 들었다. 그들이 이해하지 못하는 시를 인용함으로써 망신만 당하는 게 아닐까 싶었다. 모두들 자기의 높은 교양을 뽐낸다고 생각할지도 모를 일이다. 식기실에서 처녀에게 말한 것이 실패했듯이 그들에게도 실패하

---

3) 영국 빅토리아 왕조 때의 시인(1812~89).
4) 아일랜드의 민족시인 토머스 무어의 시집.

지 않을까 싶었다. 어조가 잘못되었던 것이다. 연설 모두가 처음부터 끝까지 완전한 실패였다.

바로 그때 그의 두 이모와 아내가 부인용 탈의실에서 나왔다. 그의 이모들은 둘 다 키가 작고 수수한 옷을 입은, 나이가 든 여자들이었다.

줄리아 이모가 1인치 가량 더 컸다. 귀 위까지 낮게 내려뜨린 그녀의 머리칼은 백발이었고, 커다랗고 축 늘어진 그녀의 얼굴은 군데군데 검은 그림자가 져서 잿빛으로 보였다. 비록 체격이 튼튼해 보이고 꼿꼿이 서 있긴 해도 그녀의 이 활기 없는 눈과 벌어진 입술을 보면 자기가 어디에 있는지 또는 어디로 가고 있는지를 알지 못하는 여인의 모습 같았다. 케이트 이모는 조금 더 생기를 띠고 있었다. 동생보다 건강해 보이는 그녀의 얼굴은 마치 쭈굴쭈굴한 붉은 사과처럼 온통 주름살투성이였다. 그리고 늘상 구식으로 땋아 내린 그녀의 머리칼은 익은 밤〔栗〕색깔을 잃지 않고 있었다.

두 이모는 허물없이 게이브리얼에게 키스를 했다. 그는 그들의 사랑하는 조카였다. 즉 항만국(港灣局)에 근무하는 T.J. 콘로이와 결혼했던, 지금은 죽은 언니 엘린의 아들이었다.

"그레타가 말하던데 오늘 밤 몽크스타운으로 돌아가지 않는다지, 게이브리얼?" 케이트 이모가 물었다.

"네." 게이브리얼이 아내를 보며 대답했다. "우리가 작년에 그랬다가 혼이 나지 않았어요? 기억 안 나세요, 케이트 이모님. 그 때문에 그레타가 얼마나 지독한 감기에 걸렸었는지? 마차 창문이 계속 덜커덕거리고 메리언을 지난 다음부터는 동풍이 계속 불어닥쳤지요. 정말 큰 일이었어요."

케이트 이모는 얼굴을 몹시 찌푸리며 말끝마다 고개를 끄덕였다.

"맞았어. 게이브리얼, 맞았어." 그녀는 말했다. "조심해서 남 주나."

"하지만 여기 그레타로 말하면 그대로 내버려두면 눈 속이라도 걸어서 집으로 갈 거예요." 게이브리얼이 말했다.

콘로이 부인이 소리내어 웃었다.

“저이 말 듣지 마세요, 케이트 이모님.” 그녀가 말했다. “얼마나 성가신 사람들인지 몰라요. 밤에는 톰의 눈에 푸른 차광기를 씌운다, 아령을 하게 한다, 그리고 에바한테는 귀리죽을 억지로 먹인다 해서 말이에요. 아이들이 불쌍하지 뭐예요! 그앤 귀리죽을 보기만 해도 싫어하는데…… 오, 그리고 저에게 뭘 신게 했는지 상상도 못하실 거예요.”

그녀가 깔깔거리며 웃음을 터뜨리고는 남편을 흘끗 쳐다보자, 남편은 감탄에 찬 행복스런 눈으로 아내의 드레스와 얼굴, 그리고 머리칼을 훑어보았다. 두 이모도 실컷 웃었다. 왜냐하면 게이브리얼의 지나친 걱정이 그들에게는 언제나 웃음거리가 되었기 때문이다.

“골로쉬(덧신)랍니다!” 콘로이 부인이 말했다. “최근에는 그거랍니다. 땅이 질 때에는 골로쉬를 신어야만 한다는 거예요. 오늘 밤만 해도 저인 날더러 그걸 신으라고 하고 난 안 신겠다고 실랑이를 벌였죠. 다음 번에는 아마 잠수복을 사줄 거예요.”

게이브리얼은 신경질적으로 크게 소리내어 웃으며 기운을 북돋우듯이 넥타이를 만지작거렸다. 한편 케이트 이모는 허리가 끊어지도록 웃었다. 방금 그 농담이 그녀를 그토록 웃긴 것이었다. 그러나 줄리아 이모의 얼굴에서는 이미 미소가 사라졌으며, 그녀의 침울한 눈은 조카의 얼굴 쪽으로 쏠렸다. 잠시 후 그녀는 이렇게 물었다.

“그런데 골로쉬가 뭐냐, 게이브리얼?”

“골로쉬 말이야, 줄리아!” 그녀의 언니가 부르짖었다. “맙소사, 골로쉬가 뭔지 몰라? 신 위에다 뒤집어씌우는 거잖아. 그렇지, 그레타?”

“그래요,” 콘로이 부인이 말했다. “고무로 된 거예요. 우린 둘 다 한 켤레씩 갖고 있는걸요. 게이브리얼 말이 대륙에서는 모든 사람이 다 신는다나요.”

“오, 대륙에서는……” 줄리아 이모가 고개를 천천히 끄덕이면서 중얼거렸다.

게이브리얼은 이맛살을 찌푸리고 약간 화가 난 듯이 말했다.

"별로 이상할 것도 없습니다. 그러나 그레타는 골로쉬란 말이 크리스티 순회극단[5]을 생각나게 한다고 해서 아주 우습게 생각하지요."

"그런데 게이브리얼," 케이트 이모가 눈치 빠르게 말했다. "물론 방은 보아두었겠지? 그레타가 말하는데……"

"아, 방은 문제없습니다." 게이브리얼이 대답했다. "그래샴 호텔에 하나 잡아두었으니까요."

"아무렴." 케이트 이모가 말했다. "아주 잘했다. 그리고 그레타, 아이들 걱정은 없겠지?"

"오, 단 하룻밤인데요." 콘로이 부인이 말했다. "게다가 베씨가 돌봐주겠지요."

"아무렴." 케이트 이모가 다시 말했다. "그처럼 믿을 수 있는 애가 있으면 얼마나 안심이 되겠니! 그런데 저 릴리 말이야, 요즘에 저애한테 무슨 일이 생겼는지 정말 알 수가 없단 말이야. 저앤 전과는 전혀 딴판이야."

게이브리얼은 이 점에 관해서 몇 가지 물어볼까 했으나, 갑자기 케이트 이모가 말을 멈추고 동생의 뒷모습을 바라보아 그만두었다. 그녀는 계단 아래로 내려가서 난간 너머로 목을 길게 내밀고 살피고 있었다.

"그런데, 이봐." 그녀는 거의 참을 수 없다는 듯 말했다. "줄리아, 어딜 가? 줄리아! 줄리아! 어딜 가는 거야?"

층계 계단을 절반쯤 내려간 줄리아는 다시 돌아와서 조용히 말했다.

"프레디가 왔어요."

그와 때를 같이하여 손뼉을 치는 소리와 피아니스트의 마지막 탄음(彈音)이 왈츠가 끝났음을 알려주었다. 응접실 문이 안으로부터 열리자 몇 쌍의 부부가 나왔다. 케이트 이모가 게이브리얼을 황급히 옆으로 끌고 가 귀에다 대고 소곤거렸다.

---

5) 흑인 가극단.

"게이브리얼, 얼른 살며시 내려가서 프레디가 괜찮은지 좀 봐. 술에 취했으면 올려보내지 마. 분명히 취했을 거야. 그렇구말구."

게이브리얼은 계단으로 가서 난간 너머로 귀를 기울였다. 그는 두 사람이 식기실에서 이야기하고 있는 것을 들을 수 있었다. 그러자 그는 프레디 맬린즈의 웃음소리를 알아차렸다. 게이브리얼은 계단을 소란스럽게 내려갔다.

"정말 다행이야." 케이트 이모가 콘로이 부인에게 말했다. "게이브리얼이 왔으니 말이야. 저애만 오면 언제나 마음이 아주 든든하단 말이야…… 줄리아, 데일리 양과 파우어 양에게 시원한 걸 좀 들게 하지 그래. 멋진 왈츠 참 고마워요, 데일리 양. 덕분에 즐거운 시간을 가졌어요."

뻣뻣한 회색 콧수염과 거무스름한 피부를 지닌, 키가 크고 얼굴이 쭈글쭈글한 사나이가 그의 파트너와 함께 지나치며 이 말을 듣고 말했다.

"우리도 뭘 좀 마셔도 되겠어요, 모컨 양?"

"줄리아," 케이트 이모가 즉석에서 말했다. "여기 브라운 씨와 펄롱 양도 함께 안내해라. 데일리 양과 파우어 양과 함께 말이야."

"나는 부인들한테 인기가 있는 사람입니다." 브라운 씨는 코밑 수염이 뻣뻣이 설 때까지 입술을 꼭 다문 채 온통 주름살투성이가 되도록 미소를 지으면서 말했다. "모컨 양, 여자들이 저를 그토록 좋아하는 이유를 아시겠어요……."

그는 말을 다 끝마치지 않았으나, 케이트 이모가 불러서 들리지 않을 정도로 멀리 떨어져 있는 것을 알고는 이내 세 젊은 귀부인들을 뒷방으로 안내했다. 방 한가운데에 끝과 끝을 서로 맞대어 붙여 놓은 두 개의 네모진 식탁이 있었다. 그리고 그 식탁에다 줄리아 이모와 문지기가 커다란 식탁보를 잡아당겨 펴고 있었다. 찬장에는 큰 접시와 쟁반, 술잔 그리고 나이프와 포크 및 숟가락 뭉치들이 가지런히 놓여 있었다. 닫혀진 구식 피아노 뚜껑도 음식과 과자를 놓는 선반 구실을 하고 있었다. 한쪽 구석에 있는 작은 찬장 앞에 두 젊은이가 서서 홉으로 만든 쓴 술을 마시고 있었다.

브라운 씨는 자기가 맡은 숙녀들을 그곳으로 안내하여 따끈하고 독하면서도 달콤한 여성용 펀치 술을 들어보라고 농담삼아 권했다. 독한 술은 마시지 않는다고 하자 레모네이드 세 병을 그들에게 따서 주었다.

그런 다음 그는 한 젊은 청년에게 좀 비키라고 하고 술병을 들어 자기 몫으로 위스키를 가득 따랐다. 그가 시험삼아 맛을 보는 동안 젊은 청년들은 감탄하듯 그를 바라보았다.

"나도 가엾기도 하지." 그는 미소를 지으며 말했다. "의사의 처방이라서."

그의 쭈글쭈글한 얼굴이 크게 웃음을 터뜨렸다. 이 농담에 세 젊은 여인들은 허리를 움켜쥐고 어깨를 세게 흔들며 깔깔거리며 웃었다. 그 중 가장 대담한 여인이 말했다.

"아니, 그런데, 브라운 씨, 설마 의사가 그런 처방을 내렸으려고요."

브라운 씨는 위스키를 한 모금 더 마시고 은근히 흉내를 내며 말했다.

"글쎄. 이것 봐요, 난 그 유명한 캐씨디 부인을 닮았단 말이오. 그분은 이렇게 말했다지요. '자, 메리 그라임즈, 내가 마시지 않으면 강제로라도 마시게 해요. 마시고 싶으니깐 말이에요'라고."

그가 불그레한 얼굴을 좀 지나치게 앞으로 내밀며 아주 천박한 더블린 말투로 흉내를 냈기 때문에 젊은 여인들은 본능적으로 그의 말을 잠자코 받아들였다. 메리 제인의 제자 중의 하나인 펄롱 양은 데일리 양에게 방금 연주한 아름다운 왈츠곡의 제목이 뭐냐고 물었다. 그리고 자기가 무시당하고 있다는 것을 눈치챈 브라운 씨는 그래도 자기를 좀더 알아주는 듯싶은 두 청년에게로 재빨리 몸을 돌렸다.

짙은 보랏빛 옷차림에 붉은 얼굴을 한 한 여인이 흥분하여 손뼉을 치며 소리를 지르면서 방안으로 들어왔다.

"카드릴[6]을! 카드릴을!"

케이트 이모가 그녀를 바싹 뒤따라 들어오더니 소리쳤다.

"남자 둘과 여자 셋, 메리 제인!"

"오, 여기 버긴 씨와 케리건 씨가 있어요." 메리 제인이 말했다.

"케리건 씨, 파우어 양과 짝이 되시겠어요? 펄롱 양, 파트너로 버긴 씨가 어때요? 오, 그럼 이제 다 됐군."

"여자가 아직도 셋이나 부족해, 메리 제인." 케이트 이모가 말했다.

두 젊은 신사는 부인들에게, "함께 춤을 추시겠습니까?" 하고 물었다. 그리고 메리 제인은 데일리 양을 보고 말했다.

"오, 데일리 양, 정말 고마워요, 마지막 춤곡으로 두 곡씩이나 쳐주어서. 하지만 오늘 밤엔 여자 손님이 너무 모자라요."

"전 조금도 상관없어요, 모컨 양."

"하지만 멋진 파트너가 있어요. 테너 가수인 바텔 다시 씨 말예요. 나중에 노래를 한 곡 부탁드리겠어요. 더블린이 온통 그분 때문에 떠들썩하다니깐요."

"멋진 목소리지, 멋진 목소리야!" 케이트 이모가 말했다.

피아노가 최초의 무도곡 전주를 두 번 연주하자, 메리 제인은 세로 보충된 인원들을 재빨리 방 밖으로 안내했다. 그들이 나가자마자 줄리아 이모가 뒤돌아 뭘 쳐다보면서 천천히 방안으로 걸어 들어왔다.

"무슨 일이야, 줄리아?" 케이트 이모가 근심스레 물었다. "누구지?"

한 묶음의 테이블 냅킨을 갖고 들어오던 줄리아는 그녀의 언니를 돌아보며 질문이 의외라는 듯이 간단하게 대꾸했다.

"프레디가 온 것뿐이에요. 게이브리얼이 그와 함께 있어요."

사실상 그녀 바로 뒤에 게이브리얼이 프레디 맬린즈를 데리고 층계참을 가로질러 오는 것이 보였다. 약 마흔 살쯤 된 젊은이인 프레디는 게이브리얼만한 덩치의 몸집에 아주 둥근 어깨를 하고 있었다. 그의 얼굴은 살이 찌

---

6) 네 사람이 한 팀이 되어 추는 춤.

고 창백했으며, 두텁고 축 늘어진 귓불과 넓적한 코 언저리에만 붉은 빛이 감돌고 있었다. 그는 거친 용모에 뭉툭한 코, 불룩 튀어나온 이마, 부어오른 듯 튀어나온 입술을 갖고 있었다. 눈꺼풀이 두툼한 눈과 헝클어진 성긴 머리칼이 그를 졸린 듯 보이게 했다. 그는 아까 자기가 게이브리얼에게 층계에서 했던 이야기가 생각나자 목청이 터져라 마음껏 웃으며 왼쪽 주먹 관절로 왼쪽 눈을 앞뒤로 연방 비비고 있었다.

"안녕하세요, 프레디." 줄리아 이모가 말했다.

프레디 맬린즈는 목소리가 습관적으로 꽉 막혀 있었기 때문에 언뜻 듣기엔 퉁명스러울 정도로 모컨 자매에게 저녁 인사를 했다. 그런 다음 브라운 씨가 찬장 있는 곳에서 자기를 보고 씩 웃고 있는 걸 보고는 약간 비틀거리는 걸음으로 방을 질러가서, 조금 전에 게이브리얼에게 했던 이야기를 나지막한 목소리로 되풀이하기 시작했다.

"그렇게 심하진 않은데, 그렇지?" 케이트 이모가 게이브리얼에게 말했다.

게이브리얼은 이맛살을 찌푸렸다가 재빨리 펴고 대답했다.

"오, 별로요. 눈에 띌 정도는 아니군요."

"글쎄, 정말 지독한 사람이잖아!" 그녀가 말했다. "그의 불쌍한 어머니가 섣달 그믐날 밤에 그에게 금주 맹세를 시켰지. 게이브리얼, 이제 응접실로 들어가자."

게이브리얼과 방을 떠나기에 앞서 그녀는 브라운 씨에게 이맛살을 찌푸려 보이며 집게손가락을 앞뒤로 까딱여 경고 신호를 했다. 브라운 씨는 대답으로 고개를 끄덕였고 그녀가 나가버리자 프레디 맬린즈에게 말했다.

"자, 그럼, 테디. 레모네이드를 한 잔 듬뿍 따라 줄 테니 기운을 내게나."

이야기의 클라이맥스에 가까이 온 프레디 맬린즈는 귀찮다는 듯이 이 제안을 손을 저어 뿌리쳤으나, 브라운 씨는 우선 그의 흩어진 옷에 프레디 맬린즈의 주의를 집중시킨 다음, 레모네이드를 한 잔 가득 따라서 건네 주었다. 프레디 맬린즈는 왼손으로 잔을 받았고 오른쪽으로는 자신의 흩어진 옷을 기계적으로 바로잡는 데 급급했다. 얼굴이 환희의 웃음으로 다시 한 번 주름살투성이가 된 브라운 씨는 자기가 마시려고 위스키를 한 잔 따랐다. 한편 프레디 맬린즈는 이야기의 클라이맥스에 미처 도달하기도 전에 기관지염에 걸린 듯 날카로운 경련 같은 웃음을 터뜨렸고, 맛도 보지 않은 넘치는 잔을 도로 내려놓고 왼쪽 주먹 관절로 왼쪽 눈을 앞뒤로 연방 비비기 시작하더니 발작적인 웃음소리를 터뜨리는 것과 때를 같이하여 방금 한 마지막 말을 되풀이했다.

*

메리 제인이 숨을 죽인 듯 조용한 응접실에서 빠른 연주와 어려운 악절(樂節)로 가득한 아카데미 곡을 연주하고 있는 동안, 게이브리얼은 그것이 귀에 잘 들어오지 않았다. 그는 음악을 좋아했지만 그녀가 연주하고 있는 곡은 그에게는 아무런 멜로디도 없는 것 같았고, 메리 제인에게 근사한 곡을 연주해달라고 청했던 다른 청중들도 무슨 멜로디를 알아차리는지 의심스러웠다. 식당에서 나와 문간에 서서 피아노 소리를 듣고 있던 네 명의 젊은 이들도 얼마 후에는 짝을 지어 사라져버렸다. 그 음악을 이해하는 듯 보이는 사람은 두 손을 건반을 따라 움직이다가 쉼표가 있는 곳에서는 저주하는 순간의 여사제처럼 두 손을 치켜드는 메리 제인 자신과 그녀의 팔꿈치께에서 악보를 넘겨주고 서 있는 케이트 이모뿐이었다.

밀랍 초칠을 하여 묵직한 샹들리에 아래서 번쩍번쩍 윤이 나는 마루 문에 눈이 부셔 게이브리얼은 피아노 위의 벽 쪽을 쳐다보았다. 〈로미오와 줄리엣〉의 발코니 장면의 그림이 그곳에 걸려 있고, 그 곁엔 런던 탑에서 살해된 두 왕자[7]의 그림이 걸려 있었는데, 이는 줄리아 이모가 붉은색, 푸른색 그리고 갈색 털실로 그녀가 처녀 시절에 수놓은 것이었다. 아마도 이모들은 소녀 시절에 학교에서 한 해 동안 저런 걸 배웠는지도 모른다. 그의 어머니는 언젠가 생일 선물로 보라색 태비네트천으로 조끼를 만들어 준 적이 있었는데, 조그마한 여우 머리들을 수놓고 갈색 새털 천으로 가장자리를 두른 뒤 동그란 뽕나무 단추를 단 것이었다. 케이트 이모는 늘 어머니를 모컨 가문의 재주꾼이라고 부르곤 했지만, 그 어머니가 음악적 재질은 갖지 못한 게 이상했다. 케이트 이모와 줄리아 이모는 언제나 그들의 엄숙하고 침착한 성격의 언니를 어느 정도 자랑하는 눈치였다. 어머니의 사진이 거울 앞에 놓여 있었다. 사진 속의 그녀는 무릎에 책을 펴놓고 해군복 차림으로 발 아래 누워 있는 콘스탄틴에게 그 책 속의 무엇을 가르치고 있었다. 어머니는 가정 생활의 권위에 대하여 대단히 민감했는지라 아들들의 이름도 지어주었었다. 어머니 덕택에 콘스탄틴은 지금 벨브리건[8]에서 수석 보좌신부로 있고, 또 그 자신은 어머니 덕택에 왕립대학에서 학위를 받았다. 그는 어머니가 자신의 결혼을 반대했던 것을 생각하자 얼굴에 그늘이 졌다. 어머니가 하신 몇 마디 모욕적인 말이 아직도 그의 기억 속에 사무쳤다. 어머니는 언젠가 그레타를 시골 말괄량이라고 불렀는데, 이 말은 그레타에게는 전혀 맞지 않는 것이었다. 몽크스타운에 있던 그들의 집에서 어머니가 오랫동안 병을 앓고 있었을 때에도 그녀를 간호해준 것은 그레타였다.

그는 메리 제인이 치고 있는 곡이 거의 끝나고 있음이 틀림없다고 생각했다. 왜냐하면 그녀는 소절이 하나하나 끝날 적마다 빠른 음계의 연주와 함께 첫머리의 멜로디를 연주하고 있었기 때문이다. 그리하여 이 곡이 끝나기를 기다리는 동안 마음속의 노여움이 사라졌다. 고음부의 옥타브 떤꾸밈음과 마지막 악장의 저음부를 끝으로 피아노곡은 모두 끝이 났다. 우뢰 같은 박수가 터져 나오자 메리 제인은 얼굴을 붉히여 부랴부랴 악보를 말아 쥐고 밖으로 도망쳤다. 가장 열렬한 박수는 피아노곡이 시작되자 식당으로 갔다

---

7) 1483년 에드워드 4세가 죽은 후 두 왕자가 살해되고 리차드 3세가 왕위에 오름.
8) 더블린 북부 20마일 지점의 해안 도시.

가 피아노 연주가 끝날 때 돌아와 문간에 서 있던 네 명의 젊은이들로부터 나왔다.

랜서춤[9]이 시작되었다. 게이브리얼은 아이버즈 양과 파트너가 된 것을 알았다. 그녀는 솔직한 태도에 말이 많은 젊은 여인이었고, 주근깨가 있는 얼굴과 튀어나온 갈색 눈을 갖고 있었다. 그녀는 가슴팍이 깊이 팬 옷을 입지 않았고, 칼라 앞에 단 커다란 브로치 위에는 아일랜드의 문장(紋章)과 제명(題銘)이 새겨져 있었다.

그들이 자리를 잡고 서자, 그녀는 무뚝뚝하게 말했다.

"선생님과 좀 따져볼 일이 있어요."

"나하고요?" 게이브리얼이 말했다.

그녀는 고개를 천천히 끄덕였다.

"뭔데요?" 게리브리얼은 그녀의 엄숙한 태도에 미소를 지으며 말했다.

"G.C. 가 누구예요?" 그에게 눈길을 돌리며 아이버즈 양이 반문했다.

게이브리얼이 얼굴을 붉히며 이해할 수 없다는 듯 상을 찡그리자, 그녀가 퉁명스럽게 말했다.

"아, 시치미떼지 마세요. 전 선생님이 《데일리 익스프레스》[10]에 글을 쓰시는 것을 벌써부터 잘 알고 있어요. 그래, 어쩌면 부끄럽지도 않으세요?"

"부끄러워할 이유가 어디 있소?" 게이브리얼은 눈을 껌벅거리면서 미소를 지으려고 애를 쓰며 반문했다.

"글쎄 저까지 부끄러워요." 아이버즈 양이 솔직하게 말했다. "그런 신문에다 글을 쓰시다니…… 선생님이 웨스트 브리튼[11]이신 줄은 미처 몰랐어요."

당황한 빛이 게이브리얼의 얼굴 위에 나타났다. 그가 수요일마다 《데일리 익스프레스》의 문학 컬럼에다 글을 쓰고 그 대가로 15실링의 고료를 받는

---

9) 카드릴의 일종.
10) 런던에서 출간되는 보수파의 일간신문.

것은 사실이었다. 그러나 그렇다고 자기가 웨스트 브리튼이 될 까닭은 전혀 없었다. 그에게 서평을 써달라고 우송해오는 신간 서적들이 몇 푼 안 되는 원고료보다 더 달가웠다. 그는 새로 나온 책들의 표지를 만지작거리다 책장을 넘기는 일을 좋아했다. 그는 거의 매일 대학에서 강의가 끝나면 부두를 따라 헌책방들이 있는 곳으로 갔는데, 배철러 산책로의 히키 서점, 애스턴 부두의 웨브 서점 또는 매 씨 서점 그리고 뒷골목의 오클로이 씨 서점을 배회하곤 했다. 그는 이 여자의 공격에 어떻게 대답해야 할지 몰랐다. 문학은 정치를 초월한다고 말해주고 싶었다. 그러나 그들은 다년간 사귀어온 친구였으며, 경력도 처음에는 대학생으로서, 나중에는 학교 교사로서 서로 평행을 유지해왔었다. 따라서 그는 그녀에게 과장된 언사를 감히 쓸 수가 없었다. 그는 계속 눈을 껌벅거리면서, 그리고 억지로 미소를 지으려고 애를 쓰면서 책의 서평을 쓴다고 해서 정치적인 것은 아니라고 희미하게 중얼거렸다.

그들이 서로 위치를 바꿔야 할 차례가 되었을 때도 그는 여전히 당황해 마음을 가눌 수가 없었다. 아이버즈 양은 재빨리 그의 손을 다정히 잡으며 상냥하고 다정한 말씨로 말했다.

"물론 아까는 농담이었어요. 자, 바꿔 서요."

두 사람이 다시 만나게 되었을 때, 그녀가 대학 문제에 관하여 이야기를 해서 게이브리얼은 한층 마음이 놓였다. 그녀의 친구 중 하나가 게이브리얼이 브라우닝의 시에 대한 평을 쓴 것을 그녀에게 보여주었던 것이었다. 그것이 그녀가 비밀을 알아낸 경위였지만, 그 평은 그녀에게 굉장히 좋게 받아들여졌다. 그녀는 별안간 이렇게 말했다.

"오, 콘로이 씨. 이번 여름에 애런 섬[12]으로 유람 여행을 떠나시지 않겠어요. 우린 거기서 한 달 동안 꼬박 머무를 예정이에요. 대서양 바다는 참

---

11) 친영파(親英派) 아일랜드인으로, 아일랜드를 영국의 서부(West of England)로 간주함.

멋있을 거예요. 꼭 가세요. 클랜시 씨도 간대요. 그리고 킬켈리 씨와 캐슬린 키어니도요. 만일 그레타도 가면 참 좋아할 거예요. 부인은 코노트 출신이시죠?"

"친정이 거기죠." 게이브리얼은 퉁명스럽게 말했다.

"하지만 선생님은 오시겠지요?" 아이버즈 양은 그녀의 따뜻한 손으로 그의 팔을 힘껏 잡으며 말했다.

"사실은 어디 가기로 약속을 했는데요……" 게이브리얼이 말했다.

"어디를 가요?" 아이버즈 양이 물었다.

"글쎄, 전 해마다 몇몇 친구들과 자전거 여행을 떠나지요……"

"그런데 어디로요?" 아이버즈 양이 다그쳤다.

"글쎄, 보통 프랑스나 벨기에, 아니면 독일로 가지요."

게이브리얼은 어색하게 대답했다.

"그런데 왜 프랑스나 벨기에로 가시는 거죠? 자기 나라도 다 못 보셨으면서도요." 아이버즈 양이 말했다.

"글쎄, 한편으로는 그곳 나라들의 언어를 접해보자는 것이고, 또 한편으로는 기분전환을 위한 것이죠." 게이브리얼은 말했다.

"그럼 선생님은 자기 나라의 말과 접해보고 싶은 생각은 없으세요, 아일랜드어 말이에요?" 아이버즈 양이 물었다.

"글쎄요, 그렇게 말씀하신다면 아일랜드어는 저의 국어가 아닙니다." 게이브리얼이 말했다.

그들 곁에 있던 사람들도 이 힐문을 귀담아들으려고 이쪽으로 몸을 돌리고 있었다. 게이브리얼은 안절부절 못하고 좌우를 돌아보며 이러한 어려운 처지에서도 명랑한 표정을 지어 보이려고 애를 썼지만, 그의 이마에서는 붉은 빛이 솟아나기 시작했다.

---

12) 아일랜드 서부 해안의 골웨이 만 어귀에 위치한 섬. 아직도 아일랜드 고유어인 게일 어가 사용되고 있음.

"그러면 선생님은 조국에는 가볼 만한 곳이 없다는 건가요?" 아이버즈 양이 말을 이었다. "전혀 모르고 계시는 자신의 민족이나 조국은……"

"아, 사실대로 말하면," 게이브리얼이 갑자기 대꾸했다. "난 내 조국에 진저리가 나요. 나고말고요!"

"왜요?" 아비버즈 양이 물었다.

게이브리얼은 그 말에 대답하지 않았다. 그 대꾸 때문에 너무나 열이 올라 있었기 때문이다.

"왜요?" 아이버즈 양이 거듭 물었다.

두 사람은 함께 놀러 가야만 했다. 그런데 그가 대답을 하지 않자 그녀는 격한 말투로 말했다.

"물론 대답을 못 하시겠죠."

게이브리얼은 몹시 힘을 내어 춤에 열중함으로써 마음의 동요를 감추려고 애를 썼다. 그는 그녀의 시선을 피하려고 했다. 왜냐하면 그녀의 얼굴에 나타난 뾰로통한 표정을 보았기 때문이다. 그러나 그들이 긴 행렬에서 다시 만났을 때, 그녀가 자기 손을 세게 잡는 것을 느끼고 그는 깜짝 놀랐다. 그녀가 눈을 치뜨고 잠시 짓궂게 쏘아보자 그는 마침내 웃고 말았다. 그러다가 다시 행렬이 움직이기 시작할 무렵 그녀는 발꿈치를 세우고 서서 그의 귀에다 대고 속삭였다.

"친영파!"

랜서춤이 끝나자 게이브리얼은 프레디 맬린즈의 어머니가 앉아 있는, 멀리 떨어진 방구석으로 갔다. 그녀는 듬직하고 백발을 한, 창백하게 보이는 노파였다. 그녀도 아들처럼 가끔씩 목소리가 막혔고 약간 말을 더듬었다. 그녀는 아들이 거기에 와 있었고 또 그다지 술에 취하지 않았다는 이야기를 듣고 있었다. 게이브리얼은 그녀에게 무사히 도항(渡航)을 하셨느냐고 안부를 물었다. 그녀는 글레스고우에 사는 출가한 딸과 살고 있었으며, 일 년에 한 번씩 더블린에 다니러 왔다. 그녀는 참 멋진 항해를 했으며, 선장이 아주 잘 보살펴주었다는 이야기를 차분하게 했다. 그녀는 딸이 글래스고우의 매우 아름다운 집에서 살고 있다는 것과, 그곳에 있는 모든 친구들에 관해 이야기했다. 노파가 두서 없이 떠들고 있는 동안, 게이브리얼은 아이버즈 양과의 불쾌한 일에 관한 기억을 모두 마음속에서 몰아내려고 애를 썼다. 물론 그 처녀는, 아니 여인은 아무튼 뭐가 되었든 간에 아일랜드의 열렬한 민족주의자이지만 모든 일에는 때가 있는 법이다. 아마 자신이 그런 식으로 대답하지 말았어야 했는지도 모른다. 하지만 농담으로라도 많은 사람들 앞에서 자신을 친영파라고 부를 권리가 그녀에게는 없다. 그녀는 눈을 동그랗게 뜨고 자신을 노려보고 힐난을 하며 사람들 앞에서 하나의 놀림감으로 삼으려고 했는지도 모른다.

그는 아내가 왈츠를 추고 있는 여러 쌍의 남녀를 헤치고 자기 쪽으로 걸어오고 있는 것을 보았다. 그에게 다다르자 그녀는 그의 귀에다 대고 말했다.

"게이브리얼, 케이트 이모님께서 여느 때처럼 당신이 거위 고기를 잘라주지 않겠느냐고 물으세요. 데일리 양은 햄을 자르고 나는 푸딩을 맡겠어요."

"좋아." 게이브리얼이 말했다.

"이 왈츠가 끝나는 대로 젊은 층을 먼저 들여보내시겠대요. 그래서 나중에 우리들끼리만 식사를 할 수 있도록 말예요."

"당신도 춤을 추었어?" 게이브리얼이 물었다.

"그럼요, 추었고말고요. 못 보셨어요? 몰리 아이버즈하곤 무슨 말다툼을 하셨어요?"

"말다툼을 하긴. 왜? 그 여자가 그랬어?"

"그와 비슷한 말을 하더군요. 제가 저기 다시 씨를 노래시켜 볼께요. 자부심이 대단한 분인 것 같아요."

"말다툼은 안 했어." 게이브리얼이 침울하게 말했다. "단지 아일랜드 서부 지방으로 여행을 가자고 하는데 내가 안 가겠다고 했을 뿐이야."

아내는 이 말에 흥분해서 두 손을 꼭 잡고 껑충 뛰었다.

"오, 가요, 게이브리얼. 골웨이[13]를 정말 보고 싶어요." 그녀는 소리쳤다.

"원한다면 가지." 게이브리얼이 냉정하게 말했다.

그녀는 그를 잠시 동안 쳐다본 다음 맬린즈 부인에게로 고개를 돌리며 말했다.

"할머님한테는 이 양반이 착하게 구시던데요, 맬린즈 부인."

그녀가 방을 가로질러 저쪽으로 돌아가고 있는 동안, 맬린즈 부인은 자신의 이야기가 중단된 것에 개의치 않고 스코틀랜드에는 정말 아름다운 곳이 많으며 경치가 아름답다고 게이브리얼에게 계속 이야기했다. 사위는 매년 그들을 호수로 데리고 가서 낚시질을 하곤 하는데, 그는 정말 훌륭한 낚시꾼이다. 어느 날 그는 아름답고 커다란 물고기를 한 마리 잡았는데, 호텔 종업원이 그것을 그들의 저녁식사로 요리해주었다.

게이브리얼은 그녀가 하는 말을 거의 듣고 있지 않았다. 만찬 시간이 거의 다가왔는지라, 자기가 해야 할 연설과 인용 문구를 또다시 생각하기 시작했다. 프레디 맬린즈가 자기 어머니를 보러 방을 가로질러 오고 있는 것을 보자, 게이브리얼은 그에게 의자를 비워주고 창가로 물러났다. 방은 벌써 깨끗이 치워져 있었고, 뒷방으로부터 접시와 나이프의 쨍그랑거리는 소리가 들려왔다. 아직 응접실에 남아 있던 사람들은 춤에 지친 듯 조그맣게 떼를 지어 조용히 이야기를 나누고 있었다. 게이브리얼의 따뜻하고 떨리는 손가락이 차가운 유리창을 가볍게 두드렸다. 바깥은 얼마나 시원할까! 우선 강가를 따라 공원을 지나서 혼자 거닐면 얼마나 기분이 좋을까! 눈이 나뭇가지들 위에 얹혀 있고 웰링턴 기념비[14] 꼭대기에다 은빛 모자를 씌웠겠지. 저녁 식탁에 앉아 있는 것보다 훨씬 더 즐겁겠지!

---

13) 아일랜드 서쪽 해안에 위치한 도시. 조이스 컨추리(Joyce Country)로 유명함. 조이스의 조상들이 살던 곳.

그는 자신의 연설의 서두를 죽 훑어보았다. 아일랜드 사람들의 친절성, 슬픈 추억들, 미의 세 여신들, 파리스, 브라우닝의 시구의 인용. 그는 서평에 이미 썼던 글귀, "독자는 마치 사색에 고통을 받는 음악을 듣는 듯한 느낌이 든다"라는 구절을 혼잣말로 거듭 중얼거렸다. 아이버즈 양이 서평을 칭찬했었다. 진심에서 그랬을까? 아일랜드를 사랑한다는 그녀의 선전 뒤에는 정말 그녀 자신의 인생이란 게 있을까? 그들 사이에 불쾌한 감정이 인 것은 오늘 저녁이 처음이었다. 그녀가 만찬에서 그가 연설하는 동안 비판적이고 조롱하는 듯한 시선으로 쳐다보고 있을 것이라 생각하니 맥이 풀렸다. 그의 연설이 실패로 돌아가는 것을 보고도 그녀는 안됐다는 생각을 하지 않을 것이다. 이때 한 가지 생각이 마음에 떠올라 그에게 용기를 북돋워주었다. 케이트 이모와 줄리아 이모를 가리켜 이렇게 말하리라. "신사 숙녀 여러분, 지금 우리들 사이에서 쇠퇴해가고 있는 세대에도 결점은 있어왔습니다. 그러나 저의 견해로는 그래도 이 세대는 친절성, 유머, 인간성과 같은 어떤 특징을 지니고 있습니다. 그러나 이러한 특징이 지금 우리들 사이에서 성장하고 있는, 새롭고 아주 심각하며 고도의 교육을 받은 세대에게는 부족한 듯이 생각됩니다." 아주 근사하다. 이건 아이버즈 양에게 합당한 거다. 두 이모가 단지 두 무식쟁이 노파에 지나지 않은들 무슨 상관이 있겠는가?

방안에서 웅성거리는 소리가 그의 주위를 끌었다. 브라운 씨가 줄리아 이모를 정중하게 모시고 안으로 들어오고 있었다. 줄리아 이모는 그의 팔에 몸을 기대고 고개를 숙인 채 미소를 짓고 있었다. 총소리 같은 불규칙한 박수 소리가 줄리아 이모가 피아노 있는 데로 갈 때까지 계속되었다. 그러자 메리 제인이 피아노에 앉았으며, 미소를 거둔 줄리아 이모가 그녀의 목소리가 방안에 가장 잘 들릴 수 있도록 몸을 반쯤 돌리자 반주 박수 소리는 점

---

14) 피닉스 공원 안에 있는 방첨탑(方尖塔). 웰링턴(Wellington, 1769~1852)경은 아일랜드 출신의 장군이자 정치가로, 워털루 전투에서 나폴레옹 1세를 격파하여 '철의 공작(the Iron Duke)'이라 불림.

점 사라졌다. 게이브리얼은 전주곡을 이미 알고 있었다. 그것은 줄리아 이모가 옛날에 부르던 노래로, 〈신부로 단장하고〉[15] 라는 곡이었다. 힘차고 맑은 그녀의 목소리는 곡을 미화하는 빠른 음으로 힘차게 솟았고, 그리고 빨리 노래하면서도 수식음을 단 하나도 놓치지 않았다. 노래하는 사람의 얼굴을 보지 않고 목소리를 듣고 있노라면 빠르고 안전하게 하늘을 비상하는 듯한 흥분을 함께 느끼고 나누는 듯했다. 게이브리얼은 노래가 끝나자 다른 사람들과 함께 크게 박수갈채를 보냈다. 그리고 보이지 않는 식탁에서도 커다란 갈채의 박수가 터져 나왔다. 박수 소리가 너무 진지하게 들렸기 때문에 줄리아 이모가 표지에 자기 이름의 첫글자들이 새겨진, 낡은 가죽으로 된 노래책을 악보에 다시 놓으려고 허리를 굽혔을 때, 그녀의 얼굴에 조그마한 홍조가 퍼져나갔다. 그녀의 노래를 잘 들으려고 머리를 비스듬히 기울여 귀담아듣고 있던 프레디 맬린즈는 다른 사람들이 박수를 다 친 후에도 여전히 박수를 보내며 그의 어머니에게 활발하게 이야기를 하고 있었는데, 어머니는 엄숙하게 알았다는 듯 천천히 고개를 끄덕였다. 마침내 그는 더 이상 박수를 칠 수 없게 되자 갑자기 자리에서 일어나 방을 가로질러 줄리아 이모에게로 건너가 자기의 두 손으로 그녀의 손을 꼭 쥐고, 자기가 하는 말이 막히거나 또는 목소리가 막혀 견딜 수 없을 때에는 그 손을 흔들어댔다.

"방금 어머니께 말씀드리고 있었습니다만, 그토록 잘 부르는 노래는 처음 들어봤습니다. 정말입니다, 오늘 밤처럼 그토록 멋진 목소리는 결코 들어보지 못했습니다. 자! 저의 말을 믿으시겠지요, 이제? 정말입니다. 맹세코 이건 진실입니다. 그렇게도 신선하고 그렇게도…… 맑은 목소리는 결코 들어보지 못했어요, 결코." 그가 말했다.

줄리아 이모는 미소를 활짝 지으며, 그의 손아귀에서 손을 빼면서 그가 이처럼 치하한 데 대하여 뭐라고 중얼거렸다. 브라운 씨는 그녀 쪽으로 펼

---

15) 조지 린리 작사, 벨리니 작곡의 오페라 〈청교도들〉 (1835) 속에 있는 곡.

친 한 손을 뻗으며 군중들에게 굉장한 사람을 소개하는 쇼맨의 몸짓으로 자기 가까이 있는 사람들에게 말했다.

"줄리아 모컨 여사, 저의 최근의 발견입니다!"

그가 스스로 이 말에 아주 기분이 좋은 듯 너털웃음을 웃자, 그때 프레디 맬린즈가 그를 돌아보며 말했다.

"글쎄, 브라운. 당신이 죽었다 살아나는 한이 있더라도 더 이상의 훌륭한 발견은 못 할 거요. 내가 기억하기로는 이 절반만한 노래도 결코 들어본 적이 없단 말이오. 이것만은 솔직한 사실이오."

"나도 그래." 브라운 씨가 말했다. "목소리가 엄청나게 좋아지셨더군요."

줄리아 이모가 어깨를 으쓱하며 얼마간 자랑스레 말했다.

"30년 전에도 목소리는 그리 나쁘지 않았는걸요."

"내가 줄리아에게 자주 하는 말이지만, 줄리아는 그저 합창단에서 버림받은 격이라구. 그런데도 내 말을 들으려 하지 않아요." 케이트 이모가 강조하듯 말했다.

그녀는 말을 듣지 않는 아이에 대하여 타인의 훌륭한 판단에 호소라도 하듯 고개를 돌렸다. 한편 줄리아 이모는 정면을 응시하고 있었는데, 추억을 더듬는 듯한 희미한 미소가 그녀의 얼굴 위에 떠올랐다.

"아니야." 케이트 이모가 말을 계속했다. "밤이고 낮이고 그 성가대에서 노예처럼 일만 하면서 남의 말이라곤 아예 듣지도 않고, 시키는 대로 하려고도 하지 않지 뭐예요. 크리스마스 아침에는 6시까지! 그런데 그게 다 무엇이지?"

"글쎄, 그건 하느님의 영광을 위해서가 아니겠어요, 케이트 고모?" 메리 제인이 피아노 의자 위에서 몸을 틀고 웃으며 물었다.

케이트 이모는 세차게 조카 쪽으로 고개를 돌리고 말했다.

"하느님의 영광에 관한 것도 나는 다 알고 있다, 메리 제인. 하지만 평생을 그곳에서 노예처럼 일해온 여자들을 성가대에서 몰아내고 그 대신 데데

한 꼬마 애송이 사내들을 그들의 머리 위에 올려놓은 교황의 처사는 전혀 영광스러운 게 아니라고 난 생각해. 교황의 처사라면 성당의 이익을 위해서 겠지, 하지만 그건 공평치가 않아, 메리 제인. 그건 옳지 않아요.”

그녀는 격분했다. 그리고 동생에게 가슴 아픈 일인지라 그녀를 계속 옹호하고 싶었던 것이다. 그러나 메리 제인이 춤추던 사람들이 돌아 오는 것을 보고 달래듯 말참견을 했다.

“그런데 케이트 고모, 왜 브라운 씨한테 창피를 주고 계세요, 교파가 다른 분이신데.” 케이트 이모는 자기의 종교에 대하여 이처럼 암시하고 있는 것을 알고 히죽거리고 있는 브라운 씨에게로 고개를 돌리며 재빨리 말했다.

“오, 교황이 정당하다는 데 대해서는 의심하지 않아요. 난 그저 못난 할망구니까 그런 일을 감히 할 수도 없지. 하지만 우리가 살아가는 일상 생활에서도 예의나 감사라는 게 있지 않은가 말이야. 만일 내가 줄리아라면 힐리 신부님의 면전에서 직접 말하겠어……”

“그런데 케이트 고모님,” 메리 제인이 말했다. “우린 모두들 정말 시장해요. 시장할 때는 서로 다투게 마련이지요.”

“그리고 우리가 목이 마를 때에도 우린 서로 다투게 마련이지요.” 브라운 씨가 말했다.

“그러니까 저녁식사를 시작하는 것이 좋겠어요. 그리고 토론은 나중에 끝마치기로 하구요.” 메리 제인이 말했다.

응접실 바깥의 층계참에서 게이브리얼은 그와 아내의 메리 제인이 아이버즈 양더러 저녁식사나 하고 가라고 권유하고 있는 것을 보았다. 그러나 이미 모자를 쓰고 외투의 단추를 채우고 있던 아이버즈 양은 더 지체할 수 없다고 했다. 거의 배고픔을 느끼지 못하고 있고 너무 오래 지체했다고 말했다.

“하지만 단 10분 동안만이라도, 몰리. 그렇다고 늦는 건 아니잖아요.” 콘로이 부인이 말했다.

"뭘 조금이라도 드시는 것이…… 춤을 추신 뒤라." 메리 제인이 말했다.

"정말 그럴 수가 없어요." 아이버즈 양이 말했다.

"별로 재미있게 즐기시지 못한 게 아닌지 모르겠어요." 메리 제인이 별 수 없다는 듯 말했다.

"참 재미있었어요, 정말." 아이버즈 양이 말했다. "하지만 이제는 정말 저를 좀 보내주셔야겠어요."

"하지만 집까지 어떻게 가죠?" 콘로이 부인이 물었다.

"오, 부둣가로 조금만 가면 돼요."

게이브리얼이 잠시 주저하다가 말했다.

"괜찮으시다면, 아이버즈 양, 정말 가셔야 한다면 제가 집까지 모셔다드리지요."

그러나 아이버즈 양은 사양했다.

"아니예요, 제발 들어가셔서 저녁이나 드세요. 제 걱정은 마시고요. 제 일은 제가 알아서 할 테니까요." 그녀가 소리쳤다.

"정말 이상한 아가씨야, 몰리." 콘로이 부인이 솔직하게 말했다.

"빈낙트리브. [16]" 아이버즈 양은 크게 웃더니 소리를 지르며 계단을 뛰어 내려갔다.

메리 제인은 얼굴에 침울하고 저럴 수 있을까 하는 표정을 짓고서 떠나가는 사람의 뒷모습을 멍하니 쳐다보았고, 한편 콘로이 부인은 몸을 난간에 기댄 채 현관 문 닫히는 소리에 귀를 기울였다. 게이브리얼은 아이버즈 양이 별안간 떠나간 것이 자기 때문인가 하고 스스로에게 물어보았다. 하지만 그녀는 기분이 별로 나쁜 것 같지는 않았다. 웃으면서 떠났던 것이다. 그는 멍하니 계단을 내려다보고 있었다.

그 순간 케이트 이모가 식당으로부터 급히 걸어 나오더니 큰일이라도 난 듯 두 손을 마구 비벼댔다.

"게이브리얼은 어디 있어?" 그녀는 소리쳤다. "도대체 게이브리얼은 어디

갔어? 준비를 다 갖추고 모두들 기다리고 있는데 거위 고기를 자를 사람이 없으니!"

"여기 있어요, 케이트 이모님!" 게이브리얼이 갑자기 생기 있게 소리쳤다. "필요하다면 거위떼라도 자를 준비가 되어 있어요."

식탁 한쪽 끝에 살진 갈색 거위 한 마리가 놓여 있고, 또 다른 끝에는 파슬리의 잔가지를 늘어놓고 쪼글쪼글 주름이 잡힌 지반 위에 껍질을 벗기고 빵가루를 뿌린 커다란 햄이 한 개 놓여 있었다. 거위의 정강이 주위에는 산뜻한 종이로 만든 주름 장식이 둘러져 있었고, 그 곁에는 양념이 된 고기가 쌓여 있었다. 이 상반되는 양쪽 끝 사이에 작은 요리 접시들이 평행을 이루며 늘어서 있었다. 빨간색과 노란색의 사원 모양을 한 젤리, 하얀 크림과 붉은 잼 덩어리가 가득 담긴 얕은 접시 한 개, 자줏빛 건포도와 껍질을 벗긴 아몬드 송이가 놓이고 줄기 모양의 손잡이가 달린 커다란 초록색 잎 모양을 한 접시 한 개, 스미르나 무화과 열매를 장방형으로 단단하게 쌓아 놓은 그와 같은 모양의 또 하나의 접시, 채친 육두구(肉荳蔲)를 위에 올려놓은 커스터드 접시 한 개, 금·은 종이에 싼 초콜릿과 사탕을 가득 담은 작은 사발 한 개 그리고 몇 개의 기다란 샐러리 줄기가 꽂혀 있는 유리 꽃병 한 개가 놓여 있었다. 식탁 한가운데에는 세공 유리(커트글라스)로 된 땅딸막한 구식 술병 두 개가 오렌지와 미국산 사과를 피라밋식으로 쌓아올린 과일 쟁반을 지키는 보초처럼 놓여 있었는데, 한 개에는 포트 와인이, 다른 한 개에는 까만 셰리 술이 들어 있었다. 뚜껑이 닫혀진 구식 피아노 위에는 굉장히 크고 노란 접시에 푸딩이 담겨 있었고, 그 뒤에는 흑맥주와 에일 주(酒) 및 탄산수 병들이 그들의 군복 색깔에 따라 3개의 분대로 정렬되어 있었다. 맨 앞의 까만색 두 분대에는 갈색과 빨간 딱지가 붙어 있었고, 세 번째의 제일 작은 분대에는 초록색 횡선 견장이 달려 있었다.

---

16) 게일어의 작별인사(farewell).

게이브리얼이 대담하게 식탁 머리에 자리를 잡고 칼날 끝을 쳐다본 다음 포크로 거위를 푹 찔렀다. 그는 이제야 정말 마음이 놓였다. 왜냐하면 그는 고기를 자르는 데에 선수인 데다가 잘 차린 식탁 머리에 앉는 것보다 더 기분 좋은 일은 없었기 때문이다.

"펄롱 양, 뭘 드릴까요?" 그는 물었다. "날개를 드릴까요, 아니면 가슴살 한 점을 드릴까요?"

"가슴살 조금만."

"히긴즈 양은 뭘 드릴까요?"

"아, 아무거나요, 콘로이 씨."

게이브리얼과 데일리 양이 거위고기 접시와 햄, 양념한 고기 접시를 서로 주고받는 동안 릴리는 이 손님 저 손님에게로 다니며 하얀 냅킨에 싼 뜨거운 전분성(澱粉性) 감자를 권했다. 이것은 메리 제인의 착상으로, 그녀는 거위에도 사과즙을 사용하자고 제안했으나, 케이트 이모는 사과즙을 치지 않은 그냥 구운 거위고기일지라도 언제나 맛이 좋다고 하며 잘못하면 맛이 더 없어질지도 모른다고 했었다. 메리 제인은 그녀의 제자들의 시중을 들었고, 제일 맛이 있는 조각을 집었는지 그들을 돌봐주었다. 그리고 케이트 이모와 줄리아 이모는 남자 손님들에게는 흑맥주와 에일 주 술병을, 여자 손님들에게는 탄산수 병을 따서 피아노 있는 곳에서 날라왔다. 혼잡함과 웃음소리와 잡음, 주문과 주문을 취소하는 소리, 나이프와 포크가 부딪치는 소리, 코르크 마개와 유리 마개를 따는 소리가 마구 들려왔다. 게이브리얼은 첫번째로 자른 것을 모두에게 돌리고 자신은 먹지도 않은 채 다시 고기를 잘라 돌리기 시작했다. 모든 사람들이 그렇게 해서는 안 된다고 항의를 하자, 고기를 써는 일도 쉬운 일은 아니라고 하며 흑맥주를 한 모금 길게 들이켜 항의를 무마시켰다. 메리 제인은 조용히 자리에 앉아서 식사를 했으나, 케이트 이모와 줄리아 이모는 여전히 식탁 주변을 쫓아다니며 서로의 발꿈치 뒤를 뒤따르거나 서로 부딪히기도 하며 들어주지 않는 주문을 주거니 받거니하고 있었다. 브라운 씨는 그들더러 제발 좀 앉아서 식사를 하라고 간청했고, 게이브리얼도 그렇게 말했으나 두 여인은 시간이 충분히 있으니 염려 말라고 했다. 그리하여 마침내 프레디 멜린즈가 자리에서 일어나 케이트 이모를 억지로 붙잡아다 일동이 한바탕 웃는 가운데 의자에 눌러앉혔다.

게이브리얼은 모든 사람들에게 고기를 충분히 대접한 다음 미소를 지으며 말했다.

"자, 누구든지 막말로 말해서 배가 터지게 드실 분이 계시면 말씀하세요."

사람들은 이구동성으로 그에게 식사를 들도록 권했고, 릴리는 그를 위해 남겨둔 세 개의 감자를 가지고 왔다.

"그럼 좋습니다." 게이브리얼은 흑맥주를 또 한 모금 들이키며 애교 있게 말했다. "신사 숙녀 여러분, 잠깐만 제가 없는 것으로 해주세요."

그는 식사를 하느라 릴리가 식탁의 접시를 치우는 소리도 들리지 않을 정도로 떠들어대는 사람들의 대화에도 끼여들지 않았다. 그들의 이야기의 주제는 마침 왕립극장에서 공연중인 오페라단에 관한 것이었다. 테너 가수이며 까만 코밑 수염을 기르고 까만 얼굴빛을 한 젊은이인 바텔 다시 씨는 그 오페라단의 제1 콘트랄로 가수를 극구 칭찬했으나, 펄롱 양은 그녀의 연기는 상당히 통속적이라고 생각한다고 했다. 프레디 멜린즈는 어떤 흑인 추장이 게이어티 극장의 팬터마임의 제2부에서 노래를 불렀는데, 그는 자기가 지금까지 들어온 가수 중 가장 훌륭한 테너 목소리를 지닌 가수였다고 했다.

"그의 목소리를 들어보셨어요?" 그는 식탁을 가로질러 바텔 다시 씨에게 물었다.

"아니오." 바텔 다시 씨는 건성으로 대답했다.

"왜냐하면," 프레디 멜린즈가 설명했다. "난 그에 대한 당신의 의견을 듣고 싶기 때문입니다. 내 생각으로는 그는 훌륭한 목소리를 가진 것 같아요."

"정말로 훌륭한 것을 찾아내는 건 테디지요." 브라운 씨가 스스럼없이 식탁을 향해 말했다.

"그래, 그 사람이라고 좋은 목소리를 갖지 말라는 법이 있어요? 그가 단지 흑인이기 때문인가요?" 프레디 맬린즈가 날카롭게 물었다

아무도 이 물음에 대답을 하지 않자, 메리 제인이 식탁의 화제를 아까 본격극(本格劇)[17]으로 돌렸다. 그녀 제자 중의 하나가 〈미뇽〉[18]을 보라고 초대권을 한 장 갖다 주었던 것이다. 물론 참 좋았지만 그걸 듣자 가련한 조지나 번즈[19] 생각이 났다고 그녀는 말했다. 브라운 씨는 훨씬 더 옛날의 이야기로 돌아가 과거에 더블린에 늘 오곤 했던 옛날 이탈리아 오페라단 이야기까지 했다——팃젠즈, 일마 데 무르즈카, 캄파니니, 위대한 트레벨리, 기우글리니, 라벨리, 아람부로. 노래다운 노래를 들을 수 있었던 것은 그 시절이었다고 그는 말했다. 그는 또한 옛날엔 왕립극장 꼭대기층까지 사람들이 꽉 찼으며, 어느 날 밤 이탈리아 테너 가수 한 사람은 매번 고음부의 C로 시작되는 〈병사처럼 죽으리〉라는 곡을 불러 다섯 번이나 앙코르를 받았고, 그리고 때때로 발코니의 소년들은 너무나 열광한 나머지 어떤 위대한 프리마 돈나가 탄 마차의 말을 그들 스스로 호텔까지 끌고 갔었다는 이야기를 했다. "왜 요즘은 〈디노라〉[20]니, 〈루크레치아 볼리아〉[21]와 같은 옛날의 그랜드 오페라를 공연하지 않는지 모르겠어요." 하고 그는 말했다. "그런 곡들을 노래할 만한 목소리가 없기 때문이에요" 하고 그는 곧 말했다.

"아, 추측컨대 오늘날도 옛날처럼 훌륭한 가수들이 있을 테죠." 바텔 다시 씨가 말했다.

"어디 있어요?" 브라운 씨가 도전적으로 물었다.

---

17) 음악 코미디, 통속극에 대칭되는 무대 드라마.

18) 엠브로제 토머스(1811~96) 작으로, 19세기에 가장 인기 있었던 프랑스 오페라 중의 하나.

19) 오페라 가수인 듯.

"런던, 파리, 밀라노 같은 데 말입니다." 바텔 다시 씨가 흥분하여 말했다. "예를 들면 카루소 같은 가수는 방금 당신이 말한 가수들보다 낮다곤 할 수 없어도 그들에게 뒤지진 않을 것입니다."

"그럴 테죠." 브라운 씨가 말했다. "하지만 정말 의심스러운데요."

"오, 카루소가 노래하는 것을 들을 수 있다면 소원이 없겠어요." 메리 제인이 말했다.

"내 생각엔," 아까부터 거위고기 뼈에서 살을 뜯고 있던 케이트 이모가 말했다. "테너 가수라곤 단 한 사람뿐이었어요. 나를 만족시켜주었던 사람은 말이에요. 하지만 여러분 가운데는 아무도 그 사람에 관해 들어본 사람이 없을 거예요."

"누군데요, 모컨 아주머니?" 바텔 다시 씨가 공손히 물었다.

"그의 이름은 파킨슨이었어요." 케이트 이모가 말했다. "나는 그의 한창 시절에 노래를 들었는데, 내 생각으론 당시 사람의 목에서 나오는 목소리 치고 그의 목소리만큼 순수한 테너는 없는 듯했다니까요."

"이상하군요," 바텔 다시 씨가 말했다. "제가 그분에 관해서 들어보지 못했다니요."

"그래, 그래. 모컨 아주머니 말이 맞아요." 브라운 씨가 말했다. "옛날에 파킨슨의 노래를 들은 것이 기억나요. 하지만 그건 너무나 옛날 일이지요."

"아름답고 순수하고 감미롭고 부드러운 영국의 테너 가수였어요." 케이트 이모가 열정적으로 말했다.

게이브리얼이 식사를 끝마치자 커다란 푸딩이 식탁으로 옮겨졌다. 다시 포크와 스푼이 달그락거리는 소리가 나기 시작했다. 게이브리얼의 아내가 푸딩을 스푼으로 듬뿍듬뿍 떠서 접시에 담아 식탁으로 돌렸다. 식탁 중간쯤에서 메리 제인이 그것을 받아 다시 산딸기나 오렌지 젤리 또는 블랑망제,

---

20) 독일의 작곡가 마이어베르(Meyerbeer)의 오페라.
21) 이탈리아의 오페라 작곡가 도니젯티(Donizetti)의 오페라.

그리고 잼을 곁들여 돌렸다. 푸딩은 줄리아 이모가 솜씨를 발휘한 것으로, 주위로부터 칭찬을 받았다. 그녀 자신은 색깔이 좀더 갈색이었더라면 좋았을 걸, 하고 말했다.

"글쎄, 모컨 아주머니, 저는 충분히 갈색(브라운)이 됐다고 해두지요. 왜냐하면 아시다시피 저의 이름이 브라운이니까요."

게이브리얼을 제외한 모든 남자 손님들은 줄리아 이모에 대한 인사로 약간의 푸딩을 먹었다. 게이브리얼은 단것을 절대로 먹지 않았기 때문에 그를 위해 샐러리를 남겨두었었다. 프레디 맬린즈는 샐러리 줄기를 집어 푸딩과 함께 먹었다. 그는 샐러리가 피에 제일 좋다는 말을 들었고 당시 의사의 치료를 받고 있던 참이었다. 저녁식사 동안 내내 말이 없었던 맬린즈 부인이 그녀의 아들이 일주일쯤 있으면 맬러리 산으로 여행을 떠날 거라고 말했다. 그러자 식탁의 화제는 맬러리 산으로 옮겨졌는데, 그곳 공기가 얼마나 신선하며, 그곳 수도승들이 참으로 친절하며 찾아오는 손님들에게 한푼의 돈도 요구하는 일이 없다는 이야기를 했다.

"그러면," 브라운 씨가 믿어지지 않는다는 듯이 물었다. "누구나 그곳에 가서 마치 호텔인 양 머무르면서 온갖 맛있는 음식을 먹고 지내다 한푼도 내지 않고 떠나도 된단 말입니까?"

"오, 대부분의 사람들이 그곳을 떠날 때는 수도원에 얼마간 희사를 하지요." 메리 제인이 말했다.

"우리들의 성당에도 그런 기관이 있었으면 해요." 브리운 씨가 솔직하게 말했다.

그는 수도승이 결코 말을 하지 않고 새벽 2시에 일어나며 관 속에 들어가 잠을 잔다는 말을 듣고 깜짝 놀라며 왜 그런 짓을 하느냐고 물었다.

"그게 수도원의 규칙이에요." 케이트 이모가 단호하게 말했다.

"그래요? 하지만 왜 그럴까요?" 브라운 씨가 물었다.

케이트 이모는 "그것은 규칙이지요, 그게 모두" 하고 거듭 말했다. 브라운 씨는 여전히 알아듣지 못하는 듯했다. 프레디 맬린즈는 수도승들은 외부 세계의 모든 죄인들이 저지른 죄를 속죄하려고 애쓰고 있다는 것을 될 수 있는 한 잘, 그에게 설명했다. 이러한 설명은 퍽 석연치 않았기 때문에 브라운 씨는 히죽 웃으며 말했다.

"나도 그런 생각을 대단히 좋아합니다만, 편안한 스프링 침대와 관 사이에 뭐 다른 게 있습니까?."

"관은 말이지요, 그들에게 언제나 최후의 종말을 상기시켜주지요." 메리 제인이 말했다.

이처럼 왠지 화제가 음산해지자 모두들 식탁에서 침묵 속으로 빠져들었다. 그동안 맬린즈 부인이 분명치 않은, 나직한 목소리로 옆사람에게 말하는 소리가 들렸다.

"그들은 참 착한 사람들입니다. 그 수도승들 말이에요. 참 경건한 사람들입니다."

건포도와 아몬드, 그리고 무화과 열매와 사과, 거기다 오렌지와 초콜릿 및 사탕이 이제 식탁 주변을 한바퀴 돌았다. 그리고 줄리아 이모는 모든 손님들에게 포트 와인이나 아니면 셰리 술을 마시라고 권했다. 처음에 바텔다시 씨는 아무것도 들지 않겠다고 거절했으나, 옆에 있던 한 사람이 그의 옆구리를 푹 찌르며 그에게 무슨 말을 소곤거리자 할 수 없다는 듯 잔을 채웠다. 차차 마지막 술잔이 다 채워지자 이야기도 점점 사라져갔다. 술 따르는 소리와 의자를 바로잡는 소리가 들릴 뿐 잠시 침묵이 흘렀다. 모컨 자매와 메리 제인 세 사람도 식탁보를 내려다보았다. 누군가 한두 번 기침을 했고, 그러자 몇몇 손님들이 조용히 하라는 신호로 식탁을 가볍게 두드렸다. 조용해지자 게이브리얼이 의자를 뒤로 빼고 자리에서 일어섰다.

식탁을 탁탁 치는 소리가 격려하듯 한층 크게 울리더니 이내 그쳤다. 게이브리얼은 그의 떨리는 열 개의 손가락으로 식탁보를 짚고 일동에게 불안한 미소를 보냈다. 자기를 쳐다보는 얼굴들의 행렬과 마주치자 그는 눈을 들어 샹들리에를 쳐다보았다. 피아노가 왈츠를 연주하고 치맛자락이 응접실의 문을 스치고 지나가는 소리를 들을 수 있었다. 사람들은 아마 바깥 부둣가의 눈 속에 서서 불이 켜진 창문을 빤히 쳐다보며 왈츠 음악에 귀를 기울이고 있으리라. 그곳의 공기는 맑으리라. 멀리 공원이 있고, 그곳 나무들은 눈으로 무겁게 드리워져 있으리라. 웰링턴 기념비는 퍼프틴 에이커즈[22]의 하얀 들판 너머 서쪽을 향해 반짝이는 찬란한 모자를 쓰고 있으리라.

그는 연설을 시작했다.

"신사 숙녀 여러분, 지난 여러 해 동안도 그랬듯이 오늘 저녁 저에겐 대단히 즐거운 과제를 수행해야 할 운명이 부여된 듯합니다. 그러나 이러한 과제를 위한 한 사람의 연설자로서의 저의 보잘것 없는 힘이 너무 부족한 것이 아닌가 염려됩니다."

"천만에, 천만에!" 브라운 씨가 말했다.

"그러나 여하간에 오늘밤 제 행동에 대한 정성만은 받아 주시고, 이번 파티에 즈음하여 제가 느끼는 바를 여러분에게 말로 표현하고자 하오니 잠시 여러분께서 주위를 기울여 주시기를 간청하는 바입니다. 신사 숙녀 여러분, 이 환대에 넘치는 지붕 아래, 이 환대에 넘치는 식탁 주변에 우리들이 이렇게 다 모인 것은 이번이 처음이 아닙니다. 우리가 이곳의 훌륭하신 귀부인들의 환대를 받는 것도——아니 이렇게 말하는 것이 더 나을지도 모르겠습니다만, 그분들의 환대의 희생자가 된 것도——이번이 처음이 아닙니다."

그는 팔로 허공을 한 바퀴 휘저으며 말을 멈추었다. 모든 사람들이 케이트 이모와 줄리아 이모와 메리 제인을 보고 소리내어 웃거나 미소를 지었다. 그러자 이 세 사람은 기쁨으로 얼굴이 홍당무가 되었다.

게이브리얼은 한층 대담하게 말을 계속했다.

"저는 해를 거듭할수록 한층 강하게 느끼고 있습니다만, 우리 나라가 그

---

22) 피닉스 공원의 넓은 들판.

토록 많은 영광을 돌리어 마음으로 지켜야 할 것은 환대의 전통 이외에는 어떠한 전통도 없다고 생각합니다. 이것은 저의 경험으로 보아(저는 여러 나라를 방문한 바 있습니다만) 현대의 여러 민족들 중에서 우리 나라 특유의 전통입니다. 아마 어떤 사람은 이것을 우리들의 자랑거리라기보다는 우리가 지닌 결함이라고 할지도 모르겠습니다. 그러나 설사 그렇다손 치더라도 그것은 제가 생각하기엔 귀중한 결함으로 우리들 사이에서 오랫동안 성장해야 할 것으로 믿는 바입니다. 적어도 저는 한 가지만은 확신하고 있습니다. 이집 지붕이 방금 말씀드린 훌륭한 귀부인들을 보호하고 있는 한── 그리고 저는 진심으로 앞으로 다가올 여러 해 동안 그렇게 하리라 믿고 있습니다만──진정으로 따뜻한 마음씨를 지닌, 예의가 바른 아일랜드 사람들의 환대의 전통, 우리들의 조상이 우리들에게 물려주었고, 또한 우리들이 우리들의 후손에게 물려주어야 할 이 전통이야말로 우리들 사이에 여전히 살아 있을 줄 믿습니다."

마음에서 우러나오는, 수긍하는 속삭임이 식탁 주변에 감돌았다. 아이버즈 양이 거기 있지 않고 무례하게도 떠나버렸다는 생각이 게이브리얼의 마음속을 화살처럼 뚫고 지나갔다. 그리하여 그는 마음속으로 자신을 갖고 말을 이었다.

"신사 숙녀 여러분, 하나의 새로운 세대가 우리들 사이에서 자라고 있습니다. 이는 새로운 관념과 새로운 원칙에 자극을 받은 세대입니다. 이 세대는 이러한 새로운 관념에 대하여 심각하고도 열성적입니다. 그리고 이 세대는 제가 보기에도 대체로 성실합니다. 그러나 우리는 지금 회의적이고 제가 이 말을 써도 되는지 모르겠습니다만, 사색에 고통받는 시대에 살고 있습니다. 그리고 때때로 저는 교육을 받은, 아니 실은 최고의 교육을 받은 이 새로운 세대에 지난날에 속했던 인간애, 환대, 상냥한 유머와 같은 특질들이 결핍되어 있지 않나 두렵습니다. 지난날의 저토록 많은 위대한 가수들의 이름을 오늘밤 귀담아 듣자니, 우리는 지금 보다 덜 고매한 시대에 살고 있는 것이 아닌가 하는 느낌이 들었는데, 저는 그것을 고백하지 않을 수 없는 바입니다. 그 옛날은 굳이 과장하지 않더라도 고매한 시대라 불러도 좋을 것입니다. 그리고 이러한 시대가 영영 가버린다고 해도 적어도 이런 모임에서 우리는 여전히 긍지와 애정을 가지고 그 시대를 이야기하고, 세상이 쉽사리 잊지 못할 고인이 된 그들과 사라진 위인들의 추억을 마음속에 고이 간직하도록 해야 할 것입니다."

"옳소, 옳소!" 브라운 씨가 크게 외쳤다.

"그러나 그런데도," 게이브리얼은 소리를 한층 부드러운 억양으로 낮추면서 말을 계속했다. "오늘과 같은 모임에서 우리들의 마음에 계속 떠오르는 한층 슬픈 생각들, 즉 과거에 대한, 그리고 젊음에 대한, 변화에 대한, 오늘 저녁 이곳에 참석하지 않아 그리워지는 얼굴들에 대한 생각들이 언제나 우리들의 마음속에 자리하고 있습니다. 우리들의 인생 행로는 이러한 많은 슬픈 추억들로 수놓아져 있습니다. 그리고 만일 우리가 그들을 곰곰이 생각만 하고 있으면 우리는 살아 있는 사람들 사이에서 우리들의 과업을 용감히 수행할 마음을 가질 수가 없을 것입니다. 우리들 모두는 살아 있는 의무, 우리들의 불굴의 노력을 요구하는, 그것도 정당히 요구하는 살아 있는 애정을 갖고 있습니다. 그런고로 저는 과거에만 집착하려 하지 않습니다. 저는 여기 모인 여러분에게 어떤 우울한 도덕관을 강요하려하지도 않습니다. 여기 우리들은 매일매일의 일정의 소요와 번거로움에서 벗어나 잠시 함께 모였습니다. 여기 우리는 친구로서 아름다운 우정의 마음으로, 또한 동료로서, 어떤 점에서는 참된 동지의 마음으로, 그리고 뭐라 할까요——더블린 음악 세계의 세 여신의 손님으로서 모인 것입니다."

식탁에서는 이러한 비유로 박수소리와 웃음소리가 터져나왔다. 줄리아 이모는 한 사람씩 번갈아 가며 곁에 있는 사람들에게 게이브리얼이 무슨 말을 하더냐고 물었으나 헛된 일이었다.

"글쎄 우리를 세 여신이라잖아요, 줄리아 고모." 메리 제인이 말했다.

줄리아 이모는 무슨 뜻인지 이해하지 못했으나 미소를 지으며 게이브리얼을 쳐다보았다. 게이브리얼은 같은 말투로 말을 계속했다.

"신사 숙녀 여러분, 저는 오늘밤 파리스[23]가 예전에 했던 역을 거듭할 생각은 없습니다. 그들 중 어느 한 사람을 고르려는 것도 아닙니다. 그러한 일은 비위에 거슬리는 일이며 저의 힘에 겨운 일입니다. 왜냐하면 제가 이 분들을 차례로 번갈아 바라보건대 그 훌륭한 마음씨, 너무나도 훌륭한 마음씨가 그녀를 아는 모든 사람들에게 하나의 속담이 되어버린 우리들의 첫째 주인이 마땅한 지, 아니면 그녀의 동생, 해를 거듭할수록 천부의 젊은 재질을 타고난 듯한 그녀의 노래 솜씨로 오늘밤 우리들 모두에게 하나의 놀라움이요, 일종의 계시가 되었던 그분이 마땅한 지, 그분도 아니면 마지막으로 결코 다른 분께 뒤지지 않는 재주가 있고 명랑하며 부지런히 일하는 최고의 조카딸인 제일 나이 어린 주인이 마땅한 지, 알 수 없기 때문입니다. 따라서 신사 숙녀 여러분, 저는 이들 세 분 가운데 어느 분에게 상을 수여해야 하는지 전혀 알 수 없음을 고백하는 바입니다."

게이브리얼은 그의 이모들을 흘끗 내려다보았다. 그리고 줄리아 이모의 얼굴 위에 떠오른 미소와 케이트 이모의 눈에 솟아오른 눈물을 보자 서둘러 연설을 끝마치려 했다. 좌중의 모든 사람들이 기대나 하듯 술잔을 손가락으로 만지작거리는 동안, 그는 포도주 잔을 번쩍 쳐들고 큰 소리로 말했다.

"우리 모두 이 세 분을 위하여 다 함께 축배를 듭시다. 그분들의 건강, 부, 장수, 행복 그리고 번영을 위하여 잔을 듭시다. 그리고 그분들의 직업에서 갖고 있는, 애써 노력하여 얻은 자랑스러운 지위, 우리들의 마음속에 자리잡고 있는 명예롭고 애정에 넘치는 지위를 오래오래 보존하길 기원합시다."

23) 트로이의 왕자로, 메넬라오스의 아내 헬레네를 유혹함으로써 트로이 전쟁을 유발시킴. 헤라, 아테네, 아프로디테 등이 서로 미모를 다투게 되자 파리스가 그 판정을 내려 아프로디테가 가장 아름답다고 함.

모든 손님들은 손에 잔을 들고 일어섰다. 그리고 앉아 있는 세 귀부인을 향해 몸을 돌리며 브라운 씨의 선창으로 다 함께 노래를 불렀다.

모두 즐겁고 쾌활한 사람들,
모두 즐겁고 쾌활한 사람들,
모두 즐겁고 쾌활한 사람들,
아무도 아니라 할 사람 없네.[24]

케이트 이모는 솔직하게 손수건을 꺼내 눈물을 닦았고 줄리아 이모도 감동된 듯했다. 프레디 맬린즈가 푸딩 포크를 가지고 장단을 맞추자, 모두 노래의 회의라도 하듯 서로 마주보며 더욱더 힘을 주어 노래를 불렀다.

거짓말이 아니라면,
거짓말이 아니라면,

그러고는 다시 한번 그들의 주인들 쪽으로 몸을 돌리며 모두들 노래를 불렀다.

모두 즐겁고 쾌활한 사람들,
모두 즐겁고 쾌활한 사람들,
모두 즐겁고 쾌활한 사람들,
아무도 아니라 할 사람 없네.

잇달아 터져 나오는 환호 소리가 식당 문 너머의 많은 다른 손님들에게까지 들렸고, 프레디 맬린즈가 포크를 높이 쳐들어 지휘를 하는 가운데 그 소

---

24) 18세기 프랑스의 노래를 흉내낸 전통적 권주가.

리는 몇 번이고 거듭되었다.

*

살을 에는 듯한 새벽 공기가 사람들이 서 있는 현관 안으로 들어왔으므로, 케이트 이모가 이렇게 말했다.

"누구 문 좀 닫아요. 맬린즈 부인이 감기 드시겠어요."

"브라운 씨가 저기 밖에 계세요, 케이트 고모님." 메리 제인이 말했다.

"브라운은 안 가는 데가 없지." 케이트 이모가 목소리를 낮추어 말했다. 메리 제인은 그녀의 말투에 깔깔 웃었다.

"정말이에요. 아주 세심한 분이에요." 그녀는 장난스레 말했다.

"그분은 계속 우리집에 머물러 계셨지." 케이트 이모는 똑같은 말투로 말했다. "크리스마스 동안 내내."

이번에는 그녀가 아주 기분좋게 웃고 나서 재빨리 덧붙여 말했다.

"하지만 그분더러 들어오시라고 해, 메리 제인. 그리고 문을 닫아요. 내 말을 듣지는 않았겠지."

그때 현관 문이 열리자 브라운 씨는 마치 가슴이 터질 듯 소리내어 웃으며 문간에서 안으로 들어왔다. 그는 가짜 아스트라칸 커프스와 깃이 달린 기다란 초록색의 외투를 입고 머리에는 타원형의 털모자를 쓰고 있었다. 그는 눈으로 덮인 부두 쪽을 가리켰다. 그러자 그곳에서 날카롭고 기다란 휘파람소리가 들려 왔다.

"테디[25]가 더블린의 마차를 몽땅 불러낼 모양이에요." 그는 말했다.

게이브리얼은 외투를 힘들게 입으면서 부엌 뒤의 작은 식기실에서 나왔다. 그리고 현관을 둘러보며 말했다.

"그레타는 아직 내려오지 않았어요?"

"옷을 입고 있던데, 게이브리얼." 케이트 이모가 말했다.

"피아노를 치고 있는 이는 누구예요?" 게이브리얼이 물었다.

"아무도 없어. 모두 다 가버렸어." 메리 제인이 말했다. "바텔 다시 씨와 오캘러헌 양은 아직 가지 않았어요."

"아무튼 누군가가 피아노로 장난을 치고 있군 그래."

게이브리얼이 말했다.

메리 제인이 게이브리얼과 브라운 씨를 흘끗 쳐다보며 떨리는 목소리로 말했다.

"두 신사분께서 그렇게 몸을 감싸고 있으신 걸 보니 몹시 추운 느낌이 드는군요. 저 같으면 이런 시간에 집에 돌아가려고 나서지는 않겠어요."

"나 같으면 이런 순간보다 더 신나는 때는 없겠소." 브라운 씨가 단호하게 말했다. "시골 길을 멋있게 뚜벅뚜벅 걷거나 아니면 잘 달리는 말에다 굴레를 씌워 신나게 달리는 것보다 말이오."

"옛날 우리 집엔 아주 멋진 말과 이륜마차가 있었는데." 줄리아 이모가 슬픈 듯 말했다.

"그 꿈에도 잊지 못할 조니 말이죠." 메리 제인이 웃으면서 말했다.

케이트 이모와 게이브리얼도 역시 웃었다.

"아니, 조니가 그렇게 근사했습니까?" 브라운 씨가 물었다.

"돌아가신 우리 할아버지 패트릭 모컨은 만년에 노신사로 모두에게 통하셨는데, 아교를 만드는 분이셨죠." 게이브리얼이 설명했다.

"오, 그런데, 게이브리얼." 케이트 이모가 소리내어 웃으며 말했다. "그분은 풀 공장을 갖고 계셨어."

"글쎄요, 아교든 풀이든요." 게이브리얼이 말했다. "그 노신사분은 조니라는 이름의 말 한 필을 갖고 계셨죠. 그리고 조니는 영감님의 공장에서 연자방아를 돌리기 위해 빙빙 돌며 일을 했습니다. 그것까지는 좋았어요. 그

---

25) 프레디 맬린즈의 애칭.

러나 이제 조니의 슬픈 이야기가 시작됩니다. 어느 날씨 좋은 날 노신사께서 높은 양반들과 함께 공원의 열병식에 말을 타고 가고 싶으셨던 거예요."

"하느님, 그분의 영혼에 자비를 베푸소서." 케이트 이모가 동정어린 목소리로 말했다.

"아멘." 게이브리얼이 말했다. "그래서 노신사께서는 제가 말했듯이 조니에게 마구를 채우시고 제일 좋은 춤 높은 모자를 쓰시고 제일 좋은 폭넓은 칼라를 다시고 어디에선가, 백 레인[26] 근처라 생각됩니다만, 그분의 조상 대대로 내려온 저택에서 의젓한 풍채로 나오셨지요."

모든 사람들, 맬린즈 부인까지도 게이브리얼의 흉내에 크게 웃어댔다. 그러자 케이트 이모가 말했다.

"오, 아니야, 게이브리얼. 그분은 백 레인에 사시지 않았어. 단지 공장이 거기에 있었을 뿐이야."

"조상 대대로 내려온 저택에서," 게이브리얼은 말을 계속했다.

"그분은 조니를 계속 타고 오셨지요. 그리고 조니가 빌리 왕[27]의 동상을 볼 때까지는 만사가 아주 순조로웠답니다. 그런데 빌리 왕이 타고 있는 말에 반했는지, 아니면 공장에 다시 돌아온 줄로 생각했는지, 조니는 동상 주위를 빙빙 돌기 시작했답니다."

게이브리얼은 다른 사람들이 크게 소리내어 웃는 가운데 덧신을 신고 홀을 한 바퀴 돌았다.

"빙글빙글 이렇게 마구 돌았습니다." 게이브리얼이 말했다. "그러자 대단히 점잔을 빼는 신사분이셨던 이 영감님이 화가 나서 '어디 해봐, 이놈! 무슨 짓이야, 이놈? 조니! 조니! 정말 괴상망측한 짓이야! 이놈의 말을 이해할 수 없단 말이야!' 하고 말씀하셨습니다."

이러한 사건을 흉내내는 게이브리얼의 모습 때문에 터져나온 웃음소리가

---

26) 더블린 중남부의 거리.

현관 문에서 울려 퍼지는 노크 소리에 뚝 그치고 말았다. 메리 제인이 달려가 문을 열자 프레디 맬린즈가 들어섰다. 모자를 뒤로 젖혀 쓰고 양어깨를 추위 때문에 웅크린 프레디 맬린즈는 달려온 터라 숨을 훅훅 내쉬며 입김을 내뿜고 있었다.

"마차를 한 대밖에 못 잡았어요." 그는 말했다.

"오, 부두를 따라가다가 또 한 대를 잡으면 돼요." 게이브리얼이 말했다.

"그래," 케이트 이모가 말했다. "맬린즈 부인이 바람받이에 계시지 않도록 해요."

맬린즈 부인은 그녀의 아들과 브라운 씨의 도움으로 현관 정면 층계를 내려와 여러 번 애를 쓴 끝에 마차에 올라앉았다. 프레디 맬린즈가 그녀의 뒤를 이어 마차에 올랐고 브라운 씨의 충고의 도움으로 한참 만에 그녀를 안전하게 자리에 앉혔다.

마침내 그녀가 편안하게 자리에 앉게 되자, 프레디 맬린즈는 브라운 씨를 마차 안으로 불러들였다. 이러쿵저러쿵 이야기가 한참 동안 계속된 끝에 브라운 씨가 마차에 올라탔다. 마부는 무릎 덮개로 무릎을 덮고 허리를 굽혀 목적지를 물었다. 이러쿵저러쿵하는 소리는 한층 더 커져 갔고 프레디 맬린즈와 브라운 씨는 제각기 마차 창문으로 머리를 내밀고 마부에게 각자 다른 방향을 지시했다. 문제는 가는 도중 어디서 브라운 씨를 내려 주느냐였다. 그러자 케이트 이모, 줄리아 이모 그리고 메리 제인이 문간에 서서 서로 어긋나 모순되는 방향을 대며 웃으며 말을 거들었다. 프레디 맬린즈는 웃느라고 말문이 막혔다. 그는 창문으로 연방 머리를 내밀었다 들이밀었다 하여 모자가 벗겨질 것만 같았다. 그는 바깥에서 이야기가 어떻게 진행되고 있는지를 어머니에게 보고했다. 그러자 마침내 브라운 씨가 모든 사람들이 웃고 있는 시끄러운 소리들을 제치고 어리둥절해 있는 마부에게 고함을 질렀다.

---

27) 오렌지공(영국의 윌리엄 3세).

"트리니티 대학을 아시오?"

"네, 네." 마부가 대답했다.

"그럼 트리니티 대학 정문까지 갑시다." 브라운 씨가 말했다. "거기서 어디로 가야 할지 말할 테니, 이제 아시겠소?"

"네." 마부가 대답했다.

"트리니티 대학을 향해 빨리 갑시다."

"그렇게 하죠." 마부가 대답했다.

채찍이 말에 내리쳐지자 마차는 웃음소리와 작별인사가 울려 퍼지는 가운데 부두를 따라 덜걱덜걱 달리기 시작했다.

게이브리얼은 다른 사람들과 함께 문까지 나오지 않았다. 그는 현관의 한쪽 어두운 곳에 서서 층계를 빤히 쳐다보고 있었다. 한 여인이 역시 어둠 속에서 첫번째 층계참 꼭대기 근처에 서 있었다. 그는 그녀의 얼굴을 볼 수 없었으나, 그녀의 치마의 적갈색과 연분홍색의 밑단이 어둠 속에서 까맣고 하얗게 보였다. 아내였다. 그녀는 난간에 기대어 서서 뭘 귀담아 듣고 있었다. 게이브리얼은 그녀가 꼼짝 않고 서 있는 것을 보고 놀랐으며, 그도 뭘 들으려고 귀를 기울였다. 그러나 그는 웃음소리와 정면 층계에서 떠드는 잡음, 피아노에서 울려오는 몇 마디의 화음 그리고 노래하고 있는 어떤 남자의 목소리 곡조밖에는 들을 수가 없었다.

그는 현관의 어두컴컴한 곳에 잠자코 서서 노래하고 있는 목소리의 선율을 이해하려고 애를 쓰며 아내를 빤히 쳐다보고 있었다. 아내는 마치 그 무엇의 상징인 양 그 용모에 우아함과 신비함이 어려 있었다. 그는 어둠 속 계단 위에 서서 희미한 음악에 귀를 기울이고 있는 한 여인은 무엇을 상징하는 것일까, 하고 스스로에게 물어보았다. 만일 자신이 화가라면 아내의 저런 모습을 그려 보고 싶었다. 그녀의 파란 펠트 모자와 어둠을 배경삼아 청동색 머리칼을 두드러지게 하고 치마의 검은 단을 연한 빛으로 돋보이게 그리리라. 만일 자신이 화가라면 그 그림을 〈희미한 음악〉[28]이라 부르리라.

현관 문이 닫히고 케이트 이모와 줄리아 이모, 그리고 메리 제인이 여전히 웃으면서 안으로 들어왔다.

"글쎄, 프레디는 지독하잖아요?" 메리 제인이 말했다. "정말 지독한 분이에요."

게이브리얼은 아무 말도 하지 않고 아내가 서 있는 층계 쪽을 가리켰다. 현관 문이 닫혔는지라 목소리와 피아노 소리가 더욱 선명하게 들렸다. 게이브리얼은 그들더러 조용히 하라고 손을 들었다. 노래는 옛날 아일랜드의 음조를 띠고 있는 듯했고, 노래하는 사람은 가사와 음정에 자신이 없는 듯했다. 목소리는 멀고 또한 노래하는 사람의 목이 쉬었기 때문에 서글프게 들렸으며, 슬픔을 나타내는 가사와 함께 곡의 운율을 아련하게 비춰 주었다.

> 오, 비는 내 짙은 머리채에 내리고
> 이슬은 내 살갗을 적시네.
> 내 아이는 차디차게 누워……[29]

"오," 메리 제인이 부르짖었다. "바텔 다시 씨가 노래하고 계세요. 밤새 노래하지 않겠다고 하던 분이. 가시기 전에 노래를 한 곡 부르시게 해야지."

"그래라, 메리 제인." 케이트 이모가 말했다.

메리 제인은 다른 사람들을 지나 층계 쪽으로 달려갔다. 그러나 그녀가 그곳에 도착하기 직전에 노랫소리가 멈추었고 피아노가 갑자기 닫혀졌다.

"오, 정말 유감이야!" 그녀가 소리쳤다. "그분이 지금 내려오세요, 그레타?"

게이브리얼은 아내가 그렇다고 대답하고 자기들 쪽으로 내려오는 것을 보

---

28) 영국 소설가 찰즈 디킨즈의 〈데이빗 커퍼필드〉 중에서 유래함.

았다. 몇 발자국 뒤에서 바텔 다시 씨와 오캘러헌 양이 뒤따르고 있었다.

"오, 다시 씨." 메리 제인이 소리쳤다. "우리들은 모두 선생님 노래를 들으며 황홀해 하고 있었는데 그렇게 노래를 뚝 그치시다니요, 정말 너무해요."

"제가 저녁 내내 졸랐지 뭐예요. 그리고 콘로이 부인도 역시. 그런데 지독한 감기에 걸려 노래를 부를 수 없으시다는 거예요." 오캘러헌 양이 말했다.

"오, 다시 씨, 그건 새빨간 거짓말이에요." 케이트 이모가 말했다.

"제가 까마귀처럼 목이 쉰 걸 모르십니까?" 다시 씨는 거칠게 말했다.

그는 재빨리 식기실로 들어가서 외투를 입었다. 다른 사람들은 그의 무례한 말투에 주춤하여 말문이 막히고 말았다. 케이트 이모는 이맛살을 찌푸리며 그 이야기는 그만두자고 신호를 했다. 다시 씨는 목도리로 목을 조심스럽게 싸면서 인상을 찌푸리고 서 있었다.

"날씨 탓이에요." 줄리아 이모가 한참 후 말했다.

"그래요. 모든 사람들이 감기에 걸렸어요." 케이트 이모가 얼른 말했다. "모든 사람이."

"사람들의 말이 30년 이래 처음 보는 큰 눈이래요. 오늘 아침 조간신문에서 읽었는데 눈은 아일랜드 전역에 내렸대요." 메리 제인이 말했다.

"난 눈 오는 모습이 좋아요." 줄리아 이모가 서글픈 듯 말했다.

"저도 그래요." 오캘러헌 양이 맞장구를 쳤다. "눈이 내리지 않으면 크리스마스는 정말 크리스마스 같지 않아요."

"하지만 다시 씨는 눈을 좋아하지 않는 모양이지요." 케이트 이모가 미소를 지으면서 말했다.

다시 씨는 온통 몸을 감싸고 외투의 단추를 몽땅 채운 채 식기실에서 나

---

29) 서부 아일랜드의 골웨이 근방에서 유행했던 민요 〈오그림의 처녀〉 중에서.

왔다. 그리고 후회하는 듯한 목소리로 자기가 감기에 걸린 이유를 털어놓았다. 모든 사람들이 그에게 충고를 했고 참 안됐다는 말을 하며 밤 공기에 목을 조심하라고 타일렀다. 게이브리얼은 대화에 끼지 않고 있는 아내를 빤히 쳐다보았다. 그녀는 먼지가 낀 부채꼴 창 바로 아래 서 있었다. 며칠 전에 난롯불에 말리는 것을 본 적이 있던 아내의 머리칼이 가스 불빛을 받아 짙은 청동색으로 빛나고 있었다. 아내는 똑같은 모습으로 주위의 이야기를 의식하지 못하는 듯했다. 마침내 아내가 사람들 쪽으로 몸을 돌리자, 게이브리얼은 홍조를 띤 그녀의 두 뺨과 반짝이는 눈을 보았다. 갑작스런 기쁨의 물결이 그의 마음속에서 솟아나고 있었다.

"다시 씨, 아까 부르신 노래 제목이 뭐죠?" 그녀가 말했다.

"〈오그림의 처녀〉지요." 다시 씨가 말했다. "하지만 가사가 잘 생각나지 않아요. 왜요? 그 노래를 아시나요?"

"〈오그림의 처녀〉." 그녀는 거듭 말했다. "제목이 생각나지 않아서요."

"참 멋진 곡이에요." 메리 제인이 말했다. "오늘 밤 제대로 목소리가 나오지 않아 안됐군요."

"자, 메리 제인, 다시 씨를 괴롭히지 말아요. 나라면 괴롭히지 않겠어." 케이트 이모가 말했다.

모두들 떠날 채비를 끝낸 것을 보자, 그녀는 사람들을 문까지 안내했다. 거기서 작별 인사가 있었다.

"자, 안녕히 계세요, 케이트 이모님. 참 즐거운 밤이었어요, 감사해요."

"잘가, 게이브리얼, 잘가요, 그레타!"

"안녕히 계세요, 케이트 이모님, 그리고 참 감사합니다. 안녕히 계세요, 줄리아 이모님."

"오, 잘가요, 그레타. 내가 보지 못했군."

"잘가요, 다시 씨. 잘가요, 오캘러헌 양."

"안녕히 계세요, 모컨 아주머니."

“잘가요, 그럼.”
“잘가요, 모두 조심해요.”
“안녕, 안녕.”

아침은 아직도 어두웠다. 희미한 누런 빛이 집들과 강 위에 감돌았고, 하늘이 내려앉을 것만 같았다. 발 아래 눈이 녹아 있었고 지붕과 부두의 난간, 그리고 지하 출입구의 철책 위에 눈이 기다랗게, 그리고 뭉텅이로 쌓여 있었다. 거리의 가로등은 아직도 거무스름한 대기 속에서 붉게 타고 있었고, 강 건너 우람한 법원 건물이 무거운 하늘을 등지고 위협하듯 서 있었다.

아내는 바텔 다시 씨와 함께 그 앞에서 걸어가고 있었다. 구두를 갈색 보자기에 싸서 한쪽 팔 아래에 끼고 두 손은 진창에 닿을까봐 치마를 쳐들고 있었다. 그녀는 아까와 같은 태도의 우아함을 더 이상 지니고 있지 않았으나, 게이브리얼의 두 눈은 여전히 행복감에 빛나고 있었다. 피는 혈관을 따라 약동하며 흘렀고, 여러 가지 생각들이 머리 속을 널뛰듯 흘러갔다. 자랑스럽게, 즐겁게, 정답게, 세차게.

아내가 그 앞을 너무나 사뿐히, 그리고 꼿꼿이 걷고 있었으므로 그는 소리 없이 뒤쫓아가서 어깨를 껴안고 뭔가 바보스럽고 다정한 말을 귀에다 소곤거리고 싶었다. 그녀가 너무나 연약하게 느껴졌기에 그는 그녀를 그 무엇으로부터 보호한 다음, 그녀와 단둘이 있고 싶었다. 그들 두 사람만의 비밀스런 생활의 순간순간들이 별처럼 그의 기억에서 쏟아져 나왔다. 연보랏빛 봉투 한 장이 아침식사 때 컵 옆에 놓여 있었는데, 그는 한 손으로 그것을 만지작거리고 있었다. 새들은 담쟁이 속에서 지저귀고 거미줄 같은 커튼의 밝은 천이 마루 앞으로 아른거리고 있었다. 그는 행복감에 아무것도 먹을 수가 없었다. 그는 사람들로 와글거리는 기차 플랫폼에 서 있었고, 아내의 장갑 긴 따뜻한 손바닥에 기차표를 쥐여 주고 있었다. 그는 추위 속에 아내와 함께 서서 어떤 사나이가 활활 소리내며 타고 있는 용광로에서 병을 만들고 있는 광경을 쇠창살이 쳐진 유리창을 통해 들여다보고 있었다. 날씨는 몹시 추웠다. 찬 공기 속에서 향기로운 아내의 얼굴이 그의 얼굴에 바싹 붙어 있었다. 그러자 갑자기 그녀는 용광로 옆에서 일하고 있는 사나이에게 소리를 질렀다.

"여보세요, 불이 뜨거운가요?"

그러나 사나이는 용광로의 소음 때문에 말을 알아들을 수가 없었다. 상관없었다. 그가 무례하게 대답했을는지 모르니까 말이다.

아직도 한층 감미로운 즐거움의 파도가 그의 심장으로부터 솟아나와 따뜻한 홍수가 되어 그의 동맥 속을 굽이쳐 흘렀다. 다정한 별빛처럼 아무도 알지 못하는, 또는 아무도 알지 못할 그들 두 사람만의 생활의 순간들이 쏟아져 나와 그의 추억을 비추었다. 이러한 순간들을 아내에게 상기시키고, 지루했던 세월을 모두 잊게 하며, 단지 황홀한 순간만을 기억하게 하고 싶었다. 왜냐하면 지나간 세월들이 그의 영혼이나 아내의 영혼을 억누르지는 않은 듯 느껴졌기 때문이다. 그들의 아이들, 그의 작품, 아내의 여러 가지 집안 근심도 그들 영혼의 부드러운 불꽃을 꺼버리지는 않았다. 당시 그는 아내에게 보낸 한 통의 편지 속에 이렇게 쓴 적이 있었다. "이러한 말들이 왜 이다지도 둔감하고 냉정하게 느껴지는 걸까? 당신을 부르기에 합당한 다정한 말이 없기 때문일까?"

희미한 음악처럼 여러 해 전에 그가 쓴 이러한 말들이 과거로부터 되살아나 그에게로 다가왔다. 그는 아내와 단둘이 있고 싶었다. 다른 사람들이 다 가버리고 그와 아내가 호텔 방에 있게 되면 그들은 단둘이 남게 되는 것이다. 그는 아내를 다정하게 부르리라.

"그레타!"

아마 아내는 즉시 알아듣지 못할는지 모른다. 옷을 벗고 있을 테니까. 그러나 목소리는 알아차리리라. 아내는 몸을 돌려 쳐다보리라.

와인태번 가 모퉁이에서 그들은 마차를 잡았다. 마차의 덜커덕거리는 소리 때문에 서로 대화를 나눌 수 없는 것이 그에게는 기뻤다. 그녀는 창 밖을 내다보고 있었으며 피곤해 보였다. 다른 사람들은 어떤 건물이나 거리를 가리키면서 몇 마디 말만 할 뿐이었다. 말은 음산한 새벽 하늘 아래 덜커덕거리는 마차를 발굽 뒤로 끌면서 지친 듯이 달려갔다. 게이브리얼은 배를 잡아타고 신혼여행을 떠나기 위해 그녀와 함께 마차를 타고 질주하는 기분이었다.

마차가 오코넬 다리를 건널 때 오캘러헌 양이 말했다.

"사람들 말이 오코넬 다리를 건널 때는 반드시 흰 말을 본다지요."

"이번에는 흰 사람이 보이는데요." 게이브리얼이 말했다.

"어디요?" 바텔 다시 씨가 물었다.

게이브리얼은 그 위에 군데군데 흰 눈이 덮인 동상을 가리켰다.

그리고 그는 다정하게 동상을 향해 고개를 숙이며 손을 흔들었다.

"안녕하세요, 댄.[30]" 그는 명랑하게 말했다.

마차가 호텔 앞에 다다르자 게이브리얼은 껑충 뛰어내렸다. 그리고 그는 바텔 다시 씨가 반대하는데도 불구하고 마부에게 차비를 치렀다. 그는 차비보다 1실링을 더 주었다. 마부는 절을 하며 말했다.

"새해의 번영을 빕니다."

"당신도요." 게이브리얼은 진심으로 말했다.

아내는 마차에서 내리면서 잠시 그의 팔에 몸을 기댔다. 그리고 보도의 가장자리 돌 옆에 서서 다른 사람들에게 작별인사를 했다. 아내는 몇 시간 전에 그와 춤을 추었을 때처럼 사뿐히 그의 팔에 기대고 있었다. 그때 그는 자랑스럽고 행복했다. 그녀가 자기 소유라는 생각에 행복했고 그녀의 우아함과 아내다운 몸가짐이 자랑스러웠다. 그러나 이제 그토록 많은 기억들에 다시 불이 켜지자 율동적이고 야릇한 향내를 풍기는 그녀의 육체의 첫 감촉이 그의 몸 속에서 날카로운 욕정의 고통을 자아냈다. 아내의 침묵을 틈타 그는 아내의 팔을 잠자코 잡아서 자기의 옆구리에 대었다. 그리고 두 사람이 호텔 문에 서자 생활과 의무로부터 도망치고 가정과 친구들로부터 도망쳐, 거칠고 찬란한 마음으로 새로운 모험을 향해 둘이서 함께 떠난 것 같았다.

한 노인이 커다란 덮개를 씌운 현관의 의자에 앉아 졸고 있었다. 노인은 사무실에서 촛불을 켜들고 두 사람 앞에 서서 층계까지 나아갔다. 그들은 두껍게 융단이 깔린 층계 위에 사뿐사뿐 발을 내려놓으며 말없이 그를 뒤따랐다. 아내는 문지기를 따라 고개를 숙이고 층계를 올라갔다. 그녀의 가냘픈 어깨가 무거운 짐이라도 진 듯 굽어 보였고 치마는 몸에 꼭 끼여 있었다. 그는 양팔로 아내의 허리를 덥석 끌어안아 꼭 붙들어 주고 싶었다. 그의 양팔이 그녀를 꼭 껴안고 싶은 욕망으로 부들부들 떨렸기 때문이다. 그는 단지 손톱으로 손바닥을 힘껏 찌름으로써 육체의 거친 충동을 억제했다. 문지기 영감은 층계에서 걸음을 멈추고 촛물이 녹아 떨어지는 양초를 바로잡았다. 두 사람도 그 뒤에서 발걸음을 멈추었다. 침묵 속에서 게이브리얼은 촛물이 녹아 쟁반에 떨어지는 소리와 자신의 심장의 고동이 늑골에 부딪치는 소리를 들을 수 있었다. 문지기는 복도를 따라 그들을 안내하고 문을 열었다. 그런 다음 그는 흔들거리는 양초를 화장대 위에 내려놓고 아침 몇 시에 깨워 드릴까요, 하고 물었다.

"8시요." 게이브리얼이 말했다.

문지기는 전등의 스위치를 가리키며 뭔가 사과의 말을 중얼거렸으나, 게이브리얼이 불쑥 말을 가로챘다.

"전등은 필요없어요. 거리에서 들어오는 불빛이면 충분합니다. 그리고," 그는 촛불을 가리키며 덧붙여 말했다. "저 귀찮은 물건을 치워 주었으면 해요, 얼른요."

문지기는 이 말에 다시 양초를 집어 들었으나 동작이 느렸다. 왜냐하면

---

30) 대니얼 오코넬.

그는 이러한 괴상한 생각에 놀랐기 때문이다. 그런 다음 그는 저녁 인사를 중얼거린 뒤 밖으로 나갔다. 게이브리얼은 이내 문을 닫아 버렸다.

거리의 가로등에서 들어오는 한줄기 희미한 불빛이 창문에서 문까지 기다란 줄기가 되어 드리워져 있었다. 게이브리얼은 외투와 모자를 소파 위에 내던진 다음 창문을 향해 방을 가로질러 갔다. 그는 감정을 좀 가라앉히기 위해 거리를 내려다보았다. 그런 다음 그는 몸을 돌려 빛을 등지고 옷장에 기대었다. 아내는 모자와 외투를 벗고 커다란, 흔들거리는 거울 앞에 서서 허리의 단추를 풀었다. 게이브리얼은 잠시 그녀를 쳐다보고 서 있다가 말했다.

"그레타!"

그녀는 거울로부터 천천히 돌아서서 기다란 빛줄기를 따라 그에게로 걸어왔다. 아내의 얼굴이 너무 심각하고 피곤해 보였으므로, 게이브리얼의 입에서는 말이 나오지 않을 지경이었다. 아니야. 아직 말할 때가 아니다.

"당신 피곤해 보이는데." 그는 말했다.

"조금요." 그녀가 대답했다.

"어디 아프거나 몸이 쇠약해진 게 아니오?" 그는 말했다.

"아니에요, 조금 피곤할 뿐이에요."

아내는 창문까지 걸어가 밖을 내다보며 그곳에 서 있었다. 게이브리얼은 다시 기다렸다. 그리고 이내 이렇게 주춤거리다가는 안 되겠다고 두려워하면서 불쑥 말했다.

"그런데 그레타!"

"왜 그러세요?"

"그 맬린즈란 친구 알지?" 그는 재빨리 말했다.

"네. 그가 왜요?"

"글쎄, 참 좋은 녀석이야." 게이브리얼은 가성으로 말을 이었다. "그가 내게 빌린 그 1실링을 갚았단 말이오. 정말 생각지도 않았던 건데, 그 브라

운이란 사람과 그가 서로 떨어지지 못하는 게 안됐지만. 정말이지 나쁜 사
람은 아닌데 말이야."

　그는 이제 속이 타서 몸이 부들부들 떨렸다. 왜 아내는 저렇게 얼빠진 것
처럼 보이는 걸까? 그는 말을 어떻게 시작해야 좋을지 몰랐다. 아내도 무엇
때문에 속이 타고 있는 걸까? 만일 그녀가 몸을 돌리고 스스로 와주기만 한
다면! 지금 그대로 그녀를 마구 끌어안는다면 짐승 같은 짓이리라. 아니다,
우선 아내의 눈 속에서 어떤 갈망을 보아야 한다. 그는 아내의 이상한 기분
을 알아내기 위해 몸이 달았다.

　"그분한테 언제 돈을 빌려 주었는데요?" 잠시 후에 아내가 물었다.

　게이브리얼은 그 술고래 같은 맬린즈와 그가 빌려 준 돈에 대해 욕이 나
오려는 것을 억제하려고 무척 애를 썼다. 그는 아내에게 진심으로 호소하고
몸을 짓누르며 아내를 정복하기를 갈구했다. 그러나 그는 이렇게 말했다.

　"아. 크리스마스 때지. 그가 헨리 가에 조그마한 크리스마스 카드 가게를
냈을 때요."

　그는 분노와 욕망의 열기에 너무나 휘말려 있었기 때문에 아내가 창문에
서 다가오는 소리도 듣지 못했다. 아내는 잠시 그 앞에 서서 이상한 눈초리
로 그를 쳐다보았다. 그러다가 갑자기 발끝으로 몸을 세우고 양 어깨에 손
을 가볍게 올려놓으며 그에게 키스를 했다.

　"당신은 참 관대한 분이시군요, 게이브리얼." 그녀가 말했다.

　게이브리얼은 그녀의 갑작스런 키스와 기이한 말에 기쁜 나머지 몸을 부
들부들 떨면서 손을 그녀의 머리칼에 대고 손가락이 닿을락말락하게 쓰다듬
기 시작했다. 머리칼은 감아서 보드랍고 윤기가 흘렀다. 그의 마음은 행복
으로 넘치고 있었다. 막 그가 원하는 순간 아내는 스스로 그에게 다가왔던
것이다. 아마 아내의 생각도 그와 함께 달리고 있었으리라. 아마 아내에게
그가 품고 있던 충동적 욕망을 느끼고 몸을 내맡기겠다는 생각이 떠올랐을
지도 모른다. 아내가 그토록 쉽사리 그에게 굴복했으므로. 왜 지금까지 주

춤거리기만 했는지 이상했다.

그는 두 손으로 아내의 머리를 붙잡고 서 있다가 재빨리 한 팔로 미끄러지듯 아내의 몸을 끌어당기며 다정하게 말했다.

"여보, 그레타, 뭘 생각하고 있지?"

아내는 대답도 하지 않았고 그렇다고 몸을 전적으로 그의 팔에 내맡기지도 않았다. 그는 다시 다정하게 말했다.

"뭔지 말해 봐요, 그레타, 무슨 일인지 알 것도 같은데."

아내는 즉시 대답하지는 않았으나 갑자기 울음을 터뜨리며 말했다.

"아, 아까 그 노래를 생각하고 있었어요. 〈오그림의 처녀〉 말예요."

아내는 그에게서 벗어나 침대로 달려갔다. 그리고 침대 끝에 양팔을 걸치고는 얼굴을 감추었다. 게이브리얼은 깜짝 놀라 잠깐 꼼짝도 않고 서 있다가 그녀를 뒤따랐다. 큰 거울 앞을 지날 때, 그는 자신의 전신과 자신의 널따랗고 잘 어울리는 와이셔츠, 자신이 거울 앞에 설 때마다 언제나 자신을 당황하게 했던 얼굴 표정 그리고 번쩍이는 금테 안경을 보았다. 그는 아내로부터 몇 걸음 떨어져 서서 말했다.

"그 노래가 어떻다는 거요? 노래가 어째서 우는 거요?"

아내는 양팔에 묻었던 얼굴을 들고 마치 아이처럼 손등으로 눈물을 닦았다. 자신이 의도했던 것보다 한층 다정한 목소리로 그는 말했다.

"왜 그래, 그레타?" 그는 물었다.

"오래 전에 그 노래를 불렀던 사람을 생각하고 있었어요."

"오래 전의 그 사람이란 누군데?" 게이브리얼은 미소를 띠며 말했다.

"제가 할머님하고 골웨이에서 살 때 알던 사람이에요." 그녀가 말했다.

게이브리얼의 얼굴에서 미소가 사라졌다. 희미한 분노가 마음속에서 다시 솟아나기 시작했고, 욕정의 희미한 불꽃이 그의 혈관 속에서 골난 듯 끓기 시작했다.

"당신이 사랑했던 사람이오?" 그는 비꼬듯 물었다.

"제가 알던 어린 소년이었어요." 그녀는 대답했다. "마이클 퓨리라고 하는. 그애가 〈오그림의 처녀〉라는 노래를 부르곤 했었어요. 그애는 몸이 아주 허약했어요."

게이브리얼은 말이 없었다. 그는 자기가 몸이 허약한 그 소년에 대하여 관심이 있는 것으로 아내가 생각하는 것을 원치 않았다.

"그애 모습이 눈에 선해요." 아내는 잠시 후 말했다. "정말이지 크고 까만 눈을 갖고 있었어요! 눈 속에 그 어떤 표정이 ——어떤 표정이!"

"오, 그럼, 당신은 그를 사랑했구료?" 게이브리얼이 물었다.

"그애와 늘 산책을 다녔지요." 그녀가 말했다. "골웨이에 있을 때."

어떤 생각이 게이브리얼의 마음을 가로질러 달렸다.

"아마 그 때문에 아이버즈 양과 골웨이에 가고 싶었던 게로군?"

그는 냉정하게 말했다.

그녀는 그를 쳐다보며 놀란 듯 물었다.

"뭣 때문에요?"

아내의 시선과 마주치자, 게이브리얼은 어색함을 느꼈다. 그는 어깨를 움찔하며 말했다.

"내가 어떻게 알아? 아마 그를 만나기 위해서겠지."

그녀는 그로부터 시선을 돌려 기다란 빛을 따라 말없이 창문 쪽을 쳐다보았다.

"그는 죽었어요." 그녀가 마침내 말했다. "겨우 열 일곱 살이었는데 죽었어요. 그렇게 어린 나이에 죽다니 정말 끔찍하잖아요?"

"뭘 하던 사람인데?" 게이브리얼은 여전히 비꼬듯 물었다.

"가스 공장에서 일했어요." 그녀가 대답했다.

게이브리얼은 자신의 비꼬는 것이 실패로 돌아갔으며 죽은 자인 그 인물, 즉 가스 공장의 소년의 잠든 영혼을 불러낸 것이 수치스러웠다. 그의 가슴은 그들 내외간의 비밀스런 추억으로 가득 차 있었고, 애정과 기쁨과 욕망으로 가득 차 있었던 반면, 아내는 마음속으로 다른 남자와 그를 비교하고 있었던 것이다. 자기 자신의 존재에 대한 수치스러운 의식이 그를 엄습했다. 그는 이모들을 위하여 한 푼짜리 심부름꾼 노릇을 하는 우스꽝스런 인물, 속인들에게 열변을 토하여 자기 자신의 광대 같은 욕정을 이상화하는 신경질적인 선의의 감상주의자, 조금 전 거울 속에서 얼핏 보았던 애처롭고 바보 같은 자신을 생각했다. 그는 자신의 이마 위에서 불타는 수치를 아내가 보지 못하도록 본능적으로 등을 한층 불빛 쪽으로 돌렸다.

그는 냉정하게 질문하는 자신의 말투를 유지하려고 애를 썼으나, 그가 말하는 음성은 맥이 없고 힘이 빠져 있었다.

"당신은 그 마이클 퓨리라는 자와 사랑을 했던 모양이군 그래, 그레타." 그는 말했다.

"당시 그애하고는 매우 열렬했었어요." 그녀가 말했다.

아내의 목소리는 베일에 가린 듯 슬퍼 보였다. 게이브리얼은 이제 자신이 목적했던 곳으로 아내를 이끌려는 노력이 얼마나 헛된 것이었는가를 깨닫고 아내의 한 손을 쓰다듬으며 자신도 역시 슬프게 말했다.

"그런데 왜 그토록 일찍 죽었지, 그레타? 폐병이었나?"

"저 때문에 죽은 것 같아요." 그녀가 대답했다.

이 대답에 막연한 공포가 게이브리얼을 사로잡았다. 마치 그가 승리를 희망하고 있던 바로 그 순간에 어떤 불가사의한 복수심에 찬 존재가 몽롱한 세계 속에서 그와 대적하기 위해 힘을 모아가지고 그를 향해 공격해 오는 듯했다. 그러나 그는 이성의 노력으로 뿌리치며 계속 그녀의 손을 애무했다. 그는 더 이상 아내에게 캐묻지 않았다. 왜냐하면 아내가 스스로 이야기해 주리라 느꼈기 때문이다. 아내의 손은 따뜻하고 촉촉했다. 그녀의 손은 그의 감촉에 아무런 반응도 보이지 않았으나, 그는 그 봄날 아침 그에게 보낸 그녀의 최초의 편지를 애무하듯 그것을 계속 만졌다.

"때는 겨울이었어요." 아내가 말했다. "초겨울이었는데, 제가 할머니 댁

을 떠나 이곳 수도원으로 오려고 하던 때였어요. 그때 그는 골웨이에 있는
그의 하숙집에서 앓고 있었는데, 외출이 금지되어 있었고, 그래서 우터라
드[31]에 있는 그 집 식구들에게 편지로 알렸지요. 그의 폐병인가가 점점 악
화되고 있다는 소문이었어요. 전 정확하게 무슨 병인지 알지 못했어요.”

아내는 잠시 말을 멈추고 한숨을 쉬었다.

“가엾게도,” 아내는 다시 말했다. “그는 나를 무척이나 좋아했고, 아주
착한 애였어요. 시골 사람들처럼, 게이브리얼, 아시잖아요, 우린 함께 밖에
나가서 걸어다니곤 했었지요. 건강만 아니었던들 그는 노래 공부를 할 작정
이었어요. 참 훌륭한 목소리를 지니고 있어요, 불쌍한 마이클 퓨리.”

“글쎄. 그래서?” 게이브리얼이 물었다.

“그러나 제가 골웨이를 떠나 수도원으로 올 때쯤 그는 병이 악화되어 그
를 만나는 것도 금지되고 말았어요. 그래서 나는 더블린으로 가서 여름에
돌아온다는 것, 그리고 곧 몸이 완쾌되기를 희망한다는 편지를 그에게 썼지
요.”

아내는 목소리를 가다듬기 위하여 잠시 말을 멈추었다. 그리고 이내 말을
이었다.

“그리고 제가 떠나기 전날 밤, 넌즈 아일랜드[32]에 있는 할머니 댁에서 짐
을 꾸리고 있었는데, 그때 돌을 창문에 던지는 소리를 들었어요. 창문에 비
가 흘러내려 볼 수 없기에 그대로 아래층으로 달려 내려가 뒷마당으로 살며
시 빠져 나가 보았더니 거기 마당 맨 끝에 그가 가엾게도 부들부들 떨면서
서 있지 않겠어요.”

“그래. 당신은 그에게 집으로 돌아가라고 말하지 않았소?” 게이브리얼이
물었다.

“집으로 돌아가라고 애원을 하며, 이러다가 비를 맞아 죽게 될 것이라 말

---

31) 서부 아일랜드의 골웨이 근처 마을.

했지요. 그러나 그는 살고 싶지 않다고 말했어요. 지금도 그의 눈이 선하게 보여요! 그는 나무가 한 그루 서 있는 담 한쪽 끝에 서 있었어요."

"그래 집으로 돌아갔소?" 게이브리얼이 물었다.

"네. 돌아갔어요. 그리고 제가 수도원으로 떠난 지 일주일 만에 죽어 그의 친척들이 사는 우터라드에 묻혔어요. 아, 그가 죽었다는 소식을 듣던 날을 생각하면!"

아내는 흐느낌에 복받쳐 말문이 막혔다. 그리고 감정에 압도되어 몸을 침대 위에 털썩 내던지며 얼굴을 파묻고 이불 속에서 흐느끼며 울었다. 게이브리얼은 어찌할 바를 몰라 망설이면서 잠시 동안 아내의 손을 그대로 쥐고 있다가, 그녀의 슬픔에 자기가 끼여 드는 게 어색해서 살며시 놓고 창가로 조용히 걸어갔다.

아내는 깊은 잠에 빠졌다.

게이브리얼은 팔꿈치를 괴고 서서 잠시 동안 별로 화가 나지 않은 표정으로 아내의 헝클어진 머리와 반쯤 벌린 입을 쳐다보며 그녀의 깊은 숨소리에 귀를 기울였다. 그래, 아내의 인생에는 그와 같은 로맨스가 있었구나. 한 남자가 그녀를 위해 죽었구나. 그녀의 남편인 자신이 그녀의 인생에 있어서 얼마나 보잘것 없는 역할을 했는가를 생각해 보았으나 그것이 이제 그에겐 고통스럽지 않았다. 그는 자신과 그녀가 한 사람의 남편과 아내로서 살아온 적이 없는 듯 잠자고 있는 아내를 빤히 쳐다보았다. 호기심에 찬 그의 눈은 아내의 얼굴과 머리 위에 한참 동안 머물러 있었다. 그 당시, 아내의 소녀 시절인 아름다운 그 시절에 아내는 어떠했을까 하고 생각하자 그녀에 대한 이상하고도 친근한 연민의 정이 그의 영혼 속으로 파고들었다. 그는 아내의 얼굴이 이제는 아름답지 않다고 스스로 말하고 싶지는 않았으나, 그 얼굴이

---

32) 골웨이 강의 삼각주.

이제는 마이클 퓨리가 죽음을 무릅쓰고 그리워했던 그 얼굴이 아님을 알고 있었다.

아마 아내는 이야기를 끝까지 하지 않았는지도 모른다. 그의 눈은 아내가 몇 가지 옷을 벗어 던진 의자 쪽으로 움직였다. 속치마 끈 하나가 마루로 축 늘어져 있었다. 구두 한 짝은 그 부드러운 위쪽 부분이 꺾어진 채 꼿꼿이 서 있었고 다른 한 짝은 넘어져 있었다. 그는 한 시간 전에 느꼈던 자신의 감정의 격동을 생각하자 이상한 느낌이 들었다. 그러한 감정은 어디에서 비롯되었을까? 이모님 댁의 만찬에서, 자신의 바보스런 연설에서, 포도주와 춤에서, 현관에서 작별인사를 할 때의 농담에서, 눈 속의 강을 따라 걷던 기쁨에서! 불쌍한 줄리아 이모님! 그녀 또한 패트릭 모컨과 그의 말의 유령처럼 머지않아 유령이 되고 말리라. 그는 이모가 아까 〈신부로 단장하고〉라는 노래를 부를 때, 그녀의 말라빠진 얼굴을 잠시 동안 보았었다. 머지 않아 아마도 그는 검은 상복을 입고 무릎에 실크모자를 올려놓고 바로 그 응접실에 앉아 있으리라. 차일이 처져 있고, 케이트 이모가 그의 곁에 앉아 울며 코를 풀면서 줄리아가 어떻게 죽었는지 그에게 말해 주리라. 그는 이모를 위안하기 위하여 몇 마디 말을 마음속으로 찾아보리라. 그리고 그 말이 전혀 부질없고 쓸모없음을 알게 되리라. 그래, 그래 머지않아 이런 일이 다가오리라. 방안 공기가 그의 어깨를 오싹하게 했다. 그는 조심스럽게 이불 속으로 몸을 뻗고 아내 곁에 누웠다. 하나하나 그들은 모두 유령이 되고 말 것이다. 늙어서 시들어 쓸쓸히 사라지기보다는 어떤 정열이 가득 찬 영광 속에서 저 세상으로 대담하게 사라지는 것이 한층 나으리라. 자기 곁에 누워 있는 아내가 살고 싶지 않다고 그녀에게 말했을 때의 애인의 눈의 이미지를 어떻게 그토록 오랜 세월 동안 마음속에 간직하고 있었을까 하고 그는 생각했다.

관용의 눈물이 그의 눈을 가득 채웠다. 그는 어떤 여인에 대해서도 자기 스스로 지금까지 그와 같은 감정을 결코 느껴 보지 못했으나 이러한 감정이야말로 사랑임을 알았다. 눈물은 더 많이 눈에 괴었고, 희미한 어둠 속에서 빗물이 뚝뚝 떨어지는 나무 밑에 서 있는 한 소년의 모습을 보고 있는 것 같았다. 다른 형상들도 다가왔다. 그의 영혼은 수많은 사자(死者)의 무리들이 살고 있는 지역으로 점점 다가갔다. 그는 그들의 걷잡을 수 없이 깜박이는 존재를 의식했으나 붙잡을 수가 없었다. 자신의 정체는 회색의 불가사의한 세계 속으로 사라져 갔고, 이러한 사자들이 한때 자라면서 살았던 실질적인 세계, 그 자체가 허물어지며 줄어들고 있었다.

유리창을 몇 번 가볍게 치는 소리에 그는 창문 쪽으로 몸을 돌렸다. 다시 눈이 내리기 시작했다. 그는 은빛이 나는 까만 눈송이가 가로등 불빛을 배경으로 비스듬히 내리고 있는 것을 졸린 듯 지켜보았다. 서부로 여행을 떠날 때가 왔다. 그렇다, 신문이 옳았다. 눈은 아일랜드 전역에 내리고 있었다. 눈은 검은 중부 평야의 구석구석에, 나무 없는 언덕 위에 내리고, 앨런의 늪[33] 위에도 소리없이 내리고, 더욱 먼 서쪽 샤논 강[34]의 거칠고 검은 물결 위에도 조용히 내리고 있었다. 눈은 또한 마이클 퓨리가 묻혀 있는 언덕 위 쓸쓸한 묘지의 구석구석에도 내리고 있었다. 비뚤어진 십자가와 묘비 위에도, 조그마한 대문의 창살 위에도, 메마른 가시나무 위에도 눈은 바람에 나부끼며 수북이 쌓이고 있었다. 우주 전체에 사뿐히 내리는 눈 소리. 그들의 최후의 내림처럼 모든 산자와 죽은 자 위에 사뿐히 내리는 눈 소리를 듣자, 그의 영혼은 서서히 이울어져 갔다.

---

33) 더블린 서남서 25마일 지점에 있는 광활한 연못.
34) 아일랜드 서부, 더블린의 서남서에 위치한 구불구불한 강.

비평문

Critical Writings

1
연극과 인생
Drama and Life(1900)

해 설

조이스가 유니버시티 칼리지 더블린의 학생으로 있었을 때, 그는 대학의 문학과 역사학회(Literary and Historical Society)에서 2편의 논문을 발표했다. 처음의 것은 〈연극과 인생〉인데, 이는 그의 가장 중요한 예술적 견해 중의 하나로서, 그는 1900년 1월 20일에 이를 발표했다.

당시 대학 총장이었던 윌리엄 데라니 신부는 미리 이 논문을 읽은 것처럼 보였고, 그는 드라마의 윤리적 내용에 대한 논문의 무관심에 대해 이의를 제기했다. 그는 몇몇 구절이 수정되어야 한다고 제안했다. 그러나 조이스가 매우 단호하게 이를 거절하여 데라니 신부는 마침내 굴복하고 말았다. 총장과의 대화는 의심할 바 없이 크게 변형되어 《주인공 스티븐(*Stephen Hero*)》에 묘사되고 있다.

그의 남동생 스테니스라우스가 밝힌 바와 같이, 조이스는 별반 강조 없이 그의 논문을 읽었고, 또는 그 자신이 《주인공 스티븐》에 쓴 바와 같이, "그는 무해한 선율로 사고와 표현의 모든 대담성의 명료한 어조로" 마지막 문장을 읽었다. 몇몇 학생들은 강력하게 그의 논지에 대하여 이의를 제기했다. 그리고 의장 또한 이를 요약하는 자리에서 반대를 표명했다. 《주인공 스티븐》에서 보듯, 스티븐은 대답하려 하지 않았다.

그러나 실제로는, 유진 쉬히(Eugene Sheehy) 판사가 회상하다시피, "밖의 층계참에서 소송 절차가 끝났음을 알리는 종이 울렸던 약 10시쯤에 조이스는 대답하기 위해 일어났다. 아무런 노트도 없이 그는 적어도 30분 동안 말했다. 그리고 차례로 그의 비평자들의 견해를 다루었다. 그것은 명인다운 행위였고 뒷자리로부터 떠나갈 듯한 박수갈채를 받았다." 논쟁이 끝난 후, 한 학생이 조이스의 어깨를 치면서, "조이스, 굉장했어. 그러나 너는 아주 미쳤구나" 하고 외쳤다(엘먼).

— 옮긴이

드라마와 인생 사이의 관계들이 드라마 자체의 역사 속에서 가장 중요한 특질이라 할지라도, 이것들이 언제나 한결같이 고려되어 왔던 것은 아니었던 것 같다. 코카서스(Caucasus) 산맥 이편에서 초기의 가장 잘 알려진 드라마는 그리스의 드라마이다. 나는 지금 역사적인 개관의 성격을 띤 어떤 일을 시도하려 하는 것은 아니다. 그러나 그것을 간과할 수는 없다. 그리스의 드라마는 디오니소스의 제식에서 발생했다. 디오니소스는 결실, 기쁨 그리고 가장 초창기 예술의 신으로서, 그의 삶의 이야기 속에 비극과 희극의 극장 설립에 대한 실제적인 기초안을 제공했다.

그리스 드라마를 말하는 데 있어서, 그것은 그의 기원이 그의 형태를 지배한다는 것을 명심해야 한다. 아테네의 무대 조건은 배우 휴게실의 부품들의 적요와 작가에 대한 주의사항을 제시했다. 나중에 그것은 어리석게도 모든 나라에서, 극적 예술의 규범으로서 설정되었다. 그래서 그리스 사람들은 어리석은 그들의 후손들이 고무된 의견을 띤 위엄을 향해 곧장 나아갈 수 있는 법전을 전승해 주었다. 나는 이렇게밖에 말할 수 없다. 그것은 야비한 말일지도 모른다. 그러나 그리스 드라마가 기진맥진해졌다고 말하는 것은 분명한 사실이다.

좋든 싫든 그것은 그의 직분을 다했다. 그것이 금으로 만들어졌을지라도, 영원한 기둥 위에 얹힌 것은 아니었다. 그것의 부활은 극적으로가 아니라 교육적으로 중요하다. 자신의 진영에서도 그것은 무용지물이 되고 있다. 그것이 성직자의 후견 속에서 그리고 의식적인 형식 속에서 오랫동안 번성했을 때, 아리아 사람들의 천재성은 그것에 흥미를 잃기 시작했다. 반동이 잇달아 일어난 것은 불가피했다. 고전 드라마가 종교에서 생겨났으므로, 그의 후속 드라마는 문학의 운동에서 일어났다. 이 반동에서 영국은 중요한 역할을 했다. 왜냐하면 이미 죽어가고 있는 드라마에 치명타를 가한 것은 셰익스피어 파이기 때문이다.

셰익스피어는 언제나 무엇보다도 문학적 예술가이다. 유머, 능변, 천사의 음악적 재능, 극적 본능, 그는 이러한 풍부한 재능을 가지고 있었다. 그가 그러한 굉장한 추진력으로 쓴 작품은 후세의 작품들보다 고급의 것이었다. 그것은 단지 드라마에서 거리가 멀며, 대화의 문학이었다. 여기서 나는 문학과 드라마 사이에 경계선을 그어야 하겠다.

인간 사회는 사람들의 기행과 환경이 포함하고 중첩시키는 불변의 법칙을 구현하고 있다. 문학의 영역은 이러한 우연적인 양식과 기질들의 광범위한 영역이다. 그러므로 진실된 문학가는 그런 것들에 관심을 갖는다. 드라마는 우선 아주 적나라하고 신성할 정도로 엄숙하게 근본적인 법칙들과 관계를 맺고 있다.

그리고 부차적으로 그것들을 입증하는 잡다한 요인들과 관계가 있다. 그렇게 많은 것들이 인식될 때, 극적 예술에 대한 더욱 합리적인 이해를 향해 나아가게 되었다. 만일 이러한 구별들이 이뤄지지 않는다면, 결과는 혼돈이다. 서정성은 시적 드라마로 나아가고, 심리적 대화는 문학적 드라마로, 전통적 소극은 희극이라는 딱지를 붙이고 무대 위로 행진해 간다.

이러한 두 드라마들은 프롤로그로서의 역할을 다했으므로, 증대되어 가고 있는 문학적 골동품의 영역으로 분류될 수 있다. 새로운 드라마가 없다고 말하거나 새로운 드라마가 생겼다는 선포가 커다란 붐을 이룰 거라고 주장하는 것은 무익하다. 지면이 부족하여 이러한 주장들에 왈가왈부할 생각은 없다. 그러나 극적 드라마가 그것의 선조들보다 오래 지속돼야 한다는 것과 선조 극들이 가장 솜씨 좋은 운영과 가장 주의 깊은 절약에 의해 명백히 유지되었다는 것은 나에게 극히 명료하다. 이 신학파(New School)에 대해서는 여러 공격들이 교차되어 왔다.

대중은 진실을 파악하는 데 느리다. 그리고 그 주도자들은 그것을 재빨리 비난한다. 미각이 옛 음식에 익숙해진 많은 사람들은 음식물의 변화에 대해서 짜증낸다. 제7천국은 이러한 효용과 소용을 위해서다. 코르네유(Corneille)의 온화한 소란함, 트라패스(Trapassi)의 거북스런 윤택, 콜더론(Calderon)의 팜블축크(Pumblechook) 식의 무뚝뚝함에 대한 칭찬은 소리 높다. 요술을 부리는 듯한 그들의 유치한 플롯은 사람들을 깜짝 놀라게 했다. 그것은 너무나 지나치게 세밀하다.

이러한 비평가들이 심각하게 받아들여지지는 않지만, 그들은 얼마나 우스운 인물들인가! 신학파들이 나름대로 그것들에 정통했다는 것은 물론 명백하게 사실이다. 해돈 챔버(Haddon Chambers)와 더글라스 제롤드(Douglas Jerrold)의 기술을 비교해 보고, 서더만(Sudermann)과 레싱(Lessing)의 기술을 비교해 보라. 예술의 이러한 분야에서 신학파는 우수하다. 그것이 굉장히 위대한 작품들을 수반하기 때문에 이 우수성은 자연스럽다. 바그너의 음악의 가장 시시한 부분조차도 벨리니를 능가한다.

과거에 대한 찬미자들의 외침에도 불구하고, 석수들은 드라마를 위하여 더욱 광대하고 높은 집을 짓고 있다. 거기에는 우울을 위해서 빛이 있는 것이고, 도개교(跳開橋, drawbridge)와 아성(牙城, keep)을 위한 넓은 현관이 있을 것이다.

이 위대한 방문객에 대한 설명을 약간 하도록 하자. 내가 이해하기로는, 드라마란 진실을 그리려는 열정들의 상호작용이라고 생각한다.

드라마는 어떤 방법으로 펼쳐지든 간에 투쟁이고 개혁이며 운동이다. 그것은 어떤 형태를 취하기 이전에 독립적으로 존재한다. 그것은 장면에 의해서 조정은 되지만 통제되지 않는다. 남자와 여자가 세상에 존재하게 되자마자, 그들의 위 그리고 주변에 어떤 영혼이 있었던 바, 그들이 희미하게 그것을 의식하고 친밀하게 느끼고 거기에 닿으려고 갈망하며 그것의 진실을 찾아 헤매는 정신이 있었다는 것은 환상적인 이야기이다.

이 정신은 떠도는 공기처럼 변화를 알기 힘들고 그들의 비전을 남긴 적이 없으며 앞으로도 하늘이 두루마리처럼 펼쳐질 때까지 남지 않을 것이기 때문이다. 때때로 정신이 이런저런 형태 속에 자리잡은 것처럼 보였을지 모른다. 그러나 혹사당하면 갑자기 그는 가버리고 그 자리는 비어 버린다. 그는 추측하기에 약간 요정 같은 성질이 있고 배달 불능의 우편물(nixie) 같고, 바로 에어얼(Ariel) 같다. 그래서 우리는 그와 그의 자리를 구별해야 한다. 목가적인 초상화 혹은 건초 더미의 환상은 전원극(pastoral play)을 구성하지 않는다. 마치 로도몬태드나 설교가 비극을 구성하지 못하는 것처럼.

침묵이나 저속성이 드라마의 전형은 아니다. 열정의 어조가 아무리 사그라들더라도 행동이 질서가 잡히고 어휘가 아무리 평범하더라도, 만일 연극이나 음악, 미술 작품이 영원히 지속되는 희망·욕망·미움을 보여준다면, 또 우리의 공통된 본성을 일면이라도 상징적으로 보여주는 것을 다룬다면, 그것이 드라마이다. 나는 여기서 드라마의 여러 가지 형태를 말하지는 않겠다. 그것에 맞지 않는 각각의 형태에서 그것은 폭발한다. 마치 최초의 조각가가 발을 떼어놓았던 때처럼 도덕극·신비극·발레극·팬터마임·오페라, 이 모든 것을 드라마는 재빨리 통과하여 내팽개쳐 버렸다. 그것의 적당한 형태인 '드라마'는 그러나 손상받지 않는다. '높은 제단에 많은 촛불이 있다. 그러나 하나가 떨어진다.' 어떤 형태를 취하더라도 그것은 덧붙여진 것이나 인습적인 것이 아니다.

문학에서 우리는 인습을 허용한다. 왜냐하면 문학이 비교적 낮은 형태의 예술이기 때문이다. 문학은 강장제에 의하여 살아 있을 수 있다. 문학은 모든 인간관계와 모든 실제의 인습을 통해 번성한다. 드라마는 자신을 진정으로 실현시키려면, 미래를 위하여 인습과 전쟁을 벌일 것이다.

만일 당신이 드라마라는 몸에 대한 분명한 생각을 가지고 있다면, 어떤 옷이 드라마에 맞는지를 알게 될 것이다. 드라마는 그렇게 전력을 다하고 감탄할 만한 성질을 가지고 있기 때문에, 장엄하고 극적인 데서 모든 열정을 끌어내지 않을 수 없다. 그 곡조는 모든 면에서 사실적이고 자유롭다. 톨스토이의 말처럼, 우리가 무엇을 해야 하는지에 대해 의문이 생길지 모른다.

첫째, 우리 마음에서 위선을 없애고 우리가 기대던 거짓을 고쳐라. 자유인으로서 자유로운 방법으로 비평하고, 페룰라와 공식에 개의치 말도록 하라. 내 생각에 우리 민족은 그렇게 할 수가 있다. "방해받지 않고 세상은 판단한다(Securus judicat orbis terrarum)"라는 것은 인간의 예술에 있어서 지나치게 높은 표어는 아니다. 약자를 힘으로써 압도하지 말자. 저 비할 데 없는 희비극 문학(serio-comics-literature)의 진부한 견해를 참을성 있는 미소로써 대하자. 만일 건전한 정신이 드라마 세계의 마음을 지배한다면, 지금 극소수의 사람들이 가진 신념이 받아들여질 것이고, 맥베스와 건축 청부업자의 각각의 등급은 지나간 논쟁이 될 것이다. 13세기의 교훈적인 비평가가 그들에 대하여 말하는 것은 당연하다. 그와 이것들 사이에는 움직이지 않는 거대한 만(灣)이 있다.

드라마는 본질적으로 공공 예술이고 그 영역이 넓다. 드라마는 그것에 가장 적절한 도구인데 모든 계층의 청중을 먼저 전제한다. 예술을 사랑하고 생산해내는 사회에서, 드라마는 자연히 모든 예술 기관의 두목을 차지할 것이다. 드라마는 더구나 흔들림이 없고, 넘볼 수 없는 것이어서 그 최고의 형태에서 거의 비평의 단계를 넘어선다. 예를 들어, '야생의 거위(The Wild Duck)'를 비평하는 것은 거의 불가능하다. 개인의 슬픔에 대해 그렇듯이 이 작품을 두고 오래 생각할 수 있을 뿐이다.

사실 입센의 후기 작품의 경우 드라마 비평이라고 불리는 것은 거의 부적당함에 가깝다. 다른 모든 예술에서 개성, 마무리 솜씨의 매너리즘, 향토색은 장식으로서, 여분의 매력으로서 쓰인다. 그러나 여기에서 예술가는 바로 자기 자신을 초월하여 신의 가려진 얼굴 앞에 나타나는 두려운 진리의 중개자로서 나선다.

당신이 내게 드라마가 어디에 쓸모 있느냐고 질문한다면, 나는 필연성이라고 대답하겠다. 그것은 단지 동물적인 본능이 마음에 적용된 것일 뿐이다. 이 세계가 생길 때부터 있었던 오래된, 불타는 장벽을 넘으려는 욕망과는 별도로 인간은 창조자가 되려는 더 깊은 동경을 가지고 있다. 그것이 모든 예술 중에서 가장 덜 의존적이다. 만일 조경하는 데 쓸 흙이나 돌이 다 떨어진다면, 조각가는 기억에만 남을 뿐이고 또 식물 색소가 더 이상 나지 않는다면 그림 예술은 끝이 난다. 그러나 대리석이나 물감이 있든 없든 간에 드라마의 소재는 늘 있다. 나는 더구나 드라마는 인생과 동시에 일어나며 인생과 함께 있다고 믿는다. 모든 종족이 자신의 신화를 만들었고 그 안에서 초기 드라마가 종종 출구를 찾아낸다. 파시펠(Parsifal)의 작가는 이것을 깨달았고 그래서 그의 작품이 바위처럼 견고한 것이다. 작품상의 구성(mythus)이 경계를 넘어서 숭배의 신전을 침범할 때, 그 드라마의 가능성이 훨씬 줄어들었다. 그때까지도 드라마는 합법적인 자리로 그리고 딱딱한 모임의 불편함으로 돌아가려 한다.

사람들이 드라마의 발생에 대하여 의견이 다른 것처럼, 그 목적에 대하여서도 의견이 분분하다. 드라마가 특별한 윤리적 주장을 가져야 하고, 그들의 관용구를 사용하여, 말하자면 그것이 교훈을 주고 고양시키고, 즐겁게 해야 한다는 것은 대부분의 경우 고대 학파의 심취자에 의하여 주장되고 있다. 여기에 교도관이 채우는 또다른 족쇄가 있다. 나는 드라마가 어떤 또는 모든 이러한 기능들을 성취하지 않을 것이라고 말하지는 않겠다. 그러나 나는 드라마가 그것들을 성취하는 것이 필수적이라는 것을 부인한다.

종교의 높은 영역으로 고양된 예술은 일반적으로 정체된 조용함 속에서 그것의 진정한 영혼을 잃는다. 이 교리의 더욱 낮은 형태에 대하여 그것은 틀림없이 우습기만 하다. 각각의 막을 통하여 "내가 접촉한 시도의 끝(A la fin de l' envoi je touche)"을 반복함으로써 도덕률을 가리키고 사이라노(Cyrano)에게 경쟁하도록 극작가에게 요구하는 것은 어처구니없는 일이다. 그것이 호감이 가는 편협한 경향을 가지고 있을지라도, 우리는 단지 그것을 거부할 수밖에 없다. 보러리(Beoerly) 씨는 신경흥분제를 자루에 넣는다. 공포 속의 M. 쿠포는 중백의(中白衣) 및 부제복(副祭服)을 각각 입고 있는데 보기에 아주 불쌍하다. 그러나 이 부조리는 처음에 자신의 꼬리를 먹는 이야기 속의 호랑이같이 빠르게 그것 자체를 먹는다.

미에 대한 요구는 더욱 잠재적이다. 요구자에 의하여 착상되었을 때, 미는 대담한 동물성처럼 빈혈의 영성(靈性)이라 할 수 있겠다. 그리고 미는 사람들에게 임의적인 특질이라도 형태 이상의 깊은 의미가 없기 때문에, 그것을 다루는 드라마를 명확히 정의하는 것은 위험한 것이다. 미는 심미가(審美家)의 천국(swerga)이다. 그러나 진리는 더욱 분명하고 사실적인 영역을 가지고 있다. 예술이 진리를 다룰 때, 예술은 그것 자체가 진실이다. 보편적인 개혁으로서 그러한 곤란한 사건들이 지상에 일어난다면, 진리는 아름다운 집의 문지방 자체가 될 것이다.

여러분의 인내심이 다해가지만, 한 가지 논의할 사항이 있다. 비어본(Beerbohn) 씨로부터 인용하겠다.

"신앙이 철학적 회의에 물들어 가고 있는 오늘날에, 우리에게 어둠보다 오히려 빛을 주는 것이 예술의 기능이라 믿는다. 그것은 원숭이들과 우리의 관계를 지적하는 것이 아니라, 오히려 우리에게 천사들과의 유사성을 상기시키는 것이다."

이 진술에서 제한을 요구하는 진리의 한 중요한 요소가 있다. 트리(Tree) 씨는 사람들이 그들 자신들을 이상화시켜 보는 거울과 같이, 항상 예술을 볼 것이라고 주장한다. 오히려 사람들은 예술을 향한 그들 자신의 충동에 대해 심각하게 생각하지 않는다고 나는 생각한다. 인습의 족쇄는 사람들을 강하게 묶는다. 그러나 결국 예술은 밀집된 다수의 불성실에 의하여 지배될 수 없고, 오히려 트리 씨가 말한 바와 같이 처음부터 그것을 지배해 온 영원한 조건들에 의해서 지배된다. 나는 이것이 반박할 수 없는 진리라고 생각한다. 그러나 이러한 영원한 조건들은 현 사회의 상황이 아니라는 것을 우리는 마음속에 두는 것이 좋겠다.

예술은 그것의 종교적·도덕적·미적으로 이상화하려는 경향들에 대한 잘

못된 고집에 의해 훼손된다. 렘브란트(Rembrant)의 작품 하나는 반 다이크스 (Van Dycks)의 작품으로 가득한 화랑만한 가치가 있다. 예술의 이상주의라는 교리는 실례들에서 단호한 노력을 훼손시키고 또한 사실주의라는 보기(골프 의 bogey)를 말할 때, 담요 밑으로 뛰어드는 아이 같은 충동을 기른다. 그 러므로 대중은 비극을 버리게 된다. 그녀가 그녀의 단검과 잔을 소리내지 않고, 작시법의 법칙을 받아들이지 않는 로맨스를 싫어하지 않는다면, 그리 고 그것을 무기력한 영웅주의의 피로부터 흘러나온 슬픈 효과라고 생각하지 않는다면, 슬픈 꽃들이 자라나지 않으리라.

바로 그러한 광기와 열광 속에서 사람들은 드라마가 그들을 속이기를 원 하기 때문에, 퍼베이오(Purveyor)는 재산가들에게 어두운 극장 안에서 그리 고 그의 후원자의 정신적 부스러기를 문자 그대로 게걸스럽게 먹는 무대에 서 약으로 소화시킬 수 있는 삶의 희문(戲文)을 제공한다.

지금 이러한 관점이 무기력해진다면, 무엇이 목적에 도움이 되겠는가? 우 리가 삶―― 사실적 삶을 무대 위에 올릴 수 있을까? 속물주의자들은 '아니 다' 라고 외친다. 왜냐하면 그것은 그럴 수 없기 때문이다. 그것은 왜곡된 시야와 독선적인 상업주의의 혼성물이다. 파나서스 (Parnassus) 산과 도시 은 행은 행상인의 영혼들을 분리시킨다. 정말로 요즘의 삶은 종종 슬프게도 따 분한 것이다. 많은 사람들은 너무나 오래된 세상에 너무나 늦게 태어난 프 랑스 사람인 것 같다. 그들의 창백한 희망과 무기력한 비영웅주의는 궁극적 인 무를 엄격히 가리키고 있다. 거대한 불모성과 무거운 짐지기를 말이다.

서사시적 야만은 경계하는 경찰에 의해서 불가능하게 되고, 기사도는 넓 은 가로수 길의 패션 신탁에 의해서 없어졌다. 우편물의 철거덩하는 소리 도, 용감함의 영광도, 모자 청소(淸掃)도, 술마시고 떠들어대는 것도 없다! 로맨스의 전통들은 보헤미아 속에서나 유지된다. 여전히 나는 존재의 황폐 한 동일성으로부터 다소의 극적인 삶을 이끌어 낼 수 있다고 생각한다. 가 장 평범한 것일지라도 그리고 살아 있는 것 중에서는 가장 죽은 것 같은 것도 훌륭한 드라마에서는 중요한 역할을 한다. 좋았던 옛 시절이 그리워 탄식하는 것과 배고픈 우리에게 과거가 주는 차가운 돌을 먹이는 것은 죄스런 어리석음이다. 우리가 눈앞에서 보는 바와 같이, 우리는 인생을 받아들여야 한다. 그리고 요정의 나라에서 그들을 이해하는 것처럼이 아니라, 실제 세계 속에서 우리가 그들을 만나는 것과 같이 사람들은 받아들여야 한다.

각각의 사람들이 공유하는 훌륭한 인간희극은 어제 그리고 지나간 오랜 세월에서처럼 오늘까지 진정한 예술가에게 무한한 영역을 제공한다. 지구의 지각과 같이, 사물들의 형태는 변한다. 타쉬스(Tarshish)의 배의 목재는 쪼개지고 변덕스러운 바다에 의해서 삼켜진다. 시간은 부서져 갑자기 힘의 요새 속으로 뛰어들기 시작했다. 아미다(Armida)의 정원들은 나무 하나 없는 황야처럼 되었다. 그러나 죽음 없는 열정, 그때 그렇게 표현되는 인간의 진실은 영웅적 순환 속에서 또는 과학적 시대, 로헨그린(Lohengrin), 그리고 어스름 속 은둔 장면에서 펼쳐지는 드라마에서는 정말로 죽지 않는다. 그리고 그것은 앤트웨프(Antwerp)의 전설이 아니라 세계의 드라마다.

보통 현관에서 지나가는 행동을 하는 유령은 보편적인 의미를 가지고 있다. 나무의 가장 깊숙한 가지, 이그드라실(Igdrasil), 그것의 뿌리는 지면 아래로 깊숙히 뻗어 있으나 그것의 더 높은 나뭇잎들을 통하여 하늘의 별들은 빛나고 움직인다. 많은 사람들은 그러한 전설과 아무 관계가 없다고 생각하고 그들의 일상의 음식이 그들에게 필요한 모든 것이라고 생각할지 모른다. 그러나 우리가 오늘 산에 올라서서 앞뒤를 바라보며 없는 것을 갈망하면서 활짝 펼쳐진 하늘의 조각 구름을 멀리서 거의 구별하지도 못할 때, 그리고 박차(拍車)가 위협을 가하고 행로가 가시나무로 뒤덮일 때, 우리의 손안에 우리가 우리에게 등산 지팡이용의 구름 덮인 지팡이를 준다 해도 또는 우리가 강한 고지의 바람에 대항해 우리를 방어하기 위하여 고상한 실크를 가진다 해도 그것은 무슨 소용이 있겠는가?

우리가 우리의 진정한 위치를 빨리 이해하면 할수록 더욱더 좋다. 그리고 그때 더욱더 빨리 우리는 오를 수 있고, 우리의 길을 갈 수 있다. 한편 예술이, 특히 드라마는 우리에게 더욱 큰 통찰력과 예지와 함께, 그들의 돌들이 대담하게 사용되고 좋고 아름다운 창문을 가진 쉴 수 있는 장소를 만들어 줄지도 모른다. "헤셀 양, 당신은 우리 사회 속에서 무엇을 할 것입니까?" 하고 로룬다 (Rorlund)가 물었다. "나는 신선한 공기를 드리겠습니다, 페스토" 하고 레나가 대답했다.

2
입센의 신극
Ibsen's New Drama(1900)

해 설

조이스의 첫번째 정식 출판은 입센의 고별극 《사자가 잠에서 깨어날 때(*When We Dead Awaken*)》에 관한 평론이었다. 그는 당돌하게도 18세가 되기 전에 《포트나이트리 리뷰(*Fortnightly Review*)》지의 저명한 편집자인 W. L. 코트니(Courtney)와 서신 왕래를 시작했다. 코트니는 그 극에 관한 평론을 고려하는 데 동의했고, 조이스는 불어 번역판으로부터 매우 풍부한 인용문들을 가지고 그것을 썼다. 윌리엄 아처(William Archer)의 번역이 출판되려 했으므로, 그 평론은 그 내용문들이 영어로 번역되도록 강요되었다.

《입센의 신극》은 1900년 4월 1일에 《포트나이트리 리뷰》지에 발표되었다. 그리고 조이스는 자신의 교수들과 동료들이 놀라게도 그에 대한 대가로 12기니의 고료를 받았다. 그 돈으로 그는 아버지와 1900년 5월 혹은 6월 런던으로 여행했다. 그는 코트니를 방문했고, 코트니는 그의 단정적인 비평가가 그렇게도 젊은 것에 놀랐다.

그 평론은 입센의 주목을 끌게 되었고, 그는 아처(Archer)에게 그의 매우 호의적인 추종자에게 자신의 감사를 전해 주기를 요청했다. 아처는 그렇게 했고, 그와 조이스 사이의 3년간의 서신 왕래가 보장되었다. 조이스는 그의 초기의 시들과 첫 희곡의 비평을 부탁할 정도로 아처의 의견을 존중했다. 조이스는 또한 노르웨이어 공

284

부를 계속할 것을 격려받았고, 1901년 3월에는 그의 평론이 미숙하고 성급했다는 것을 유감스러워했다. 한편 그는 대가 입센이 많은 것을 이루어 놓은 반면, 그의 추종자인 자신은 할 일이 더 많다는 것을 내용으로 하는 편지를 노르웨이어로 쓸 정도로 그 언어에 숙달하게 되었다.

1890년에 출판된 영문 번역판인 입센에 관한 논문은, 비록 아테나에엄(Athenaeum)과 같은 비평들이 그의 글이 급진적이라 계속 반대했지만, 특별히 부족한 데가 없었다.

한편, 그 당시 더블린의 아일랜드 극장(Irish Theatre)을 막 시작한 예이츠에게, 입센은 중산 계급자이며 이미 시대에 뒤떨어져 있었다. 그러나 조이스의 열성은 그가 버나드 쇼(Bernard Shaw)의 《입센주의의 정수(*Quintessence of Ibsenism*)》(1891)를 이미 읽었을 때의 그것과 같았다. 입센과 조이스의 유대와 친밀감은 《사자가 잠에서 깨어날 때》의 루벡(Rubeck)과 《초상》에서 영혼의 수의(壽衣)를 벗어 던지고 자유를 찾기 위해 바다 속을 거니는 젊은 여인에게 마음이 끌리는 스티븐 디덜러스(Stephen Dedalus)에 의하여 암시되고 있다.

— 옮 긴 이

헨릭 입센이 《인형의 집(*A Doll's House*)》을 쓴 이래 20년의 세월이 흘렀다. 그것은 드라마의 역사상 거의 최고를 기록하는 신기원이었다. 그 기간 동안 그의 이름은 두 대륙 전체를 통하여 국외로 뻗어 갔으며, 현존하는 어느 누구보다 더한 논평과 비평을 야기시켰다. 그는 종교 개혁가, 사회 개혁가, 정의의 셈족 연인 그리고 최고의 드라마 작가로서 지지를 받아 왔다. 그는 간섭을 좋아하는 침입자, 불완전한 예술가, 이해할 수 없는 신비주의자 그리고 어떤 영국의 비평가가 표현한 '쓰레기를 헤집는 개(muck-ferreting dog)'로서 격렬하게 비난받아 왔다.

그처럼 다양한 비평의 당혹스러움을 통하여 한 남성의 위대한 천재성은 나날이 발산되었고, 세속적인 심판들 가운데서도 한 영웅으로 나타났던 것이다. 그러자 비난의 소리들이 점점 희미해지고 멀어질수록 칭찬의 소리들이 점점 고조되었으며 합주곡이 되었다. 심지어 관심 없는 방관자들에게도 이 노르웨이인에 관한 흥미가 지난 4반세기 동안 결코 깃발을 내린 적이 없는 것은 정말 의미심장한 것처럼 보였다.

어떤 사람도 현대의 사상 세계를 지배하는 왕국을 그처럼 탄탄하게 세웠는지가 의문시된다. 루소도 아니고, 에머슨도 아니고, 칼라일도 아니다. 거의 모든 인간의 지식 영역을 거쳐간 거장들 중 그 누구도 아니었다. 두 세대를 망라하는 입센의 힘은 그 자신의 과묵함으로 커져 왔다. 그가 그의 적들과의 싸움에 경솔하게 합류하는 경우는 거의 없었다. 그것은 마치 폭풍우 같은 강렬한 논쟁도 그의 고요함을 거의 깨뜨린 적이 없는 사실로 드러난다. 논쟁의 소리들이 최소한의 정도로 그의 작업에 영향을 끼치지는 못했다.

그의 희곡의 창출은 최고의 질서에 의하여, 천재의 경우에는 좀처럼 발견되지 않는 정연한 일상(日常)처럼 규칙적이었다. 단 한번 그는 《유령들

(Ghosts)》에 관한 공격자들의 공격을 받은 후에 그들에게 대답했었다. 그러나 《야생의 거위(The Wild Duck)》에서 《존 게브리얼 보크맨(John Gabriel Borkman)》까지 그의 희곡들은 거의 2년간의 간격을 두고 정기적으로 쏟아져 나왔다. 우리는 그와 같은 캠페인의 계획이 요구하는 지속적인 힘을 간과하기 쉽다. 그러나 놀랍게도 이것은 지속적이고도 이 비범한 사람의 저항할 수 없는 진보에 대한 경탄에 굴복해야 한다. 모두가 현대의 삶을 다룬 11개의 연극들이 출판되었다. 그 목록은 이러하다.

《인형의 집》《유령들》《인민의 적(An Enemy of the People)》《야생의 거위》《로스머소름(Rosmersholm)》《바다에서 온 여인(A Lady from the Sea)》《헤다 가블라(Hedda Gabbler)》《건축 청부업자(The Master Builder)》《꼬마 욜프(Little Eyolf)》《존 게브리얼 보크맨》, 그리고 최후로 1899년 12월 19일에 코펜하겐에서 발표된 신극——《사자가 깨어날 때》.

이 극은 이미 거의 12개의 서로 다른 언어로 번역되는 과정에 있으며, 이는 이 작가의 역량을 말해 준다. 이 극은 산문으로 씌어졌고 3막으로 되어 있다.

입센의 극에 대한 설명을 시작하는 것은 분명히 쉬운 문제는 아니다. 어느 정도는 그 주제가 보기에 따라 매우 제한되어 있기도 하고, 또 어떤 면에서는 매우 방대하다. 이 극을 소개하는 방법으로는 십중팔구 다음의 방식으로 시작하는 것이 안전하다. 아놀드 루벡과 그의 아내 마야는 이 극의 초반에서, 결혼한 지 4년이 된다. 그러나 그들의 결합은 불행하다. 그들은 각자 서로에게 만족하지 못한다. 여기에 이르기까지는 별 나무랄 데가 없다. 그러나 그것은 오래 가지 못한다. 그것은 루벡 교수와 그의 아내 사이의 관계에 대해 가장 그늘진 개념마저 전달하지 못한다.

그것은 셀 수도 없고 정의할 수도 없는 복잡성들을 위한 대담하고 서기(書記) 같은 기록적 해석에 불과하다. 그것은 마치 비극적 삶의 역사가 하나는 무대 장면, 다른 하나는 구성이라는 두 기둥 사이에 미숙하게 씌어 있는 것만 같다. 그것은 문자 그대로 진실인 것, 말하자면 희곡의 3개 막에 그 희곡의 정수(精髓)가 모두 언급되었다는 것을 말해 준다. 처음부터 마지막까지 불필요한 말이나 구절이 거의 없다. 그리하여 이 극 자체가 극적 형식 속에 표현될 수 있을 만큼 짧고도 간략하게 그 자신의 사상들을 표현하고 있다.

그렇다면, 이 하나의 해석이 연극에 대한 적절한 개념을 나타낼 수 없음은 분명하다. 이것은 최고의 정의(正義)가 극히 제한된 수의 행(行)들 안에 할당될 수 있는 대다수 희곡들의 공통된 운명과는 그 경우가 다르다. 그들은 대체로 다시 데워진 음식들 ——영웅적 통찰력에 관하여 쾌활하게 조롱대는, 그들 자신의 솔직한 허튼소리로만 살아가는, 비독창적 작품들——로서, 간단히 말해서, 지나치게 과장적인 것이다. 가장 현실적인 무뚝뚝함은 그들의 가장 적절한 보상이다. 그러나 입센과 같은 사람의 작품을 다룸에 있어서, 평자들에게 주어진 임무는 진실로 그의 모든 용기에 감명을 받는 것으로 충분하다. 그가 하려고 희망할 수 있는 모든 것은 지시하기보다는 암시하는 방식으로, 한층 특이한 점들, 이야기 줄거리의 정교함을 함께 연결하는 것이다.

입센은 그러기에 앞서 남자와 여자 주인공들이 서로 다른 영혼의 위기를 경험하는 것을 매우 쉬운 대사로써, 그의 예술 전반에 걸쳐 달성해 놓았다. 그리하여 그의 분석 방법은 가장 충분한 범위에까지 활용되고 있으며, 그리고 이틀이라는 비교적 짧은 공간 속에 그의 모든 등장 인물들의 생활 속의 삶이 함축되어 있다. 예를 들면, 비록 우리는 단지 하룻밤과 다음날 저녁에 이르는 동안 솔네스(Solness)를 보지만, 실제로 우리는 힐다 왠글(Hilda Wangel)이 그의 집으로 돌아오는 그 순간까지의 그의 전반적인 과정을 숨을 죽이고 지켜보아 왔다. 그러므로 그런 고려하에 이 극에서 우리가 처음으로 루벡 교수를 볼 때, 그는 아침 신문을 읽으며 정원 의자에 앉아 있었으나, 점차 그의 삶의 두루마리가 우리 앞에 펼쳐지면서, 우리는 우리들에게 읽혀지는 것을 들음으로써가 아니라, 우리 스스로 다양한 부분들을 관찰하면서, 그리고 양피지 위에 씌어진 글들이 희미해지고 점점 읽기 어려워지는 곳을 읽기 위하여 한층 가까이 가면서, 우리 자신의 힘으로 그것을 읽음으로써 얻어지는 기쁨을 누리게 된다.

내가 말했듯이, 이 극은 루벡 교수가 호텔의 정원 의자에 앉아 아침 식사를 하는 중이거나 오히려 식사를 거의 끝내는 장면으로 시작된다. 그의 의자 옆에 있는 또다른 의자에는, 교수의 부인인 마야 루벡이 앉아 있다. 장면은 노르웨이의 바다 근처 유명한 건강 휴양지이다. 나무 사이로 마을의 항구와 증기선들이 강가의 섬들과 곶을 지나 바다로 나아가며, 오르내리는 피요르드(fjord)식 해안을 볼 수 있다.

루벡은 유명한 조각가이고 중년이며, 마야는 여전히 젊은 부인이고, 그녀의 총명한 눈은 슬픔의 색조를 띠고 있다. 이들은 아침의 평화 속에서 조용히 각자의 신문을 계속 읽고 있다. 무심한 눈에는 모든 것이 목가적으로 보인다. 이 부인은 그들 주위를 지배하고 있는 무거운 평화를 불평함으로써, 의기소침하고 짜증나고 까다로운 태도 속에 침묵을 깬다. 아놀드는 부드러운 충고의 말과 함께, 그의 신문을 내려놓는다. 그러고 나서 그들은 처음에는 침묵에 관해, 그 다음에는 장소와 사람들에 관해, 그들이 지난밤 통과한 기차역에 관해, 그들의 졸린 짐꾼들이 들고 있던 이리저리 흔들거리는 등불에 관해 이것저것 대화를 시작한다.

이로부터 그들은 사람들의 변화와 그들이 결혼한 이래로 성장한 모든 것들의 변화에 관해 이야기를 발전시킨다. 그러나 그것은 그들의 주된 문제들로부터 거리가 떨어져 있다. 그들의 결혼 생활을 이야기함에 있어서, 그들의 상호관계에 대한 내적 관심은 상대방이 기대하는 외적 관점만큼이나 이상적이 못된다. 두 사람의 깊이는 천천히 흔들리게 된다. 이야기되는 극의 원동력은 점차적으로 세기말적 장면 사이에서 작동됨을 알 수 있다. 숙녀는 까다롭고 소심한 사람처럼 보인다. 그녀는 남편이 그녀의 포부를 키워

준 부질없는 약속을 불평한다.

> 마야(Maja) 당신은 저를 높은 산으로 데리고 가서 세상의 모든 영광을 제
> 게 보여준다고 했잖아요.
> 루벡(Rubeck) (깔보기 시작하며) 내가 그걸 약속했었소, 역시?

요약해서, 그들의 결합의 뿌리에는 무엇인가 거짓이 있다. 그러는 동안 목욕을 하고 있던 호텔의 손님들인 남자들과 여자들이 웃고 떠들면서, 오른쪽으로 호텔 현관을 통과한다. 그들은 스스럼없이 목욕탕의 감독관에 의하여 안내된다. 이 사람은 틀림없이 관습적인 사무원 타입이다. 그는 루벡 부처에게 어떻게 주무셨는지를 물으면서 인사를 한다. 루벡은 자신이 간밤에 공원에서 뭔가 움직이는 흰 물체를 보았는지라, 혹시 손님들 중에 밤에 목욕한 사람이 있느냐고 묻는다. 마야는 그러한 생각에 코웃음을 쳤으나, 감독관은 왼쪽에 있는 암자를 빌린, 그리고 성모 동정회 소녀와 같이 그곳에 함께 묵고 있는 이상한 숙녀가 한 사람 있다고 말한다. 그들이 대화를 나누고 있을 때, 그 이상한 숙녀와 그녀의 동행자가 천천히 공원을 통하여 그 암자로 들어간다. 그러한 사건은 루벡에게 영향을 주는 것 같고, 마야의 호기심을 불러일으킨다.

> 마야 (약간 상처를 받고 거슬린 듯) 아마 이 여인은 당신의 모델들 중의 한
> 사람이 아니겠어요, 루벡? 기억을 더듬어 봐요.
> 루벡 (그녀를 예리하게 노려본다) 모델?
> 마야 (신경질적으로 웃음을 터뜨리며) 당신의 젊은 시절에, 말이에요. 셀 수
> 없이 많은 모델들이 있었다고 했잖아요. 물론, 오래 전에.
> 루벡 (같은 음성으로) 오, 아니야, 여보. 난 실지로 단지 한 사람의 모델이
> 있었을 뿐이야. 단 한 사람, 맹세코 단 한 사람 말이야.

이 오해가 앞서 진술한 대화에서 출구를 찾는 동안, 감독관은 갑자기, 접근하고 있는 어떤 사람에 의하여 흠칫한다. 그는 호텔 속으로 도망치려고 시도하지만, 접근해 오는 사람의 높은 목소리가 그를 체포한다.

울프하임(Ulfheim)의 목소리 (밖에서 들린다) 이봐, 잠깐 서 봐요. 맹세코, 서지 못해? 왜 당신은 언제나 나한테서 도망치지?

이러한 귀에 거슬리는 어조의 말과 함께, 두 번째 주연 배우가 현장에 나타난다. 그는 야위고, 키가 크며, 나이를 알 수 없고, 근육질의 위대한 곰 사냥꾼으로 묘사되고 있다. 그는 하인 라즈(Lars)와 사냥개 두 마리를 데리고 있다. 라즈는 그에서 단 한마디의 말도 하지 않는다. 울프하임은 당장 개를 발로 걸어차서 쫓아 버리고 루벡 부부에게 다가간다. 그는 그들과의 대화에 몰입한다. 왜냐하면 그는 루벡을 유명한 조각가로 알고 있기 때문이다. 조각에 대해 이 야만적인 사냥꾼은 다소 독창적인 말을 한다.

울프하임 우린 둘다 단단한 소재로 일을 하죠, 부인. 당신 남편과 저 말입니다. 단언하건대 그는 큰 대리석 조각으로 고전분투하고, 전 긴장되어 떨고 있는 곰 근육으로 고투하죠. 그리고 우리 두 사람은 결국 이기고 맙니다. 우리의 소재를 압도시켜 장악해 버리죠. 결코 그렇게 열심히 싸우지 않는다 할지라도, 우리가 그것을 극복할 때까지 포기하지 않습니다.
루벡 (깊은 사념에 빠져) 당신의 말에는 상당한 진리가 있군요.

이 기이한 성격의 사냥꾼은 아마 그 자신의 기이성의 힘으로, 마야에게 얼마 동안 마법을 걸기 시작했다. 그의 말 한마디 한마디가 그녀 주변에 점점 더 가까이 그의 개성의 거미집을 얽어 놓는 듯하다.

자비의 성모 수녀의 검은 옷은 그를 냉소적으로 히죽 웃게 한다. 그는 주변의 모든 친구들에 대해 조용히 말하는데, 그들을 그는 아주 훌륭히 해치워 버렸던 것이다.

마야 당신과 가장 가까운 친구들에게 무슨 짓을 했나요?
울프하임 물론, 그들을 쏘았죠.
루벡 (그를 쳐다보면서) 총을 쏘았다고요?
마야 (그녀의 의자를 뒤로 물리면서) 총 쏴 죽였다고요?
울프하임 (고개를 끄덕인다) 저는 결코 놓치지 않습니다, 부인.

그러나 그의 가장 가까운 친구들이란 그의 개들을 의미하는 것이라는 사실이 밝혀지자, 루벡 부부(그의 청취자들)의 마음은 다소 편안해진다. 그들이 대화하는 중에 자비의 성모 수녀는 암자 바깥에 있는 테이블에 그녀의 안주인을 위해 가벼운 식사를 준비했다. 몸에 좋지 않은 성질의 음식은 울프하임의 즐거움을 자극한다. 그는 그와 같은 여성적인 다이어트 음식에 대해 거만한 비난을 한다. 그는 식욕에 있어서는 현실주의자이다.

울프하임 (일어서면서) 여성적인 기질에 대해 말하자면, 부인. 그러면 나와 함께 갑시다. 그들(개들)은 커다란 고기뼈를 그대로 삼킵니다. 그것들을 다시 꿀꺽꿀꺽 삼킵니다. 오, 그들을 보는 것은 저에게 규칙적인 큰 기쁨이죠!

그와 같은 어느 정도 섬뜩하면서도 우스꽝스러운 초대에 대해 마야는 그녀의 남편을 암자에서 돌아온 이상한 여인과 함께 남겨 두고 밖으로 나간다. 거의 동시에 교수와 여자는 서로를 알아본다. 그 여성은 루벡의 유명한 작품 〈부활의 날〉에 중심인물의 모델로서 루벡을 도왔었다. 루벡을 위해 그녀의 임무를 다한 후 그녀는 아무런 흔적도 남기지 않고, 설명할 수 없는 태도로 도망쳤었다. 그녀는 그에게 지금 막 나간 부인이 누구냐고 묻는다. 그는 다소 주저하면서, 그의 아내라고 대답한다. 그러고 나서 그는 그녀가 결혼했는지 묻는다. 그녀는 결혼했다고 대답한다. 그는 그녀의 남편이 현재 어디에 있는지 묻는다.

루벡 그는 지금 어디에 있죠?

이렌느(Irene) 오, 훌륭하게 잘 만들어진 기념비를 갖고서 교회 정원 어딘가에 있을 거에요. 그리고 그의 머리에 덜그럭거리는 총알을 갖고서요.

루벡 자살했나요?

이렌느 네, 그는 나의 손을 떠나서는 죽는 것이 좋았었죠.

루벡 그를 잃어버린 것이 슬프지 않나요, 이렌느?

이렌느 (이해할 수 없다는 듯이) 슬프냐고요? 무엇을 잃었나요?

루벡 아냐, 헤르 논 사토우의 상실이죠, 물론, 물론.

이렌느 그의 이름은 사토우가 아니었어요.

루벡 아니었다고요?

이렌느 나의 두 번째 남편이 사토우라 불리죠. 그는 러시아 인이에요.

루벡 그는 어디에 살죠?

이렌느 멀리 우랄 산맥에요. 그의 금광에서.

루벡 거기서 그는 그렇게 사는가요?

이렌느 (어깨를 으쓱한다) 산다구요? 산다구? 실제로 내가 그를 죽였어요.

루벡 (놀라서) 죽였다고!

이렌느 내가 항상 침대에 두었던 날카로운 단검으로 그를 죽였어요.

루벡은 이 이상한 말들 이면에 어떤 의미가 감추어져 있다는 것을 이해하

기 시작한다. 그는 〈부활의 날〉이라는 걸작품의 창조 이후로 그의 삶을 되
돌아보면서 그 자신, 그의 예술, 그녀에 대해 심각하게 생각하기 시작한다.
그는 그 작품에 대한 약속을 이행하지 못했음을 깨닫게 된다. 그는 이렌느
에게 서로를 마지막으로 본 후 어떻게 그녀가 살아왔는지를 묻는다. 이렌느
의 대답은 매우 중요하다. 왜냐하면 그 대답이 전체 극의 요지이기 때문이
다.

　이렌느 (의자에서 천천히 일어나 떨면서 대답한다) 전 수년간 죽어 있었어요.
　　그들이 와서 팔을 등 뒤로 하여 나를 묶었어요. 그러고나서 그들은 나
　　를 지하 납골당에 가둬 도망가지 못하게 쇠지레를 채웠죠. 그리고
　　거기는 덧단벽으로 되어 있어서 땅 위에 어느 누구도 무덤 속의 비명
　　소리를 들을 수 없었죠.

　훌륭한 그림의 모델로서의 입장에 대한 이렌느의 암시에서, 입센은 여성
에 대해 상당히 많이 알고 있는 증거를 제시한다. 어떤 사람도 조각가와 그
의 모델 사이의 관계에 대한 속성을 그렇게 미묘하게 표현할 수는 없으리
라. 그가 심지어 꿈에 그것을 생각한다 할지라도.

　이렌느 난 당신의 눈앞에서 완전히, 부끄럼 없이 나 자신을 노출했고 (좀
　　더 부드럽게) 당신은 결코 한 번도 나를 손대지 않았어요.

……

　루벡 (그녀를 감동적으로 바라보면서) 난 예술가였어요.
　이렌느 (넌지시) 바로 그거예요. 바로 그것이라고요.
　그 자신과 이 여성에 대한 그의 이전의 태도를 더 생각하면 할수록 그의

예술과 그의 삶 사이에 박혀 있는 커다란 간격, 심지어 그의 예술에 있어서 기술과 재능은 완벽한 것과는 멀리 떨어져 있다는 생각이 더욱더 강하게 부딪힌다. 이렌느가 그를 떠난 이후로 그는 단지 마을 사람들의 반신상의 초상화만을 그려 왔었다. 마침내 그의 실패작을 수정하자는 결심이 그에게 타오른다. 왜냐하면 그는 그것에 대해 전적으로 절망하고 있지는 않았기 때문이다. 다음에 따르는 구절은 《브랜드(Brand)》에 대한 의지의 찬미를 생각나게 하는 것이다.

　　루벡 (불확실한 듯이 자신에게 갈등을 느끼며) 만약 우리가 할 수 있다면, 오, 만약 단지 우리가 할 수 있다면……
　　이렌느 우리가 하려는 것을 왜 할 수 없겠어요?

　상세히 말하면, 둘은 현 상태를 참을 수 없는 것으로 여기는 점에 있어서 일치한다. 루벡이 그녀에 대한 무거운 책임감을 느낀다는 것을 그녀는 명백히 안다. 이러한 인식과 더불어서 울프하임의 마법에서 기분이 상쾌해진 마야의 등장으로 1막이 종결된다.

　　루벡 언제 나를 찾기 시작했죠, 이렌느?
　　이렌느 (다소 농담조의 신랄함으로) 제가 절대적으로 필요한 뭔가를 당신에게 주었다는 것을 깨달은 때부터요. 결코 내주지 않았어야 할 어떤 것을요.
　　루벡 (머리를 숙이면서) 그래요, 안타깝지만 사실이에요. 당신은 3, 4년의 젊음을 나에게 주었죠.
　　이렌느 더 많이, 내가 당신에게 주었던 것 이상으로…… 난 그때 방탕했어요.
　　루벡 그래요, 당신은 방탕했죠.

이렌느 당신은 나에게 당신의 완전한 노출의 사랑스러움을 주었소.
이렌느 응시할 수 있는 ……
루벡 영화롭게 할 수 있는 ……

……

이렌느 그러나 당신은 가장 귀중한 천부적 재능을 잊어버렸어요.
루벡 가장 귀중한 무슨 재능이죠?
이렌느 난 살아 있는 젊은 영혼을 당신에게 주었죠. 그리고 그 재능은 나
  의 내부를 텅비게 했어요——영혼이 없는 (그를 고정된 시선으로 바라본
  다) 난 죽었던 것이죠, 아놀드.

심지어 이 삭제된 이야기에서조차 1막이 훌륭하다는 것이 명백하다. 어떤
인지할만한 노력 없이 극은 상승하여 방법론적인 자연스러움으로 발전해 나
간다. 19세기 호텔의 정돈된 정원은 점차 극적 갈등 장면으로 바뀌어 간다.
흥미로움이 다음 장에서 마음을 실어나를 수 있을 만큼 충분히 각 등장 인
물 개인에서 야기되었다. 상황이 진부하게 설명되지 않지만, 행위가 설정되
고 그리고 종말에서 극은 명백히 진전의 단계에 도달했다.
  2막은 산 속에 있는 요양소 가까이에서 전개된다. 폭포가 바윗가에서 치
솟고 천천히 오른쪽으로 흘러 내려간다. 둑 위에는 몇몇 아이들이 웃고 소
리치며 놀고 있다. 때는 저녁이다. 루벡은 왼쪽에 있는 둑에 누워 있다. 마
야는 언덕에 올라갈 채비를 하고서 곧장 돌아온다. 시내를 가로지를 때 지
팡이에 의존하면서 그녀는 루벡을 부르며 다가온다.
  그는 그녀와 그의 동료가 어떻게 즐거웠는지 묻고, 그들의 사냥에 대해
질문한다. 이상하게도 유쾌한 분위기가 그들의 대화를 생기 있게 한다. 루
벡은 그들이 주변에서 곰 사냥을 할 것인지 의향을 물어 본다. 그녀는 크게

우쭐해서 대답한다.

마야 벌거숭이 산에서 곰이 발견된다고는 생각지 않겠죠, 그렇죠?

다음의 화제는 거친 울프하임이다. 마야는 그가 너무 못생겼기에 그를 칭찬한다. 그러고나서 갑자기 명상하듯 그녀의 남편 또한 못생겼다고 말한다. 그는 나이 탓이라며 변명한다.

루벡 (어깨를 으쓱하면서) 사람은 나이가 들어. 나이가 든단 말이야, 프라우 마야!

이렇게 반쯤 심각한 조롱은 좀더 신중한 문제로 그들을 이끌어 간다. 마야는 마침내 부드러운 히스 속에 누워서 교수에게 부드럽게 악담을 한다. 예술의 신비와 요구에 대해 그녀는 다소 우스꽝스러운 무시하는 태도를 지니고 있다.

마야 (다소 경멸하는 웃음조로) 그래요, 당신은 항상 예술가였죠……당신의 취향은 당신 자신을 당신 자신에게 지키는 것이죠. 그리고 당신 자신의 생각만을 하는 것이죠. 그리고 물론, 난 당신 문제에 관해 당신에게 적절하게 말할 수 없어요. 난 예술과 그 따위 종류의 것에 관해 아는 것이 없어요. (참을 수 없다는 듯이) 그리고 또한 그런 문제에 대해 신경쓰지 않아요.

그녀는 이상한 여인의 문제에 대해 그를 놀리며, 그들 사이에 이해의 문제를 좋지 않게 생각하고 있음을 암시한다. 루벡은 자신은 단지 예술가이고 그녀는 그의 영감의 원천이었다는 것을 말한다. 그는 5년간의 결혼 생활이

지적인 기아의 세월이었다고 고백한다. 그는 진실된 관점에서 그의 예술에
대한 그 자신의 느낌을 보아 왔던 것이다.

루벡 (미소지으며) 그러나 그것이 내가 마음속에 지녔던 것은 정확히 아니
    었어.
마야 그럼 뭐죠?
루벡 (다시 심각하게) 예술가의 천진과 예술가의 사명, 그리고 그 밖의 것
    들에 관한 모든 이야기는 근본부터가 텅비어 있고 공허하고 의미 없다
    는 생각이 나에게 강하게 부딪쳐 오기 시작한 것이었어.
마야 그러면 그 자리에 당신은 뭘 채워 넣을 거죠?
루벡 삶이야, 마야.

서로의 행복에 대한 중요한 질문이 건드려지고, 간략한 토론 끝에 헤어지
자는 암묵의 동의가 효력을 발휘한다. 이 행복한 상태에서 이렌느가 히스
언덕을 가로질러 멀리 보인다. 그녀는 놀고 있는 아이들에게 에워싸여 잠시
그들과 함께 논다. 마야는 풀밭에서 일어나 그녀에게 가서 '귀중한 궤를 열
기 위해' 그녀의 남편이 도움을 청한다는 말을 한다. 이렌느는 절을 하고,
루벡에게 향하고 마야는 즐겁게 그녀의 사냥꾼을 찾으러 나간다.

뒤따르는 만남은 확실히 특출난 것이어서 심지어 무대의 관점에서도 그러
한데 무언극의 힘을 사용하는 것도 덧붙일 수 있음이 틀림없다. 두 역할의
완벽함은 대화 속에서 포함된 복잡한 사상들을 나타내는 데 부족함이 없을
것이다. 얼마나 무대 예술가들이 그것을 시도해 보는 재능 혹은 그것을 실
행해 보려는 힘 둘 모두를 가졌는가 반추해 볼 때, 우리는 동정적인 계시를
보게 된다.

히스 언덕의 이 두 사람의 만남에서, 그들의 모든 인생 행로는 대담하고
느린 필치로써 윤곽이 드러난다. 머리말의 첫 교환에서 각각의 말들은 경험

의 장을 말한다. 이렌느는 그녀를 어디든지 따라다니는 자비의 성모 수녀의 어두운 그림자에 대하여 넌지시 비유한다. 마치 아놀드의 불안한 양심의 그림자가 그를 따라다니는 것처럼. 그가 반은 억지로 그렇게 많은 것을 고백했을 때, 그들 사이에 큰 장벽 중의 하나가 무너진다. 서로에 대한 믿음은 어느 정도 새로워지고 과거에 알고 있던 것들에 대해 회상한다. 이렌느는 그녀의 감정에 대해 솔직히 얘기하고 조각가에 대한 증오심도 얘기한다.

이렌느 (다시 격렬하게) 그래요, 당신 때문에 —— 그렇게 가볍게 그리고 부주의하게 따뜻한 피가 흐르는 육체, 젊은 인간의 생명을 취하여 영혼을 쇠잔하게 한 예술가 때문에 —— 당신은 예술 작품을 위해 그것을 필요로 하였기 때문이죠.

루벡의 죄는 정말 큰 것이었다. 그는 그녀의 영혼을 자기 것으로 하였을 뿐만 아니라, 정당한 자리에서 그녀의 영혼의 아이를 억압했던 것이다. 이렌느는 그녀의 아이를 조상(彫像)으로 암시한다. 그녀에게 있어서 이 조상은 진정한 의미에서 그녀로부터 태어난 것이다. 매일 그녀가 볼 때마다 그것은 재능있는 조각가의 손에서 완전히 성장해 나가고 그것에 대한 그녀의 모성애, 그것에 대한 권리, 그것에 대한 사랑이 점점 강해져 확고해진다.

이렌느 (온정의 뜻을 지닌 감정의 어조로 바뀌면서) 그러나 젖은 채, 살아 있는 진흙에서 만들어진 저 조상을 난 사랑했어요 —— 다듬지 않은, 형체 없는 덩이로부터 생기있는 인간의 형태가 솟아났을 때 —— 왜냐하면 우리의 창조, 우리의 아기였기 때문이죠. 나와 당신의 것.

사실상, 그것은 그녀가 강한 감정을 가졌기 때문에 지난 5년 동안 루벡과 떨어져 있었다. 그러나 그녀는 지금 그가 아이 —— 그녀의 아이에게 행한 행동을 듣자, 그녀의 모든 강한 분개의 감정이 치솟는다. 루벡은, 정신적 번민 속에, 그녀가 어린 새끼를 도둑당한 암호랑이처럼 그의 말을 듣고 있는 동안 설명하려고 진력한다.

　루벡 난 당시 젊었었지 —— 인생의 경험이 없었어. 내가 생각하기로, 부활이란 —— 인생의 경험 없이 —— 추하고 순결하지 못한 것을 자신으로부터 없애 버려야 할 필요도 없이 빛과 영광으로 깨어나는, 젊고 순결한 여성으로 가장 아름답게 그리고 절묘하게 그려져야 한다는 것이었어.

　더욱 넓은 경험으로 그는 다소 자신의 생각을 바꿀 필요가 있다는 것을 알게 되어, 그녀의 아이를 더 이상 중요한 것이 아닌, 그러나 중개적 인물로 만들었다. 루벡은 그녀 쪽으로 돌아서며, 그녀가 그를 막 찌르려는 것을 본다. 그는 자신의 방어에로 몰고 가는 공포와 사상의 열기 속에서, 그가 저지른 과오에 대하여 미친 듯이 변론한다. 이렌느에게는 그가 자신의 죄를 시적(詩的)으로 삼으려고 무던히 애를 쓰며, 죄를 뉘우치고 있으나 지나친 비애를 느끼는 듯 보인다. 그의 그릇된 예술의 억지로 인해 자신과, 그녀가 자신의 삶 전체를 포기했다는 생각은 그녀의 마음을 무서울 정도로 끈덕지게 괴롭힌다. 그녀는 큰 소리는 아니지만, 깊은 슬픔에 빠져 흐느껴 운다.

　이렌느 (분명히 자신의 감정을 조절하며) 전 많은 아이들을 —— 현실적 아이들 —— 무덤 속에 감추어진 그런 아이들이 아닌 —— 세상에 낳았어야 했는데. 그것이 저의 직업이었는데. 전 당신 같은 시인을 결코 섬기지 말았어야 했는데.

　루벡은 시적 명상에 빠져 답변도 하지 않은 채, 옛날의 행복했던 나날에 대하여 명상하고 있다. 그들의 사라진 옛 환희가 그를 달랜다.

그러나 이렌느는 그가 별반 흥미없이 말한 바 있는 어떤 문구에 대하여 생각하고 있다. 그는 그의 일을 그녀가 도운 것에 대하여 그녀에게 감사했음을 밝혔다. 그는 "이것이 나의 인생에 있어서 참으로 축복받는 일이었습니다" 하고 말했다. 루벡의 왜곡된 마음은 이미 거기에 너무나 많은 것이 쌓여 있었는지라, 더 이상의 질책을 견딜 수가 없었다. 그들이 지난날 토니츠 호반에서 그랬던 것처럼, 그는 물의 흐름에 꽃들을 뿌리기 시작한다. 그는 로헨그린의 보트를 모방하여, 둘이서 나뭇잎 보트를 만들어 그것에다 하얀 백조를 묶었던 일을 그녀에게 상기시킨다. 심지어 여기 그들의 유희에도 숨겨진 한 가닥 의미가 놓여 있다.

이렌느 당신은 제가 당신의 보트를 끄는 백조라 했어요.
루벡 내가 그렇게 말했던가? 그래, 아마 그랬을 거야. (놀이에 몰두한 채) 자, 바다 갈매기가 어떻게 물을 따라 수영해 내려가는지 봐요!
이렌느 (소리내어 웃으며) 당신의 모든 배가 물가를 따라 달려가는군요.
루벡 (냇물 속에 더 많은 나뭇잎을 던지며) 난 여분의 배를 충분히 갖고 있지.

그들이 어린애 같은 절망 속에 부질없이 놀고 있는 동안 울프하임과 마야가 히스 언덕을 가로질러 나타난다. 이 두 사람은 높은 대지 위에 모험을 찾으러 가려고 한다. 마야는 그녀가 즐거운 기분 속에 손수 작곡한 작은 노래를 그녀의 남편에게 불러준다. 비꼬는 듯한 웃음과 함께, 울프하임은 루벡에게 작별을 고하고 그의 동료와 함께 산 위로 사라진다. 갑자기 이렌느와 루벡은 같은 생각에 가슴이 뛴다. 그러나 그 순간 자비의 수녀의 우울한 모습이 황혼 속에 나타나며, 그녀의 납빛 눈은 그들 두 사람을 쳐다본다. 이렌느는 그와 헤어지나, 그날 밤 그와 히스 언덕에서 만나기로 약속한다.

루벡 당신 올 거지, 이렌느?

이렌느 그래요, 분명히 올께요. 여기서 절 기다려요.

루벡 (꿈꾸듯 반복한다) 여름밤 고지에서, 당신과 함께. 당신과 함께. (그
  의 눈이 그녀의 것과 마주친다) 오, 이렌느, 우리들의 인생을 가질 수 있
  을지 몰라. 그리고 우리는 지금까지 상실했어, 우리들 말이야.

이렌느 우린 단지 그때 돌이킬 수 없게 될 거예요. (갑자기 말을 그친다)

루벡 (의아해하며 그녀를 본다) 언제?

이렌느 우리가 죽어 깨어날 때.

제3막은 높은 언덕 위의 넓은 공원에서 펼쳐진다. 땅은 벌어진 틈새가
있는 협곡이다. 오른쪽을 보면, 움직이는 안개 속에 반쯤 숨겨진 정상의 산
맥이 보인다. 왼쪽에는 오래된 오두막이 한 채 있다.

때는 이른 아침이고, 하늘은 진주빛이다. 동이 트기 시작한다. 마야와 울
프하임이 고원으로 내려온다. 그들의 감정은 첫 대사에 의하여 충분히 설명
된다.

마야 (몸을 흐트러뜨리려고 애쓰며) 가게 해줘요! 가게 내버려 둬요, 제발!

울프하임 자, 자요! 당신은 지금 물려고 하는 거야? 마치 늑대같이 성마르
  군.

울프하임이 그의 분노를 그치지 못할 때, 마야는 근처의 산마루 등성이로
달려가겠다고 위협한다. 울프하임은 그녀가 산산조각이 날 거라고 지적한
다. 그는 방해받지 않도록, 현명하게 하인 라즈에게로 보내 사냥개들을 뒤
쫓게 했다. 그는 라즈가 개들을 곧장 발견하지 못할 거라고 말한다.

마야 (화가 나서 그를 쳐다보며) 아니, 그럴 것 같지 않아요.

울프하임 (그녀의 팔을 잡으며) 글쎄, 라즈로 말하면…… 그는 알지…… 내
    유희 방식을 말이야.

억지로 침착한 체 하는 마야는 그녀가 그에 대해 생각하는 것을 솔직히
그에게 말한다. 그녀의 냉철한 관찰이 곰 사냥꾼을 대단히 즐겁게 한다.
  마야는 그가 규율을 지키도록 그녀의 모든 재치를 동원한다. 그녀가 호텔
로 돌아갈 것을 말하자, 그는 그녀를 어깨에 매고 가겠다고 정중히 제안하
는데, 이러한 암시에 대하여 그는 재빨리 핀잔을 받는다. 두 사람은 고양이
와 새가 놀듯 놀고 있다. 그들의 작은 논쟁에서 울프하임의 한마디는 그의
이전의 삶에 어떤 빛을 던지듯, 갑자기 주의를 야기시킨다.

울프하임 (격분을 가라앉히고) 한번은 한 젊은 소녀를 붙들고 —— 거리 한복
    판에서 그녀를 들어올려 내 팔에 안고 날랐지. 그래서 난 그녀가 발을
    돌에 부딪히지 않도록 일생 동안 그녀를 데리고 다니고 싶었어…… (불
    만스럽게 웃으며) 그런데 내가 그 보상으로 무엇을 얻었는지 아오?
마야 아뇨. 뭘 얻었는데요?
울프하임 (그녀를 보고 웃으며 고개를 끄덕인다) 난 뿔을 얻었소! 당신이 쉽
    게 볼 수 있는 뿔 말이오. 그건 웃을 이야기가 아니오, 곰 사냥꾼 부
    인?

비밀의 교환으로서, 마야는 그에게 그녀의 삶을 개략적으로 말한다. 그리
고 주로 루벡 교수와 그녀의 결혼 생활을. 결과적으로 이 두 불확실한 영혼
은 서로 끌리게 됨을 느끼고, 울프하임은 다음과 같은 특별난 방식으로 자
신의 입장을 진술한다.

울프하임 우리들의 불쌍한 삶을 함께하지 않겠소?

마야는, 그들의 맹세에서 그가 그녀에게 이 세상의 모든 멋진 광경을 보여 준다거나, 그녀의 집을 예술품으로 채워 줄 것이란 어떤 약속도 하지 않은 것에 만족한 채, 그와 비탈길을 내려갈 것을 허락함으로써 반(半)승낙을 한다. 그들이 막 내려가려 할 때, 루벡과 이렌느가 역시 들판에서 밤을 보내고, 같은 고원으로 접근한다. 울프하임이 루벡에게 그와 부인이 같은 길로 올라왔는지를 묻자, 루벡은 의미심장하게 대답한다.

루벡 그럼, 물론이지. (마야를 흘끗 보며) 이제부터 낯선 숙녀와 나는 길을
   서로 헤어질 생각은 없소.

그들의 기지(奇智)의 사격이 가해질 때, 그 분대(分隊)는 그때 거기에 풀어야 할 중요한 문제가 있음을, 그리고 한편의 위대한 극이 빠르게 종막에 달하고 있음을 느끼는 듯하다. 마야와 울프하임의 더욱 작은 모습이 태풍의 새벽에 한층 더 작아진다. 그들의 운명은 비교적 조용히 결정되고, 우리는 그들에 대해 큰 관심을 갖지 않게 된다.
   그러나 다른 두 사람은 그들이 들판에 말없이 서서, 끝없는 인간적 관심의 중심적 인물에 몰두하자, 우리들의 시선을 장악한다. 갑자기 울프하임은 고지를 향하여 인상적으로 손을 치켜든다.

울프하임 그러나 폭풍이 우리에게 다가오는 걸 모르오? 당신은 질풍 소리
   를 듣지 못하오?
루벡 (귀를 기울이며) 부활절의 전주(前奏) 같은 소리가 나는군.
                      ……
마야 (울프하임을 끌며) 우리 서둘러 내려가요.

울프하임은 한번에 한 사람 이상을 데려갈 수 없는지라, 루벡과 이렌느에게 구조대를 보내겠다고 약속하고 마야를 양팔에 안고 빨리 그러나 조심스럽게 길을 기어 내려간다. 황량한 산꼭대기에 차차 날이 밝아 올 때, 이제는 더 이상 예술가와 모델이 아닌——한 쌍의 남녀가 함께 남는다. 그리고 큰 변화의 그림자가 아침의 고요 속에 서서히 다가온다. 그러자 이렌느는 아놀드에게 그녀가 남겨 두고 떠난 남녀들 사이로 자신이 되돌아가지 않을 것을 말한다. 그녀는 구출되지 못할 것이다. 그녀는 또한 이제는 모든 것을 말할 수 있는지라, 그가 자신의 인생의 이야기로서 그들의 관계를 말했을 때 어떻게 그녀가 그를 미친 듯이 죽이고 싶은 유혹을 받았었는지를 말한다.

루벡 (암담하게) 그런데 왜 당신은 손을 잡았지?
이렌느 당신이 이미 아주 오래 전에 죽었다는 갑작스런 공포가 제게 번쩍 떠올랐기 때문이죠.

그러나 루벡은 우리들의 사랑은 마음속에 죽지 않고 아직 생생하며, 열렬하고 강하다고 말한다.

이렌느 지상의 인생, 아름답고 기적적인 지상의 인생, 지상의 불가사의한 인생에 속하는 사랑, 바로 그 사랑은 우리들 두 사람 속에 죽었어요.

더욱이 그들의 이전의 삶의 어려움들이 있다. 심지어 여기서도, 이 극의 가장 숭고한 부분에서, 입센은 자기 자신과 자신의 현실의 지배자이다. 예술가로서의 그의 재능은 모든 것과 대면(對面)하며, 어떤 것도 회피하지 않는다. 《건축 청부업자》의 마지막에서, 모든 것의 가장 큰 감명은 "오! 머리가 온통 쑤셔 박혔군"이란 말 없이도 하나의 무서운 부르짖음이 있다. 재능이 더욱 못한 예술가라면 바이그메스터 솔네스의 비극에 정신적 매력을 가미해야 했을 것이다. 마찬가지 태도로 여기서 이렌느는 그녀가 천박한 시선 앞에서 나체로 자신을 노출시키는 것을, 사회가 그녀를 내던지는 것을, 모든 것이 너무 늦은 것을 반대한다. 그러나 루벡은 더 이상 이러한 생각을 하고 싶지 않다. 그는 바람에 모든 것을 날려보내기로 결심한다.

루벡 (격렬하게 그녀를 양팔로 감싸며) 그럼 죽은 우리 두 사람이 —— 우리 둘이 —— 한번이라도 힘 닿는 데까지 함께 살도록 해 보자. 우리가 다시 무덤으로 내려가기 전에 말이야.

이렌느 (외마디 소릴 지르며) 아놀드!

루벡 하지만 여기 반 어두움 속이 아니고. 여기 우리 주위를 감싸고 있는 무시무시하고 축축한 수의를 가지고는 안 돼!

이렌느 (넋을 잃고) 아니예요. 아니, 빛 속과 모든 영광 속에 저 높이! 약 속의 정상까지 높이!

루벡 거기서 우리는 결혼 축제를 여는 거야. 이렌느 —— 오! 나의 사랑!

이렌느 (자랑스럽게) 태양이 거리낌없이 우리를 지켜볼 거예요, 아놀드.

루벡 빛의 전능하신 힘이 우리를 자유롭게 지켜볼 거요 —— 그리고 어둠의 모든 힘도 역시. (그녀의 손을 잡는다) 그럼 당신은 날 따라올 거지. 오, 나의 은총 받은 신부여!

이렌느 (마치 변신한 듯) 저는 당신을 따르겠어요, 자유로이 그리고 기꺼이. 나의 소중한 그대여!

루벡 (그녀를 끌어당기며) 우리는 우선 안개 속을 뚫고 나가야 해.

이렌느 좋아요. 모든 안개를 뚫고, 그런 다음 햇빛 속에 빛나는 탑의 꼭대기 바로 위까지.

장면 너머로 안개·구름이 다가온다. 루벡과 이렌느는 손에 손을 잡고,

오른쪽으로 눈 덮인 벌판을 넘어 올라선다. 그리고 더 낮은 구름 사이로 사라진다. 세찬 돌풍이 대기를 휩쓰며 휘파람 분다.

자비의 수녀가 왼쪽으로 잡석의 길 위에 나타난다. 그녀는 멈춰 서서 조용히 살피며 주위를 둘러본다. 마야가 저 멀리 계곡에서 의기양양하게 노래하는 것이 들린다.

마야 나는 자유예요! 나는 자유예요! 나는 자유예요! 내게 지옥 같은 삶은 끝났어요!

갑자기 천둥 같은 소리가 눈 덮인 평야 위에 높은 곳에서 들린다. 그리고 그것은 빠른 속도로 뭔가 쓸려내리는 듯이 아래로 선회한다. 루벡과 이렌느가 거대한 눈덩이에 휩쓸리며 그 속에 파묻히자 아련히 눈에 띈다.

자비의 수녀 (외마디 소릴 지르며, 그녀의 양 팔을 그들을 향해 뻗으며, 부르짖는다) 이렌느! (한순간 잠자코 선다. 그리고 그녀의 앞 공중에다 성호를 긋는다. 그리고 말한다) 그대들에게 평화를(Pax Vobiscum)!

마야의 의기양양한 노래가 한층 저 멀리 아래쪽에서 들린다.

이것이 이 신극의 이야기의 줄거리로, 조야하고 종잡을 수 없다. 입센의 연극들은 그 극들의 흥미가 행동이나 사건에 의존하지 않는다. 심지어 등장인물들이 결점없이 묘사된다 해도, 그들은 그의 극에서 제일 먼저의 것이다. 그러나 꿈없는 극 ── 하나의 위대한 진실의 지각(知覺)이든, 커다란 문제의 전개이든, 또는 갈등하는 배역들에게서 거의 독립된 커다란 갈등이든, 그리고 원대한 중요성을 띠었거나 띠고 있는 것이든 간에 ── 이는 원천적으로 우리의 관심을 끄는 것이다.

입센은 그의 모든 후기 작품들의 기반을 위해 비타협적인 진실 속에서 보통의 삶의 모습을 선택했다. 그는 시의 형식을 배제하고, 결코 전통적인 형식을 따라 그의 작품을 재미있게 꾸미려 하지 않았다. 그의 극의 주제가 정점에 도달했을 때도, 그는 야비함과 호사함 속에 그것을 치장하려 하지 않았다. 특별히 더욱 높은 차원에서 《인민의 적》을 얼마나 용이하게 쓸 수 있었던가 —— 부르주아를 합법적인 주인공으로 대치시키다니!

비평가들은 당시 진부하고 자주 비난했던 것들을 위대하다고 격찬했는지 모른다. 그러나 그 배경은 입센에게는 아무것도 아니다. 극은 그 자체일 뿐이다. 그의 천재적 재능의 힘과 그의 온갖 노력으로 갖게 되는 논란의 여지 없는 기술에 의하여, 입센은 여러 해 동안 문명 세계의 관심에 빠졌다. 그러나 그가 환희의 왕국에 들어가기 전까지는 여러 해를 보내야 했다. 비록 그가 오늘에 서 있듯, 모든 것이 그 속에 들어가기 위한 그 자신의 가치를 인정하도록 그의 입장에서 행해지긴 했지만. 나는 여기서 단지 이 극의 인물 묘사를 개관할 뿐, 이와 관련된 모든 세세한 극작법의 검토를 제의하려는 것은 아니다.

그의 등장인물들 속에 입센은 자기 자신을 반복하지 않는다. 이 드라마 —— 긴 목록의 최후작이거니와 —— 에서 그는 그의 습관적 기술을 가지고 묘사했고 구분했다. 울프하임은 얼마나 새로운 창작인가! 확실히 그를 끌었던 수완은 아직 그 정교함을 잃지 않았다. 내 생각에, 울프하임은 극 중 가장 새로운 인물이다. 그는 일종의 깜짝 보따리이다. 첫 언급으로, 그가 육체적 형태 속에 뛰어드는 것처럼 보이는 것은 그의 참신함의 결과로써이다. 그는 놀랍도록 야성적이고, 원초적으로 인상적이다. 그의 사나운 두 눈은 예고프나 허네의 그것처럼 뒤룩거리며 타오른다. 라즈로 말하면, 그가 결코 입을 열지 않기 때문에 우리는 그를 놓칠지 모른다. 자비의 수녀는 극 중에서 딱 한 번 말을 할 뿐이지만 그것은 훌륭한 효과를 지닌다. 침묵 속에 그녀는 하나의 응보(應報), 즉 그녀 자신의 상징적 위엄을 지닌 소리 없는 그림자처럼 이렌느를 따른다.

이렌느 역시 그녀의 동료들의 화랑에서 자신의 위치에 제값을 하는 여자다. 인간성에 대한 입센의 이해는 어디고 여성에 대한 묘사에서 이처럼 더 두드러진 데는 없다. 그는 그의 고통에 찬 내성으로 모든 이를 놀라게 한다. 그는 여성들이 자신들에 대해 아는 것보다 그들을 더 잘 이해하는 것처럼 보인다.

사실, 누군가가 뛰어나게 남성적인 남자에 대해 그렇게 말한다면, 그의 본성에는 여성스러운 특징도 섞여 있을 것이다. 입센의 놀라운 정확성과 그의 여성의 어렴풋한 흔적, 재빠른 필치의 섬세성은 아마도 이러한 여성과의 혼합의 특징일 것이다. 그러나 그는, 여성들은 부정할 수 없는 사실이라는 것을 알고 있다. 그는 그들을 거의 헤아릴 수 없는 깊이까지 타진했던 것처럼 보인다. 그의 초상의 묘사 이외에 하디와 투제니프의 심리적 연구, 혹은 메리디스의 공들인 노작들은 천박한 겉핥기 지식에 지나지 않는 듯 보인다. 그들에게 여러 장(章)을 소모케 했던 분량을 그는 단 하나의 교묘한 필치로, 하나의 구(句)로, 하나의 단어로 해냈으며, 그리고 그들보다 훨씬 더 잘했다.

그 다음에 이렌느는 엄청난 비교와 직면해야 한다. 그러나 그녀가 그것을 용감히 드러낸다는 것은 인정되어야 한다. 비록 입센의 여성들은 한결같이 진실하지만, 그들은 물론 다양한 면에서 자신들을 드러낸다. 이리하여 지나 엑달은 만사를 제치고 희극적인 인물이요, 헤다 가블라는 비극적인 인물이다——만일 그러한 구시대적 용어들이 부적절하지 않게 사용될 수 있다면 말이다. 그러나 이렌느는 그다지 쉽게 분류될 수 없다. 그녀와 뗄래야 뗄 수 없는, 열정으로부터의 경원함은 분류를 금지케 한다. 그녀는 그녀의 성격상의 내적 힘 때문에——자석처럼——이상하게도 우리의 흥미를 끈다. 입센의 이전 작품들이 아무리 완벽한 것이라 할지라도, 그 여성 인물들 중 어느 한 명도 이렌느의 영혼의 깊이까지 도달했는지의 여부가 의문스럽다.

그녀는 그녀의 지적인 수용력만으로 우리의 시선을 붙잡아 둔다. 더욱이 그녀는 극도로 영적인 인물이다——가장 진실되고 넓은 의미에서 말이다. 때때로 그녀가 루벡과 대처할 때, 우리를 능가하며 우리 위로 솟아 날아오르는 것만 같다. 멋진 영혼을 지닌 한 여성인——그녀는 한 예술가의 모델로 만들어진 인물이라는 것을 결점으로 생각하는 사람들이 있을지 모르며, 또한 어떤 사람들은 그러한 이야기가 드라마의 조화를 망친다고 서운해할지 모른다. 나는 이러한 언쟁의 진의를 전적으로 이해할 수 없다. 이는 전적으로 부적절한 듯 보인다. 그러나 그 사실에 대해 무엇을 생각하건 간에, 이를 다루는 것에 대해 불평의 자그마한 여지는 있을 것이다.

입센은 그가 과연 모든 것들을 다루듯이, 높은 통찰력과 예술적인 자제와 공감을 갖고 이를 다룬다. 그는 굉장한 높이에서 내려다보듯, 완벽한 비전과 천사 같은 냉정함을 가지고, 열린 두 눈으로 태양을 바라보는 사람의 시각으로, 그것을 한결같이 그리고 그 전체를 조망한다. 입센은 영리한 납품업자와는 다르다.

마야는 그녀의 개인적인 성격을 떠나서, 극중 어떤 기술적인 역할을 수행한다. 계속되는 긴장 속에 그녀는 하나의 기분전환으로써 등장한다. 그녀의 공기 같은 신선함은 날카로운 바람의 숨결과 같다. 그녀의 주된 주목거리인, 자유롭고 거의 화려하기까지 한 삶의 감각은 이렌느의 엄격함과 루벡의 무딤을 상호 상쇄시킨다. 마야는 실질적으로, 힐다 왠글이 《건축 청부업자》에서 갖는 것과 같은 효과를 이 극에서 갖는다. 그러나 그녀는 노라 헬머만큼의 공감을 우리에게서 얻지 못한다. 그녀는 그런 공감을 얻도록 의도되지 않았다.

루벡 자신은 이 극에서 주된 인물이며, 이상하게도 가장 전통적인 인물이다. 분명히 나폴레옹적인 그의 선배 존 가블라 볼크맨과 대조해 보면, 그는 한갓 그림자에 지나지 않는다. 그러나 볼크맨은 그가 죽은 마지막까지 극중 내내 활동적이고 정열적이며 쉴새없이 살아 숨쉬고 있는 반면에, 아놀드 루벡은 그가 생명을 얻게 되는 마지막까지 거의 절망적으로 죽은 상태에 있다는 것을 기억해야 한다. 이러한 사실에도 불구하고 그는 꽤 흥미로운 인물인데, 이는 그 자신 때문이 아니라 그의 극적인 중요성 때문이다. 입센의 극은, 내가 지금까지 언급한 대로, 그의 등장인물들과는 전적으로 별개의 것이다. 그 인물들은 성가신 사람들이 될지 모르지만, 그들이 살아 움직이는 극은 변함없이 강렬한 힘을 갖는다. 그렇다고 루벡이 성가신 인물이란 뜻은 결코 아니다! 그는 매우 두드러진 성격의 소유자인 톨바드 헬머나 테스맨보다 더 무한히 흥미로운 인물이다.

아놀드 루벡은 다른 한편으로, 아마 엘저트 로브보크가 그럴지 모를 천재로 의도되지는 않았다. 만일 엘저트처럼 천재였다면, 그는 그의 삶의 가치를 좀 더 진실하게 이해했을 것이다. 그러나 우리가 추측하듯, 그가 그의 예술에 헌신하고 있다는 사실과 그 속에서 어느 정도 통달하게 된다는 사실은 ─── 사고의 한계와 연관된 수완의 통달이긴 하지만 ─── 죽은 자인 그가 죽은 자들 가운데서 깨어날 때 행사될 수 있는 더 커다란 삶에 대한 수용력이 그의 몸 속에 잠재해 있음을 우리에게 말해 준다.

내가 무시해 온 유일한 인물은 목욕탕 감독관이며, 나는 그가 내키지 않는, 그러나 인색하게나마 그의 평가를 서두르게 된다. 그는 그냥 보통 감독관보다 더도 덜도 아닌 인물이다. 그는 바로 그런 자다.

성격 묘사는 언제나 심오하고 흥미진진하긴 하지만, 여기서 이쯤 해 두겠다. 그러나 극에서 인물들을 제쳐두고라도 일련의 사상의 빈번하고 광범위한 지엽적인 문제들 중에서 어떤 주목할 만한 점들이 있다. 이들 중 가장 두드러진 것은 첫눈에, 우연적 장면의 특성보다 더 나은 것은 없는 듯이 보인다. 나는 이 극의 배경을 말하고 있다. 우리는 입센의 후기 작품에서 밀폐된 방을 벗어나는 경향을 간파하지 않을 수 없다. 헤다 가블러 이래로 이런 경향은 가장 특징적인 것이다. 《건축 청부업자》의 마지막 막과 《존 게브리얼 보크맨》의 마지막 막은 야외에서 펼쳐진다. 그러나 이 극에서는 세 개의 막들이 야외에서 펼쳐진다. 극중 이렇게 세세한 부분에 주의를 기울이는 것이 초(超)보스웰적인 광신(狂信)으로 생각될지 모른다. 사실상 이것은 위대한 작가의 작품이기 때문은 아니다. 그리고 너무나 현저한 이런 특징이 내게는 전혀 아무런 의미가 없는 듯 보이지는 않는다.

다시 1880년대 초반의 비타협적인 엄격함 속에 아무데서도 들을 수 없었던 음조——인간에 대한 순수한 연민——를 마지막 몇 개의 사회극들에서 찾아볼 수 있다. 그리하여 루벡이 그의 걸작 '부활의 날'에서 소녀 · 인물에 대한 그의 관심을 바꿈에 있어서, 인생의 정반대의 목적들과 모순 당착들——이들은 우리의 가난한 인간성의 갖가지 노고가 영광스런 출구를 갖게 될 때——은 그들의 희망적인 인식으로 타협될 수 있는지라, 포괄적인 철학과 깊은 공감을 이룬다. 극 자체에 대해서는, 그것을 비평하려고 시도함으로써 어떤 좋은 목적에 이바지할 수 있을지 의문스럽다. 많은 것들이 이를 입증할 것이다.

헨릭 입센은 세계의 위인들 중 한 사람이며, 그 앞에서 연극 비평이라 불리는 비평의 여러 종류는 그의 극에는 불필요한 부가물일 뿐이다. 극작가의 예술이 완벽할 때 비평가는 쓸데없는 존재인 것이다. 삶은 비평되는 것이 아니라 직면하고 살아야 하는 것이다. 또 만일 어떤 극들이 무대를 요구한다면, 그것이야말로 입센의 극들이다. 이는 그의 극들이 다른 사람들의 극들과 너무 많은 공통점을 지니는지라, 그것들이 도서관의 책꽂이에 폐를 끼치려고 씌어지지 않았기 때문뿐만 아니라 그 극들이 사상으로 가득 차 있기 때문이다.

어떤 우연한 표현에서, 마음은 어떤 의문으로 고통을 받고 눈 깜짝할 사이에 삶의 긴 영역이 조망(眺望) 속에 펼쳐진다. 그러나 우리가 거기 머물러서 곰곰이 생각하지 않는 한 그 비전은 순간적으로 사라지고 만다. 입센이 공연되기를 요구하는 것은 과도한 숙고(熟考)를 제지하는 일이다. 마지막으로, 거의 3년 동안이나 입센을 맴돌았던 문제가 극을 읽음으로써 우리 눈앞에 선뜻 나타날 것이라고 기대하는 것은 어리석은 일이다. 그래서 극이

스스로 변호하도록 내버려 두는 것이 더 나은 것이다. 그러나 이 극에서 입센이 우리에게 그의 최선의 모습을 대충 보여준다는 것은 적어도 분명하다.

행동은 《사회의 기둥》에서처럼 많은 복잡성에 의해 방해받지 않으며, 《유령들》에서처럼 그의 단순성에서 시달림을 당하지 않는다. 우리는 야성적인 울프하임에게서 방종에 가까운 변덕을 느낄 수 있고, 루벡과 마야가 서로에 대해 품은 간사한 경멸 속에서 유머도 느낄 수 있다. 그러나 입센은 극히 완전히 자유로운 액션을 갖도록 내버려 두려고 노력한다. 그래서 그는 그의 예의 수고를 주변 인물에게 부여하지 않는다. 그의 많은 극들 중에서 이러한 주변 인물들은 비길 데 없는 창조물들이다. 목격자 야콥 엥그스, 토네센, 그리고 악마 같은 몰빅! 그러나 이 극에서 주변 인물들은 우리의 주의를 딴 곳으로 돌리도록 허락하지 않는다.

전체적으로, 《사자가 깨어날 때》는 작가의 가장 위대한 작품으로 간주될 수 있다——정말로, 가장 위대한 것은 아닐지는 몰라도. 이것은 《인형의 집》으로 시작된 시리즈의 마지막 작품으로 서술되고 있다——열 개의 전(全) 작품들에 대한 위대한 종막(에필로그)으로서 말이다. 극작 기술과 인물 묘사, 그리고 최고의 흥미에 있어서 똑같이 탁월한 이들 극들보다 고금의 연극사를 통하여 더 훌륭한 연극은 그리 많지 않을 것이다.

3
제임스 클라런스 맹건 I

James Clarence Mangan I (1902)

해 설

1902년 2월 15일 더블린에 있는 유니버시티 칼리지의 문학 및 역사 학회 (Literary and Historical Society)에서 강연했던 맹건에 대한 조이스의 에세이는 같은 해 5월 비공식적 대학 잡지인 《성 스티븐즈 (*St. Stephen's*)》를 통하여 출간되었다. 사실 이 에세이에서 조이스가 맹건이라는 작가를 발굴이라도 한 듯 분위기를 풍긴 것은 다소 허세(虛勢)에 지나지 않는 것이라 할 수 있다. 왜냐하면 조이스에 앞서 이미 예 이츠와 라이오넬 존슨(Lionel Johnson)이 맹건의 시 작품들을 경탄하며 조명한 적이 있었고, 이번에 조이스가 글을 쓰기 전 10년 동안에 몇몇 맹건의 작품들이 세상에 나온 상태였기 때문이다. 그 에세이의 어려움은 부분적으로 그것의 지극히 장식적이 고 음운적 문체에 기인한다. 그리고 한편으로 조이스가 동정적으로 맹건의 불행했던 이력을 묘사할 무렵의 아일랜드의 상상적·예술적 필요를 이론적으로 정립하는 데 그가 관심을 가졌던 사실에서 비롯된 것이기도 한 것이다. 그래서 조이스는 한편으 로 맹건의 상상력을 칭찬하면서도, 한편으로 이 시인이 아일랜드의 오랜 세월 이어 진 불행을 우울하게 받아들인 사실을 유감스럽게 여긴다. 그리고 예이츠가 그러했던 것과 같이, 맹건이 즐거움이라고는 없이 메말랐던 것에 거부감을 느끼기도 한다. 조 이스는 그 자신의 에세이의 도입부와 결론에서 고전적 힘과 평정함과 함께 강력한 낭만적 상상력의 혼용을 보여준다.

《주인공 스티븐》에서 조이스는 맹건에 대한 에세이의 미학적 이론을 세밀히 부연(敷衍)하는데, 맹건을 언급하는 일은 일체 없다. 그리고 그는 그 에세이를 '연극과 인생'이라고 칭하고, 그럼으로써 그는 고의적으로 2년 전에 자신이 바로 이 대학에서의 강연 때 읽었던 논문과 혼동스럽게 만들고 있다.

— 옮 긴 이

'**내**가 갖고 싶은 기억…… 나를 사랑하는 사람들과 언제나 함께 하리라.' 고전주의 학파와 낭만주의 학파간의 논쟁이 조용한 예술 도시에서 시작된 이래 많은 나날이 흘렀다. 그런고로 이제는 고전주의란 풍조가 낭만적 기질이 세월이 흐르다 보면 잘못 바뀌게 되는 것으로 파악했던 비평은 비로소 이 두 가지가 인간에게 상존하는 정신의 상태라는 사실을 인정하기에 이르렀다.

비록 그 논쟁은 종종 부드럽지 못한 것이었고 (더 이상 언급하지 않거니와) 보기에 따라서는 명칭을 두고 논쟁을 벌이는 것으로 보여 왔다. 그리고 세월이 흐름에 따라 이 싸움은 혼란스런 양상을 띠게 되었으며, 각 분파는 서로 상대방의 영역으로 접근하거나 자기 학파 내적인 갈등에 분주하기도 했다. 그리고 고전파는 그것에 수반되는 물질주의와 싸워야 했고, 낭만파는 일관성을 유지하는 문제에 신경을 써야 했다. 그러나 결국 이런 혼란을 통하여 어떤 성취가 이루어지는 조건이라면 다행한 일이다. 그런 대립과 갈등의 과정을 통하여 이 두 가지가 결국은 하나라는 더욱 깊은 통찰에 도달한 것이다.

한편 어떤 원숙한 기준을 설정하여 그것에 의하여 제 학파들에 가치 판단을 내림으로써 노고를 피하려는 비평은 정당한 것일 수 없다. 낭만파는 종종 그리고 심각하게 잘못 해석되어 왔는데, 그것도 다른 사람들에 의해서보다는 바로 낭만주의자들 자신에 의해서 오해를 받아 왔다. 왜냐하면 그 오해는 낭만주의의 참을성 없는 기질이 어디에고 그 이상(理想)들을 발견할 만한 곳을 발견하지 못하여, 감각할 수 없는 형상들 아래서 이상을 보고자 하다가 어떤 한계들을 무시하게 된다.

그리고 이러한 형상들은 그것들을 인식하는 인간 정신에 의하여 높게 혹은 낮게 부풀리게 하므로, 낭만적 기질은 때때로 형상들과 빛의 주위를 어둡게 하며 이리저리 움직이는 희미한 그림자에 불과한 것으로 여기게 된다. 그리고 인내성이 없는 그와 동일한 기질은 현존하는 사물에 관심을 기울이고 작용하며, 그 사물에 형태를 부여함으로써 기민한 기지(奇智)가 그 사물 너머에 있는 여전히 언명되지 못한 의미에 도달할 수 있게 하는 어떠한 방법에 의해서도 빛이 그림자보다 더 못한, 심지어 어둠으로 변하게 한다고 소리 높이 주장한다. 그러나 자연에서 이런 위치가 우리에게 주어지는 한, 예술이 그러한 재능에 어떠한 폭력도 행사하지 말아야 한다는 것은 옳은 일이다. 비록 그것이 사랑하는 바를 위해서 별들과 바다를 훨씬 넘어서야 한다 하더라도.

그러므로 최고의 찬사는 낭만파에게 주어지는 것이 보류되어야 하며(그렇게 함으로써 서양인들 중 가장 계몽된 시인조차도 간과될 위험이 있을 지 모르나), 참을성 없는 기질의 원인은 예술가와 그의 테마에서 찾아야 하는 것이다. 지고(至高)의 시(詩)의 법칙에 의하여 문인을 평가하는 것보다 더 일반적으로 저질러지는 오류는 없기 때문에, 예술가를 평가하는 데 있어서 그의 예술의 법칙들이 망각되어서는 안 된다.

운문은 과연 운율의 유일한 표현이 아니요, 시는 어떠한 예술에서도 그것의 표현 양식을 초월한다. 그리고 예술에서 시보다 못한 무엇을 칭하기 위해서는, 비록 어떤 예술에서는 '문학'이라는 용어가 사용될 수 있을지라도 새로운 용어들을 필요로 한다. 문학은 금세 사라지는 글쓰기와 시 사이에 놓인 폭넓은 영역이다(철학도 그와 함께). 그리고 운문의 많은 부분들이 문학이 아니듯이, 독창적인 작가와 사상가들이 종종 질투를 당하여 그 명예로운 직함(職銜)을 거부당할 것임에 틀림없다.

워드워즈의 많은 작품들과 그의 모든 보드레어의 작품들은 단지 운문으로 된 문학이며, 문학의 법칙으로 평가되어야 한다. 끝으로, 모든 예술가들이 어떤 방식으로 최고의 지식, 그리고 사람들과 시대로부터 망각된다 해도 멈추지 않고 작용하는 그들 법칙과 어떤 관련을 맺고 있는지에 대해 질문이

가해져야 한다. 이것은 어떤 메시지를 구하는 것이 아니라 기도하는 늙은 여인이나 구두끈을 매고 있는 젊은 남자의 모습과 같은 작품을 낳은 인간의 기질에 접근하는 것이며, 그러한 작품에서 무엇이 잘 되었는지, 그리고 그것이 얼마나 많은 것을 의미하는지를 알기 위한 것이다.

너무나도 자유롭고 생생히 살아 있는 듯하며, 뜰에 내리는 빗줄기나 저녁의 불빛만큼이나 어떠한 의식적 목적과도 무관한 셰익스피어나 버레인의 노래도 어떠한 정서의 음률 있는 표현인 것으로 발견되며, 그 정서는 이러한 방식 외에는 적어도 그렇게 적절한 전달은 불가능한 것이다. 그러나 예술을 만드는 기질에 접근하는 것은 경이로운 행동이며, 많은 관습들은 우선 배제되어야만 한다. 왜냐하면 확실히 가장 내적인 영역은 불경(不敬)함에 말려든 사람에게는 결코 굴복하지 않기 때문이다.

그것은 순수한 파시팰이 물었던 ── "누가 착하냐?"의 낯선 질문이며, 이는 우리가 비평과 전기(傳記)를 읽었을 때 마음에 되새기게 된다. 거기에 대해서는 폭넓은 옷의 숭배로 오해된 어느 현대 작가의 영향력이 설명해 준다. 이들 비평이 진지하지 못할 때 그것들은 유머러스하다. 그러나 이처럼 비평들이 가장 진지한 것일 때, 상황은 더욱 나쁜 것이다. 그래서 맹건이 그의 모국에서 기억될 때(왜냐하면 그가 때때로 문학계에서 언급되므로), 그의 모국인들은 그런 뛰어난 시적 재능이 올바르지 못한 행실과 맺어진 것을 한탄하고, 그처럼 특이한 악덕을 지닌 이국적(異國的)이요 비애국적인 사람에게 그런 재능이 있다는 사실에 놀란다.

그에 대해 글을 쓴 사람들은 술주정뱅이와 아편 사용자 사이의 균형을 유지하는 데 세심한 신경을 써 왔으며, '오토먼(Ottoman)에서'라던지 '콥(Coptic)에서'와 같은 구절 뒤에 학식이 아니면 사기(詐欺)가 숨어 있는지를 알아내려고 노력해 왔다. 이런 류의 작은 기억말고는, 맹건은 그의 조국에서 이방인이었으며, 거리의 희귀하고 공감할 수 없는 인물이었다. 그리하여 거리에서 그는 오랜 과거의 죄에 대해 참회하며 홀로 앞으로 걸어가는 사람인 듯이 보였다.

분명히 노바리스가 영혼의 병이라고 부른 적이 있는 삶이란 그에게 부과된 죄를 아마 잊은 무거운 참회였으며, 또한 슬픔의 운명이었다. 그것은 그의 통로에 불쑥 나타나는 사람들의 얼굴에 비치는 야만성과 나약함의 선(線)들을 그렇게도 진실되게 읽어내는 훌륭한 예술가를 그 안에 간직하고 있기 때문이다. 그는 자신을 분노로 가득 채웠던 정의감에 순종하면서, 그것들 대부분을 잘 견뎌낸다. 그러나 광기의 순간에 그는 침묵을 깨뜨리고, 그리하여 우리는 그의 동료들이 어떻게 그의 인간됨을 악의와 불순물로 모욕했는지, 그리고 그가 어린 시절을 어떠한 조야함과 불행 가운데 보냈는지, 그래서 그가 만난 모든 사람들이 그에게 구덩이에서 나온 악마처럼 느껴졌으며, 그의 아버지는 그를 조이는 거대한 뱀이었던가를 읽게 된다. 확실히 그는 누군가가 자기에게 정당하게 행동하지 못했음을 비난하지 않는 사람이기에 지혜롭다.

왜냐하면 그는 불의(不義)라는 것도 정당함의 한 단면일 뿐이라는 것을 잘 알고 있는 사람이기 때문이다. 반면에 그런 끔찍한 이야기는 혼란된 두뇌가 지어낸 허구라고 여기는 사람들은, 한 예민한 소년이 거친 자연과의 접촉에서 얼마나 민감하게 상처 입을 수 있는지를 잘 이해하지 못하는 자들이다. 그러나 맹건은 전혀 위안을 갖지 못한 것은 아니었다. 왜냐하면 그의 고통은 그를 내부로 몰입케 했는데, 그 내적 지향은 많은 세월 동안 슬픈 자들과 지혜로운 자들만에게 허용되는 것이었다. 누군가가 그에게, 그가 어린 시절부터 지불해야 했던 슬픔의 시초는 너무도 과장되어 말해졌고, 그리하여 부분적으로 거짓인 것도 있다고 말했을 때, 맹건은 —— "아마 나는 그것을 꿈꾸었던 것일지도 모른다"고 대답했다.

이 세계는 보다시피, 명백히 그에게는 어느 정도 비실제적인 것이 되었고, 그는 많은 오류를 자아낸 세계를 경멸하기 시작했다. 모든 젊고 단순한 마음을 가진 자들에게 그런 값진 현실을 가져다주는 꿈이 함께한다면, 과연 어떠할 것인가? 본성이 몹시도 예민한 사람은 안전하고 분투노력하는 삶 속에서도 그의 꿈을 잊을 수 없다. 그는 꿈들을 의심하고, 그것들을 스스로부터 떼어 놓는다. 그러나 사람들이 그 꿈들을 맹세코 부인하는 것을 듣게 되면, 그는 오히려 꿈들을 자랑스럽게 인정한다. 그리고 예민함이 나약함을 가져오거나 천성적인 나약함을 세련시킬 때면 그는 심지어 세상과 타협하고, 그 대가로 세상으로부터 침묵이라는 호의를 받는다.

이때 세상이 보이는 침묵은 격한 경멸을 보이기에는 너무 사소한 어떤 것, 그렇게도 소란하게 세상이 경멸을 표시해 온, 자신의 생각을 호소해 온 마음의 욕망에 대한 것이다. 그의 태도는 이러하기 때문에, 그것이 자부심인지, 아니면 밝게 빛나는 눈, 그 위의 비단결같이 고운 머리카락 때문에 살아 있는 듯, 자랑하지는 않는 모호한 얼굴이 지니는 겸양인지 아무도 알 수가 없다. 이런 순수한 방어적인 유보(留保)는 그에게 위험이 될 수 있고, 궁극적으로 그의 과도함만이 그를 무관심으로부터 구한 것이었다.

그와 그가 독일에서 가르쳤던 제자 한 사람 간의 심적 교류에 대한 글이 있고, 그는 후에 3인의 사랑의 코미디에 등장하는 배우였던 것 같다. 그러나 그가 남성들에게 내성적인 태도를 보였다면, 여성들에 대해서는 수줍음을 보이는데, 그는 여성들에게 멋쟁이가 되기에는 너무도 자의식적이고 비평적이며 부드러운 대화에서는 너무도 아는 것이 적다.

그리고 그의 이상한 옷차림 —— 고깔형의 높은 모자에, 그에게는 터무니없이 큰 바지와 배그파이프처럼 보이는 낡은 우산 등 —— 에서 어떤 사람들은 괴짜라는 인상을 받았고, 어떤 이들은 그가 가식적으로 꾸민다고 생각했다. 이러한 차림새에서 우리는 그가 언급한 자신의 성향에 대한 반쯤 의식적인 표현을 하고 있다고 볼 수 있다.

그는 언제나 함께했던 수많은 지역의 지식과 동방의 이야기들, 그리고 그가 정신없이 빠졌던 중세의 인쇄된 책들의 기억들은 나날이 하나로 합쳐지고 장식되어 거미줄처럼 하나의 망으로 엮어졌다. 그는 수십 개의 언어를 알았는데, 그 언어적 능력을 그는 기회가 있을 때마다 마음껏 과시했다. 그리고 그는 많은 문학 작품을 닥치는 대로 읽었고, 수많은 바다를 건넜으며, 심지어 아무도 가보지 못한 페르시아까지 파고들었다.

팀박투스(Timbuctooese)에서, 그는 어떤 비방자들도 만들지 못할 만한 매력적인 겸손으로 고백한다. 그는 약간 비도덕적이지만, 이것은 유감의 이유가 못된다. 그는 또한 프로보스트의 여점성가들의 생활에, 그리고 영혼의 가장 아름다움과 단호함이 힘을 지닌 중세(中世)와 현세(現世)의 현상에 흥미를 가지며, 하나의 세계 속에, 그것과 와토우가 탐색했던 것과 어떻게 다른 것인지를, 이들 양자는 어떤 우아한 변덕을 가지고, '결코 또는 전혀 만족을 주지 못하는 척도로 거기에 무엇이 있는가'를 탐색하는 듯하다.

그의 작품들은 더피(Duffy)에 의하여 출판된, 시집과 산문집의 두 미국 판을 제외하고는 지금까지 거의 수집되지 않았고 알려지지도 않았거니와, 이들은 어떤 질서나 때때로 사상도 거의 보여주지 않는다.

그의 많은 수필들은 한번 읽으면 약간 바보스럽지만, 아무런 근사한 의도도 없는 잇단 구절이 품은 희롱의 저변에서 어떤 사나운 에너지를 우리는 인식하지 않을 수 없다. 자기 자신이 기민한 고통의 희생인 절망한 작가와 왜곡된 작품 사이에 유사성이 있다. 기억되어야 할 일은, 맹건은 자신을 안내하는 어떤 토속적 문학의 전통을 가지고 글을 쓴 것이 아니라, 당시의 문제들에 관심을 가진 대중을 위하여, 그리고 단지 그것이 이런 것을 설명할 수 있는 한, 시를 위하여 글을 썼다는 사실이다. 그는 그가 쓴 것을 자주 다시 고쳐 쓸 수 없었으며, 무어 및 월쉬(Walsh)와는 그들 자신의 근거에서 자주 서로 맞섰다.

그러나 그가 여지껏 쓴 가운데 최상의 것은 확실히 호소력을 지니는 것인즉, 그 이유는 내 생각에, 그가 사물의 어머니라고 불렀던 상상력에 의하여 잉태되었기 때문이다. 그리하여 그녀의 꿈은 우리들이요, 우리를 그녀 자신으로 그리고 우리들 자신으로 상상하고, 그녀 자신을 우리들 속에 상상한다. 다시 말하면, 그러한 힘은 그녀의 숨결 앞에서 '사그러져 가는 석탄' (쉘리의 이미지를 사용하면)으로서의 창조의 마음이 된다.

비록 맹건의 최상의 작품 중에서조차도 이국적 정서의 존재를 때때로 느낄 수 있지만, 상상력의 아름다움의 빛을 반사하는 상상적 개성의 존재가 한층 생생하게 느껴진다. 동과 서가 그러한 개성 속에서 만난다(우리는 그 방법을 알고 있다). 거기서 이미지들은 부드럽고 빛을 발하는 목도리처럼 짜여지고, 말들은 빛나는 갑옷의 비늘처럼 울린다. 그리고 그 노래가 아일랜드의 것이든 이스탄불의 것이든, 그것은 똑같은 후렴을 가지며, 평화를 잃어버린 그에게 다시 평화가 찾아오기를 기원하는 기도, 그의 영혼의 새하얀 달밤의 진주인 아민(Ameen)이 된다. 음악과 향기 그리고 빛이 그녀의 주변에 퍼지고, 그리하여 그는 그녀의 얼굴 근처에 또다른 영광을 펼 수 있도록 이슬과 모래를 찾을 것이다. 경치와 세계가 마치 눈〔眼〕이 사랑으로 넘치는 얼굴 주변에 자라나듯, 그녀의 얼굴 주변에 자라나고 있다.

비토리아 코로나 및 로라 그리고 비아트리체는 —— 많은 삶들이 그녀의 얼굴 위에 아련한 섬세함을 던지는 그녀 조차도, 마치 머나먼 공포와 광폭의 꿈에 대해 명상하는 사람, 그리고 사랑이 그 앞에서 침묵을 지키는 이상한 정적(靜寂)의 화신인 모나리자의 것처럼 —— 하나의 기사도적 관념을 구현한다. 그리하여 그것은 죽음의 것이 아니요, 욕정과 불심 그리고 나약함의 사건들을 넘어 그것을 지탱한다. 그리고 그녀의 하얗고 성스러운 손은 매혹적인 손, 그의 처녀의 꽃, 그리고 꽃 중의 꽃의 미덕을 지닌 그녀는 다름 아닌 그러한 관념의 구현이다. 동방(東方)이 어떻게 하여 그녀를 위해 공물을 바치고 모든 보물을 그녀의 발 아래 가져가야 하는가! 샤프론 색 모래 위로 거품이 이는 바다, 발칸 해협의 외로운 삼나무, 가르스탄으로부터 황금빛 달과 장미의 숨결로 물결 무늬를 장식한 거실 —— 모든 이것들은 그녀가 기꺼이 봉사하는 곳에 있게 되리라. 존경과 평화가 마음의 봉사가 될 것이요, 이는 마치 '미리(Mihri)에게' 란 운시에서 볼 수 있다.

나의 별빛, 나의 달빛, 나의 한밤중, 나의 저녁 빛이여
밝혀라, 밝혀라!

그리고 바로 거기서 음악은 그것의 무기력함을 흔들어 없애며, 〈모리스 피츠제랄드 경을 위한 애도〉 그리고 〈어두운 모자린〉에서처럼 전투의 환희로 충만되고, 그것은 정말로 위트먼의 특질까지는 미달하나 쉘리의 운시의 모든 변화하는 조화를 가지고 전율한다. 이따금 이 음조는 거칠어지고 일군(一軍)의 정돈되지 않은 정열은 그것을 조롱하듯 메아리친다. 그러나 적어도 두 편의 시들, 〈스와비언 유행가〉와 웨츨(Wetzel)이 번역한 4행시의 두 연(聯)은 깨어지지 않은 음악을 유지한다.

한송이 작은 꽃을 창조하는 것은, 블레이크가 말하기를, 오랜 세월의 노고이다. 그리고 심지어 한 편의 서정시가 다우랜드를 불멸로 만든다. 다른 시들 속에 발견되는 무비(無比)의 구절들은 너무나 훌륭한지라 맹건 이외에 그 누구에 의해서도 씌어질 수 없으리라. 그는 아마도 시적 예술에 대한 논문을 쓸 수 있으리라. 왜냐하면 그는 대부분의 현대 학파들 중의 높은 사제(司祭)라 할 포우(Poe)보다 음악적 음향의 사용에 있어서 한층 재치가 있기 때문이다. 그리고 어느 학파도 가르칠 수 없는, 그러나 내심의 명령에 복종하는, 그리고 우리가 〈카사린-니-호라한(Kathaleen-Ny-Houlahan)〉에서 답습할 수 있는 숙달함이 있으며, 거기에서 후렴은 갑자기 강약격의 장단에서 단단한, 행진하는 약강격의 시행으로 바뀐다.

그의 모든 시는 슬픔의 시간이 마음속에 들이닥칠 때 고통을 받으며 커다란 신음과 동작으로 움직이는 사람의 학대와 고통과 열망을 기억한다. 이것은 많은 노래들의 주제이지만, 이들 가운데 어느 것도 고상한 비참 속에, 그가 사랑하는 스웨던보그가 말하듯, 영혼의 광대함에서 이루어진 이러한 노래들만큼 강렬하지 못하다.

나오미(Naomi)는 그녀의 이름을 마라(Mara)로 바꾼다. 왜냐하면 그것은

그녀와 더불어 쓰라리게 사라졌기 때문이다. 그리고 그것은 이러한 이름과 제목을 설명하는 슬픔과 쓰라림의 깊은 감정이요, 그 속에서 자신의 망아 (忘我)를 추구했던 변형의 분노가 아닌가? 왜냐하면 그는 자신 속에서 외로움의 신념, 또는 중년에서 행복의 절정을 노래 불러 천국으로 보냈던 신념을 찾지 못했으며, 그는 속죄로 마감할 마지막 장면을 기다리기 때문이다. 리오파디보다 미약한지라, 그 이유인즉 그는 그 자신의 절망의 용기를 갖지 못하나, 모든 아픔을 잊고 약간의 호의를 보여줌에 있어서 자신의 경멸을 버리기 때문이다.

아마도 그는 이런 이유 때문에, 그가 가지려고 했던 기념비 —— 그를 사랑하는 사람들과 항상 함께함 —— 를 가진다. 그리고 한층 영웅적인 비관론자가 그의 의지를 무릅쓰고 인간성의 조용한 불굴의 용기를 입증하듯, 건강이 안전한 사람에게 좀처럼 발견되지 않는 건강과 즐거움에 대한 미묘한 동정을 입증한다. 그래서 그는 지상의 중대하고 바쁜 작업으로부터보다는 차라리 여성들의 비정한 눈이나 남성들의 딱딱한 눈으로부터 몸을 움츠린다.

사실을 말하면, 그는 다른 이(키츠)처럼 일생 동안 죽음을 사랑해 왔다. 그리고 어느 여성과도 사랑을 나누지 않았으며, 얼굴이 구름으로 가려지고, 아츠라엘(Azrael)이라 불리는 자를 환영하는 그 옛날의 꼭 같은 점잖은 태도를 지닌다. 너무나 격렬한 사랑의 불꽃이 지상에서 소진된 사람들은 사후에 욕망의 바람 사이에서 파리한 유령이 된다. 그리고 그가 여기 비참한 자의 열정을 가지고 평화를 향해 나아가려고 했을 때, 이제 평화의 바람이 그를 방문하자, 그는 휴식하며 이제 더 이상 시체의 쓰라린 시의(屍衣)를 기억하지 않아도 좋은 것이다.

시는 분명히 가장 환상적일 때라도, 언제나 책략에 대한 반항이요, 어떤 의미에서는 현실에 대한 반항이다. 그것은 현실의 시련인 단순한 직감을 잃어버린 자들에게 환상적이요 비현실적인 것처럼 보이는 것에 대하여 말한다. 그리고 시가 그 시대와의 불화에서 종종 발견되듯, 기억의 딸들에 의하여 가공된, 역사에 대하여 설명하지 않고, 동맥의 맥박보다 적은 매순간, 6천 년의 기간과 맞먹는 순간을 중시한다.

의심할 바 없이 그들은 시대의 연속, 그리고 역사 또는 현실의 부정을 주장하는 유일한 문인들이다. 왜냐하면 그들은 한 가지에 대한 두 이름들이며, 전세계를 기만하는 자라 말할 수 있다. 이 점에서, 다른 경우에서처럼, 맹건은 그런 종족의 타입이다. 역사가 그를 너무나 엄격하게 둘러싸고 있는지라, 그의 불 같은 순간들도 그를 거기서 해방시키지 못한다. 그는 또한 그의 인생에서 그리고 그의 슬픈 시에서 약탈자의 불의에 항거하여 절규하지만, 격자 무늬의 그림이나 장식의 상실보다 더 깊은 상실을 결코 비탄하지 않는다. 그는 전설에서 시의 행(行)이 결코 그려지지 않은, 그리고 그것이 원을 따라 움직일 때 그 자체에 대항하여 분할되는, 가장 최근의 그리고 최악의 부분을 상속받고 있다.

그리고 이러한 전통이 그에게는 너무 대단한지라, 그는 모든 그의 슬픔과 실패를 가지고 그것을 감수해 왔고, 강한 정신이 아는 것만큼 그것을 변화시키는 방법을 알지 못했다. 그리하여 그는 그 전설을 후세에 유증하리라. 폭군들에게 그의 분노를 던지는 시인은 친숙하고 더욱 잔인한 폭정(暴政)을 미래 위에 수립하리라.

마지막 견해에서, 그가 숭상하는 인물은 한 비열한 여왕으로 보일 것인즉, 그녀가 저지른 끔찍한 범죄와 그녀에게 가해질 끔찍한 자들 때문에 광기(狂氣)가 그녀에게 다가오고 죽음이 다가오고 있다. 그러나 그녀는 자신이 곧 죽게 되리라 믿지 않을 것이요, 그리하여 그녀의 비원(秘園)과 돼지들의 먹이가 되어 온 그녀의 아름답고 키 큰 꽃에게 도전하는 목소리들의 소문을 단지 기억한다.

노발리스는 사랑에 관하여 "그것은 우주의 찬동"이라고 말했다. 그리고 맹건은 증오의 미에 관하여 말할 수 있다. 그리고 순수한 증오는 순수한 사랑만큼 탁월하다. 열렬한 정신을 가진 자는 맹건의 종족의 높은 전통을 과격하게 내던질지 모른다──슬픔과 절망 그리고 무서운 위협을 위한 슬픔의 사랑 말이다. 그러나 거기 그들의 목소리는 인내심으로 견뎌야 하는 지고의 애원이요, 이는 단지 작은 은총처럼 보인다. 그리고 무엇이 위대한 신념만큼 그토록 공손하고 그토록 끈질긴가?

 모든 시대는 그의 시와 철학에 대한 그의 재가(裁可)를 찾아야 한다. 왜냐하면 이들에 있어서 인간의 마음은, 그것이 앞과 뒤를 쳐다볼 때, 영원한 상태에 도달한다. 철학적인 마음은 언제나 섬세한 삶에 기운다──괴테나 레오나르도 다 빈치의 삶 말이다. 그러나 시인의 마음은 강렬하여──블레이크나 단테의 마음처럼──그 중심 속에 그것을 둘러 싼 삶을 끌어들이고, 그것을 지구상의 음악 사이로 날려 보낸다. 맹건과 더불어 편협하고 신경증적인 민족성은 최후의 정당성을 받아들인다. 왜냐하면 이러한 연약한 몸체의 인물이 떠날 때, 황혼은 신들의 행렬을 가리기 시작하고, 귀를 기울이는 자는 세상을 떠나는 자들의 발자국 소리를 들을 수 있다. 그러나 성스러운 이름들의 비전인 고대의 신들은 죽어 여러 번 다시 부활한다. 그리고 그들의 발 주변에 황혼이 그리고 그들의 무심한 눈 속에 어둠이 있을지라도, 빛의 기적은 상상적 영혼 속에 영원히 재생한다. 불모의 그리고 의심스런 질서가 깨어질 때, 한 가닥 목소리 또는 한 무리의 목소리들이 처음에는 약간 희미하게, 숲과 도시들 그리고 인간의 마음에 들어가는 진지한 영혼을, 그리고 대지의 삶──이 아름답고 기적적인 대지의 생명, 이 불가사의한 대지의 삶…… 아름답고 매혹적이며 신비스런──을 노래하는 것이 들린다.

 진리의 광휘인 미는 상상력이 그 자신의 존재 또는 가시적인 세계의 진리를 강렬하게 명상할 때 우아한 존재이며, 진리와 미에서 출발한 정신은 즐거움의 성스러운 정신이다. 이것들은 실체들이며 이것들만이 생명을 부여하고 지속한다. 사치에서 생겨난 저 사악한 괴물인, 인간의 공포와 잔인함이 자주 힘을 합하여 삶을 품위가 없고 음산하게 만들며, 죽음의 악을 이야기하듯 시간이 다가와, 그 속에서 소심한 용기를 지닌 인간은 지옥과 죽음의 열쇠를 잡고, 그들을 멀리 저 나락(奈落)으로 팽개치며, 인생의 찬가를 외친다. 진리의 그리고 삶의 가장 아름다운 형태의 지속적인 광휘가 그 삶을 신성케 한다. 우리를 둘러싼 저 넓은 과정들 속에 그리고 우리의 기억보다 더 크고 더 관대한, 저 위대한 기억 속에 어떤 삶도, 어떤 환희의 순간도 영원히 상실되지 않는다. 그리고 고상하게 글을 써온 모든 자들은, 비록 절망적이고 지친 자가 지혜의 은빛 웃음소리를 결코 듣지 못했더라도 헛되이 쓴 것이 아니다. 천만에, 이와 같은 자들이야말로 고통스럽게 또는 예언의 방법으로 기억하면서 그들이 밝힐 저 고상하고 독창적인 목적 때문에 영혼의 계속적인 긍정(肯定)에 관여해야 하지 않겠는가?

4
제임스 클라런스 맹건 Ⅱ
James Clarence Mangan Ⅱ (1907)

해 설

조이스의 맹건(James Clarence Mangan)에 대한 두 번째의 이탈리아어 강의는 맹건의 한계라는 문제와 솔직히 맞붙어 있다. 그런데 이를 그는 5년 전의 유니버시티 칼리지에서 읽힌 맹건에 대한 그의 논문에서는 숨기고 있다. 그는 지금 맹건이 '내부와 외부의 오류'로부터 충분히 벗어나지 못한 점을 인정하고 있다. 맹건은 더 이상 그에게 위대한 시인처럼 보이지 않는다.

오히려 그는 위대한 상징적 인물이고, 그의 시는 그의 국민의 슬픔 · 열망 · 한계를 간직하고 있다. 그의 연설의 몇 부분에서 조이스는 그의 초기 에세이를 보유하고 해석하지만, 다른 부분 특히 첫 부분에서는 훨씬 더 강건하고 그의 개성을 희미해지고 있는 맹건의 리듬과 분리시킨다.

— 옮 긴 이

자신의 시대에서야 비로소 알려진 인간의 양심의 단계를 우리에게 드러내 보여주는 미덕에 더하여, 그들의 세대와 존재에 대조되는 수많은 경향, 즉 새로운 힘의 축전지(蓄電池)를 합하는 불확실한 미덕을 가지고 있는 시인들이 있다. 대부분 그들이 대중에 의해 평가받는 것은 전자라기보다는 후자의 역할에서이다. 그런데 그 대중은 본질적으로 진정한 자기 계시적인 작품을 평가할 수 없고, 그리하여 은총의 행위에 의해 시인에 대한 개인적인 신이 대중 운동에 부여하는 무수한 도움을 인식하는 데 성급하다. 그러한 경우에 있어서 가장 대중적인 은총의 행위는 기념비이다. 왜냐하면 그것은 살아 있는 자에 아부하면서 죽은 이를 기리기 때문이다. 또한 그것은 궁극성에 대해 최고의 유리한 고지(高地)를 지니고 있다. 사실을 말하면, 그것은 죽은 자에 대한 지속적인 망각을 확인하기 위한 가장 정중하고도 효과적인 방법이기 때문이다. 논리적이고 진지한 국가에서는 점잖은 방법으로 기념비를 마무리한 후 조각가, 시청 관리, 웅변가가 대중을 제막식에 참가하도록 하는 것이 관습이다. 그러나 신에 의한 진지한 세계의 영원한 풍자 만화로 운명지워진 아일랜드에 있어서는 그 기념비가 가장 인기 있는 사람을 위한 것이고, 그의 성격이 사람들의 의지에 따라 대부분 수정될 수 있는 때라도 그들은 초석(礎石)을 쌓아놓은 곳을 넘어설 수는 없다.

전술한 것에 비추어, 내가 에머랄드 섬의 유명한 관대함을 희생하고서도 지금까지 어떠한 정열적인 정신도 불우한 국민 시인의 유령을 초석과 평범한 화환을 함께 둔다는 생각을 못했다고 말할 때, 나는 클라런스 맹건이라는 이름을 감싸고 있는 영원한 밤(Cimmerian night)에 대한 생각을 여러분에게 부여할 수 있다. 그가 그 속에 누워 있는 깨어지지 않는 평화는 그에게는 너무나 즐거운 것이 되어 자신의 실체가 없는 고요함이 망명중에 있는 한 동포에 의해 방해를 받았다고 그가 들을 때, 아마추어가 그에 대해 호의를 베푸는 외국인들 앞에서 이상한 말로 그에 관해 이야기하는 것을 들을 때(만약 이 세상의 억양이 무덤 너머 저 세계까지 간다면), 그는 화를 내게 될 것이다.

아일랜드의 유럽 문학에 대한 공헌은 아일랜드어로 씌어진 문학과 영어로 씌어진 문학에 있어서 다섯 시대와 두 큰 부분으로 나누어질 수 있다. 즉 (아일랜드어로 쓰여진) 문학은 첫 두 세대를 포함하는데, 더 오래된 것은 고대의 종교 서적, 서사시, 법전, 지형의 역사, 전설이 씌어진 시대의 밤 속에서 거의 소실되었다. 더 최근의 시대는 헨리 2세와 존 왕 치하에서 앵글로색슨족과 노르만족이 침범한 후로 오랫동안 지속되었다. 이는 방랑하는 음유시인의 시대였으며, 그들의 상징적인 노래들은 고대 캘트족의 음유시인의 3중의 관계의 전통 위에서 수반되었다. 그리고 이는 내가 여러분에게 며칠 전에 말한 일이 있었던 그 시대이다. 영어로 씌어진 아일랜드 문학이라는 두 번째 부분은 세 시대로 나누어진다. 첫째는 18세기인데, 다른 여러 아일랜드 인들 중에서 유명한 소설 《웨이크필드의 교구 목사》의 저자인 영광스런 이름 올리버 골드스미스와 유명한 코미디 작가 리차드 브린스리 셰리단과 윌리암 콘그리브를 포함하는데, 그들의 걸작품들은 오늘날까지도 현대 영국의 불모의 무대 위에서 존경을 받고 있다. 이 단계는 라블레풍의 사제장이요 《걸리버 여행기》의 저자인 조나단 스위프트와 영국의 비평가들이 하원에서 연설한 가장 심오한 웅변가이자 대영제국의 빈틈없는 정치가 무리 중에서도 가장 현명한 정치가 중의 하나로 행각했던 소위 영국의 데모스테네스인 에더먼드 버크가 있다. 두 번째 및 세 번째 시대는 지난 세기에 속한다. 하나는 1842년과 1845년의 청년 아일랜드 문학운동이고, 다른 하나는 나의 다음 강의에서 이야기하려 하는 오늘날의 문학운동이다.

1842년의 문학운동은 분리주의자 신문인 《민족》지의 창간에서 시작되는데, 이 신문은 토마스 대비스, 존 브래이크 딜론(전 아일랜드 의회 정당의 지도자의 아버지)에 의해 성립되었다.

한 페이지 탈장

(역주: 조이스의 재정적 후원자인 H. 위버 여사가 국립 아일랜드 도서관에 기증하여 보관중인 작가의 유고
에는 몇 장이 탈장되어 있다.)

…… 중산계급의, 그리고 가정적 참혹함, 불행, 고통스런 과정의 어린 시
절을 보낸 후에 그는 3급의 공증인 사무소의 서기가 되었다. 그는 항상 조
용하고 반응이 없는 본성을 가졌으며 친구나 아는 이도 없이 비밀스럽게 다
양한 언어 연구에 전념하고 종교적 문제에 집착하고, 비사교적이고 조용한
어린이였다. 그가 글을 쓰기 시작했을 때, 즉시 세련된 사람들의 관심을 끌
었는데, 그들은 그에게서 고양된 서정 음악과 불타는 이상주의를 알아차렸
다. 이러한 것들은 비범하고 미리 생각지 못한 아름다움의 리듬 속에 드러
나 있었고, 영감을 받은 셸리의 노래를 제외하고는 영국 문학 영역의 어디
에서도 발견할 수 없는 것이다.

그는 몇몇 문학가 영향 덕택에 더블린의 트리니티 대학 대도서관의 조수
자리를 얻었는데, 이는 로마에 있는 빅토 에마누엘 도서관의 도서보다 3배
나 많은 책을 소장한 책의 보고(寶庫)였고, 《암갈색 암소의 책》《르캉의 노
란 책》(이는 유명한 법률 논문으로, 아일랜드의 솔로몬으로 불릴 만큼 탁월했던 콜
맥 왕의 작품이다) 그리고 《켈즈의 책》도 보관되고 있는 바, 이는 기독교 기
원의 첫 세기로 되돌아가는 시기에 씌어졌으며, 중국의 책만큼 오래된 축소
예술판이었다. 그의 전기 작가와 친구 마이클이 그를 처음 본 것이 그곳이
었다. 그리고 시인의 작품 서두에서 그는 부드러운 용모에 창백한 머리카락
을 가지고, 사다리 꼭대기에 다리를 꼬고 앉아서 희미한 불빛 속에서 커다
란 먼지 낀 장서를 읽고 있는 작고 가냘픈 사람으로 그에게 준 인상을 서술
하고 있다.

이 도서관에서 맹건은 그의 생애를 연구 속에서 보냈고 유능한 언어학자
가 되었다. 그는 이탈리아·스페인·프랑스·독일어 문학을 영국과 아일랜

드의 언어와 문학만큼 잘 알고 있었고, 약간의 산스크리트와 아라비아 같은 동양 언어에 대한 지식도 습득한 것 같다. 때때로 그는 혁명적 신문에 그의 시를 기고하기 위해 그 학문적 침묵에서 빠져 나오기도 했다. 하지만 그는 밤에 열리는 파티 같은 것에 흥미를 가지고 있지 않았다. 그는 그의 밤을 멀리서 보냈다. 그의 집은 '특권 구역(The Liberties)'이라는 중요한 이름을 가지고 있는 더블린의 한 오래된 지역에 있는 어둡고 지저분한 방이었다. 그의 밤은 '특권 구역'의 불명예스러운 하급 술집들 사이에서 보낸 고난의 밤이었다.

거기서 그는 도시의 하층민들——좀도둑, 노상 강도, 도망자들, 매춘 알선업자, 싸구려 매춘부 같은 이런저런 사람들 속에서 자신을 괴상한 인물로 만들고 있었음에 틀림없었다. (이런 문제에 대해 늘 증인이 될 준비가 되어 있는 그의 나라 사람들 사이에서는 상식적인 이야기이지만) 맹건이 이 하층 세계와 순전히 형식적 관계만을 가졌다고 말하는 것은 이상한 일이다. 그는 거의 술을 마시지 않았지만, 그의 데드 마스크는 세련되고, 귀족적인 얼굴을 보여준다. 그 섬세한 선 속에서는 우울하고 아주 지친 듯한 표정 외에는 다른 것을 찾아볼 수 없다.

나는 병자들이 알코올의 즐거움을 아편의 즐거움과 혼동할 가능성을 부정한다는 것을 알고 있다. 맹건은 곧 이 사실을 인식하게 되었던 것 같다. 왜냐하면 그도 무분별하게 마약을 사용하기 시작했으니까. 마이클은 그가 그의 종말 앞에서 살아 있는 해골처럼 보였다고 우리에게 말한다. 그의 얼굴은 뼈만 남아 있었고, 근사한 도자기만큼 투명한 피부로 겨우 덮여 있었다. 그의 몸은 수척했으며, 그의 눈은 그 뒤에 그의 비전에 대한 무섭고 육욕을 자극하는 기억들이 이따금 반짝거리며 숨어 있는 커다랗고 고정된 그리고 공허한 것이었다. 그의 목소리는 느리고 약했으며 음침했다. 그는 놀랄만한 속도로 죽음을 향한 마지막 발걸음을 디뎠다. 그는 말이 없었고 초라해 졌다. 그는 육신과 영혼을 유지할만한 음식을 먹지 않았고, 길을 걷다가 어느 날 갑자기 쓰러졌다. 병원으로 옮겨졌을 때, 몇 개의 동전과 낡은 독일 시집이 주머니에서 발견되었다. 그가 죽었을 때 그의 참혹한 육체는 사람들을 떨게 했고, 몇몇 자비로운 친구들이 그의 초라한 장례식의 비용을 댔다.

이 사람은 내가 생각하기에 현대 켈틱 세계의 가장 중요한 시인이며, 어떤 나라에서든 서정적 형식을 사용했던 시인들 중 가장 영감을 받은 시인으로, 그는 이렇게 살다 죽었다. 내가 생각하기에, 그가 단조로운 망각의 세계 속으로 영원히 들어가야 한다고 단언하는 것은 너무 이르다. 하지만 나는 그가 결국 받아 마땅한 사후의 영광 속으로 들어간다면, 그것은 결코 동포들의 도움만으로는 아닐 것이라고 굳게 믿는다. 맹건은 분쟁이 조국의 땅과 외국 세력, 즉 앵글로색슨과 로만 카톨릭 사이에서 결정되고, 그것이 토착적인 것이든 완전히 외래적인 것이든 새로운 문명이 일어나게 될 때, 그들의 민족시인으로 아일랜드 인들에 의해 인정받을 것이다. 그때까지 그는 잊혀지거나, 아니면 경축일에나 겨우 기억되게 될 것이다.

한 페이지 탈장

우리가 때때로 어떤 영국의 비평을 읽을 때, 무고한 파시펠(Parsifal)의 입 속에 넣어진 바그너가 마음에 떠올라야 한다는 문제는 캘빈주의의 맹목적이고 씁쓸한 정신의 영향에 그 대부분이 기인한다. 비평가들이 강력하고 근원적인 천재를 다룰 때 이들을 설명하는 것은 쉬운 일이다. 왜냐하면 그런 천재의 출현은 언제나 모든 '붕괴'의 표시이며 오랜 질서의 방어 속에서 서로 즐기는 부연된 흥미의 표시이기 때문이다.

예를 들면, 헨릭 입센의 모든 작품들의 파괴적이고 맹렬한 자기중심적 경향을 이해했던 사람은 런던의 가장 영향력 있는 비평가들이 헨릭 입센의 첫 작품 발표 바로 다음날 그를 추잡하고 '쓰레기를 헤집는 개'(나는 《데일리 텔라그라프》의 한 죽은 비평가가 한 정확한 이 말을 인용한다)라고 부르면서 그의 극작품을 통렬히 비판하는 것을 들었을 때도 그다지 놀라지 않았을 것이다. 그러나 잘못이라고는 존경의 제식(祭式)을 고지식하게 지키지 못할 것일 뿐인 이 불쌍하게 비판받은 시인이 그의 땅에 언급될 때 아일랜드인들은 그런 시적 능력이 그에게 그렇게 멋대로 들어가 있음을 발견하고 슬퍼했으며, 부도덕함이 이국적이며 애국심이 그렇게 열렬하지도 않았던 한 인간 속에 시적 능력의 증거를 발견하고 엄청나게 놀라는 것이다.

그에 관하여 써 왔던 사람들은 술꾼과 마약 복용자 사이에 양심적으로 균형을 잡아 왔고, '터키어에서 번역된' 혹은 '고대 이집트어에서 번역된' 같은 문장 뒤에 학식이 들어 있는지라, 어떤 사기 행각이 들어 있는지를 결정하는 데 많은 고생을 해 왔다. (이러한 애처로운 기억을 제외하고) 맹건은 자신의 나라에서 이방인이었고, 거리에서도 보기 드물고 기괴하게 생긴 사람이었다. 그는 거리에서 마치 고대의 '죄'에 대해 고행을 하고 있는 사람처럼 슬프고 고독하게 보였다. 확실히 노발리스(Novalis)가 '영혼의 병'이라고 불렀던 '삶'은 맹건에게도 무거운 고행이었다. 아마도 고행을 안겨 준 그 '죄'를 잊어버렸던 맹건에게 그 죄의 상속은 그만큼 한층 슬픈 것이었다. 증오와 경멸로 그를 바라보는 사람들의 얼굴에서 잔인함과 약함의 경계를 잘 읽을 수 없는 그의 안에 있는 섬세한 예술가적 기질 때문이다.

그가 우리에게 남긴 짧은 전기적 스케치 속에서, 그는 단지 그의 초기 삶, 유아기 그리고 아동기만을 말하며, 한 어린아이로서 그가 아는 것은 둔탁한 비참과 가혹뿐이며, 그의 지인(知人)들이 그들의 가증스런 독설로 그의 인간성을 더럽혔으며, 그의 부친은 인간 방울뱀이었다고 말한다. 이러한 과격스런 단정(斷定) 속에서 우리는 동양적 마약의 효과를 인식한다. 하지만 그럼에도 불구하고 그의 이야기가 무질서한 두뇌가 꾸며낸 이야기에 불과하다고 생각하는 사람들은 거대한 자연과 접촉한 얼마나 날카로운 고통이 한 민감한 소년에게 고통을 주었는지를 간과하거나 알지 못한다.

그의 고통은 그를 은둔자가 되도록 했고, 사실상 그는 그의 삶의 대부분을 거의 꿈속에서, 수세기 동안 슬픈 사람과 현명한 사람들이 가져왔던 그 마음의 성역(聖域) 속에서 살았다. 한 친구가 그에게 위에 언급된 이야기들이 너무 과장되고 다소 거짓이라고 말했을 때, 맹건은 대답했다——"아마 내가 꿈을 꿨나 보지." 세상은 그에게 분명히 다소 비현실적이고, 그다지 의미 있는 것이 아니었다.

그러면 무엇이, 그런 꿈들이 되어 모든 젊고 소박한 마음으로 하여금 그런 귀중한 현실의 치장을 하는 것일까? 천성이 아주 민감한 사람은 심각하고 분투적인 삶 속에서 그의 꿈을 잊을 수 없다. 그는 처음에는 그것들을 의심하고 그것들을 거절하지만, 누군가가 그것들을 조롱하고 저주하는 것을 들을 때는 그 꿈들을 자랑스럽게 인정할 것이다. 그래서 감수성이 연약함을 만들어 내거나 맹건처럼 타고난 연약함을 정체(停滯)시키는 그 꿈은 최소한 침묵의 은혜를 얻어내기 위해서, 너무 연약하여 폭력적 경멸도 낳을 수 없는 어떤 것처럼 그렇게 냉소적으로 조롱 받는 마음의 욕망, 잔인하게 악용되는 사상에 대해 세계와 타협하게 될 것이다.

그의 태도는 이러하기 때문에 그의 모호한 얼굴을 조망하는 것이 자만심인지 겸허함인지를 누구도 말할 수 없을 것이다. 그것은 깨끗하고 빛나는 눈(眼)속에서만, 그리고 아름다운 은발(銀髮) 속에서만 생생해 보이는 듯하고, 그 속에서 그는 다소 헛된 존재이다. 이러한 제한은 위험이 없지 않다. 결국 그를 무관심 속에서 구출한 것은 단지 그의 무절제이다.

맹건과 그가 독일어로 가르쳤던 그의 한 제자 사이의 친밀한 관계에 대해서도 약간의 말이 있다. 그리고 나중에 그는 연애의 삼각관계에 빠진 것 같다. 하지만 만약 그가 남성들과 소원하다면, 그는 여성들에게는 소심하고, 너무 자의식이 많고, 너무 비판적이고, 용감한 남자가 되기에는 아첨하는 거짓말 같은 것을 너무 몰랐다. 빈약한 다리에는 세 배나 되는 너덜너덜한 바지를 입고, 높은 원뿔 모양의 모자를 쓰고, 횃불처럼 생긴 낡은 우산을 가지고 다녔던 그의 기묘한 옷차림에서 우리는 그의 소심함의 우스꽝스런 표현들을 볼 수 있다.

그는 언제나 나라에 대한 지식이 따르고, 동양 이야기나 그의 마음을 현실에서 빼앗아가 버리는 기묘하게 프린트 된 중세의 책들에 대한 기억은 나날이 모이고 어떤 '직물'로 짜여진다. 그는 대략 20개의 언어를 알고 있었으며, 때때로 그것들을 자유로이 구사했다. 그리고 그는 많은 문학들을 탐독했고 많은 바다를 횡단했으며, 심지어는 지도에도 없는 페르시아 땅까지 파고들었다. 그는 프레보스트(Prevorst)의 여점술사의 삶에, 그리고 영혼의 사랑스러움과 단호함이 무엇보다도 위력을 발휘하는 중간 천성의 현상에 많은 흥미를 느꼈으며, 둘 다 특징적인 불일치를 가지고 있지만, 와태우(Watteau)(피터의 행복한 구절에서)가 했음직한 방법과는 다른 식으로 이 가상의 세계에서 어느 정도 만족할 정도나 어쩌면 전혀 발견할 수 없는 것을 추구하는 듯하다.

결정판으로 묶인 적이 없는 그의 글은 완전히 질서라고는 없으며 종종은 사상도 없다. 산문으로 된 그의 에세이들은 아마 처음 읽을 때에는 흥미롭겠지만, 사실은 시시한 시도에 불과하다. 문체는 최악의 의미에서 자만심에 차 있고 긴장되었으며 진부하고, 주제는 사소하고 과장되었으며, 사실상 저급한 시골 신문에 실릴 약간의 지방 소식들 같은 종류의 산문이다.

맹건은 토착적인 문학 전통 없이 글을 썼고 일상의 사건에만 관심을 갖는 대중들을 위해 글을 썼으며, 시인의 유일한 의무는 이러한 사소한 사건들을 묘사하는 것이라고 주장했음을 상기해야 한다. 그는 특별한 경우를 제외하고는, 유머러스한 희화(burlesque)들과 명백하고 조잡한 행사시 이외에는 그의 작품을 수정할 수 없다. 또한 그의 최상의 작품들은, 그가 칭한 바, 그녀의 꿈이 우리이고 우리를 그녀 자신이자 우리라고 상상하며 우리 안에서 그녀 자신을 상상하는, 그리고 그녀의 숨결 앞에서 창조적인 마음은 '사그러져 가는 석탄(fading coal)'(쉘리의 구절을 사용하면)이 되는 사물의 어머니인, 상상력 속에서 씌어졌기 때문에 진정한 호소력을 지닌다.

그의 최고의 작품 속에도 고립된 정서가 있음이 가끔 느껴지고 상상적인 미의 빛을 반사하는 상상적인 인물의 현존은 훨씬 더 생생하게 느껴진다. 동서양이 그 개성(personality) 속에서 만나고(우리는 이제 그 방법을 안다) 이미지들은 거기서 부드럽고 빛나는 스카프처럼 짜여지며, 말(words)은 갑옷의 고리처럼 빛나면서 울린다. 그리고 그가 아일랜드에 관해서든 이스타움보에 관해서든 노래하는 그의 기도는 언제나 꼭 같은 내용을 지니는즉, 그가 자기 영혼의 진주라고 부르는, 평화를 상실한 그녀에게 다시 평화가 오리라, 아멘.

그가 숭배하는 이 인물은 중세 시대의 정신적 열망과 상상적인 사랑을 상기시키고 그리하여 맹건은 그의 숙녀를 멜로디와 빛과 향기로 가득한 세계, 시인의 눈이 사랑으로 응시했던 모든 얼굴을 숙명적으로 고안하게 만든 그 세계에다 두었다. 거기에는 마치 이 장을 끝맺는 쓰라린 환멸과 자기 경멸이 한가지이고 동일한 것처럼 비토리아 코로나, 라우라, 그리고 비아트리체의 얼굴을 비춘 한 가지 기사도적 이상, 유일한 남성적 헌신이 있을 따름이다. 그러나 맹건이 그의 숙녀가 살기를 바란 세상은 보오나로티가 지은 대리석 사원과도 피렌치의 신학자의 평화로운 군기(軍旗)와도 다른 것이다.

그것은 거친 세상, 동양에서의 밤의 세상이다. 마약에 기인하는 정신적 활력은 이 장대하고도 끔찍한 이미지들의 세계를 흩뜨려 버렸고, 마약 상용자의 천국인 불타오르는 꿈속에서 시인이 재창조한 모든 동양은 이 페이지들 속에서는 묵시록의 구절들과 자유와 풍경들 속에서 고동친다. 그는 보랏빛이 난무하는 가운데서 시들어가는 달에 대해서, 타는 듯한 기호들로 붉어진 천상의 마술 책에 대해서, 선황색의 모래 위로 거품이는 바다에 대해서, 발칸의 꼭대기에 있는 외로운 삼나무에 대해서, 그리고 왕이 길리스탄에게 받은 장미의 숨결로 충만한 금빛 초승달로 빛나는 야만의 홀(hall)에 대해서 이야기한다.

신비주의의 베일 아래에서 자기 나라의 퇴락한 영광에 대한 찬양을 노래하는 가장 유명한 맹건의 시들은, 옅고 미세하며 곧 흩어질 듯하며, 빛 알갱이로 가득한 여름날 지평선을 덮은 한 조각 구름과 같다. 때때로 이 음악은 권태에서 깨어나는 듯하고 전투의 환희로 소리치기도 한다. 《타이 오웬과 타이코넬의 왕자들을 위한 애도》의 마지막 연(聯)에서 어마어마한 힘으로 가득 찬 긴 시행(詩行)들에다 자기 만족의 에너지를 모두 쏟아 부어 놓았다.

그리고 서리가 오늘 밤 그의 눈의 맑은 이슬을 흐리게 할지라도,
그리고 흰 긴 장갑이 그의 고상하고 아름답고 멋진 손가락을 가릴지라도,
따뜻한 드레스는 그에게 그가 여지껏 입은 저 번개 옷인지라,
하늘이 아니라 영혼의 번개로다.

휴는 싸우기 위해 전진했도다──나는 그가 그토록 떠나는 것을 보자 슬퍼했으
니.
그런데 보라! 그는 몸이 얼은 채 비에 젖어 슬프게, 배신당한 채 배회하나
니……
그러나 그의 오른손이 재(灰) 속에 쌓았던 석백색(石白色)의 저택에 대한 기억
은 영웅의 심장을 따뜻하게 하도다.

나는 영문학에서 복수의 정신이 그처럼 고양된 멜로디로 결합된 어떤 다른 시를 알지 못한다. 종종 이 영웅적 음색이 귀에 거슬리고, 거친 일단의 열정이 경멸적으로 메아리치는 것은 사실이지만, 자신 속에 한 나라와 세대의 영혼을 집약시키는 맹건 같은 시인은 몇몇 아마추어 예술가들의 여흥을 위해 창작하려고 하기보다는, 그의 삶에 활력을 불어넣는 사상을 노골적인 허풍을 통해 후손들에게 전달하고자 한다. 반면에, 맹건이 항상 그의 시적 영혼을 흠없이 유지했다는 점은 부인할 수 없다. 비록 그가 놀랄 만한 영국

적 문체를 썼다 할지라도 그는 영국 신문이나 잡지와 타협하기를 거부했다. 그리고 설사 그가 당대의 정신적 중심이긴 했으나, 어중이 떠중이와 타협하지도 않았고 정치인들의 선동가가 되기를 거부했다. 그는 자신들의 예술가적 삶이 정신적인 삶의 진정하고도 지속적인 현시(顯示)가 되어야 한다고 믿는 그들의 내적 삶은 고귀하여, 대중의 지지도 필요없을 뿐 아니라 신앙의 고백도 삼가는, 요컨대 시인은 현세의 재산의 승계자이자 수호자인 스스로도 충분하다고 믿는, 그래서 선동가나 설교가나 향내 풍기는 사람이 되려고 애쓸 필요가 없다고 믿는 이상하고도 비정상적인 정신의 소유자 중 한 삶이었다.

그렇다면, 맹건이 후손에게 물려주고자 한 중심사상은 무엇이었던가? 그의 모든 시는 불의와 고난, 그리고 마음속에서 슬픈 시간은 대변하게 될 때면 위대한 행위들과 하늘을 찌르는 외침들로 옮아가는 향상심을 가진 사람들을 기록한다. 이것은 대부분의 아일랜드 시의 주제지만, 어떠한 아일랜드 시도 맹건의 것처럼 고귀하게 고통받는 불행과 그토록 회복할 수 없는 거대한 영혼들로 가득 차 있지는 않다. 나오니(Naoni)는 필멸의 존재가 얼마나 쓰라린 것인지를 너무나도 잘 알았기 때문에, 그녀의 이름을 마라(Mara)로 바꾸고 싶어 했는데, 그가 스스로에게 부여한 이름들과 칭호들, 그리고 스스로를 감추기 위한 격렬한 변형은 맹건을 설명해 주는 심오한 의미에서의 슬픔과 비통함이 아니겠는가? 왜냐하면 그는 자신에게서 고독의 신념, 혹은 중세시대의 승리자의 노래처럼 허공에서 첨탑으로 울려퍼지는 신념을 발견하지 못했고 그의 시간, 고행의 슬픈 나날을 마감할 시간을 기다리고 있었기 때문이다. 그는 리오파디(Leopardi)보다 약했는데, 왜냐하면 자신의 절망에 대해 용기가 없었고 누군가가 그에게 약간의 친절을 보이면 모든 불행을 잊고는 온통 냉소를 만들어냈기 때문이다. 아마도 그는 이러한 이유 때문에 그가 희망했던 바대로 '나를 사랑하는 사람과 계속 함께 있음'이라는 기념비를 가진다.

한 페이지 탈장

"시는 비록 명백하게 공상적일 때조차도 항상 기교에 대한 반란"이며, 어떤 의미에서는 실재에 대한 반란이다. 시는 실재를 시험하는 단순한 직관을 상실한 사람에게는 비실재적이고 공상적인 것에 대해서 이야기한다. 시는 많은 시장의 우상들——세대의 계승, 시대 정신, 민족의 사명을 중요하지 않는 것으로 간주한다. 시의 주된 노력은 그를 그것 없이 그리고 그것 안에서 타락시키는 이러한 우상들의 불행한 영향으로부터 자유롭게 되는 것인데, 맹건이 이러한 노력을 했다고 주장한다면 분명히 위선적이다.

그의 나라의 역사는 그를 너무나 옹색하게 가두었고, 그래서 심지어는 극히 개인적인 열정의 시간일 때조차도 그는 역사의 벽을 유물로 치부해 버릴 수는 없었다. 그는 그의 삶과 슬픈 시들에서 약탈자의 불의에 대항해서 외치지만, 혁대와 군기(軍旗)의 상실보다 더 위대한 그것에 대해서는 애도하지 못한다. 그는 어떠한 신성한 손도 경계를 더듬어 나간 적이 없는 전통, 오랜 세월이 지나는 동안 느슨해지고 분할되어 버린 전통의 최후이자 최악의 부분을 계승한다. 그리고 엄밀히, 이 전통이 그에게는 강박관념이 되어 왔기 때문에 그는 유감스러움과 부족함을 지니고 그것을 받아들였고, 있는 그대로의 전통 위로 지나가려 했다.

독재자에 대항해 빛을 던진 시인은 가까운 미래에 더욱 잔혹한 독재를 건설할지 모른다. 그가 숭배한 인물은, 그녀가 행한 극악한 죄악과 다른 사람들이 그녀에게 반대해서 행한, 그에 못지않게 극악한 죄들 때문에 광기가 다가오고 죽음이 목전에 있으면서도 자신이 곧 죽으리라는 것을 믿지 않고 단지 그녀의 싱싱한 정원과 '적당한 음식' 그리고 야생 멧돼지의 먹이가 된 사랑스러운 꽃들을 예언하는 무성한 풍문만을 기억하려 하는 비참한 여인의 모습을 지녔다. 슬픔과 절망, 높이 소리쳐 가는 위협에 대한 사랑——이러한 것들이 제임스 클라런스 맹건의 민족의 전통이고, 여위고 나약한 그 가난한 인물들 속에서 역사적인 민족주의는 마지막 변명을 얻는다.

영광의 사원의 어느 벽감(壁龕)에다 그의 이미지를 놓아야 할까? 만일 그가 그의 국민들에게 공감을 얻지 못했다면 어떻게 외국인들의 공감을 얻을 수 있겠는가? 차라리 그가 바라다시피 한 망각이 그를 기다리고 있는 듯하지 않은가? 분명히 그는 우리에게 승리에 찬 미와 선조들이 신성시한 진리의 광휘를 드러내 보일 힘을 자신에게서 찾을 수 없었다. 그는 낭만적이고 미완성의 정령이요, 미완성 국가의 전형(典刑)이지만, 무엇보다 영혼의 신성한 의분을 고귀한 형식으로 표출한 사람이 물 속에 그의 이름을 썼을 리는 없을 것이다.

우리를 둘러싼 삶의 거대한 과정에서 그리고 우리의 삶보다 위대하고 더욱더 관대한 거대한 기억 속에서 아마도 어떠한 삶이나 어떠한 고귀함도 상실되지 않을 것이다. 그리고 고귀한 경멸 속에서 그 글을 쓴 모든 사람들은, 비록 지치고 절망적이고, "그들이 지혜의 은빛 웃음소리를 들은 적이 결코 없다"할지라도, 헛되이 쓴 것은 아니다.

5
성인과 현인의 섬, 아일랜드
Ireland, Island of Saints and Sages (1907)

해 설

조이스는 1904년 10월, 노라 바나클과 함께 더블린을 떠나, 폴라·트리에스트 그리고 로마에서 잇단 2년 반의 세월을 보냈다. 로마에서 그는 은행 점원으로서 불행한 아홉 달을 보낸 뒤, 1907년 3월 트리에스트로 돌아왔다. 이즈음에, 그는 터스커니어(Tuscan) 방언을 상당한 수준까지 사용할 수 있게 되어, 유니버시티타 포포루라(Universitita Popolure)라는 트리에스트에 위치한 일종의 성인 교육 기관에 초대를 받아 이탈리아어로 세 번의 공개 강연을 했다.

그는 4월 27일에 행한 첫번째 강연에서는 아일랜드의 정치적·문화적 역사에 대하여, 두 번째 강연에서는 맹건에 대하여, 그리고 세 번째 강연에서는, 맹건 강의 때 청중들에게 약속했던 바대로 현존하지 않는 아일랜드 문학의 르네상스에 대하여 강연을 할애했다.

그의 트리에스트의 청중들은 교권 반대자들이며 대부분 불가지론자들이었는데, 이들은 오스트리아인들을 쫓아내고 도시를 다시금 이탈리아로 되돌려주기를 원하는, 하지만 이 운동은 전적으로 이것으로만 추진된 것은 아니나, 민족통합주의운동(Irredentist movement)에 매혹되어 있었다. 조이스는 아일랜드와 트리에스트 사이의 일정한 평행 관계, 가령 둘 다 외국의 지배 아래 생활한다는 것, 둘 다 점령국의 언어와는 다른 언어를 요구한다는 것, 둘 다 카톨릭이라는 것을 지적할 필요는 없었다. 그러나 그는 그의 조국이 배반과 가슴 졸리는 비활동성, 모순되고 편협한 믿음의 역사를 가지고 있음을 지적하고 싶은 충동을 느꼈다. 비록 그는 객관적이라고 말하지만, 그의 태도는 아일랜드에 대한 정서상의 매혹과 또 한편으로 그것의 불신 사이에서 흔들리고 있었다.

조이스는 그의 강의를 즉석에서 할 것을 권고받았으나, 실수를 범하고 싶지 않았고, 그래서 그는 원고를 읽는 방식으로 강의를 진행했다. 이탈리아인의 기준으로 보았을 때, 그의 강의는 다소 냉정하고 이지적이었지만, 그의 학생들과 친구들로 구성된 그의 청중은 열성적으로 그에게 갈채를 보냈다.

— 옮긴이 —

민족은 개인과 마찬가지로 그 자신의 자아를 가진다. 따라서 그들 자신에게 다른 백성과 구별되는 자질과 영광을 부여하고자 하는 사람들의 사례 역시 역사상 우리들의 조상의 시대부터 전적으로 낯선 것은 아니다. 우리의 선조들은 자신들을 아리안 귀족 혹은 그리스의 귀족들이라 불렀는데, 이들은 헬라 야만인들의 성지 밖에서 살았다. 아일랜드 사람들은 다소간 설명하기 힘든 자부심을 가지고 있었는데, 그들은 자신들의 조국을 성인과 현인의 나라로 자칭하는 것을 좋아한다.

이러한 거창한 명칭은 어제와 오늘에 고안된 것이 아니다. 그것은 신성과 지성의 진정한 중심으로 자리하여, 대륙 전반에 걸쳐 문화와 활력을 전파하고 있었던 태고 쪽까지 거슬러 올라간다. 한 나라에서 다른 나라로, 순례자와 은둔자로서, 학자나 현인으로서, 지혜의 횃불을 가져다 준 아일랜드 사람의 명단을 작성하기란 어려운 일이 아닐 것이다. 그들의 흔적은 오늘날에도 버려진 제단이나 영웅의 이름이나마 겨우 인지가 가능한 전통이나 전설에서, 혹은 시적인 인유(引喩), 가령 단테의 《지옥편》의 구절에서 그의 스승이 지옥의 고통에 의하여 치러지는 고문에 의하여 고통을 당하는 켈트 족의 마술사 중의 한 사람을 가르치는 다음과 같은 대목 등에서 발견된다.

> 옆구리가 저토록 빈약한 자가
> 마이크 스코트였나니, 그는 실제로 거짓 마법의
> 속임수를 알았나니라.

사실상, 이러한 성인들과 현인들의 행위를 나열하자면, 느긋한 보란디스트(Bollandist)들의 인내와 학식이 필요할 것이다. 우리는 적어도 성 토마스의 악명 높은 적대자 존 단즈 스코터스(John Duns Scotus) —— 성 토마스, 즉 천사 같은 현인과 보나벤투라(Bonaventura, 천상의 현인과 구별하기 위하여 은밀한 현인이라 불림) ——를 기억한다. 그는 무염 시태(無染始胎, Immaculate Conception)에 관한 교리의 호전적인 승리자였으며, 그 시대의 연대기가 우리에게 말해 주는 바에 따르면, 패배를 모르는 변증자였다. 이 당시 아일랜드는 거대한 학교와 같아서 유럽의 여러 다른 나라로부터 학자들이 모여들었는지라, 아일랜드는 정신적 문제에 정통한 것으로 명성을 떨쳤다. 비록 이러한 주장들은 어느 정도의 유보를 두고 취해져야 하겠지만, (이에 대하여 최근의 회의론의 음식을 섭취한 자는 거의 정확한 생각을 형성시킬 수 없었겠지만, 아일랜드에 여전히 만연되고 있는 종교적 열의라는 측면에서 본다면) 이러한 영광스러운 과거는 자기 미화의 정신에 근거한 허구가 아니라는 것은 분명하다.

여러분을 진정으로 납득시키기 위해서라면, 독일인들의 먼지투성이 옛 문헌이 항상 준비되어 있다. 페레로(Ferrero)는 이제 우리에게 이와 같은 독일의 훌륭한 교수들이 행한 발견은, 그들이 로마 공화국과 로마 제국의 고대사에 관하여 다루고 있는 한, 거의 모든 것이 처음부터 —— 완전히 잘못되었다고 말한다. 그럴지도 모른다. 그러나 그것이 그러하든 그렇지 않든 간에, 이러한 학식 있는 독일인들이 셰익스피어를 (이때까지만 하더라도, 윌리엄은 서정시의 유쾌한 흐름을 지닌 멋진 사람이었으나, 지나치게 영국산의 맥주를 애호하던 자, 즉 부차적인 인물로 간주되었거니와) 그의 동포의 왜곡된 눈앞에 세계적 의의를 지닌 시인으로 나타나게 한 최초의 사람들이었듯이, 이들 독일인들이 유럽에서 다섯 켈트 민족의 켈트어와 역사에 관심을 가진 유일한 사람들이었음은 아무도 부정할 수 없다. 몇 년 전까지, 즉 더블린에서 게일인 동맹이 건설되기 전만 해도, 유럽에 존재했던 유일한 아일랜드 문법서들과 사전들은 독일인들의 책들이었다.

아일랜드의 언어는 비록 인도·유럽어족에 속하긴 하지만, 로마에서 사용된 언어가 테헤란에서 사용된 언어와 다른 만큼 영어와 다르다. 그것은 특별한 철자로 이루어진 알파벳을 가지고 있고, 거의 3천 년 정도의 역사를 지녔다. 10년 전 이것은 대서양 연안의 서부 지역과 남부 몇 곳의 농부들에 의해서만, 그리고 동반구(半球)의 전면에 위치한 유럽 선봉의 피켓처럼 서 있는 작은 군도들에서만 사용되었다. 이제 게일 동맹은 그것의 사용을 회복시켰다. 연합주의자 동맹만 제외하고는 모든 아일랜드의 신문은 최소한 하나 이상의 아일랜드어의 표제를 싣는다. 주요 도시들의 문서들은 아일랜드어로 씌어지고, 아일랜드어는 초등학교 그리고 중등학교에서 대부분 가르쳐진다. 그리고 대학에서 이는 프랑스어, 독일어, 이탈리아어, 스페인어와 같은 다른 언어들과 같은 수준에 놓이게 되었다. 더블린에서 거리의 이름들은 두 가지 언어로 씌어진다. 동맹은 영어 사용자가 거칠고 후두음으로 말하는 군중 속에서 어리둥절한 채 마치 자신을 물밖의 고기처럼 느끼는 콘서트, 토론장 그리고 사교장을 조직한다. 거리에서 여러분은, 조금은 필요 이상으로 흥분된 채 아일랜드어로 말하며 지나가는 한 무리의 젊은 사람들을 자주 보게 된다. 동맹의 회원들은 서로 서로 아일랜드어로 글을 쓰고, 주소를 읽을 줄 모르는 가련한 우체부는 매듭을 풀기 위하여 그의 상사에게 종종 의지해야 한다.

이 언어는 많은 문헌학자들에 의하여 기원상으로 동양적이며, 페니키아인들의 고대어요, 역사학자들에 따르면, 무역과 항해의 창시자들의 것으로 판명되었다. 바다를 독점했던 이들 모험꾼들은 최초의 그리스 역사가들이 펜을 들기 전에, 이미 쇠퇴하여 사라져 버린 문화를 건설했다. 그것은 자신들의 지식의 비밀을 애써 보존했으며, 그리하여 외국 문학에서 아일랜드 섬의 최초의 언급은 B.C. 5세기 역사가들이 페니키아의 전통을 되풀이하는 그리스 시(詩)에서 발견된다.

비평가 발란시(Vallancey)에 따르면, 희극의 라틴 극작가인 프라터스(Platus)가 《포누러스》라는 그의 희극에서 페니키아인의 입을 통하여 표현된 언어가 오늘날 사용되는 아일랜드 동부의 것과 거의 같다고 한다. 후에 드루이드 교라는 이름으로 알려진 이 고대 민족의 종교와 문화는 이집트적인 것이었다. 드루이드 사제들은 그들의 사원을 개방했고, 참나무 숲에서 태양과 달을 숭배했다. 그 당시의 조약한 지식의 수준에서, 아일랜드 사제들은 매우 학식이 있는 것으로 간주되었다. 그리고 프루타조(Plutarch)가 아일랜드를 언급할 때, 그는 성스러운 사람들의 거주지라고 말했다. 4세기에 페스터스 아비에너스(Festus Avienus)는 최초로 이 섬을 성스러운 섬(Insula Sacra)이라는 칭호를 부여했다. 그리고 스페인과 게일 족들의 침입을 겪은 후, 성 패트릭과 그의 부하들에 의하여 이 섬은 기독교로 개종되었고, 다시 성스러운 섬이라는 칭호를 얻었다.

나는 서력 기원 1세기에 아일랜드 교회의 역사 전체를 살피고자 하지는 않는다. 그렇게 하는 것은 이 강연의 영역을 벗어날 뿐만 아니라, 분명히 흥미롭지도 않다. 그러나 당신들에게 나의 제목 '성인과 현인의 나라'에 대한 약간의 설명을 덧붙이는 것 그리고 그것의 역사적인 근거를 부여하는 것은 필요하다. 수없이 많은 성직자들의 이름을 열거하는 것과는 별도로, 몇몇의 켈트 사도들이 모든 나라에 남겨 놓은 흔적들을 당신들에게 보이는 동안, 몇 분간이라도 나를 따를 것을 부탁한다. 평범한 사람에게는 오늘날 사소해 보이는 사건들을 짤막하게 이야기하는 것이 필요하다. 왜냐하면, 그것들이 발생했던 몇 세기, 그리고 그것에 이어 나타난 중세에는 역사뿐만 아니라 과학과 다양한 학문 역시 모성 이상의 교회의 수호 아래 종교적인 특성을 가지고 있었기 때문이다. 그리고 사실, 르네상스 이전에 신의 유순한 하녀가 아니라면, 이탈리아 과학자 혹은 성서의 격조 높은 주석자, 혹은 그리스도 우화를 담은 그림이나 운문의 삽화가는 어떠했던가?

문화의 중심으로부터 아일랜드만큼이나 멀리 떨어진 섬이 사도들을 대상으로 하는 학교로 발군(拔群)의 실력을 발휘할 수 있다는 것이 다소 이상하게 보일지 모른다. 그러나 가장 피상적인 관찰로도 우리는 아일랜드 국가 자신의 문화를 독자적으로 발전시켜 온 끈기가 유럽적인 제휴(提携)에 성공

하기를 원하는 신생 국가의 요구라기보다는 지나친 문화의 영광을 갱신하고
자 하는 전통적인 국가의 요구라는 것은 쉽게 드러난다. 서력 기원 1세기만
해도, 성 베드로 사제의 정신적인 영도 아래 있었던 아일랜드인인 맨수에터
스(Mansuetus)가 있다. 그는 후에 성인으로 추앙되었다. 그리고 그는 후에
교회를 설립하고 반 세기 동안 설교했던 롤라인(Lorraine)에 선교사로 재직
했고, 후에 성인으로 추앙되었다. 카탈다스(Cataldus)는 사원을 그리고 제네
바에 2백 명의 신학자들을 가졌으며, 뒤에 타란토(Taranto)의 주교가 되었
다. 위대한 이교의 창시자며 여행가요, 지칠 줄 모르는 성자였던 레라기우
스(Relagius)는 많은 사람들이 주장하듯, 비록 아일랜드인은 아니었지만, 마
치 그의 심복인 카레스티우스(Caelestius)처럼, 분명히 아일랜드계이거나 스
코틀랜드계였다.

세두리우스(Sedulius)는 세계의 여러 곳을 가로질러 마침내 로마에 정착했
다. 거기서 그는 5백 개에 달하는 아름다운 논문을 작성했고 오늘날에도 카
톨릭의 의식에 사용되는 많은 찬송가들을 작곡했다. 아일랜드 왕족에 속하
는, 이른바 항해자라는 프리도리너스 비에토(Fridolinus Viator)는 독일인들 사
이의 선교사였으며, 독일의 섹인겐(Seckingen)에서 죽었는데, 그는 그곳에
매장되었다. 열혈아 콜럼바너스(Columbanus)는 프랑스 교회의 개종 작업을
수행했으며, 버간디에서 설교로서 시민 전쟁을 시작한 다음에 이탈리아로
갔다. 그곳에서 그는 롬바즈의 사도가 되었으며, 보비오(Bobbio)에서 수도
원을 건립했다.

북아일랜드 왕의 아들인 프리지디안(Frigidian)은 루카(Lucca)의 주교직을
차지했다. 처음에는 콜럼바너스의 제자요 동료인 성 갈(Gall)은 손수 사냥하
고 고기 잡고 농사를 지으면서, 은둔자로서 스위스의 그리손(Grison) 주민들
사이에 살았다. 그는 그에게 제공된 콘스탄스(Constance) 시의 주교직을 거
절했고, 95살의 나이로 죽었다. 그의 암자 터에는 성당이 하나 세워졌고,
그곳의 수도원장은 하느님의 은총에 의하여 그 주의 군주가 되었고, 베딕틴

(Bedictine) 도서관을 풍요롭게 했으며, 이 도서관의 폐허는 성 갈(Gall)의 옛 도시를 방문하는 사람들에게 아직까지 보여진다.

박식자로 불리는 피니언(Finnian)은 아일랜드의 보인(Boyne) 강둑에 신학교를 하나 세웠고, 그곳에서 영국·프랑스·아모리카, 그리고 독일에서 온 수천 명의 학생들에게 카톨릭 교리를 가르쳤으며(오, 얼마나 행복한 때였던가!) 또 그들 모두에게 그들의 책과 교육뿐만 아니라 빵과 식사를 무료로 제공했다. 그러나 그들 중 몇몇 학생들은 그들의 연구실 등(燈)을 채우는 데 등한히했고, 그의 등이 갑자기 꺼진 한 학생은 페이지 사이로 그의 빛나는 손가락을 움직이게 함으로써 그의 손가락을 기적과 같이 빛나게 하는 방법으로 신의 은총을 밝혀야만 했으며, 그래서 그는 그의 지식에 대한 갈증을 만족시킬 수 있었다. 성 피아크레(Fiacre), 그를 위해 파리에 있는 성 마터린(Mathurin) 교회에는 기념적인 명판(銘板)이 있으며, 그는 프랑스 사람들에게 설교를 했고 궁정의 경비로 사치스러운 장례식을 치렀다. 퍼시(Fursey)는 다섯 나라에 수도원을 세웠는데, 그의 기념 축제일은 그가 피카디(Picardy)에서 죽은 곳인 페론(Peronne)에서 여전히 기념되고 있다.

아보가스트는 알삭와 로래인에 성소와 교회를 세웠고, 5년 동안 스트라스보그에서 주교관을 다스렸으며, 그리하여 마침내 그의 최후가 가까워짐을 느끼면서(그의 황태자에 의하면), 그는 죄가 죽음이 되는 장소의 암자에 살기 위하여 그곳에 갔었다. 그리하여 그의 뒤에 도시의 거대한 성당이 세워졌다. 성 버러스는 프랑스의 성 처녀 마리아의 예배의 우호자가 되었고, 더블린의 주교 디시보드는 40년 이상 동안 모든 독일의 구석구석을 여행했으며, 결국에 지금은 디센보드라고 불리는 마운트 디스보드라는 이름의 베네딕타인 수도원을 세웠다.

루몰드는 프랑스의 주교가 되었고, 차레망의 도움으로 순교자 알비너스는 파리에 과학 연구소 하나를 그리고 옛 티시넘(지금의 파비아)에 그가 여러 해 동안 관리해 온 또 하나의 연구소를 세웠다. 프란코니아의 사도 키리안은 독일의 버츠버그의 주교로 봉헌되었으나, 고츠버트 공작과 그의 부인 사이에 세례자 요한의 역할을 하였으므로 그는 살인자들에 의해 살해당했다. 젊은 세두리어스는 조지 2세에 의하여 스페인 사제 분쟁을 안정시키는 임무를 위해 선발되었다. 그러나 그가 그곳에 도착했을 때 스페인의 사제들은 그가 외국인이라는 이유로 그의 말을 들으려 하지 않았다. 이에 대하여 세두리어스는 그가 고대 미레시우스 종족의 아일랜드 사람이었기 때문에 그는 사실상 본래 스페인 사람이라고 대답했다. 이 논의는 그의 상대자들을 철저하게 확신시켰기 때문에 그들은 그가 오레토의 주교 관저에 머무는 것을 허락했다.

요약컨대, 18세기에 스칸디나비아 족들의 침입으로 아일랜드에서 끝이 났던 시기는 단지 사도의 직분, 전도, 그리고 순교의 끊어진 기록에 지나지 않는다. 이 나라를 방문했던 그리고 우리에게 그것의 감동을 '왕족의 여행'이라 불리는 시로서 남겼던 알프레드 왕은 그의 첫 시연(詩聯)에서 다음과 같이 우리에게 말한다.

> 내가 아일랜드에서 망명 생활을 했을 때
> 아름다운 많은 귀부인들, 엄숙한 사람들,
> 수많은 신도들과 사제들을
> 나는 발견했노라.

그리고 12세기 동안 그러한 광경은 많이 바꿔지지 않았음은 틀림없는 일이다. 비록 그 당시에 아일랜드에서 많은 신도들과 사제들을 발견한 훌륭한 알프레드가, 만약 지금 그곳에 간다면, 그는 전자보다 후자를 더 많이 발견하리라.

영국의 도래보다 3세기 앞서는 아일랜드의 역사를 읽는 자는 누구든지 강력한 복부(腹部)를 가져야 한다. 왜냐하면 서로 죽이는 투쟁, 그리고 덴마크와 노르웨이 이른바 검은 외래자와 하얀 외래자 사이의 갈등들은 서로가 너무나도 지속적이고 잔인하기 때문에 그들은 이 땅 전체를 진정한 살육장으로 만들었다. 덴마크인들은 섬의 동쪽 해안의 모든 중요한 항구를 점령하였고 지금의 아일랜드 수도인 더블린에다가 왕국을 건설했는데, 이곳은 약 20세기 동안 거대한 도시였다. 그러고 나서 본토의 왕들은 때때로 체스 게임에서 스스로가 얻은 휴식을 취하면서 서로를 죽였다. 마침내 더블린 성벽 바깥의 모래 해변가 위에서 노르웨이 무리를 물리친 찬탈자 브라인 보루의 끔찍한 승리는 스칸디나비아의 침략을 끝냈다. 그러나 스칸디나비아인들은 그 나라를 떠나지 않았고, 그들은 점차 지역 단체들에 동화되었는데, 이것은 만약 우리가 현대 아일랜드 사람의 특이한 성격을 이해하려면 반드시 마음속에 간직해야 할 사실이다.

이 기간 동안에, 문화는 필연적으로 쇠약해졌지만, 아일랜드는 존 단스 스코터스, 마카리우스 그리고 베기리우스 소리바거스라는 세 명의 위대한 이교(異敎)의 창시자들을 만들어 낸 명예를 얻었다. 베기리우스는 프랑스의 왕에 의하여 살츠버그의 수도원장으로 임명되었고, 그후 그가 성당을 세운 주교구의 주교가 되었다. 그는 철학자이자 수학자인 프톨레마이오스 (Ptolemy) 저서의 번역자였다. 지리학에 대한 그의 소책자에, 그 당시에는 전복적(顚覆的)인 이론인 '지구는 둥글다'라는 이론을 나타내고 있고, 그와 같은 대담성은 교황 보니페이스와 교황 짜차리아스에 의해 이교의 유포자로 선언되었다.

마카리우스는 프랑스에서 살았고, 성 에리거스 수도원은 아직까지 그의 소책자인 《영혼》을 보유하고 있는데, 이것에는 그 자신이 브레톤 켈트인, 어네스트 레난이 우리에게 남겨준 완성된 심사서(審査書)인 아버로이즘으로 뒤에 알려진 교리를 가르쳤다.

파리 대학 총장인 스코츠 에리게는 가짜 에리오파기츠요, 프랑스 국민의 보호신인 디오니소스의 신비적 신학의 그리스어 책을 번역한 신비적 범신론자였다. 이 번역은 처음으로 유럽에 동양의 초월사상을 소개한 것인데, 이것은 피코 델라 미란도라 시기에 만들어진, 플라톤의 후기 번역이 이탈리아 문명의 발전에 영향을 미친 것으로서, 유럽의 종교적 사고(思考)의 과정에 영향을 미쳤다.

그와 같은 혁신은(이것은 신성불가침의 교회 무덤, 즉 아다스의 뜰에 쌓여 있는 정통 신학의 죽은 뼈들을 되살리는 삶을 주는 호흡과 같이 보인다) 교황의 지지를 못 받은 것이 당연하고, 교황은 용자(勇者) 찰스를, 아마 그들에게 교황의 특별 대우의 기쁨을 맛보게 하기를 원했기 때문에, 호위(護衛)하에 그의 책과 그의 책의 저자를 로마로 보내기 위해 초대했다. 그러나 스코터스가 이 특별한 초대를 응하려 하지 않았고 그리고 서둘러서 그의 나라를 떠났기 때문에, 그의 뛰어난 두뇌에는 한가닥 훌륭한 감각을 지녔던 것처럼 보인다.

영국의 침략의 시기로부터 지금 우리 시대까지 거의 8세기의 간격이 있다. 그리고 만약 내가 당신들에게 아일랜드인의 기질의 뿌리를 설명하기 위하여 앞선 시대에 장황하게 머물러 있다면, 나는 외국 지배하에서 아일랜드의 변화를 설명함으로써 당신들을 오래 붙잡아 둘 생각은 없다. 나는 특히 그렇게 하고 싶지 않다. 왜냐하면 그 당시의 아일랜드는 유럽에서의 지적 힘을 중단시켰기 때문이다. 고대 아일랜드인들이 훌륭하게 발전시킨 장식 예술은 사라졌고, 신성하고 독실한 문화는 폐기되었다.

둘 또는 셋의 유명한 이름들이 마치 새벽이 다가올 때 희미해지는 찬란한 밤의 마지막 몇 개의 별처럼 빛난다. 구전(口傳)에 따르면, 내가 이미 말했던 스코티스트 교단의 창설자 존 단스 스코터스는 파리 대학의 모든 박사들의 토론을 3일 내내 듣고서, 그 다음에 일어나 자기 기억으로부터 말하면서 그들을 하나씩 논박했다. 프톨레미의 지리학적 해명서인 《대(對) 이교도 대전(大典)》의 저자요, 아마도 인간 역사에 알려진 가장 예리하고 명석한 지성인 토마스 아퀴나스의 마음을 교육하는 최상의 일을 했던 신학자 페트러스 하이버너스가 있다.

그러나 이런 마지막 별들이 아직까지 유럽 각국들에게 아일랜드의 과거의 영광을 상기시켜 주고 있는 한, 옛 켈틱 민족은 일어나고 있었다. 또 다른 국가적 기질이 다양한 요소와 더불어 섞이고 옛 몸을 새롭게 함으로써 옛것의 기초 위에 솟아났다. 옛날의 적들은 영국 침략에 대항하는 공통된 원인이 있었는데, 그것은 프로테스탄트 거주자들은(그들은 하이버너스 하이버니오레스가 되었고, 아이리쉬보다 더 아이리쉬가 되었다) 그들에게 대립되는 아이리쉬적 카톨릭에 바다 건너서 온 캘빈파적·루터파적 환상을 강요하는 자들, 그리고 영국 폭정에 반대하는 새 아이리쉬 국가의 원인을 옹호하는 덴마크·노르만·앵글로색슨 정착자들의 후손들이다.

최근에 아이리쉬 의회의 한 일원이 선거 전날밤 투표자들에게 연설을 하고 있었을 때, 그는 그가 옛 혈통의 하나라는 것을 자랑했고 그의 경쟁자를 크롬웰 정착자의 후손이라는 이유로 비난했다. 그의 비난은 언론의 전반적 조소를 야기시켰으니, 그 이유인즉, 사실을 말하면, 현재의 민족으로부터 외래의 가족들의 후손인 모든 사람들을 배제하는 것은 불가능한 일이요, 아일랜드의 혈통이 아닌 모든 사람에게 애국자라는 이름을 붙이기를 거부하는 것은 거의 근대운동의 모든 영웅들——에드워드 피츠제랄드 경, 로버트 엠메트, 티오볼드 울프와 나퍼 탠디(Napper Tandy), 1798년 봉기의 지도자들, 토마스 데이비스(Thomas Davis)와 존 미첼(John Mitchel), 청년 아일랜드 운동의 지도자들, 아이작 바트, 조집 비거, 의회의 의사방해의 발명가, 반(反)피니아 회원들, 그리고 마지막으로 아마도 아일랜드의 지도자들 중 가장 굉장한 사람이었으나, 그런데도 그에게는 한 방울의 켈틱인의 피가 섞이지 않았던 찰스 스트워드 파넬 등——에게 그 이름을 붙이기를 거부하는 것이 될 것이기 때문이다.

나라의 달력에는 이틀이, 위의 애국자들에 따르면, 나쁜 징조의 날로 기록되어야 한다. 즉 앵글로 색슨 및 노르만 침공의 날과 한 세기 전 두 의회의 결합의 날 말이다. 이제 이 시점에서, 두 개의 통쾌하고 중요한 사실을 상기하는 것이 중요하다. 아일랜드는 교황에 대해서와 마찬가지로 국가적 전통에 대하여 심신을 다 바치고 있다는 사실에 대하여 자부심을 가지고 있다. 대부분의 아일랜드인들은 이 두 개의 전통에 대한 성실한 마음을 주요한 믿음의 조항으로 간주한다. 그러나 사실은 영국인들이 아일랜드에 온 사실은 한 토속왕의 요청에 따른 것이었지, 말할 필요도 없지만, 그들이 정말로 자기 쪽에서 원해서 온 것도, 그리고 그들 자신의 왕의 승락에 의한 것도 아니었다.

그러나 그들은 로마 교황 아드리안 4세의 교서와 교황 알렉산더의 교서로 무장하고 있었다. 그들은 한 국가에 대한 원정군인 7백 명의 병력과 함께 동부 해안에 상륙했다. 그들을 마중 나온 것은 토속부족이었다. 그리고 1년도 안 돼 영국 왕 헨리 2세는 더블린 시에서 성대하게 크리스마스를 축하했다. 더욱이 의회의 통합이 입법화된 것은 웨스트민스터에서가 아니라, 더블린에서 아일랜드인의 투표에 의해 선출된 의회에 의해, 이 의회는 영국 수상의 대리인의 간계에 의해 타락되고 토대가 훼손되었지만, 그래도 아일랜드의 의회에 의해 이루어졌다. 나의 견해로는, 이 두 사실은 그 사실이 일어났던 그 나라 앞에 철저히 설명되어야 하는 것이니, 거기에는 그의 자손들 중 한 명을 설득하여 공정한 관리자의 그것으로부터 확고한 민족주의자의 그것으로 변경할 수 있는 가장 기본적인 권리를 가지고 있다.

다른 한편으로, 공정함이란 사실을 마음대로 무시한다는 것과 쉽게 혼동될 수 있다. 그리고 만약 어떤 관찰자가, 헨리 2세의 시대에 아일랜드가 잔혹한 투쟁으로 인해 분열된 채였고, 윌리엄 핏트의 시대에는 부패한 타락의 온상이었다고 믿고는, 이러한 사실로부터 영국이 아일랜드에 변상해야 할 죄를 지금이나 미래에 많이 짓지 않았다는 결론을 내린다면, 그는 아주 잘못한 것이다. 한 승리국이 다른 나라를 전제적으로 장악했을 때, 그 피(彼)지배국이 반역을 꾀한다고 해서 논리적으로 잘못된 일이라 할 수 없다.

사람들은 이런 식으로 커 가는 것이고, 자기 이익이나 관대함 때문에 잘못 판단하지 않는 사람이라면, 지금의 시대에서는 어느 누구도 식민지 국가의 동기가 순수한 기독교 정신이라 믿지 않을 것이다. 이러한 사실이 잊혀지게 되는 것은 외국 해안이 침공을 당했을 때이다. 비록 전도사와 주머니용 성경이 몇 달 차이로, 통상적인 일로서, 군대와 사회 사업가보다 일찍 돌아온다 하더라도 말이다. 만약 조국의 아일랜드 인들이 그들의 형제들이 미국에서 행했던 일을 하지 못했다 치더라도, 그러한 사실이 그들이 결코 하지 못할 것이라는 것을 의미하지 않으며, 또한 영국의 역사학자들의 입장에서 볼 때, 조지 워싱턴에 대한 기억을 상기하거나, 학자들 스스로 아일랜드의 분리주의자들을 미친 사람 취급한다면, 거의 사회주의 국가와 같은 호주에서의 독립공화국의 진보에 만족한다고 공언하는 것은 논리적인 일이 못 될 것이다.

두 나라 사이에 이미 도덕적 분리는 존재하고 있다. 나는 영국의 찬가 '신이여 우리 왕을 도우소서'가 공개 석상에서 불릴 때마다 쉬쉬하는 소리, 고함 소리, 엄숙하고 장엄한 음악이 연주되면 절대적으로 들리지 않는 시끄러운 소리가 들려 오던 것을 상기한다. 그러나 이러한 도덕적 분리를 확인하고자 한다면, 우리는 빅토리아 여왕이 죽기 바로 전 해에 아일랜드의 수도에 들어섰을 때 거리에 있었어야 했을 것이다. 무엇보다 주목할 필요가 있는 것은, 한 영국의 군주가 정치적인 이유로 아일랜드에 가고 싶어할 때, 방문지의 시장(市長)을 설득하여 그를 그 도시의 입구에서 마중하라고 야단법석이 일어난다는 것이다. 그러나 사실, 마지막으로 방문한 군주는 주관장의 비공식적인 환대에 만족할 수밖에 없었다. 왜냐하면 시장이 군주를 환대할 수 있는 광경을 거부했기 때문이다(나는 여기서 단지 호기심으로 현 더블린 시장이 이탈리아인인 나네티 씨라는 것을 밝히고 싶다).

빅토리아 여왕은 50년 전 단 한 번 아일랜드를 방문했는데, 그것은 그녀의 결혼 후 9년 만의 일이다. 그때에는 아일랜드인들이 (그들은 불행한 스튜어트 왕조에 대한 이름도 잊지 않았으며, 전설적인 도망자 보니 프린스 찰리도 잊지 않고 있었다) 마치 여왕의 배우자가 독일 왕자를 폐위시킨 것처럼 짓궂게 그를 놀리고, 그가 영어를 잘 못하고 혀 짧은 소리로 발음하는 것을 따라 하면서 재미있어 했다. 그리고 그가 아일랜드의 땅에 발을 디뎠던 바로 그 순간, 양배추 줄기의 엄청난 세례를 선사받았다.

아일랜드인의 태도와 아일랜드인의 성격은 여왕에 대해 반감을 느끼고 있었다. 왜냐하면 여왕이 그녀의 가장 총애하는 대신인 벤자민 디스라에리의 귀족적 및 제국주의적 이론을 갖고 있었고, 아일랜드인의 운명에 대해 거의 관심을 보이지 않거나 전혀 관심을 지니고 있지 않았으며, 간혹 하는 말이라고는 경멸적인 언사뿐이었다. 그러한 그녀의 말에 대해 아일랜드인들은 당연히 민감한 반응을 보였다. 한때 케리 주에서 엄청난 재난이 있었는데, 그곳의 대부분 지역은 먹을 것도 거처할 곳도 없었던 것이 사실이다.

그러한 때에 여왕은 자신의 재산을 손에 꽉 잡아 둔 채 구원위원회를 보냈는데, 그들은 이미 사회 각 계층의 자선가로부터 수천 파운드를 모금하였고, 여왕 자신이 하사금으로 보낸 것은 총액 10파운드였다. 그 하사금이 도착하자 위원회는 그 돈을 봉투에 감사 카드와 함께 넣어 가지고 다시 여왕에게 부쳐 버렸다. 이 자그마한 사건에서 알 수 있듯이, 빅토리아 왕조와 그 피지배국인 아일랜드인 사이에는 애정이 거의 없었다. 그리고 그녀가 그녀의 왕권 말기에 아일랜드를 방문한다 했더라도, 이러한 방문의 동기는 틀림없이 정치적인 이유였을 것이다.

사실은 여왕이 오지 않았다. 그녀의 고문들에 의해 보내졌던 것이다. 그 당시에 남아프리카에서 영국 군대는 보어인들과의 전쟁에서 패함으로써 유럽언론의 조롱의 대상이 되고 있었다. 그리고 영국이 천재성을 발휘하여 로버츠 경과 키체너 경(둘 다 아일랜드 태생의 아일랜드인)을 총사령관으로 임명하여 추락한 권위를 세우고자 했더라도, 그것은 동시에 아일랜드인과 지원병을 뽑아 전쟁터에서 그들의 용맹을 입증하고자 함이었다(1815년에서처럼 워털루에서 나폴레옹의 경신된 힘을 극복한 것은 또다른 아일랜드 군인의 천재성이었다). 이러한 사실을 인정하여, 전쟁이 끝났을 때 영국 정부는 아일랜드 부대가 애국의 상징인 클로버를 성 패트릭의 날에 걸칠 수 있도록 허락했다. 사실, 여왕은 아일랜드의 안이한 공감대를 형성하려는, 그리고 하사관 징집의 수를 늘리려는 목적으로 바다 너머로 왔었다.

내가 지금까지 말한 바 있거니와, 양국을 여전히 분리시키고 있는 그 간격을 이해하기 위해서는, 그녀가 더블린으로 들어서던 때에 누군가가 그곳에 있었어야만 했다. 연도에는 얼마 안 되는 영국 병사들이 도열하고 있었고(왜냐하면 제임스 스티븐의 반항 아래 정부는 결코 아일랜드의 연대를 아일랜드에 보내지 않았기 때문이다), 이 장벽 뒤에 시민들이 모여 있었다.

화려한 발코니에는 관리들과 그들의 부인들, 통합론자들과 그 부인들, 관광객과 그 아내들이 있었다. 행렬이 나타났을 때, 발코니에 있던 사람들은 환영의 환호를 외치며 손수건을 흔들었다. 여왕의 마차가 지나갔다. 군도(軍刀)를 든 인상적인 경위병들이 사방에서 조심스럽게 호위를 한 채, 그리고 안에는 작은 부인이 보였는데, 거의 난쟁이 같아 보였고, 상복을 입은 채, 마차의 움직임에 따라 이리저리 몸을 흔들고 있었는데, 뿔테 안경을 창백하고 공허한 얼굴에 걸치고 있었다. 때때로 그녀는 발작적으로, 얼마 안 되는 고독한 환호소리에 답했다. 마치 자기가 배운 것을 제대로 알지 못하는 학생처럼, 그녀는 좌우로 모호하고 기계적인 동작으로 고개를 끄덕였다. 그들의 여왕이 지나 가는 동안, 영국 병사들은 존경을 표하면서 부동 자세로 서 있었고, 그들 뒤에서 많은 시민들이 이 과장된 행렬과 그 애처로운 중심 인물을 호기심 어린 눈으로 그리고 거의 연민으로 지켜보고 있었다. 그리고 마차가 지나가자, 그들은 모호한 눈길로 마차가 사라져 가는 것을 보았다. 이때에는 폭탄도 양배추 줄기도 없었다. 그러나 영국의 나이든 여왕은 침묵을 지키고 있는 사람들 사이로 아일랜드 수도로 들어섰다.

이러한 기질상의 차이에 대한 이유는 프리트 가의 말장난하기 좋아하는 사람들 사이에는 흔한 일이 되었지만, 부분적으로는 인종상의 문제요, 부분적으로는 역사적인 것이다. 우리의 문명은 광대한 섬유(纖維)이고, 그 섬유에서 가장 다양한 요소들이 섞이고, 그 속에서 북유럽 사람들의 호전성과 로마법, 새로운 부르주아적 관습과 옛 시리아의 종교(기독교)의 잔여물이 화해를 이루고 있다. 이러한 섬유에서, 한 올의 실이 바로 곁에 있는 실의 영향을 받지 않고 순수하고 처녀로 남아 있기를 기대한다는 것은 있을 수 없는 일이다.

무슨 종족, 또는 무슨 언어(만일 우리가 아이슬랜드의 국민들처럼, 유희적 의지로 얼음 속에 보존했던 것처럼 보이는 몇 개를 제외한다면 몰라도)가 오늘날 그의 순수함을 자랑하랴? 그리고 다른 어떤 민족도 현재 아일랜드에 살고 있는 민족보다 더 그렇게 자랑할 권리는 없다. 민족성(만일 요즘 과학자들의 해부용 칼이 최후의 일격을 가하고 있는 그토록 많은 허구들처럼 편리한 허구가 아니라면)은 혈연이나 인간의 언어같이 사물들을 변화시키는 것을 압도하고 초월하며 알려주는 뭔가에 뿌리박고 있는 그러한 근거를 찾아내야 한다. 디오니소스 같은 가명이나 가짜 에리오파지타 같은 이름을 가장한 신비주의 신학자는 어딘가에서, '신은 그의 천사들에게 국가의 경계를 맡긴다'라고 말하고 있는데, 이것은 아마 순수하게 신비적인 개념인 것만은 아니다. 우리는 데인족, 퍼볼그족, 스페인계의 밀레지안족, 침략자인 노르만, 그리고 앵글로색슨계 정착민들이 아일랜드에서 지역 수호신의 영향하에 있다고 말할 수 있는 하나의 실체를 구성하는 것을 보지 않는가? 그리고, 현재 아일랜드의 민족이 후진적이고 열등하다 하더라도 그들이 전체 켈트족 중에서 죽 한 그릇에 생득권을 팔지 않으려는 유일한 민족이라는 사실을 고려해 볼 가치가 있다.

나는 영국이 아일랜드에서 한 악행 때문에 영국을 모욕하는 것은 오히려 고지식하다는 것을 안다. 정복자는 우연일 수 없으며, 영국인들은 벨기에인들이 콩고 자유 주에서 오늘날 행하고 있으며 일본의 난쟁이들이 다른 어떤 섬에선가 내일 또 저지를 것을 수세기 동안 아일랜드에서 행해 왔다. 영국은 내분을 일으켰고, 그들의 재물을 차지했다. 그는 새로운 농경 체계를 도입함으로써, 원주민 지도자들의 권력을 축소시키고 영국군에게 많은 토지를 주었다. 또한 그는 카톨릭 교회가 반항적일 때는 박해했고, 지배의 효과적인 도구가 되었을 때는 박해를 멈추었다. 영국의 주요 관심은 그 나라를 분열 상태로 유지하는 것이었으므로, 그리하여 만일 자유파 영국 정부가 언젠가 영국 유권자들이 아일랜드의 자치권을 내일 넘겨줄 것이라고 확신한다면, 보수적인 영국 언론은 당장에 얼스터 지방으로 하여금 더블린의 권위에 도전하도록 부추겼을 것이다.

영국은 교활한 만큼 잔혹했다. 그들의 무기는, 그리고 지금도 여전히 그렇듯이, 공성(攻城) 망치와 곤봉과 밧줄이었다. 그리고 만일 파넬이 영국 편에서 보면 눈엣가시였다면, 그것은 본래 그가 어린 시절 위크로우에서 유모로부터 영국의 잔인성에 대한 이야기를 들었기 때문이다. 그의 이야기는, 형법을 위반한 한 농부가 대령의 명령에 따라 체포되어, 옷은 벗겨지고 마차에 매달려서 군대에 의해 채찍질을 당하는 것이었다. 대령의 명령에 의하면, 복부에 채찍질을 가해서 그 비참한 농부가 극심한 고통 속에 죽을 것이며, 내장이 길바닥으로 쏟아져 나오게 하는 것이었다.

영국인들은 아일랜드인들이 카톨릭 신자인데다 가난하고 무지하다고 경멸하지만, 어떤 사람들한테는 그런 비난을 정당화하기란 쉬운 일이 아닐 것이다. 영국이 국가의 산업, 특히 모직물 공업을 폐허화시켰기 때문에, 영국 정부의 태만으로 감자 기근 시기에 대부분의 인구가 굶어 죽었기 때문에, 현 정부 하에 있기 때문에, 아일랜드가 인구를 잃고 범죄가 거의 사라지는 동안, 판사들은 거금의 월급을 받고 정부의 공직자나 공무원들은 거의 일도 하지 않고도 많은 돈을 받았다. 더블린에서만도, 총독은 1년에 50만 프랑을 받고 있다. 더블린 시민은 각 경찰관에게 1년에 (이탈리아에서, 내가 추측컨대, 고등학교 교사가 받는 급여의 두 배쯤 되는 것으로 생각되는) 3,500

프랑을 지불하는 반면 시의 사무 관리장 정도의 일을 하는 가난한 이는 일당 정화(正貨) 6파운드의 비참한 급여로 생계를 유지해야 했다. 그러면 아일랜드가 가난하고, 더욱이 정치적으로 뒤처졌다는 영국인 평자의 말은 옳다.

아일랜드인들에게 루터의 종교개혁이나 프랑스혁명은 아무 의미도 없었다. 영국에서는 남작들의 전쟁으로 알려진, 왕에 대항하여 투쟁한 봉건 호족들은 아일랜드에서 비슷한 동료를 가지고 있었다. 만일 영국인 남작들이 점잖은 방식으로 그들의 이웃을 학살하는 방법을 알고 있었다면, 아일랜드 남작들도 그러했다. 그 당시 아일랜드에서는, 귀족 혈통의 산물인 잔혹한 행위가 성행했다. 아일랜드의 왕자 샌 오닐은 그런 기질을 너무 강하게 타고 나서, 그가 육체적 욕구를 느낄 때마다 사람들은 자주 그를 땅속에 목까지 파묻어야 했다. 그러나 외국 정치가들에 의하여 교묘하게 분열된 아일랜드 남작들은, 본성에 따라 행동할 수 없었다. 그들은 자기들끼리의 어린애 같은 논쟁에 몰두했고, 국가의 힘을 전쟁에서 소모했다. 그러는 동안 성 조지 운하 건너편의 동료들은 억지로 존 왕에게 런니메드 평야에 대한 마그나 칼타(현대적 자유를 최초로 기록한)에 서명하게 하고 있었다.

하원의 설립자인 몬트포드의 사이몬 시대에 그리고 그후에 호민관 크롬웰 시대에 영국을 뒤흔든 민주주의 물결은 아일랜드의 해안에 도달했을 때는 이미 소진되어 버렸다. 그래서 이제 (진지한 세계의 영원한 만화가 될 하느님에 의한 운명의 나라) 아일랜드는 귀족이 없는 귀족주의 국가가 되었다. 고대 왕들의 후손들(작위 없이 가족명 만으로 지칭되는)은 그들의 왕호를 짓밟은 법률의 편에 서서 가발과 선서 진술서로 무장하고, 법정에 나타난다. 현실에 어두운 아일랜드인들로 타락한 왕손들은 자신들이, 비슷한 곤경에 빠져, 그가 바니스 왕 또는 소시지 왕일지 모르지만, 어떤 다른 왕의 딸에게 구혼하기 위하여 신비로운 미국으로 가는 영국에 있는 동료들의 예를 따르리라고는 결코 생각해 보지 못했다.

왜 아일랜드 시민이 반동적이고 카톨릭 신자인지, 그리고 왜 그들이 저주를 할 때 크롬웰과 사탄의 이름을 혼동하는지를 이해하는 것은 조금도 어렵지 않다. 그에게, 시민권의 위대한 수호자는 아일랜드로 와서 총과 칼로 자신의 신념을 전파한 야만적인 짐승인 것이다. 아일랜드는 드로그헤다와 워터포드 강탈을 잊지 않으며, '바다 속으로 또는 지옥으로' 가겠다고 하면서, 청교도들에게 쫓겨 땅 끝의 섬으로 내몰린 사람들도 잊지 않으며, 영국인들이 리머릭 조약에서 맹세한 거짓 약속 또한 잊지 않는다. 어찌 잊을 수 있겠는가? 노예의 등이 회초리를 잊을 수 있겠는가? 영국 정부가 카톨릭교를 추방했을 때 카톨릭의 도덕적 가치를 증대시켰다는 것은 사실이다.

이제, 부분적으로는 끊임없는 대화와 부분적으로는 페니언 당의 폭력적 투쟁의 결과로 공포 정치는 끝났다. 형법은 철회되었다. 오늘날, 아일랜드에서 카톨릭 신자가 교수형에 처해지거나 끌려가서 형리의 손에 참수될 위험을 감수하지 않고도 투표를 할 수 있으며, 공무원이 될 수도 있고, 무역이나 교육직을 맡을 수 있으며, 공립학교에서 가르칠 수도, 의회에 진출할 수도, 30년 동안 개인 토지를 소유하며, 정화 5파운드 상당의 말을 소유하고, 카톨릭 미사에 참석할 수도 있다. 그러나 이런 법률은 현존하는 국회의원이 영국 판사에 의하여 실질 교수형에 처해지고, 최근에 형리(영국에서 성실 및 근면으로 그의 용인 동료들 사이에서 보안관에 의하여 추천된 고용인)의 손에 반역죄로 참수되었기 때문에 얼마 전에 폐지되었다.

90퍼센트가 카톨릭 신자들인 아일랜드인들은 단지 수천 명의 정착민의 복지를 위해서만 존재하는 신교 교회의 유지에 이제는 더 이상 기여하지 않는다. 영국의 재산은 어느 정도 손실을 겪었고, 그리하여 카톨릭 교회는 딸을 한 명 더 얻었다고 할 수 있다. 교육 제도에 관한 한, 그것은 현대적 사고의 몇 줄기 흐름을 천박한 토양 속으로 천천히 흘러들게 했다. 곧, 아마도 아일랜드는 양심의 점진적인 각성이 있을 것이며, '벌레 음식물'의 4~5세기 후에 우리는 아일랜드 승려들이 승복을 벗어 던지고, 수녀들과 도망쳐

서, 카톨릭교였던 일관성 있는 부조리의 마지막이며, 신교의 일관성없는 부조리의 시작을 큰소리로 외칠 것을 알고 있다.

그러나 아일랜드에서 신교는 거의 생각할 수 없다. 의심할 바 없이, 아일랜드는 지금까지 가장 성실한 카톨릭 교회의 딸이었다. 그는 아마도 최초로 기독교 선교사를 정중하게 받아들였으며, 피 한방울 흘리지 않고 새로운 교리로 개종한 유일한 나라일 것이다. 그리고 실제로, 아일랜드의 성직사(聖職史)에는, 카쉘의 주교가 조롱자인 기랄더스 캠브렌시스에게 자랑스럽게 대답하는 가운데 순교의 역사는 전혀 없다. 6~8세기 동안, 아일랜드는 기독교의 정신적 중추였다. 그는 세계 각국으로 교리를 전파하기 위하여 그의 백성을 파견했으며, 성서를 해석하고, 새롭게 하도록 석학들을 파견했다.

성직자의 삭발 종류, 부활절 기념 시기, 그리고 최후로 에드워드 7세의 개혁 밀사의 촉구에 대한 일부 승려들의 탈퇴 등과 같은, 사소하면서도 동시에 중요한 제식상의 차이들과, 예수 그리스도의 두 가지 특성인 신성·인성 합체에 관련된 5~6세기의 네스토리어스의 교리 경향을 제외한다면, 아일랜드 카톨릭교의 신앙은 한번도 심각하게 흔들린 적이 없다. 그러나 교회가 위험 속에 빠져들고 있다는 최초의 통보에, 아일랜드의 특사들의 실질적인 무리들은 즉시 유럽의 모든 해역으로 출발했는 바, 그곳에서 그들은 이교도들에 대항하는 카톨릭의 권능 사이에서 강력하고 총체적인 운동을 선동하려 시도했다.

가령, 교황청은 독특한 방식으로 이러한 충성에 보답했다. 처음에 교황의 칙서와 반지로 아일랜드를 영국의 헨리 2세에게 바쳤으며, 그후 신교의 이단이 고개를 쳐들었던 교황 그레고리 8세의 직위 시에 교황청은 이교도적인 영국에게 신앙심 깊은 아일랜드를 바친 것을 후회했다. 그리고 이 실수를 극복하고자, 교황청은 교황 법정의 사생아를 아일랜드의 최고 통치자로 임명했다. 그는 자연스럽게 '분리된 비신앙계'의 왕으로 남게 되었지만, 그럼에도 불구하고 이로 인해 교황의 의도는 관대한 것이었다. 다른 한편으로,

아일랜드의 불평은 대단해서 이미 아일랜드를 영국인과 이탈리아인에게 넘겨주었듯이, 교황이 유럽의 예측불가한 불평 때문에, 일시적 탄핵으로 알고 있던 알폰소의 일부 스페인의 하급 귀족에게 그들의 섬을 앞으로 양도한다면, 이는 단순한 불평일 수 없을 것이다. 그러나 교황청은 교회의 명예를 더욱 소중하게 간직하고 있었으며, 비록 과거의 아일랜드가 우리들이 살펴본 방법으로 성인(聖人) 연구의 고서(古書)를 풍부히 했다손치더라도, 이는 바티칸 의회에서 인정받기로는 힘든 것이었다. 그리고 1,400년 이상이 흘러서야 성부(聖父)는 아일랜드 주교를 추기경으로 승격시키는 것을 고려하기 시작했다.

그러면 교황권에 대한 성실과 영국 왕위에 대한 불성실로부터 아일랜드가 얻은 것은 무엇이었던가? 그것은 상당한 것 같으나, 아일랜드 자체를 위한 것이 아니었다. 17~18세기에 영국 언어를 채택하고, 모국을 거의 망각했던 아일랜드 작가들 중에는 이상가(理想家) 철학자 버컬리, 《웨이크필드의 목사》의 저자인 올리버 골드 스미스, 현대 영국의 불모의 무대에서 각광을 받고 있는 희극을 쓴 두 저명한 극작가 리차드 브린스리 쉐리던과 윌리엄 콘그리브, 프랑스의 라블레와 함께 세계 최고의 풍자 문학으로 인정받은 《걸리버 여행기》의 작가 조나단 스위프트, 영국인들이 현대의 데모스테네스라고 일컬을 만큼 하원 의원에서 가장 심원한 웅변가로 손꼽는 에드먼드 버크가 있다.

심지어 오늘날, 그의 무거운 장애에도 불구하고 아일랜드는 여전히 영국 예술과 사상에 공헌하고 있다. 아일랜드인들이 《스탠다드》지(誌)와 《모닝 포스트》지의 주요 기사에서 접하는 불균형적이고 무기력한 얼간이들이라는 사실은 영국 문학에 있어서 3명의 가장 위대한 번역가들 —— 페르시아 시인 오머 카이얌의 《루바이야트》의 역자인 피츠제랄드, 아랍의 걸작들을 번역한 벌튼, 그리고 《신곡》의 고전 번역가인 캐리 —— 에 의해 부인된다. 또한 다른 아일랜드 인들, 현대 영국 음악의 악장인 아더 살리번, 차티즘(Chartism)

의 창시자 에드워드 오코너, 사하라 사막의 오아시스격인 허구의 영적·메시아적·탐정적 글쓰기를 한 소설가 조지 무어, 그리고 역설적이며 우상 파괴적 희극 작가인 버나드 쇼, 그리고 역시 잘 알려진 혁명적 여류 시인의 아들 오스카 와일드라는 두 명의 더블린 인들의 이름에 의해서도 이 사실은 부인된다.

결국, 구체적인 사례로부터 아일랜드인이 아일랜드라는 지역을 벗어나 다른 환경 속에서 인식될 때, 그가 아주 빈번히 존경받는 인사가 된다는 사실에 의하여 이와 같은 아일랜드에 대한 경멸적 인식이 잘못된 것임을 알 수 있다. 자국에 팽배한 지배적인 경제적·지적 조건들은 개인성의 발전을 허용하지 않는다. 국가의 영혼은 무용한 투쟁과 허물어진 법제(法制)에 의하여 쇠약해지고, 개인의 독창성은 교회의 영향과 설교에 의하여 마비된다. 그런 사이 그 실체는 정치, 세관과 군대에 의하여 족쇄가 채워진다. 어느 누구든 자만하는 자는 아일랜드에 머물지 않고, 분노한 신의 방문에 시달린 이 국가로부터 멀리 도망친다.

리머릭 조약의 시기로부터, 아니 불신 속에서 영국인들로부터 떨어져 나온 그때부터, 수백만 아일랜드인들은 그들의 조국을 떠났다. 수세기 전과 마찬가지로, 이들 도망자들은 기러기(wild geese)라 불린다. 그들은 유럽의 강대국들——정확히 말해서 프랑스·네덜란드·스페인——의 외국인 연대에 입대하여 그들을 고용한 주인을 위해 수많은 전장에서 승리의 월계관을 차지했다. 미국에서 그들은 또 하나의 조국을 발견했다. 미국 반란군 계층에서 아일랜드의 고대어가 들리기 시작했다. 그리고 1784년 마운트 조이 경 자신은 "우리는 아일랜드 이주민 때문에 미국을 잃어 가고 있다"고 말했다. 오늘날 미국에 상주하는 아일랜드 이주민들은 1,600만으로, 풍요하고 강대하며 산업적 정주를 누리고 있다. 아마 이것은 부활이라는 아일랜드의 꿈이 전적으로 환상이 아님을 입증하지는 않으리라!

만일 아일랜드가 틴달처럼 타인의 배려에 한몫을 할 수 있었다면, 그 이름이 국외로 알려진 소수 과학자들, 캐나다 주지사와 인도의 총독이었던 더퍼린 후작, 식민지 통치관이었던 찰스 가빈 더피와 헨네시, 최근의 스페인 장관 테투안 공작, 미국 대통령 후보 브라이언, 프랑스 공화국의 대통령 마샬 맥크마흔, 최근 채널 함대의 사령부에 소속된 영국 해군의 실제 지휘자 찰스 브레포드 경, 3명의 아주 유명한 영국 육군장교 —— 대대장 울세리 경, 수단 운동의 승리자이며 인도에서 현 육군사령관에 임명된 키천너 경, 아프가니스탄과 남아프리카 전쟁에서의 승리자 로버츠 경—— 처럼 만일 아일랜드가 타인의 봉사에 이 모든 실제적 재능을 발휘해 왔다면, 이는 아일랜드의 현 상황에서 반목하고, 부적절한, 그리고 전제적인 것에 다름 아님을 의미한다. 왜냐하면 조국의 아들들이 자신의 나라를 위하여 열정을 쏟아부을 수 없기 때문이다.

심지어 오늘날에도, 기러기의 비행(飛行)은 끊임없이 이루어지고 있기에, 인구의 격감을 겪고 있는 아일랜드는 매년 6만 명의 아들을 잃고 있다. 1850년부터 지금까지 5백만 이상의 이주민이 미국으로 떠났고, 이들은 고국에 있는 친구와 친척에게 초대장을 보내고 있다. 노인·병자·어린이·빈자만이 고국에 남아 있다. 여기 이중의 멍에가 들씌워진 가운데 또 하나의 깊게 패인 홈이 덮이고, 그리하여 가난하고 허약한, 삶의 의욕을 거의 잃은 사람들이 고통에 시달리고, 통치자들은 명령을 내리고, 신부들이 최후의 의식을 집행하는 사자(死者)의 침대 주위에 머물고 있다.

이 나라는 미래의 어느 날 북녘의 헬라스처럼 과거의 지위를 회복할 운명을 지니고 있는가? 여러 모로 유사한 슬라브 족 정신처럼, 켈틱 정신에도 미래의 새로운 발견과 통찰력으로 국민의 양심을 고양시킬 가능성은 있는가? 아니면 켈틱계인 켈틱 5개국은 강대국의 수세에 몰려 대륙의 가장자리로, 유럽의 외각 섬나라로, 세기의 투쟁을 겪고 결국에는 대양으로 던져져야 하는가? 안타깝게도, 우리 아마추어 사회학자들은 단지 이류 논쟁자일 뿐이다. 우리는 인간 내부를 남달리 꿰뚫어보지만, 결국 거기에서 아무것도 보지 못한다고 자백한다. 단지 초인간만이 미래의 역사를 어떻게 기록할지 알고 있다.

이러한 종족의 재생을 위한 문명화에 대한 결과가 무엇인가를 알게 된다는 것은, 오늘밤 내가 조준해 놓은 망원경에서 벗어난다 해도, 매우 흥미로운 것이다. 2개 국어를 가진, 공화정의, 자기중심적이고, 진취적인 기상을 가진 자체 상업 함대를 거느린, 세계 전 지역에 영사를 둔 섬나라 아일랜드, 영국 근방의 한 경쟁적 섬의 탄생이 가지는 경제적 성과 그리고 구 유럽에 있어서 아일랜드 예술가와 사상가——저 기이한 정신, 지독한 열성가들, 성(性)과 예술을 배운 바 없는, 이상주의에 충만하여, 이를 실현해 낼 수 없는, 어린애 같은 정신, 재치 있고 풍자적인 이른바 '온정 없는 아일랜드인들'——의 출현의 도덕적 성과는 바로 그것이다. 그러나 나는 이러한 재생을 기대하면서, 로마의 폭정이 영혼의 궁전을 메우고 있을 때 영국의 폭정에 대항하여 절규한다는 것이 얼마나 타당한가 하는 점에는 분명히 답할 수 없음을 고백한다.

나는 영국의 파괴자에 대항하는 격렬한 욕설의 의도를 알지 못한다. 뿐만 아니라 앵글로색슨 문명에 대한 비난, 비록 그것이 전적으로 물질주의적 문명이라 할지라도, 영국이 비문명국가였던 시기로 거슬러 올라가는 때의 《겔즈의 책》《레칸의 누른 책》《단 카우의 책》과 같은, 고대 아일랜드의 책들에서 나오는 세밀화의 예술이, 거의 중국만큼이나 역사가 깊으며, 그리고 아일랜드는 최초의 프레밍이 영국에 빵 제조술을 전수하려고 런던에 도착하기 이전 수세대 동안 그들 자신의 직조술을 만들어 유럽에 보급했다는 것이 공허한 허풍을 알지 못한다. 만일 이런 식으로 과거에 호소하는 것이 타당하다면, 카이로의 농부가 영국 여행자를 위하여 짐꾼으로 행사하는 것을 조롱하는 보편적 권리를 가질 수 있을 것이다.

고대의 아일랜드는 고대의 이집트가 멸망한 것과 흡사하다. 그 죽음은 찬송되며, 그 비석 위에 그것은 봉인되어 있다. 터무니없는 예언자들, 방랑하는 음유시인들, 그리고 영국 쟈코뱅 시인들의 입을 통하여 수세기에 걸쳐 말해 왔던 고대의 국가 정신은, 찰스 클라런스 맹건의 죽음과 함께 사라져 버렸다. 그와 함께, 고대 켈트의 음유시인들의 트리플 규칙의 오랜 전통은 끝났다. 오늘날 다른 음유시인들은 또다른 이상에 빠진 채, 울음을 터뜨리고 있다.

한 가지만이 나에게는 분명한 것 같다. 아일랜드가 한때 번영했으나 결국 쇠락해 버린 것은 바로 그들의 과거이다. 만일 진실로 부활의 가능성이 있다면, 이를 일깨우거나 아니면 머리를 가리고 무덤 속에서 영원히 잠들도록 하라. "우리 아일랜드인들은," 하고 오스카 와일드가 어느날 나의 친구에게 말했다, "지금까지 아무것도 행하지 않았지만, 우리는 그리스 사람들의 시대 이래로 가장 위대한 다변가들이다." 그러나 아일랜드인들이 다변적이긴 하지만, 혁명은 인간의 마음과 타협으로 만들어지지 않는다. 아일랜드는 이미 상당한 모호성과 오해의 여지를 가져왔다. 우리가 그토록 기다려 온 한 판의 극(劇)을 아일랜드가 벌이려 한다면, 이번에는 단결된 모습으로, 그리고 완벽하게, 결정적으로 하는 일이다. 그러나 아일랜드 국민들을 향한 우리의 충고는 우리의 이전 세대가 얼마 전에 그들에게 한 것과 꼭 같은 것이다──서둘러라! 나는 확신하건대, 적어도 나는 그러한 막이 오르는 것을 결코 보지 못할 것이다. 왜냐하면 나는 이미 막차를 타고 고국으로 가고 있을 것이기 때문에.

해 설

《더블린 사람들》에 나타난 에피파니

1. 이야기의 배경

조이스가 단편 작품들에 대하여 심각하게 작업하기 시작할 무렵, 그는 사실상 거의 영원히 아일랜드를 떠난 셈이다. 그의 망명에 대하여 많은 이유들이 있을 수 있었다. 그러나 다른 이유들 중에서도 가장 큰 이유는 그의 조국 아일랜드가 그에게 도덕적 및 정신적 마비(paralysis) 상태에 있는 것처럼 느껴졌다는 것이다. 그는 이런 마비의 주제를 그의 작품 속에 문서화하기로 결심했다. 그리하여 이 마비의 주제가 이 단편집에 일관되게 흐르고 있다.

제임스 조이스의 《더블린 사람들》은 그의 소설 작품으로서는 최초의 것으로, 그의 나이 22세와 25세 사이인 1904년에서 1907년 사이에 씌어진 15편의 단편으로 구성된 단편 소설집이다.

처음 세 편의 단편 〈자매들(The Sisters)〉, 〈이블린(Eveline)〉 그리고 〈경주가 끝난 뒤(After the Race)〉는 1904년 조이스가 뒤에 그의 아내가 된 노라 바나클(Nora Barnacle)과 함께 유럽으로 떠나기 전에 쓴 것이다. 나머지 단편들은 작가가 폴라(Pola)와 트리에스트(Trieste)에서 영어 교사를 하면서 쓴 것으로, 이들을 모두 합친 12편의 작품들을 1906년 12월에 조이스는 런던의 출판업자 그랜트 리차즈(Grant Richards)와 출판 계약을 맺었다. 뒤이어 〈두 건달들(Two Gallants)〉이 완성되었다. 이때 그는 트리에스트에서 출판업자에게 보낸 편지에서 《더블린 사람들》의 문체와 주제, 특히 그 중에서도 그의 예술적 목적에 대하여 다음과 같이 포괄적으로 서술하고 있다:

> 나의 의도는 우리나라 도덕사의 한 장을 쓰는 것이었으며, 나는 더블린이 마비(痲痺)의 중심으로 생각되었기 때문에 이 도시를 이야기의 장면으로 택했다. 나는 무관심한 대중에게 다음과 같은 네 가지 단계로 그 도시를 제시하려고 노력했다. 즉 유년기·청년기·성숙기, 그리고 대중생활이 그것이다. 이야기들은 이러한 순서로 배열되었다. 나는 대부분의 이야기들을 주도면밀하고 천박한 문체로 썼으며, 그를 제시함에 있어서 보고 들은 바를 변경하거나 더욱이 그 형태를 감히 망가뜨리려는 자는 대담한 자라는 확신을 갖고 그렇게 했다. 나는 이 이상 더 어떻게 할 수는 없다. 나는 내가 쓴 바를 변경할 수 없다.

조이스는 《더블린 사람들》이 출판되기까지 많은 우여곡절을 겪어야 했다. 출판 계약자 리차즈는 이들 작품들 속에 포함된 특수한 단어와 구절들이 지나치게 야비하다거나 신성(神聖)을 모독한다 하여 이를 삭제할 것을 요구하기도 했다. 예를 들면, 그는 세 가지 단편들 속에 포함되어 있는 '빌어먹을(bloody)'이란 말을 지적했다. 이에 대하여 조이스는 다음과 같이 언급했다:

> 최초의 구절을 나는 변경할 수 있었습니다. 그러나 세 번째 구절은 절대로 변경시킬 수 없습니다. 〈하숙집〉을 스스로 읽어보시고 당신이 생각하는 바를 솔직히 말해 주십시오. 내가 사용한 정확한 표현인 그 단어는 독자에게 내가 창조하기를 바라는 그 효과를 이룰 수 있는 영어

의 유일한 표현입니다.

뒤이어 조이스는 몇 가지 더 많은 '반대할 수 있는(objectionable)' 단어들의 삭제에 동의했지만 이렇게 경고한 바 있다 ——"이러한 삭제 때문에 이야기들에 상처를 낸 것을 숨길 수 없을 것입니다." 그리하여 그는 〈두 건달들〉을 이런 이유 때문에 생략할까도 했지만, 이러한 생략이 그의 작품의 '치명적 절단(fatal cut)'이 될 것이라 생각했다. 조이스의 이러한 애절한 호소에도 불구하고 리차즈는 이를 받아들이지 못하고 끝내는 이 작품의 출판을 포기하고 말았다. 그러자 1909년 더블린의 마운셀 출판사가 이를 출판하긴 했으나 신성모독을 나타내는 구절의 상존(常存), 실재인물의 이름과 장소의 사용, 몇 가지 정치적·종교적 언급 등으로 인한 독자의 공격을 두려워한 나머지 제본된 책을 모두 없애 버렸다. 그후 몇몇 출판사들에 의하여 출판이 다시 시도되었으나 실패하고, 최초의 출판업자인 리차즈가 1914년에야 다시 이를 출판·간행하게 되었으니, 최초의 교섭이 있은 지 만 8년만의 일이었다.

조이스가 그의 단편들을 쓰기 시작할 무렵, 그는 사실상 아일랜드를 영원히 떠난 셈이다. 그가 조국 아일랜드를 떠난 데는 여러 가지 이유가 있었지만, 그 중에서도 그의 조국이 '도덕적·정치적 마비(moral, political paralysis)'에 사로잡힌 듯 느껴진 것이 가장 큰 이유였다. 그는 이러한 마비를 작품화하기로 결심했다. 따라서 《더블린 사람들》은 주제면에서 일관성을 띤 분명한 공통의 근거와 배경을 갖고 있다. 그는 전세기와 금세기의 전환기의 더블린 생활과 관련되어 있으며, 아일랜드의 '도덕사(moral history)'를 묘사하고 있다. 다시 말해서 이들 단편들은 정치·사회·경제·종교를 총망라하는 정신적 및 도덕적 마비 또는 부패의 중심지로서의 더블린의 이미지를 제시하고 있는 셈이다. 조이스는 《더블린 사람들》을 그의 의중에 두고 다음과 같이 말한 바 있다:

나는 어떠한 작가도 여태까지 더블린을 세상에 제시했다고 생각지 않는다. 그것은 수천 년 동안 유럽의 한 중요 도시가 되어 왔으며, 대영 제국의 제2의 도시로 상상되고, 베니스의 거의 3배가 된다. 더욱이 내가 여러 상황을 여기서 자세히 서술할 수는 없으나, '더블린 사람들(Dubliners)'이란 표현은 어떤 의미를 지니고 있는 것 같으며, '런던 사람(Londoner)'이나 '파리 사람(Parisian)'과 같은 말로도 통할 수 있지 않을까 한다.

위와 같은 서술은 《더블린 사람들》에서처럼 《율리시즈》에도 적용될 수 있을 것임이 분명하다. 사실상, 전자는 작가의 상상 속에, 그러한 단편들의 또 하나의 이야기로 애초 시작되었던 것 같다. 블룸(Bloom) 씨는 평화와 행복을 추구함에 있어서, 헌터(Hunter) 씨로 불릴 수 있었을 것이다.

《더블린 사람들》의 두 가지 다른 특징들을 《율리시즈》 또한 분담한다. 즉 이 단편들은 한 도시와 그 속에 사는 시민들의 상세한 이미지를 마련하여, 한 권의 이야기 모음집으로서, 각 이야기마다 분명하게 내포된 독립적 특성에도 불구하고, 총체적으로 철저하게 동일성을 잘 드러내고 있다.

그리하여 무엇보다 중요한 것은, 조이스가 자신이 태어난 도시가 고통을 겪고 있다고 믿었던 마비 속을 깊이 발굴하고 있을 때, 독자는 이 작품 속에서 하나의 강한 주제적 통일성을 의식하게 된다는 사실이다.

비록 조이스가 《율리시즈》를 집필했을 당시, 그의 더블린에 대한 견해는 약간 덜 비판적이었지만, 이 도시는 여전히 그에게 악의 원천인듯 여겨졌던 바, 이는 금세기 초의 작가들의 공통된 주제를 형성한다. 그러나 이러한 보편적 견해에 대한 약간의 변형이 이야기들의 종곡(終曲, coda)이라 할 〈죽은 사람들(The Dead)〉(필자는 이야기 속의 실제로 죽은 사람들과, 육체적으로 살아 있으면서도 정신적으로 죽은 삶들을 통칭함으로써, 이 제목을 복수로 읽는다) 속에 마련되어 있다. 이 최후의 이야기는 몇 가지 면에서 예외적이다. 우선 다른 이야기들보다 한층 길고, 한층 더 많은 진전(進展)을 포함하고 있으며, 한층 풍부한 기법을 사용하고 있다. (이를 단편소설이라기보다 '중단편(novella)'으로 부르는 이유가 여기에 있다) 그의 주제적 소재들은 복잡하고, 《율리시즈》의 블룸 씨의 이야기와 직접적으로 연관되어 있다.

이 고무적 이야기에 대한 자세한 해설은 잇따라 드러나겠지만, 우선 그에 대한 몇 가지 착안점을 들어보자. 더블린의 대학 강사며 저널리스트인 주인공 게이브리얼 콘로이(Gabriel Conroy)는 그의 아내에 대한 욕망의 기분에 잠긴 채 그의 이모들 댁에서 있었던 십이야(十二夜, Twelfth Night, 1월 5일 밤으로서, 에피파니 전야)의 저녁 파티에서 되돌아온다. 그러나 그러한 욕망은 파티에서 손님들 중의 한 사람이 아내 그레타(Gretta)에게 수년간 그녀를 사랑했던 마이클 퓨리(Michael Fury)라는 한 젊은 청년을 상기케하는 노래를 부름으로써 좌절케 만든다. 퓨리는 그녀의 창가에서 추위와 빗속에 서서 기다리다 걸린 폐렴 때문에 죽었다. 그의 아내는 게이브리얼이 한 몫을 차지하지 못하는 과거를 생각하고 있는지라, 그는 자신의 욕망을 극복해야 하고 자제(自制)·이해 그리고 자기 인식의 기분 속에 잠을 이루어야 한다. 이는 대단원의 종말이며, 모든 이전의 예비적 소재들이 합류하는 장면이기도 하다. 그러나 이야기의 대부분은 파티와 그 파티에 있어서 게이브리얼의 역할을 다루고 있다.

앞서 다룬 단편들과 비교하여, 여기 조이스의 창작의 새로운 성숙성은 이러한 두 중요한 부분들의 균형 속에 드러난다. 이는 그들의 상호 연관의 섬세함과 풍요 속에 그리고 종말을 위한 조심스런 준비 속에 이루어지고 있는데, 이를 우리는 단지 앞서 부분을 재독(再讀)함으로써만이 감상할 수 있다. 이는 물론, 분명히 우리가 《율리시즈》 속에서 발견하는 똑같은 병행으로, 이 후자의 작품 또한 〈죽은 사람들〉과 마찬가지로 침대 속에서 끝난

다. 또한 두 이야기는 정절(貞節)과 결혼애라는 문제에 대한 부분적 해결과 함께, 그리고 과거의 환기로서 종결된다.

파티 도중에 게이브리얼의 자존심과 자신(自信)은 연거푸 공격을 받는데, 이는 마치 블룸즈데이(Bloomsday) 하루를 통하여 블룸이 겪는 수모(受侮)와 같다. 동시에 이러한 수모와 타인으로부터의 공격과 더불어, 파티의 점진적 축제의 분위기는 게이브리얼로 하여금 그의 아내에 대한 육체적 욕망으로 클라이맥스를 이루는 얼마간의 행복감과 감정의 기민(機敏)으로 인도한다. 마찬가지로, 《율리시즈》에서 블룸의 성적 욕망은 하루가 다해감에 따라 거듭 날카로워진다. 그들의 이야기의 초두에서, 게이브리얼과 블룸은 다 같이 세상의 공격을 저지하려고 애씀으로써, 그들의 실패를 합리화한다. 그러나 그들은 양자의 경우에 있어서 마침내 모퉁이로 돌아 자찬(自讚)으로 나아가는 바, 그들 자신을 우주적 조망(眺望) 속에, 자신들은 이제 더이상 그들이 결혼한 여인들의 유일한 소유주가 아닌, 인류 역사 속의 한 대수롭지 않은 인물들로 바라볼 뿐이다. 양자의 경우에 있어서, 분개와 자기 연민은 사라지고, 그리하여 이는 동정과 상상적 동질성으로 대치된다.

금세기 초의 도시 생활이란 오늘날의 그것처럼 정신적 마비의 생활이요, 엘리어트(T. S. Eliot)가 그의 유명한 《황무지(*The Waste Land*)》에서 묘사한 공허의 도시 런던이나, 대낮에도 유령들이 행인의 소매를 끄는 보들레르(Baudelaire)의 파리의 그것이었다. 이들 도시의 인간들은 다시 엘리어트의 말대로, "한 시대의 분별력으로도 취소할 수 없는 / 한 순간의 굴복, 그 엄청난 대담성 / 이것으로, 그리고 이것만으로 우리가 존재해 오고 있다(The awful daring of a moment's surrender / Which an age of prudence can never retract / By this, and this only, we have existed)." 이처럼 도시의 사람들은 문란한 성생활과 물질 만능 및 가치관의 전도에 의해 쫓기고 쫓기는 현실에서 생중사(生中死, death in life)를 영위하는 '텅 빈 인간(hollow man)'이나 '박제(剝製) 인간(stuffed man)'들이다.

이러한 정신적 죽음의 묘사가 바로《더블린 사람들》의 주제로서 그의 최후의 이야기인 〈죽은 사람들〉의 타이틀 자체가 상징적으로 이를 대변해 주고 있다. 이처럼 정신적 죽음을 경험하는 사람들은 정신적 마비, 이에서 도피하려는 환상(幻想, illusion)과 노력, 그리고 현실(reality)과 부딪히자, 그들의 의지의 박약으로 이를 실현하지 못하고 그 실패에서 오는 꿈의 좌절과 환멸로 일관하고 있는데, 이를 도면으로 나타내면 다음과 같다:

이들 이야기들은 이상과 같은 일관된 진전의 순서를 가짐으로써 전체 이야기들의 공통된 구조에 기여한다. 그리하여 더블린 사람들은 조이스가 말하는 이른바 '전통적 올가미'인 가정·조국 및 종교에 얽매인 채, 우리에 갇힌 '어쩔 수 없는 동물' 마냥, 그날 그날을 살아가고 있는 삶을 다루고 있다. 이리하여 더블린은 성서의 구약에서 우리가 읽듯, 모세가 탈출하기 이전의 이집트인 '구속의 집'을 방불케 하고 있다.《더블린 사람들》의 이야기들은 한마디로 현대 도시 생활의 마비와 좌절의 연구다. 그러나 작가의 의도는, 단순히 아일랜드의 도덕적 마비라는 주제를 작품 속에서 다룰 뿐만 아니라, 한 걸음 더 나아가 정신적 자유를 추구하는 것을 그의 취지로 삼고 있음을 우리는 알아야 한다.

조이스는 그의 출판업자 리차즈에게 보낸 한 서한에서《더블린 사람들》의 기본적 골격 구조를 다음과 같은 네 개의 양상으로 구분하고 있다.

1) 유년기: 〈자매들〉〈뜻밖의 만남〉〈애러비〉
2) 청년기: 〈이블린〉〈경주가 끝난 뒤〉〈두 건달들〉〈하숙집〉
3) 장년기: 〈작은 구름〉〈짝패들〉〈진흙〉〈참혹한 사건〉
4) 대중생활: 〈위원실의 담쟁이 날〉〈어머니〉〈은총〉

374

5) 종장: 〈죽은 사람들〉

유년기의 세 단편들은 모두 어린 소년들에 의하여 1인칭으로 이야기되고 더블린의 도덕적 마비가 아직 천진난만한 그들의 관심에서 관찰되고 있다. 젊은 작가의 많은 경험들을 구체화한 이 이야기들은 유년 시절의 정신적 부패를 말해 준다. 예를 들면, 〈애러비〉의 종말은 우리에게 의미심장한 에피파니를 보여 준다:

> 그 어둠을 꿰뚫어 보면서 나는 나 자신이 허영에 몰리고 또 조소(嘲笑)를 받은 한 마리 짐승 같다는 생각을 해보았다. 그리고 내 두 눈은 번민과 분노에 불타고 있었다.

이 이야기는 한 천진한 소년이 이웃집 아가씨에 매료되어, 그녀를 위해 선물을 마련하려고 애러비 바자에로 여행한다. 그러나 그의 숙부 때문에 늦게 도착한 그는 값진 물건을 사는 데 실패한다. 이 좌절된 엘리어트식의 기사(騎士)의 위험 성당(perilous church)을 탐색하는 실패는 소년 주인공이 스스로 직감하는 자기 발견의 허황된 꿈의 에피파니다. 《율리시즈》의 종말 가까이에서 블룸(Bloom)과 스티븐(Stephen)이 바라보는 불켜진 몰리(Molly)의 창문과는 대조적으로, 여기 불꺼진 갤러리의 이미지는 일종의 좌절의 이미지요, 홀의 황막함은 소년이 상상했던 여행의 종말을 의미한다. 이는 바로 시각적 에피파니의 멋진 예다.

이 유년기 단편들에 잇달아 '청년기'의 네 작품들은 주인공들의 육체적인 성장이라기보다는 오히려 정신적 미완성의 상태를 묘사하고 있다. 예를 들면,   이들 이야기들 가운데 〈경주가 끝난 뒤〉에 등장하는 도일(Doyle)은 26세이고, 〈하숙집〉의 도런(Doran)은 34~35세, 그리고 〈두 건달들〉의 한 사람인 레너헌(Lenehan)은 30세 미만이지만, 나이에 비해 이들은 청년기에 이르지 못하고, 정신적으로 미숙한 상태에 머물러 있다. 이들은 자신들이 스스로 파 놓은 함정에서 요지부동인 채, 그들 의지력의 결핍으로 행동을 못하거나 공허를 인식하는 순간의 작중 인물들이다.

다음으로 '장년기'를 다룬 네 개의 작품들은 두 가지의 결혼 생활과 두 가지의 독신 생활을 다룬 것으로, 이들 주인공들은 자신들의 정신적 공허와 좌절을 인식하든 안 하든 간에 일상생활의 정신적 황무지에서 생중사의 상태를 되풀이하고 있는 자들이다. 다음으로 '대중생활'을 다룬 세 개의 작품들은 사회 공동체의 마비를 보여주고 있다. 그리고 이러한 부류에서 어느 정도 초연해 있는 것으로 이 단편들의 종장 또는 종곡이라 할 〈죽은 사람들〉은 단편 전체의 주제를 집약하고 있다. 이상의 이야기들은 한결같이 유년 시절의 투시(透視)에서 장년기로, 사적 세계에서 공적 세계로 나아간다. 이들 단편들은 상관된 견해를 많이 부여하며, 이 견해에서 우리들은 더블린 생활의 마비를 평가할 수 있다.

앞서 이미 서술했듯이, 《더블린 사람들》의 출판 역정은 작가에게 일종의 투쟁으로, 인쇄업자들과 출판업자들은 처음부터 그의 출현을 달갑게 여기지 않았다. 그리하여 거절과 무단 삭제(bowdlerism) 및 연소(燃燒)의 작은 전설은, 처음에 그 자체를 인쇄하고 잇따라 세관을 통과해야 했던 《율리시즈》의 서사시적 투쟁을 예상케 하는 것이었다. 《더블린 사람들》은 1904년에 트리에스트에서 주로 씌어졌는데, 조이스는 그가 더블린에 있을 때 만들어 놓았던 노트에서 이 이야기들을 추출해냈다. 이 단편집은 피닉스(Phoenix) 공원의 거대한 웰링턴(Wellington) 기념비에서부터 더블린 중심가의 다운즈(Downes) 과자점에 이르기까지 철저한 자연주의적 기록이다. 이처럼 조이스의 작품들은 모두 더블린에 관한 것이다. 《젊은 예술가의 초상》의 처음 1, 2장에서 우리는 더블린 밖의 다른 아일랜드 지역들을 잠시 방문하지만, 그건 잠깐이다. 그리하여 우리가 조이스의 작품들에 뛰어드는 것은 마치 더블린 시 자체에 뛰어드는 것과 같다. 더블린의 지형학은 바로 그의 작품들의 기록이요, 호우드 언덕은 남자요, 더블린 시내를 관류(貫流)하는 리피 강은 여자다. 그리고 이 도시는 일종의 형이상학적 도시로 끝남으로써, 인류의 총체적 역사에서 짜내는 작업을 위한 장소이다. 그러한 완성에 도달하기 전에, 우리는 그것을 모든 현대 도시들의 전형으로 보아야 하는 바, 이는 바로 마비의 기록을 실행하는 무대가 된다.

조이스의 《더블린 사람들》은 15편의 이른바 단편 소설집이다. 금세기의 단편들을 대표하는 작품들 중의 하나로 손꼽히는 이 작품은 전(前)세기적 단편소설과는 그 개념을 달리하고 있다. 즉 전통적 단편 소설은 장편소설의 축소판으로 그 길이와 범위가 축소되었거나, 작중 인물의 행동 및 대화를 통하여 드러나는 그의 성격 묘사 또는 이야기의 줄거리 묘사를 그 주된 개념으로 하고 있다. 그러나 《더블린 사람들》과 같은 금세기의 대표적 단편 소설들은 이른바 전통 단편들의 등장 인물의 성격 묘사나 이야기의 줄거리를 내세우는 '행동의 통일성(unity of action)'보다는 오히려 미국의 시인·소설가인 포우(E. A. Poe)가 그의 심미론(aesthetic theory)에서 주장하는 '효과의 통일성(unity effect)'을 기하고 있다. 이러한 '효과'를 노리기 위해 작품의 분위기(milieu)와 세팅을 강조함으로써, 시적 조직의 통일성을 강조한다. 이것이 이른바 시산문(詩散文, poetic prose)으로 《더블린 사람들》이 그 대표적 케이스다.

따라서 조이스는 이들 《더블린 사람들》의 단편들 속에 상징과 거듭되는 주제(theme, motif)의 정교한 대응(correspondence), 음악적 효과를 사용함으로써 시적 농축성을 시도하고 있다. 이는 궁극적으로 헨리 제임스(Henry James)가 주장하는 문학 작품에 있어서 형식(form)과 내용(content)의 이상적 조화를 내세우는 모더니즘(Modernism)문학의 지론과 별반 다를 게 없다. 20세기의 많은 영미 작가들은 이처럼 그들의 단편들 속에 효과의 통일성을 첨가함으로써 픽션을 실험하여 성공을 거두고 있는데, 포크너(Faulkner)의 고무적 단편인 《햄릿(*Hamlet*)》 및 헤밍웨이(Hemingway)의 중편소설 《킬리만자로의 눈(*The Snows of Killimanjaro*)》 그리고 로렌스(D. H. Lawrence)의 《말
을 타고 떠난 여인(*A Woman Who Rode Away*)》 등이 그 대표적 케이스다. 그
중 헤밍웨이는 하나의 공통된 주인공 닉 아담스(Nick Adams)와 관련된 많은
단편들을 썼는데, 이런 기법은 흔히 '이야기의 순환(cycle of stories)'이라 부
른다. 조이스의 《더블린 사람들》 역시 이러한 시도의 산물이요, '이야기의
순환'에 가장 성공한 작품들 중의 하나라 할 수 있다.

《더블린 사람들》은 그 문체의 표현 양식에 있어서 퍽 함축적(connotative)
이다. 불필요한 말은 하나도 없는 이른바 '언어의 경제(economy of
language)'를 꾀하고 있는데, 이는 그의 문학 전 영역에 걸쳐 작용하는 현
상이다. 조이스는 꽉 짜여진 이야기들의 장면과 효과를 넓히기 위하여 간
접적 의미, 암시 그리고 상징에 의거하고 있는데, 이러한 기법은 프랑스
작가들인 플로베르(Flaubert)나 모파상(Maupassant)으로부터 배웠다고 한다.
예를 들면, 플로베르가 일찍이 프랑스 소설을 위하여 그의 《세 개의 이야
기(*Trois contes*)》에서 성취한 효과를 조이스의 《더블린 사람들》은 영국 소설
을 위하여 성취했다고 할 수 있을 것이다. 결국 조이스는 산문을 시의 경
지에까지 끌어올림으로써 에즈라 파운드(Ezra Pound)가 "시는 최소한 산문
처럼 써야 한다"고 한 그의 유면한 사상파(寫像派, Imagism)의 시 이론을
상기하게 한다.

조이스는 《더블린 사람들》에 관하여 서술함에 있어서 그의 문체에 대한
'꼼꼼한 비속성(卑俗性, scrupulous meanness)'을 언급하고 있다. 우리는 이와
같은 주도면밀한 '비속성'을 아일랜드 생활에 대한 작가의 비감상적 태도
의 서술로 생각할 수 있음이 당연하나, 한편 이러한 '비속성'은 엄격한 언
어의 경제, 즉 미세한 부분의 서술로써 가장 충만된 의미를 가져 보려한
조이스의 의도로도 생각할 수 있을 것이다. 또한 조이스는 출판업자인 리
차즈에게 "나의 단편 위에 떠도는 부패의 고약스런 냄새"를 강조함으로써,
이른바 자연주의적 효과를 강조한 바 있다. 그는 한때 《더블린 사람들》을

쓰면서 자신이 '아일랜드의 에밀 졸라'임을 강조한 바 있거니와, 이것은 우리들이 이 작품을 사실주의 또는 자연주의, 즉 발자크나 졸라의 바탕 위에서 해석할 수 있다는 단서를 제공해 준다. 이러한 단서가 이 작품의 초기 비평의 근거를 마련해 준 것이다.

그러나 최근 비평 경향은 《더블린 사람들》의 해석을 단순히 사실주의 또는 자연주의에만 국한시키지 않고, 한걸음 더 나아가 상징주의적 해석을 도모하고 있다. 이 작품의 단편들에 등장하는 일관된 빛과 어둠, 동양의 이미지, 바다와 색깔, 눈(雪) 등의 수많은 이미지 등은 작품 해석의 심도를 한층 강화시키는 통찰력을 보이고 있다. 이러한 사실(자연)주의와 상징주의적 해석의 양면성은 그의 《젊은 예술가의 초상》뿐만 아니라 후기 작품들인 《율리시즈》 및 《피네간의 경야》의 주된 기법이요, 문체가 되고 있다. 조이스의 문학 영역을 차지하는 지배적 조류인 이 사실(자연)주의와 상징주의를 매개하는 그의 특유의 관념이 있으니, 이것이 그의 유명한 '에피파니(epiphany)' 또는 성서에서 말하는 이른바 '현현(顯現, Epiphany)'의 개념이다. 본래 '에피파니(현현)'란 그리스도교에서 세 동방박사 매기(Magi)의 방문으로 상징되는 구세주의 발견(1월 6일이 그 축제일)에서 도래한 것이다. 그들에게 예수의 탄생은 단지 아기 예수 탄생 이상의, 즉 구세주 도래의 계시(啓示, manifestation)를 의미했다. 이처럼 '에피파니'는 세속성(아기 탄생 그 자체)과 정신성(구세주의 인식)의 결합을 의미한다. 조이스는 그의 《젊은 예술가의 초상》의 초고를 이루는 《주인공 스티븐(Stephen Hero)》에서 '에피파니'를 다음과 같이 정의하고 있다:

에피파니란 그에게 있어서 말씨나 몸짓의 비속성 혹은 정신 그 자체의 기억할 만한 국면에 있어서 갑작스런 정신적 계시를 의미했다. 그는 대단히 주의깊게 이러한 에피파니, 즉 정신적 계시를 기록하는 것이 문학가의 임무임을 믿었다. 그것들 자체가 가장 섬세하고 순간적이란 것을 알아차리면서…….

By an epipahny he meant a sudden spiritual manifestation, whether in the vulgarity
of speech or of gesture or in a memorable phase of the mind itself. He believed that
it was for the man of letters to record these epiphanies with extreme care, seeing that
they are the most delicate and evanescent of moments…….

세속적 성직자(mundane priest)를 자처했던 조이스에게 그의 모든 작품은 바로 에피파니의 창조 그것이었으며, 이러한 세속과 정신의 결합은 《젊은 예술가의 초상》의 자신의 예술 창조를 다짐하는 대목에서 가장 명확하게 서술되고 있다. 따라서 그에게는 "자신의 작업장에서 보잘것없는 흙덩이로 새로이 빚어 만든 한 가지 상징, 즉 새롭고 불가사의한 불멸의 존재(a symbol of artist forging anew in his workshop out of sluggish matter of the earth a new sparing impalpable imperishable being)"야말로 에피파니 그 자체였다.

이상에서 보듯, 에피파니의 동기는 가장 사소한 것이요, 그 사소한 것의 본질은 조이스의 말을 빌면, '마치 베일을 걷어올린 듯한 순간적 계시다.' 다시 말하면, 이는 통속적이고 평범한 경험 속에서 어떤 상징적 또는 정신적 의미를 인지하는 순간이기도 하다. 여기서 한 가지 우리가 주의해야 할 것은, 에피파니는 그 인지하는 사람에 따라서 그 의미가 다르다는 사실이다. 또한 에피파니는 상징과 구별된다. 예를 들면, 자동차는 거의 모든 사람들에게 공통적으로 부(富)의 상징으로 상징이 될 수 있지만, 이는 인지자에 따라 '죽음'이나 그 밖에 다른 의미의 에피파니가 될 수 있다. 약간 어려운 말로 표현하면, 이는 프로이드적 잠재의식(Freudian subconsciousness)에 바탕을 둔 베르그송적 직관(Bergsonian intuition)의 결합이라 할 수 있다.

《더블린 사람들》에 나오는 대부분의 이야기들은 그 종말에서 에피파니를 지니고 있다. 예를 들면, 〈두 건달들(Two Gallants)〉의 끝에서 우리는 주인공

중의 하나인 코얼리(Corley)가 그의 손바닥에 내보이는 조그마한 금화에서 두 건달들의 낭만적 야비성(romantic vulgarism)이나 그들의 기식성(寄食性)을 나타내는 에피파니를 읽을 수 있다. 그리고 〈애러비(Araby)〉의 종말에서 소년은 마치 허영에 몰려 조롱받는 짐승처럼 자기 자신을 인지하는 에피파니를 느낀다. 이러한 에피파니는 주인공의 정신적 좌절과 환멸을 뜻하며, 비평가 휴 케너(Hugh Kenner)가 말하는 이른바 '공허의 에피파니(empty epiphany)'로서 《더블린 사람들》의 대부분의 이야기들은 이런 종류의 부정적(negative) 에피파니로 일관하고 있다. 그러나 앞서의 모든 단편들의 총화격이요, 전체 단편집의 종곡(終曲, coda)이라 할 〈죽은 사람들(The Dead)〉── 여기 필자가 굳이 제목을 복수로 부른 것은 이 이야기 속에 담긴 생중사 또는 사중생의 모든 등장 인물들을 포용함이요, 이야기에 영향을 준 입센(Ibesen)의 《우리들 죽은 사람들이 깨어날 때(*When We Dead Awaken*)》에서 연유한 것이다 ── 에서 주인공 가브리엘은 눈(雪)을 바라봄으로써 정신적 부활을 느끼는 창조적(creative) 에피파니를 갖는다. 〈진흙(Clay)〉의 종말에서도 마리아(Maria)의 노래가 끝났을 때 크게 감동을 받고 애정에 굶주린 그녀의 애처로운 에피파니를 느끼는 것은 작중 인물인 조(Joe)이다.

이상의 몇 가지 에피파니의 예들에서 우리가 주목해야 할 것은 이들 에피파니는 작중 인물들의 자기인식(self-awareness), 작중 인물의 다른 인물들에 대한 재인식, 독자의 작중 인물에 대한 인식으로 그들의 대상이 서로 다르다는 사실이다. 이러한 구체적인 예들은 다음에 서술할 단편들에 대한 해설에서 볼 수 있을 것이다.

조이스에게 있어서 에피파니는 그의 작품 구성의 기법이나 구조의 역할을 하기도 한다. 청년기의 조이스는 짤막한 산문 40편을 썼는데, 그는 이들을 '에피파니즈(Epiphanies)'라 불렀다. 이러한 에피파니의 단편들이 그의 작품 전 영역을 통하여 삽입됨으로써 작품의 주제·기법 및 구조를 돕는다. 그 구체적인 예를 '애러비'에서 하나 들어 보자. 자선 바자에 맨 마지

막으로 도착한 주인공 소년은 그곳 매점에서 한 여자와 두 사나이가 애기를 나누고 있는 것을 엿듣는다:

　　"아니, 난 그런 말을 결코 하지 않았어요!"

　　"아, 하지만 당신 했잖았소!"

　　"아니, 난 그런 일이 없다니깐요!"

　　"저 여자가 말했잖았어?"

　　"그래, 나도 들었어."

　　"아이, 그건……거짓말이에요!"

　　"O, I never said such a thing!"

　　"O, but you did!"

　　"O, but I didn't!"

　　"Didn't she say that?"

　　"Yes, I heard her."

　　"O, there's a ……fib!"

　조이스는 이러한 보잘것없는 통속적 대화의 기록을 에파파니라 불렀는데, 여기서 주인공은 애러비라는 동양적(소 아시아의)배경 뒤에 숨은 젊은 이들의 사랑의 허구성과 섹스의 진부성을 순간적으로 느끼며 자신이 추구하는 이상의 실패를 인지하는 것이다.

　마지막으로, 《더블린 사람들》은 그것이 《율리시즈》의 수많은 등장 인물들의 일부를 마련해 준다는 점에서 중요한 의미를 지닌다. 우리는 그들을 모두 다시 만나게 되거나 또는 그들이 죽고 없더라도, 그들에 관해서 소식을 듣게 되는데, 예를 들면, 바텔 다시(Bartell D'Arcy), 파우어 씨(Mr. Power), 마틴 커닝엄(Martin Cunningham), 하인즈(Hynes), 시니코 부인(Mrs. Sinico) 등등. 그러나 이를 테면 이 작품에서 우리가 리오폴드 블룸(Leopold Bloom)을 아직 만나지 못하고 있다면, 그것은 바로 그가 여기 등장 인물들을 위해 의도되었다 하더라도, 뒤이은 작품에서 더욱 위대한 역할을 위해 보류되었기 때문이다.

2. 이야기의 줄거리와 상징성

《더블린 사람들》의 '유년기'의 세 이야기는 젊은 조이스의 분신(persona, mouthpiece)이라 할 소년들의 육체적 · 정신적 탐색을 묘사하고 있다. 추악한 현실에 물들지 않은 이들 소년들은 자신들의 꿈의 탐색에 나선다. 그러나 그들의 꿈의 환상은 시각을 통하여 주변의 세계를 바라봄으로써 환멸을 느끼고, 추악하고 타락한 성인 세계와 맞부딪힌다. 엘리어트의 《황무지》의 성배(聖杯) 탐색에 나선 기사들의 실패를 연상시킨다.

(1) 자매들

이야기의 첫머리에서 주인공인 소년은 신부(神父)가 병들어 누워있는 창문을 바라보며 '마비(paralysis)'란 말을 되새긴다. 이 말은 곧 그의 마음에서 '성직매매(聖職賣買, simony)'와 연결된다. 그리하여 이웃집 영감 코터(Cotter) 씨와 아저씨의 대화에서, 그를 가르쳐 주었던 신부에 대한 모독적인 이야기와 그의 죽음의 소식을 듣고 소년은 반감(反感)을 품는다. 자신과 신부의 유별난 관계를 생각하던 소년은 어른들의 신부에 대한 평가에 혼란을 느끼고, 뒤이어 잠에 빠져 꿈속에서 죽은 신부의 환영을 보게 된다. 악몽에서 깨어난 그는 '그의 죽음으로부터 자유로워진 해방감'을 느끼고 신부에 대한 자신의 감정이 달라져 있음을 느끼며 놀란다. 그리하여 아주머니와 함께 신부의 집을 방문하고 그곳에서 그의 시체를 본다. 신부의 여동생인 일라이저(Eliza)한테서 최근 신부의 이상했던 행적에 관하여 듣는다. 어느 날 미사(Mass) 도중에 실수로 성배를 떨어뜨려 깬 일이 있는데 (이는 물론 복사의 잘못이긴 하지만), 그 사건 이후 그의 태도가 이상해지기 시작했다는 것이다. 소년은 신부의 좌절과 삶의 실패를 인지하고, 전날 저녁 코터 영감이 한 말의 의미를 비로소 깨닫는다.

신부는 사제라는 직분에서 생기는 과중한 부담으로 인하여 몰락한 셈이다. 이를 일라이저는 이렇게 말한다:

그 일이 마음에 타격을 주었어요, 그녀는 말했다. 그 뒤로는 혼자서 우울해하며 아무에게도 말을 하지 않고 혼자 방황하기 시작했어요. 그러던 어느 날 밤, 사람들이 방문할 일이 있어서 그를 찾았지만 어디서도 그를 찾을 수가 없었어요…… 그런데 어찌된 노릇입니까, 그가 그곳 고해소의 어둠속에 혼자 앉아서 눈을 동그랗게 뜨고 홀로 조용히 웃고 있는 듯했다지 뭡니까?

위의 글에서 보듯, 신부의 마비, 즉 아일랜드 카톨릭교를 대변하는 그의 마비는 치명적 죄악이라 할 '성직 매매'의 결과로도 볼 수 있다. '성직매매'란 도덕적·종교적 마비를 의미하며, 신성한 종교에의 헌신이 물질적이고 형식적인 의식(성배의 깨뜨림은 의식의 어김)으로 타락한 대표적 죄악이다. 1인칭 대화체와 직접화법 및 간접화법(소년의 제임스 플린 신부와의 경험의 회상과 악몽의 장면 묘사)으로 씌어진 이 단편에서 소년은 신부가 고해실에 앉아 '눈을 동그랗게 뜨고 혼자 웃는 듯했다'란 마지막 부분의 이야기를 듣고, 죽은 신부는 당혹스런 외부 세계, 즉 전통적 올가미인 과중한 종교의 제물이었음을 순간적인 에피파니를 통해 느낀다. 소년의 꿈은 이러한 좌절된 세계로부터의 도피의 욕망이며, 그는 이야기 초반부터의 코터 영감과 아저씨, 그리고 후반부의 두 자매인 내니(Nannie) 및 일라이저와의 대화에서 성인 세계를 통하여 그를 둘러싼 현실을 비로소 실감하는데, 이 기간에 그는 계속 침묵을 지킨다:

하느님이시여, 그분의 영혼에 자비를 내리소서!……. 오라버님은 언제나 너무 꼼꼼하셨어요……성직의 의무가 그분께 너무나 과중했던 거예요. 그래서 그분의 인생은, 글쎄요, 좌절되었다고나 할까요, 옳아요……그분은 뜻을 펴지 못하셨어요. 그걸 분명히 알 수 있었어요.

(2) 뜻밖의 만남

'유년기'의 두 번째 이야기인 〈뜻밖의 만남〉은 광활한 서부의 모험을 꿈꾸는 두 소년이 마비된 도시로부터 도피를 시도하고 그들의 모험을 추구하나, 결국에는 성인 세계의 두 가지 수치를 발견하고 꿈이 좌절되고만다는 내용을 담고 있다. 주인공인 민감하고 상상력이 강한 1인칭 소년은 머호니(Mahony)라는 친구와 함께 지루한 일과에서 벗어나 진짜 모험을 하기 위해 학교를 하루 결석하고 더블린 만(灣)에 위치한 발전소인 '피전 하우스(Pigeon House)'에 가기로 결심한다. 다음 날 두 소년은 시내의 한 다리에서 만나 나룻배를 타고 리피 강을 건너 부두에 이르고, 그곳에 정박한 노르웨이 상선에 접근한다. 소년은 학교에서 배운 바이킹 해적의 모습을 상선의 선원에게서 기대하지만, 실제 만난 사람은 서투른 영어나 지껄이는 평범한 익살꾼에 불과함으로써 그들의 최초의 만남의 꿈은 좌절되고 만다. 그러자 이에 지친 그들은 '피전 하우스'(이것은 실지로 더블린 발전소로서, 조이스 문학에서는 '빛의 집'이며, 피전, 즉 비둘기는 하느님과 상징적 결합을 이룬다)까지의 모험을 포기한다. 귀로에 그들이 들판에서 마주치는 두 번째 사람은 괴짜 영감(a qeer old josser)이다. 이 괴짜 영감은 그들에게 여자

친구에 관하여 이야기하고, 그들의 아름다움을 묘사하면서 스스로 자신의
말에 도취된 듯 보인다. 그는 이야기를 빙글빙글 되풀이한다:

> 그는 과거에 마음속에 암기해 두었던 어떤 말을 반복하고 있거나, 아
> 니면 자기 자신이 한 말에 매료되어 생각이 궤도를 따라 천천히 그리고
> 빙글빙글 맴돌고 있는 듯한 인상을 주었다. ……그는 같은 말을 몇 번
> 이고 반복했는데, 단조로운 목소리로 그 말을 변형시키거나 그 주위를
> 맴돌고 있었다.

이어서 괴짜 영감은 들판으로 나아가 괴상한 짓(아마도 수음행위,
masturbation?)을 하고 돌아와서는 다시 여자 친구에 관하여 독백을 하지만,
이번에는 전과는 달리 여자 친구와 채찍 이야기를 함께 한다. 또다시 노인
은 자신의 말에 홀려 있고 마음은 깊은 궤도를 빙글빙글 돌고 있는 것처럼
보인다. 이러한 순환운동은 잇따르는 이야기들인 〈두 건달들〉에서 두 젊은
이들이 더블린의 시내를 빙글빙글 맴도는 행위와, 〈경주가 끝난 뒤〉에서
경주용 자동차들의 순환운동, 그리고 〈죽은 사람들〉에서 말[馬]이 거리의
다른 말의 동상 주변을 빙글빙글 맴도는 행위처럼, 이들은 모두 마비에 사
로잡힌 군상들의 전형적 움직임이요, 희망 없는 반복상태 및 현대인의 무
축(無軸)의 방랑을 암시하는 상징이기도 하다. 이야기의 종말에서 소년은
평소에 무시한 머호니에 대하여 마음의 가책을 느낀다. 왜냐하면 자신도
그와 조금도 다를 바 없는 비겁자임을 인지했기 때문이다:

> 내 목소리에는 억지로 용기를 내려는 듯한 기운이 어려 있었는데, 나
> 는 그따위 나의 하찮은 잔꾀가 부끄러웠다. 머호니가 나를 보고 '어이'
> 하고 대답하기 전에 나는 그의 이름을 다시 부르지 않을 수 없었다. 그
> 가 들판을 가로질러 내게로 달려왔을 때, 나의 가슴은 얼마나 두근거렸

던가! 그는 마치 나에게 구원을 가져다주듯 달려왔다. 그리고 나는 뉘
우쳤다. 왜냐하면 마음으로 나는 언제나 그를 약간 무시하고 있었기 때
문이다.

이는 바로 에피파니의 순간이다. 이야기는 구조상으로 소년들의 모험의
계획과 꿈, 그리고 낭만적인 모험의 실현, 그들의 환멸과 좌절의 경험으로
양분되어 있다. 그리고 주인공은 더블린의 성인 세계의 마비를 괴짜 노인
을 통하여 경험한다.

(3) 애러비

'유년기' 마지막 이야기인 〈애러비〉 역시 앞서의 두 단편들처럼 내성적이
고 책을 즐기는 소년의 낭만적 모험이 좌절되는 비슷한 패턴을 갖고 있다.
침울한 환경 속에서의 소년의 경험 노출, 소녀에 대한 그의 낭만적 사랑,
그리고 그의 애러비 바자(bazaar) 방문과 꿈의 좌절이 그것이다.

소년은 이웃 소녀에게 애정을 품고 있다. 그의 첫사랑의 이미지는 그가
아주머니와 시장에 갔을 때, 상점 소년들이 외치는 소리가 연도(煉禱,
litany)로 들리고 자신은 '적들의 무리 사이로 성배를 안전하게 운반함'을
상상하는데, 이는 제단의 미사에 오르는 신부의 이미지요, 제시 웨스턴
(Jessie Weston)의 저서 《의식에서 낭만으로(*From Ritual to Ramance*)》(1920) ——
이 책이 조이스에게 직접적인 영향을 주었는지는 알 수가 없지만, 제임스
프레이저(James Frazer)의 《황금가지(*The Golden Bough*)》와 함께, 21세기 초에
많은 작가들, 특히 엘리어트에게 심대한 영향을 끼쳤다 —— 에서 성배
(Grail)를 탐색하는 기사(knight)의 그것을 방불케 한다:

그녀의 영상은 로맨스와는 거리가 먼 곳까지 나를 따라다녔다. 토요일 저녁마다 아주머니가 시장을 보러 갈 때, 나는 짐꾸러미들을 들어주기 위해 따라가지 않으면 안 되었다. ……나에게는 이러한 잡음들이 한데 모여서 생에 대한 안일한 감동으로 바뀌었다.

Her image accompanied me even in places the most hostile to romance. On Saturday evenings when my aunt went marketing I had to go to carry some of the parcels……These noises converged in a single sensation of life for me: I imagined that I bore my chalice safely through a throng of foes.

그리하여 그는 소녀에게 애러비 바자에 가서 선물을 사다 주겠다고 약속한다. 그러나 그는 토요일 밤의 바자에 갈 때 돈을 주겠다고 한 아저씨의 무관심 때문에 그곳에 늦게 도착한다. 그는 그곳의 도자기 상점에서 젊은 남녀의 부질없는 농담과 수작에서 자신이 품은 애러비에 대한 환상도, 낭만적인 사랑도 모두 허영임을 깨닫고 번뇌와 분노를 느낀다. 이는 자기 인식(self-awareness)의 에피파니다:

그 어둠을 꿰뚫어 보면서 나는 자신이 허영에 몰리고 또 조소를 받은 한 마리 짐승 같다는 생각을 했다. 그리고 내 두 눈은 번민과 분노에 불타고 있었다.

이야기의 서두에서 볼 수 있는 신부가 살던 방, 그의 유물, 그 집 뒤의 황폐한 정원에 서 있는 사과나무 등은 타락한 에덴 동산의 상징이요, 황무지의 이미지로 볼 수 있으며, 적들 사이로 성배를 나르는 소년의 상상은 마지막 예배당(바자의)에 도착한 신부의 이미지일 수도 있다.
'청년기'의 네 개의 단편들은 다양한 계층의 인물들이 겪는 정신적 마비를 다루고 있다. 유년기 소년들과는 달리 이미 더블린의 도덕적 마비에 감염되어 있고, 정신적으로 미숙한 이들은 자유로운 삶의 방식을 선택하는 데 실패하고 있으며, 운명을 개선시킬 결단력이 없고 또한 의지력도 부족하다.

(4) 이블린

여주인공의 이름을 딴 이야기의 제목에서 주된 젊은 인물은 그녀의 어머니가 세상을 떠난 후 난폭한 아버지와 집안에 대한 과중한 의무에 눌려 살다가, 프랭크라는 남자를 만나 그와 부에노스아이레스로 사랑의 도피(elopement)를 계획하나, 마지막 순간에 약속한 삶의 모험에 뛰어들지 못하고 주저앉는다. 가족에 대한 어쩔 수 없는 자기 굴종에 의하여 생의 패배자가 된 여인상을 묘사하고 있는 이 작품은 사랑과 의무 사이에 찢겨진 19세기 여성의 영웅적 자기 희생의 제물(祭物)을 연상하게 한다.

이야기의 진행에 있어서 첫째 단락과 마지막 페이지의 주인공 동작을 묘사한 것을 제외하고는, 그녀는 창가에 앉은 채 완전히 요지부동, 그녀의 과거와 현재 그리고 미래의 프루스트적인 의식의 흐름을 좇고 있다. 여기에서 보여주는 그녀의 요지부동은 자신의 궁지에 대한 시간적 은유로 해석될 수 있다. 그녀가 창가에 앉아 들이마시는 먼지 낀 크레톤 천의 냄새나, 깨진 풍금 위의 벽에 걸린 신부의 누런 사진은 그녀의 가상적 감옥으로, 프랭크가 그녀를 끌고 들어가는 듯한 바다의 죽음을, 부둣가의 안개는 그녀가 당면한 현재의 궁지의 세계와 미래 세계의 경계선을, 그녀의 두 손이 미친 듯 움켜쥐는 쇠 난간, 그 속의 어쩔 수 없는 동물(helpless animal)은 구속의 집에 갇힌 그녀의 궁지를 드러내는 이미지들이다. 이블린이란 이름이 의미하듯 그녀는 에덴 동산의 이브이며, 프랭크의 유혹은 사탄의 그것으로 해석될 수 있다.

이 이야기의 한 구절에서 이블린은 그녀의 돌아가신 어머니에 대하여 스티븐 디덜러스(Stephen Dedalus)가 망모에 대하여 회상하듯, 통렬한 가책을 느낀다:

이렇게 생각에 잠겨 있자, 어머니의 일생 —— 끝내는 광기로 막을 내린 평범한 희생의 일생 —— 의 비참한 환영이 그녀의 마음에 마술을 거는 듯했다. 그녀는 끈질기게 외치던 어머니의 목소리가 또다시 들리는 듯해서 몸을 부들부들 떨었다. '데레바운 세라운! 데레바운 세라운!'

As she mused the pitiful vision of her mother's life laid its spell on the very quick of her being —— the life of commonplace sacrifices closing in final craziness. She trembled as she heard again her mother's voice saying constantly with foolish insistence : "Derevaun Seraun! Derevaun Seraun!"

결국 이블린에게 전통과 인습에 따른 구속의 그물은 그녀가 찢고 헤어나기에 너무나 강한 것이다. 그리하여 그녀는 가정·조국·전통 및 과거의 포로에로 다시 휘말려 들어간다. 이러한 실패는 결국 그녀 자신의 행동의지의 결여를 의미하며, 이는 그녀의 좌절을 자초하고 있다.

(5) 경주가 끝난 뒤

'청년기'의 두 번째 이야기인 〈경주가 끝난 뒤〉는 그 구조면에서 세 가지로 대별된다. 즉, 고든 베네트(Gordon Bennett)라는 연례의 국제 자동차 경주 토너먼트를 위한 아일랜드의 킬데어(Kildare) 주, 퀸즈(Queens) 주 등의 여러 주를 거쳐 나스(Nass) 가로(街路), 인치코(Inchicore), 더블린의 데임(Dame) 가(街), 시 중심부의 국립 아일랜드 은행에 이르는 전장 370마일의 경주(p. 58), 세구앵(Segouin)의 호텔에서 벌어진 저녁 파티(p. 61~62), 그리고 킹즈타운(Kingstown) 만의 선상에서의 만찬과 카드 놀이(p. 64~65)이다. 경주에 참가한 이들 젊은이들은 다시 그래프턴(Grafton) 가를 거쳐, 스테반즈 그린(Stephen's Green) 공원을 지나 웨스트랜드 로우(Westland Row) 기차 정거장에서 기차를 타고 더블린 남단의 킹즈타운 만에 당도한다.

　이 이야기는 주로 돈에 관한 것으로, 이러한 주제는 첫째 단락에서 엿볼 수 있다. "…… 이 빈곤의 무기력한 길(아일랜드를 암시한다)을 뚫고 유럽 대륙의 부와 공업이 속력을 내고 있다." 이처럼 여기서 우리는 아일랜드의 초라함과 유럽 대륙의 경제성, 사업적 부와 우세의 대조를 읽을 수 있다. 이야기의 주인공 지미 도일은 부유한 정육점 주인의 아들로서 트리니티 대학과 케임브리지 대학에서 수학한 약간 잘난 체 뻐기는 허영의 인물이다. 그는 외국인들 —— 프랑스의 큰 호텔 소유주인 찰스 세구앵, 헝가리의 뛰어난 피아니스트이자 말솜씨가 뛰어난 선천적 낙천가인 빌로나 등과 함께 어울려 지내며 멋진 삶을 추구한다.

　이윽고 자동차 경주가 끝나고 밤이 다가온다. 그들은 킹즈타운 만의 미국인 파얼리(Farley)의 소유인 요트 선상에서 음주와 노래의 파티를 벌인 뒤 카드놀이로 밤을 지샌다. 그러나 여기서 도일은 돈을 잃기 시작하며 차용증의 액수에 당황하기 시작한다. 선망의 대상인 대륙 친구들과의 어울림에서 즐거운 삶을 발견하기는커녕 경제적 손실과 좌절만을 맛볼 뿐, 능동적으로 도박에서 탈출하지 못하는 의지력의 부족함과 무기력을 드러내고 있다. 도일은 자신의 실패와 좌절이 밤 사이에 이루어지고 회색빛 여명에 희미한 '자기 인식(self-awareness)'이 다가오지만, 자기의 어리석은 행위를 수정하지 못하는 나약한 위인이기도 하다:

지미는 아침이면 스스로 후회할 것이라는 걸 알았지만 지금은 쉴 수 있게 되어 기뻤다. 자신의 우행을 들어 줄 무감각한 상태가 기뻤다. 그는 식탁 위에 팔꿈치를 괴고 두 손으로 머리를 붙잡은 채 관자놀이의 맥박을 세어 보았다. 선실 문이 열리고 헝가리 인이 회색 빛살 속에 서서 외치는 것이 보였다. '동이 틉니다. 여러분!'

이러한 자기 인식의 에피파니는 아침의 회색 햇빛과 더불어 더욱 선명해진다.

(6) 두 건달들

'청년기'의 세 번째 이야기인 〈두 건달들〉은 두 사나이가 한 여자의 사랑을 배신하고 돈을 뜯어내는 기생(寄生, parasite)의 이야기이다. 레너헌과 코얼리라는 두 사나이는 직업 없이 놀고 있는 건달들로서, 야만적인 코얼리가 하녀에게 붙어 뜯어낸 돈으로 생활하고 있는 레너헌은 그런 점에서 코얼리보다 한층 더 야비한 인물이다. 코얼리의 술친구로서 안락한 결혼 생활을 희구하는 레너헌은 그의 공상에서 보여주다시피 도덕적 무능력을 극복할 수 없는 성격의 소유자다. 기생적 생활에 염증을 느끼긴 하지만, 그의 미래의 아내가 충분한 돈을 가져와 함께 살기를 바라는 꿈은 역시 기생적이 아닐 수 없다.

앞서 언급한 바와 같이 이 단편에 나오는 '빌어먹을(bloody)' 이라는 단어는 출판업자 그랜트 리차즈와 조이스가 몹시 실랑이를 벌였던 요소 중의 하나로서, 후자가 전자에게 보낸 다음 서한은 이 말과 관련해 작가가 이 작품을 얼마나 아끼고 애착을 느꼈는지를 알 수 있게 해 준다:

" …… 이 단편집에서 이 이야기를 생략한다는 것은 정말 고통스런 일입니다. 이 이야기는 이 단편집에서 가장 중요한 것 중의 하나이며, 이 이야기를 생략하느니 다른 다섯 개의 이야기를 희생시키겠습니다. 이것은 나를 가장 기쁘게 해주는 이야기입니다. 나는 당신의 두려움에 대하여 무언가를 승복하기를 보여주었습니다. 그러나 나의 단어를 취소하기를 정말 기다리지는 못합니다 ……."

이 이야기의 중간에 나오는 코얼리와 레너헌이 킬데어 가(街)에서 본 어떤 사나이가 연주하고 있는 하프는 전통적인 아일랜드의 상징이다(우리는 더블린의 시내 갖가지 기념탑과 조형물을 볼 수 있는데, 그들은 대개가 하프로 장식되어 있음을 본다. 오코넬 가 상단의 로툰다 기념 광장과 파넬 기념탑의 옆구리에 장식된 것들이 그 대표적 케이스다). 그리고 코얼리와 레너헌이 어떤 술집 현관 근처에서 본, 초라하게 보이는 하프는 타락한 아일랜드의 상징이다. '덮개가 무릎 근처까지 흘러내린 것도 의식하지 못한 채 낯선 사람들의 시선이나 주인의 손에 지친 듯 보이는' 하프다. 악사가 연주하는, 잠에 취한 아일랜드를 상징하는 토마스 모어(Thomas Moore〔아일랜드의 민족 시인〕)의 노래 속의 '아일린은 아직 어둠속에 누워 있다' 라는 구절 또한 이 나라를 상징한다:

그들은 낫소 가를 따라 걸어간 다음 킬데어 가로 접어들었다. 술집 현관에서 그리 멀지 않은 곳에 어떤 하프 악사 하나가 노상에 서서 둘러선 청중들에게 연주를 해주고 있었다. 그는 별반 주의를 기울이지 않는 듯 줄을 튕기며 이따금씩 새로운 사람이 올 때마다 재빨리 흘끗 쳐다보거나 또 가끔 지친 듯이 하늘을 쳐다보기도 했다. 그의 하프 또한 덮개가 무릎 근처까지 흘러내린 것도 의식하지 못한 채 낯선 사람들의 시선이나 주인의 손에 지친 듯 보였다. 악사의 한 손은 저음으로 '오,

모일리여, 고요히'의 가락을 연주했고, 다른 손은 곡조를 따라 고음부
로 연주했다. 곡의 선율은 깊고 풍부하게 울렸다.

모두 맥빠진 군상들이다. 우리는 《율리시즈》의 '텔레마코스' 장에서 이
야기의 종결이 '찬탈자(usurper)'라는 벅 멀리건(Buck Mulligan)의 성격의 노
출임을 느끼듯, 〈두 건달들〉의 마지막에서 코얼리가 하녀에게 받아 온 금
화를 레너헌에게 보여주는 장면에서 배반과 타락의 더블린 마비는 물론 코
얼리라는 건달의 야비하고 나약한 낭만주의의 에피파니를 또한 목격한다.
여기서 주목해야 할 점은, 이 금화에서 우둔한 레너헌이 코얼리의 성격을
인지하기란 기대하기 어렵고, 에피파니의 인지자는 독자라는 것이다:

　　코얼리는 첫번째 가로등 밑에서 발걸음을 멈추고 자기 앞을 무서운
　표정으로 노려 보았다. 그러더니 신중한 몸짓으로 한 손을 불빛 쪽으로
　내밀고 미소를 띠우며 그의 추종자의 시선을 향해 천천히 폈다. 손바닥
　에선 조그마한 금화 한 개가 빤짝이고 있었다.

(7) 하숙집

'청년기'의 마지막 이야기인 〈하숙집〉은 비평가 틴달(Tindall)이 말한 대
로 《더블린 사람들》 가운데서 졸라의 자연주의에 가장 충실한 단편이다.
보브 도런이란 주인공은 더블린의 환경·인습·전통에 굴복하고, 자연주의
소설의 주제처럼 '식칼로 도덕 문제를 다루는' 졸라의 사내 같은 여인 나
나(Nana)를 닮은 하숙집 마담(Madame, 포주라는 속어이기도)이 행사하는 압
력에 굴복하고 만다. 이야기는 한마디로 어머니와 딸의 공모를 뜻한다. 하
숙집 주인인 무니(Mooney) 부인은 딸을 그럴듯한 직위의 남자와 결혼시키

려고 음모를 꾸민다. 그리하여 자기 집에 기거하는 보브 도런이란 남자가 딸인 폴리(Polly)와 가까이 지내는 것을 눈치채지만 처음에는 모른 체하다가 상대가 사회적·도덕적으로 빠져나갈 수 없을 정도의 궁지에 몰리자 협박을 가하여 자신의 뜻을 성취한다. 더블린의 도덕적 마비와 자신의 의지력의 결여로 도런은 그들의 그물에서 헤어나지 못한다. 사회적 체면을 거역하지 못하는 것은 진리인 사랑 앞에서 자신의 소심함이 작용했기 때문이다.

마담의 딸 또한 요부(妖婦, 조이스는 그의 모든 작품의 영역에 걸쳐 여인을 두 개의 상, 즉 성녀와 창녀의 이미지로 그리고 있다)의 상징으로 앞서의 이블린과는 정반대의 인물이긴 하지만, 두 여주인공은 모두 자기 인식에 실패한다는 점에서 공통이다. 이야기의 마지막 대목에서 폴리(Polly)의 생각이 '미래의 희망과 비전(hopes and visions of the future)'으로 향하고 있긴 해도, 이것이 반드시 그녀에게 도런과의 결혼을 의미하지 않음은 의미심장한 일이다. 왜냐하면 그녀의 어머니가 도런의 결혼 제의를 받아들이게 그녀를 아래층으로 내려오도록 부르고 나서야 비로소 '자신이 기다리고 있는 것이 무엇인가'를 기억했기 때문이다. 그녀는 결혼을 전제로 도런을 좋아한 것은 아니었다. 여기서 비로소 딸이 어머니의 책략의 의도를 깨닫는 에피파니의 순간이 이루어진다:

> 마침내 어머니가 부르는 소리를 들었다. 그녀는 벌떡 자리에서 일어나 난간을 향해 달려갔다. "폴리! 폴리!" "네, 엄마?" "애야, 이리 내려온. 도런 씨가 말씀할 게 있으시단다." 그제야 그녀는 자기가 지금까지 무엇을 기다리고 있었는지 생각해냈다.

네 개의 '장년기'의 단편들인 〈작은 구름〉〈짝패들〉〈진흙〉〈참혹한 사건〉은 성숙한 인간들과 그들의 성격을 다루고 있는데, 전자의 두 이야기는

결혼한 두 남자 주인공들의 결혼 생활과 가정의 굴레에 사로잡힌 인생을,
후자의 두 이야기는 한 독신녀와 한 독신 남자의 황폐한 삶을 각각 묘사하
고 있다.

(8) 작은 구름

첫째 이야기인 〈작은 구름〉의 타이틀은 성서의 〈열왕기〉(제 18장 44절)에
서 유래한 것으로 전해지는데, 이에 의하면 엘리야는 문자 그대로 도덕적
황무지의 고갈을 해소하기 위하여 비를 만든다(《율리시즈》에서 우리는 '엘
리야가 오도다! 오도다!! 오도다!!!' 하고 그의 도래를 블룸의 전도 전단에
서 읽는다). 이 비의 첫째 신호는 사람의 손바닥보다 작은 구름인 것이다.
그러나 이러한 상징적 작은 구름이 이 단편에 어떻게 작용하고 있는지는
분명치 않다. 이는 주인공인 꼬마 챈들러(Chandler) 자신의 정신적 방랑일
수도 있을 것이고, 그의 가정 생활의 불모를 적시기 위해 나타날 비의 생
산적 증후가 될 수도 있을 것이다. 이 단편에서 서로 대조되는 두 인물인
꼬마 챈들러와 갤러허(Gallaher)가 등장한다. 꼬마 챈들러는 문자 그대로 작
은 체구에 예술가적 기질을 갖고 있다:

> 그는 '꼬마 챈들러'라고 불렸는데, 그 이유인 즉 그는 평균 신장보다
> 약간 작았을 뿐이지만, 처음 보는 사람들로 하여금 몸집이 작다는 인상
> 을 받게 했기 때문이다. 손은 희고 작았으며, 몸집은 연약했고, 목소리
> 는 차분했으며, 몸가짐은 세련되어 있었다. 그는 자신의 비단결처럼 고
> 운 머리칼과 코밑 수염을 정성껏 가꾸었고 손수건에는 알뜰하게 향수
> 를 뿌렸다. 손톱의 반달 모양은 흠잡을 데 없었고, 그가 미소를 지을
> 때면 어린애같이 하얀 이가 나란히 언뜻 엿보였다.

그는 내성적이며 햄릿형이고 《젊은 예술가의 초상》이나 《율리시즈》의 스티븐 디덜러스 및 《피네간의 경야》의 쉠(Shem)에 해당하며, 그리고 여러 면에서 작가인 조이스의 분신이다.

> 그는 집의 책장에 꽂혀 있는 몇 권의 시집을 기억했다. 그것들은 그가 총각 시절에 산 것인데, 저녁때 현관에서 약간 떨어진 조그마한 방에 앉아 있을 때면 책장에서 그 중의 한 권을 꺼내 아내에게 근사한 걸 읽어 주고 싶은 충동을 여러 번 느낀 적이 있었다. 그러나 수줍음이 언제나 그를 주저하게 했다. 그래서 시집들은 책장에 그대로 꽂혀 있었다. 이따금 그는 시구를 몇 구절 외며 위안을 삼곤 했다.

한편 그의 친구 갤러허는 런던에서 갓 돌아온 성공한 저널리스트로서, 이른바 '말의 인간(man of talk)'으로 그의 약점으로는 자만심을 꼽을 수 있는데, 이를 조이스는 평소 사탄의 죄(Satanic sin)로 간주한다. 그는 《율리시즈》의 벅 멀리건이나 《피네간의 경야》의 샤운(Shaun)에 해당하는 인물로 다변적이며 외향적이다.

한편 꼬마 챈들러는, 영국에서 신문기자로 성공하여 고국인 아일랜드로 일시 귀국한 친구 갤러허를 만나고, 친구가 성공하는 동안 자신은 더블린에 갇혀 보람없고 무의미한 생활을 하고 있음을 직감한다. 울혈(鬱血, stasis)의 특징을 지닌 켈트파(Celtics)의 시인이 되려고 했던 젊은 날의 꿈을 꺾어 버린 결혼 생활에 회의와 분노를 느끼지만, 결국 그 굴레에서 벗어나지 못하는, 이를테면 미국의 소설가 싱클레어 루이스(Sinclair Lewis)작 《배비트(*Babbitt*)》의 주인공처럼 자신을 '생활의 죄수'로 인식하고 다시 현실로 후퇴한다. 꼬마 챈들러는 〈애러비〉의 소년이나 〈죽은 사람들〉의 게이브리얼 콘로이처럼 자기 인식에 이르는 에피파니를 직감하는 민감한 주인공이다. 그는 갤러허를 찬미하고 선망하며, 자기를 구속하고 있는 가정과 소심하고 여성적인 자신을 포기하고자 한다. 고급 요정에 초대받은 그는 갤러허의 성격을 찬미하지만, 갤러허가 자신의 경험과 대륙을 지배하고 있는 성적 부도덕성 등을 과장되게 떠벌리는 것을 듣자 얼마간 실망한다. 그러나 여전히 그를 부러워한다.

집에 돌아와 칭얼거리는 자기 아이에게 고함을 칠 뿐, 아내의 힐책하는 눈초리를 보자 그는 스스로 부끄러움과 후회의 눈물을 글썽인다. 이는 자신이 도저히 '정든 불결한 더블린(dear dirty Dublin)'을 탈피하지 못하는, 그리하여 현실로 돌아갈 수밖에 없는 스스로의 딜레마를 직감하는 에피파니의 순간이다. 결국 그는 좌절한 시인이요, T. S. 엘리어트의 프루프록(Prufrock)의 신세가 되고 만다. 이 이야기에서 중요한 것은 자신의 정신적 황무지 생활을 직감하는 주인공 꼬마 챈들러의 에피파니 이외에 또다른 에피파니가 있다는 사실이다. 즉 독자의 에피파니가 그것이다. 민감한 독자는 이야기의 종말에서 주인공의 궁지를 이내 직감하게 된다:

> 꼬마 챈들러는 부끄러워 두 뺨이 빨개지는 것을 느끼며 램프의 불빛에서 뒤로 물러섰다. 그는 아기의 자지러지는 울음이 점점 가라앉는 동안 귀를 기울이고 있었다. 그러자 자책(自責)의 눈물이 그의 눈에 괴기 시작했다.

(9) 짝패들

'청년기'의 두 번째 이야기인 〈짝패들〉의 제목은 앨런(Alleyne)과 패링턴(Farrington) 그리고 패링턴과 그의 자식 톰(Tom)이 서로 짝을 이루는 대위법적 위치(counterpart position)에 있는 인물임을 암시한다. 이 이야기의 패링턴이란 주인공이 무미건조한 일상 생활에서 도피하고자 하는 점은 앞서 이야기의 주인공인 꼬마 챈들러와 같지만, 외모는 정반대다. 섬세하고 민감한 챈들러와는 달리, 그는 체구가 크고 붉은 얼굴에 거칠고 폭발적인 성격의 소유자요, 야만적이며 무책임한 남편이요, 아버지이기도 하다. 그의 이러한 성격은 다음의 구절에서 잘 묘사되고 있다:

> 사나이는 혼자서 사무실 전체를 모두 쓸어내기에 족할 정도로 힘이 넘치는 것을 느꼈다. 그의 몸은 뭔가를 하고 싶고, 밖으로 뛰쳐나가 난폭한 행위를 실컷 즐기고 싶어 근질근질했다. 보잘것없는 자신의 생활을 생각하니 화가 치밀었다……. 그의 감정의 바로미터는 폭발을 예고하고 있었다.

위의 글에서 '그의 감정의 바로미터는 폭발을 예고하고 있었다(The barometer of his emotional nature was set for a spell of riot)'라는 표현은 작가의 탁월한 문장들의 한 예요, 이른바 이 작품의 근본적 문체인 '꼼꼼한 비속성'의 본보기이다. 이 작품은 패링턴이란 남자가 직장에서 상사로부터 비난을 듣는 평범한 사건으로 시작된다. 크로즈비와 앨런(Crosbie & Alleyne) 법률 사무소의 서기인 그는 복사하도록 명령받은 편지 중에서 두 장을 빼먹고, 사장인 앨런에게 그냥 그것을 가져감으로써 평소에 사이가 좋지 못하던 사장은 그에게 폭언을 퍼붓는다. 이에 그는 사장에게 말대꾸를 함으로써 그의 분노를 산다.

패링턴은 술집에 가서 친구들에게 이 사건을 자랑삼아 떠벌리며 자기만족에 도취한다. 그러나 그는 자신의 시계를 전당포에 잡혀 친구들과 술값으로 다 써 버리고, 술집에서 영국 청년인 웨더즈(Weathers)와 팔씨름을 하여 거기서 지자 낭패감을 맛본다. 그리하여 그가 오코넬 다리 위에서 샌디마운트행 전차를 기다리고 있을 때 그가 품은 절망감과 분노는 극에 달한

다:

    그는 속이 타는 듯한 노여움과 복수심으로 가득 차 있었으며 수치스럽고도 불만스럽게 느껴졌으므로 술에 취한 것 같지도 않았다. 그의 주머니에는 동전 두 닢밖에 없었다. 그는 모든 것을 저주했다. 사무실에서는 볼장 다 보았고 시계를 저당잡혔으며 돈은 몽땅 써 버렸다. 그런데도 술에 취하지 못했다. 다시 목이 마르기 시작했고 후끈하고 냄새나는 술집으로 돌아가고 싶었다. 애송이한테 두 번씩이나 져서 장사(壯士)라는 명성도 잃고 말았다:

술집에서 자신의 시선을 유혹하던 커다란 모자를 쓴 묘령의 여인에게 감정적으로 놀림받은 생각을 하면 화로 숨이 막힐 지경이다. 그는 집으로 돌아와 식당의 불이 꺼져 있다는 것을 구실삼아 애꿎은 어린 아들에게 매질을 가함으로써 분풀이를 한다.

《율리시즈》에서와 같이 이 단편에 나오는 더블린의 수많은 술집과 바텐더, 술꾼들에 대한 조이스의 탁월한 표현은 자연주의 소설 문체의 대표적인 예이고, 패링턴의 과격한 기질과 그의 알코올리즘, 그리고 매질은 졸라의 《목로 주점》의 장면들을 연상케 한다. 술과 거친 폭언, 만용이 판치는 더블린 사회의 부조리와 마비, 부자의 갈등, 술꾼들의 무절제는 《더블린 사람들》의 공통된 주제다. 특히 이 이야기의 마지막 장면에서 어린 아들은 이렇게 애소한다:

"오, 아빠!" 그는 부르짖었다. "때리지 마, 아빠! 아빠를 위해 성모송(聖母頌)을 드릴께요……기도를 드릴께……아빠, 때리지 않으면……기도할께…….

"O, pa!" he cried. "Don't beat me, pa! And I'll ……I'll say a Hail Mary for you……I'll say a Hail Mary for you, pa, if you don't beat me……. I'll say a Hail Mary…….

자비를 외치던 소년의 이상과 같은 공포에 질린 호소는 비평가 피크 (Peake) 교수가 지적한 바와 같이, 패링턴 자신의 비참한 상태에서 그의 아들의 애처로운 공포에까지 주의력을 전환시키게 하는 것 이외에도, 권선징악적 멜로드라마에까지 접근하고 있다. 그러나 비참한 것은, 아이까지 동원하여 패링턴과 같은 야만인들이 사는 세계 속에서 억압자가 기도의 약속으로 구출될 수 있다고 믿게 하는 점으로, 여기에 사회적·종교적 아이러니가 있다. 이는 자식과 아버지의 에피파니일 뿐만 아니라, 음주와 야만이 일종의 마법에까지 끌려 내려간 종교적 수단(마리아는 성모인 동시에 마녀를 암시한다)과 공존한다는 그들의 사회 관습의 에피파니이기도 하다. 틴달(Tindall) 교수가 지적하다시피, 소년의 기도 속의 마리아는 잇단 단편인 〈진흙〉의 주인공의 이름과 일치함으로써 이 이야기의 가교적(架橋的) 결구를 암시하고 있다.

(10) 진흙

잇단 단편인 〈진흙〉에서 세탁소의 부엌 일을 맡고 있는 주인공 마리아라는 노처녀는 만성절(萬聖節) 전야(Hallow Eve, 10월 31일 저녁)에 남매간인 조네 집에 찾아가 저녁 한때의 즐거운 시간을 보낸다. 만성절 전야에 갖는 놀이에 눈을 가리고 접시에 있는 물건들을 집는 순서가 있는데, 반지(결혼)를 집는 데 실패한 마리아는 그 대신 진흙을 집었고, 이는 죽음을 상징한다. 잇달아 그녀는 기도서를 집지만, 이는 또한 그녀가 수녀가 될 것임

을 암시한다. 조의 요청에 따라 그녀는 노래를 부르지만, 의식적이든 무의
식적이든 사랑의 대목이 담긴 2절을 빠뜨리고 1절만을 반복한다. 그녀가
빠뜨린 2절은 다음과 같다:

나는 꿈을 꾸었네, 구혼자들의 청혼을,
기사들이 무릎을 꿇고
처녀의 마음이라면 굴복하고 말
그들의 마음을 내게 맹세했다네.

나는 꿈을 꾸었네, 귀족 한 분이 내게 와서
나의 마음을 요구했나니. 그러나 내게 가장 매력 있는 꿈은
그대의 변함없는 사랑이었네.

이 노래의 내용은 옛날의 구혼자가 변치 않고 자기를 사랑한다는 것이
다. 마리아는 앞서 〈짝패들〉의 패링턴과는 달리 운명을 감수하는 듯 보이
나 그녀는 사랑과 낭만에 넘치는 결혼 생활과 가정의 유대에 대한 동정과
꿈을 지니고 있다. 우리는 이러한 꿈의 좌절을 그녀가 부른 노래의 생략
속에서 읽을 수 있다. 그녀의 이러한 행동에 '깊이 감동된' 조는 그녀가
부른 노래의 생략의 의미를 직감한다. 그는 아마도 자기의 이러한 직감이
나 이해를 삼키려는 듯 병따개와 술병을 요구한다. 이는 마리아가 아닌 조
의 에피파니를, 불모와 사랑의 공허, 무질서, 손실 등을 뜻하는 에피파니
이기도 하다:

그러나 아무도 그녀의 잘못을 지적하려 하지 않았다. 그녀가 노래를
끝내자 조는 몹시 감동을 받았으며, 그는 누가 뭐라 해도 옛날 같은 시
절은 가없고 나이 많은 발프의 음악만한 것도 들어본 적이 없다고 했

다. 그의 눈은 눈물로 가득 차서 자기가 찾고 있던 것도 찾지 못하고, 마침내 아내에게 병따개가 어디 있는지 찾아봐 달라고 말해야 했다.

주인공 마리아가 여러 가지 상징적 역할을 하고 있다는 것을 우리는 알 수 있다. 첫째로 그녀는 평화의 사도로서 동료의 불화와 갈등을 해소시키는 역할을 하는 성모 마리아의 이미지요, 둘째로는 '코끝이 턱 끝에 거의 닿을락말락한' 그녀의 외모는 전형적인 마귀(만성절은 죽은 자들의 혼령 또는 마귀가 무덤에서 나와 땅 위를 걸어다니는 날로, 마리아의 혼령이 조의 가족을 방문하는 셈이다)의 이미지다. 이런 견지에서 보면 마리아가 잡은 진흙은 그녀의 죽음을 상징하기보다는 자신이 떠나 온 장소, 즉 무덤 그 자체로 돌아가는 것을 상징할 수도 있다. 여러 차례 서술되는 그녀의 외모에 대한 언급은 바로 마녀상을 암시해 주고 있다. 셋째, 마리아는 불쌍하고 늙은 노파인 동시에 아일랜드 자체의 상징이기도 하다. 당시 아일랜드의 대부분의 여인들처럼 그녀 또한 아일랜드의 경제권을 장악하고 있는, 신교도들이 경영하고 있는 세탁소에서 일하고 있다. 조를 방문하기 위하여 전차를 탔을 때, 영국인 대령이 그녀에게 예의를 표하자 그녀는 당황한 나머지 케이크를 놓고 내린다. 이러한 영국 군인들에 의하여 지배된 채 아일랜드는 수세기 동안 그들의 부와 재산을 빼앗겼던 것이다.

(11) 참혹한 사건

'장년기'의 마지막 이야기인 〈참혹한 사건〉은 사랑의 부재(lovelessness)를 그 주제로 다룬 작품이다. 중년의 독신자인 주인공 제임스 더피(James Duffy)는 오만과 감정의 메마름으로 친구도 신앙도 없이 스스로 세상과 격리된 채, 그의 수도원과 같은 질서정연한 방, 그러나 감정이 메마른 불모의 방에서 수도승과 같은 생활을 영위하고 있다. 어느 날 음악회에서 시니코(Sinico) 부인이란 여인을 만나 정신적 교재를 계속한다. 남편이 선장으로 해외에 나가 있는 시니코 부인은 '영혼의 치료할 수 없는 외로움(the soul's incurable loneliness)'을 겪고 있다. 그녀의 미덕은 자비요, D.H.로렌스가 말하는 이른바 '피의 의식(blood-consciousness)' 그 자체였다. 뒤이어 더피 씨는 그녀가 감정적이고 본능적인 사랑을 그에게 품고 있음을 알게 되자, 그녀와의 관계를 단절한다. 4년이 지난 후, 더블린 외곽의 시드니 퍼레이드(Sydney Parade)역에서 어느 열차에 치어 죽은 시니코 부인(그녀의 참사는 톨스토이의 《안나 카레니나(*Anna Karenina*)》의 여주인공의 최후를 상기시킨다)의 소식을 신문에서 접하고 더피 씨는 서서히 그녀의 타락과 죽음에 책임이 있음을 느끼고 자기 삶의 불모성을 깨닫지만 이내 이전의 소외 상태로 되돌아간다.

시니코 부인의 사망 기사를 읽고 더피 씨는 처음에는 자기가 그녀의 '영혼의 동반자(soul's companion)'였다는 사실에 분개하고, 그녀를 타락한 여인이라고 비난하며 자기의 고결함을 옹호하는 태도를 취한다. 그러나 한편 그녀의 삶을 빼앗고 그녀에게 죽음을 선고했다고 더피는 자책하기도 한다. 그녀를 심판하는 수도승(신부) 같은 그의 태도와 죄책감을 느끼는 이중적 성격을 우리는 이야기의 종말에서 엿볼 수 있다:

> ……그는 마음이 불안해지기 시작했다. 그는 그 밖에 별도리가 없었지 않았느냐고 자문해 보았다. 그녀와 기만의 희극을 더 이상 감행할 수도 없었고 그녀와 공개적으로 살 수도 없는 노릇이었다. 그는 최선을 다했던 것이다. 어찌 그에게 책임이 있으랴? 이제 그녀가 사라지고 없으니, 그녀가 밤마다 홀로 그 방에 앉아서 얼마나 외로운 생활을 했을까를 이해할 수 있을 것 같았다. 그의 생활 또한 그가 죽어 이 세상에서 사라져 한낱 추억이 —— 누군가 그를 기억해 줄 사람이 있다면——

될 때까지는 외로우리라.

이 이야기에서 중요한 것은 죽음과 정신적 재생의 순간으로, 이는 더피 씨가 시니코 부인의 죽음에 비추어 자신이 영위해 온 삶의 불모성을 통렬히 깨닫는 자기 인식의 에피파니의 순간으로 이야기의 종말에서 일어난다. 이러한 에피파니의 동기를 그는 어둠이 깔린 피닉스 공원의 비탈진 담벼락 아래 드러누워 있는 연인들의 모습에서 느낀다:

> ……비탈을 내려다보니 공원의 담 아래 그늘 속에 드러누워 있는 사람들의 모습이 보였다. 이러한 타락하고 남 몰래 하는 사랑이 그를 절망으로 가득 채웠다. 그는 자기 생활의 방정성을 되씹어 보았다. 그러자 자신이 삶의 향연으로부터 추방된 자처럼 느껴졌다. 한 여인이 자기를 사랑하는 것 같았음에도 불구하고 그는 그녀의 인생과 행복을 부정해 버렸던 것이다. 그는 그녀에게 치욕을, 부끄러운 죽음을 선고했던 것이다.

그의 에피파니가 피닉스 공원에서 일어난 것은 의미심장한 일이다. 왜냐하면 피닉스는 불사조로서 자신의 죽은 재〔灰〕에서 소생한다. 그러나 여기서 또다시 앤티클라이맥스적(anticlimactic) 이야기의 아이러니가 있다. 《더블린 사람들》의 종곡인 〈죽은 사람들〉의 종말에서 게이브리얼은 완전히 정신적 부활을 이루는 데 반하여 더피 씨의 그것은 일시적이라는 사실이다. 더피 씨는 이러한 에피파니의 격렬한 감정이 가라앉아, 잠시 인간과의 교섭을 원한다. 그리하여 삶의 향연에 참여하는 일이 여인과 죄악스런 관계를 맺는 데서 가능하다는 사실을 깨닫는다. 시니코 부인과 마지막으로 만난 지 두 달 후에 쓴 글 가운데 다음과 같은 것이 있다:

남자와 남자간의 사랑은 성적 관계가 있을 수 없기 때문에 불가능하다. 그리고 필연적으로 성적 관계가 존재하기 때문에 남자와 여자 사이의 우정도 불가능하다.

Love between man and man is impossible because there must be sexual intercourse, and friendship between man and woman is impossible because there must be sexual intercourse.

한편 멀리 지나가는 화물 열차(남성 섹스의 심벌)는 그녀의 이름의 음절(Sin-i-co, I cooperate in sin: 나는 죄에 합세한다)을 반복하듯, 그의 성적 욕망을 암시해 주고 있다. 이러한 죄의 순간을 또다시 탈피하기 위하여 그는 죽음과 같은 과거의 생활로 되돌아간다. 그의 치명적 죄는 넘치는 자만심이요, 프로이트가 말하는 에고(ego) 그 자체다. 그의 정신적 귀환은 니체(Nietzsche)의 '금욕의 사제(司祭)'와 일치한다.

조이스는 〈참혹한 사건〉이란 이 의미심장한 단편에서 두 개의 불완전한 인간상(人間像), 지성의 더피와 감성의 시니코를 묘사하고 있는데 이는 버나드 쇼(Bernard Shaw)의 '인간과 초인간(man and superman)'의 주제와 일치한다 할 것이다. 이의 완전한 인간상은 이 두 개의 베르그송적(Bergsonian) 결합에 있으며, 이는 앞서 쇼의 극적 클라이맥스 뒤에 숨어 있는 은유 바로 그것이다. 지성을 대표하는 주인공 터너(Tanner)와 감성을 대변하는 앤(Anne)의 결합은 베르그송의 '창조적 진화(creative evolution)'의 더 한층 높은 의식 속에 조이스의 에피파니의 잠재력을 지닌다. 두 남녀가 대변하고 있는 현대의 더블린 사람들을 얽어매고 있는 종교·전통·예술의 낡은 올가미 때문에 생명 자체를 거부하고 있는 치명적 마비를 다루고 있는 이 인상적 단편은 직접적인 대화를 피하고 간접적 언어의 리듬을 제시함으로써 더피의 심상(心想)을 한층 암시적으로 밀도있게 묘사하고 있다.

세 개의 단편으로 구성된 '대중 생활'은 지금까지의 개인적 차원에서 벗어나 도시 전체의 삶을 조명, 그들의 마비된 사회 현실을 다루고 있다. 〈위원실의 담쟁이 날〉은 정상배(政商輩)들의 이해 관계, 값싼 감상주의(感傷主義, cheap sentimentalism)로 전락한 민족주의를 묘사한 정치적 마비의 이야기요, 〈어머니〉는 조그마한 액수의 돈 때문에 애국심·체면 따위를 송두리째 팽개치는 더블린 문화계의 허위·허영과 가식(假飾)을, 그리고 〈은총〉은 종교에까지 침투한 물질만능주의의 팽배(膨排), 그 본연의 교리에 대한 위선을 각각 묘사하고 있다.

(12) 위원실의 담쟁이 날

첫째 단편인 〈위원실의 담쟁이 날〉은 다가오는 더블린 시의 위원 선거에 출마한 리차드 J. 티어니(Richard J. Tierney) 후보의 선거 운동원들의 이야기로, 10월 6일의 아일랜드의 '무관의 왕(uncrowned King)'으로 불리는 파넬(Parnell)(조이스 세대에 있어서 아일랜드와 그 의회를 혼돈에서 구출한 영웅적 민족주의자이며 애국자였으나, 만년에 키티 오시에 여인과의 간통 혐의로 실각함)의 추모일(그는 1891년 10월 6일 사망함)을 맞이하여 가슴에 담쟁이 잎(ivy, 상록수의 담쟁이 잎은 파넬 동조자들에게 부활 또는 재생의 상징이었음)을 달고 차례로 위원실에 모여든다. 그들은 오코너(O'Connor), 하인즈(Hynes)(그는 《율리시즈》에 재등장함), 헨치(Henchy) 등으로 몇 푼의 금전과 몇 잔의 공짜 맥주에 만족하는 정상배(政商輩)들이다. 이 이야기에는 어떤 극적 사건은 일어나지 않은 채, 단지 무의미한 정담(政談)을 늘어놓거나 맥주를 들이키고 파넬의 추모시(追慕詩)를 읽으며 감상에 젖는 것으로 이야기는 끝난다. 이 이야기에서 가장 먼저 등장하는 오코너 씨는 이번 후보인 티어니 씨의 선거운동원이지만 일에는 충실하지 못하고 허위로 충

성을 하고 있다. 하루종일 난롯가에 앉아 삯을 어떻게 지불받을 것인가에
마음이 쏠려 있는 그는 티어니 씨를 선전하는 카드를 찢어 담뱃불을 붙일
정도로 엉터리 충성을 맹세한 자다:

　오코너 씨는 카드 한쪽을 찢어 불을 붙여 담배에 댕겼다. 그렇게 하
　자, 웃옷깃에 꽂은, 검은 윤기가 나는 담쟁이 잎 하나가 불빛에 반짝였
　다. 노인은 이 젊은이를 주의깊게 지켜보고 있었다. 그리고 이내 마분
　지 조각을 다시 집어들고 상대방이 담배를 피우고 있는 동안 천천히 불
　에 부채질을 하기 시작했다.

　다음으로 등장하는 하인즈는 스포츠 기자요 파넬의 헌신적 추종자로서
티어니 씨와 같은 정치인에게 경계심을 품고 있다. 그는 티어니 씨를 공격
하며 그가 자기 자신의 이익만을 추구하고 관직에만 매료되어 있다고 비난
하는가 하면, 그를 위해 득표 공작을 하는 여러 선거운동원들도 그를 못마
땅히 여기고 자기 자신의 이익과 선거자금에만 몰두해 있다고 비난의 화살
을 쏘아 댄다:

　"콜건이 노동자라서 그렇게 얘기하는 겁니까? 착하고 정직한 벽돌공
　과 술집 주인과의 차이가 뭐란 말입니까 —— 예? 노동자라 해서 다른
　누구처럼 시정(市政)에 참여할 권리가 없다는 겁니까 —— 아니, 그래
　손에 직함이나 들고 유권자 앞에서 티를 내고 언제나 뽐내는 자칭 신사
　보다 더 자격이 있지 않단 말입니까? 그렇지 않아, 매트?" 하인즈 씨가
　오코너 씨에게 이야기를 걸며 말했다.

　그는 자기의 옷깃에 달린 담쟁이 잎을 가리키며 파넬의 민족주의를 상기
시키면서 영국의 식민주의를 공격한다. 헨치 또한 티어니 씨의 사리사욕을

공격한다. 그러다가 헨치는 하인즈가 위원회 사무실을 떠나자 그가 상대방 후보인 콜건(Colgan) 후보의 스파이일 것이라고 말한다. 여기에 키온(Keon) 신부가 등장하는데, 그는 애매모호한 인물이고 더블린을 종교적으로 마비시킨 장본인이다. 이처럼 여기에 등장하는 모든 인물들은 그들의 후보에 대한 헌신이나 자신을 나타내지 않는 엉터리 위선자들로서, 심지어는 얼마간 예외 인물이던 하인즈 역시 파넬의 추종자요, 그는 티어니씨를 비난하면서도 술에 대한 희망에 잠겨, 자신이 쓴 파넬에 대한 시를 소리높이 외치며 읊기도 한다. 시는 비록 애국적이긴 해도, 퍽 나약한 감상(感傷)에 젖어 있다:

임은 가셨네. 우리들의 무관(無冠)의 왕은 가셨네.
오, 아일랜드여, 설움과 슬픔으로 애통하나니
임은 가시고 말았네,
현대의 위선자들 무리에 꺾여.

임은 비열한 도당들에 의해 살해되시니
임은 오욕(汚辱)에서 영광으로 오르셨네.
아일랜드의 희망이요 에린의 꿈은
우리 님의 화장(火葬) 장작더미 위에서 사라지네.

궁전과 초가집, 또한 오두막에
아일랜드의 정기(精氣)가 살아 있는 곳
슬픔으로 그 정기 꺾였네,
조국의 운명을 지실 임이 가셨기에.

He is dead. Our uncrowned King is dead.

O, Erin, mourn with grief and woe

For he lies dead whom the felt gang

Of modern hypocries laid low.

He lies slain by the coward hounds

He raised to glory from the mire;

And Erin's hopes and Erin's dreams

Perish upon her monarch's pyre.

In palace, cabin or in cot

The Irish heart where'er it be

Is bowed with woe – or he is gone

Who would have wrought her destiny.

그러나 우리는 위의 하인즈 시에서 보듯 아일랜드 대중이 품은 나약한 감상적 민족주의는 조이스의 잇따른 작품들에서 작가의 한결같은 공격의 대상이 되고 있음을 주목해야 한다. 이처럼 이 단편 이야기의 특색은 마치 무대극의 각본을 연상시킨다는 것이다.

대화로 이루어진 문장들은 극히 효과를 나타내는 듯하며, 맨 처음 장면은 무대 지시(stage direction)같이 무대 위에 등장 인물을 올려놓은 듯 묘사되고 있고, 그 속에 나오는 불은 조광기(調光機)의 효과를 노린 듯 여겨진다.

《율리시즈》의 '배회하는 바위들(Wandering Rocks)' 장면에서의 더블린 거리를 방황하는 무축(無軸)의 방랑자들, 그리고 키어넌(Kiernan) 주점(Cyclops장)에서의 주점의 향방 잃은 무질서한 대화처럼, 이 단편 속의 부질없는 대화에서 우리는 원칙과 질서가 파괴되고 신념과 희망이 없는 부정적 에피파니, 즉 조이스의 더블린 정계의 그릇된 현실에 대한 묘사를 엿볼

410

(13) 어머니

잇따르는 단편 〈어머니〉에서 조이스는 물질주의에 감염되어 있는 가식적인 아일랜드 문화계와, 아일랜드의 성인 사회의 관심을 묘사하고 있다. 그러나 이 작품은 근본적으로 주인공 키어니 부인의 묘사에 역점을 두고 그녀의 미덕에 관한 문제를 다루고 있다:

> 데블린 양은 홧김에 결혼해서 키어니 부인이 되었다. 그녀는 상류 수도원에서 교육을 받았고, 그곳에서 불어와 음악을 배웠다. 그녀는 태어날 때부터 얼굴이 창백하고 태도에 있어서 남에게 굽힐 줄 모르는 성미였기 때문에 학교 친구가 별로 없었다. 결혼할 나이가 되자 그녀는 여러 집을 출입하곤 했는데, 거기서 그녀의 피아노 연주와 세련된 태도로 인하여 사람들로부터 칭찬을 받았다.

위의 구절에서 보듯, 키어니 부인은 아일랜드 고유어인 게일(Gaelic) 어로 서로 인사를 나누는 민족주의자들과 친교를 맺고 있다. 수도원 교육을 받은 그녀는 홧김에 남편과 결혼한, 약간 과격한 여인이다. 마침내 그들이 개최하는 음악회에 딸을 피아노 반주자로 내보내기로 계약을 체결한다. 그러나 음악회가 예상과는 달리 청중이 많지 않아 성황을 이루지 못하자, 마지막 회인 금요일의 음악회가 취소되고 4일간으로 예정된 음악회가 3일간으로 단축된다. 키어니 부인은 딸이 계약한 4일분의 계약 출연료를 요구하지만, 주최 측은 다른 반주자를 내세우겠다고 위협한다. 그러자 그녀는 화가 나서 딸을 데리고 밖으로 퇴장한다. 이러한 다툼과 언쟁은 조그마한 금

전 문제로 체면도 애국심도 손상시켜야 하는 아일랜드의 이른바 민족주의자들이나 키어니 부인의 행동, 그리고 더블린 문화계의 마비를 암시해 주고 있다. 이러한 갈등은 다음과 같은 대화에서 역력하다:

"마차를 잡아요." 그는 즉시 밖으로 나갔다. 키어니 부인은 외투로 딸을 감싸주고 남편을 뒤따랐다. 문간을 지나갈 때, 그녀는 발걸음을 멈추고 홀로헌 씨의 얼굴을 뚫어지게 노려보았다. "아직 당신과의 일은 다 끝나지 않았어요." 그녀는 말했다. "하지만 전 다 끝났습니다." 홀로헌 씨가 말했다. 캐슬린은 어머니를 순순히 뒤따랐다. 홀로헌 씨는 마치 피부가 타는 듯 싶었기 때문에 몸을 식히기 위하여 방안을 왔다갔다하기 시작했다. "참 지독한 여자야!" 그는 말했다. "아, 정말 지독한 여자야!" "자네 행동은 지당했어, 홀로헌." 오먼드 버크 씨가 우산에 몸을 기댄 채 찬의를 표했다.

(14) 은총

'대중 생활'의 마지막 이야기인 〈은총〉은 〈죽은 사람들〉 다음으로 긴 이야기로 〈자매들〉과 함께 더블린의 종교적 마비 또는 부패를 묘사하고 있다. 이 이야기에 등장하는 인물들은 도덕적 공허심, 또는 자기들을 인도하는 신부의 물질적 향락주의에 젖어 있는 일종의 위선자들이다. 대부분이 술친구들인 이들은 모두 《율리시즈》에서 다시 등장하고 있다. 그 중 주인공 톰 커넌(Tom Kernan)은 차(茶) 상인으로 외판원인데, 어느 날 술에 취하여 술집 층계에서 굴러 화장실 바닥에 넘어져 있는 것을 마침 그곳을 지나던 파우어 씨(더블린 정청의 왕립 경찰청 간부)가 구출하여 집으로 안내한다.

이처럼 수없이 많은 더블린의 술집(pub)들, 그곳에서 술을 즐기는 노인들과 젊은이들은 술의 마력에 자주 실수를 범한다. 이를테면, 《율리시즈》에서 코니 켈리허는 한밤중 마굴 장면에서 술취한 스티븐 디덜러스를 구출하는가 하면, 키어넌의 주막 장면 말미에서도 마틴 커닝엄(그 역시 한때 더블린 정청의 간부였다)이 블룸을 구출한다. 이어 파우어는 커넌 부인에게 남편의 술버릇을 고쳐주겠다고 약속한다. 다음날 커넌을 방문한 파우어 씨, 커닝엄(《율리시즈》의 장의 장면에서 실증되듯 그는 현실적이고 분별력이 있으며 신앙심이 두터운 사람이지만, 알코올 중독자인 아내를 가지고 있다), 맥코이(유명한 식객이며 지금은 시 검시관의 비서, 부인은 전문가의 평판으로 미루어 예술적 기교가 열등한 가수인 듯) 등은 그를 가디너(Gardiner) 가에 있는 예수회 성당으로 안내하고 퍼던(Purdon) 신부의 설교를 듣게 하지만, 모두들 참회도 하지 않고 신앙심도 별반 없는 상태다. 퍼던 신부의 설교 역시 '사업적'·기계적이요, 그들에게 자신을 그들의 '영혼의 회계사(spiritual accountant)'로 자처하고, '하느님과 솔직하고 인간답게(to be straight and manly with God)' 대면하도록 다음과 같이 주장한다:

"자, 저는 회계장부를 조사해 보았습니다. 저는 이런 점과 이런 점이 잘못임을 알았습니다. 그러나 하느님의 은총으로 저는 이러이러한 것을 시정하겠습니다. 저의 장부를 올바로 맞추어 보겠습니다."

"Well, I have looked into my accounts. I find this wrong and this wrong. But, with God's grace, I will rectify this and this. I will set right my accounts."

여기 그의 비위를 맞추는 듯한 설교는 부패의 메스꺼운 냄새가 난 은유들을 담고 있다. 이 이야기에서 우리는 두 개의 부정적 에피파니를 읽을 수 있다. 그 첫째의 것은 커넌이란 환자 주변에서 벌어지는 이들 더블린

사람들의 삭막한 이야기로, 우리는 이들에게서 성당의 교황, 그리고 예수
회원들의 부질없고 비합리적인 허황된 현실을 실감한다:

> "사실이야." 커닝엄 씨가 말했다. "가장 지적이었다고는 할 수 없어요.
> 교황으로서의 모토는 Lux upon Lux ——'빛 위의 빛'이였지." "아니야,
> 아니야." 포가티 씨가 열심히 말했다. "그 점에선 자네가 틀린 것 같
> 아. Luc in Tenebris였다고 생각해. '어둠 속의 빛' 말이야. "오, 그래."
> 맥코이 씨가 말했다. "Tenebris가 아니라 Tenebrace지."……"오 교황의
> 불과오설(the infallibility of the Pope)에 관해서 난 알고 있어. 내가 기억하기
> 로는 내가 아직 어렸을 때. ……아니면 그것이 ——?"

(15) 죽은 사람들

《더블린 사람들》의 마지막 작품인 〈죽은 사람들〉은 조이스의 대표적 단
편일 뿐만 아니라, 금세기의 가장 뛰어난 단편 소설 중의 하나로 평가되고
있다. 다른 14개의 단편들을 끝낸 뒤 약 일년만에 씌어진 이 걸작은《더블
린 사람들》의 총화격이요, 클라이맥스 스토리라 할 수 있다. 이야기에는
특별한 액션이 없고 무도·음주·노래 그리고 잡담으로 일관하는 신년 파
티(설날 전인지 후인지는 분명하지 않다. 1월 6일의 에피파니 축일이라고
하는 설이 더 타당할 것 같다) 장면이 묘사되어 있다.
주요 등장인물을 보면, 이 작품의 주인공격인 게이브리얼 콘로이의 두
이모들인 모건(Morgan) 자매, 즉 케이트(Kate)의 줄리아(Julia)를 비롯하여
신문사의 고정 기고가요 대학 강사인 콘로이 자신, 그의 아내 그레타
(Gretta), 하녀격인 릴리(Lily), 그레타의 죽은 옛 애인 마이클 퓨리, 피아니
스트 메리 제인(Mary Jane), 가수 다시(Darcy), 애국자며 민족주의자로 자처

414

하는 아이버즈(Ivors) 양 등이다.

이 이야기는 구조상 세 부분으로 나눌 수가 있는데, 첫째 부분은 파티 장면으로 릴리는 그 준비와 손님 접대에 한창 바쁘다. 파티 장소인 이모 댁에 도착한 게이브리얼은 릴리에게 그녀의 결혼 등을 애기하다가 오히려 핀잔을 듣고 그의 이기적 에고(ego)에 얼마간 상처를 입는다. 게이브리얼 은 만찬석상에서 있을 자신의 연설문 원고 내용에 대하여 신경을 쓰고 있 으며, 파티 준비에 열을 올리고 있는 두 노파는 앞서 〈자매들〉의 그들처럼 생각이 과거의 추억(죽음)에만 집착되어 있다.

두 번째 부분은 무도회 장면으로, 이들 춤추는 사람들은 흔해빠진 유령 들처럼 마치 폰키엘리의 '죽음의 무도'의 등장인물들을 연상시킨다. 게이 브리얼의 춤 상대자는 아이버즈 양으로 결정되는데, 그녀는 열렬한 민족주 의자로서 게이브리얼의 이기주의를 공박한다. 또한 그가 영국의 《데일리 익스프레스》지(誌)에 기고하고, 아일랜드의 고유어(Gaelic)와 전통을 무시한 다 하여 그를 '웨스트 브리톤(West Briton)', 즉 친영파라고 경멸적으로 조롱 한다. 잇따라 파티는 만찬으로 이어지고, 게이브리얼은 이모들로부터 여느 때처럼 거위를 잘라 달라는 부탁을 받는다. 춤을 추는 도중 아이버즈 양은 그에게 다음 휴가에 아일랜드 서부 해안에 위치한 애런(Aran) 섬으로 여행 을 가자는 제의를 한다.

뒤이어 그는 연설을 하는데, 그 내용은 구세대가 가지고 있는 아일랜드 특유의 환대·유머·인간미 등의 미덕을 찬양하고 신세대의 결함을 지적한 것으로 손님들의 박수갈채와 환호를 받는다. 그 내용은 퍽 인상적이다:

신사 숙녀 여러분, 하나의 새로운 세대가 우리들 사이에서 자라고 있 습니다. 이는 새로운 관념과 새로운 원칙에 자극을 받은 세대입니다. 이 세대는 이러한 새로운 관념에 대하여 심각하고도 열성적입니다. 그 리고 이 세대는 제가 보기에는 대체로 성실합니다. 그러나 우리는 지금

회의적이고, 제가 이 말을 써도 되는지 모르겠습니다만, 사색에 고통받는 시대에 살고 있습니다. 그리고 때때로 저는 교육을 받은 이 새로운 세대에 지난날에 속했던 인간애, 환대, 상냥한 유머와 같은 특질들이 결핍되어 있지 않나 두렵습니다. 지난날의 저토록 많은 위대한 가수들의 이름을 오늘밤 귀담아 듣자니, 우리는 지금보다 덜 고매한 세대에 살고 있는 것이 아닌가 하는 느낌이 들었는데, 저는 그것을 고백하지 않을 수 없는 바입니다. 그 옛날은 굳이 과장하지 않더라도 고매한 시대라 불러도 좋을 것입니다. 그리고 그러한 시대가 영영 가버린다고 해도 적어도 이런 모임에서 우리는 여전히 긍지와 애정을 가지고 그 시대를 이야기하고 세상이 쉽사리 잊지 못할 고인이 된 그들과 사라진 위인들의 추억을 마음속에 고이 간직하도록 해야 할 것입니다.

Ladies and Gentlemen, A new generation is growing up in our midst, generation actuated by new ideas and new principles. It is serous and enthusiastic for these new idea and its enthusiasm, even when is misdirected is, I believe, in the main sincere. But we are living in a sceptical and, if may use the phrase, a thought-tormented age: and sometimes I fear that this new generation, educated or hyper-educated as it is, will lack those qualities of humanity, of hospitality, of kindly rumour which belonged to an older day. Listening tonight to the names of those great singer of the past it seemed to me, I must confess, that we were living in a less spacious age. Those days might, without exaggeration, becalled spacious days: and if they are gone beyond recall, let us hope, at least, that in gatherings such as this we shall still speak of them with pride and affection, still cherish in our hearts the memory of those dead and gone great ones whose fame the world will not willingly let die.

이야기의 셋째 부분은 파티가 끝나고 손님들이 서로 작별하는 장면으로 시작된다. 때는 이른 새벽으로 바깥 날씨가 몹시도 차다. 모두들 차를 타러 밖으로 나간다. 대부분의 손님들이 가버리고 다시가 노래를 부르고 있다. 게이브리얼이 현관 어두운 구석에 서서 이층 층층대를 바라보자, 한 여인의 차분한 모습이 눈에 띈다. 그녀는 그의 아내였다. 이때 게이브리얼은 그 장면을 그림의 주제로 생각한다. 이러한 장면과 연관하여 그는 심지어 그림의 제목으로 〈희미한 음악〉을 구상한다. 그러나 실제로 그 음악은 그와는 거리가 멀다. 즉 그가 결코 들어보지 못한 사랑과 이해의 음악이다. 그러나 그레타에게는 그 음악이야말로 직감적이고 압도적이며 자신의 사랑 때문에 죽은 마이클 퓨리의 기억을 불러일으킨다.

호텔에 도착한 아내는, 열일곱 살 난 소년이 그녀를 사랑하다가 비가 쏟아지는 어느날 밤 더블린으로 떠나야 하는 자기를 찾아왔다가 나중에 폐렴으로 죽었다고 게이브리얼에게 이야기한다. 그러자 게이브리얼은 용솟음치던 그녀에 대한 열정이 순식간에 사라지고, 그가 한 번도 소년처럼 사랑을 경험하지 못한 것을 느끼며, 자기 이기주의의 편협성에 수치를 느낀다. 아내는 사랑의 추억담을 모두 끝내고 곧 침대에 쓰러져 잠이 들고 만다. 허망스런 게이브리얼이 창가에 앉아 조용히 내리는 눈을 바라보며 어지러운 감정을 정리한다.

눈은 이때 주인공에게 자기 인식의 순간을 알리는 에피파니가 된다. 이 눈으로 인하여 지금까지 자기 '에고'에만 사로잡혔던 게이브리얼은 마침내 미운 사람, 고운 사람, 과거의 추억에 젖은 아내, 아내를 사랑하다 죽은 퓨리, 살아 있는 자, 죽은 자를 모두 사랑하는 새 사람이 된다. 하염없이 내리는 눈은 공동묘지의 수많은 무덤 위에, 비뚤어진 십자가 위에, 묘비 위에, 강 위에 골고루 내리는 보편성을 상징하며 또한 하느님의 은총을 뜻한다. 모든 인간을 결합시키는 영교(靈交, spiritual communion)의 순간이기도 하다.

〈죽은 사람들〉에서 나타나는 눈의 이미지는 헤밍웨이의 《킬리만자로의 눈》에서의 그것처럼 두 개의 상징적 의미를 갖는다. 즉 눈사태로 인한 파괴적인 것과 물·구름·비·얼음·눈과 같은 변용(變容, transfiguration)의 창조적인 것이다. '에고'에 사로잡혔던 게이브리얼은 눈처럼 변용하고, 도스토예프스키(Dostoevski)의 《백치》에 나오는 미쉬킨 왕자처럼 새로운 인간으로 정신적 부활을 한다. 그리하여 그는 눈을 바라보며 헤밍웨이의 해리가 서부의 눈 덮인 킬리만자로의 정상(그곳에 묻혀 있다고 전해지는 표범은 하느님의 이미지를 띄고 있다)으로 날아감을 상상하듯, 새로운 생을 향하여 서부로 여행을 떠날 마음의 준비를 갖춘다. 이상에서 보듯 조이스는 14개의 단편에서 이른바 '부정적(negative)' 에피파니를 대부분의 이야기들의 종말에 도입했지만, 이 최후의 단편을 《율리시즈》의 종말에서처럼 '긍정적(affirmative)' 에피파니로 귀착시킴으로써 생을 구가(謳歌)하고 있다.

〈뜻밖의 만남〉에서나 〈참혹한 사건〉에서 주인공들은 게이브리얼처럼 자기 인식의 에피파니를 경험하나, 이들은 정신적 부활이나 각성을 하지 못한다. 그러나 게이브리얼의 자기인식은 한 아이의 갑작스런 직감이 아니다. 그것은 민감하고 지적인 한 성인의 충분한 경험이며, 처음으로 그 자신의 마비를 의식한 주인공은 지신의 개인적 한계를 초월하여 모든 산 자와 죽은 자와의 친교를 맺는다.

조이스는 이 최후의 단편의 타이틀을 그가 존경하던 당시의 노르웨이 작가 입센(Ibsen)의 고무적인 희곡인 《우리들 죽은 자가 깨어날 때(When We Dead Awaken)》에서 따왔다고 한다. 〈죽은 사람들〉의 나이 많은 이모들이나 파티에 참가하는 사람들은 게이브리얼에게는 정신적으로 죽은 사람들이다. 이는 육체적으로는 살아 있지만 정신적으로는 죽은 상태를 뜻하는 것으로, 오늘의 인간들은 물질만능과 기계들의 틈바구니에서 자아를 잃고 정신적 황무지의 상태에서 나날을 영위하고 있는 셈이다. 그러나 이러한 생중사의 상태에서 깨어나는 사람은 게이브리얼과 같은 감수성이 강한 사람들 뿐이

418

다. 결론적으로 〈죽은 사람들〉의 주제는 인간의 자만심·시기·욕정·분노의 죄 그리고 자비의 미덕을 다루고 있으며, 죽음과 삶, 욕정과 사랑, 쟁취와 양보, 과거와 현재, 자아와 타아의 갈등으로부터의 사랑의 승리를 묘사하고 있다.

다음의 것은 이 탁월한 단편의 마지막 두 개의 유명한 단락이자 서정적이고 인상주의 문체로 씌어진 문장으로, 아름다운 산문시의 극치를 이루고 있다. 조이스는 여기서 시의 질서와 강도를 드러내는 음률적인 산문을 통하여 마비와 자유, 비평과 동정을 대조시키는 영혼의 부르짖음을 묘사하고 있다:

관용의 눈물이 그의 눈을 가득 채웠다. 그는 어떤 여인에 대해서도 자기 스스로 지금까지 그와 같은 감정을 결코 느껴보지 못했으나 이러한 감정이야말로 사랑임을 알았다. 눈물은 더 많이 눈에 괴었고, 희미한 어둠 속에서 빗물이 뚝뚝 떨어지는 나무 밑에 서 있는 한 소년의 모습을 보고 있는 것 같았다. 다른 형상들도 다가왔다. 그의 영혼은 수많은 사자(死者)의 무리들이 살고 있는 지역으로 점점 다가갔다. 그는 그들의 걷잡을 수 없이 깜박이는 존재를 의식했으나 붙잡을 수가 없었다. 자신의 정체는 회색의 불가사의한 세계 속으로 사라져 갔고, 이러한 사자들이 한때 자라면서 살았던 실질적인 세계, 그 자체가 허물어지며 줄어들고 있었다.

Generous tears filled Gabriel's eyes. He had never felt like that himself towards any woman, but he knew that such a feeling must be love. The tears gathered more thickly in his eyes and in the partial darkness he imagined he saw the form of a young man standing under a dripping tree. Other forms were near. His soul had approached that region where dwell the vast hosts of the dead. He was conscious of, but could not apprehend, their wayward and flickering existence. His own identity was fading out into a grey impalpable world: the solid world itself, which these dead had one time reared and lived in, was dissolving and dwindling.

유리창을 몇 번 가볍게 치는 소리에 그는 창문 쪽으로 몸을 돌렸다. 다시 눈이 내리기 시작했다. 그는 은빛이 나는 까만 눈송이가 가로등 불빛을 배경으로 비스듬히 내리고 있는 것을 졸린 듯 지켜보았다. 서부로 여행을 떠날 때가 왔다. 그렇다, 신문이 옳았다. 눈은 아일랜드 전역에 내리고 있었다. 눈은 검은 중부 평야의 구석구석에, 나무 없는 언덕 위에 내리고, 앨렌의 늪 위에도 소리 없이 내리고, 더욱 먼 서쪽 샤논 강의 거칠고 검은 물결 위에도 조용히 내리고 있었다. 눈은 또한 마이클 퓨리가 묻혀 있는 언덕 위 쓸쓸한 묘지의 구석구석에도 내리고 있었다. 비뚤어진 십자가와 묘비 위에도, 조그마한 대문의 창살 위에도, 메마른 가시나무 위에도 눈은 바람에 나부끼며 수북히 쌓이고 있었다. 우주 전체에 사뿐히 내리는 눈 소리, 그들의 최후의 내림처럼 모든 산 자와 죽은 자 위에 사뿐히 내리는 눈 소리를 듣자, 그의 영혼은 서서히 이울어져 갔다.

A few light taps upon the pane made him turn to the window. It had begun to snow again. He watched sleepily the flakes, silver and dark, falling obliquely against the lamplight. The time had come for him to set put on his journey westward. Yes, the newspapers were right: snow was general all over Ireland. It was falling on every part of the dark central plain, on the treeless hills, falling softly upon the Bog of Allen and, farther westward, softly falling into the dark mutinous Shannon waves. It was falling, too, upon every part of the lonely churchyard on the hill where Michael Furey lay buried. It lay thickly drifted on the crooked crosses and headstones, on the spears of the little gate, on the barren thorns. His soul swooned slowly as he heard the snow falling faintly through the universe and faintly falling, like the descent of their last end, upon all the living and the dark.

이 이야기에는 많은 이미지가 포용됨으로써 사실적 해석 이면에 숨은 상징적 의미가 첨가되고 있다. 그 대표적인 예를 몇 개 들면, 실제의 따뜻함과 대조적인 바깥의 추위, 거기서 파생되는 절대적 힘과 인간적 무관심, 비정(非情), 그리하여 마침내는 게이브리얼의 정신적 세례(洗禮)를 위한 샤논 강물이 불어나게 하는 눈을 비롯하여 대륙의 유물인 게이브리얼이 애용하는 '골로쉬(goloshes, 덧신)' 등은 극히 편협한 아일랜드의 지방성에서 탈피하여 유럽의 범세계주의(凡世界主義, cosmopolitanism)에로의 도피를 행함을 상징한다. 릴리라는 하녀의 이름은 사자(死者)의 관(棺)을 장식하며 부활절 의식에 사용되는 꽃 이름으로 이야기의 죽음과 부활이란 주제를 뒷받침한다. 파티가 끝나고 호텔로 떠나기 직전에 게이브리얼은 그의 외할아버지 패트릭 모건(Patrick Morgan)의 방앗간 말인 조니(Jonny)에 관한 이야기를 한다. 패트릭이 이 말을 몰고 일요일에 시내로 나갔을 때 윌리엄당 당수였던 빌리왕(오랜지공)의 동상을 빙빙 돌았다는 말을 하면서, 자신도 덧신을 신고 홀 안을 빙빙 돈다. 이러한 행동은 〈뜻밖의 만남〉의 괴짜 영감의 행동처럼 게이브리얼의 깨어날 줄 모르는 현재의 마비 현상에 대한 무의식적 발로임을 암시한다.

'안 가는 데가 없다'고 한 브라운(Browne) 씨의 이름은 더블린 거리의 색깔이요, 부패를 상징하는 색깔이다. 작품 속에 무수히 등장하는 어둠과 추위, 그리고 빛과 따스함은 죽음과 재생의 이미지들이다. 〈애러비〉에서 보다시피 본래 서부의 이미지는 신비와 희망, 미개척의 땅을 암시한다. 게이브리얼은 여름에 자전거 하이킹을 위해 유럽 대륙을 향해 동부로 여행하기를 바란다. 그러나 다시 이야기의 종말에서 그는 퓨리가 죽어 누워 있는 서부의 골웨이(Galway)로 떠날 생각을 한다. 이때 서부는 그에게 현실 파악이라는 희망일 수도 있다. 모건 자매 집의 벽에 걸린 셰익스피어의 《로미오와 줄리엣》 중의 발코니 장면을 그린 그림은 창가의 그레타와 그녀의 사랑을 갈구하는 빗속의 젊은 연인을 연상케 한다. 게이브리얼이 현관에서 아내를 기다리고 있을 때 그녀가 한 손으로 난간을 붙들고 노래에 열중하여 귀를 기울이고 있는 동안, 그는 낭만적 감정을 느끼며, 만일 자신이 화가라면 '희미한 음악'이란 그림을 그리겠다는 생각을 한다. 로미오와 줄리엣에 대한 애절한 사랑의 호소에도 불구하고 게이브리얼에게는 이 '희미한 음악'은 자기 마음의 거리감을 느끼게 한다. 이야기의 종말에서 그 위에 눈이 내리는 '비뚤어진 십자가'와 '가시나무'는 그리스도의 은총과 인도주의, 한걸음 더 나아가 그리스도의 부활로서 '이울어졌던(swooned)' 게이브리얼의 되살아남을 암시한다. 파티가 끝나고 문 밖의 작별에서 부인네들의 '안녕(good night)'의 빈번함은 T.S 엘리어트의 《황무지》에서의 장면처럼 그들의 넘치는 허영과 마음의 동요를 상징한다. 게이브리얼은 그의 욕정이 불탈 때 자신이 과거에 경험한 불타는 용광로 곁에서 일하던 병 제조업자를 회상하는데, 이는 그의 심경을 대변한다:

아내가 그 앞을 너무나 사뿐히, 그리고 꼿꼿이 걷고 있었으므로, 그는 소리없이 뒤쫓아가서 어깨를 껴안고 뭔가 바보스럽고 다정한 말을 귀에다 소곤거리고 싶었다. 그녀가 너무나 연약하게 느껴졌기에 그는 그녀를 그 무엇으로부터 보호한 다음, 그녀와 단둘이 있고 싶었다. 그들 두 사람만의 비밀스런 생활의 순간 순간들이 별처럼 그의 기억에서 쏟아져 나왔다. 연보랏빛 봉투 한 장이 아침 식사 때 컵 옆에 놓여 있었는데, 그는 한 손으로 그것을 만지작거리고 있었다. 새들은 담쟁이 속에서 지저귀고 거미줄 같은 커튼의 밝은 천이 마루 앞으로 아른거리고 있었다. 그는 행복감에 아무것도 먹을 수가 없었다. 그들은 사람들로 와글거리는 기차 플랫폼에 서 있었고, 아내의 장갑 낀 따뜻한 손바닥에 기차표를 쥐어주고 있었다. 그는 추위 속에 아내와 함께 서서 어떤 사나이가 활활 소리내며 타고 있는 용광로에서 병을 만들고 있는 광경을 쇠창살이 쳐진 유리창을 통해 들여다보고 있었다. 날씨는 몹시 추웠다. 찬 공기 속에서 향기로운 아내의 얼굴이 그의 얼굴에 바싹 붙어 있었다.

게이브리얼이 창밖의 피닉스 공원의 신선한 차가움을 거듭 상상하고, 웰링턴 묘비(남자의 심벌이기도 하다) 위의 '눈 모자'를 생각하는 것은 눈의 생과 사의 전통적 이미지와 결부된다. 이야기의 첫 장면에 나오는 차가운 눈과는 달리 중간 장면의 눈은 그의 마음의 해방·망각·도피의 상징이 된다. 성서 신화의 어느 날 죽은 자들을 일깨우는 천사장의 이름으로부터 따온 주인공 게이브리얼의 이름은 조이스의 주제에 기여한다. 〈죽은 사람들〉의 전 영역에 걸쳐 나타나는 여러 가지 음악이나 음악적 인유, 그리고 단음(單音)의 단어들로 이루어진 이 작품의 오케스트라적 효과는 20세기 단편 소설의 효과의 통일성을 도모함으로써 《젊은 예술가의 초상》에서 주인공 스티븐 디덜러스가 펼치는 그의 심미론, 즉 '전체성·광휘·조화'의 입증이기도 하다. 《더블린 사람들》의 주제는, 더블린 시에 살고 있는 시민들의 삶의 단편을 열거함으로써 그 속에 내재해 있는 정신적 마비의 양상을 조이스 특유의 에피파니를 통해 묘사하고 있다는 것이다. 이 단편집의 뛰어난 산문체와 함께 이들 단편이 내포한 중요한 주제들·등장인물·상징·배경 등은 그의 후기 작품들과 공통되는 것이다. 《더블린 사람들》의 연구는 조이스 문학 연구에 필요불가결한 것이고, 그 작품들이 그의 전 작품의 영역에 걸쳐 원천적인 것이며 후기 작품들의 서곡이라는 점에서 그 중요성이 한층 더 강조되고 있다. 끝으로, 조이스는 《더블린 사람들》의 문체에 대하여 "꼼꼼한 비속성(scrupulous meanness)"이란 말을 사용한 바 있거니와, 그러면 구체적으로 이 말은 무엇을 암시하는 것일까? 이에 대하여 패트릭 라프로이디(Patrick Rafroidi)는 다음과 같이 풀이하고 있다:

1. 정확성(precision) : 우선 이는 지형적(topographical) · 연대기적(chronological) 미세함과 같은 사실적 정확성에 대하여 언급한다. 예를 들면 〈두 건달들〉에서:

> 그는 10시 15분 전에 친구들과 헤어져 조지 가로 걸어 올라갔다. 그는 시영 시장이 있는 곳에서 왼쪽으로 돌아 그래프턴 가로 걸어갔다……그는 코얼리가 너무 일찍 돌아왔으면 어떡하나 염려하면서 성스테반즈 공원 북쪽으로 따라 급히 걸어갔다. 메리언 가의 모퉁이에 도착하자, 그는 가로등 그림자 속에 자리잡고 서서 남겨 두었던 담배 하나를 꺼내 불을 댕겼다…….

이상과 같은 지형적 미세성은 조이스의 모든 작품들에 걸쳐 철두철미하게 스며있는 사실적 정확성으로, 그의 문학의 현장 답사의 좋은 본보기를 마련해 준다. 따라서 더블린은 그 속에 모든 것을 포용하고 있는 조이스 문학의 박물관인 셈이다.

2. 등장 인물의 외모 묘사에서 보여주는 그의 추악성, 그의 부조화스럽고 우스꽝스런 요소들을 포함하는 초상화 기법. 예를 들면 〈뜻밖의 만남〉에서:

> 나는 이런 감정적인 말에 깜짝 놀라 무심결에 그의 얼굴을 흘끗 쳐다보았다. 그렇게 하자 나는 찡긋 움직이는 이마 아래서 나를 노려보는 한 쌍의 눈동자와 마주쳤다.

이러한 철저성에 대한 한결같은 묘사는 외모의 특징뿐만 아니라 그의 의상에도 분명하다:

그녀는 일요일의 화려한 나들이옷으로 치장하고 있었다. 푸른 드레스의 허리 부분을 까만 가죽띠로 졸라매고 있었다. 허리띠의 커다란 은빛 버클이 그녀의 몸 중심을 억누르고, 하얀 블라우스의 엷은 천을 집게처럼 졸라매고 있었다.

3. 예를 들면, 특히 음식을 묘사하는 데 있어서 보이는 어구적(lexical) 정확성과 다양성. 이는 〈죽은 사람들〉〈자매들〉〈두 건달들〉〈참혹한 사건들〉에서 가장 의미심장한 역할을 한다.

4. 사회적 신분 및 직업에 언어의 다양성을 묘사하는 능력 —— 이는 코얼리의 묘사에서 가장 두드러진다:

"그 여잔 문제없어." 코얼리가 말했다. "자넨 내가 그 여자 하나쯤 처리하지 못할 줄 아나? 그 여잔 내게 반해 있단 말이야."

"She's all right," said Corley. "I know the way to get around her, man. She's a bit gone on me."

그 밖에도 조이스의 묘사법(描寫法, mimetism)은 〈죽은 사람들〉에서 보여 주듯, 한층 더 발달되어 있다. 예를 들면 게이브리얼의 거동을 묘사하는 데 사용된 수많은 부사(-ly)를 들 수 있는데, 이러한 특정한 부사의 다혈성 (多血性, plethora)은 《율리시즈》의 마텔로(Martello) 탑 장면에서 벅 멀리건의 그것에도 두드러진다.

연 보

1882년 2월 2일, 아일랜드 수도 더블린에서 경제적으로 넉넉지 못한 수세
리(收稅吏) 존 스태니슬라우스 조이스(John Stanislaus Joyce)와 메리
제인 조이스(Mary Jane Joyce) 사이에서 장남으로 태어남.

1888년 9월, 한 예수회의 기숙사제 학교인 클론고우즈 우드 칼리지
(Clongowes Wood College) 초등학교에 입학, 1891년 6월까지(휴가를
제외하고) 그곳에 적(籍)을 둠.

1891년 이해는 조이스 생애에 있어서 가장 중요한 한 해였음. 6월, 경제적
어려움 때문에 존 조이스는 제임스를 클론고우즈 우드 칼리지 초
등학교에서 퇴교시킴. 10월 6일, 파넬(Parnell)의 죽음은 아홉 살
난 소년에게 큰 충격을 주어, 파넬의 '배신자'를 규탄하는 〈힐리
여, 너마저(Et Tu, Healy)〉란 시를 쓰게 함. 존 조이스는 이 시에 크
게 만족하여 그것을 인쇄하게 했으나 현재는 단 한 부(部)도 남아
있지 않음. 뒤에 〈젊은 예술가의 초상〉에 서술된 바와 같이 그의
격렬한 기분으로 조이스 가(家)의 크리스마스 만찬을 망쳐 버린
것도 같은 해임.

1893년 4월, 역시 예수회 학교인 벨비디어 칼리지(Belvedere College) 중학교
에 입학, 1898년까지 그곳에 적을 두었는데, 우수한 성적을 기록
함.

1898년 카디널 뉴먼(Cardinal Newman)이 설립한 예수회 학교인 더블린의 유
        니버시티 칼리지(University College)에 진학, 이때부터 기독교 및 편
        협한 애국심에 대한 그의 반항심이 움트기 시작함.

1899년 5월, 예이츠 작(作) 〈캐슬린 백작부인〉을 공격하는 동료 학생들의
        항의문에 서명하기를 거부함.

1900년 문학적 활동의 해. 1월에 문학 및 역사학 학회에서 '연극과 인생
        (Drama and Life)'에 관한 논문을 발표함(〈스티븐 히어로[*Stephen
        Hero*]〉 참조). 4월에 〈입센의 신극(Ibsen's New Drama)〉이라는 논문
        이 저명한 《포트나이트리 리뷰(*Fortnightly Review*)》지에 게재됨.

1901년 이해 말에 아일랜드 극장의 지방성을 공격하는 수필 〈소요의 날
        (The Day of Rabblement)〉을 발표함(본래 대학 잡지에 게재할 의도였
        으나, 예수회의 지도교수에 의하여 거절당함).

1902년 2월, 아일랜드 시인인 제임스 클라런스 맹건(James Clarence Mangan)
        에 관한 논문을 발표, 맹건이 편협한 민족주의의 제물이었음을 주
        장함. 이어 10월에 학위를 받고 파리에서 의학을 공부하기로 결심
        함. 늦가을, 더블린을 떠나 런던의 예이츠를 방문하고, 그의 작품
        판로(販路)의 가능성을 살피기 위해 얼마간 그곳에 머무름.

1903년 파리에서 이내 의학에 대한 흥미를 잃고 잇달아 더블린의 일간지에
        서평을 쓰기 시작함. 4월 10일, "무(母) 위독 귀가 부(父)"라는 전
        보를 받고 더블린으로 돌아옴. 그의 어머니는 그해 8월 13일에 세
        상을 떠남.

1904년 연초에 〈예술가의 초상(A Portrait of Artist)〉이라 불리는 단편을 시작
        으로 자서전적 소설 집필에 착수함. 이는 나중에 〈스티븐 히어로〉
        로 발전하고 이를 다시 개작한 것이 〈젊은 예술가의 초상〉임. 어
        머니 메리 제인의 사망 후로 조이스 가의 처지는 악화되었으며,
        조이스는 가족과 점차 멀어지기 시작함. 3월에 달키(Dalkey)의 한

초등학교 교사로 취직, 6월 말까지 그곳에 머무름. 이해 6월 10
일, 조이스는 노라 바나클(Nora Barnacle)을 만나 이내 사랑에 빠
짐. 그는 결혼을 하나의 관습으로 보고 반대함으로써 더블린에서
노라와 같이 살 수 없게 되자, 유럽으로 떠나기로 작정함. 10월 8
일, 노라와 더블린을 떠나 런던과 취리히를 거쳐 폴라(유고슬라비
아령)에 도착한 뒤, 그곳 베를 리츠 학교에서 영어를 가르치기 시
작함.

1905년 3월, 트리에스트로 이주, 7월 27일 그곳에서 아들 조지오(Giorgio)
가 탄생함. 3개월 뒤 동생인 스태니슬라우스가 트리에스트에서 그와
합세함. 그해 말, 〈더블린 사람들〉의 원고를 한 출판업자에게 양도
했으나, 10여 년의 다툼 끝에 1914년에야 비로소 출판됨.

1906년 7월, 로마로 이주, 이듬해 3월까지 그곳 은행에서 일함. 그후 다시
트리에스트로 돌아와 계속 영어를 가르침.

1907년 5월, 런던의 한 출판업자가 그의 시집 《실내악(*Chamber Music*)》을
출판함. 7월 28일, 딸 루시아 안나(Lucia Anna)가 탄생함.

1908년 9월, 〈스티븐 히어로〉를 개작하기 시작, 이듬해까지 이 작업을 계
속함. 그러나 3장(章)을 끝마친 뒤 잠시 작업을 중단함.

1909년 8월 1일, 방문차 아일랜드로 건너감. 다음날 트리에스트로 되돌아
왔다가 경제적 지원을 얻어 더블린으로 돌아가 그곳에서 한 극장
을 개관함.

1910년 1월, 트리에스트로 되돌아옴으로써 극장 사업의 모험은 이내 무너
짐. 더블린을 처음 방문했을 때, 조이스는 뒤에 그의 희곡 〈망명
자들〉의 소재로 삼은 감정적 위기를 경험함.

1912년 몇 해 동안 《더블린 사람들》에 대한 시비가 조이스에게 하나의 강
박관념이 됨. 마침내 7월, 마지막으로 더블린을 방문했으나, 여전
히 그 출판을 주선할 수 없었음. 조이스는 심한 비통 속에 더블린

을 떠났으며, 트리에스트로 돌아오는 길에 〈분화구로부터의 가스(Gas from a Burner)〉란 격문(激文)을 씀.

1913년 이해 말에 에즈라 파운드(Ezra Pound)와 교신(交信)하기 시작함. 그의 행운이 움트고 있었음.

1914년 이른바 조이스의 '기적의 해(*annus mirabilis*)'로, 2월에 〈젊은 예술가의 초상〉이 《에고이스트(*Egoist*)》지에 연재되기 시작, 이듬해 9월에까지 계속됨. 6월, 《더블린 사람들》이 출판됨. 5월에 〈율리시즈(*Ulysses*)〉를 기초(起草)하기 시작했으나, 〈망명자들〉을 쓰기 위해 이내 중단함.

1915년 1월, 전쟁에도 불구하고 중립국인 스위스에로의 입국이 허용됨. 이해 봄에 〈망명자들〉이 완성됨.

1916년 12월 29일, 《젊은 예술가의 초상》이 출판됨.

1917년 이해 최초로 눈 수술을 받음. 이해 말까지 〈율리시즈〉의 처음 세 에피소드 초고를 끝마침. 이 소설의 구조는 이때 이미 거의 틀이 잡혀 있었음.

1918년 3월, 《리틀 리뷰(*Little Review*)》지(뉴욕)에 〈율리시즈〉를 연재하기 시작함. 5월 25일, 《망명자들》이 출판됨.

1919년 10월, 트리에스트로 귀환, 그곳에서 영어를 가르치며 〈율리시즈〉를 다시 쓰기 시작함.

1920년 7월 초순, 에즈라 파운드의 주장으로 파리로 이주함. 10월, '죄악금지회(The Society for the Suppression of Vice)'의 고소로 《리틀 리뷰》지에의 〈율리시즈〉 연재가 중단됨. 제14장인 '태양신의 황소들(Oxen of the Sun)'의 초두가 그 마지막이었음.

1921년 2월, 〈율리시즈〉의 마지막 남은 에피소드를 완성하고 작품 교정에 몰두함.

1922년 조이스의 40번째 생일인 2월 2일에 《율리시즈》가 출판됨.

1923년 3월 10일, 〈피네간의 경야(經夜)〉 첫 부분 몇 페이지를 씀(1939년
　　　　에 출판될 때까지 〈진행중의 작품〔Work in Progress〕〉으로 알려짐).
　　　　그는 수년 동안 이 새로운 작품에 대하여 활발한 계획을 세우고
　　　　있었음.

1924년 《피네간의 경야》의 단편 몇 개가 4월에 처음 출판됨. 이후 15년 동
　　　　안 조이스는《피네간의 경야》의 대부분을 예비판으로 출판할 계획
　　　　이었음.

1927년 이해 4월과 1929년 11월 사이에《피네간의 경야》제1부와 제3부 초
　　　　본(初本)을 실험 잡지인《트랑지숑(Transition)》지에 게재함.

1928년 10월 20일,《아나 리비아 플루라벨(Anna Livia Plurabelle)》이 출판됨.
　　　　이후 10년 동안《진행중의 작품》의 여러 단편들이 출판됨.

1931년 5월, 아내와 함께 런던을 여행함. 12월 29일, 아버지가 사망함.

1932년 2월 15일, 손자 스티븐 조이스가 탄생함. 이 사실은 조이스를 깊이
　　　　감동시켰으며, 이때 〈보라, 저 아이를(Ecce Puer)〉이라는 시를 씀.
　　　　3월에 딸 루시아가 정신분열증으로 고통을 받았음. 그녀는 이후
　　　　회복되지 못한 채 조이스의 여생을 암담하게 만들었음.

1933년 연말에 미국의 한 법원은《율리시즈》가 외설물이 아님을 판결함.
　　　　이 유명한 판결은 이듬해 2월, 이 작품에 대한 최초의 미국판 출
　　　　판을 가능하게 함(최초의 영국판은 1936년에 출판됨).

1934년 이해의 대부분을 스위스에서 보냄. 따라서 그는 딸 루시아 곁에 있
　　　　을 수 있었음(그녀는 취리히 근처의 한 요양원에 수용됨). 1930년
　　　　이래 그의 고질적 눈병을 돌보았던 취리히의 의사와 상담함.

1935년 수년 동안 집필해 오던《피네간의 경야》를 완성하기 위해 노력함.

1938년 프랑스, 스위스 그리고 덴마크로의 잦은 여행으로 더 이상 파리에
　　　　서 거주할 수 없게 됨.

1939년 《피네간의 경야》가 5월 4일에 출판되었고, 조이스는 이 책을 57세

의 생일(2월 2일) 선물로 미리 받음.

1940년 프랑스가 함락된 뒤 조이스 가는 취리히에 거주함.

1941년 1월 13일, 장궤양으로 복부 수술을 받은 후 취리히에서 사망함.

▨ **옮긴이 소개**
서울대학교 사범대학 영문과, 동 대학원 영문과 졸업.
미국 털사대 대학원 졸업(영문학 석사 및 박사).
국립 더블린 대 초빙 교수, 써머 스쿨에서 조이스 강의.
영국 리즈대 및 더블린대 등 국제회의에서 논문 발표.
현재 한국 제임스 조이스 학회장, 고려대학교 교수(영미문학) 역임.
저서로는《율리시즈와 모더니즘》《율리시즈 주석본》《조이스 문학의 이해》
《율리시즈 연구》(전2권)《제임스 조이스 문학》《율리시즈 地誌 研究》등이
있고, 역서로는《제임스 조이스 전집》이 있으며, 조이스에 관한 30여 편의
논문을 발표했다.
한국번역문학상 · 고려대학술상을 수상했다.

더블린 사람들 · 비평문

1988년 11월 10일 　초판　1쇄 발행
1997년　3월 20일 　2판　1쇄 발행
2011년　3월 25일 　2판　5쇄 발행

　　　　　지은이　제임스 조이스
　　　　　옮긴이　김　종　건
　　　　　펴낸이　윤　형　두
　　　　　펴낸데　범　우　사

출판등록　1966. 8. 3.　제 406-2003-048호
413-756　경기도 파주시 교하읍 문발리 525-2
대표전화　(031)955-6900, 팩스 (031)955-6905

* 파본은 교환해 드립니다.

ISBN 89-08-07084-2 04840　　(인터넷)www.bumwoosa.co.kr
　　　89-08-07000-1 (세트)　　(이메일)bumwoosa@chol.com